U0080721

知識工場
nowledge.
Knowledge is everything！

nowledge. 知識工場

Knowledge is everything！

nowledge. 知識工場

Knowledge is everything！

知識工場
Knowledge is everything！

Cracking Codes for English: **Prefix, Root, and Suffix**

字根好記 無痛拆解 **7000** 英單

張翔 / 編著

隨書附贈 MP3

字源分類 + 字根解碼 = 7,000英單不背也記得

掌握無差別「拆字神技」，立即榮登考場學霸！

全球公認最有效的學習法，你，怎麼能不會？
用字根「拆字＋解義」，就算是生平初見的單字，也能無痛破解。

⭐ 滿分神人這樣說　　⭐ 效率狂人這樣說　　⭐ 單字活字典這樣說

encyclopedia
[ɪnˌsaɪklə`pidɪə]
名 百科全書

circulate
[`sɝkjəˌlet]
動 流通；循環

cyc , circ
環

recycle
[ri`saɪkl̩]
動 回收利用

circus
[`sɝkəs]
名 馬戲團

User's Guide 使用說明

掌握無差別「拆字神技」，立即省下時間，解放腦容量！

1 清楚的字根義分類

按字首/字根/字尾/複合字的系統分為 4 大章，每章之下的字根將以「字根義」分門別類，幫助讀者建立清晰的架構。

CONTENTS 目錄

Part 1 字首篇

1 表之前的字首

5 表動向的字首

UNIT 4 表狀態的字首
Prefix: The Status

字首 012 a- 處於 ▶ MP3 1-012

aboard [ə`bord] 介 副 在車（船、飛機）上 同 on board
解析 a 處於 + board 船車上
We all got aboard the ferry in Taitung to go visit Green Island.
▶ 我們在台東搭渡輪，前往綠島遊覽。

abroad [ə`brɔd] 副 去國外；在國外 同 overseas
解析 a 處於 + broad 遼闊的
Rick is considering going abroad for his study.
▶ 為了他的研究，瑞克在考慮出國的事情。

字首篇
〜共51個字首〜

掃碼即聽
MP3 1-001 〜 MP3 1-051

2 一目了然的字根

將 7,000 單字依照字根整理，並以顏色標註其關鍵字根，一眼看清重點。此外，單字將以 A ～ Z 的順序排列，查找時更方便。

3 中英皆備道地發音

收錄英文單字＆中文字義，掃描每章篇名頁 QR Code，即可對應字根音軌收聽 MP3。

4 數量爆表的補充詞彙

每個單字都會補充同義字、近義字、反義字、關聯字，藉此擴充詞彙量，滿足想要進一步提升英語力的讀者。

5 秒速看穿單字的重要性

每個單字都將標註「常見於哪一類考試」&「出現頻率」，1 為最少見，5 為最常見，考場必備的高頻單字一覽無遺。

around [əˋraʊnd] 介 環繞；圍繞 同 about　▶ 益 3
解析 a 處於 + round 周圍
A young American girl sailed around the world by herself.
▶ 一位年輕美國女孩獨自航行全世界。

aside [əˋsaɪd] 副 在旁邊 同 next to　▶ 研 3
解析 a 處於 + side 旁邊
Let's put our differences aside and try to find a solution.
▶ 讓我們撇開彼此的歧見，試著找出解決方案。

asleep [əˋslip] 形 睡著的 反 awake　▶ 檢 2
解析 a 處於 + sleep 睡覺
I always fall asleep when that boring teacher talks too much.
▶ 那位無趣的老師講太多話時，我總是睡著。

away [əˋwe] 副 離開 近 absent　▶ 檢 3
解析 a 處於 + way 道路
I wish all these cockroaches in my house would just go away!
▶ 希望我房子裡的蟑螂都能離開！

字群 013 **be-** 存在於　MP3 1-013

because [bɪˋkɔz] 連 因為 同 since　▶ 檢 5
解析 be 存在於 + cause 原因
I bought some sticky rice dumplings because the Dragon Boat Festival is

1 字首篇／ 2 字根篇／ 3 字

6 取代背誦的字根拆解

針對每個單字，條列出各個字首、字根、字尾的意思，教讀者「用理解取代背誦」。了解字根之後，就算遇到陌生單字，也能藉由字根推敲正確的字義。

用字首/字根/字尾破解7000單，背誦效率倍升！

在學習英文的這條路上，不管你是初踏入外語學習的入門者，還是接受英語教育十幾二十年的學習者，都有一個絕對無法規避的重點 — 單字。對所有人而言，單字不僅僅是進入片語、句子、文章的基礎，更是許多人在各大檢定考的絕對指標，因此，不管是誰，都必須在單字這一關花上大量的心力，力求背得準確。

那要怎麼樣才能在單字這一關拔得頭籌呢？這就是個好問題了。在我教學的過程中，無論學生多努力、多有英文天分，遇到單字，總免不了「背誦」，我不否認，在熟記單字上，你花時間去背，效果自然會顯現。但是，身為教師，我總會思考「如何減少學生的背誦負擔，提升學習效率？」

思考過後的結果，便是推薦「字首‧字根‧字尾」的拆解法了。所謂字根，往往是從古希臘羅馬的字彙演化而成，因此對學生而言，通常比較陌生，無法用現代英語去猜字義，但一旦熟悉這些字根，好處可就不只一點兩點了。

首先，學習效率會大幅提升。死記硬背不是不可行，只是對學生而言，單字＝英文字母的排列組合，每個字母都要花心力背；反之，若能熟知字根，背誦時自然就能以「字根」為單位去拼字，藉此提升效率。

再者，拼字的準確率也會提升。大部分的考生都會遇到一種狀況，遇到進階單字時，往往因為一個字母拼錯而被扣分，這其實是很令人扼腕的事，差一個字母，就是好幾分的差距；字根拆解正好能解決這個問題，因為理解字根的意思，不容易和其他字母搞混，因此能大幅降低母音的錯誤率。

我理解現代學習者繁忙的日常生活，所以一直都很希望能提供大眾多元的學習法，幫助大家找出最適合自己的捷徑，也祝各位讀者能在本書中找到提升效率的方法，燃起各位對英文的熱情以及對自己的信心。

張翔

目錄 CONTENTS

Part 2 字根篇

目錄 CONTENTS

CONTENTS 目錄

目錄 CONTENTS

Part 3 字尾篇

目錄 CONTENTS

Part 4
複合字篇

要開始前進囉

PREFIX

字首篇

～共51個字首～

掃碼即聽

MP3
1-001　～　MP3
1-051

　　字首除了帶出「單字主要的意思」之外，還有「增加語意」的功能（例如：表示否定的 a-, un-…等等）。在學習本章的內容時，還要注意同一個字首可能有好幾個不同的意思。本書特別從字首義分單元，只要跟著架構學習，就能 100% 熟悉。

◎ 考試範圍：益 新多益 / 托 托福 / 檢 全民英檢 / 研 GRE / 雅 IELTS
🎖 出現頻率：1（最少見）～ 5（最常見）

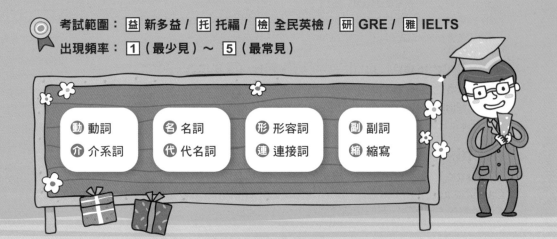

| 動 動詞 | 名 名詞 | 形 形容詞 | 副 副詞 |
| 介 介系詞 | 代 代名詞 | 連 連接詞 | 縮 縮寫 |

表之前的字首
Prefix: Things Happened Before

 an-, anci-, anti- 之前；先

ancestor [`ænsɛstə] 名 祖先 同 forebear ▸ 托 5
(解碼) **an** 之前 + **cest** 行走 + **or** 名詞
The **ancestors** of most of the residents in the area come from England.
▸ 這地區大多數居民的祖先都來自英國。

ancient [`enʃənt] 形 古代的 反 modern ▸ 檢 4
(解碼) **anci** 之前 + **ent** 形容詞
In **ancient** Rome, the conquered nations had to pay tribute to the Roman ruler.
▸ 古羅馬時期，被征服的國家必須向羅馬統治者納貢。

anticipate [æn`tɪsə,pet] 動 預期 同 expect ▸ 托 4
(解碼) **anti** 之前 + **cip** 拿 + **ate** 動詞
As a businessman, Tim must try to **anticipate** what his customers will want.
▸ 身為生意人，提姆必須設法預知顧客想要什麼。

pre- 之前

precaution [prɪ`kɔʃən] 名 預防措施 關 measure ▸ 托 4
(解碼) **pre** 之前 + **caution** 謹慎
Larry reminded me to take special **precautions** to prevent fire.
▸ 賴瑞提醒我採取能預防火災的措施。

predecessor [`prɛdɪ,sɛsə] 名 前任 反 successor ▸ 益 3
(解碼) **pre** 之前 + **de** 離開 + **cess** 行走 + **or** 名詞
A compliant newcomer might learn more from his or her **predecessors**.
▸ 一個順從的新進人員或許能從前輩那裡學到更多。

prehistoric [,prihɪs`tɔrɪk] 形 史前的 同 primeval ▸ 托 3
(解碼) **pre** 之前 + **historic** 歷史的
Can you imagine the **prehistoric** period when people lived in the caves?
▸ 你能想像人們穴居山洞的史前時期嗎？

prejudice [`prɛdʒədɪs] 名 偏見 同 preconception ▸ 檢 4

解碼 **pre** 之前 + **judice** 判斷

In court, it's important that the judge and jury have no **prejudice** towards the defendant.
▶ 在法庭上，法官及陪審團對被告不帶偏見是很重要的一件事。

---

preliminary [prɪ`lɪmə͵nɛrɪ] **形** 預備的 **同** preparatory

解碼 **pre** 之前 + **limin** 門檻 + **ary** 形容詞

Our basketball team went home early since we lost in the **preliminary** round.
▶ 我們籃球隊提早回家，因為我們在初賽時就輸了。

---

premature [͵primə`tjʊr] **形** 時機未成熟的 **反** mature

解碼 **pre** 之前 + **mature** 成熟的

It would be **premature** to make a judgment on the new employee because he is new.
▶ 那位新員工才來不久，現在對他下評論為時尚早。

---

presence [`prɛzn̩s] **名** 出席 **反** absence

解碼 **pre** 之前 + **sence** 存在

The **presence** of Mr. Lee at the meeting was surprising.
▶ 李先生出席會議這件事令人感到驚訝。

---

preside [prɪ`zaɪd] **動** 擔任；指揮 **同** direct

解碼 **pre** 之前 + **sed/side** 坐下

Our general manager will **preside** at the monthly meeting.
▶ 我們的總經理將會主持月會。

---

prestige [prɛs`tiʒ] **名** 聲望 **同** prominence

解碼 **pre** 之前 + **stige** 梯子

William is a professor with **prestige** of the university.
▶ 約翰是這所大學很有聲望的教授。

---

preview [`pri͵vju] **名** 預告 **反** review

解碼 **pre** 之前 + **view** 看

Emma said the **preview** for "Avengers: Infinity War" looks really good.
▶ 艾瑪説《復仇者聯盟 3：無限之戰》的預告片看起來很精彩。

UNIT 2 表方位 / 方向的字首
Prefix: The Direction

 **字首 003** **cat-, cata-** 往下 MP3 1-003

catalog/catalogue [`kætəlɔg] 名 目錄 近 list ▶ 益 5
(解碼) cata 往下 + log(ue) 陳述
The pictures on the **catalogue** are not exactly the same with the products.
▶ 目錄上的照片不完全和產品相同。

catastrophe [kə`tæstrəfɪ] 名 災變 同 calamity ▶ 托 4
(解碼) cata 往下 + strophe 翻倒
Typhoon Morokat was a **catastrophe** for many people in southern Taiwan.
▶ 莫拉克颱風對許多台灣南部民眾而言是一大災難。

category [`kætə‚gorɪ] 名 類型；部門 同 class ▶ 益 4
(解碼) cat 往下 + egory 集合
These two products belong to different **categories**.
▶ 這兩件商品分屬不同類別。

字首 004 **de-** 往下；分離；完全的；來自 MP3 1-004

decay [dɪ`ke] 名 腐爛 同 corrosion ▶ 檢 4
(解碼) de 往下 + cay 墜落
People who don't brush their teeth after meals are more prone to tooth **decay**.
▶ 飯後不刷牙的人更容易蛀牙。

degrade [dɪ`gred] 動 降級 同 demote ▶ 益 4
(解碼) de 往下 + grade 行走
I feel you **degraded** me when you talked to me in that tone.
▶ 當你用那種語調和我說話時，我感覺你在貶低我。

deliberate [dɪ`lɪbərɪt] 形 故意的 反 heedless ▶ 檢 3
(解碼) de 完全的 + liber 釋放 + ate 動詞
The way the bully knocked him hurt was obviously **deliberate**.
▶ 那位惡霸把他打傷的過程顯然是故意的。

delinquent [dɪ`lɪŋkwənt] 形 有過失的 近 offending ▶ 益 3

解碼 de 完全的 + linqu 離開 + ent 形容詞

The adolescent is **delinquent** because he often violates the school rules.

▶ 那位青少年的過失在於時常違反校規。

detail [ˋditel] 名 細節 反 generality

▶ 檢 5

解碼 de 完全的 + tail 切割

I need more **details** about this project before I accept your idea.

▶ 在我採納你的想法之前，我需要更多有關這份企劃的詳細資料。

detergent [dɪˋtɚdʒənt] 名 洗淨劑 同 cleaner

▶ 益 3

解碼 de 分離 + terg 擦淨 + ent 物

The **detergent** can be used to effectively remove tea stains.

▶ 這款洗潔劑能夠有效清除茶留下的污漬。

devote [dɪˋvot] 動 獻身於 同 dedicate

▶ 檢 5

解碼 de 來自 + vote 發誓

I **devote** my time to my wife because I love her.

▶ 我將全部的時間獻給我太太，因為我愛她。

devour [dɪˋvaʊr] 動 吞食 同 swallow

▶ 檢 3

解碼 de 完全的 + vour 吃

Those bears **devoured** twenty big salmons in only five minutes.

▶ 那些熊在短短五分鐘的時間內吞食了二十條大鮭魚。

字首 005 il-, in-, ir- 朝向

MP3 1-005

illuminate [ɪˋluməˏnet] 動 照亮 同 lighten

▶ 托 3

解碼 il 朝向 + lumin 亮光 + ate 動詞

The man used a flashlight to **illuminate** the path.

▶ 那名男子使用手電筒來照亮道路。

illusion [ɪˋljuʒən] 名 幻覺 反 reality

▶ 托 3

解碼 il 朝向 + lus 遊戲 + ion 名詞

Most people who think they see ghosts probably see an **illusion** of some sort.

▶ 大多數自認看見鬼的人可能是看到某種幻影。

illustrate [ˋɪləstret] 動 舉例說明 近 clarify

▶ 托 3

解碼 il 朝向 + lustr 亮光 + ate 動詞

The chief of the Board **illustrated** the topic of the day before the meeting.

▶ 董事會主席在會議前說明今天的議題。

1 字首篇／

2 字根篇／

3 字尾篇／

4 複合字篇／

index [`ɪndɛks] 名 指南；索引 近 indicator ▶ 托 4

(解碼) in 朝向 + dex 熟練

If a person wants to find something specific in the guide, they should look at the **index**.

▶ 如果有人想要在旅遊指南中找到特定資訊，應該去看索引。

indulge [ɪn`dʌldʒ] 動 放縱；沉溺 反 abstain ▶ 雅 3

(解碼) in 朝向 + dulge 吸引

We plan to **indulge** in an afternoon tea on our return.

▶ 我們打算在回程時享用下午茶。

invade [ɪn`ved] 動 侵略；侵擾 同 intrude ▶ 檢 3

(解碼) in 朝向 + vade 行走

The German military **invaded** many countries in the early part of the twentieth century.

▶ 德國軍隊在二十世紀初期侵略過許多國家。

investigate [ɪn`vɛstə‚get] 動 調查 同 look into ▶ 益 4

(解碼) in 朝向 + vestig 殘跡 + ate 動詞

The police need to **investigate** if the robber is responsible for all the crimes.

▶ 這名搶犯是否犯下所有的案子，警方仍需調查。

字首 006 pa-, par-, para- 旁邊；抵抗 MP3 1-006

parachute [`pærə‚ʃut] 名 降落傘 同 chute ▶ 托 4

(解碼) para 抵抗 + chute 掉落

The skydiver opened his **parachute** in time.

▶ 這位跳傘選手及時打開了他的降落傘。

paragraph [`pærə‚græf] 名 段落 同 passage ▶ 檢 4

(解碼) para 旁邊 + graph 書寫

The second **paragraph** of the essay has many inconsistencies.

▶ 這篇論文的第二段有許多不連貫之處。

parallel [`pærə‚lɛl] 形 平行的 反 crooked ▶ 研 5

(解碼) para 旁邊 + llel 另一個

The unemployment rate is always **parallel** with the crime rate in this area.

▶ 這個地區的失業率和犯罪率總是並列同行。

paralyze [`pærə‚laɪz] 動 使麻痺；使癱瘓 近 incapacitate ▶ 托 4

解碼 **para** 旁邊 + **lyze** 鬆開
The stroke **paralyzed** the right side of the man's body.
▶ 中風致使那名男子的身體右半邊癱瘓。

UNIT 3 表相對位置的字首
Prefix: The Position

字首 007 **inter-, enter-, intel-** 在…之間　　 MP3 1-007

enterprise [`ɛntɚ͵praɪz] 名 事業　同 business　　▶ 益 3
解碼 **enter** 在…之間 + **prise** 抓住
Uni-Tech is a private **enterprise** and most of the board members are relatives.
▶ 統一科技公司是家私人企業，大部分的董事會成員互為親戚。

intelligence [ɪn`tɛlədʒəns] 名 智力　同 intellect　　▶ 檢 4
解碼 **intel** 在…之間 + **lig** 選擇 + **ence** 名詞
The **intelligence** of dolphins is said to be superior to all other animals.
▶ 據說海豚的智力優於其他動物。

interior [ɪn`tɪrɪɚ] 名 室內；內部　反 exterior　　▶ 益 3
解碼 **inter** 在…之間 + **ior** 比較級
The **interior** of the house is quite roomy. It's ideal for our family.
▶ 這棟房子的室內空間很寬敞，對我們家來說很理想。

international [͵ɪntɚ`næʃənḷ] 形 國際的　反 local　　▶ 檢 4
解碼 **inter** 在…之間 + **nation** 國家 + **al** 形容詞
Stephen King is a famous writer that achieved the status of **international** best-seller.
▶ 史蒂芬‧金是一位國際知名的暢銷書作家。

internet [`ɪntɚ͵nɛt] 名 網際網路　關 website　　▶ 益 5
解碼 **inter** 在…之間 + **net** 網絡
The **Internet** is a useful tool while doing research.
▶ 在做研究時，網際網路是一項極為好用的工具。

interpret [ɪn`tɝprɪt] 動 口譯　同 translate　　▶ 托 4
解碼 **inter** 在…之間 + **pret** 給…定價

We will need a translator to **interpret** Spanish at the meeting.
▶ 我們需要一名口譯在會議中翻譯西班牙文。

intersection [ˌɪntəˈsɛkʃən] 名 十字路口 同 crossing ▶ 檢 3

(解碼) **inter** 在…之間 + **section** 路段
There was a bad accident at the **intersection** yesterday.
▶ 昨天在十字路口發生一起可怕的車禍。

interval [ˈɪntəvl̩] 名 間隔 反 continuation ▶ 托 3

(解碼) **inter** 在…之間 + **val** 隔間；牆
The shuttle bus arrives at an **interval** of fifteen minutes.
▶ 這班接駁車每十五分鐘來一班。

interview [ˈɪntəˌvju] 名 動 面試 關 interviewee ▶ 檢 4

(解碼) **inter** 在…之間 + **view** 見
The manager just had a phone **interview** with a prospective employee.
▶ 這名經理剛對未來的員工進行了一場電話面試。

字首 008 ep-, epi- 在…之中；在…之上 MP3 1-008

epidemic [ˌɛpɪˈdɛmɪk] 名 傳染病 同 contagion ▶ 托 4

(解碼) **epi** 在…之中 + **dem** 人民 + **ic** 名詞
The **epidemic** in this region may flare up again during next summer.
▶ 這個地區的傳染病疫情可能在下個夏季再度爆發。

episode [ˈɛpəˌsod] 名 情節；插曲 關 TV series ▶ 檢 3

(解碼) **epi** 在…之上 + **sode** 進來
I have seen all the **episodes** of "Friends" five times over.
▶ 《六人行》全套我已經看過五次。

字首 009 im-, in- 在上面；在裡面 MP3 1-009

incense [ɪnˈsɛns] 動 激怒 同 annoy ▶ 托 3

(解碼) **in** 在裡面 + **cense** 燒香
When a person is angry, there is no point to **incense** the situation by saying dim-witted things.
▶ 面對一個已經在生氣的人，沒必要說些不明智的話來激怒對方。

incentive [ɪnˈsɛntɪv] 名 誘因 同 enticement ▶ 益 4

解碼 in 在裡面 + cent 唱歌 + ive 形容詞

The winner of the project contest can get an **incentive** payment of sixty thousand dollars.

▶ 企劃競賽的贏家可獲得六萬元激勵獎金。

---

incident [`ɪnsədn̩t] 名 事件 同 event ▶ 雅 5

解碼 in 在上面 + cid 掉落 + ent 名詞

The witness' report of the **incident** is contradictory.

▶ 目擊證人對整起事件的說法前後矛盾。

---

imprison [ɪm`prɪzn̩] 動 監禁 反 liberate ▶ 托 3

解碼 im 在裡面 + prison 監獄

Please do not **imprison** my son because he didn't do the crime.

▶ 我的兒子並沒有犯罪，請不要監禁他。

---

inside [`ɪn`saɪd] 名 內部；內側 反 outside ▶ 研 5

解碼 in 在裡面 + side 面

The game had to be moved **inside** to the gym because of the heavy rain.

▶ 因為下大雨，所以比賽必須移至體育館。

---

insight [`ɪn͵saɪt] 名 見識；洞察力 同 vision ▶ 益 4

解碼 in 在裡面 + sight 看見

We were all impressed by the speaker's **insights** on international law.

▶ 講者對國際法的灼見令我們印象深刻。

---

intuition [͵ɪntju`ɪʃən] 名 直覺 同 instinct ▶ 益 3

解碼 in 在裡面 + tuit 觀看 + ion 名詞

My mother had an **intuition** that I would get accepted at Harvard University and she was right!

▶ 我媽媽直覺認為哈佛大學會接受我的入學申請，結果應驗了！

字首 010 sub-, suf-, sum- 下面

MP3 1-010

submarine [͵sʌbmə`rin] 名 潛水艇 近 battleship ▶ 托 3

解碼 sub 下面 + mar 海 + ine 名詞（物）

The ultrasound technology was first used in the World War II to detect **submarines**.

▶ 超音波技術首次使用於二次大戰，用來偵查潛水艇。

---

substance [`sʌbstəns] 名 物質 同 material ▶ 托 4

(解碼) **sub** 下面 + **stan** 站立 + **ance/ce** 名詞

The **substance** that we have found on the John Doe is poisonous.

▶ 我們在那具無名屍上發現的物質是有毒的。

---

substitute [`sʌbstə‚tjut] 名 替代品 同 replacement　▶ 檢 4

(解碼) **sub** 下面 + **stitute** 建立

Frankly speaking, eating less is not an effectvie **substitute** for exercise.

▶ 坦白説,吃得少不能有效替代運動。

---

subtle [`sʌtḷ] 形 敏銳的;微細的 反 conspicuous　▶ 雅 3

(解碼) **sub** 下面 + **tle** 擺動

Try to be **subtle** when breaking bad news to others, or it might make them angry.

▶ 在傳達壞消息時要試著敏鋭一點,否則可能會惹惱對方。

---

subway [`sʌb‚we] 名 地下鐵 同 underground　▶ 雅 4

(解碼) **sub** 下面 + **way** 道路

The **subway** is in operation. It would surely save you a lot of time in transportation.

▶ 地下鐵正在營運,它肯定能省下你很多通勤時間。

---

sufficient [sə`fɪʃənt] 形 足夠的 同 plentiful　▶ 益 4

(解碼) **suf** 下面 + **fici** 製作 + **ent** 形容詞

That student didn't have **sufficient** money to pay for his meal.

▶ 那名學生當時沒有足夠的錢付餐費。

---

suffocate [`sʌfə‚ket] 動 使窒息 同 choke　▶ 研 3

(解碼) **suf** 下面 + **foc** 食道 + **ate** 動詞

I feel like I'm **suffocating** when I'm in a room with people who are smoking.

▶ 每當我和吸菸者共處一室時,都感覺快窒息了。

---

summon [`sʌmən] 動 傳喚 同 call for　▶ 托 3

(解碼) **sum** 下面 + **mon** 通知

The judge has **summoned** the defendant's ex-wife to testify.

▶ 法官傳喚被告的前妻作證。

字首 011　**super-, sove-, sur-** 在⋯之上;超越　MP3 1-011

sovereign [`sɑvrɪn] 形 具獨立主權的 同 autonomous　▶ 托 4

(解碼) **sove** 在⋯之上 + **reign** 支配

Quebec failed to become a **sovereign** country because the referendum in 1995 failed.
▶ 魁北克未能成為一個主權國家是因為一九九五年的公投失敗。

superb [su`pɝb] 形 上等的；一流的 同 splendid ▶ 益 3
解碼 super 超越 + b 成為
Roy overwhelmed his opponent with his **superb** technique.
▶ 羅伊以高超的技術擊敗了對手。

superior [sə`pɪrɪɚ] 形 優秀的 反 inferior ▶ 托 4
解碼 super 超越 + ior 比較級
Do you think Iron Man is **superior** to Captain America?
▶ 你覺得鋼鐵人比美國隊長厲害嗎？

supersonic [ˌsʌpɚ`sɑnɪk] 形 超音速的 同 rapid ▶ 托 3
解碼 super 超越 + son 聲音 + ic 形容詞
The fighter jet is capable of reaching **supersonic** speed.
▶ 那台噴射客機的飛行速度能夠達到超音速。

supreme [sə`prim] 形 至高的 同 crowning ▶ 雅 3
解碼 super/supre 超越 + me 字尾
The case passed quickly through the High Court to the **Supreme** Court.
▶ 案件很快就從高等院移送到最高法院。

surplus [`sɝpləs] 名 盈餘 同 excess ▶ 益 3
解碼 sur 在…之上 + plus 外加
The government had a trillion dollar **surplus** last year.
▶ 政府去年有一兆盈餘。

surrender [sə`rɛndɚ] 動 投降 同 capitulate ▶ 檢 4
解碼 sur 在…之上 + render 放棄
The German and Japanese army **surrendered** to the allied forces.
▶ 德軍和日軍向盟軍投降。

survey [`sɝve] 名 調查；調查報告 近 study ▶ 托 3
解碼 sur 超越 + vey 看
Professor Lin asked us to conduct a **survey** pertaining to student satisfaction of the professors.
▶ 林教授要我們做一項學生對教授滿意度的調查。

表狀態的字首
Prefix: The Status

字首 012 **a-** 處於

 MP3 1-012

aboard [ə`bord] 介 副 在車（船、飛機）上 同 on board ▶ 益 4

解碼 a 處於 + board 船、車上

We all got **aboard** the ferry in Taitung to go visit Green Island.

▶ 我們在台東搭渡輪，前往綠島遊覽。

----

abroad [ə`brɔd] 副 去國外；在國外 同 overseas ▶ 檢 5

解碼 a 處於 + broad 遼闊的

Rick is considering going **abroad** for his study.

▶ 為了他的研究，瑞克在考慮出國的事情。

----

across [ə`krɔs] 介 橫越；穿過 同 athwart ▶ 益 4

解碼 a 處於 + cross 穿越

Across the Taiwan Strait is the People's Republic of China.

▶ 橫跨台灣海峽就是中華人民共和國。

----

ahead [ə`hɛd] 副 在前面 同 forward ▶ 檢 3

解碼 a 處於 + head 頂端

Several students went **ahead** of the teacher without asking.

▶ 有幾位學生沒問過老師就走到前面。

----

alive [ə`laɪv] 形 活著的 反 dead ▶ 托 4

解碼 a 處於 + live 活的

The rescued scuba divers are really happy to be **alive** and well.

▶ 獲救的潛水員非常高興自己還安然無恙地活著。

----

amid [ə`mɪd] 介 在…之間；在…之中 同 amidst ▶ 雅 3

解碼 a 處於 + mid 中央

Luckily, we still have a job to go to **amid** the financial crisis.

▶ 幸運的是，即便發生金融危機，我們還保有工作。

----

among [ə`mʌŋ] 介 在…之中 同 amid ▶ 檢 4

解碼 a 處於 + mong 人群

She is **among** the few girls to have joined the army in Taiwan.

▶ 她是台灣少數從軍的女孩之一。

around [ə`raund] 介 環繞；圍繞 同 about ▶ 益 3
(解碼) **a** 處於 + **round** 周圍
A young American woman sailed **around** the world by herself.
▶ 一位年輕的美國女性獨自航行全世界。

aside [ə`saɪd] 副 在旁邊 同 next to ▶ 研 3
(解碼) **a** 處於 + **side** 旁邊
Let's put our differences **aside** and try to find a solution.
▶ 讓我們撇開彼此的歧見，試著找出解決方案。

asleep [ə`slip] 形 睡著的 反 awake ▶ 檢 2
(解碼) **a** 處於 + **sleep** 睡覺
I always fall **asleep** when that boring teacher talks too much.
▶ 那位無趣的老師講太多話時，我總會睡著。

away [ə`we] 副 離開 近 absent ▶ 檢 3
(解碼) **a** 處於 + **way** 道路
I wish all these cockroaches in my house would just go **away**!
▶ 希望我房子裡的蟑螂都能離開！

字首 013 be- 存在於 MP3 1-013

because [bɪ`kɔz] 連 因為 同 since ▶ 檢 5
(解碼) **be** 存在於 + **cause** 原因
I bought some sticky rice dumplings **because** the Dragon Boat Festival is around the corner.
▶ 端午節就要到了，所以我買了一些粽子。

become [bɪ`kʌm] 動 成為 同 change into ▶ 檢 5
(解碼) **be** 存在於 + **come** 來到
My nephew dreams of **becoming** a doctor and practicing in the U.S.
▶ 我的外甥夢想成為一名醫師，並且在美國執業。

before [bɪ`for] 介 在…之前 反 after ▶ 檢 5
(解碼) **be** 存在於 + **fore** 前部
Before going to KTV, I need to do the laundry first.
▶ 去 KTV 之前，我必須先洗好衣服。

behalf [bɪ`hæf] 名 利益；代表 同 interest ▶ 益 4
(解碼) **be** 存在於 + **half** 一邊

On **behalf** of all the children in the world, please stop polluting!
▶ 為了世界上的孩子著想，請不要再製造汙染了！

behind [bɪˋhaɪnd] 介 在…後面 同 at the rear of ▶ 托 5
解碼 be 存在於 + **hind** 後面
I'm scared because there's a cockroach **behind** the locker.
▶ 櫃子後面有一隻蟑螂，所以我很害怕。

below [bəˋlo] 介 在…下面 反 above ▶ 研 4
解碼 be 存在於 + **low** 低的
A working holiday in Australia is limited to those aged 30 or **below**.
▶ 澳洲打工旅遊專案僅限三十歲以下者申請。

beneath [bɪˋniθ] 介 在…之下 同 under ▶ 雅 4
解碼 be 存在於 + **neath** 下面
Sean's salary per month is **beneath** his sister's.
▶ 尚恩的月薪比他姐姐低。

beside [bɪˋsaɪd] 介 在旁邊 同 adjacent to ▶ 托 4
解碼 be 存在於 + **side** 旁邊
My manager forgot her iPad **beside** the copy machine in the meeting room.
▶ 經理把 iPad 忘在會議室的影印機旁邊。

betray [bɪˋtre] 動 背叛；陷害 反 protect ▶ 益 4
解碼 be 存在於 + **tray** 呈交
That soldier was put into jail because he **betrayed** his country.
▶ 那名士兵背叛了國家，因而被關進監獄。

beyond [bɪˋjɑnd] 介 超出 同 over ▶ 研 4
解碼 be 存在於 + **yond** 遠處
The convenience and cost effectiveness of the hotel are **beyond** my imagination.
▶ 這間飯店的便利性和低價位超乎我的想像。

字首 014 ob-, oc- 處於

oblige [əˋblaɪdʒ] 動 強制 同 compel ▶ 益 3
解碼 ob 處於 + **lige** 綑綁
The architect was **obliged** to abandon the project because of the tight budget.
▶ 因為預算吃緊，建築師被迫放棄計畫。

obscure [əb`skjʊr] 形 隱藏的 反 obvious ▶

解碼 **ob** 處於 + **scure** 覆蓋

Bats usually live in dark and **obscure** caves where most people would never go.
▶ 蝙蝠通常住在幽暗又隱密的洞穴，這種地方大部分的人都不會去。

occupy [`ɑkjəˌpaɪ] 動 占據 同 take up ▶ 益 4

解碼 **oc** 處於 + **cupy** 抓；奪

Writing is very time-consuming. It **occupies** most of my free time.
▶ 寫作非常費時，它占據了我大多數的空閒時間。

字首 015 **circu-, circul-, circum-** 環繞；周圍

circuit [`sɜkɪt] 名 周邊一圈 近 lap ▶ 托 4

解碼 **circu** 環繞 + **it** 行走

The Formula 1 **circuit** in Montreal is very dangerous.
▶ F1 賽車錦標賽在蒙特婁的賽道很危險。

circulate [`sɜkjəˌlet] 動 循環；流通 同 spread ▶ 研 4

解碼 **circul** 環繞 + **ate** 動詞

There is a rumor **circulating** that the new mayor was involved in an embezzlement scandal.
▶ 新任市長侵占公款的謠言一直流傳著。

circumstance [`sɜkəmˌstæns] 名 環境 同 condition ▶ 研 5

解碼 **circum** 周圍 + **stan** 站立 + **ance/ce** 名詞

The **circumstances** in Iraq have been bad for a long time.
▶ 伊拉克的處境已經糟了好一陣子。

字首 016 **tele-** 遠方的

telegram [`tɛləˌgræm] 名 電報 同 cablegram ▶ 益 3

解碼 **tele** 遠方的 + **gram** 書寫

About 150 years ago, people can get messages by **telegram**.
▶ 大約在一百五十年前，人們可透過電報獲得訊息。

telegraph [`tɛləˌgræf] 名 電報；電信 近 broadcast ▶ 托 3

解碼 **tele** 遠方的 + **graph** 書寫

Because there are telephones and email, we no longer need **telegraph**.
▶ 因為有了電話和電子郵件，所以我們不必再打電報了。

telephone [`tɛləˌfon] 名 電話 同 phone　　　　　▶ 檢 4
(解碼) **tele** 遠方的 + **phone** 聲音
The Canadian Alexander Graham Bell was the inventor of the **telephone**.
▶ 加拿大人亞歷山大‧葛蘭‧貝爾是電話的發明者。

telescope [`tɛləˌskop] 名 望遠鏡 同 scope　　　　▶ 托 3
(解碼) **tele** 遠方的 + **scope** 看
I bought a **telescope** for my study. It really cost me a lot.
▶ 因為研究需要，我買了一台望遠鏡，花了我好多錢。

television [`tɛləˌvɪʒən] 名 電視 同 TV set　　　　▶ 檢 5
(解碼) **tele** 遠方的 + **vision** 視力
You've been watching **television** for six hours! It's time to turn it off.
▶ 你已經看了六個小時的電視節目！該關電視了。

UNIT 5　表動向的字首
Prefix: The Movement

字首 **017** **a-, ac-, ad-, al-, as-, at-** 前往　　　MP3 1-017

abandon [ə`bændən] 動 遺棄；拋棄 動 forsake　　　▶ 托 4
(解碼) **a** 前往 + **bandon** 權限（提示：自由處理權）
The **abandoned** dog was adopted by a caring and nice woman.
▶ 一位好心的女子收養了那隻棄犬。

accumulate [ə`kjumjəˌlet] 動 累積 同 accrue　　　▶ 研 4
(解碼) **ac** 前往 + **cumulate** 堆積
If you **accumulate** more debt, you will end up in big trouble.
▶ 如果你的債務再往上累積，就會有大麻煩。

accustom [ə`kʌstəm] 動 使習慣 近 acquaint　　　▶ 檢 5
(解碼) **ac** 前往 + **custom** 習慣
It could be hard to get **accustomed** to another culture.
▶ 要習慣另一國的文化可能會很困難。

acknowledge [əkˋnɑlɪdʒ] 動 承認 反 decline ▶檢 4
解碼 ac 前往 + know 知道 + ledge 動作
My teacher was so angry at me that she wouldn't even **acknowledge** my presence in the classroom.
▶ 老師對我感到很火大，甚至不願意承認我有去上課。

acquaint [əˋkwent] 動 使熟悉；了解 同 familiarize ▶托 3
解碼 ac 前往 + quaint 理解
I need some time to get **acquainted** with my colleagues.
▶ 我需要花點時間認識同事。

address [əˋdrɛs] 動 演說 同 talk ▶檢 5
解碼 ad 前往 + dress 直接
The president will **address** the nation this evening.
▶ 總統將於今天晚上發表全國演說。

allow [əˋlaʊ] 動 允許；准許 同 permit ▶檢 5
解碼 al 前往 + low 稱讚
It is not **allowed** to eat in the laboratory.
▶ 實驗室裡禁止進食。

asset [ˋæsɛt] 名 資產 同 wealth ▶益 4
解碼 as 前往 +set 足夠
Emma was asked to provide a list of her current **assets** for the credit rating.
▶ 艾瑪被要求提供她的流動資產清單以進行信用評等。

attach [əˋtætʃ] 動 附上 反 detach ▶益 4
解碼 at 前往 + tach 繫於樁上
My boss requires me to **attach** medical certificate for my sick leave.
▶ 老闆要求我請病假時附上醫療證明。

attack [əˋtæk] 名 動 攻擊 反 defend ▶檢 5
解碼 at 前往 + tack 棍棒
The soldiers have been resisting the enemy's **attack** for two weeks.
▶ 士兵們已抵抗敵人的攻擊兩週。

字首 018 **ab-, adv-** 離開 MP3 1-018

abortion [əˋbɔrʃən] 名 墮胎 同 miscarriage ▶托 4
解碼 ab 離開 + ori 成長 + tion 名詞

My neighbor had an **abortion** last month.
▶ 我鄰居上個月去墮胎。

absorb [əb`sɔrb] 動 吸收 同 assimilate ▶ 托 5

解碼 ab 離開 + sorb 吸取

A sponge will **absorb** more water than it can retain on the surface.
▶ 海綿可以吸收許多表面上留不住的水分。

abundant [ə`bʌndənt] 形 豐富的 反 scarce ▶ 托 4

解碼 ab 離開 + und 起伏 + ant 形容詞

Kenting has an **abundant** amount of tourists in summer.
▶ 墾丁夏季時的遊客量很多。

advance [əd`væns] 動 前進 近 propel ▶ 雅 4

解碼 adv 離開 + ance 在⋯前面

If Spain wins this game, they will **advance** to face Germany.
▶ 若西班牙贏得這場比賽，他們就能晉級，並與德國隊對壘。

advantage [əd`væntɪdʒ] 名 優勢 反 disadvantage ▶ 益 5

解碼 ad 離開 + vant 先前 + age 名詞

If I learn English well, I will have an **advantage** in the future.
▶ 如果我把英文學好，將來會比較佔優勢。

字首 **019** **dia-** 穿越；兩者之間

diabetes [ˌdaɪə`bitiz] 名 糖尿病 關 disease ▶ 托 3

解碼 dia 穿越 + betes 行走（提示：在古希臘表示「過多的排尿狀態」）

My grandfather has been suffered from **diabetes** these years.
▶ 我的祖父這幾年深受糖尿病所苦。

diagram [`daɪəˌgræm] 名 圖表 同 chart ▶ 益 4

解碼 dia 兩者之間 + gram 書寫

The **diagram** shows the difference between rich and poor in the developing country.
▶ 這張圖表顯示出這個開發中國家的貧富差距。

dialect [`daɪəlɛkt] 名 方言 同 idiom ▶ 托 3

解碼 dia 兩者之間 + lect 講話

Taiwanese and Hakka are **dialects** that are widely spoken in Taiwan.
▶ 在台灣，台語和客家話是最普遍的方言。

dialogue [`daɪə͵lɔg] 名 對話 同 discourse ▶ 檢 5
(解碼) **dia** 兩者之間 + **logue** 講話
The **dialogue** between those two characters is hilarious.
▶ 那兩名角色間的對話非常好笑。

diameter [daɪˋæmətɚ] 名 直徑 關 radius ▶ 研 5
(解碼) **dia** 穿越 + **meter** 尺寸
Geometry surely teaches how to calculate the **diameter**.
▶ 幾何學一定會教到如何計算直徑。

- -

字首 020 di-, dis- 分離；使喪失 MP3 1-020

digest [daɪˋdʒɛst] 動 消化 同 absorb ▶ 托 4
(解碼) **di** 分離 + **gest** 傳輸；攜帶
The patient cannot **digest** solid food yet.
▶ 那位病人還無法消化固體食物。

- -

disability [dɪsəˋbɪlətɪ] 名 殘疾 近 defect ▶ 益 4
(解碼) **dis** 使喪失 + **ability** 能力
The boy's **disability** makes it hard for him to go up the stairs.
▶ 那位小男孩身患殘疾，因此無法爬樓梯。

- -

discard [dɪsˋkɑrd] 動 拋棄 同 abandon ▶ 益 3
(解碼) **dis** 分離 + **card** 紙張
Tommy **discarded** all the comic books when he cleaned the room.
▶ 湯米打掃房間的時候，把漫畫書都丟了。

- -

discreet [dɪˋskrit] 形 謹慎的 同 cautious ▶ 檢 3
(解碼) **dis** 分離 + **creet** 區別
When it comes to personal issues, we should be **discreet**.
▶ 若涉及隱私，我們就應該謹慎一點。

- -

disease [dɪˋziz] 名 疾病 同 illness ▶ 檢 5
(解碼) **dis** 分離 + **ease** 安逸
Tuberculosis has been a frightening **disease** for centuries.
▶ 幾世紀以來，結核病一直都是駭人的疾病。

- -

disguise [dɪsˋgaɪz] 動 假扮 同 camouflage ▶ 檢 3
(解碼) **dis** 分離 + **guise** 外表
The detective **disguised** himself with a mustache and glasses.

▶ 那名偵探用假鬍子和眼鏡喬裝打扮了一番。

disgust [dɪsˋgʌst] 勔 厭惡 反 please ▶ 檢 3
(解碼) dis 分離 + gust 味道
I took the trash out because the smell really **disgusted** me.
▶ 垃圾的味道實在太讓人反胃，所以我把它拿出去了。

distribute [dɪˋstrɪbjʊt] 勔 分配 同 allot ▶ 益 4
(解碼) dis 分離 + tribute 給予
The Apple Daily **distributes** millions of newspapers all over Taiwan every day.
▶ 蘋果日報每天發送數以百萬的報紙到全台灣各地。

distrust [dɪsˋtrʌst] 名 不信任 同 mistrust ▶ 檢 3
(解碼) dis 分離 + trust 相信
Our supervisor has **distrust** for people who brag about themselves.
▶ 我們的主管不信任會自誇的人。

字首 021 pro-, pur- 向前地；之前；代替 MP3 1-021

problem [ˋprɑbləm] 名 問題 反 solution ▶ 檢 5
(解碼) pro 向前地 + blem 拋擲
If you have any **problem**, just talk to the manager.
▶ 遇到任何問題，就和經理說。

profile [ˋprofaɪl] 名 人物簡介 近 portrait ▶ 益 4
(解碼) pro 向前地 + file 輪廓
The director is reading the actors' **profiles**.
▶ 導演在看那些演員的資料。

prominent [ˋprɑmənənt] 形 著名的 同 eminent ▶ 托 4
(解碼) pro 向前地 + min 突出 + ent 形容詞
Have you ever been to that **prominent** Italian restaurant?
▶ 你有去過那家著名的義大利餐廳嗎？

pronoun [ˋpronaʊn] 名 代名詞 關 noun ▶ 檢 2
(解碼) pro 代替 + noun 名詞
Don't drop the **pronoun** when you need it to be the subject.
▶ 別拿掉代名詞，它是這句話的主詞。

purchase [ˋpɝtʃəs] 勔 購買 反 sell ▶ 益 4

解碼 pur 之前 + **chase** 追逐

Don was pleased to **purchase** a used car with a low price.
▶ 唐很高興自己以低價買到一台二手車。

 **re-** 返回；再一次

recall [rɪ`kɔl] **動** 召回 **近** return ▶ 雅 3
解碼 re 返回 + **call** 召喚

We had to **recall** thousands of cell phones due to a defect with the battery.
▶ 由於電池出問題，所以我們必須回收數千台手機。

recent [`risn̩t] **形** 近來的；近代的 **同** late ▶ 托 4
解碼 re 返回 + **cent** 新的；年輕的

A "LOHAS" lifestyle is becoming popular in **recent** years.
▶ 近年來，「樂活」的生活方式越來越流行。

reconcile [`rɛkənsaɪl] **動** 調停；使和解 **同** fix up ▶ 托 3
解碼 re 再一次 + **concile** 協調

Ann hopes that her parents would **reconcile** the differences between each other and stop fighting.
▶ 安希望父母能夠調和彼此的差異並停止爭吵。

recruit [rɪ`krut] **動** 招募 **同** enlist ▶ 檢 3
解碼 re 再一次 + **cruit** 增加

The army is trying to **recruit** more young adults.
▶ 軍隊試著招募更多年輕人。

redundant [rɪ`dʌndənt] **形** 累贅的 **反** necessary ▶ 檢 3
解碼 re 再一次 + **und/dund** 波動 + **ant** 形容詞

I crossed out several lines because they looked **redundant**.
▶ 那幾行字看起來很多餘，所以被我刪掉了。

refine [rɪ`faɪn] **動** 提煉；改善 **關** filter ▶ 雅 2
解碼 re 再一次 + **fine** 精製的

Crude oil is **refined** to remove impurities.
▶ 精煉原油以去除雜質。

refresh [rɪ`frɛʃ] **動** 使煥然一新 **同** rejuvenate ▶ 雅 3
解碼 re 再一次 + **fresh** 新鮮的

I feel **refreshed** after a good night's sleep.

▶ 安睡一夜之後，我感到精神抖擻。

refuge [`rɛfjudʒ] 名 庇護所 同 asylum ▶ 托 4
(解碼) re 返回 + **fuge** 逃跑
Soldiers who escaped the fighting found a **refuge** in the village.
▶ 逃兵們在村莊中找到一個庇護所。

regard [rɪ`gɑrd] 名 問候；尊重 反 disdain ▶ 檢 5
(解碼) re 返回 + **gard** 照顧
I cannot attend the wedding. Please give my best **regards** to Sam and his wife.
▶ 我無法出席婚禮，請你幫我向山姆和他太太獻上我誠摯的祝福。

register [`rɛdʒɪstɚ] 名 登記簿 同 registry ▶ 托 3
(解碼) re 返回 + **gister** 具有
First, record your name in the **register** and take a name tag.
▶ 首先，在登記簿上寫上您的大名，並領取名牌。

regret [rɪ`grɛt] 名 動 後悔 反 content ▶ 檢 4
(解碼) re 再一次 + **gret** 哭泣
Mike's wife felt **regret** after she accused him of something he didn't do.
▶ 麥克的太太因為一件他沒做的事而責怪他，之後感到很後悔。

rehearse [rɪ`hɜs] 動 預演 關 rehearsal ▶ 雅 3
(解碼) re 再一次 + **hearse** 折磨
The more you **rehearse** the play, the better the performance will be.
▶ 排演愈多次，演出就會愈順利。

reinforce [ˌriɪn`fɔrs] 動 增強 同 bolster ▶ 檢 5
(解碼) re 再一次 + **en/in** 使 + **force** 力量
In writing the composition, Jane **reinforced** her argument by using various examples.
▶ 寫作文時，珍舉出各種例子來強調她的論點。

relic [`rɛlɪk] 名 遺跡 同 remains ▶ 托 3
(解碼) re 返回 + **lic** 遺留
There is a **relic** of an old abandoned ship by the harbor.
▶ 碼頭旁邊有一處廢船遺跡。

reluctant [rɪ`lʌktənt] 形 不情願的 同 unwilling ▶ 益 3
(解碼) re 再一次 + **luct** 掙扎 + **ant** 形容詞
Alice was **reluctant** to take over Adam's work.
▶ 艾莉絲不想接下亞當的工作。

remain [rɪˋmen] **動** 保持；仍然 **同** persist ▶ 檢 4
解碼 re 返回 + main 停留
Twelve miners have been rescued from the mine but five **remain** trapped.
▶ 十二名礦工已被救出礦坑，但仍有五名受困。

repay [rɪˋpe] **動** 償還 **同** reimburse ▶ 益 4
解碼 re 再一次 + pay 支付
Ann lent me $250 and asked me to **repay** it within two weeks.
▶ 安借了我兩百五十元，並要求我在兩週內還她錢。

reproduce [ˌriprəˋdjus] **動** 再生產 **近** duplicate ▶ 研 4
解碼 re 再一次 + produce 製造
Those cockroaches **reproduce** so fast that it's hard to get rid of them.
▶ 那些蟑螂的繁殖速度太快，難以將它們消滅殆盡。

rescue [ˋrɛskju] **動** 救援 **同** extricate ▶ 托 4
解碼 re 返回 + scue 拉開
That brave firefighter **rescued** an aboriginal kid from drowning.
▶ 那位勇敢的消防隊員救了一名溺水的原住民孩子。

research [rɪˋsɝtʃ] **名** 研究 **同** investigation ▶ 托 5
解碼 re 再一次 + search 搜查
We need further information for the **research**.
▶ 為了這份研究，我們需要更進一步的資料。

retrieve [rɪˋtriv] **動** 取回 **同** recapture ▶ 益 3
解碼 re 再一次 + trieve 尋找
Mr. Yang forgot to **retrieve** his belongings in the hotel before leaving for the airport.
▶ 在前往機場前，楊先生忘記取回放在飯店的行李。

return [rɪˋtɝn] **動** 返回 **反** depart ▶ 檢 5
解碼 re 返回 + turn 翻轉
These businessmen **returning** back from New York were quarantined.
▶ 這些從紐約返國的商務人士遭到隔離。

reveal [rɪˋvil] **動** 揭發 **反** conceal ▶ 益 4
解碼 re 返回；反 + veal 遮蔽
Once the game is over, the contestant will **reveal** his identity to the audience.
▶ 一旦比賽結束，參賽者就會向觀眾表露身分。

reward [rɪˋwɔrd] **名** 報酬 **近** bounty ▶ 檢 4

解碼 re 返回 + **ward** 照顧

The **reward** for Ivy's extraordinary sales performance is a hefty bonus.

▶ 艾薇高業績的報酬是一筆豐厚的紅利。

字首 023 tra-, trans-, tres- 跨越；經由

transfer [træns`fɝ] **動** 調職 **關** assign ▶

解碼 trans 跨越 + **fer** 攜帶

My family will move to Spain because my father is being **transferred** by his company.

▶ 因為父親調職的關係，我們家將搬到西班牙。

transform [træns`fɔrm] **動** 變形；轉化 **同** alter ▶

解碼 trans 跨越 + **form** 形式

After the military training, he was **transformed** from a little boy to a grown-up.

▶ 軍事訓練後，他從一個小男孩轉變為成年人了。

transit [`trænsɪt] **名** 過境 **關** transportation ▶

解碼 trans 跨越 + **it** 行走

John has a **transit** in Kuala Lumpur before heading to Amsterdam.

▶ 約翰在到阿姆斯特丹之前，會先過境吉隆坡。

transmit [træns`mɪt] **動** 傳送 **同** pass on ▶

解碼 trans 跨越 + **mit** 發送

Can you **transmit** this message to my boss for me?

▶ 可否請你替我把這個訊息傳達給我的老闆？

transparent [træns`pɛrənt] **形** 透明的 **近** translucent ▶

解碼 trans 跨越 + **parent** 呈現

I bought a pot with a **transparent** lid last Sunday.

▶ 我上個星期天買了一個鍋子，它有附透明鍋蓋。

transplant [`træns͵plænt] **名** 移植 **關** graft ▶ 托 4

解碼 trans 跨越 + **plant** 種植

The doctor scheduled Lucy's heart **transplant** this Friday.

▶ 醫生將露西的心臟移植手術排在這個星期五。

transport [træns`pɔrt] **動** 運輸 **同** carry ▶

解碼 trans 跨越 + **port** 運載

The bus will **transport** the tourists around the island on a three-day tour.

tranquil [ˋtræŋkwɪl] 形 安靜的；平靜的 同 calm ▶ 益 4

解碼 trans/tran 跨越 + quil 靜止

You should've come with us! The beach was **tranquil** and relaxing.
▶ 你真該和我們一起去的！那個海灘既寧靜又令人放鬆。

字首 024 # e-, ex-, extra-, s- 向外；排除；外面

edit [ˋɛdɪt] 動 編輯 近 adapt ▶ 益 4

解碼 e 向外 + dit 產生

The author needs a capable editor to **edit** a few books that she has written.
▶ 那名作者需要一位有能力的編輯幫她處理幾本她已完成的書。

editorial [ˌɛdəˋtorɪəl] 名 社論 近 critique ▶ 托 4

解碼 e 向外 + dit 產生 + or 人 + ial 名詞（物）

There's an interesting **editorial** in the Taipei Times.
▶ 台北時報上有一篇有趣的社論。

eliminate [ɪˋlɪməˌnet] 動 淘汰 反 maintain ▶ 檢 4

解碼 e 排除 + limin 門檻 + ate 動詞

It's a pity that our baseball team got **eliminated** in the semifinal.
▶ 我們的棒球隊在準決賽時被淘汰，真可惜。

elite [eˋlit] 名 精英 近 aristocracy ▶ 托 3

解碼 e 排除 + lite 選出

Elites from all departments will attend this meeting.
▶ 各部門的精英都將出席這場會議。

emerge [ɪˋmɝdʒ] 動 出現 反 disappear ▶ 益 3

解碼 e 向外 + merge 浸泡

An iceberg **emerged** from a distance.
▶ 遠方出現一座冰山。

escape [əˋskep] 動 逃脫 同 flee ▶ 檢 4

解碼 ex/es 向外 + cape 斗篷

During the flood, many crocodiles **escaped** the zoo and now inhabit the rivers.
▶ 洪水來襲時，許多動物園的鱷魚逃脫，現棲息於河中。

example [ɪgˋzæmpl̩] 名 範例 同 exemplar ▶ 益 4

(解碼) **ex** 向外 **+ ample** 拿取
The instructor gave us several **examples** to illustrate the theory.
▶ 為了說明這個理論，講師為我們舉了幾個例子。

excel [ɪk`sɛl] 動 擅長；勝過 同 outdo　▶ 益 3
(解碼) **ex** 排除 **+ cel** 高出
My brother **excels** in physics and chemistry.
▶ 我弟弟很擅長物理和化學這兩科。

excerpt [`ɛksɝpt] 名 摘錄；引用 同 extract　▶ 托 3
(解碼) **ex** 排除 **+ cerpt** 選取
Movie trailers usually show **excerpts** that are most appealing.
▶ 電影預告片通常會放進最吸引人的片段。

exercise [`ɛksɚ͵saɪz] 名 運動 同 training　▶ 檢 4
(解碼) **ex** 排除 **+ ercise** 圍住
Our trainer emphasizes the importance of regular **exercise** again and again.
▶ 我們教練一再強調規律運動的重要性。

exile [`ɛksaɪl] 名 動 放逐；流亡 同 banish　▶ 托 3
(解碼) **ex** 外面 **+ ile** 流浪
The criminals were forced to live in **exile** for the rest of their lives.
▶ 那些罪犯的餘生被迫要過流亡的日子。

exotic [ɛg`zɑdɪk] 形 外來的；異國的 同 foreign　▶ 益 4
(解碼) **ex/exo** 外面 **+ tic** 形容詞（提示：從外面來的）
I love this town because it is full of **exotic** atmosphere.
▶ 我喜歡這個充滿異國風情的小鎮。

expand [ɪk`spænd] 動 擴張 同 broaden　▶ 檢 4
(解碼) **ex** 向外 **+ pand** 散布
Do you think **expanding** our business to Brunei is a good idea?
▶ 你覺得將我們的生意拓展到汶萊好嗎？

explain [ɪk`splen] 動 說明 同 demonstrate　▶ 托 5
(解碼) **ex** 向外 **+ plain** 清楚的
The police officer asked the gangster to **explain** why he was at the crime scene.
▶ 警方要求那位幫派份子說明他為何會出現在案件現場。

exterior [ɪk`stɪrɪɚ] 名 外部 反 interior　▶ 研 4
(解碼) **ex/exter** 向外 **+ ior** 比較級

The **exterior** of that BMW is really aerodynamic.

▶ 那台 BMW 汽車的外觀是流線型的。

----

sample [`sæmp!`] 名 標本；抽樣 同 sampling　　　　▶ 研 4

(解碼) **s** 向外 + **ample** 拿取

I was asked to provide a **sample** of my handwriting.

▶ 有人要求我提供我的筆跡樣本。

----

spend [spɛnd] 動 花費；消耗 反 save　　　　▶ 檢 5

(解碼) **s** 向外 + **pend** 支付；衡量

My sister **spent** more than $50 for a new pair of shoes.

▶ 我姐姐花在新鞋上面的錢超過五十美元。

UNIT 6　表數量的字首
Prefix: About Numbers

 al- 全部

almost [`ɔl,most`] 副 幾乎 同 nearly　　　　▶ 檢 5

(解碼) **al** 全部 + **most** 大部分

I **almost** had an accident while driving to the campsite yesterday.

▶ 我昨天開車去營地時，差點發生意外。

----

alone [ə`lon`] 副 單獨地 反 together　　　　▶ 檢 5

(解碼) **al** 全部 + **one** 單獨

I went to Anping Beach **alone** last weekend and it was relaxing.

▶ 我上週末獨自去安平海灘，感覺很放鬆。

----

already [ɔl`rɛdɪ`] 副 已經 反 not yet　　　　▶ 益 5

(解碼) **al** 全部 + **ready** 準備好

I **already** finished my report. Now I can go for a walk!

▶ 我已經完成報告，現在可以去散步了！

----

also [`ɔlso`] 副 並且；也 同 too　　　　▶ 檢 5

(解碼) **al** 全部 + **so** 這樣

Dark chocolate tastes very good and it can **also** be healthy.

▶ 黑巧克力既好吃又對健康有益。

----

although [ɔlˋðo] 連 雖然 同 though ▶ 益 4

(解碼) al 全部 + though 儘管

Although there were some troubles, we still finished the work on time.
▶ 雖然遇到一些困難，但我們依然準時完成工作。

altogether [ˌɔltəˋgɛðɚ] 副 總之 同 all in all ▶ 研 5

(解碼) al 全部 + together 一起

Altogether, the experience of climbing Jade Mountain was great!
▶ 整體來說，攀登玉山是一次很棒的經驗！

always [ˋɔlwez] 副 永遠；總是 同 forever ▶ 檢 5

(解碼) al 全部 + way 通道 + s 所有格

I will **always** remember my vacation on beautiful Orchid Island.
▶ 我將永遠記得我在美麗蘭嶼的假期。

字首 026 amb-, ambi- 兩者；周圍 MP3 1-026

ambiguity [ˌæmbɪˋgjuətɪ] 名 模稜兩可 反 clearness ▶ 托 4

(解碼) amb 兩者 + igu 趨近 + ity 名詞

The **ambiguity** of our future makes life much more interesting.
▶ 未來的不確定性正是人生之所以有趣的地方。

ambition [æmˋbɪʃən] 名 野心 名 desire ▶ 益 3

(解碼) amb 周圍 + it 行走 + ion 名詞

Derick is filled with **ambition** to become an astronaut.
▶ 德瑞克一心想要成為太空人。

字首 027 bi- 兩個；雙 MP3 1-027

bicycle [ˋbaɪsɪkl] 名 自行車 同 bike ▶ 檢 3

(解碼) bi 兩個 + cycle 輪子

The Giant **bicycle** company is a very big Taiwanese company.
▶ 捷安特自行車公司是一家規模龐大的台灣公司。

bilateral [baɪˋlætərəl] 形 雙邊的 反 unilateral ▶ 益 5

(解碼) bi 兩個 + lateral 側面

This contract requires **bilateral** agreement.
▶ 這份合約需經雙方同意。

字首 028 deca-, decem- +

decade [ˋdɛked] 名 十年 關 decennary ▶ 檢 5
(解碼) deca 十 + ade 名詞
My nephew was born in the last **decade** of the 20th century.
▶ 我的外甥出生於一九九〇年代。

December [dɪˋsɛmbɚ] 名 十二月 關 calendar ▶ 檢 4
(解碼) decem 十 + ber 表月份
Christmas falls on a Saturday this year, so we will be able to fly home until the 24th of **December**.
▶ 今年的聖誕節是星期六,所以我們可以十二月二十四日再搭飛機回家。

字首 029 di-, dou-, du- 兩倍;兩個

diploma [dɪˋplomə] 名 文憑 同 degree ▶ 托 4
(解碼) di 兩倍 + plo 摺疊;編結 + ma 名詞
Our manager has a **diploma** in civil engineering from National Taiwan University.
▶ 我們經理有台灣大學土木工程學系的文憑。

diplomacy [dɪˋploməsɪ] 名 外交手腕 關 politics ▶ 托 4
(解碼) di 兩倍 + plo 摺疊;編結 + macy 名詞
We will certainly have war if there is no **diplomacy** between leaders.
▶ 如果領導人之間沒有外交手腕,那肯定會有戰爭。

diplomat [ˋdɪpləmæt] 名 外交官 近 envoy ▶ 托 3
(解碼) di 兩倍 + plo 摺疊;編結 + mat 名詞
Diplomats have special privileges in their host countries.
▶ 外交官在自己的國家享有特殊待遇。

diplomatic [͵dɪpləˋmætɪk] 形 有外交手腕的 近 political ▶ 托 3
(解碼) di 兩倍 + plo 摺疊;編結 + mat 名詞 + ic 形容詞
Being **diplomatic** in times of conflict is very important.
▶ 在產生衝突時期展現外交手腕是非常重要的。

double [ˋdʌbḷ] 形 兩倍的 同 duplex ▶ 檢 3
(解碼) dou 兩倍 + ble 摺疊
The boy was so hungry that he ate a **double** hamburger with cheese.

▶ 那名男孩太餓，吃了一份雙層起司漢堡。

doubt [daut] 名 疑問 反 belief ▶ 托 4
(解碼) **dou** 兩個 + **bt** 名詞（提示：從兩者選一 → 不確定）
There's no **doubt** that humans cause global warming.
▶ 全球暖化的現象無疑是人類造成的。

dozen [`dʌzn̩] 名 一打 同 twelve ▶ 檢 4
(解碼) **do** 兩個 + **decem/zen** 十
In order to make the apple pies, we need three **dozen** apples.
▶ 為了做蘋果派，我們需要三打蘋果。

dual [`djuəl] 形 二重的 近 binal ▶ 益 3
(解碼) **du** 兩倍 + **al** 形容詞
That old World War II airplane in the aviation museum has **dual** propeller engines.
▶ 航空博物館裡的那架舊式二戰飛機有雙重螺旋槳引擎。

字首 030 **extra-** 額外的；超出
MP3 1-030

extra [`ɛkstrə] 形 額外的 同 additional ▶ 益 4
(解碼) **extra** 額外的；超出
May I have **extra** french fries and ketchup on the side with the hamburger that I ordered?
▶ 我點的漢堡可以多附一些薯條和番茄醬嗎？

extracurricular [ˌɛkstrəkə`rɪkjələ] 形 課外的 關 class ▶ 益 3
(解碼) **extra** 額外的 + **curricular** 課程的
We encouraged students to take part in some **extracurricular** activities after class.
▶ 我們鼓勵學生下課後多參加課外活動。

extraordinary [ɪk`strɔrdn̩ˌɛrɪ] 形 非凡的 同 exceptional ▶ 檢 4
(解碼) **extra** 超出 + **ordinary** 平凡的
The performance of the athletes was **extraordinary**.
▶ 那些運動員們的表現非凡。

字首 031 mon-, mono- 單一

monarch [ˋmɑnɚk] 名 君主 同 emperor ▶ 檢 3
(解碼) mon 單一 + arch 統治者
Do you know that Cleopatra only sat on the throne as the **monarch** for one year?
▶ 你知道埃及豔后實際的在位時間只有一年嗎？

monk [mʌŋk] 名 和尚 同 monastic ▶ 檢 3
(解碼) mon 單一 + k 字尾
The **monk** who lives in the temple is kind to everybody.
▶ 那位深居廟宇的和尚待人非常和善。

monopoly [məˋnɑpḷɪ] 名 壟斷 同 cartel ▶ 益 3
(解碼) mono 單一 + poly 賣
Companies who have a **monopoly** do not need to worry about the competition.
▶ 擁有專賣權的公司無須擔心競爭。

monotonous [məˋnɑtənəs] 形 單調的 同 dull ▶ 托 3
(解碼) mono 單一 + ton 音調 + ous 形容詞
She decided to quit her job because she found working on the assembly line **monotonous**.
▶ 因為組裝線的工作太單調，她決定辭職。

monotony [məˋnɑtənɪ] 名 千篇一律 反 difference ▶ 托 3
(解碼) mono 單一 + ton 音調 + y 名詞
The **monotony** of the professor is making the whole class very bored and sleepy.
▶ 教授的千篇一律令全班感到無聊且想睡至極。

字首 032 un-, uni- 單一

unanimous [jʊˋnænəməs] 形 意見一致的 同 concurrent ▶ 托 3
(解碼) un 單一 + anim 心 + ous 形容詞
We finally got a **unanimous** agreement on that issue.
▶ 針對那項議題，我們終於達成共識了。

uniform [ˋjunəˏfɔrm] 名 制服 形 相同的 反 various ▶ 檢 4
(解碼) uni 單一 + form 形式

Wearing **uniform** is required in our company.
▶ 我們公司規定員工要穿制服。

unify [ˋjunəˏfaɪ] 動 使統一 反 differentiate ▶
解碼 uni 單一 + **fy** 變成
Many scholars agree that North and South Korea need to be **unified** in the future.
▶ 許多學者都認同南北韓未來必須統一的論調。

union [ˋjunjən] 名 聯合 反 detachment ▶
解碼 uni 單一 + **on** 名詞
Union is strength.
▶ 團結就是力量。

unique [juˋnik] 形 獨一無二的 反 common ▶
解碼 un 單一 + **ique** 具…的風貌
Tim fell in love with Rebecca because he feels she is **unique**.
▶ 提姆愛上了蕾貝卡，因為他覺得她很獨特。

unit [ˋjunɪt] 名 單位；元件 同 entity ▶
解碼 uni 單一 + **t** 字尾
There's a shipment of twenty-five air-conditioner **units** that will arrive tomorrow.
▶ 有一批二十五台冷氣機的貨明天會到。

unite [juˋnaɪt] 動 聯合；團結 同 cooperate ▶ 檢 3
解碼 un 單一 + **ite** 動詞
They decided to get **united** to fight against tyranny.
▶ 他們決定聯合起來，共同抵抗暴政。

unity [ˋjunətɪ] 名 聯合；融洽 同 harmony ▶ 托 3
解碼 uni 單一 + **ty** 名詞
It was the **unity** among the players that made them win.
▶ 選手的合作無間，致使他們贏得比賽。

UNIT 7 表共同的字首
Prefix: Coming Together

 co-, col-, com-, con-, coun- 共同

---

coincide [ˌkoɪnˋsaɪd] 動 相符 同 correspond ▶ 益 4

(解碼) **co** 共同 + **in** 在上面 + **cide** 掉落

The secretary timed the workshop to **coincide** with each department's schedule.

▶ 祕書按各部門的時間表,安排研討會的時間。

---

collapse [kəˋlæps] 動 虛脫;倒塌 同 crumple ▶ 雅 3

(解碼) **col** 共同 + **lapse** 下滑

I was so tired after running the marathon that I **collapsed**.

▶ 跑完馬拉松之後,我整個人都累到虛脫了。

---

colleague [ˋkɑlig] 名 同事 同 co-worker ▶ 益 5

(解碼) **col** 共同 + **league** 選擇

My **colleague** got fired because of his poor job performance.

▶ 我的同事因為業績低落而遭解雇。

---

collide [kəˋlaɪd] 動 碰撞 同 bump ▶ 托 4

(解碼) **col** 共同 + **lide** 打;擊

The two ships **collided** and caused a serious shipwreck.

▶ 那兩艘船的相撞引發了嚴重的船難。

---

combine [kəmˋbaɪn] 動 結合 同 merge ▶ 檢 4

(解碼) **com** 共同 + **bine** 兩個

The scientist **combined** the two elements into a synthetic.

▶ 那名科學家將這兩種元素結合成一種合成物。

---

commuter [kəˋmjutɚ] 名 通勤族 近 passenger ▶ 托 4

(解碼) **com** 共同 + **mut** 移動 + **er** 名詞

More than 14 million **commuters** travel on the railways of Greater Tokyo every day.

▶ 每天有超過一千四百萬的通勤族利用大東京地區的鐵路系統。

---

companion [kəmˋpænjən] 名 同伴 同 partner ▶ 益 3

(解碼) **com** 共同 + **pan** 麵包 + **ion** 名詞

Danny is my **companion** in my childhood.

▶ 丹尼是我的兒時玩伴。

compile [kəm`paɪl] 動 彙編 近 collect ▶ 益 3
解碼 com 共同 + pile 歸納
Everything is ready and has been **compiled** into one document.
▶ 每個項目都已備妥,並彙整到同一份文件中。

complain [kəm`plen] 動 抱怨 同 grumble ▶ 檢 5
解碼 com 共同 + plain 悲嘆
The clerk always **complains** that his supervisor gives him too much work.
▶ 那名職員總是抱怨主管派給他太多工作。

complaint [kəm`plent] 名 控訴;抗議 反 compliment ▶ 檢 5
解碼 com 共同 + plaint 悲嘆
The customer had a **complaint** to make about the food because it was stale.
▶ 因為食物不新鮮,所以顧客要提出控訴。

condemn [kən`dɛm] 動 責難 同 blame ▶ 益 3
解碼 con 共同 + demn 傷害
It's absurd to **condemn** one particular country for the September 11 attacks.
▶ 針對 911 攻擊事件去責難某個特定國家是很荒謬的。

condense [kən`dɛns] 動 濃縮;凝結 同 coagulate ▶ 益 3
解碼 con 共同 + dense 使密實
Many food products are **condensed** so that they take up less space and last longer.
▶ 很多食品會加以濃縮,以減少占用的空間,並延長保存期限。

conflict [`kɑnflɪkt] 名 衝突 同 dispute ▶ 檢 5
解碼 con 共同 + flict 攻擊
There's a **conflict** between the representatives over the proposal.
▶ 針對那份提案,兩位代表之間的意見不合。

consonant [`kɑnsənənt] 名 子音 關 vowel ▶ 托 4
解碼 con 共同 + son 聲音 + ant 名詞
My little sister is memorizing the vowels and **consonants** in English.
▶ 我的妹妹正在記英文的母音和子音。

contempt [kən`tɛmpt] 名 輕蔑 反 respect ▶ 雅 3
解碼 con 共同 + temn/tempt 輕視
After getting out of temper, the rude customer found he just fell into **contempt**.
▶ 發了一頓脾氣後,那名無禮的顧客發現自己的行為很丟臉。

council [`kaʊnsḷ] 名 會議 同 assembly ▶ 雅 ③

(解碼) **coun** 共同 + **cil** 叫喚

The city **council** has decided against the construction of the nuclear power plant.

▶ 市議會已決議反對興建核電廠。

---

counsel [`kaʊnsḷ] 動 勸告 同 advise ▶ 雅 ④

(解碼) **coun** 共同 + **sel** 取得

I need someone to **counsel** me on how to lose weight healthily.

▶ 我需要人提供我健康減重的方法。

---

counselor [`kaʊnsḷɚ] 名 顧問 同 adviser ▶ 托 ④

(解碼) **coun** 共同 + **sel** 取得 + **or** 名詞

Mary was the **counselor** of our company for over twenty-five years.

▶ 瑪麗擔任我們公司顧問的時間超過二十五年。

字首 034 syn-, syl-, sym- 一起

syllable [`sɪləbḷ] 名 音節 關 phonetic ▶ 檢 ③

(解碼) **syl** 一起 + **lab** 持有 + **le** 字尾

The words "water" and "matter" are both composed of two **syllables**.

▶ water 和 matter 都是雙音節的單字。

---

symbol [`sɪmbḷ] 名 象徵 同 emblem ▶ 托 ④

(解碼) **sym** 一起 + **bol** 拋擲

The dove and olive branch are known worldwide as **symbols** of peace.

▶ 鴿子和橄欖枝是舉世皆知的和平象徵。

---

sympathetic [ˌsɪmpəˋθɛtɪk] 形 有同情心的 同 caring ▶ 檢 ④

(解碼) **sym** 一起 + **path** 感覺 + **etic** 形容詞

The doctor is very **sympathetic** to his patients.

▶ 那位醫師對病人很有同情心。

---

sympathy [`sɪmpəθɪ] 名 同情 反 antipathy ▶ 檢 ④

(解碼) **sym** 一起 + **path** 感覺 + **y** 名詞

"I am sorry." can be used when you want to express **sympathy**.

▶ 想要表示你對他人的同情時，可以用「我很抱歉」這句話。

---

symptom [`sɪmptəm] 名 症狀 同 syndrome ▶ 檢 ④

(解碼) **sym** 一起 + **ptom** 下降

Symptoms of the disease include fever.
▶ 這種疾病的症狀包括發燒。

....

system [`sɪstəm] 名 系統 同 organization ▶ 益 5

解碼 **syn/sys** 一起 + **ste** 處於 + **m** 字尾
Staying up late is definitely bad for our immune **system**.
▶ 熬夜對免疫系統肯定有害。

....

 UNIT 8

表否定 / 反對的字首
Prefix: The Disagreement

 字首 035 **a-, am-, an-** 否定 　MP3 1-035

atom [`ætəm] 名 原子；微粒 同 particle ▶ 研 5

解碼 **a** 否定 + **tom** 切割
The **atom** bomb was dropped on Nagasaki and Hiroshima in 1945.
▶ 長崎與廣島於一九四五年遭投擲原子彈。

....

anarchy [`ænəkɪ] 名 無秩序；混亂 同 chaos ▶ 益 4

解碼 **an** 否定 + **arch** 統治 + **y** 名詞
Anarchy came into the company ever since Mr. Yang's resignation.
▶ 自從楊先生辭職之後，公司就陷入一片混亂。

....

 字首 036 **ant-, anti-** 相反；反抗；反對 　MP3 1-036

Antarctic [æn`tɑrktɪk] 名 南極 反 Arctic ▶ 托 4

解碼 **ant** 相反 + **arctic** 北極
Who was the Taiwanese man that crossed the **Antarctic**?
▶ 橫越了南極洲的台籍男子是誰？

....

antibiotic [ˌæntɪbaɪ`ɑtɪk] 名 抗生素 關 medicine ▶ 托 3

解碼 **anti** 反抗 + **bio** 生命 + **tic** 名詞
The doctor prescribed **antibiotics** for the child.
▶ 醫生開抗生素給那位小孩。

....

antibody [`ænti‚bɑdɪ] 名 抗體 關 antibiotic　　▶ 托 4
(解碼) anti 反抗 + body 體
Our bodies produce **antibodies** to destroy substances that carry disease.
▶ 我們的身體產生抗體以消滅帶有疾病的物質。

字首 037 contra- 反對；逆向　　MP3 1-037

contradict [‚kɑntrə`dɪkt] 動 反駁 反 agree　　▶ 托 4
(解碼) contra 反對 + dict 講話
If you **contradict** someone, you'd better have a good reason.
▶ 如果你要反駁人，最好要有個好理由。

contrary [`kɑntrɛrɪ] 形 相反的 同 adverse　　▶ 益 5
(解碼) contra 反對 + ry 形容詞
I mentioned my idea, although it was **contrary** to the subject.
▶ 雖然與主題相對立，但我還是提出了我的想法。

contrast [`kɑn‚træst] 名 對照 同 comparison　　▶ 研 5
(解碼) contra 反對 + stet/st 處於（某狀態）
The color of the walls presents a striking **contrast** to that of the roof.
▶ 牆壁與屋頂的顏色形成強烈對比。

counter [`kɑʊntɚ] 動 反駁 反 support　　▶ 益 4
(解碼) contra 反對 → counter
I will **counter** his offer on that house because I really want it.
▶ 我實在太想要那棟房子了，所以我要駁回他出的價。

字首 038 di-, dis-, s- 否定；相反　　MP3 1-038

disadvantage [‚dɪsəd`væntɪdʒ] 名 不利 同 drawback　　▶ 檢 4
(解碼) dis 否定 + advantage 優勢
We are surely at a **disadvantage** this time.
▶ 我們這次肯定是處於不利的地位。

disagree [‚dɪsə`gri] 同 不同意 同 dissent　　▶ 托 5
(解碼) dis 否定 + agree 同意
I **disagree** with my parents about my future all the time.
▶ 一談到我的未來，我和父母一向意見相左。

disappear [ˌdɪsə`pɪr] 動 消失　同 vanish　▶ 檢 4
解碼 dis 否定 + appear 出現
The man I talked to **disappeared** when I came back.
▶ 我回來的時候，和我交談的那名男子已經離開了。

disappoint [ˌdɪsə`pɔɪnt] 動 使失望　反 inspire　▶ 檢 4
解碼 dis 否定 + appoint 指定
Terry was **disappointed** because the team he supported didn't win.
▶ 泰瑞支持的隊伍沒有贏得比賽，所以他很失望。

disapprove [ˌdɪsə`pruv] 動 不贊成　反 ratify　▶ 托 4
解碼 dis 否定 + ap 朝向 + prove 測試
The girl's father **disapproved** of her boyfriend and told him to leave.
▶ 女孩的父親不認同她的男朋友，要他離開。

disbelief [ˌdɪsbə`lif] 名 不相信　反 certainty　▶ 益 3
解碼 dis 否定 + belief 相信
The inspector looked at the man with **disbelief** because he was the only one without an alibi.
▶ 巡官帶著懷疑的眼光看向那個男人，因為他是唯一沒有不在場證明的人。

discharge [dɪs`tʃɑrdʒ] 動 使免除；解雇　同 exempt　▶ 益 4
解碼 dis 否定 + charge 裝載
My nephew was **discharged** from the army because he was seriously sick.
▶ 我姪子因為生重病而從軍中退役。

discomfort [dɪs`kʌmfət] 名 不適　同 uneasiness　▶ 檢 4
解碼 dis 否定 + com 共同 + fort 強大的
The hikers felt **discomfort** after eating those canned food.
▶ 健行者們在吃了那些罐頭食品之後，感到不適。

dishonest [dɪs`ɑnɪst] 形 不誠實的　反 honest　▶ 檢 4
解碼 dis 否定 + honest 誠實的
The real estate broker was **dishonest** at work; therefore, he got fired.
▶ 那位房地產仲介商在工作上有所欺瞞，因此被解雇。

disconnect [ˌdɪskə`nɛkt] 動 分離；切斷　反 connect　▶ 研 5
解碼 dis 否定 + connect 連結
Don't forget to **disconnect** the toaster after you are done with it.
▶ 你用完烤麵包機後，別忘了拔掉插頭。

dislike [dɪs`laɪk] 名 反感　同 aversion　▶ 檢 3

解碼 dis 否定 + like 喜歡

We took an instant **dislike** to the newcomer because he was mean.
▶ 我們馬上就對那名新人產生反感，因為他為人刻薄。

- -

dismay [dɪs`me] **名** 灰心；沮喪　**同** discourage　▶ 雅 4

解碼 dis 否定 + may 能夠

Peter left with **dismay** after hearing the bad news.
▶ 聽到壞消息後，彼得沮喪地離開了。

- -

disregard [ˌdɪsrɪ`gard] **動** 不顧　**同** neglect　▶ 益 4

解碼 dis 否定 + re 表強調 + gard 注意

Just **disregard** her rude comments and keep up the good work.
▶ 不要理會她不經大腦的評論，繼續把工作做好。

- -

dissuade [dɪ`swed] **動** 勸阻　**反** encourage　▶ 托 4

解碼 dis 相反 + suade 激勵

Many people tried to **dissuade** the man from swimming with sharks.
▶ 許多人試著勸阻那位男子和鯊魚共游。

. . . .

字首 039 in- 否定　

infinite [`ɪnfənɪt] **形** 無限的；無數的　**反** finite　▶ 研 3

解碼 in 否定 + finite 有限的

There are an **infinite** number of stars so it is impossible to count them all.
▶ 星星的數量無限，根本不可能數得完。

- -

inanimate [ɪn`ænəmɪt] **形** 無精打采的　**反** animate　▶ 益 5

解碼 in 否定 + anim 精神 + ate 形容詞

Do you know why Oliver was so **inanimate** after work?
▶ 你知道為什麼奧利佛下班後如此無精打采嗎？

. . . .

字首 040 n-, ne-, non- 否定

neither [`niðɚ] **形** 兩者都不　**關** either　▶ 托 4

解碼 n 否定 + either 其一

The game was won by **neither** team. I guess they'll have extra time.
▶ 兩隊都沒有贏得比賽，我猜他們會打延長賽。

neutral [`njutrəl`] 形 中立的；中立國的 同 impartial ▶ 益 4

解碼 ne 否定 + utr 其一 + al 形容詞

The authorities decided to remain **neutral** in the armed conflict between the two countries.

▶ 當局決定在這兩個國家的武裝衝突裡維持中立。

never [`nɛvɚ`] 副 絕不 反 always ▶ 檢 5

解碼 n 否定 + ever 從來

No matter how hard Peter tries, he could **never** beat the champion at chess.

▶ 無論彼得多努力，他都不可能在西洋棋上贏過那位冠軍。

none [nʌn] 代 無一 同 no one ▶ 檢 4

解碼 n 否定 + one 一個

Cindy is so pushy that **none** of her colleagues likes her.

▶ 辛蒂太過堅持己見，以至於她的同事都不喜歡她。

nonsense [`nɑnsɛns`] 名 無意義的話 同 rubbish ▶ 益 3

解碼 non 否定 + sense 感覺

Can I go now? I can't put up with her **nonsense** anymore.

▶ 我可以走了嗎？實在忍受不了她的胡言亂語。

nonviolent [ˌnɑn`vaɪələnt`] 形 非暴力的 反 violent ▶ 檢 3

解碼 non 否定 + violent 暴力的

There must be some **nonviolent** ways to solve this problem.

▶ 一定有辦法能和平解決這個問題的。

字首 041 ob-, op- 反對 MP3 1-041

obstacle [`ɑbstəkl̩`] 名 障礙物 同 barrier ▶ 檢 4

解碼 ob 反對 + stet/sta 站立 + cle 小尺寸

The goal of the race is to go through all the **obstacles** and come back first.

▶ 這場競賽的目標是要穿越所有的障礙，並率先返回。

obstinate [`ɑbstənɪt`] 形 固執的 同 stubborn ▶ 雅 3

解碼 ob 反對 + stet/stin 站立 + ate 形容詞

If my partner continues to be **obstinate**, I would cancel the contract.

▶ 如果我的合夥人繼續這樣固執己見，那我會取消合約。

opposite [`ɑpəzɪt`] 形 相反的 同 counter ▶ 托 5

解碼 op 反對 + pos 放置 + ite 形容詞

According to the map, we should go the **opposite** way.
▶ 根據這張地圖，我們應該走相反的方向才對。

字首 042 un- 相反；否定

uncover [ʌn`kʌvɚ] 動 揭露 同 expose　　▶ 托 3
(解碼) **un** 相反 **+ cover** 掩蓋
The detective **uncovered** the man's plot and saved those people.
▶ 偵探揭露了那名男子的陰謀，因而救了那群人。

undo [ʌn`du] 動 恢復；取消 同 cancel　　▶ 益 3
(解碼) **un** 相反 **+ do** 做
It is too late now. You cannot **undo** what has already been done.
▶ 已經太遲了，你無法挽回已成事實的事。

undoubtedly [ʌn`daʊtɪdlɪ] 副 無疑地 同 definitely　　▶ 益 4
(解碼) **un** 相反 **+ doubt** 懷疑 **+ ed** 形容詞 **+ ly** 副詞
The owner of the Giant Bicycles is **undoubtedly** a bicycle enthusiast.
▶ 捷安特的老闆無疑是一位熱愛單車的人。

unfold [ʌn`fold] 動 展開；說明 反 fold　　▶ 益 3
(解碼) **un** 相反 **+ fold** 摺疊
As the story **unfolds**, we learn that the princess isn't a very nice lady.
▶ 隨著故事情節的發展，我們知道公主的個性其實不怎麼樣。

unlock [ʌn`lɑk] 動 開鎖；揭露 同 open　　▶ 益 3
(解碼) **un** 相反 **+ lock** 上鎖
Tim forgot to **unlock** the door. I guess we need to find a locksmith now.
▶ 提姆忘記開門，我們現在得去找鎖匠。

unpack [ʌn`pæk] 動 打開；吐露 反 pack　　▶ 檢 3
(解碼) **un** 相反 **+ pack** 打包
Now that we have arrived home, we need to **unpack** our baggage.
▶ 既然我們已經到家，就得打開行李箱了。

1 字首篇／

2 字根篇／

3 字尾篇／

4 複合字篇／

UNIT 9 表其他意思的字首
Pefix: Other Meanings

字首 043　**a-** 強調　MP3 1-043

abide [əˋbaɪd] 動 遵守；居住　反 contradict　▶ 益 3
(解碼) **a** 強調 + **bide** 等待
You must **abide** by the law or else you will get a ticket.
▶ 你必須遵守法令，否則會被開罰單。

alike [əˋlaɪk] 形 相似的　反 different　▶ 研 4
(解碼) **a** 強調 + **like** 相像的
Andy and his brother look **alike**, but they are not twins.
▶ 安迪和他的弟弟長得很像，但他們並非雙胞胎。

aloud [əˋlaud] 副 大聲地　反 silently　▶ 檢 3
(解碼) **a** 強調 + **loud** 大聲的
They want to speak **aloud** to reach each other.
▶ 他們想要大聲講話，好讓彼此聽見。

amaze [əˋmez] 動 使驚訝　同 astonish　▶ 檢 3
(解碼) **a** 強調 + **maze** 困惑
The amount of scooters on the streets of Taiwan **amazes** me.
▶ 台灣街頭的機車數量令我驚訝。

arise [əˋraɪz] 動 發生；上升　同 emerge　▶ 益 4
(解碼) **a** 強調 + **rise** 上升
Many concerns **arise** as a result of changing economic factors.
▶ 經濟因素條件的變化衍生出許多令人關切的議題。

arouse [əˋrauz] 動 鼓勵；引起　同 incite　▶ 研 3
(解碼) **a** 強調 + **rouse** 激起
My attention is **aroused** when that beautiful woman speaks.
▶ 那名漂亮的女士一開口就引起了我的注意。

ashamed [əˋʃemd] 形 慚愧的　反 proud　▶ 檢 3
(解碼) **a** 強調 + **shame** 羞愧 + **ed** 形容詞
Terry felt **ashamed** because he cheated in the exam.
▶ 泰瑞在考試中作弊，這讓他感到慚愧。

await [ə`wet] 勔 等候；期待 同 anticipate ▶ 托 4
解碼 a 強調 + **wait** 等待
The government has been prepared and now **awaiting** the typhoon to hit.
▶ 政府已做好準備，等待颱風來襲。

awake [ə`wek] 形 醒著的；清醒的 反 asleep ▶ 檢 3
解碼 a 強調 + **wake** 喚醒
I drank a cup of coffee to keep me **awake**.
▶ 為了保持清醒，我喝了一杯咖啡。

aware [ə`wɛr] 形 知道的；察覺的 反 ignorant ▶ 益 4
解碼 a 強調 + **ware** 警惕的
Being **aware** of danger is what a security guard should do.
▶ 身為一名保鑣，應該要察覺到危險。

awhile [ə`hwaɪl] 副 一會兒；片刻 同 briefly ▶ 托 4
解碼 a 強調 + **while** 一段時間
Please wait **awhile**. The doctor will be here in a few minutes.
▶ 請稍候，醫生再一下就會過來了。

字首 044 arch-, arche-, archi- 首領；主要的 MP3 1-044

arch [`ɑrtʃ] 名 拱廊；拱門 同 archway ▶ 托 4
解碼 **arch** 主要的
The road runs directly under the **arch**.
▶ 這條路直接穿越拱門底下。

architect [`ɑrkɪˌtɛkt] 名 建築師 近 designer ▶ 益 4
解碼 **archi** 主要的 + **tect** 建造者
Nowadays, **architects** are focusing on building energy-efficient homes.
▶ 現今，建築師多專注於建造節能住家。

architecture [`ɑrkɪˌtɛktʃɚ] 名 建築 同 building ▶ 益 4
解碼 **archi** 主要的 + **tect** 建造者 + **ure** 名詞
The **architecture** of Taipei 101 is indeed innovative.
▶ 台北 101 的建築真是創新。

字首 045 auth-, auto- 自己

authentic [ɔ`θɛntɪk] 形 真正的 反 fake
(解碼) auto/aut 自己 + hent 製造者 + ic 形容詞
Many Louis Vuitton purses might look **authentic**, but they are actually fake.
▶ 許多 LV 皮包看起來像真品，實際上卻是假貨。

autobiography [ˌɔtəbaɪ`ɑgrəfɪ] 名 自傳 同 memoir
(解碼) auto 自己 + bio 生命 + graphy 書寫
The film director's **autobiography** is very inspiring.
▶ 那名電影導演的自傳相當激勵人心。

autograph [`ɔtə,græf] 動 親筆簽名 同 handwrite
(解碼) auto 自己 + graph 書寫
I saw the movie star and got her to **autograph** my hat!
▶ 我看到那名電影明星，還請她在我的帽子上簽名呢！

automatic [ˌɔtə`mætɪk] 形 自動的 反 manual
(解碼) auto 自己 + mat 思考 + ic 形容詞
I want an **automatic** car because it's easier to drive.
▶ 我想要一部自排車，因為它比較容易駕駛。

automobile [`ɔtəmə,bɪl] 名 汽車 同 vehicle
(解碼) auto 自己 + mob 移動 + ile 名詞
The new Volvo is a safe but pretty expensive **automobile**.
▶ 新款富豪汽車很安全，售價卻也相當昂貴。

autonomy [ɔ`tɑnəmɪ] 名 自主；自治 反 dependence
(解碼) auto 自己 + nomy 統治
The group has been demanding for local **autonomy** for years.
▶ 這個團體幾年來一直在要求地方自治。

字首 046 bene-, beni-, bon- 益處

beneficent [bɪ`nɛfəsənt] 形 慈善的 同 generous
(解碼) bene 有益的 + fic 做 + ent 形容詞
The king was **beneficent** to his people.
▶ 這個國王對老百姓很仁慈。

beneficial [ˌbɛnəˈfɪʃəl] 形 有益的　同 benign ▶ 益 4
解碼 bene 益處 + fic 製造 + ial 形容詞
To stop smoking is **beneficial** for your health and your family.
▶ 戒菸對你個人的健康和家庭都有所助益。

benefit [ˈbɛnəfɪt] 動 受益　近 gain ▶ 益 4
解碼 bene 益處 + fit 製造
You will **benefit** from eating vegetables in many ways.
▶ 多吃蔬菜對你很多方面都會有幫助。

benevolent [bəˈnɛvələnt] 形 仁慈的　同 humane ▶ 研 3
解碼 bene 益處 + vol 意志 + ent 形容詞
Anna has **benevolent** heart toward small animals.
▶ 安娜對待小動物很有愛心。

bonus [ˈbonəs] 名 紅利　同 bounty ▶ 益 5
解碼 bon 益處 + us 字尾（拉丁字尾，表陽性）
Lucy got a large **bonus** this year because of the high sales.
▶ 因為今年的高銷售額，露西獲得一筆豐厚的紅利。

字首 047 **di-** 日 🎧 MP3 1-047

dial [ˈdaɪəl] 動 撥　名 撥號盤　關 phone call ▶ 檢 4
解碼 di 日 + al 名詞
Can I **dial** this number directly, or do I have to go through the operator?
▶ 我可以直接撥這個號碼，還是必須透過接線員？

diary [ˈdaɪərɪ] 名 日記　同 journal ▶ 檢 3
解碼 di 日 + ary 名詞
Hugh is used to keeping a **diary** in English before going to bed.
▶ 休習慣了在睡前寫英文日記。

diet [ˈdaɪət] 名 日常飲食　同 aliment ▶ 托 5
解碼 di 日 + et 吃
The drops can be administered in combination with a low-calorie **diet**.
▶ 這個滴劑可和低卡洛里的飲食併用。

embark [ɪmˋbɑrk] 動 開始 同 launch ▶ 益 3
(解碼) **em** 使 + **bark** 船
They will **embark** on a great expedition through the Amazon.
▶ 他們即將展開橫越亞馬遜河流域的偉大探險之旅。

embrace [ɪmˋbres] 動 擁抱 同 clasp ▶ 檢 3
(解碼) **em** 使 + **brace** 手臂
I would **embrace** my grandmother whenever I see her.
▶ 每次見到我祖母,我就會過去擁抱她。

enact [ɪnˋækt] 動 制定法律 同 ratify ▶ 托 3
(解碼) **en** 使 + **act** 行動
Did you watch the news? The legislative has **enacted** three new bills today.
▶ 你有看新聞嗎?立法機關今天制定了三項新議案。

encounter [ɪnˋkaʊntɚ] 動 偶然遇見 同 bump into ▶ 雅 3
(解碼) **en** 使 + **contra/counter** 逆向
The man told the reporter that he had **encountered** an alien in the mountains.
▶ 那名男子告訴記者,他在山區遇見外星人。

endanger [ɪnˋdendʒɚ] 動 危及 同 imperil ▶ 托 4
(解碼) **en** 使 + **danger** 危險
Blue whales are **endangered** species.
▶ 藍鯨是瀕臨絕種的動物。

endeavor [ɪnˋdɛvɚ] 名 動 努力 同 effort ▶ 益 4
(解碼) **en** 使 + **deavor** 責任
In order to earn his family a better life, the man made a deep **endeavor** on his job.
▶ 為了讓家人享受更好的生活,那名男子非常努力工作。

energy [ˋɛnɚdʒɪ] 名 活力 同 vigor ▶ 檢 4
(解碼) **en** 使 + **erg** 工作 + **y** 名詞
That scientist had devoted his **energy** to the study through his life.
▶ 那名科學家投注了一生的精力在這項研究上。

engage [ɪnˋgedʒ] 動 從事;占用 同 undertake ▶ 益 4
(解碼) **en** 使 + **gage** 保證
The architect was **engaged** in the project.

▶ 那名建築師忙於那件工程。

enhance [ɪnˈhæns] 動 提升 反 diminish

解碼 en 使 + hance 高的

Jogging for thirty minutes every day will surely **enhance** your strength.
▶ 每天慢跑三十分鐘一定能提升你的體力。

enjoy [ɪnˈdʒɔɪ] 動 享受 反 dislike

解碼 en 使 + joy 愉快

I **enjoy** this vacation so much! It's a pity that we're about to go home.
▶ 我很享受這次的假期！可惜我們要回家了。

enlarge [ɪnˈlɑrdʒ] 動 放大；擴大 反 compress

解碼 en 使 + large 大的

Don't try to **enlarge** the battle against your enemy!
▶ 不要擴大戰事！

enlighten [ɪnˈlaɪtn̩] 動 啟發 同 civilize

▶ 托 3

解碼 en 使 + light 光亮 + en 動詞

Meditating can **enlighten** the soul and relax the body.
▶ 靜坐能啟迪心靈及放鬆身體。

enrich [ɪnˈrɪtʃ] 動 使富裕 反 deplete

解碼 en 使 + rich 富裕的

The experience of traveling through Europe in my early thirties really **enriched** my life.
▶ 我三十歲出頭時遊覽了歐洲各地，這段經歷確實豐富了我的生命。

enroll [ɪnˈrol] 動 註冊 動 enlist

解碼 en 使 + roll 卷軸

Rachel has **enrolled** at Harvard University in the United States this fall.
▶ 瑞秋已於今年秋天在美國的哈佛大學註冊。

entitle [ɪnˈtaɪtl̩] 動 賦予權利 近 designate

▶ 雅 3

解碼 en 使 + title 權利

People in a democratic country are **entitled** to freedom of speech.
▶ 民主國家的人民被賦予言論自由。

字首 049 ex- 完全地

MP3 1-049

exact [ɪg`zækt] 形 精確的；嚴格的 反 indefinite ▶ 益 4
解碼 **ex** 完全地 + **act** 行動
The supervisor asked Tina to give him the **exact** number.
▶ 主管要求蒂娜給他確切的數字。

exchange [ɪks`tʃendʒ] 動 交換 同 interchange ▶ 益 5
解碼 **ex** 完全地 + **change** 交換
We can **exchange** email addresses so that we can keep in touch.
▶ 我們可以交換電子郵件地址，以便聯絡。

execute [`ɛksɪˏkjut] 動 執行 同 enforce ▶ 托 4
解碼 **ex** 完全地 + **ecute** 跟隨
They finally decided to **execute** the new marketing strategy.
▶ 他們終於決定要執行新的行銷策略了。

exert [ɪg`zɝt] 動 運用；行使 同 exercise ▶ 益 4
解碼 **ex** 完全地 + **ert** 安排
If you want to run a marathon, you will have to **exert** a tremendous amount of energy.
▶ 如果你要跑馬拉松，將會消耗大量的體力。

exhaust [ɪg`zɔst] 動 使筋疲力竭 同 fatigue ▶ 檢 4
解碼 **ex** 完全地 + **haust** 汲取
Running the marathon really **exhausted** me.
▶ 跑馬拉松實在讓我筋疲力盡。

exist [ɪg`zɪst] 動 存在 同 live ▶ 托 5
解碼 **ex** 完全地 + **sist** 使處於
The photic zone can **exist** in lakes as well as in the ocean.
▶ 光合作用區可存在於湖泊和海洋。

字首 050 micro- 小的

MP3 1-050

microphone [`maɪkrəˏfon] 名 麥克風 同 mike ▶ 檢 2
解碼 **micro** 小的 + **phone** 聲音
The **microphone** stopped working while she was singing her last song.
▶ 當她在演唱最後一首歌時，麥克風突然沒聲音。

microscope [`maɪkrə,skop] 名 顯微鏡 關 microscopic　▶ 托 2

(解碼) **micro** 小的 + **scope** 觀看

Only with a **microscope** can scientists find out if the germs have mutated.

▶ 唯有透過顯微鏡，科學家才能看出細菌是否已突變。

microwave [`maɪkro,wev] 名 微波爐 關 heat　▶ 檢 2

(解碼) **micro** 小的 + **wave** 搖擺

Never put any metals in a **microwave** because it would cause an explosion.

▶ 絕對不能將金屬放進微波爐，因為會引發爆炸。

字首 051 mis- 錯誤　MP3 1-051

mischief [`mɪstʃɪf] 名 損害；災害 同 damage　▶ 托 3

(解碼) **mis** 錯誤 + **chief** 發生

The hurricane did a lot of **mischief** to the town.

▶ 這場暴風雨對小鎮造成很大的損害。

misfortune [mɪs`fɔrtʃən] 名 不幸 反 blessing　▶ 托 4

(解碼) **mis** 錯誤 + **fortune** 運氣

Jimmy really had the **misfortune** to lose his wallet.

▶ 吉米遺失了他的皮夾，真不走運。

mislead [mɪs`lid] 動 誤導 同 misguide　▶ 檢 3

(解碼) **mis** 錯誤 + **lead** 引導

The criminal left many false clues in the hopes of **misleading** the detective.

▶ 為了誤導偵探，那名罪犯留下許多假證據。

mistake [mɪ`stek] 名 錯誤 同 error　▶ 檢 5

(解碼) **mis** 錯誤 + **take** 拿

It is important to learn from the **mistakes**.

▶ 從錯誤中學習是很重要的。

misunderstand [,mɪsʌndɚ`stænd] 動 誤會 動 misread　▶ 檢 4

(解碼) **mis** 錯誤 + **under** 在…裡面 + **stand** 站立

Speak clearly or people might **misunderstand** you.

▶ 講清楚，否則其他人可能會誤解你。

打起精神加油

Part 2

ROOT

字根篇

～共313個字根～

掃碼即聽

MP3
2-001 ～ MP3
2-313

　　字根通常負責單字最主要的意思，同時變體也很多，這些變體有些是為了發音、有些則是歷史上的演變，乍看之下不容易掌握，但其實這些變化有限，甚至有規律可循，建議跟著單字慢慢熟悉，自然能熟練。

◎ **考試範圍：** 益 新多益 / 托 托福 / 檢 全民英檢 / 研 GRE / 雅 IELTS

🎗 **出現頻率：** 1（最少見）～ 5（最常見）

| 動 動詞 | 名 名詞 | 形 形容詞 | 副 副詞 |
| 介 介系詞 | 代 代名詞 | 連 連接詞 | 縮 縮寫 |

表身體的字根
Root: About Body

字根 001 **cap** 頭；抓取 MP3 2-001

---

cabbage [ˋkæbɪdʒ] 名 甘藍菜 關 sauerkraut ▶ 益 2
(解碼) cap/cabb 頭 + age 名詞
The main ingredient in the traditional Korean food Kimchi is **cabbage**.
▶ 傳統韓國泡菜的主要食材是甘藍菜。

---

cap [kæp] 名 蓋子 同 lid ▶ 檢 2
(解碼) cap 頭（字義衍生：頭 → 蓋子）
The employee at the gas station forgot to put back my gas **cap**.
▶ 加油站員工忘了幫我關上油箱蓋。

---

capable [ˋkepəb!] 形 有能力的 同 competent ▶ 益 3
(解碼) cap 抓取 + able 形容詞
An excellent leader should be introspective, and thus **capable** of taking the team to a better future.
▶ 一名優秀的領導者要能夠自省，才能帶領團隊走向更好的未來。

---

capacity [kəˋpæsətɪ] 名 容量 同 volume ▶ 檢 4
(解碼) cap 抓取 + ity/acity 名詞
The elevator in the school has a **capacity** of fifteen people or six hundred kilos.
▶ 學校電梯的載重量是十五人或六百公斤。

---

cape [kep] 名 披肩；斗篷 同 cloak ▶ 托 2
(解碼) cap 頭 + e 字尾
Superman and batman are examples of superheroes that wear a **cape**.
▶ 超人和蝙蝠俠都是穿著披風的超級英雄。

---

capital [ˋkæpət!] 名 首都 同 metropolis ▶ 益 4
(解碼) cap/capit 頭 + al 名詞
Actually, Canberra is the **capital** of Australia.
▶ 實際上，坎培拉才是澳洲的首都。

---

captive [ˋkæptɪv] 名 俘虜 形 被俘的 同 hostage ▶ 研 3
(解碼) cap/capt 抓取 + ive 名詞 / 形容詞
The poor hostage was held **captive** on a boat for thirty days.
▶ 可憐的人質被監禁在船上三十天。

capture [`kæptʃɚ] **動** 捕獲 **同** catch
(解碼) **cap/capt** 抓取 **+ ure** 名詞
Nowadays, people often use the cell phones to **capture** important moments.
▶ 現代人經常會用手機來捕捉重要時刻的鏡頭。

字根 002 chief 頭

achieve [ə`tʃiv] **動** 完成 **同** accomplish
(解碼) **a** 處於 **+ chief/chieve** 頭
Some athletes use drugs to **achieve** abnormal results in the sports field.
▶ 在運動場，某些運動員使用藥物達成不正常的結果。

chef [ʃɛf] **名** 主廚 **近** cook
(解碼) **chief** 頭 **→ chef**
Tony is the **chef** in that famous restaurant.
▶ 東尼是那家知名餐廳的主廚。

chief [tʃif] **名** 長官；領袖 **同** director
(解碼) **chief** 頭（字義衍生：頭 → 團隊的帶領者）
If there's a problem, please talk to our **chief**.
▶ 若有任何問題，請和我們的長官詳談。

handkerchief [`hæŋkɚˌtʃif] **名** 手帕 **同** hankie
(解碼) **hand** 手 **+ ker** 覆蓋 **+ chief** 頭
The woman wept away sweat on her forehead with the **handkerchief**.
▶ 那個女人用手帕擦去額頭上的汗水。

字根 003 coll 脖子；領子

collar [`kɑlɚ] **名** 衣領 **近** choker
(解碼) **coll** 脖子 **+ ar** 名詞
I don't like the fur **collar** of this coat. Can I take it off?
▶ 我不喜歡這件大衣的毛皮衣領，可以拿掉嗎？

字根 004 cord, cour 心臟

MP3 2-004

accord [əˋkɔrd] 名 動 一致 反 disaccord ▶ 研 4

(解碼) ac 前往 + cord 心臟

The witness' oral evidence **accords** with yours.

▶ 目擊者的證詞與你說的相符。

core [kor] 名 果核 近 nucleus ▶ 托 5

(解碼) cord 心臟 + e 字尾

The **core** of an apple is usually thrown away.

▶ 蘋果果核通常是直接丟掉的。

discourage [dɪsˋkɝɪdʒ] 動 勸阻 同 daunt ▶ 益 4

(解碼) dis 分離 + cour 心臟 + age 動作

I felt **discouraged** by her words and decided to quit.

▶ 她的話讓我感到氣餒，因而決定放棄。

encourage [ɪnˋkɝɪdʒ] 動 鼓勵 同 hearten ▶ 雅 3

(解碼) en 使 + cour 心臟 + age 動作

The coach **encourages** the team to do their best no matter what happens.

▶ 教練總會鼓勵球隊的大家，無論情況如何，都要盡力而為。

record [ˋrɛkəd] 名 紀錄 同 document ▶ 檢 3

(解碼) re 返回；恢復 + cord 心臟

According to the **records**, early settlers mostly inhabited near the hills.

▶ 根據紀錄，早期的開墾者大都住在小山丘附近。

cordial [ˋkɔrdʒəl] 形 誠懇的；友善的 同 hearty ▶ 檢 4

(解碼) cord 心臟 + ial 形容詞

Anna and Bob managed to remain **cordial** after their breakup.

▶ 安娜和鮑伯分手之後，還是維持著友誼。

字根 005 corp, corpor 身體

MP3 2-005

corporate [ˋkɔrpərɪt] 形 公司的 近 associated ▶ 益 5

(解碼) corpor 身體 + ate 形容詞

The **corporate** group has developed the nano technique for ten years.

▶ 這個企業集團已經發展奈米技術長達十年了。

corps [kɔrˋ] 名 軍團 同 squad ▸ 4

(解碼) corp 身體 + s 字尾

Entering the Marine **Corps** may be very hard, but it will make a person stronger.

▸ 加入海軍陸戰隊或許很辛苦，但它會使人變堅強。

corpse [kɔrps] 名 屍體 同 body ▸ 3

(解碼) corp 身體 + se 字尾

The man called the police immediately after he found the **corpse**.

▸ 一找到屍體，那名男子就報警了。

字根 006 dent 牙齒 (MP3 2-006)

dental [ˋdɛntl̩] 形 牙齒的 關 teeth ▸ 3

(解碼) dent 牙齒 + al 形容詞

People with needle phobia usually avoid **dental** care.

▸ 患針頭恐懼症的人通常會迴避牙科照護。

dentist [ˋdɛntɪst] 名 牙醫師 同 orthodontist ▸ 4

(解碼) dent 牙齒 + ist 名詞

The **dentist** advised us to brush our teeth after we have meals.

▸ 牙醫勸我們飯後要刷牙。

字根 007 fac, front 臉；額頭 (MP3 2-007)

confront [kənˋfrʌnt] 動 面對；對質 近 meet ▸ 4

(解碼) con 共同 + front 臉

Billy **confronted** his roommate about the missing money and it turned into a fight.

▸ 比利為了遺失的錢和室友對質，結果兩人打了起來。

face [fes] 名 臉部 近 look ▸ 4

(解碼) fac 臉 + e 字尾

That little girl fell off her bike and scratched her **face**.

▸ 小女孩從單車上摔下來，臉部擦傷。

facial [ˋfeʃəl] 形 臉部的 關 apparent ▸ 3

(解碼) fac 臉 + ial 形容詞

Tracy goes to the salon and does a **facial** massage once a month.
▶ 崔西每個月上一次美容院，做臉部按摩。

front [frʌnt] 名 前面 同 frontal ▶ 檢 4
(解碼) front 臉（字義衍生：臉 → 前面）
Roy went to the **front** of the classroom and made a speech.
▶ 羅伊走到教室前面演講。

superficial [supə`fɪʃəl] 形 表面的 同 shallow ▶ 檢 3
(解碼) super 在…之上 + fac/fic 臉 + ial 形容詞
The wounds she incurred in the car accident are **superficial**.
▶ 她在車禍中所受的傷只是皮肉傷。

surface [`sɝfɪs] 名 表面 同 façade ▶ 益 4
(解碼) sur 在…之上 + fac/face 臉
I bought the table because of its smooth **surface**.
▶ 這張桌子的表面很平滑，所以我買了下來。

字根 008 lingu 語言；舌頭 (MP3 2-008)

language [`læŋgwɪdʒ] 名 語言；文體 近 speech ▶ 托 3
(解碼) lingu/langu 語言 + age 名詞
Besides English, Chinese will also be a global **language** in the future.
▶ 除了英語之外，將來中文也會成為國際通用的語言。

linguist [`lɪŋgwɪst] 名 語言學家 關 grammarian ▶ 益 4
(解碼) lingu 語言 + ist 名詞
The **linguist** is familiar with syntax and morphology.
▶ 那名語言學家對句法學和構詞學都很熟悉。

字根 009 man, manu 手 (MP3 2-009)

manage [`mænɪdʒ] 動 處理；經營 同 run ▶ 托 4
(解碼) man 手 + age 動作
The owner **managed** to make both ends meet.
▶ 那名老闆成功使收支平衡。

manipulate [mə`nɪpjə‚let] 動 操縱；竄改 同 operate ▶ 雅 4

解碼 manu/mani 手 + pul 充滿 + ate 動詞

It's difficult to **manipulate** things when your hands are numb.

▶ 雙手發麻的時候，很難操控東西。

manual [ˋmænjʊəl] 名 手冊 形 手工的 同 guidebook　▶ 檢 3

解碼 manu 手 + al 名詞／形容詞

The technician read the **manual** carefully before he operated the machine.

▶ 在操作機器之前，技師仔細地閱讀使用手冊。

manuscript [ˋmænjə͵skrɪpt] 名 原稿 同 script　▶ 檢 4

解碼 manu 手 + script 寫

The book isn't published. You can only read the story in **manuscript**.

▶ 這本書沒有出版，所以你只能看原稿。

manufacture [͵mænjəˋfæktʃə] 名 動 製造 同 fabricate　▶ 研 3

解碼 manu 手 + fact 製造 + ure 名詞

Many items are now being **manufactured** in China.

▶ 許多商品目前都是由中國製造的。

字根 010 **muscle** 肌肉 MP3 2-010

muscle [ˋmʌsḷ] 名 肌肉 關 tissue　▶ 檢 4

解碼 muscle 肌肉

The athlete developed the **muscles** in his legs by various training.

▶ 那名運動員藉由各種課程鍛鍊腿部肌肉。

muscular [ˋmʌskjələ] 形 肌肉的 近 athletic　▶ 檢 3

解碼 muscle/muscul 肌肉 + ar 形容詞

There was a **muscular** strain on the hiker's legs after he walked for hours.

▶ 在走了好幾個小時之後，那名登山客的腿部出現肌肉拉傷的現象。

字根 011 **nerv, neur, neuro** 神經 MP3 2-011

nerve [nɝv] 名 神經；中樞 關 neuron　▶ 檢 4

解碼 nerv 神經 + e 字尾

Generally speaking, banks play a role of **nerves** of commerce.

▶ 一般而言，銀行扮演著交易中樞的角色。

nervous [`nɜvəs] 形 緊張的 反 relaxed ▶

(解碼) **nerv** 神經 + **ous** 形容詞

Nick feels **nervous** whenever he has to make a presentation.

▶ 每當需要報告的時候，尼克就很緊張。

 **ped, pod** 腳

expedition [ˌɛkspɪˈdɪʃən] 名 遠征 同 trek ▶ 托 3

(解碼) **ex** 向外 + **ped/pedi** 腳 + **tion** 名詞

Many **expeditions** to the North Pole ended in horrible failure.

▶ 許多前往北極的探險隊都無功而返。

---

pedal [`pɛdl̩] 名 踏板 動 踩踏板 關 bike ▶

(解碼) **ped** 腳 + **al** 名詞

Frank stepped hard on the brake **pedal** to avoid collision.

▶ 法蘭克用力地踩了剎車踏板以避免碰撞。

---

pedestrian [pəˈdɛstrɪən] 名 行人 同 passerby ▶

(解碼) **ped/pede** 腳 + **str** 用力 + **ian** 名詞

Pedestrians should be careful while crossing the street.

▶ 行人過馬路時要小心。

UNIT 2 表感官的字根
Root: Facial Features

 aud, audi, edi 聽

audience [`ɔdɪəns] 名 聽眾 近 crowd ▶ 托 3

(解碼) **audi** 聽 + **ence** 名詞

The magician showed the **audience** how he did the tricks.

▶ 這位魔術師將他戲法的訣竅秀給觀眾看。

---

audio [`ɔdɪˌo] 名 音響 同 stereo ▶

(解碼) **audi** 聽 + **o** 字尾

The **audio** in Peter's car is really good.
▶ 彼得車上的音響真的很棒。

obedience [ə`bidjəns] 名 服從 同 compliance ▶ 雅 3
(解碼) **ob** 處於 + **edi** 聽 + **ence** 名詞
I sent my dog to **obedience** training because it wouldn't listen to me.
▶ 我把我的狗送去做服從訓練，因為牠不聽我的命令。

obedient [ə`bidjənt] 形 服從的 同 compliant ▶ 檢 4
(解碼) **ob** 處於 + **edi** 聽 + **ent** 形容詞
A soldier must be **obedient** to his superiors.
▶ 軍人必須服從長官。

obey [ə`be] 動 服從 同 comply ▶ 研 3
(解碼) **ob** 處於 + **edi/ey** 聽
Obeying the law is every citizen's responsibility.
▶ 遵守法律是每個公民的責任。

字根 014 **clam, claim** 大叫 MP3 2-014

claim [klem] 動 聲稱；主張 同 assert ▶ 益 4
(解碼) **claim** 大叫
The suspect **claimed** that he was framed.
▶ 那名嫌犯聲稱自己遭人陷害。

exclaim [ɪk`sklem] 動 呼喊 同 yell ▶ 檢 3
(解碼) **ex** 向外 + **claim** 大叫
The voters **exclaimed** their dissatisfaction concerning the missing ballots.
▶ 選民發聲表達對遺失選票的不滿。

字根 015 **dic** 宣稱；指出 MP3 2-015

dedicate [`dɛdə,ket] 動 致力 反 withhold ▶ 雅 4
(解碼) **de** 往下 + **dic** 宣稱 + **ate** 動詞
The volunteer **dedicated** her life to the needed.
▶ 那名志工全心奉獻於救助困頓之人。

index [`ɪndɛks] 名 索引 同 indicator ▶ 益 3

解碼 in 朝向 + dic/dex 指出

The **index** in this book is listed in alphabetical order.

▶ 這本書的索引以字母順序排列。

---

indicate [ˋɪndəˌket] 動 顯示 同 demonstrate ▶ 研 4

解碼 in 朝向 + dic 指出 + ate 動詞

The speedometer **indicates** that the driver is driving over the speed limit by ten kilometers per hour.

▶ 計速器顯示那位司機超速十公里。

字根 016 dict 說

addict [əˋdɪkt] 動 沉溺於 同 fanaticize ▶ 托 3

解碼 ad 前往 + dict 說

Most people who try smoking will end up with being **addicted**.

▶ 大多數嘗試吸菸的人最後都會上癮。

---

condition [kənˋdɪʃən] 名 條件 同 prerequisite ▶ 檢 3

解碼 con 共同 + dict/dit 說 + ion 名詞

I will work on the project on **condition** that you pay me more.

▶ 我會加入企劃，前提是你提高給我的費用。

---

dictate [ˋdɪktet] 動 命令；口述 同 govern ▶ 檢 2

解碼 dict 說 + ate 動詞

The teacher **dictated** the classroom rules to the whole class.

▶ 老師將班規唸給全班聽。

---

dictation [dɪkˋteʃən] 名 口述；命令 同 command ▶ 益 4

解碼 dict 說 + ate 動作 + ion 名詞

The secretary wrote down the manager's **dictation**.

▶ 祕書寫下經理口述的內容。

---

dictionary [ˋdɪkʃənˌɛrɪ] 名 字典 關 glossary ▶ 雅 3

解碼 dict 說 + ion 名詞 + ary 名詞（轉為抽象名詞，表性質）

Why don't you look up the **dictionary** if you don't know the word?

▶ 不認識那個字的話，為什麼不查字典呢？

---

predict [prɪˋdɪkt] 動 預言 同 forecast ▶ 托 3

解碼 pre 之前 + dict 說

The police officer **predicted** that the criminal would go east.

▶ 警方預測那名罪犯會往東邊逃逸。

字根 017 fa, fabl, fabul 說

fable [`febḷ] **名** 寓言 **同** story ▶ 托 3
解碼 fabl 說 + le 名詞
"The Wind and The Sun" was my favorite **fable** when I was little.
▶ 《北風與太陽》是我小時候最愛的一則寓言。

fabulous [`fæbjələs] **形** 極好的 **同** wonderful ▶ 雅 5
解碼 fabul 說 + ous 形容詞
The pianist's performance yesterday was absolutely **fabulous**.
▶ 那位鋼琴家昨天的演奏真是棒極了。

preface [`prɛfɪs] **名** 序言 **同** prologue ▶ 雅 4
解碼 pre 之前 + fa 說 + ence/ce 名詞
The **preface** to a book gives the reader a general idea of the story.
▶ 書籍的序言讓讀者對故事有個基本的認識。

字根 018 fam 說話

fame [fem] **名** 名聲;聲望 **同** reputation ▶ 益 3
解碼 fam 說話 + e 字尾
The author achieved **fame** overnight because of the best-selling novel.
▶ 那名作家因為這部暢銷小說而一夜成名。

fatal [`fetḷ] **形** 致命的;命中註定的 **同** disastrous ▶ 托 3
解碼 fam/fat 說(的話)+ al 形容詞
The motorcyclist was killed in the **fatal** accident.
▶ 那名機車騎士死於致命的意外。

fate [fet] **名** 宿命;死亡 **同** destiny ▶ 雅 4
解碼 fam/fat 說(的話)+ e 字尾
My sister never believes in **fate**.
▶ 我姐姐不相信命運。

infant [`ɪnfənt] **名** 嬰兒 **同** newborn ▶ 研 3
解碼 in 否定 + fam/fant 說話

The **infant** stopped crying after hearing his mother's singing.
▶ 聽到母親的歌聲後，那名嬰兒就不哭了。

字根 019 fess 講

confess [kənˋfɛs] 動 自白；承認 反 deny ▶ 托 3
解碼 **con** 一起 + **fess** 講
The police tried to make the criminal **confess** to the crime.
▶ 警方試圖讓罪犯承認自己的罪行。

professor [prəˋfɛsɚ] 名 教授 關 student ▶ 研 4
解碼 **pro** 向前地 + **fess** 講 + **or** 名詞
The **professor** agreed with Linda's perspective.
▶ 教授同意琳達的觀點。

字根 020 log, loqu 說

analogy [əˋnælədʒɪ] 名 類推；相似 反 dissimilarity ▶ 研 2
解碼 **ana** 在…之上 + **log** 說 + **y** 名詞
These two articles have some **analogies** with each other.
▶ 這兩篇文章有幾個相似之處。

apology [əˋpɑlədʒɪ] 名 道歉 近 penitence ▶ 雅 3
解碼 **apo** 離開 + **log** 說 + **y** 名詞
The driver made an **apology** to us for his impoliteness.
▶ 那位司機為他的不禮貌向我們道歉。

colloquial [kəˋlokwɪəl] 形 口語的；會話的 反 formal ▶ 托 4
解碼 **col** 共同 + **loqu** 說 + **ial** 形容詞
"Pop" and "soda" are examples of **colloquial** words that describe a soft drink.
▶ 「汽水」和「蘇打」是清涼飲料的口語說法。

eloquent [ˋɛləkwənt] 形 雄辯的 同 well-spoken ▶ 檢 3
解碼 **e** 向外 + **loqu** 說 + **ent** 形容詞
The candidate is pretty **eloquent** and thus made an excellent speech.
▶ 那名候選人的口才很好，因此做了一場精采的演說。

logic [ˋlɑdʒɪk] 名 邏輯；推理 同 rationale ▶ 檢 4

解碼 **log** 說 + **ic** 名詞

I wouldn't agree with Ian because his **logic** is shaky to me.
▶ 我覺得伊恩的邏輯有問題,所以我不贊同他的觀點。

字根 021 **phe, phon** 聲音;講話

prophet [`prɑfɪt] **名** 預言者 **同** seer ▶ 檢 3

解碼 **pro** 向前地 + **phe/phet** 講話

It is said that a **prophet** foretold the event in which Jesus Christ came back to life.
▶ 據說一位先知預言了耶穌基督復活的事件。

symphony [`sɪmfənɪ] **名** 交響曲 **關** orchestra ▶ 檢 3

解碼 **sym** 共同 + **phon** 聲音 + **y** 名詞

One of the most famous **symphonies** Beethoven composed is **Symphony** No.5, Op.67.
▶ 貝多芬的第五號交響曲《命運》是他廣為人知的作品之一。

字根 022 **spec** 看

aspect [`æspɛkt] **名** 方面;形勢 **同** facet ▶ 益 3

解碼 **a** 前往 + **spect** 看

The trainer reminded us to consider a question in different **aspects**.
▶ 訓練者提醒我們要從不同的角度去思考問題。

despise [dɪ`spaɪz] **動** 輕視 **同** disdain ▶ 檢 3

解碼 **de** 往下 + **spec/spise** 看

The foreign editor quit because she **despised** her boss.
▶ 該名外國編輯瞧不起她的老闆,因而辭職。

despite [dɪ`spaɪt] **介** 不顧 **同** in spite of ▶ 檢 5

解碼 **de** 往下 + **spec/spite** 看

My father attended the meeting **despite** his illness.
▶ 我父親不顧自己的病情,依然去參加會議。

expect [ɪk`spɛkt] **動** 期待;預期 **同** await ▶ 檢 5

解碼 **ex** 向外 + **spec** 看

I **expect** you to complete this project by the deadline.

▶ 我期待你能在期限之前完成這項計畫。

inspect [ɪn`spɛkt] 動 調查；檢閱 同 go through ▶ 托 4
解碼 **in** 進入 **+ spec/spect** 看
Those police officers went to **inspect** the crime scene.
▶ 那些警員前往調查犯罪現場的情況。

perspective [pɚ`spɛktɪv] 名 觀點 形 透視的 同 viewpoint ▶ 托 3
解碼 **per** 穿透 **+ spec/spect** 看 **+ ive** 名詞／形容詞
Danny agreed with the scholar's **perspective** on global politics.
▶ 丹尼認同那名學者對全球政治的觀點。

prospect [`prɑspɛkt] 名 眼界；展望 反 retrospect ▶ 益 3
解碼 **pro** 向前地 **+ spec/spect** 看
I am happy for Tom because he obtains a job which offers good **prospects**.
▶ 我替湯姆感到高興，因為他得到一份很有展望的工作。

respect [rɪ`spɛkt] 名 動 尊敬 反 disrespect ▶ 檢 4
解碼 **re** 再一次 **+ spec/spect** 看
Joe is angry because you didn't **respect** his decision.
▶ 因為你沒有尊重喬的決定，所以他生氣了。

scope [skop] 名 範圍；領域 同 extent ▶ 益 3
解碼 **spec** 看 → **scope**
The problem is beyond my **scope**. You should ask Roy for help.
▶ 這個問題超出我的能力範圍，你應該去找羅伊幫忙。

special [`spɛʃəl] 形 特別的 反 common ▶ 檢 5
解碼 **spec** 看 **+ ial** 形容詞
They have a **special** offer for regular customers.
▶ 針對常客，他們會給予特別的優惠。

specimen [`spɛsəmən] 名 標本；樣品 同 sample ▶ 研 3
解碼 **spec** 看 **+ im** 進入 **+ en** 名詞（小尺寸）
The **specimen** looks like a snake, but it is actually a big eel fish.
▶ 這個標本看起來像蛇，但牠實際上是一條大鰻魚。

spectacle [`spɛktəkl] 名 景象；奇觀 同 sight ▶ 托 3
解碼 **spec/spect** 看 **+ acle** 名詞（小尺寸）
All the tourists were amazed by the **spectacle**.
▶ 所有的旅客都對這個景象嘆為觀止。

spectacular [spɛkˋtækjələ] 形 壯觀的 同 breathtaking ▶ 托 3
(解碼) spec/spect 看 + acular 形容詞
They were watching a **spectacular** display of fireworks along the riverbank.
▶ 他們那時在河岸邊觀看壯麗的煙火表演。

spectrum [ˋspɛktrəm] 名 光譜；範圍 同 gamut ▶ 研 2
(解碼) spec 看 + tron/trum 基本粒子
A rainbow shows all the colors of the visible **spectrum**.
▶ 彩虹顯示出可見光譜的所有顏色。

speculate [ˋspɛkjəˌlet] 動 思索；推測 同 guess ▶ 托 3
(解碼) spec 看 + ule/ul 小尺寸 + ate 動詞
Some investors **speculate** on a rise in stocks.
▶ 有些投資者推測股票會上漲。

spice [spaɪs] 名 香料 動 加香料於 同 seasoning ▶ 檢 3
(解碼) spec 看 → spice
The chef added some **spice** to the sausage.
▶ 主廚在香腸中添加了香料。

spy [spaɪ] 動 偵察 名 間諜 同 secret agent ▶ 雅 3
(解碼) spec 看 → spy
They are **spying** upon the movements of the terrorists.
▶ 他們正在暗中監視恐怖份子的行動。

suspect [ˋsəspɛkt] 名 嫌疑犯 關 charge ▶ 檢 4
(解碼) sub/sus 下面 + spec/spect 看
Based on the evidence, the court decided to prosecute the **suspect**.
▶ 根據這項證據，法庭決定起訴該名嫌犯。

字根 023 vis, vise 看見
(MP3 2-023)

advice [ədˋvaɪs] 名 忠告；建議 同 guidance ▶ 檢 4
(解碼) ad 前往 + vise/vice 看見
We followed Ann's **advice** and distributed the process into four stages.
▶ 我們採取安的建議，將程序分成四個階段執行。

advise [ədˋvaɪz] 動 勸告；建議 同 recommend ▶ 檢 4
(解碼) ad 前往 + vise 看見
The manager **advised** against the franchise with local agencies.

▶ 經理不建議和當地經銷商結盟。

device [dɪ`vaɪs] 名 設計；設備 同 gadget ▶ 檢 4
解碼 de 分離 + vise/vice 看見
People nowadays literally can't live without electronic **devices**.
▶ 現代人真的是少了電子設備就不行了。

devise [dɪ`vaɪz] 動 設計；發明 同 design ▶ 檢 3
解碼 de 分離 + vise 看見
Adam **devised** a wonderful plan.
▶ 亞當想出一個很棒的計畫。

envy [`ɛnvɪ] 名 動 羨慕；嫉妒 反 satisfy ▶ 檢 4
解碼 in/en 在上面 + vis/vy 看見
Tommy **envies** professional soccer players so much, and he wants to be one of them.
▶ 湯米很羨慕職業足球選手，並想要成為他們的一員。

evidence [`ɛvədəns] 名 證據；跡象 同 proof ▶ 托 4
解碼 e 向外 + vis/vid 看見 + ence 名詞
There was not sufficient **evidence** to convict the man.
▶ 證據不足以判定那男人有罪。

evident [`ɛvədənt] 形 明顯的 反 dubious ▶ 托 4
解碼 e 向外 + vis/vid 看見 +ent 形容詞
It is **evident** by your frequent tardiness that you do not care about the job.
▶ 你經常遲到，很明顯是不在乎這份工作。

provide [prə`vaɪd] 動 提供；預備 反 consume ▶ 檢 5
解碼 pro 之前 + vise/vide 看見
The couple tries hard to **provide** their children with a good education.
▶ 那對夫妻很努力地提供孩子良好的教育。

review [rɪ`vju] 名 動 評論；複習 反 preview ▶ 檢 4
解碼 re 再一次 + vise/view 看見
Please **review** this chapter, inclusive of pages 78 to 94.
▶ 請複習本章的內容，範圍從第七十八頁到第九十四頁。

revise [rɪ`vaɪz] 動 校訂；修正 同 correct ▶ 益 4
解碼 re 再一次 + vise 看見
They published the **revised** edition of the grammar book.
▶ 他們出版了這本文法書的修訂版。

supervise [`supɚvaɪz] 動 監督；管理 同 oversee　▶ 托 3
(解碼) **super** 在…之上 + **vise** 看見
The hostess **supervised** her maids to clean the house.
▶ 女主人監督她的女僕們打掃房子。

survey [sɚ`ve] 名 動 調查；勘查 同 inspection　▶ 檢 3
(解碼) **sur** 在…之上 + **vis/vey** 看見
They **surveyed** the bay from a helicopter.
▶ 他們搭直升機俯瞰海灣。

visa [`vizə] 名 簽證 關 approval　▶ 托 3
(解碼) **vise** 看見 → **visa**
My visitor's **visa** will expire on October 22nd this year.
▶ 我的旅遊簽證將於今年的十月二十二日到期。

vision [`vɪʒən] 名 視力；洞察力 同 eyesight　▶ 檢 4
(解碼) **vis** 看見 + **ion** 名詞
Your **vision** may become blurry for a few minutes after using mydriatic.
使用散瞳劑後，你或許會有幾分鐘視力模糊。

visit [`vɪzɪt] 名 動 拜訪；參觀 同 call on　▶ 檢 5
(解碼) **vis** 看見 + **it** 行走
We **visited** three churches, and I really loved the design of the architecture.
▶ 我們參觀了三棟教堂，我真的很喜歡他們的建築設計。

visual [`vɪʒuəl] 形 視覺的 同 ocular　▶ 檢 5
(解碼) **vis** 看見 + **ual** 形容詞
I learned how to use lighting to create **visual** stage effects.
▶ 我學會了用燈光製造舞台效果的方法。

字根 024 **voc, voke** 喊叫；聲音　(MP3 2-024)

advocate [`ædvəˌket] 動 主張 同 promote　▶ 托 4
(解碼) **ad** 前往 + **voc** 喊叫 + **ate** 動詞
He **advocates** a reduction in military spending.
▶ 他主張削減軍費開支。

provoke [prə`vok] 動 激起；激怒 反 soothe　▶ 托 3
(解碼) **pro** 向前地 + **voke** 喊叫
I never thought that this article would **provoke** so much discussion.

▶ 我從沒想過這篇文章竟然能激起這麼多人討論。

vocabulary [və`kæbjəˌlɛrɪ] 名 字彙 同 glossary ▶ 檢 4
(解碼) voc/voca 聲音 + bul 增強 + ary 名詞
Though she has limited **vocabulary**, he wrote a good composition.
▶ 雖然他的字彙有限，但他寫了一篇好作文。

vocation [vo`keʃən] 名 職業；行業 同 occupation ▶ 益 4
(解碼) voc 喊叫 + ation 名詞
My cousin chose to take up the **vocation** of engineering.
▶ 我堂哥選擇當工程師。

vocal [`vokḷ] 形 聲音的；口頭的 同 uttered ▶ 檢 3
(解碼) voc 聲音 + al 形容詞
Gina has a talent for singing and chose **vocal** music as her major.
▶ 吉娜很有唱歌的天賦，所以選聲樂作為主修。

UNIT 3 表上肢動作的字根
Root: Actions Done by Hands

字根 025 **bat, batt** 打

bat [bæt] 動 揮打 名 球棒 同 sock ▶ 托 4
(解碼) bat 打
Most baseball players prefer a wooden **bat** to one made of metal.
▶ 大多數棒球選手偏愛木製球棒，而非金屬球棒。

batter [`bætə] 名 麵糊；打擊手 同 dough ▶ 雅 3
(解碼) batt 打 + er 名詞
The **batter** is ready, so we can turn on the oven now.
▶ 麵糊已經準備好，我們現在可以打開烤箱了。

battery [`bætərɪ] 名 電池 關 charger ▶ 研 3
(解碼) batt 打 + ery 名詞（字義衍生：打 → 砲 → 電子元素）
Using rechargeable **batteries** is better for the environment.
▶ 使用充電式電池比較環保。

battle [ˋbætl̩] 名 戰役 同 fight

(解碼) **batt** 打 + **le** 名詞

My grandfather died in a **battle** during World War II.
▶ 我爺爺死於第二次世界大戰的一場戰役。

combat [ˋkɑmbæt] 名 動 戰鬥 同 warfare

(解碼) **com** 共同 + **bat** 打

All the troops are ready for the **combat** and awaiting orders to attack the enemy.
▶ 所有軍隊已做好戰鬥的準備，正在等待進攻的命令。

debate [dɪˋbet] 名 動 辯論 同 controversy

(解碼) **de** 往下 + **bat/bate** 打

A fierce **debate** is going on in the conference room.
▶ 會議室裡正有場激烈的辯論。

字根 026 cast 投擲 (MP3 2-026)

cast [kæst] 動 投擲 名 演員班底 同 throw

(解碼) **cast** 投擲

The **cast** of the movie is amazing.
▶ 這部電影的演員陣容真令人驚艷。

forecast [ˋforˌkæst] 名 動 預報 同 prediction

(解碼) **fore** 之前 + **cast** 投擲

Kelly usually listens to the weather **forecast** on her cell phone.
▶ 凱莉經常用手機聽氣象預報。

字根 027 ceive, cept, cip 拿 (MP3 2-027)

accept [əkˋsɛpt] 動 同意；接受 反 refuse

(解碼) **ac** 前往 + **cept** 拿

Jennifer **accepted** Bob's proposal without hesitation.
▶ 珍妮佛毫不猶豫地答應了鮑伯的求婚。

conceive [kənˋsiv] 動 構想；設想 同 think 雅 3

(解碼) **con** 共同 + **ceive** 拿

The project was **conceived** by Miranda and her team.

▶ 這個企劃是由米蘭達和她的團隊所構思出來的。

----

concept [ˋkɑnsɛpt] 名 概念 同 conception ▶ 托 2
解碼 con 共同 + cept 拿

This work has brought a completely new **concept** into the jazz field.
▶ 這件作品為爵士樂領域注入全新的概念。

----

deceive [dɪˋsiv] 動 欺騙 近 defraud ▶ 檢 2
解碼 de 分離 + ceive 拿

Sam's wife confides in him, and he has never **deceived** her.
▶ 山姆的老婆信賴他,而他從未欺騙過她。

----

except [ɪkˋsɛpt] 介 除外 同 excluding ▶ 雅 4
解碼 ex 向外 + cept 拿

Except for Peter, everybody else has failed the examination.
▶ 除了彼得之外,其他所有人的成績都不及格。

----

perceive [pɚˋsiv] 動 察覺;感知 同 realize ▶ 益 3
解碼 per 完全地 + ceive 拿

Roy is disappointed because people **perceive** him as being dishonest.
▶ 羅伊因為其他人認為他不誠實而感到沮喪。

----

receipt [rɪˋsit] 名 收據;接受 同 voucher ▶ 益 2
解碼 re 返回 + cip/ceipt 拿

Remember to get a **receipt** when you buy something.
▶ 購買物品時,要記得拿收據。

----

receive [rɪˋsiv] 動 收到 近 obtain ▶ 雅 4
解碼 re 返回 + ceive 拿

The marketing manager **received** a big bonus.
▶ 行銷經理拿到了豐厚的紅利。

----

recipient [rɪˋsɪpɪənt] 名 接受者 反 giver ▶ 檢 3
解碼 re 返回 + cip/cipi 拿 + ent 名詞(人)

She decided to give all her money away. The **recipients** of her money included charities and churches.
▶ 她決定將所有的錢捐出去,接受者包括慈善機構與教堂。

字根 028 CUSS 搖晃；打擊

(MP3 2-028)

discuss [dɪˋskʌs] 動 討論 同 deliberate ▶ 研 4

解碼 dis 分離 + cuss 搖晃

Professor Lin **discussed** the final presentation with his graduate student.
▶ 林教授與他的研究生討論期末發表事宜。

percussion [pɚˋkʌʃən] 名 打擊樂器 關 drumming ▶

解碼 per 穿過 + cuss 打擊 + ion 名詞

David took the class because he is interested in the **percussion** instrument.
▶ 大衛對打擊樂器有興趣，所以修了那門課。

字根 029 ample, empt 拿；買

(MP3 2-029)

example [ɪgˋzæmpl̩] 名 樣本 同 sample ▶

解碼 ex 向外 + ample 拿

The professor always gives practical **examples** to explain the economic theories.
▶ 那位教授總是藉實例來說明經濟學理論。

prompt [prɑmpt] 形 立即的 同 instant ▶

解碼 pro 向前地 + empt 拿

The bank came to a **prompt** decision on the fully secured loan.
▶ 銀行立即做了決策，提供十足擔保貸款。

字根 030 fend, fest 打擊

(MP3 2-030)

defend [dɪˋfɛnd] 動 防禦；抗辯 同 fight for ▶

解碼 de 分離 + fend 打擊

The lawyer found it difficult to **defend** his client.
▶ 那名律師發現要為他的客戶辯護有困難。

defense [dɪˋfɛns] 名 防禦；國防 反 offense ▶

解碼 de 分離 + fend/fense 打擊

In sports, the team playing **defense** does not have the ball to hold onto.
▶ 運動中，防禦的一方不控球。

fence [fɛns] 名 柵欄；籬笆 同 barricade ▶ 檢 3
(解碼) **fend** 打擊 → **fence**（字義衍生：打擊 → 圍住以防衛）
The boys are scrambling the **fence**.
▶ 那些男孩們正在爬籬笆。

manifest [`mænə,fɛst] 動 顯示 反 conceal ▶ 檢 2
(解碼) **mani** 手 + **fest** 打擊
Amy tried to **manifest** all the related data in one document.
▶ 艾咪試著將所有相關的資料顯示在同一份文件中。

offend [ə`fɛnd] 動 冒犯；違反 反 defend ▶ 檢 3
(解碼) **ob/of** 反對 + **fend** 打擊
Danny **offended** the host before, so he isn't invited this time.
▶ 丹尼之前冒犯了主辦人，所以他這次沒有被邀請。

offense [ə`fɛns] 名 冒犯；侮辱 反 defense ▶ 雅 4
(解碼) **ob/of** 反對 + **fend/fense** 打擊
Their team's **offense** was badly planned.
▶ 他們隊的進攻毫無章法。

字根 031 ger, gest 攜帶 ▶ MP3 2-031

digest [daɪ`dʒɛst] 動 消化 名 摘要 同 absorb ▶ 雅 3
(解碼) **di** 分離 + **gest** 攜帶
The patient is still under treatment. He cannot **digest** solid food yet.
▶ 那位病人還在接受治療中，他還無法消化固體食物。

exaggerate [ɪg`zædʒə,ret] 動 誇張 同 overdraw ▶ 檢 5
(解碼) **ex** 向外 + **ag** 前往 + **ger** 攜帶 + **ate** 動詞
When telling a story, my grandmother tends to **exaggerate** it.
▶ 在講故事的時候，我祖母通常會誇大一些。

gesture [`dʒɛstʃɚ] 名 手勢 關 body language ▶ 益 3
(解碼) **gest** 攜帶 + **ure** 名詞
He made that **gesture** three times at the meeting, but I didn't get it.
▶ 他在會議上比了那個手勢三次，但我還是沒看懂他的意思。

suggest [sə`dʒɛst] 動 建議；提議 同 recommend ▶ 托 4
(解碼) **sub/sug** 下面 + **gest** 攜帶
The teacher **suggested** her students do the online questions before the exam.

▶ 老師建議她的學生考前去做個線上測驗。

字根 032 gram, graph 寫

calligraphy [kə`lɪgrəfɪ] 名 書法 關 writing ▶ 托 5
解碼 **calli** 優美 + **graph** 寫 + **y** 名詞
My mother is good at **calligraphy** since she has studied it for thirty years.
▶ 我母親很擅長書法，因為她已鑽研三十年了。

geography [dʒi`ɑgrəfɪ] 名 地理學 關 geology ▶ 檢 4
解碼 **geo** 土地 + **graph** 寫 + **y** 名詞
My twin brother is strongly interested in **geography**.
▶ 我的雙胞胎哥哥對地理學特別有興趣。

grammar [`græmɚ] 名 文法 關 syntax ▶ 益 4
解碼 **gram** 寫 + **ar** 名詞
Mastering English **grammar** is the hardest part for me.
▶ 對我來說，要精通英語文法是最困難的部分。

graph [græf] 名 圖表 同 chart ▶ 雅 3
解碼 **graph** 寫
The **graph** below shows the improvement of the sales in the last six months.
▶ 以下圖表顯示過去六個月內銷售量的進展。

photograph [`fotə,græf] 名 照片 同 image ▶ 研 5
解碼 **photo** 光 + **graph** 寫
This **photograph** reminds me of my best friend.
▶ 這張照片讓我想起我最好的朋友。

program [`progræm] 名 節目單；計畫 同 schedule ▶ 托 5
解碼 **pro** 向前地 + **gram** 寫
The photography **program** at my university is very popular among students.
▶ 我們學校的攝影課程在學生當中可是很搶手的一門課。

字根 033 jac, ject 投擲

inject [ɪn`dʒɛkt] 動 注入；注射 同 infuse ▶ 檢 4
解碼 **in** 進入 + **ject** 投擲

The nurse **injected** the drug into my arm.
▶ 護士將藥注入我的手臂。

object [`ɑbdʒɪkt] 名 物體；目標 同 thing　▶
(解碼) **ob** 對著 + **ject** 投擲
Some **objects** get bigger when they're heated and get smaller when they're cooled.
▶ 有些物體遇熱會膨脹，遇冷則會縮小。

project [`prɑdʒɛkt] 名 計畫；專案 同 plan　▶
(解碼) **pro** 向前地 + **ject** 投擲
Allen is depressed because his **project** wasn't accepted.
▶ 亞倫的計畫沒有被採納，所以他很沮喪。

reject [rɪ`dʒɛkt] 動 拒絕；否決 反 accept　▶
(解碼) **re** 返回 + **ject** 投擲
Samantha is applying to Harvard University and really hopes they won't **reject** her application.
▶ 莎曼珊申請了哈佛大學，她希望對方不會拒絕她的申請。

subject [`sʌbdʒɪkt] 名 主題；學科 同 topic　▶
(解碼) **sub** 下面 + **ject** 投擲
Morality is an important **subject** for children.
▶ 道德教育對小朋友而言是重要的課程。

字根 034 late 攜帶　MP3 2-034

delay [dɪ`le] 名 動 延遲；拖延 同 lag　▶
(解碼) **de** 分離 + **late/lay** 攜帶
The train has been **delayed** twenty minutes due to the heavy rain.
▶ 由於大雨的緣故，那班火車延遲了二十分鐘。

relate [rɪ`let] 動 關聯；敘述 同 correlate　▶
(解碼) **re** 返回 + **late** 攜帶
In my opinion, the judgment of acquittal is **related** to the force of public opinion.
▶ 在我看來，這個案子之所以會宣判無罪，和大眾輿論有關。

translate [træns`let] 動 翻譯 同 interpret　▶ 托 4
(解碼) **trans** 跨越 + **late** 攜帶
The professor asked her students to **translate** their essays into Chinese.

▶ 那名教授要求學生把他們的文章翻譯成中文。

字根 035 lev 提高；輕的

elevate [`ɛlə,vet] 動 舉起；提升 同 uplift ▶ 托 3
(解碼) **e** 向外 + **lev** 提高 + **ate** 動詞
In order to install the machine, we need to **elevate** this table.
▶ 為了安裝這台機器，我們必須抬起這張桌子。

relevant [`rɛləvənt] 形 相關的 反 irrelevant ▶ 益 4
(解碼) **re** 再一次 + **lev** 提高 + **ant** 形容詞
We discussed all the **relevant** issues at the meeting.
▶ 我們在會議上討論了所有相關議題。

relief [rɪ`lif] 名 減輕；安慰 同 alleviation ▶ 檢 3
(解碼) **re** 表強調 + **lev/lief** 輕的
The medicine will give this patient a certain amount of **relief**.
▶ 這種藥物一定程度上能緩和病人的痛苦。

relieve [rɪ`liv] 動 減緩；救助 同 comfort ▶ 研 5
(解碼) **re** 表強調 + **lev/lieve** 輕的
Adam took a pill to **relieve** his headache.
▶ 亞當吃了一顆藥，以減輕頭痛的症狀。

字根 036 plaud, plod 拍手；擊打

applaud [ə`plɔd] 動 鼓掌；歡呼 同 cheer ▶ 檢 3
(解碼) **ap** 前往 + **plaud** 拍手
Everyone **applauded** the volunteers for their efforts.
▶ 大家為志工所付出的努力鼓掌喝采。

applause [ə`plɔz] 名 喝采；熱烈鼓掌 同 acclaim ▶ 檢 3
(解碼) **ap** 前往 + **plaud/plause** 拍手
As soon as the symphony was finished, wild **applause** broke out.
▶ 交響樂一演奏完畢，立即響起如雷的掌聲。

explode [ɪk`splod] 動 爆炸 同 blast ▶ 托 3
(解碼) **ex** 向外 + **plod/plode** 擊打

1 字首篇／
2 字根篇／
3 字尾篇／
4 複合字篇／

A bomb was **exploded** on the bus, killing ten people and wounding many more.
▶ 一枚炸彈在公車上爆炸，十人喪生，多人受傷。

explosion [ɪk`sploʒən] 名 爆炸；爆炸聲 同 bang ▶ 檢 ③
（解碼）**ex** 向外 + **plod/plo** 擊打 + **sion** 名詞
After the **explosion**, the MRT station was shut down.
▶ 在爆炸案發生之後，那個捷運站就關閉了。

explosive [ɪk`splosɪv] 名 炸藥 形 爆炸的 同 dynamite ▶ 托 ③
（解碼）**ex** 向外 + **plod/plo** 擊打 + **sive** 名詞 / 形容詞
The soldiers carried many powerful **explosive** for the assault.
▶ 為了這次突襲，軍人們帶了許多威力強大的炸藥。

字根 037 pon, pos, pose, post 放置 〔MP3 2-037〕

component [kəm`ponənt] 名 部分；成分 同 element ▶ 檢 ③
（解碼）**com** 共同 + **pon** 放置 + **ent** 名詞
Do you know what are the **components** of the synthetic?
▶ 你知道那個合成物的成分是什麼嗎？

compose [kəm`poz] 動 組成；創作 同 comprise ▶ 托 ④
（解碼）**com** 共同 + **pose** 放置
Beethoven **composed** many excellent works completely deaf.
▶ 貝多芬在全聾的狀態下創作出許多經典作品。

compound [`kɑmpaʊnd] 形 混合的；合成的 近 mixed ▶ 研 ③
（解碼）**com** 共同 + **pon/pound** 放置
To me, **compound** words are usually easier to memorize.
▶ 就我而言，複合字通常都比較容易記憶。

deposit [dɪ`pɑzɪt] 名 存款；訂金 動 存入 反 withdrawal ▶ 益 ③
（解碼）**de** 分離 + **pose/posit** 放置
You need to put down a **deposit** of $500 before moving in.
▶ 在搬進來之前，你必須先繳納五百元訂金。

expose [ɪk`spoz] 動 使暴露 反 cover ▶ 檢 ④
（解碼）**ex** 外面 + **pose** 放置
The series of investigative reports **exposed** the corruption of the city government.
▶ 這一系列的調查報告揭露了市政府的貪腐行徑。

impose [ɪm`poz] 動 課稅；將…強加於 近 enforce　▶ 托 4
(解碼) **im** 在上面 + **pose** 放置
I don't want to work with Ian because he often **imposes** his ideas on others.
▶ 伊恩經常把自己的想法強加到別人身上，所以我不想與他共事。

opponent [ə`ponənt] 名 對手；敵手 同 competitor　▶ 益 4
(解碼) **op** 反對 + **pon** 放置 + **ent** 名詞
Nick's **opponent** in the tennis match is ten years younger than him.
▶ 尼克網球比賽的對手比他年輕十歲。

oppose [ə`poz] 動 反對；對抗 反 give in　▶ 托 4
(解碼) **op** 反對 + **pose** 放置
We are **opposed** to any use of force to stop the protest.
▶ 我們反對任何用武力來制止抗議的行動。

opposite [`ɑpəzɪt] 名 對立物 形 相對的 同 adverse　▶ 托 4
(解碼) **op** 反對 + **pos** 放置 + **ite** 名詞 / 形容詞
Their villa is on the **opposite** side of the gorge.
▶ 他們的別墅在峽谷的對面。

pose [poz] 名 姿勢 同 posture　▶ 檢 4
(解碼) **pose** 放置（字義衍生：放置 → 姿勢）
As soon as the cameraman came in, everyone started striking **poses**.
▶ 攝影師一進門，大家就開始喬姿勢。

post [post] 名 職位；郵局 動 張貼 同 position　▶ 檢 4
(解碼) **post** 放置
Janet **posted** the name and weight over her baby on her Facebook page.
▶ 珍妮特將她孩子的名字及體重貼在臉書上。

postpone [post`pon] 動 使延期 同 defer　▶ 檢 3
(解碼) **post** 之後 + **pone** 放置
The manager asked his secretary to **postpone** her vacation two weeks.
▶ 經理要求他的祕書將假期延後兩個禮拜。

propose [prə`poz] 動 提議；求婚 反 dissuade　▶ 益 4
(解碼) **pro** 向前地 + **pose** 放置
Several projects have been **proposed**. We need to discuss them later.
▶ 有幾項計畫已經提交了，我們晚點得討論一下。

purpose [`pɝpəs] 名 目的 同 intention　▶ 托 4
(解碼) **pur** 之前 + **pose** 放置

I couldn't tell the **purpose** of Will's visit.
▶ 我看不出威爾來訪的目的為何。

suppose [sə`poz] 動 推測；假定 同 assume ▶
解碼 **sub/sup** 下面 + **pose** 放置
I **suppose** that the scholar would explain the theory in detail.
▶ 我猜那名學者應該會詳細解釋這個理論。

pause [pɔz] 名 動 中止；暫停 反 continue ▶
解碼 **pose** 放置 → **pause**（字義衍生：放置 → 中止）
We had to put the game on **pause** because we were too tired to go on.
▶ 我們將比賽暫停，因為我們實在累到無法繼續。

字根 038 prehend, pris 抓取
MP3 2-038

apprentice [ə`prɛntɪs] 名 學徒 同 pupil ▶
解碼 **ap** 前往 + **prehend/prentice** 抓取
The young man was an **apprentice** under his mentor for many years.
▶ 年輕男子在他師傅底下做了好幾年的學徒。

comprehend [ˌkɑmprɪ`hɛnd] 動 理解 同 understand ▶
解碼 **com** 共同 + **prehend** 抓取
Some theories in this book are hard to **comprehend**.
▶ 這本書裡的某些理論很難理解。

comprise [kəm`praɪz] 動 由…組成 同 constitute ▶
解碼 **com** 共同 + **pris/prise** 抓取
These volumes **comprise** the complete works of the brilliant writer.
▶ 這幾冊書囊括了這位知名作家全部的作品。

enterprise [`ɛntəˌpraɪz] 名 事業；企業 同 business ▶
解碼 **enter** 在…之間 + **pris/prise** 抓取
There are a lot of small **enterprises** in our country.
▶ 我們國家有許多小型企業。

prison [`prɪzn̩] 名 監獄；拘留所 同 jail ▶
解碼 **pris** 抓取 → **prison**
For the charge of murder, the ganster was given a sentence of life in **prison**.
▶ 由於被控謀殺，那名歹徒被判終生監禁。

prize [praɪz] 名 獎品；獎金 同 reward ▶ 益 4
(解碼) pris 抓取 → **prize**
Monetary **prize** will be awarded for the winner.
▶ 冠軍將獲頒獎金。

surprise [sə`praɪz] 名 驚奇 同 astonishment ▶ 檢 5
(解碼) sur 超越 + pris/prise 抓取
Mr. Yang's unexpected visit was a complete **surprise** to everyone.
▶ 楊先生突如其來的到訪讓所有人吃了一驚。

字根 039 **press** 壓 MP3 2-039

depress [dɪ`prɛs] 動 壓下；使沮喪 反 encourage ▶ 檢 4
(解碼) de 往下 + press 壓
If TV news **depresses** you so much, just turn it off.
▶ 如果電視新聞讓你這麼沮喪，那就關掉電視吧。

express [ɪk`sprɛs] 動 表達 同 convey ▶ 檢 5
(解碼) ex 向外 + press 壓
The artist **expresses** herself through her paintings.
▶ 那名藝術家藉由繪畫來表達自己的想法。

impress [ɪm`prɛs] 動 使印象深刻 反 bore ▶ 檢 5
(解碼) im 在上面 + press 壓
The audience was **impressed** by the leading actor's performance.
▶ 觀眾對主角的演出印象深刻。

oppress [ə`prɛs] 動 壓迫；使氣餒 同 subdue ▶ 益 4
(解碼) op 反對 + press 壓
The government should try harder to protect the weak and the **oppressed**.
▶ 政府應多加設法保護弱勢和被壓迫的族群。

press [prɛs] 名 新聞界 動 壓 近 media ▶ 益 4
(解碼) press 壓（字義衍生：壓 → 印刷 → 新聞界）
The **press** showed up at the crime scene before the police did.
▶ 新聞媒體比警方還早抵達犯罪現場。

repress [rɪ`prɛs] 動 鎮壓；抑制 反 incite ▶ 雅 3
(解碼) re 返回 + press 壓
After **repressing** his sadness for many days, Tom finally broke down and

mourned the loss of his father.
▶ 壓抑悲傷好幾天之後，湯姆的情緒最終還是潰堤，為喪父而悲痛不已。

suppress [sə`prɛs] 動 鎮壓；制止 同 curb ▶

(解碼) **sub/sup** 下面 + **press** 壓

The president decided to **suppress** the civil war by military force.
▶ 總統決定動用軍事武力鎮壓這場內亂。

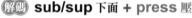 **punct** 刺

appoint [ə`pɔɪnt] 動 委派；任命 同 nominate ▶

(解碼) **ap** 前往 + **punct/point** 刺

Will was **appointed** the spokesperson for the Justice Ministry.
▶ 威爾被任命為司法部的發言人。

disappoint [ˌdɪsə`pɔɪnt] 動 使失望 同 dishearten ▶

(解碼) **dis** 使喪失 + **ap** 前往 + **punct/point** 刺

The boy was **disappointed** in his performance.
▶ 男孩對自己的表現感到失望。

point [pɔɪnt] 動 指向；瞄準 同 aim ▶

(解碼) **punct** 刺 → **point**

It is rude to **point** at people in public.
▶ 在公開場合，用手指著人是很魯莽的行為。

punch [pʌntʃ] 動 用拳頭重擊 同 beat ▶

(解碼) **punct** 刺 → **punch**

Tom was pissed off and **punched** Kyle in the face.
▶ 湯姆氣炸了，一拳打在凱爾的臉上。

punctual [`pʌŋktʃuəl] 形 準時的 反 late ▶

(解碼) **punct** 刺 + **ual** 形容詞

Mr. Wang requires all employees to be **punctual**.
▶ 王先生要求所有員工準時。

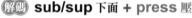 **scal, scan, scend** 攀爬

ascend [ə`sɛnd] 動 攀登；上升 反 descend ▶

解碼 **a** 前往 + **scend** 攀爬

After many years of hard work, the clerk **ascended** to a management position.

▶ 經過多年的努力，該名職員躍升管理職位。

descend [dɪ`sɛnd] **動** 下降 **反** go up ▶ 4

解碼 **de** 往下 + **scend** 攀爬

I woke up just as the plane was beginning to **descend**.

▶ 我在飛機正要開始降落時醒來。

descent [dɪ`sɛnt] **名** 下坡；衰落 **同** slide ▶ 3

解碼 **de** 往下 + **scend/scent** 攀爬

The **descent** of this well-known company is the subject of the book.

▶ 這間知名企業的衰落是這本書的主題。

escalate [`ɛskə‚let] **動** 使上升 **近** expand ▶ 3

解碼 **e** 向外 + **scal** 攀爬 + **ate** 動詞

The violence **escalated** to the point where the police could no longer control.

▶ 暴力摩擦的規模升高至警方無法控制的地步。

scale [skel] **名** 刻度；比例；規模 **同** extent ▶ 3

解碼 **scal** 攀爬 + **e** 字尾

We decided to hold a meeting in order to get a better sense of the **scale** of this project.

▶ 為了理解這項計畫的規模，我們決定舉行會議。

scan [skæn] **名 動** 掃描；瀏覽 **同** browse ▶ 4

解碼 **scan** 攀爬（字義衍生：攀爬 → 檢閱 → 瀏覽）

Please give the list of clients a quick **scan**.

▶ 麻煩你快速瀏覽一下客戶名單。

字根 042 # scribe 寫下 **MP3 2-042**

describe [dɪ`skraɪb] **動** 描寫 **同** portray ▶ 4

解碼 **de** 往下 + **scribe** 寫下

It's really hard to **describe** how we felt at the birth of our first child.

▶ 要描述我們長子 / 長女出生時的感受真的很困難。

prescribe [prɪ`skraɪb] **動** 指示；開處方 **同** direct ▶ 托 3

解碼 **pre** 之前 + **scribe** 寫下

The doctor **prescribed** a twelve-week course of therapy after the operation.

▶ 手術後，醫師開出一個為期十二週的療程。

script [skrɪpt] 名 原稿；劇本 同 manuscript ▶ 檢 ③
(解碼) scribe 寫下 → **script**（字義衍生：寫下 → 原稿）
This **script** is based on a real event.
▶ 這個劇本是根據真實事件寫成的。

subscribe [səb`skraɪb] 動 訂閱 同 sign up ▶ 托 ③
(解碼) sub 下面 + scribe 寫下
With the convenience of the Internet, there are fewer people **subscribing** to magazines.
▶ 由於網路的便利性，訂閱雜誌的人變少了。

transcript [`træn͵skrɪpt] 名 副本；成績單 同 duplicate ▶ 益 ②
(解碼) trans 跨越 + scribe/script 寫下
Please bring the **transcript** of your grades when you come.
▶ 來的時候，請攜帶你的成績單。

(字根 043) **sume, sumpt** 拿 (MP3 2-043)

assume [ə`sjum] 動 假定 同 presume ▶ 益 ④
(解碼) as 前往 + sume 拿
It is reasonable to **assume** Ann's promotion comes from her hard work.
▶ 可以合理假設安升職的原因來自於她的努力。

consume [kəm`sjum] 動 消費；消耗 反 conserve ▶ 益 ④
(解碼) con 共同 + sume 拿
The artist **consumed** much of his time in carving this sculpture.
▶ 那位藝術家花了很多時間雕刻這座雕像。

presume [prɪ`zum] 動 假設；認為 反 prove ▶ 托 ③
(解碼) pre 之前 + sume 拿
Every defendant is **presumed** innocent before he is proved guilty.
▶ 在被證實有罪之前，被告都是被假定為清白的。

resume [rɪ`zjum] 動 重新開始 同 go on ▶ 益 ③
(解碼) re 再一次 + sume 拿
They **resumed** building the station after the strike was over.
▶ 罷工行動結束之後，他們重啟車站的建築工程。

UNIT 4 表下肢動作的字根
Root: Actions Done by Legs

 cede, ceed 前去；讓步

---

access [`æksɛs] 名 動 接近 同 approach ▶ 益 3

（解碼）**ac** 前往 + **cede/cess** 前去

I lost **access** to my email account because I forgot my password.

▶ 我無法登入我的電子郵件帳號，因為我忘了密碼。

---

concede [kən`sid] 動 承認 同 acknowledge ▶ 研 3

（解碼）**con** 共同 + **cede** 讓步

I **concede** that he is an outstanding performer after seeing the rehearsal.

▶ 在看了排練之後，我承認他是位出色的表演者。

---

concession [kən`sɛʃən] 名 讓步 同 compromise ▶ 檢 4

（解碼）**con** 共同 + **cede/cess** 讓步 + **ion** 名詞

It sometimes is important to make **concessions** while negotiating with others.

▶ 在與他人談判時，做些讓步有時候是必要的。

---

exceed [ɪk`sid] 動 超過 同 surpass ▶ 益 3

（解碼）**ex** 向外 + **ceed** 前去

Anthony **exceeded** the speed limit and got a ticket.

▶ 安東尼超速而被開了罰單。

---

excess [ɪk`sɛs] 形 過量的；過度的 形 surplus ▶ 托 3

（解碼）**ex** 向外 + **cede/cess** 前去

Excess eating and no exercise will lead to being overweight.

▶ 過度飲食和不運動將會導致體重過重。

---

precede [pri`sid] 動 在前；優於 同 antecede ▶ 益 3

（解碼）**pre** 之前 + **cede** 前去

For those in authority, economy should **precede** all the other problems.

▶ 對有關當局的人來說，經濟問題應該是要優先處理的事項。

---

proceed [prə`sid] 動 繼續 反 recede ▶ 檢 4

（解碼）**pro** 向前地 + **ceed** 前去

The judge asked the witness to **proceed** with the testimony.

▶ 法官要證人繼續提出證詞。

---

 1 字首篇／

 2 字根篇／

 3 字尾篇／

 4 複合字篇／

process [`prasɛs] 名 步驟；過程 同 procedure ▶ 托 3
解碼 **pro** 向前地 + **cede/cess** 前去
The static electricity may be generated in the **process**.
▶ 這個過程中可能會產生靜電。

recession [rɪ`sɛʃən] 名 衰退 同 decline ▶ 研 3
解碼 **re** 返回 + **cede/cess** 前去 + **ion** 名詞字尾
The economic **recession** has affected a lot of people negatively.
▶ 經濟衰退的情況已為許多人帶來負面的影響。

succeed [sək`sid] 動 成功 同 accomplish ▶ 益 4
解碼 **sub/suc** 下面 + **ceed** 前去
We are determined to **succeed** no matter what the cost is.
▶ 無論要付出什麼代價，我們都一定要成功。

success [sək`sɛs] 名 成功 反 failure ▶ 托 5
解碼 **sub/suc** 下面 + **cede/cess** 前去
The musical was a complete **success** to the team.
▶ 對該團隊而言，那齣音樂劇大獲成功。

successor [sək`sɛsə] 名 繼承者 反 predecessor ▶ 雅 4
解碼 **sub/suc** 下面 + **cede/cess** 前去 + **or** 名詞
Their latest release is a worthy **successor** to their popular debut album.
▶ 繼首張唱片大受歡迎之後，他們最近推出的新專輯再獲成功。

字根 045 cours, cur 跑 MP3 2-045

course [kors] 名 路線；課程 同 path ▶ 檢 4
解碼 **cours** 跑 + **e** 字尾
The **course** for the Tour de France is the most difficult one.
▶ 自行車環法大賽的路線是最難的路程。

current [`kɜənt] 形 目前的 同 present ▶ 益 3
解碼 **cur** 跑 + **ent** 形容詞
According to the **current** situation, I think they will win the game.
▶ 根據目前的情勢，我覺得他們應該會贏得比賽。

currency [`kɜənsɪ] 名 貨幣 同 money ▶ 檢 3
解碼 **cur** 跑 + **ency** 名詞
Excuse me. Where can I change the foreign **currency**?

▶ 不好意思，請問哪裡可以兌換外幣？

curriculum [kəˋrɪkjələm] 名 課程 關 education ▶
(解碼) **cur** 跑 + **iculum** 名詞（字義衍生：跑 → 學習的進程）
English is a compulsory foreign language on the school **curriculum**.
▶ 英語是學校課程中的必修外語。

occur [əˋkɝ] 動 發生 同 happen ▶
(解碼) **ob/oc** 朝向 + **cur** 跑
A terrible accident **occurred** on the highway yesterday.
▶ 昨天高速公路上發生一起嚴重的事故。

recur [rɪˋkɝ] 動 重現；再發生 同 reappear ▶
(解碼) **re** 再一次 + **cur** 跑
The **recurring** problem must be solved as soon as possible.
▶ 必須盡快解決這個不斷重複發生的問題。

字根 046 **fare** 去 (MP3 2-046)

fare [fɛr] 名 費用 同 fee ▶
(解碼) **fare** 去（字義衍生：去 → 路程 → 花費）
Lucy paid the **fare** and got off the bus.
▶ 露西付了公車費之後就下車了。

farewell [ˋfɛrˋwɛl] 名 告別；歡送會 同 sendoff ▶ 雅 3
(解碼) **fare** 去 + **well** 好的
We held a **farewell** party for Allen last weekend.
▶ 我們上個週末替亞倫舉辦歡送會。

warfare [ˋwɔr͵fɛr] 名 戰爭；鬥爭 同 battle ▶
(解碼) **war** 戰爭 + **fare** 去
Technology has changed the form of **warfare** in the twentieth century.
▶ 科技改變了二十世紀的戰爭型態。

welfare [ˋwɛl͵fɛr] 名 福利 同 benefit ▶ 托 3
(解碼) **well/wel** 好的 + **fare** 去
I donated some money to a charity for the **welfare** of children.
▶ 我捐了一些錢給一個兒福慈善團體。

字根 047 **fug** 逃跑

 MP3 2-047

refuge [`rɛfjudʒ] 名 庇護；避難所 同 shelter ▶ 雅 3

解碼 **re** 返回 + **fuge** 逃跑

The captive escaped and sought **refuge** with a farmer in a village.

▶ 俘虜逃了出來，並向村裡的農民尋求庇護。

refugee [ˌrɛfjuˋdʒi] 名 難民 同 castaway ▶ 雅 2

解碼 **re** 返回 + **fug** 逃跑 + **ee** 名詞（人）

The **refugees** were put in camps near the border.

▶ 難民們被安置在邊界附近的營區。

字根 048 **grad, gress** 走

 MP3 2-048

aggression [əˋgrɛʃən] 名 攻擊；侵略 同 assault ▶ 檢 4

解碼 **ag** 前往 + **gress** 走 + **ion** 名詞

The troops are about to launch a major **aggression**.

▶ 軍隊正準備發動一場大規模的侵略行動。

aggressive [əˋgrɛsɪv] 形 侵略的；挑釁的 同 offensive ▶ 檢 3

解碼 **ag** 前往 + **gress** 走 + **ive** 形容詞

The gorilla got **aggressive** when somebody wants to touch it.

▶ 當有人想要摸牠時，那隻猩猩就會變得很有攻擊性。

congress [`kɑŋgrəs] 名 國會 關 congressman ▶ 研 4

解碼 **con** 共同 + **gress** 走

After several discussions, the bill was passed in **Congress**.

▶ 經過好幾次的討論之後，這個法案終於在國會順利通過。

grade [gred] 名 等級；成績 同 level ▶ 雅 3

解碼 **grad** 走 + **e** 字尾

Jennifer got the best **grades** in her class last year.

▶ 珍妮佛去年拿到全班最高分。

gradual [`grædʒuəl] 形 逐漸的 同 piecemeal ▶ 托 4

解碼 **grad** 走 + **ual** 形容詞

Mandy made a **gradual** improvement in her attitude toward people.

▶ 曼蒂逐漸在改善她對人的態度。

graduate [ˋgrædʒʊ͵et] 動 畢業 關 degree ▶ 檢 2

解碼 grad/gradu 走 + ate 動詞

My sister will **graduate** from senior high school this year.
▶ 我妹妹今年將從高中畢業。

ingredient [ɪnˋgridɪənt] 名 原料；要素 同 element ▶ 雅 3

解碼 in 在裡面 + grad/gredi 走 + ent 名詞

The chef will not reveal the secret **ingredients** in his soup.
▶ 主廚不會透露這道湯裡的祕密配方。

progress [ˋprɑgrɛs] 名 前進；進步 名 advance ▶ 檢 4

解碼 pro 向前地 + gress 走

Regular communication between teachers and parents can enhance students' learning **progress**.
▶ 老師與家長間的定期溝通可使學生的學習獲得進展。

undergraduate [͵ʌndɚˋgrædʒuɪt] 名 大學生 關 college ▶ 檢 3

解碼 under 在…之下 + grad/gradu 走 + ate 名詞

Peter's niece will become an **undergraduate** in September.
▶ 彼得的姪女九月將成為大學生。

字根 049 **it** 行走；去 MP3 2-049

exit [ˋɛksɪt] 名 出口；排氣管 反 entrance ▶ 研 5

解碼 ex 向外 + it 行走

The **exits** of the building were all blocked.
▶ 那棟建築物的出口都被堵住了。

initial [ɪˋnɪʃəl] 形 最初的 同 beginning ▶ 雅 4

解碼 in 進入 + it/iti 行走 + al 形容詞

We couldn't see the actual result since the project is at the **initial** stage.
▶ 這個計畫還在初期階段，所以我們還看不出結果。

initiate [ɪˋnɪʃ͵et] 動 著手；創始 同 begin ▶ 托 3

解碼 in 進入 + it/iti 行走 + ate 動詞

Our boss **initiated** the Board seven years ago.
▶ 我們老闆七年前創立了董事會。

sal, sult 跳

assault [ə`sɔlt] 動 攻擊；襲擊 反 defend

檢 3

(解碼) **as** 前往 + **sult/sault** 跳

The young man was **assaulted** by three men in the alley.

▶ 那位年輕人在巷子裡遭到三名男人攻擊。

consult [kən`sʌlt] 動 商量；請教 同 discuss

托 4

(解碼) **con** 共同 + **sult** 跳

If you are having trouble, it is better to **consult** the instruction manual.

▶ 如果你遇到困難，最好查閱指導手冊。

consultation [ˌkɑnsəl`teʃən] 名 商量 同 discussion

托 4

(解碼) **con** 共同 + **sult** 跳 + **ation** 名詞

The lawyer is willing to offer the poor free **consultations**.

▶ 那名律師願意為貧困人士提供免費諮詢的服務。

insult [ɪn`sʌlt] 動 侮辱；損害 反 respect

托 3

(解碼) **in** 在上面 + **sult** 跳

The man said something rude to **insult** the host at the party.

▶ 那個男人在派對上說了一些難聽的話來侮辱主辦人。

result [rɪ`zʌlt] 名 結果 同 consequence

益 4

(解碼) **re** 返回 + **sult** 跳

Vicky checked out the **result** of the exam on the Internet.

▶ 薇琪上網查了考試的結果。

salmon [`sæmən] 名 鮭魚 關 fish

檢 3

(解碼) **sal** 跳 + **mon** 名詞

The starter for today is smoked **salmon**.

▶ 今日的開胃菜是煙燻鮭魚。

secu, sequ, su 跟隨

consequence [`kɑnsəˌkwɛns] 名 結果 同 result

托 4

(解碼) **con** 共同 + **sequ** 跟隨 + **ence** 名詞

As a **consequence** of the meeting, we should pay visits to customers on a regular basis.

▶ 根據開會的結果，我們應該定期拜訪客戶。

consequent [`kɑnsə͵kwɛnt] 形 隨之發生的 同 subsequent ▶ 檢 ③
(解碼) **con** 共同 + **sequ** 跟隨 + **ent** 形容詞
Due to your hard work, I think the result is **consequent**.
▶ 根據你付出的努力，我覺得這個結果是必然的。

execute [`ɛksɪ͵kjut] 動 實施 關 executor ▶ 托 ④
(解碼) **ex** 向外 + **secu** 跟隨 + **ate** 動詞
We should **execute** the plan first, and make some adjustments if necessary.
▶ 我們應該先執行計畫，必要的時候再做調整。

prosecute [`prɑsɪ͵kjut] 動 起訴；告發 同 indict ▶ 托 ③
(解碼) **pro** 向前地 + **secu** 跟隨 + **ate** 動詞
The young man was **prosecuted** for breaking into the nature reserve.
▶ 那名年輕男子因為擅闖自然保護區而被起訴。

pursue [pɚ`su] 動 追求；追趕 同 chase ▶ 益 ④
(解碼) **pur** 向前地 + **su/sue** 跟隨
The magician **pursued** perfection and wonder through his life.
▶ 那名魔術師一生都在追求完美與驚奇。

pursuit [pɚ`sut] 名 追求 反 retreat ▶ 檢 ④
(解碼) **pur** 向前地 + **su** 跟隨 + **it** 行走
The police were in **pursuit** of two men who had robbed a bank.
▶ 警方正在追捕兩名銀行搶犯。

sequence [`sikwəns] 名 連續；順序 同 series ▶ 益 ④
(解碼) **sequ** 跟隨 + **ence** 名詞
The chairman discussed all the proposals with members in **sequence**.
▶ 主席依序與會員討論所有提案。

subsequent [`sʌbsɪ͵kwɛnt] 形 後來的；伴隨的 反 antecedent ▶ 益 ③
(解碼) **sub** 下面 + **sequ** 跟隨 + **ent** 形容詞
In the year **subsequent** to the president's death, Leo took over the company.
▶ 總裁過世後的那一年，里歐接管了公司。

suit [sut] 動 適合；相配 同 fit ▶ 托 ④
(解碼) **su** 跟隨 + **it** 行走
I think this dress really **suits** you. You should buy it.
▶ 我覺得這件洋裝很適合你，你應該買下來。

suite [swit] 名 套房 近 chamber ▶ 檢 ③
(解碼) **su** 跟隨 + **ite** 字尾（字義衍生：跟隨 → 一系列 → 套組）

The foreigner's **suite** is on the top floor of the hotel.
▶ 那位外國人的套房位於這間旅館的頂樓。

字根 052 sed, sid, sess 坐

assess [ə`sɛs] **動** 評價；課稅 **同** estimate ▶ 益 4

(解碼) **as** 前往 + **sess** 坐

The analyst used a tool to **assess** the distinctiveness of these materials.
▶ 分析師利用工具分析了這些材料的獨特性。

possess [pə`zɛs] **動** 擁有；使占有 **同** own ▶ 益 4

(解碼) **pos** 放置 + **sess** 坐

According to the old man's will, his daughter **possesses** the house.
▶ 根據那位老先生的遺囑，他的女兒為這棟房子的擁有者。

preside [prɪ`zaɪd] **動** 指揮；負責 **同** direct ▶ 雅 3

(解碼) **pre** 之前 + **side** 坐

The judge who **presided** over the trial took a hard line against the defendant.
▶ 主審的法官對被告採取強硬態度。

presidency [`prɛzədnsɪ] **名** 總統任期；支配 **近** regime ▶ 托 4

(解碼) **pre** 之前 + **sid** 坐 + **ency** 名詞

His **presidency** was marked with great successes.
▶ 他在總統任期的期間留下顯赫的政績。

reside [rɪ`zaɪd] **動** 居住 **同** dwell ▶ 雅 3

(解碼) **re** 返回 + **side** 坐

Most of the citizens **reside** downtown.
▶ 大多數的市民都住在市區。

residence [`rɛzədəns] **名** 居住；住宅 **同** dwelling ▶ 檢 5

(解碼) **re** 返回 + **sid** 坐 + **ence** 名詞

Over twenty homeless people had taken up **residence** inside the derelict building.
▶ 有二十幾名無家可歸的人把這棟廢棄建築物當作住處。

session [`sɛʃən] **名** 會議 **同** meeting ▶ 益 3

(解碼) **sess** 坐 + **ion** 名詞

I'm sorry. You can't go in while the meeting is in **session**.
▶ 很抱歉，會議進行期間不能進入會場。

siege [sidʒ] 名 包圍；圍攻 同 blockade ▶ 托 ③

(解碼) **sed** 坐 → **siege**（字義衍生：坐 → 士兵集結 → 圍攻）

The city was under **siege** for over four months before it finally fell.

▶ 城市失陷之前，遭受圍攻的時間長達四個多月。

- -

(字根 053) **sist, sta, stitute** 站立 (MP3 2-053)

arrest [əˋrɛst] 名 動 逮捕 反 release ▶ 托 ③

(解碼) **ar** 前往 + **re** 返回 + **sta/st** 站立

The policeman **arrested** the shoplifter for theft on the spot.

▶ 警方當場擒獲那名扒手偷竊，逮捕了他。

- -

assist [əˋsɪst] 動 援助；協助 同 aid ▶ 托 ③

(解碼) **as** 前往 + **sist** 站立

My executive **assisted** me in revising this marketing project.

▶ 我的主管幫助我修改了這份行銷企劃。

- -

consist [kənˋsɪst] 動 存在；組成 同 exist ▶ 益 ④

(解碼) **con** 共同 + **sist** 站立

My parents believe that happiness **consists** in contentment.

▶ 我的父母都相信知足常樂這個道理。

- -

constant [ˋkɑnstənt] 形 不變的；持續的 同 fixed ▶ 研 ③

(解碼) **con** 共同 + **sta/st** 站立 + **ant** 形容詞

The new system enables a **constant** knowledge of the inventory.

▶ 這個新系統讓我們得以持續掌握庫存的數量。

- -

constituent [kənˋstɪtʃuənt] 名 成分；選民 同 component ▶ 托 ③

(解碼) **con** 共同 + **stitute/stitu** 站立 + **ent** 形容詞

There are forty thousand **constituents** in this district.

▶ 這個行政區內有四萬名選民。

- -

constitute [ˋkɑnstə͵tjut] 動 組成 同 organize ▶ 托 ②

(解碼) **con** 共同 + **stitute** 站立

The woman applied for an injunction since her ex-husband's words **constituted** a threat.

▶ 因為前夫的話已構成威脅，所以那名女性申請了禁制令。

- -

destination [͵dɛstəˋneʃən] 名 目的地 同 terminal ▶ 益 ③

(解碼) **de** 完全的 + **sta/stin** 站立 + **ation** 名詞

Tahiti is the final **destination** of our trip.
▶ 大溪地是我們旅程的最後一站。

destined [`dɛstɪnd] 形 註定的；預定的 同 bound for ▶ 托 ③

解碼 **de** 完全的 + **sta/stin** 站立 + **ed** 形容詞
Amy believed she was **destined** to be a star.
▶ 艾咪相信她生來就註定要當明星。

destiny [`dɛstənɪ] 名 命運；宿命 同 fortune ▶ 檢 ③

解碼 **de** 完全的 + **sta/stin** 站立 + **y** 名詞
Have you seen "The Sword in the Stone"? It's Arthur's **destiny** to be a king.
▶ 你有看過《石中劍》嗎？亞瑟註定是要當國王的。

distance [`dɪstəns] 名 距離 關 length ▶ 檢 ⑤

解碼 **di** 分離 + **sta/st** 站立 + **ance** 名詞
The **distance** between our hotel and the museum is exactly two miles.
▶ 從我們旅館到博物館的距離正好是兩英里。

distant [`dɪstənt] 形 遠方的；疏遠的 反 close ▶ 檢 ④

解碼 **di** 分離 + **sta/st** 站立 + **ant** 形容詞
Mr. Lin moved to an apartment **distant** from his office.
▶ 林先生搬到離他公司很遠的一間公寓。

ecstasy [`ɛkstəsɪ] 名 狂喜；入迷 同 rapture ▶ 托 ③

解碼 **ex/ec** 向外 + **sta** 站立 + **sy** 名詞
The fans got into **ecstasies** when they saw the Korean idols.
▶ 一看到那些韓國偶像，粉絲們就陷入了瘋狂。

establish [əs`tæblɪʃ] 動 設立；制定 反 destroy ▶ 托 ③

解碼 **e** 向外 + **sta** 站立 + **able** 形容詞 + **ish** 動詞
The club has been **established** for nearly fifty years.
▶ 這間酒吧已經建立將近五十年了。

estate [ɪ`stet] 名 財產；房地產 近 property ▶ 益 ③

解碼 **e** 外面 + **sta** 站立 + **ate** 名詞
Tracy is one of the most popular real **estate** agents in the city.
▶ 崔西是城裡最受歡迎的房地產專員之一。

insist [ɪn`sɪst] 動 堅持 同 maintain ▶ 益 ④

解碼 **in** 在上面 + **sist** 站立
The librarian **insists** that we should keep quiet in the study room.
▶ 圖書館員堅持我們在自修室裡要保持安靜。

install [ɪn`stɔl] 動 安裝；安置 同 set up ▶ 托 4
(解碼) **in** 在裡面 + **sta/stall** 站立
The director asked the mechanic to **install** a heating system in the conference room.
▶ 主任要求技師在會議廳裡安裝暖氣系統。

instance [`ɪnstəns] 名 例子 同 example ▶ 研 4
(解碼) **in** 在裡面 + **sta/st** 站立 + **ance** 名詞
For **instance**, you can illustrate your idea with some diagrams.
▶ 比方說，你可以利用圖表來解釋你的想法。

instant [`ɪnstənt] 形 立即的 同 prompt ▶ 雅 3
(解碼) **in** 在裡面 + **sta/st** 站立 + **ant** 形容詞
Instant foods are popular among teenagers.
▶ 快速調理食品很受青少年的歡迎。

institute [`ɪnstətjut] 名 機構 同 convention ▶ 托 3
(解碼) **in** 在裡面 + **stitute** 站立
The company set up an **institute** responsible for the import of raw materials.
▶ 公司成立了負責進口原料的機構。

persist [pɚ`sɪst] 動 堅持；存留 反 desist ▶ 檢 4
(解碼) **per** 完全地 + **sist** 站立
Anya **persisted** in working, but her supervisor wanted her to take a sick leave.
▶ 安雅堅持抱病上班，但她的主管要她請假休養。

resist [rɪ`zɪst] 動 抵抗；阻止 反 submit ▶ 托 4
(解碼) **re** 返回 + **sist** 站立
The structure is too weak to **resist** the wind loads.
▶ 這個建築結構太脆弱，無法承受風載。

restore [rɪ`stor] 動 恢復；修補 同 renovate ▶ 檢 3
(解碼) **re** 再一次 + **sta/st** 站立 + **ore** 字尾
It took several hours for Bill to **restore** the files that had been deleted by mistake.
▶ 比爾花了好幾個小時修復被誤刪的檔案。

stable [`stebḷ] 形 穩定的 同 steady ▶ 檢 3
(解碼) **sta** 站立 + **able** 形容詞
The single mother has difficulty raising her children because she lacks **stable** income.
▶ 這位單親媽媽的收入不穩定，所以難以撫養孩子們。

1 字首篇／

2 字根篇／

3 字尾篇／

4 複合字篇／

stage [stedʒ] 名 講臺；舞臺 近 platform ► 檢 4

(解碼) sta/st 站立 + age 名詞

The popular entertainer quit the **stage** ten years ago.
► 那位人氣表演者在十年前退出了舞台。

stall [stɔl] 名 販售攤 同 booth ► 檢 3

(解碼) sta 站立 → **stall**

I believe Rick's **stall** is around the corner.
► 我相信瑞克的攤子就在附近而已。

state [stet] 名 狀況 動 condition ► 托 3

(解碼) sta/st 站立 + ate 名詞

The psychiatrist asked the patient several questions to check his mental **state**.
► 為了確認病人的心理狀態，精神科醫師問了幾個問題。

station [`steʃən] 名 車站；電台 同 depot ► 益 4

(解碼) sta 站立 + tion 名詞

The woman was in a hurry so she ran to the train **station**.
► 那名婦女在趕時間，所以她一路跑去火車站。

stationery [`steʃən͵ɛrɪ] 名 文具 近 office supplies ► 檢 3

(解碼) sta 站立 + tion 名詞（狀態）+ ery 名詞（物）

Leo bought some **stationery** and envelopes in the store.
► 里歐在店裡買了一些文具和信封。

statue [`stætʃʊ] 名 雕像 同 sculpture ► 檢 3

(解碼) sta/stat 站立 + ue 字尾

This bronze **statue** is to commemorate the great musician.
► 這座青銅雕像用以紀念那名偉大的音樂家。

status [`stetəs] 名 狀況；身份 同 condition ► 益 3

(解碼) sta/stat 站立 + us 字尾（拉丁字尾，表陽性名詞）

We were worried about the **status** of our grandmother after she suffered a heart attack.
► 在奶奶心臟病發之後，我們都很擔心她的情況。

steady [`stɛdɪ] 形 穩定的；穩固的 反 unsteady ► 益 4

(解碼) sta/stead 站立 + y 形容詞

A **steady** flow of tourists visited the museum this summer.
► 博物館今年夏季的遊客量很穩定。

字根 054 ven, vent 來

MP3 2-054

adventure [əd`vɛntʃɚ] 名 冒險 反 abstention ▶ 檢 3
(解碼) **ad** 前往 + **vent** 來 + **ure** 名詞
Backpacking through the desert is a great **adventure**.
▶ 以徒步旅行的方式橫越沙漠是一個很大的冒險。

avenue [`ævənju] 名 大道 同 boulevard ▶ 托 3
(解碼) **a** 前往 + **ven/venue** 來
I'll meet Patrick at the coffee shop on the 5th **avenue**.
▶ 我晚點會在第五大道上的咖啡廳和派翠克碰面。

convenience [kə`vinjəns] 名 便利 近 accessibility ▶ 檢 5
(解碼) **con** 共同 + **ven/veni** 來 + **ence** 名詞
I went to the **convenience** store to buy some late night snack.
▶ 我去便利商店買宵夜。

convenient [kən`vinjənt] 形 方便的 同 handy ▶ 檢 5
(解碼) **con** 共同 + **ven/veni** 來 + **ent** 形容詞
It is very **convenient** to shop at the grocery store near my house.
▶ 在我家附近的雜貨店購物很方便。

convention [kən`vɛnʃən] 名 會議;協定 同 conference ▶ 益 3
(解碼) **con** 共同 + **ven** 來 + **tion** 名詞
The annual **convention** is postponed to next month.
▶ 年度大會的開會時間延到下個月了。

event [ɪ`vɛnt] 名 事件;活動 同 occurrence ▶ 檢 5
(解碼) **e** 外面 + **vent** 來
In the **event** of a fire, you must take the stairs.
▶ 火災發生的時候,一定要走樓梯。

intervene [ˌɪntɚ`vin] 動 介入;干預 同 meddle ▶ 益 3
(解碼) **inter** 在…之間 + **ven/vene** 來
In order to end the strike, the court **intervened** on behalf of the employers.
▶ 為了解決罷工的問題,法院以資方代表的身分介入。

invent [ɪn`vɛnt] 動 發明;創作 反 imitate ▶ 托 4
(解碼) **in** 在上面 + **vent** 來
The printing press was **invented** by Johannes Gutenberg in 1440.
▶ 印刷機是由約翰尼斯·谷騰堡於西元 1440 年時所發明的。

inventory [`ɪnvən,torɪ] 名 物品清單 同 list ▶ 益 3

(解碼) **in** 在上面 + **vent** 來 + **ory** 名詞

It took me hours to check the **inventory**.

▶ 我花了好幾個小時確認物品清單。

---

prevent [prɪ`vɛnt] 動 阻止；預防 反 allow ▶ 檢 5

(解碼) **pre** 之前 + **vent** 來

The villagers tried hard to **prevent** the fishponds from being polluted.

▶ 村民努力防止養魚池受到汙染。

---

revenue [`rɛvə,nju] 名 收入 同 earnings ▶ 益 4

(解碼) **re** 返回 + **ven/venue** 來

The national **revenue** is supposed to benefit the public ultimately, instead of a specific group of people.

▶ 國家稅收最終應造福大眾，而非特定族群。

---

souvenir [`suvə,nɪr] 名 紀念品 同 memento ▶ 檢 3

(解碼) **sub/sou** 下面 + **ven/venir** 來

I bought some postcards and magnets as **souvenirs** for my friends.

▶ 我買了一些可以送給朋友當紀念品的明信片和磁鐵。

UNIT 5 表心理 / 情緒的字根
Root: The Sentiment

字根 055 **am, em** 喜愛

amateur [`æmə,tʃur] 形 業餘的 反 professional ▶ 益 4

(解碼) **am** 喜愛 + **ator/ateur** 形容詞

Baseball players who do not make the professional leagues usually play in **amateur** ones.

▶ 無法打入職業聯盟的棒球選手通常會轉戰業餘聯盟。

---

enemy [`ɛnəmɪ] 名 敵人 同 opponent ▶ 雅 3

(解碼) **en** 否定 + **em** 喜愛 + **y** 名詞

The duty of our army is to defend our country from those incursive **enemy** troops.

▶ 我們軍隊的職責是抵禦敵軍入侵國土。

字根 056 **cogn, gnos** 知曉

diagnose [`daɪəgˌnoz] 動 診斷 關 misdiagnose ▶ 檢 2
(解碼) **dia** 穿越 + **gnos/gnose** 知曉
The girl was **diagnosed** with a rare disease.
▶ 那位女孩被診斷出一種罕見疾病。

diagnosis [ˌdaɪəgˈnosɪs] 名 診斷 近 analysis ▶ 檢 2
(解碼) **dia** 穿越 + **gnos** 知曉 + **sis** 名詞（希臘字尾，表動作）
We need to do a further test to confirm the patient's **diagnosis**.
▶ 我們需要做進一步的檢查，以確認病人的診斷是否正確。

ignorant [`ɪgnərənt] 形 愚昧的 同 obtuse ▶ 雅 4
(解碼) **in/i** 否定 + **gnos/gnor** 知曉 + **ant** 形容詞
The president stated that racist people were the most **ignorant**.
▶ 總統表示種族主義者是最愚昧的。

ignore [ɪg`nor] 動 忽視 同 neglect ▶ 研 5
(解碼) **in/i** 否定 + **gnos/gnore** 知曉
I could tell that Bob **ignored** my opinion on purpose.
▶ 我看得出來鮑伯故意忽視我的意見。

know [no] 動 知道；了解 同 perceive ▶ 檢 5
(解碼) **gnos** 知曉 → **know**
I don't **know** the details of the case. You should ask Linda.
▶ 我不了解這個案子的細節，你應該去問琳達。

recognize [`rɛkəgˌnaɪz] 動 辨認 同 discern ▶ 托 4
(解碼) **re** 再一次 + **cogn** 知曉 + **ize** 動詞
My mother went to her high school reunion but she could hardly **recognize** anyone.
▶ 我媽媽去參加高中同學會，但她幾乎認不出任何人。

字根 057 **cred** 相信

credit [`krɛdɪt] 名 功勞；信用 近 honor ▶ 檢 5
(解碼) **cred** 相信 + **it** 行走
All the **credit** for the performance has been given to the director.
▶ 這場表演的功勞全都歸於導演。

credibility [ˌkrɛdəˋbɪlətɪ] 名 可信度 反 implausibility ▶ 益 5
解碼 **cred** 相信 + **able** 形容詞 + **ity** 名詞
Since the boy was caught stealing, he has lost all **credibility**.
▶ 自從那位男孩行竊被逮之後，他的信用就蕩然無存了。

字根 058 fid, fides 信任
MP3 2-058

confident [ˋkɑnfədənt] 形 有信心的 同 certain ▶ 雅 3
解碼 **con** 表強調 + **fid** 信任 + **ent** 形容詞
Danny always seems **confident**, but in reality he is extremely shy.
▶ 丹尼總是看似有信心，但實際上他極度害羞。

faith [feθ] 名 信念；信仰 同 belief ▶ 益 2
解碼 **fid/fai** 信任 + **th** 名詞
No matter what you do, always keep the **faith** in yourself.
▶ 不管你做什麼，永遠要對自己有信心。

fidelity [fɪˋdɛlətɪ] 名 忠實；誠實 同 loyalty ▶ 研 4
解碼 **fides/fidel** 信任 + **ity** 名詞
Emma got a promotion for years of **fidelity** to the firm.
▶ 艾瑪因對公司多年的忠誠而獲得升遷。

字根 059 grat, gratul 使高興
MP3 2-059

agree [əˋgri] 動 同意；承認 反 disagree ▶ 檢 4
解碼 **a** 前往 + **grat/gree** 使高興
We all **agreed** that the applicant's record is against him.
▶ 我們都認為那名申請者的紀錄對他不利。

congratulate [kənˋgrætʃəˌlet] 動 祝賀 同 salute ▶ 檢 4
解碼 **con** 共同 + **gratul** 使高興 + **ate** 動詞
All Ryan's colleagues **congratulated** him on his promotion.
▶ 萊恩的所有同事都恭賀他獲得拔擢。

disgrace [dɪsˋgres] 名 不名譽 同 shame ▶ 雅 3
解碼 **dis** 否定 + **grat/grace** 使高興
Doris left the company with **disgrace**.
▶ 朵莉絲背負著汙名離開公司。

grace [gres] 名 優雅；美德 同 elegance ▶ 研 5

解碼 grat 使高興 → grace

Did you see the ballerina's movement? She really danced with **grace**.
▶ 你看到那個芭蕾舞者的動作了嗎？她跳得真優雅。

字根 060 memor 記得

MP3 2-060

commemorate [kə`mɛmə͵ret] 動 記念；慶祝 同 memorialize ▶ 研 4

解碼 com 共同 + memor 記得 + ate 動詞

They made the plaque to **commemorate** this event.
▶ 他們製作了匾額紀念這個事件。

----

memorable [`mɛmərəbḷ] 形 難忘的 近 rememberable ▶ 檢 3

解碼 memor 記得 + able 形容詞

The most **memorable** day for me was when we got married.
▶ 我們結婚的那天是最令我難忘的日子。

----

memorial [mə`morɪəl] 形 紀念的 同 commemorative ▶ 托 4

解碼 memor 記得 + ial 形容詞

There is a **memorial** statue in the park in the memory of the founder of the city.
▶ 在公園有一座紀念城市創辦者的雕像。

----

memory [`mɛmərɪ] 名 記憶；記憶力 同 remembrance ▶ 托 3

解碼 memor 記得 + y 名詞

Alzheimer's is a horrible disease that makes people lose their **memory**.
▶ 阿茲海默症是一種會使人失去記憶的可怕疾病。

----

remember [rɪ`mɛmbɚ] 動 記起 反 forget ▶ 益 4

解碼 re 再一次 + memor/mem 記得 + ber 動詞

I couldn't **remember** the last time I went out to have a good time.
▶ 我想不起來上一次出去玩是什麼時候的事了。

字根 061 ment 心智

MP3 2-061

mental [`mɛntḷ] 形 精神的；心理的 反 physical ▶ 雅 2

解碼 ment 心智 + al 形容詞

Johnny seems to have some **mental** problems since his wife's death.
▶ 自從妻子過世之後，強尼似乎就產生一些心理問題。

mention [`mɛnʃən] 名 動 提及　同 speak of ▶ 托 ③

(解碼) **ment** 心智 + **ion** 名詞字尾

The officer **mentioned** a name and it made the suspect nervous.
▶ 警官提到了某個名字，讓嫌犯緊張起來。

comment [`kɑmɛnt] 名 動 評論　同 criticism ▶ 托 ③

(解碼) **com** 表強調 + **ment** 心智（字義衍生：心智創造之物 → 評論）

If there are any problems with the food, please leave a **comment** in this box.
▶ 若對食物有意見，請將您的意見投入箱中。

commentary [`kɑmənˏtɛrɪ] 名 注解；說明　同 annotation ▶ 研 ④

(解碼) **com** 完全 + **ment** 心智 + **ary** 名詞

There was a short **commentary** at the end of the documentary.
▶ 這部紀錄片的最後有簡短的評論。

mind [maɪnd] 名 精神；智力　同 mentality ▶ 檢 ④

(解碼) **ment** 心智 → **mind**

It is important to widen our **mind** and broaden our horizons.
▶ 放寬心胸與拓展視野是很重要的。

remind [rɪ`maɪnd] 動 提醒　同 recall ▶ 益 ③

(解碼) **re** 再一次 + **ment/mind** 心智

Please **remind** Ann that we will meet her at the shopping mall at seven this evening.
▶ 請提醒安我們今晚七點要在購物中心見面。

字根 062 **mir** 驚訝；看　(MP3 2-062)

admire [əd`maɪr] 動 讚賞；欽佩　同 adore ▶ 研 ③

(解碼) **ad** 前往 + **mir/mire** 驚訝

I **admire** Mother Teresa very much for her philanthropy.
▶ 泰瑞莎修女的博愛無私讓我非常敬佩她。

miracle [`mɪrək!] 名 奇蹟　同 wonder ▶ 檢 ④

(解碼) **mir** 驚訝 + **acle** 名詞

Do you believe in **miracles**? I actually saw one when I was little.
▶ 你相信奇蹟嗎？我小時候親眼見過一個。

mirror [`mɪrɚ] 名 鏡子　關 reflect ▶ 托 ④

(解碼) **mir** 看 + **or** 名詞

My sister carries a **mirror** with her all the time.
▶ 我姐姐總是會隨身攜帶鏡子。

marvel [`mɑrvl̩] 名 驚奇的人或事物 同 prodigy ▶ 雅 3
解碼 **mir/mar** 驚訝 + **vel** 字尾
One of the great **marvels** of the world is Niagara Falls in Canada.
▶ 加拿大境內的尼加拉瀑布是世界奇景之一。

字根063 **not** 標示 MP3 2-063

note [not] 名 筆記；便條 同 remark ▶ 益 4
解碼 **not** 標示 + **e** 字尾
Evelyn put a **note** on the frige to remind her husband to buy some milk.
▶ 伊芙琳在冰箱上貼了一張紙條，提醒她的先生買牛奶。

notice [`notɪs] 名 動 注意；通知 同 notification ▶ 益 4
解碼 **not** 標示 + **ice** 名詞
There is a **notice** on the board that warns against smoking.
▶ 布告欄上的公告提醒著禁止吸菸這件事。

notion [`noʃən] 名 概念 同 concept ▶ 檢 3
解碼 **not** 標示 + **ion** 名詞
The teaching assistant spent one hour to explain the **notion**.
▶ 助教花了一個鐘頭的時間來解釋這個概念。

字根064 **opt** 選擇；希望 MP3 2-064

adopt [ə`dɑpt] 動 採用；收養 反 discard ▶ 益 4
解碼 **ad** 前往 + **opt** 選擇
My aunt and uncle are going to **adopt** a child.
▶ 我的阿姨和姨丈準備領養一個孩子。

optimism [`ɑptə,mɪzəm] 名 樂觀主義 反 pessimism ▶ 檢 4
解碼 **opt** 希望 + **im** 在裡面 + **ism** 名詞
The orphan believes in hope and **optimism**.
▶ 那名孤兒始終抱持著希望與樂觀的態度。

optimistic [,ɑptə`mɪstɪk] 形 樂觀的 近 cheerful ▶ 檢 4

解碼 opt 希望 + im 在裡面 + istic 形容詞

The hostess is **optimistic** that the potluck party would be well attended.

▶ 女主人的態度樂觀，她相信會有很多人來參加百樂餐會。

option [`ɑpʃən] 名 選擇 同 choice ▶ 益 4

解碼 opt 選擇 + ion 名詞

The man had no **option** but to divorce his wife.

▶ 那個男人別無選擇，只能和老婆離婚。

字根 065 passi, pati, path 受苦；感覺 〔MP3 2-065〕

compassion [kəm`pæʃən] 名 同情 同 sympathy ▶ 檢 3

解碼 com 共同 + passi 受苦 + ion 名詞

People had a lot of **compassion** for those victims' families.

▶ 民眾都很同情那些遇難者的家屬。

compatible [kəm`pætəbl̩] 形 相容的 反 improper ▶ 托 4

解碼 com 共同 + pati 感覺 + able 形容詞

I bought this new charger but it isn't **compatible** with my tablet.

▶ 我買了新的充電器，但它和我的平板電腦不相容。

passion [`pæʃən] 名 激情；愛好 同 fervor ▶ 檢 4

解碼 passi 受苦 + ion 名詞（字義衍生：受苦 → 強烈情感）

My cousin has a **passion** for drawing.

▶ 我的表妹熱愛繪畫。

passive [`pæsɪv] 形 被動的 反 active ▶ 檢 4

解碼 passi 受苦 + ive 形容詞

I am fed up with you being **passive** all the time!

▶ 我受夠你那種消極的態度了！

pathetic [pə`θɛtɪk] 形 可憐的；悲慘的 同 pitiful ▶ 檢 3

解碼 path 受苦 + etic 形容詞

What a **pathetic** world! Everyone is so greedy.

▶ 多麼悲慘的世界啊！每個人都如此貪得無厭。

patience [`peʃəns] 名 忍耐；耐心 反 agitation ▶ 檢 4

解碼 pati 受苦 + ence 名詞

The man's changeable gestures implied his **impatience**.

▶ 那位男性不停變換的姿勢暗示著他的不耐。

patient [ˋpeʃənt] 名 病人 形 有耐心的 近 gentle ▶ 檢 5
(解碼) **pati** 受苦 + **ent** 名詞 / 形容詞
Will has a learning disability, so you have to be **patient** with him.
▶ 威爾有學習障礙，所以你要對他有耐心。

字根 066 phil, philo 愛

philosopher [fəˋlɑsəfɚ] 名 哲學家 同 sophist ▶ 托 3
(解碼) **philo** 愛 + **soph** 智慧 + **er** 名詞
Socrates might be the most well-known **philosopher**.
▶ 蘇格拉底或許可稱得上是最知名的哲學家了。

---

philosophical [ˏfɪləˋsɑfɪk] 形 哲學的 近 wise ▶ 托 3
(解碼) **philo** 愛 + **soph** 智慧 + **ical** 形容詞
Those **philosophical** discussions sometimes get really difficult to me.
▶ 那些哲學討論有時對我來説太困難了。

---

philosophy [fəˋlɑsəfɪ] 名 哲學 關 ideology ▶ 檢 4
(解碼) **philo** 愛 + **soph** 智慧 + **y** 名詞
My brother wants to choose **philosophy** as his major.
▶ 我弟弟想主修哲學。

字根 067 plac, pleas 取悅

displease [dɪsˋpliz] 動 使不愉快 同 annoy ▶ 檢 3
(解碼) **dis** 否定 + **pleas/please** 取悅
There is no way Rick will **displease** me after we have such a great time together.
▶ 我與瑞克玩得很愉快，他不可能讓我不開心。

---

pleasant [ˋplɛznt] 形 愉快的；舒適的 同 amiable ▶ 檢 4
(解碼) **pleas** 取悅 + **ant** 形容詞
The conversation was **pleasant** so we stayed at the cafe chatting for hours.
▶ 因為談話愉快，所以我們在咖啡廳聊了好幾個小時。

---

please [pliz] 動 使高興；請 同 cheer ▶ 檢 4
(解碼) **pleas** 取悅 + **e** 字尾
My boss was **pleased** with my presentation at the meeting yesterday.

▶ 老闆對我昨天在會議上的表現很滿意。

字根 068 **pute** 思考

compute [kəm`pjut] 動 計算；估計 同 calculate ▶ 研 3

解碼 com 共同 + pute 思考

You must **compute** the number of hours you worked last year.

▶ 你必須計算你去年工作的時數。

deputy [`dɛpjətɪ] 名 代理人 同 agent ▶ 益 4

解碼 de 分離 + pute/put 思考 + y 名詞

Ms. Hu is the new **deputy** of Public Relations of our company.

▶ 胡小姐是我們公司公關部的新任代理人。

dispute [dɪ`spjut] 名 動 爭論；辯駁 同 argument ▶ 托 4

解碼 dis 分離 + pute 思考

Those countries have been **disputing** over the small island for years.

▶ 那幾個國家這幾年來為了那個小島而爭執不休。

字根 069 **rid, ris** 笑

ridicule [`rɪdɪkjul] 名 動 嘲笑 同 jeer ▶ 檢 3

解碼 rid 笑 + icule 名詞

Danny apologized to the chubby girl for **ridiculing** her.

▶ 丹尼為自己嘲笑那個圓潤女孩的行為向她道歉。

ridiculous [rɪ`dɪkjələs] 形 可笑的；荒謬的 同 absurd ▶ 檢 3

解碼 rid 笑 + icule 名詞 + ous 形容詞

Don't be **ridiculous**. There is no such thing as a pink elephant.

▶ 別扯了，粉紅大象根本就不存在。

字根 070 **sci** 知道

conscience [`kɑnʃəns] 名 良心 近 morality ▶ 托 3

解碼 con 共同 + sci 知道 + ence 名詞

The thief brought the things back because he had a guilty **conscience**.

▶ 小偷良心不安，因此歸還偷走的東西。

science [ˋsaɪəns] 名 科學 關 subject ▶ 檢 5

解碼 **sci** 知道 + **ence** 名詞

Doris is excited because she is going to have her first **science** class tomorrow.
▶ 朵莉絲明天要上她的第一堂自然科學課，所以她很興奮。

scientific [ˌsaɪənˋtɪfɪk] 形 科學的 關 experimental ▶ 益 5

解碼 **sci** 知道 + **ence/enti** 名詞 + **fic** 形容詞

Scientific progress has created a better way of life for many people.
▶ 科學的進步為許多人帶來更好的生活。

字根 071 **sens, sent** 感覺 _{MP3 2-071}

consensus [kənˋsɛnsəs] 名 一致 反 unanimity ▶ 托 3

解碼 **con** 共同 + **sens** 感覺 + **us** 字尾（拉丁字尾，表陽性）

After a five-hour meeting, the committee finally reached **consensus**.
▶ 在長達五小時的會議結束後，委員會終於達成共識。

consent [kənˋsɛnt] 名 動 同意；贊成 同 approval ▶ 托 3

解碼 **con** 共同 + **sent** 感覺

We have to obtain the lady's **consent** before publishing her photograph.
▶ 刊登那位女子的照片之前必須先獲得本人同意。

hypersensitive [ˋhaɪpəˋsɛnsətɪv] 形 過敏的 同 allergic ▶ 研 1

解碼 **hyper** 超過 + **sens/sensi** 感覺 + **tive** 形容詞

My sister is **hypersensitive** to any kind of flowers.
▶ 我妹妹對每種花都過敏。

scent [sɛnt] 名 氣味 同 aura ▶ 檢 4

解碼 **sent** 感覺 → **scent**（字義衍生：感覺 → 聞到的氣味）

The **scent** of flowers filled the room.
▶ 花的香氣充滿整個房間。

sense [sɛns] 名 感覺；意義 同 feeling ▶ 檢 4

解碼 **sens** 感覺 + **e** 字尾

It makes no **sense** to speak ill of your colleagues.
▶ 在背後說同事壞話根本毫無意義。

sensitivity [ˌsɛnsəˋtɪvətɪ] 名 敏感度 反 apathy ▶ 托 2

解碼 **sens/sensi** 感覺 + **tive** 形容詞 + **ity** 名詞

The extreme **sensitivity** of the issue means that everyone has to choose the

words carefully.
▶ 議題極度敏感，所以每個人的發言都必須謹慎。

sentence [`sɛntəns] 名 句子 動 判決 關 jurisdiction ▶
(解碼) **sent** 感覺 + **ence** 名詞（字義衍生：感覺 → 意見 → 判決）
The notorious criminal was **sentenced** to death.
▶ 那名惡名昭彰的罪犯被判死刑。

sentiment [`sɛntəmənt] 名 感傷；情緒 關 emotionalism ▶
(解碼) **sent/senti** 感覺 + **ment** 名詞
Wendy burst into tears because the song aroused her **sentiment**.
▶ 那首歌牽引溫蒂的情緒，所以她哭了。

字根 072 **soph** 智慧 MP3 2-072

sophisticated [sə`fɪstɪˌketɪd] 形 老練的 同 refined ▶ 檢 3
(解碼) **soph** 智慧 + **ist** 名詞 + **ic** 形容詞 + **ate** 動詞 + **ed** 形容詞
As far as I know, the columnist is not a **sophisticated** person at all.
▶ 據我所知，那位專欄作家並非老練世故的人。

sophomore [`safəˌmor] 名 二年級生 關 freshman ▶ 托 2
(解碼) **soph/sopho** 智慧 + **more** 更多的
All **sophomores** have to pass the Intermediate Level of GEPT.
▶ 所有大二生都必須通過全民英檢中級。

字根 073 **spair, sper** 希望 MP3 2-073

despair [dɪ`spɛr] 名 動 絕望 同 desperation ▶ 檢 5
(解碼) **de** 分離 + **spair** 希望
The man is in **despair** because he got fired this morning.
▶ 這名男子今天早上被解雇，因而陷入絕望。

desperate [`dɛspərɪt] 形 拼命的 近 reckless ▶ 托 4
(解碼) **de** 分離 + **sper** 希望 + **ate** 形容詞
Afer a long walk in the sun, the hiker was **desperate** for a bottle of water.
▶ 在大太陽底下走了一陣子之後，旅人極度想喝水。

prosper [`praspɚ] 動 興盛 同 bloom ▶ 益 4

解碼 pro 向前地 + sper 希望

The city began to **prosper** ever since the mayor changed the policy.

▶ 自從市長改變方針之後，這個城市就開始興盛起來。

字根 074 **theo** 沉思

theoretical [ˌθiəˈrɛtɪk!] **形** 理論的 **反** practical ▶ 托 3

解碼 theo/theoret 沉思 + ical 形容詞

My brother has a great interest in **theoretical** physics.

▶ 我哥哥對理論物理學特別有興趣。

theory [ˈθiərɪ] **名** 理論；學說 **近** proposal ▶ 益 4

解碼 theo 沉思 + ry 名詞

Professor Lin spent many years working on this **theory**.

▶ 林教授花了好幾年的時間研究這個理論。

UNIT 6 **表態度的字根**
Root: Different Attitudes

字根 075 **cure** 注意；小心

accuracy [ˈækjərəsɪ] **名** 準確度 **同** precision ▶ 研 3

解碼 ac 前往 + cure/cur 注意 + acy 名詞

The secretary completed the task you assigned with **accuracy**.

▶ 那名祕書準確地完成了你交付的任務。

accurate [ˈækjərɪt] **形** 準確的 **同** exact ▶ 益 5

解碼 ac 前往 + cure/cur 注意 + ate 形容詞

John is sure that the numbers are **accuate**.

▶ 約翰確定那些數據是正確的。

cure [kjʊr] **名** 療法；藥 **同** remedy ▶ 托 4

解碼 cure 注意；小心

They are trying to figure out a **cure** for AIDS, but it's not easy.

▶ 他們試著找出能治療愛滋病的藥物，但這並不容易。

secure [sɪˋkjʊr] 形 安全的 反 insecure ▶

(解碼) **se** 免於 + **cure** 小心

It is usually a **secure** way to deposit your money in a bank.
▶ 把錢存在銀行通常是很安全的。

字根 076 **fict, fig** 假裝

fiction [ˋfɪkʃən] 名 小說；虛構 反 reality ▶

(解碼) **fict** 假裝 + **ion** 名詞

If you like **fiction**, I would recommend Mark Twain's work.
▶ 如果你喜歡看小說，那我推薦馬克‧吐溫的作品。

fictional [ˋfɪkʃənl] 形 虛構的 同 imaginary ▶

(解碼) **fict** 假裝 + **ion** 名詞 + **al** 形容詞

The **fictional** characters and plots in this novel are impressive.
▶ 這本小說裡的虛構角色和情節都令人印象深刻。

字根 077 **mod** 模式；態度

accommodate [əˋkɑməˏdet] 動 容納；適應 同 contain ▶

(解碼) **ac** 前往 + **com** 共同 + **mod** 模式 + **ate** 動詞

The elevator can **accommodate** up to twelve people.
▶ 這台電梯最多可容納十二人。

manner [ˋmænɚ] 名 方法；態度 同 demeanor ▶

(解碼) **mod** 態度 → **manner**

Mr. Brown always treats people with good **manner**.
▶ 布朗先生待人一向彬彬有禮。

mode [mod] 名 模式 近 status ▶ 雅 3

(解碼) **mod** 模式 + **e** 字尾

Roy doesn't want to be bothered for the next ten minutes as he is in working **mode**.
▶ 接下來的十分鐘羅伊不想被打擾，因為他要專心工作。

model [ˋmɑdl] 名 模型；模特兒 同 example ▶ 托 2

(解碼) **mod** 模式 + **el** 小尺寸

The boy has collected more than 200 kinds of dinosaur **models**.

▶ 這個男孩蒐集的恐龍模型超過兩百種。

moderate [`mɑdərɪt] 形 適度的 同 temperate ▶ 益 3
解碼 mod 態度 + er 動作（變化）+ ate 形容詞
It's important to keep a **moderate** speed while driving.
▶ 開車時，保持適當的行車速度很重要。

modern [`mɑdən] 形 現代的 反 ancient ▶ 托 4
解碼 mod 模式 + ern 字尾（表方向）
IKEA is one of the places to buy **modern** furniture and appliances.
▶ 宜家家居是能購買現代傢俱的地方之一。

modest [`mɑdɪst] 形 謙虛的；適度的 反 immodest ▶ 研 3
解碼 mod 態度 + est 形容詞（變體，拉丁字尾 us 表陽性）
The lady usually wears **modest** clothes.
▶ 那位女士的服裝通常都很端莊穩重。

字根 078 **neg** 否認；否定 MP3 2-078

negative [`nɛgətɪv] 形 否定的；消極的 反 positive ▶ 檢 4
解碼 neg 否認 + ative 形容詞
One **negative** aspect of war is that many innocent people would be killed.
▶ 戰爭其中一個負面的影響是讓許多無辜的人被殺害。

neglect [nɪg`lɛkt] 名 動 忽略 同 disregard ▶ 檢 4
解碼 neg 否定 + lect 選擇
If you **neglect** the report, you will have some serious problems on Monday.
▶ 如果你沒做報告，你星期一就慘了。

negotiate [nɪ`goʃɪˌet] 動 談判 近 mediate ▶ 益 4
解碼 neg 否定 + oti 悠閒 + ate 動詞
When buying a new house, it is usually possible to **negotiate** a fair price.
▶ 買新房子時，通常有機會洽談到一個合理的售價。

字根 079 **pact** 同意；繫 MP3 2-079

compact [`kɑmpækt] 名 契約 同 contract ▶ 益 3
解碼 com 共同 + pact 同意

Mr. Wang signed a **compact** with our company.
▶ 王先生和我們公司簽訂了契約。

impact [`ɪmpækt] 名 衝擊；影響 同 influence ▶ 5
(解碼) **im** 進入 + **pact** 繫
Martin Luther King Jr. made a big **impact** on the U.S.
▶ 馬丁路德．金恩博士對美國有很深遠的影響。

pact [pækt] 名 契約；公約 同 agreement ▶ 2
(解碼) **pact** 同意（字義衍生：同意 → 契約）
Both sides made a temporary truce **pact** on the day before Thanksgiving.
▶ 雙方在感恩節前夕達成暫時性的停戰協議。

....

字根 080 **spond** 保證

correspond [ˌkɔrɪˋspɑnd] 動 通信 同 keep in touch with ▶ 3
(解碼) **com/cor** 共同 + **re** 返回 + **spond** 保證
I **correspond** with Tim since we met in the conference four years ago.
▶ 自從四年前在研討會遇見提姆之後，我們就一直通信至今。

....

respond [rɪˋspɑnd] 動 回應 同 reply ▶ 3
(解碼) **re** 返回 + **spond** 保證
Stacy **responded** the customer's question yesterday.
▶ 史黛西昨天回應了客戶的問題。

....

response [rɪˋspɑns] 名 回覆 同 respondence ▶ 檢 3
(解碼) **re** 返回 + **spond/spon** 保證 + **se** 名詞
The politician's speech evoked no **response** in his audience.
▶ 那名政客的演說並沒有激起任何迴響。

....

sponsor [ˋspɑnsɚ] 名 贊助人 同 backer ▶ 益 4
(解碼) **spond/spons** 保證 + **or** 名詞
My boss is the **sponsor** of the baseball team.
▶ 我的老闆是那支棒球隊的贊助者。

....

字根 081 **tempt** 嘗試

attempt [əˋtɛmpt] 動 嘗試；企圖 同 endeavor ▶ 益 4

(解碼) **ad/at** 前往 + **tempt** 嘗試

The journalist **attempts** to discover the cause of this event.
▶ 那名記者試圖找出這起事件的起因。

tempt [tɛmpt] **動** 誘惑；引起 **同** attract　▶
(解碼) **tempt** 嘗試（字義衍生：嘗試 → 引誘去做）
The salesperson **tempted** me to buy the latest laptop.
▶ 銷售員引誘我購買最新的筆記型電腦。

(字根 082) **toler** 容忍　

tolerable [`tɑlərəbl̩] **形** 可容忍的 **同** bearable　▶
(解碼) **toler** 容忍 + **able** 形容詞
While my boyfriend really liked the movie, I only found it **tolerable**.
▶ 雖然我男友很愛那部電影，但我覺得還好而已。

tolerance [`tɑlərəns] **名** 忍受 **同** forbearance　▶
(解碼) **toler** 容忍 + **ance** 名詞
My mother showed a lot of **tolerance** to the interests I had as a child.
▶ 母親對我小時候的各種興趣展現了高度的包容心。

tolerant [`tɑlərənt] **形** 容忍的 **反** intolerant　▶
(解碼) **toler** 容忍 + **ant** 形容詞
She was **tolerant** of her colleague's coldness before quitting.
▶ 在辭職之前，她一直容忍著同事的冷淡態度。

tolerate [`tɑlə,ret] **動** 忍受；容許 **同** endure　▶ 檢 4
(解碼) **toler** 容忍 + **ate** 動詞
The foreman cannot **tolerate** any late workers.
▶ 那位領班無法容忍遲到的工人。

(字根 083) **vol, volunt** 意志　

voluntary [`vɑlən,tɛrɪ] **形** 自願的；故意的 **同** spontaneous　▶
(解碼) **volunt** 意志 + **ary** 形容詞
The man was accused for **voluntary** manslaughter.
▶ 那個男人被控蓄意殺人。

volunteer [ˌvɑlənˋtɪr] 名 義工 動 自願 關 offer ▶ 檢 4

(解碼) **volunt** 意志 + **eer** 名詞

Ms. Chang **volunteered** to do the night shift.

▶ 張小姐自願值夜班。

 UNIT 7 表生命 / 年齡的字根
Root: About Life and Age

字根 084 **al, ol, ul** 滋養 MP3 2-084

adolescence [ˌædḷˋɛsn̩s] 名 青春期 同 youth ▶ 研 4

(解碼) **ad** 前往 + **ol** 滋養 + **esce** 動詞（逐漸）+ **ence** 名詞

Junior high school students are so rebellious because they are in their **adolescence**.

▶ 國中生非常叛逆是因為他們正值青春期。

adolescent [ˌædḷˋɛsn̩t] 名 青少年 同 teenager ▶ 檢 3

(解碼) **ad** 前往 + **ol** 滋養 + **esce** 動詞（逐漸）+ **ent** 名詞

My brothers had a lot of acne when they were **adolescents**.

▶ 我的弟弟們在青春期時長很多粉刺。

adult [əˋdʌlt] 名 成人 同 grownup ▶ 托 2

(解碼) **ad** 前往 + **ul/ult** 滋養

Although Tony is an **adult**, his behaviors are pretty childish.

▶ 雖然東尼已經是個成年人，但他的行為還是很幼稚。

adulthood [əˋdʌltˌhʊd] 名 成年 反 childhood ▶ 益 3

(解碼) **ad** 前往 + **ul/ult** 滋養 + **hood** 名詞

Once a person reaches **adulthood**, he is expected to be responsible for what he does.

▶ 人一旦成年，就應該為自己的行為負責。

字根 085 **ang** 窒息 MP3 2-085

anger [ˋæŋgɚ] 名 生氣 同 fury ▶ 研 2

解碼 ang 窒息 + er 名詞

I don't like my roommate because she vents her **anger** easily.

▶ 我室友是個易怒的人，所以我不喜歡她。

angry [ˋæŋgrɪ] **形** 生氣的 **同** wrathful ▶ 檢 4

解碼 ang 窒息 + ry 形容詞

Johnson was **angry** because his colleague used his computer without asking him.

▶ 強森的同事未經同意就用他的電腦，所以他很生氣。

· ·

anxiety [æŋˋzaɪətɪ] **名** 憂慮 **同** concern ▶ 托 4

解碼 ang/anxie 窒息 + ty 名詞

My niece feels no **anxiety** about making a speech in front of others.

▶ 我姪女不會因在人前演講而感到焦慮。

· ·

anxious [ˋæŋkʃəs] **形** 憂慮的 **反** brave ▶ 益 3

解碼 ang/anxi 窒息 + ous 形容詞

Martin was very **anxious** about his final exam results.

▶ 馬汀非常擔心自己的期末考成績。

· ·

字根 086 **anim** 呼吸 MP3 2-086

animal [ˋænəml] **名** 動物 **關** natural ▶ 托 4

解碼 anim 呼吸 + al 名詞

Some land **animals** hibernate during the cold winter months.

▶ 某些陸地動物會在寒冷的冬季冬眠。

· ·

animate [ˋænəmɪt] **形** 有活力的 **反** inactive ▶ 雅 3

解碼 anim 呼吸 + ate 形容詞

The director always stresses that we must be **animate** when we are on stage.

▶ 導演總是強調我們在舞台上必須要有活力。

· ·

字根 087 **bi, bio** 生命 MP3 2-087

biochemistry [ˏbaɪoˋkɛmɪstrɪ] **名** 生物化學 **關** chemistry ▶ 托 4

解碼 bio 生命 + chemistry 化學

Peter discussed with his parents before he chose **biochemistry** as his major.

▶ 在選擇生物化學為主修之前，彼得和父母討論過。

· ·

biography [baɪˋɑɡrəfɪ] 名 傳記　同 life story

解碼 **bio** 生命 + **graph** 寫 + **y** 名詞

My father is very interested in Caesar's **biography**.
▶ 父親對凱撒的傳記非常感興趣。

---

biology [baɪˋɑlədʒɪ] 名 生物學　關 life

解碼 **bio** 生命 + **logy** 名詞（學說）

Mr. Baker will be our **biology** professor this semester.
▶ 貝克先生將是我們這學期的生物學教授。

字根 088 chron 時間

chronic [ˋkrɑnɪk] 形 長期的　反 temporary

解碼 **chron** 時間 + **ic** 形容詞

May has sufferd form **chronic** headaches.
▶ 梅一直以來都深受慢性頭痛所苦。

---

chronology [krəˋnɑlədʒɪ] 名 年表　關 history

解碼 **chron/chrono** 時間 + **logy** 名詞（學說）

In order to make the historical events clear, the teacher made the **chronology**.
▶ 為了清楚呈現這些歷史事件，老師製作了年表。

字根 089 cre, cresc 生長；製作

create [krɪˋet] 動 創造　同 produce

解碼 **cre** 製作 + **ate** 動詞

The military is **creating** better ways to defend the island from attack.
▶ 軍方正在創造更好的方法來防衛本島，使其避免受到攻擊。

---

concrete [ˋkɑnkrit] 形 具體的　反 abstract

解碼 **con** 共同 + **cresc/crete** 生長

The information in the documents is not **concrete** enough.
▶ 文件中的資料不夠具體。

---

decrease [ˋdikris] 名 減退　反 rise

解碼 **de** 往下 + **cresc/crease** 生長

There has been a **decrease** in Judy's performance at school since she got a part-time job.

▶ 自從開始打工之後，茱蒂的學校表現就開始下滑。

increase [ɪnˋkris] 動 增加 同 augment
解碼 in 朝向 + cresc/crease 生長
The company's circulating capital and fixed capital will **increase** with years.
▶ 公司的流動資本與固定資本將逐年增加。

recreation [ˌrɛkrɪˋeʃən] 名 消遣 同 hobby
解碼 re 再一次 + cre 製作 + ation 名詞
More and more people are taking up cycling as a form of **recreation**.
▶ 愈來愈多人將騎單車視為一種休閒活動。

字根 090 gen 產生；種類 [MP3 2-090]

gene [dʒin] 名 基因 同 DNA
解碼 gen 種類 + e 字尾
Our **genes** determine many of our physical characteristics.
▶ 基因決定我們多項生理特徵。

general [ˋdʒɛnərəl] 形 一般的 反 abnormal
解碼 gen/gener 種類 + al 形容詞
Oliver explained the **general** idea of his proposal.
▶ 奧利佛解釋了他提案中的大概想法。

generate [ˋdʒɛnəˌret] 動 產生 反 destroy
解碼 gen/gener 產生 + ate 動詞
Bill's new project is expected to **generate** 10% more profit.
▶ 比爾的新企劃預期將多創造出一成的利潤。

genius [ˋdʒinjəs] 名 天才；特徵 同 talent
解碼 gen 產生 + ius 字尾（拉丁字尾，表陽性）
The captain has a **genius** for leadership and management.
▶ 那位隊長擁有領導和管理的天賦。

genuine [ˋdʒɛnjuɪn] 形 真正的 反 fake
解碼 gen/genu 產生 + ine 形容詞
Paul's wallet is very expensive because it is made of **genuine** leather.
▶ 保羅的皮夾是真皮的，所以非常昂貴。

oxygen [ˋɑksədʒən] 名 氧；氧氣 關 oxygenize

解碼 oxy 酸 + gen 產生

Oxygen becomes thinner at higher altitudes.
▶ 高海拔處的氧氣比較稀薄。

pregnant [`prɛgnənt] 形 懷孕的 關 offspring ▶ 4

解碼 pre 之前 + gen/gnant 產生

Wendy feels tired easily because she is **pregnant**.
▶ 溫蒂懷孕了，所以容易感到疲倦。

字根 091 nat 出生；天生

nation [`neʃən] 名 國家 同 state ▶ 5

解碼 nat 出生 + ion 名詞

The United Kingdom used to be the top industrial **nation** of the world.
▶ 英國曾經是世界頂尖的工業化國家。

native [`netɪv] 形 本國的 反 foreign ▶ 4

解碼 nat 出生 + ive 形容詞

An English **native** speaker is talking to the clerk at the counter.
▶ 一位以英語為母語的人士正在和櫃台人員說話。

nature [`netʃɚ] 名 自然；本質 同 essence ▶ 4

解碼 nat 天生 + ure 名詞

We humans keep destroying forests and upsetting the balance of **nature**.
▶ 我們人類持續破壞森林，並擾亂大自然的平衡。

renaissance [`rɛnə͵sɑns] 名 復活；再生 同 resurgence ▶ 托 3

解碼 re 再一次 + nat/naiss 出生 + ance 名詞

The famous architect is going to make a speech on **Renaissance** architecture.
▶ 那位知名建築師即將做一個關於文藝復興時期建築的演講。

字根 092 sen 老的

senator [`sɛnətɚ] 名 （美）參議員 同 legislator ▶ 托 2

解碼 sen 老的 + ator 名詞

Over twenty **senators** voted for the bill.
▶ 有超過二十位的參議員投票支持這個法案。

senior [ˋsinjɚ] 形 年長的；資深的 同 elder ▶ 4

(解碼) **sen** 老的 + **ior** 比較級

I yielded my seat to the **senior** citizen because she carried several bags.
▶ 我讓位給那名年長者，因為她拎著好幾個袋子。

(字根 093) **spir** 呼吸

expire [ɪkˋspaɪr] 動 吐氣；屆滿 同 exhale ▶ 3

(解碼) **ex** 向外 + **spir/spire** 呼吸

The lease of the office will **expire** in a month.
▶ 辦公室的租約再一個月就要到期了。

inspire [ɪnˋspaɪr] 動 鼓舞；啟發 同 excite ▶ 3

(解碼) **in** 在裡面 + **spir/spire** 呼吸

The old woman's story **inspired** the composer.
▶ 這名老婦人的故事帶給作曲家靈感。

spirit [ˋspɪrɪt] 名 精神；心靈 反 flesh ▶ 5

(解碼) **spir** 呼吸 + **it** 行走

Tim is trying to cheer up the man in low **spirits**.
▶ 提姆試著要讓這位精神萎靡的男子打起精神。

(字根 094) **veg, vig** 充滿活力的

vegetable [ˋvɛdʒətəbḷ] 名 蔬菜 關 herb ▶ 4

(解碼) **veg** 充滿活力的 + **et** 小 + **able** 形容詞

Let's make a salad with these fresh **vegetables**.
▶ 我們來用這些新鮮的蔬菜做沙拉吧。

vegetation [ˏvɛdʒəˋteʃən] 名 植物；草木 近 greenery ▶ 托 3

(解碼) **veg** 充滿活力的 + **et** 小 + **ation** 名詞

Vegetation obscured the unused trail leading through the mountains.
▶ 草木掩蓋了貫穿整座山卻未使用過的小道。

vigor [ˋvɪgɚ] 名 精力；活力 同 energy ▶ 4

(解碼) **vig** 充滿活力的 + **or** 名詞

My colleagues and I have no **vigor** after working all day.
▶ 工作一整天之後，我和同事都沒有一絲活力了。

字根 095 **viv** 生存

revive [rɪ`vaɪv] 動 甦醒；復活 同 recover ▶ 檢 3
(解碼) **re** 再一次 + **viv/vive** 生存
The doctor spent hours doing everything conceivable to **revive** her.
▶ 醫生花了好幾個小時盡可能地搶救她。

survive [sə`vaɪv] 動 倖存 同 outlive ▶ 檢 4
(解碼) **sur** 超越 + **viv/vive** 生存
The girl **survived** from the shipwreck, but her parents were not so lucky.
▶ 女孩從這場船難中倖存，但她的父母就沒有這麼幸運了。

vital [`vaɪtl̩] 形 生命的；極其重要的 同 critical ▶ 托 4
(解碼) **viv/vit** 生存 + **al** 形容詞
We all believe that perseverance is **vital** to success.
▶ 我們都相信，要成功就必須堅持不懈。

vitamin [`vaɪtəmɪn] 名 維他命 關 mineral ▶ 檢 2
(解碼) **viv/vit** 生存 + **amine/amin** 胺
Fruits like tomatoes and lemons are rich in **vitamins**.
▶ 像番茄和檸檬這類的水果都富含維他命。

vivid [`vɪvɪd] 形 生動的 同 animated ▶ 檢 3
(解碼) **viv** 生存 + **id** 形容詞
The artist gave a **vivid** description of the landscape of Ilan through watercolor painting.
▶ 那位藝術家的水彩畫生動地描繪了宜蘭的風景。

UNIT 8 表時間的字根
Root: About Time

字根 096 **anni , annu, enni** 年

anniversary [ˌænə`vɜsərɪ] 名 週年紀念 關 wedding ▶ 研 2
(解碼) **anni** 年 + **vers** 動詞（轉變）+ **ary** 名詞
My parents went on a cruise to celebrate the 35th **anniversary** of their marriage.

▶ 為了慶祝結婚三十五週年，我爸媽去參加遊輪之旅。

annual [`ænjʊəl] 形 一年一次的 同 yearly ▶ 檢 4
(解碼) annu 年 + al 形容詞
The **annual** parade will be held this weekend.
▶ 年度遊行將於這個週末舉辦。

字根 097 **et, ev** 時代 MP3 2-097

eternal [ɪˋtɝnḷ] 形 永恆的 同 everlasting ▶ 雅 2
(解碼) et 時代 + ern 表方向 +al 形容詞
Rome is sometimes called the **Eternal** City.
▶ 羅馬有時被稱為永恆之城。

eternity [ɪˋtɝnətɪ] 名 永恆 同 immortality ▶ 檢 3
(解碼) et 時代 + ern 表方向 + ity 名詞
The love of **eternity** is like a fairy tale to Lisa.
▶ 永恆的愛情對莉莎而言就像是童話一般。

medieval [ˌmɪdɪˋivəl] 形 中世紀的 近 archaic ▶ 益 4
(解碼) medi 中 + ev 時代 + al 形容詞
The boy is planning to dress up as a **medieval** knight on Halloween.
▶ 男孩打算在萬聖節時裝扮成中世紀的騎士。

字根 098 **journ** 一天 MP3 2-098

journal [`dʒɝnḷ] 名 期刊 同 periodical ▶ 研 4
(解碼) journ 一天 + al 名詞
My brother subscribed for several monthly financial **journals**.
▶ 我哥哥訂閱了幾本經濟月刊。

journey [`dʒɝnɪ] 名 動 旅行 同 trip ▶ 托 5
(解碼) journ 一天 + ey 名詞
I wish you a nice **journey**!
▶ 祝你一路順風！

UNIT 9 表居住 / 生活的字根
Root: About Living

字根 099 cant, chant, cent 唱歌

accent [`æksɛnt] 名 腔調 同 tone ▶ 研 3

解碼 ac 前往 + cent 唱歌

Lucas has a different **accent** when he speaks English.
▶ 盧卡斯講英語時有一種特別的腔調。

---

chant [tʃænt] 動 歌頌 名 讚美詩歌 同 sing ▶ 托 3

解碼 chant 唱歌

The soldiers **chanted** songs as they were marching to the battle field.
▶ 士兵們前進戰場時唱著歌曲。

字根 100 car, carr 車；跑

car [kɑr] 名 汽車 同 vehicle ▶ 托 3

解碼 car 車

A hybrid **car** usually uses fuel and electricity in sync to power it.
▶ 汽電混合車經常同時使用燃料及電力來發動。

---

career [kə`rɪr] 名 職業 同 occupation ▶ 研 4

解碼 car 跑 + eer 名詞

Molly wants to pursue a **career** as a model.
▶ 莫莉想要成為一名模特兒。

---

cargo [`kɑrgo] 名 貨物 同 freight ▶ 益 4

解碼 car 車 + go 移動

The **cargo** ship is heading to the United States.
▶ 這艘貨輪正朝美國前去。

---

carry [`kærɪ] 名 運載 動 搬運 同 hold ▶ 檢 2

解碼 carr 跑 + y 名詞

Evelyn had to **carry** the groceries home by foot.
▶ 伊芙琳必須步行將雜貨搬回家。

---

cart [kɑrt] 名 手推車 同 handcart ▶ 雅 3

解碼 car 車 + t 字尾
The shopping **carts** at Costco are big enough for most shoppers.
▶ 好市多的購物推車對大部分人來說很夠用了。

charge [tʃɑrdʒ] 名 動 索價 關 price ▶ 益 4
解碼 car/char 車 + ge 字尾（字義衍生：車 → 裝載 → 費用）
There's a ten percent extra **charge** on the bill.
▶ 帳單上有百分之十的額外收費。

chariot [`tʃærɪət] 名 雙輪戰車 近 wagon ▶ 研 3
解碼 car/char 車 + iot 字尾（字義衍生：車 → 戰車）
The **chariots** were used by the Romans in a war.
▶ 羅馬人打仗時會用到雙輪戰車。

discharge [dɪs`tʃɑrdʒ] 動 排出；卸貨 同 unload ▶ 檢 3
解碼 dis 分離 + car/char 車 + ge 字尾
We spent a lot of time to **discharge** the goods at the dock.
▶ 我們花了很久的時間在碼頭卸貨。

字根 101 carn 肉 MP3 2-101

carnation [kɑr`neʃən] 名 康乃馨 關 flower ▶ 托 2
解碼 carn 肉 + ation 名詞（提示：肉色的花朵）
The boy gave his mother a bouquet of **carnations** on Mother's Day.
▶ 男孩在母親節那天送給母親一束康乃馨。

carnival [`kɑrnəvl̩] 名 嘉年華會 同 feast ▶ 雅 3
解碼 carn/carni 肉 + val 告別（宗教由來：狂歡節後開始齋戒）
Tourists from all over the world visit Rio de Janeiro during **carnival** time.
▶ 來自全世界的觀光客會在嘉年華期間造訪里約熱內盧。

字根 102 cult, col 耕種；培養 MP3 2-102

cultivate [`kʌltə‚vet] 動 耕種 同 breed ▶ 托 4
解碼 cul/cultiv 耕種 + ate 動詞
Mrs. Hill has been **cultivating** the vegetables in her backyard.
▶ 希爾太太一直以來都在後院種植蔬菜。

cultural [`kʌltʃərəl] 形 文化的 關 education ▶ 檢 5
解碼 cult 培養 + ure 名詞 + al 形容詞
Cultural relics are well preserved in the National Museum.
▶ 古文物被良好保存在國家博物館。

culture [`kʌltʃə] 名 文化 關 civilization ▶ 檢 4
解碼 cult 培養 + ure 名詞
Martha traveled across Europe last summer and learned a lot about their **cultures**.
▶ 瑪莎去年夏天環遊歐洲，認識了許多不同的歐洲文化。

colonial [kə`lonɪəl] 形 殖民的 關 province ▶ 雅 3
解碼 col/colon 耕種 + ial 形容詞（字義衍生：耕種 → 居住）
The **colonial** rule had been overthrown by the aboriginals.
▶ 當地的殖民政權被原住民推翻。

colony [`kɑlənɪ] 名 殖民地 關 territory ▶ 益 4
解碼 col/colon 耕種 + y 名詞（字義衍生：耕種 → 居住）
Australia and New Zealand were once an English **colony**.
▶ 澳洲和紐西蘭曾是英國的殖民地。

字根 103 custom 習慣
MP3 2-103

accustom [ə`kʌstəm] 動 使習慣 同 adapt ▶ 研 4
解碼 ac 前往 + custom 習慣
I had a hard time getting **accustomed** to the life in Taipei at first.
▶ 一開始的時候，我難以適應台北的生活環境。

custom [`kʌstəm] 名 習俗 同 tradition ▶ 檢 3
解碼 custom 習慣
The celebration of the Mid-Autumn Festival is a traditional **custom** for the Chinese.
▶ 慶祝中秋節是中國人的一項傳統習俗。

customer [`kʌstəmə] 名 顧客 反 owner ▶ 托 3
解碼 custom 習慣 + er 名詞
The **customer** sat by the window and refreshed herself with a cup of tea.
▶ 那名顧客坐在窗邊，喝茶提神。

customs [`kʌstəmz] 名 海關 關 tax ▶ 雅 5

解碼 custom 習慣 + s 字尾（字義衍生：習慣 → 關稅 → 海關）

I rushed to the baggage claim area as soon as I got through **customs**.

▶ 我一通關就急忙到行李提領處。

. . . .

字根 104 eco 家

ecology [ɪˋkɑlədʒɪ] 名 生態學 同 bionomics ▶ 研 ③

解碼 eco 家 + logy 名詞（學說）

We learned about earth and it's ecosystem in the **ecology** class.

▶ 我們在生態學的課程中學到地球與生態系的知識。

. . . .

economic [ˏikəˋnɑmɪk] 形 經濟上的 近 fiscal ▶ 托 ③

解碼 eco 家 + nom 規則 + ic 形容詞

The president made many radical **economic** reforms.

▶ 總統進行了許多從根本著手的經濟改革。

. . . .

economical [ˏikəˋnɑmɪkḷ] 形 節約的 同 frugal ▶ 檢 ③

解碼 eco 家 + nom 規則 + ical 形容詞（字義有時不同於 -ic 結尾的字）

It is more **economical** to travel by coach than by plane.

▶ 搭巴士旅行比坐飛機要來得省錢。

. . . .

economy [ɪˋkɑnəmɪ] 名 經濟 關 monetary ▶ 雅 ③

解碼 eco 家 + nom 規則 + y 名詞

The **economy** is gradually recovering in our country.

▶ 我國的經濟情況正在逐漸復甦。

. . . .

字根 105 electr 電的

electric [ɪˋlɛktrɪk] 形 電的 同 electrical ▶ 益 ④

解碼 electr 電的 + ic 形容詞

I saw a middle-aged woman riding an **electric** bike today.

▶ 我今天看到一位中年婦女騎電動腳踏車。

electricity [ˏɪlɛkˋtrɪsətɪ] 名 電力 關 current ▶ 檢 ②

解碼 electr 電的 + ic 形容詞 + ity 名詞

The wind power plant produces over seventy percent of the **electricity**.

▶ 這座風力發電廠供應了超過百分之七十的電力。

. . . .

electron [ɪˋlɛktrɑn] 名 電子 近 particle

(解碼) **electr** 電的 + **on** 單位

The lightning is mostly composed of a surge of **electrons**.

▶ 閃電基本上是由大量的電子所組成。

(字根 106) **fest** 節慶

festival [ˋfɛstəvḷ] 名 節日 近 celebration

(解碼) **fest** 節慶 + **ive** 形容詞 + **al** 形容詞

The play reminded me of the **festival** atmosphere in my hometown.

▶ 這齣戲劇讓我想起家鄉的節慶氣氛。

festivity [fɛsˋtɪvətɪ] 名 慶祝活動 同 gaiety

(解碼) **fest** 節慶 + **ive** 形容詞 + **ity** 名詞

Would you like to join the **festivities** with us?

▶ 你想要和我們一起參加慶祝活動嗎？

(字根 107) **hab, hibit** 擁有；居住

exhibit [ɪgˋzɪbɪt] 名 動 展覽 同 display

(解碼) **ex** 向外 + **hibit** 擁有

Claude Monet's paintings are now **exhibited** in the museum.

▶ 莫內的畫作現正於博物館展出。

habit [ˋhæbɪt] 名 習慣；習性 近 routine

(解碼) **hab** 擁有 + **it** 行走

In order to live healthily, it is important to make exercise a **habit**.

▶ 為了活得健康，養成運動的習慣很重要。

habitat [ˋhæbəˌtæt] 名 棲息地 同 dwelling

(解碼) **habit** 居住 + **at** 在

It is reported that the number of pandas in the world has dwindled due to loss of **habitat**.

▶ 據報導，世界上熊貓的數量由於喪失棲息地而減少了。

habitual [həˋbɪtʃuəl] 形 習慣的 同 customary

(解碼) **hab** 擁有 + **it** 行走 + **ual** 形容詞

The manager warned John of his **habitual** unpunctuality.

▶ 針對約翰的習慣性遲到，經理提出了警告。

inhabit [ɪnˋhæbɪt] **動** 居住；棲息 **同** reside ▶ 4

解碼 **in** 在裡面 **+ hab** 居住 **+ it** 行走

People who **inhabit** the capital usually take advantage of a variety of conveniences.

▶ 住在首都的人通常都能享有各種便利的服務。

prohibit [prəˋhɪbɪt] **動** 禁止 **同** ban ▶ 3

解碼 **pro** 之前 **+ hibit** 擁有

It's now **prohibited** to smoke indoors in Taiwan.

▶ 台灣現在已經禁止在室內抽菸的行為。

- -

字根 108 heal 健全 MP3 2-108

heal [hil] **動** 痊癒；治癒 **同** restore ▶ 4

解碼 **heal** 健全（字義衍生：健全 → 治癒）

The doctor **healed** the basketball player's right knee.

▶ 醫生治好了那名籃球員的右膝蓋。

- -

health [hɛlθ] **名** 健康 **同** fitness ▶ 3

解碼 **heal** 健全 **+ th** 名詞（狀態）

Drinking too much would be harmful to your **health**.

▶ 飲酒過量對健康有害。

- -

healthful [ˋhɛlθfəl] **形** 有益健康的 **同** wholesome ▶ 5

解碼 **heal** 健全 **+ th** 名詞（狀態） **+ ful** 形容詞

It is **healthful** to drink enough water every day.

▶ 每天喝足量的水有益健康。

- -

healthy [ˋhɛlθɪ] **形** 健康的 **反** unhealthy ▶ 研 5

解碼 **heal** 健全 **+ th** 名詞（狀態） **+ y** 形容詞

It is important to have a **healthy** diet rich in fruit and vegetables.

▶ 攝取富含水果和蔬菜的健康飲食很重要。

- -

字根 109 med 治療 MP3 2-109

medical [ˋmɛdɪkḷ] **形** 醫療的 **同** therapeutic ▶ 研 3

解碼 med 治療 + ical 形容詞

Will the insurance cover the full **medical** expense?

▶ 這個保險會涵蓋全部的醫療費用嗎?

medicine [ˋmɛdəsn̩] 名 醫藥 同 drug ▶ 檢 4

解碼 med 治療 + ic 形容詞 + ine 化學物質

Sucy had a headache so she took some **medicine** to sooth it.

▶ 蘇西頭痛,所以吃了一些藥來舒緩。

remedy [ˋrɛmədɪ] 名 療法;補救 同 cure ▶ 托 3

解碼 re 再一次 + med 治療 + y 名詞

Hot lemonade with honey is a good **remedy** for your cold.

▶ 熱檸檬汁加蜂蜜是治療感冒的良方。

字根 110 merc 貿易 [MP3 2-110]

commerce [ˋkɑmɝs] 名 商業;貿易 同 business ▶ 雅 3

解碼 com 共同 + merc/merce 貿易

Mr. Lee's company has had **commerce** with us for a long time.

▶ 李先生的公司已經和我們貿易往來好一段時間了。

market [ˋmɑrkɪt] 名 市場 同 mart ▶ 檢 4

解碼 merc/mark 貿易 + et 小

The Sunday **market** in the city is full of fresh fruits and vegetables.

▶ 市區裡的週日市集有賣很多新鮮的水果和蔬菜。

merchandise [ˋmɝtʃən͵daɪz] 名 商品 動 買賣 同 goods ▶ 研 3

解碼 merc 貿易 + hand 手 + ize/ise 動詞

The **merchandise** in the boutique is of high quality but very expensive.

▶ 那家精品店賣的東西品質很好,但價格昂貴。

mercy [ˋmɝsɪ] 名 慈悲;恩惠 同 kindness ▶ 托 4

解碼 merc 貿易 + y 名詞(字義衍生:貿易 → 報酬 → 恩惠)

The judge had no **mercy** for the murderer and sentenced him to death.

▶ 法官沒有同情那位兇手並判他死刑。

merit [ˋmɛrɪt] 名 價值;優點 同 value ▶ 雅 2

解碼 merc 貿易 → merit(字義衍生:貿易 → 報酬 → 價值)

I believe that everyone has his **merits**.

▶ 我相信每個人都有優點。

 **mor** 習俗

morale [məˋræl] 名 士氣 同 spirit ▸ 雅 ③

解碼 **mor** 習俗 + **ale** 名詞

Extra bonus is definitely beneficial to boost the **morale** of team members.
▸ 額外的紅利對於提昇小組士氣絕對有幫助。

moral [ˋmɔrəl] 形 道德的；精神上的 同 ethical ▸ 托 ③

解碼 **mor** 習俗 + **al** 形容詞

A fable is a short story which teaches us a **moral** lesson.
▸ 寓言是含有道德寓意的短篇故事。

 **mun** 服務

communicate [kəˋmjunəˌket] 動 溝通 關 convey ▸ 益 ③

解碼 **com** 共同 + **mun** 服務 + **ic** 形容詞 + **ate** 動詞

The translator helped the two parties **communicate** with each other.
▸ 譯者協助雙方與彼此溝通。

communication [kəˌmjunəˋkeʃən] 名 溝通 關 conversation ▸ 托 ④

解碼 **com** 共同 + **mun** 服務 + **ic** 形容詞 + **ation** 名詞

Good **communication** is necessary to every couple.
▸ 良好的溝通對每一對情侶來說都是必要的。

communicative [kəˋmjunəˌketɪv] 形 愛說話的 同 chatty ▸ 研 ④

解碼 **com** 共同 + **mun** 服務 + **ic** 形容詞 + **ative** 形容詞

Danny became more **communicative** after he went to school.
▸ 去上學之後，丹尼變得比較會聊天了。

immune [ɪˋmjun] 形 免疫的；免除的 同 exempt ▸ 益 ③

解碼 **im** 否定 + **mun/mune** 服務

All the goods inside the airport are **immune** from taxation.
▸ 機場內所販售的所有商品皆免稅。

municipal [mjuˋnɪsəpl] 形 都市的；內政的 同 civic ▸ 雅 ④

解碼 **mun/muni** 服務 + **cip** 拿 + **al** 形容詞

A diplomat should not interfere in the **municipal** affairs of other countries.
▸ 外交官不應該干涉其他國家的內政。

字根 113 nau, nav 船

naval [`nevḷ] 形 海軍的；軍艦的 關 military ▶ 托 3

(解碼) nav 船 + al 形容詞

The **naval** academy trains a number of captains every year.
▶ 海軍學校每年都會訓練出許多船長。

navigate [`nævə‚get] 名 駕駛；導航 同 cruise ▶ 雅 4

(解碼) nav 船 + ig 駕駛 + ate 動詞

The captain **navigated** the sailboat to a natural harbor.
▶ 船長將帆船駛入一個天然港口。

navigation [‚nævə`geʃən] 名 航行 關 shipping ▶ 益 3

(解碼) nav 船 + ig 駕駛 + ation 名詞

There has been an increase in **navigation** through the Panama Canal.
▶ 航行巴拿馬運河的船隻增加了。

navy [`nevɪ] 名 海軍 關 fleet ▶ 托 3

(解碼) nav 船 + y 名詞

The **navy** purchased eight stealth submarines.
▶ 海軍買了八艘用於祕密行動的潛水艇。

字根 114 onym 名字

anonymous [ə`nɑnəməs] 名 匿名的 同 nameless ▶ 檢 2

(解碼) an 沒有 + onym 名字 + ous 形容詞

An **anonymous** person sent Olivia a bouquet of flowers.
▶ 有匿名人士寄給奧莉維亞一束花。

antonym [`æntə‚nɪm] 名 反義詞 反 synonym ▶ 檢 2

(解碼) ant 相反 + onym 名字

"Fortunate" is the **antonym** of "unfortunate".
▶ 「幸運」的反義詞是「不幸」。

synonym [`sɪnə‚nɪm] 名 同義詞 同 equivalent ▶ 檢 3

(解碼) syn 相同 + onym 名字

There are many **synonyms** to the word "wonderful" such as "magnificent" and "outstanding".
▶ 「wonderful」有許多同義字，如「magnificent」和「outstanding」。

字根 115 oper 工作

cooperate [ko`ɑpə,ret] 動 合作　同 collaborate　▶ 益 3
解碼 **co** 共同 + **oper** 工作 + **ate** 動詞
The witnesses to the crime will **cooperate** with the police.
▶ 這起犯罪的目擊者將與警方合作。

operate [`ɑpə,ret] 動 操作；動手術　同 work　▶ 益 4
解碼 **oper** 工作 + **ate** 動詞
It is never easy to **operate** a forklift in a busy environment. .
▶ 在人來車往的環境中操作堆高機一向不容易。

opera [`ɑpərə] 名 歌劇　關 composition　▶ 檢 3
解碼 **oper** 工作 + **a** 字尾
"The Phantom of the **Opera**" is one of the most successful musicals ever.
▶《歌劇魅影》是史上最成功的音樂劇之一。

字根 116 pan 麵包

accompany [ə`kʌmpənɪ] 動 陪伴　反 leave　▶ 檢 3
解碼 **ac** 前往 + **com** 共同 + **pan/pany** 麵包
My parents agreed to **accompany** me to my graduation ceremony.
▶ 我父母答應要陪我出席我的畢業典禮。

companion [kəm`pænjən] 名 夥伴　反 antagonist　▶ 檢 3
解碼 **com** 共同 + **pan** 麵包 + **ion** 名詞
Jerry is my cycling **companion**. We go cycling every Sunday.
▶ 傑瑞是我的單車行夥伴，我們每週日都會去騎單車。

company [`kʌmpənɪ] 名 公司　同 association　▶ 益 4
解碼 **com** 共同 + **pan/pany** 麵包
Laura has been working in this **company** for thirty years.
▶ 蘿拉在這家公司服務已有三十年的時間了。

字根 117 sal 鹽

salad [`sæləd] 名 沙拉　關 dressing　▶ 檢 3

解碼 sal 鹽 + ad 字尾（字義衍生：鹽 → 調味的蔬菜）

I prefer a simple **salad** with olive oil and vinegar.

▶ 我喜歡拌入橄欖油和醋的簡單沙拉。

---

salary [ˋsælərɪ] 名 薪水 同 pay

解碼 sal 鹽 + ary 名詞（字義衍生：買鹽的錢 → 薪水）

My sister's **salary** nearly doubled after she changed the job.

▶ 我姐姐換工作之後，薪水幾乎翻倍。

---

salt [sɔlt] 名 鹽巴 關 seasoning

解碼 sal 鹽 + t 字尾

It would be too salty if you add that much **salt**.

▶ 你加那麼多鹽巴，可能會過鹹。

字根 118 serv 保存；服務

---

conserve [kənˋsɝv] 動 保存；節約 同 preserve

解碼 con 共同 + serv/serve 保存

One of the ways to **conserve** water is by turning off the tap while you are brushing your teeth.

▶ 省水的其中一個方法就是，刷牙時先關上水龍頭。

---

deserve [dɪˋzɝv] 動 應得；值得 反 forfeit

解碼 de 完全的 + serv/serve 服務

In my opinion, Lisa **deserves** a better man.

▶ 就我來看，莉莎值得一個更好的男人。

---

dessert [dɪˋzɝt] 名 甜點 近 snack

解碼 dis/des 分離 + serv/sert 服務

Slices of grapefruit are served as the breakfast **dessert**.

▶ 早餐的甜點是葡萄柚切片。

---

observe [əbˋzɝv] 動 觀察 同 examine

解碼 ob 前往 + serv/serve 保存

We can **observe** the remote galaxies by telescopes.

▶ 我們可透過望遠鏡觀察遙遠的星系。

---

preserve [prɪˋzɝv] 動 保存；維護 同 protect

解碼 pre 之前 + serv/serve 保存

The luxurious Cuban cigars are **preserved** in a freezer.

▶ 這些昂貴的古巴雪茄被保存在冰箱內。

- -

reserve [rɪ`zɝv] 名 動 保留 同 store ▶ 托 4
(解碼) **re** 返回 + **serv/serve** 保存
The suite with a gorgeous view had been **reserved** for the guest.
▶ 看得見美景的套房已經預留給那位來賓了。

- -

reservoir [`rɛzɚˏvɔr] 名 水庫；倉庫 同 repository ▶ 檢 2
(解碼) **re** 返回 + **serv** 保存 + **oir** 字尾
The president is planning to build a new **reservoir**.
▶ 總統正在計畫興建新水庫。

- -

serve [sɝv] 動 服務；服役 同 supply ▶ 益 5
(解碼) **serv** 服務 + **e** 字尾
Mr. Chen had **served** his apprenticeship in a plastic factory.
▶ 陳先生之前在一間塑膠工廠當學徒。

- -

service [`sɝvɪs] 名 服務 近 assistance ▶ 益 4
(解碼) **serv** 服務 + **ice** 名詞
The restaurant is known for its great **service**.
▶ 這家餐廳以服務好出名。

- -

字根 119 **text** 編織 (MP3 2-119)

- -

context [`kɑntɛkst] 名 上下文；背景 近 background ▶ 托 3
(解碼) **con** 共同 + **text** 編織
It would be easier to tell the meaning of the word with a **context**.
▶ 如果有上下文的話，會更容易辨別這個字的意思。

- -

subtle [`sʌtl̩] 形 精細的；微妙的 同 exquisite ▶ 托 3
(解碼) **sub** 下面 + **text/tle** 編織
The differences between the forgery and the authentic painting were **subtle**.
▶ 贗品和真跡之間只有細微的不同。

- -

textile [`tɛkstaɪl] 名 紡織品 形 紡織的 同 fabric ▶ 托 3
(解碼) **text** 編織 + **ile** 名詞 / 形容詞
My uncle has been a **textile** merchant for over twenty-five years.
▶ 我叔叔當紡織商人超過二十五年了。

- -

text [tɛkst] 名 本文；課文 同 content ▶ 檢 4

(解碼) **text** 編織（字義衍生：編織品 → 文字）

Please read the **text** carefully and explain it in class.
▶ 請仔細閱讀課文，並於上課時解釋給大家聽。

tissue [`tɪʃu] 名 衛生紙；生物組織 近 gauze　　　▶ 檢 3

(解碼) **text** 編織 → **tissue**（字義衍生：編織品 → 組織）

Amy always keeps **tissues** handy for her own use.
▶ 艾咪總是隨身攜帶面紙，以便使用。

(字根 **120**) **theater** 戲院

theater [`θɪətɚ] 名 劇場；戲院 同 playhouse　　　▶ 檢 4

(解碼) **theater** 戲院

They arrived at the **theater** only two minutes before the curtain went up.
▶ 他們在表演開始前兩分鐘才抵達劇院。

theatrical [θɪ`ætrɪkḷ] 形 戲劇的 同 dramatic　　　▶ 托 4

(解碼) **theater/theatr** 戲院 + **ical** 形容詞

I love their **theatrical** scenery. They surely made a great effort.
▶ 我好喜歡他們的戲劇布景，肯定花了很多心血在那上面。

(字根 **121**) **vest** 穿著

invest [ɪn`vɛst] 動 投資 反 divest　　　▶ 益 4

(解碼) **in** 在裡面 + **vest** 穿著

David made a fortune by **investing** in this company.
▶ 大衛因投資這家公司而賺了大錢。

vest [vɛst] 名 背心 同 waistcoat　　　▶ 檢 3

(解碼) **vest** 穿著

Thanks to the bulletproof **vest**, the candidate survived the gunshot.
▶ 多虧有防彈背心，遭到槍擊的那名候選人才得以存活。

(字根 **122**) **vi, voy** 道路

convey [kən`ve] 動 輸送；傳達 同 transfer　　　▶ 研 3

解碼 con 共同 + voy/vey 道路
Please **convey** my best wishes to your mother.
▶ 請向令堂轉達我最深的祝福。

obvious [`ɑbvɪəs] 形 明顯的 反 obscure　　　▶ 檢 4
解碼 ob 反對 + vi 道路 + ous 形容詞
It is **obvious** that the manager won't accept our proposal.
▶ 很明顯地，經理不會採納我們的提案。

- -

previous [`privɪəs] 形 先前的 同 preceding　　　▶ 檢 4
解碼 pre 之前 + vi 道路 + ous 形容詞
The athlete is upset because he didin't play well in the **previous** game.
▶ 那名運動員上一場比賽沒有表現好，所以他很沮喪。

- -

trivial [`trɪvɪəl] 形 瑣碎的；平凡的 反 major　　　▶ 益 3
解碼 tri 三 + vi 道路 + al 形容詞（緣起：古羅馬菜市場設於道路的交叉口）
Don't bother yourself with the **trivial** matters.
▶ 別為那些小事煩心。

- -

via [`vaɪə] 介 經由；憑藉 同 through　　　▶ 托 3
解碼 vi 道路 + a 字尾
I discussed the issue with Sue **via** email.
▶ 我用電子郵件和蘇討論這件事。

- -

voyage [`vɔɪdʒ] 名 動 航行；旅行 同 journey　　　▶ 雅 3
解碼 voy 道路 + age 名詞
The **voyage** from Europe to the United States used to take weeks by boat.
▶ 以前從歐洲到美國的旅行要坐幾個禮拜的船才能抵達。

- -

UNIT 10　表建築 / 結構的字根
Root: Building and Structure

字根 123 base 基礎　　　 MP3 2-123

base [bes] 動 根據 關 set up　　　▶ 托 3
解碼 base 基礎
The conclusion should be **based** on facts.

▶ 最終結論應該基於事實來決定。

basin [ˋbesn̩] 名 水盆；盆地 同 bowl ▶ 檢 3
(解碼) base 基礎 → **basin**（字義衍生：基礎 → 容器）
The boy poured a **basin** of hot water into the bathtub.
▶ 男孩倒了一盆熱水進浴缸。

basis [ˋbesɪs] 名 基礎 同 foundation ▶ 研 4
(解碼) base 基礎 → **basis**
Education is the **basis** of a democratic country.
▶ 教育是民主國家的基礎。

bass [bes] 形 低音的 名 低音樂器 同 low-pitched ▶ 托 4
(解碼) base 基礎 → **bass**（提示：樂器的基底音）
There are one singer, one guitarist and two **basses** in our band.
▶ 我們樂團有一個主唱、一名吉他手和兩名貝斯手。

字根 124 calc 石灰

calcium [ˋkælsɪəm] 名 鈣 關 calcine ▶ 雅 3
(解碼) calc 石灰 + ium 名詞（化學元素）
Specialists recommend elderly people to take **calcium** supplements.
▶ 專家推薦老年人多攝取富含鈣的補充品。

calculate [ˋkælkjə͵let] 動 計算 同 reckon ▶ 益 4
(解碼) calc 石灰 + ul 小的 + ate 動詞（緣由：用石頭計算）
The accountant **calculated** the money carefully.
▶ 會計師仔細地計算這筆錢。

chalk [tʃɔk] 名 粉筆 近 crayon ▶ 研 2
(解碼) calc 石灰 → **chalk**
My school still uses old **chalk** boards while other schools have whiteboards.
▶ 雖然其他學校已有白板，但我學校仍在使用舊式的黑板及粉筆。

字根 125 cav 中空的

cave [kev] 名 洞穴 同 grotto ▶ 研 2
(解碼) cav/cave 中空的（字義衍生：中空的 → 洞穴）

Most bats live in dark and damp **caves**.
▶ 大多數蝙蝠住在黑暗又潮濕的洞穴裡。

cavity [ˋkævətɪ] 名 蛀牙 關 decayed ▶ 雅 3
(解碼) **cav** 中空的 + **ity** 名詞
Vicky's daughter needs to go see the dentist to get three **cavities** fixed.
▶ 薇琪的女兒需要去看牙醫，將三處蛀牙補起來。

字根 126 **cell** 小房間；隱藏

cell [sɛl] 名 細胞 關 organism ▶ 益 3
(解碼) **cell** 隱藏（字義衍生：小房間；隱藏 → 生物細胞）
The chemotherapy drugs may kill the cancer **cells** and healthy **cells** at the same time.
▶ 化療藥物可能會同時殺死癌細胞和健康的細胞。

cellar [ˋsɛlɚ] 名 地窖 同 vault ▶ 雅 4
(解碼) **cell** 小房間 + **ar** 名詞
The host keeps the best wine in his **cellar**.
▶ 男主人將最好的酒放在他的地窖中。

conceal [kənˋsil] 動 隱藏 同 disguise ▶ 檢 2
(解碼) **con** 共同 + **cell/ceal** 隱藏
Lisa tried to **conceal** her real motive from us.
▶ 莉莎試圖隱藏她真正的目的。

字根 127 **fer** 承載

confer [kənˋfɝ] 動 商議 同 negotiate ▶ 研 3
(解碼) **con** 共同 + **fer** 承載
We **conferred** on how to settle the disagreement over the contract.
▶ 我們協商解決合約中的異議。

differ [ˋdɪfɚ] 動 不同 反 conform ▶ 托 4
(解碼) **dis/dif** 分離 + **fer** 承載
It is common for two people to **differ** in their outlook on life.
▶ 兩個人對人生持不同看法很正常。

ferry [ˋfɛrɪ] 名 渡輪；渡口 同 barge ▶ 益 2

解碼 fer/ferr 承載 + y 名詞

The tourists crossed the river by **ferry** at last.

▶ 旅人們最終乘船渡河。

---

fertile [`fɝtl̩] 形 肥沃的 反 barren ▶ 研 ③

解碼 fer/fert 承載 + ile 形容詞

Plants will grow well when they are planted in **fertile** soil and given lots of attention.

▶ 將植物種植在肥沃的土壤，並給予照顧，它們就會長得好。

---

indifference [ɪn`dɪfərəns] 名 冷漠 同 apathy ▶ 檢 ③

解碼 in 否定 + dis/dif 分離 + fer 承載 + ence 名詞

Bella showed her **indifference** toward her coworkers.

▶ 貝拉對她的同事漠不關心。

---

indifferent [ɪn`dɪfərənt] 形 漠不關心的 反 caring ▶ 雅 ④

解碼 in 否定 + dis/dif 分離 + fer 承載 + ent 形容詞

My ex-girlfriend was **indifferent** when I asked her if she was happy to see me.

▶ 當我問前女友是否樂於見到我時，她顯得很冷漠。

---

infer [ɪn`fɝ] 動 推論；臆測 反 ascertain ▶ 檢 ③

解碼 in 在裡面 + fer 承載

I **inferred** from Ms. Yang's attitude that my proposal wasn't accepted.

▶ 我從楊小姐的態度推測我的提案沒有被接受。

---

offer [`ɔfɚ] 名 動 提供 同 afford ▶ 托 ④

解碼 ob/of 前往 + fer 承載

After looking at several houses, I made an **offer** on the house I wanted to buy.

▶ 看了幾間房子之後，我對我想買的房子出了價。

---

prefer [prɪ`fɝ] 動 較喜歡 同 favor ▶ 檢 ③

解碼 pre 之前 + fer 承載

I **prefer** strawberry ice cream over chocolate or vanilla.

▶ 我比較喜歡淋上巧克力或香草的草莓冰淇淋。

---

refer [rɪ`fɝ] 動 參考；提及 同 mention ▶ 益 ②

解碼 re 返回 + fer 承載

Referring to the textbooks is allowed in our mid-term exam.

▶ 我們的期中考是可以參考教科書內容的。

---

suffer [`sʌfɚ] 動 遭受 同 undergo ▶ 檢 ④

解碼 sub/suf 下面 + fer 承載

My grandfather didn't **suffer** much before he passed away.
▶ 我外公過世之前沒有受太多苦。

字根 128 **found** 基礎

found [faʊnd] 動 建立；創辦 同 establish ▶ 雅 2
解碼 found 基礎（字義衍生：基礎 → 創建）
David **founded** this school for the poor kids.
▶ 大衛為了貧困的孩童建立這所學校。

founder [`faʊndɚ] 名 創立者 同 creator ▶ 益 3
解碼 found 基礎 + er 名詞
Mr. Hill and his brother are the **founders** of our company.
▶ 希爾先生和他弟弟是我們公司的創始人。

fundamental [ˏfʌndəˋmɛntḷ] 形 基礎的 同 basic ▶ 檢 3
解碼 found/funda 基礎 + ment 名詞 + al 形容詞
Tom advised the layman to be familiar with the **fundamental** skills first.
▶ 湯姆建議那名外行人先熟悉基礎技術。

profound [prəˋfaʊnd] 形 深奧的 同 deep ▶ 研 5
解碼 pro 向前地 + found 基礎
The businessman has a **profound** understanding of painting collection.
▶ 那名商人對畫作蒐集有淵博的知識。

字根 129 **medi** 中間的

immediate [ɪˋmidɪɪt] 形 立即的 同 prompt ▶ 雅 4
解碼 im 否定 + medi 中間的 + ate 形容詞
The island needs **immediate** assistance since the earthquake just hit.
▶ 因為剛剛發生了地震，所以島嶼需要立即的救援。

intermediate [ˏɪntɚˋmidɪət] 形 中間的 關 advanced ▶ 檢 3
解碼 inter 在⋯之間 + medi 中間的 + ate 形容詞
My English must be getting better because I was moved up to **intermediate** level.
▶ 我的英語能力一定有進步，因為我提升到中級了。

mediate [ˋmidɪˏet] 動 調解 同 intercede ▶ 檢 4

解碼 medi 中間的 + ate 動詞

Someone is needed to **mediate** my parent's conversations.
▶ 得要有人來調解我父母之間的對話。

medieval [ˌmɪdɪˋivəl] 形 中世紀的 近 Gothic ▶ 托 3

解碼 medi 間的 + ev 時代 + al 形容詞

The stories of Robin Hood took place in England during **medieval** times.
▶ 羅賓漢的故事發生於中古世紀的英國。

medium [ˋmidɪəm] 名 媒介物；媒體 關 channel ▶ 研 4

解碼 medi 中間的 + um 字尾

In the past, magnetic tapes were a major **medium** for recording video.
▶ 在過去，磁帶是用來儲存影像的主要媒介。

字根 130 ple, plic, ply 摺疊

apply [əˋplaɪ] 動 申請 近 request ▶ 托 4

解碼 ap 前往 + ply 摺疊

When you **apply** to the university, you must include two letters of recommendation.
▶ 你要申請大學時，必須附上兩封推薦信。

complex [ˋkɑmplɛks] 形 複雜的 反 simple ▶ 益 4

解碼 com 共同 + plic/plex 摺疊

The relationship of characters in this movie is truly **complex**.
▶ 這部電影的角色關係很複雜。

complicate [ˋkɑmpləˌket] 動 使複雜 反 simplify ▶ 檢 4

解碼 com 共同 + plic 摺疊 + ate 動詞

Bringing up the past only **complicates** the matter.
▶ 現在提過去的事情只會讓情況變得更複雜。

display [dɪˋsple] 名 動 展示 同 exhibit ▶ 益 4

解碼 dis 分離 + ply/play 摺疊

The player put on a proud **display** running around the field after scoring his second goal.
▶ 那名球員在踢進第二分之後，露出得意神情，並繞著球場奔跑。

employ [ɪmˋplɔɪ] 動 雇用 同 hire ▶ 益 4

解碼 in/em 在裡面 + ply/ploy 摺疊（字義衍生：折疊 → 使用 → 雇用）

The CEO decided to **employ** three more clerks.
▶ 執行長決定再多雇用三名員工。

explicit [ɪk`splɪsɪt] 形 明確的 反 vague ▶ 益 3
解碼 **ex** 向外 + **plic** 摺疊 + **it** 字尾
We need to give Ms. Wang an **explicit** answer by next Wednesday.
▶ 下週三之前，我們必須給王小姐一個明確的回答。

exploit [ɪk`splɔɪt] 動 利用；剝削 近 misuse ▶ 托 3
解碼 **ex** 向外 + **ply/ploit** 摺疊
I dislike Bella because she often **exploits** her beauty to get what she wants.
▶ 我不喜歡貝拉，因為她常利用自己的美貌去獲取想要的東西。

implicit [ɪm`plɪsɪt] 形 含蓄的 同 tacit ▶ 益 4
解碼 **im** 在裡面 + **plic** 摺疊 + **it** 字尾
The words in Oliver's letter are **implicit**.
▶ 奧立佛信中的文字很含蓄。

imply [ɪm`plaɪ] 動 暗示；包含 同 hint ▶ 檢 4
解碼 **im** 在裡面 + **ply** 摺疊
Tracy **implied** us that she really wanted to eat out.
▶ 崔西暗示我們她真的很想上館子。

reply [rɪ`plaɪ] 名 動 答覆；回答 同 respond ▶ 檢 4
解碼 **re** 返回 + **ply** 摺疊
Sue **replied** the customer's email immediately.
▶ 蘇立即回覆了客戶的電子郵件。

simple [`sɪmpḷ] 形 簡單的 反 difficult ▶ 檢 5
解碼 **sym/sim** 一起 + **ple** 摺疊
To me, it is **simpler** to ride a bike than to drive a car.
▶ 對我來說，騎腳踏車比開車容易。

字根 **131** **port** 大門；運送 ▶ MP3 2-131

export [ɪks`port] 動 輸出；出口 近 transport ▶ 益 4
解碼 **ex** 向外 + **port** 運送
Products made in Taiwan are **exported** all over the world.
▶ 台灣製的產品出口至全世界各地。

import [ɪm`port] 動 輸入；進口 關 foreign ▶ 益 4
解碼 **im** 進入 + **port** 運送
We **import** a lot of products from other countries.
▶ 我們從其他國家進口許多產品。

importance [ɪm`portn̩s] 名 重要性 同 significance ▶ 檢 4
解碼 **im** 進入 + **port** 運送 + **ance** 名詞
The island is of strategic **importance** to our country.
▶ 這座島對我國而言有戰略上的重要性。

important [ɪm`portn̩t] 形 重要的 反 trivial ▶ 檢 4
解碼 **im** 進入 + **port** 運送 + **ant** 形容詞
It's **important** to review your work after you are done.
▶ 完成作品之後的重新審視是很重要的。

opportunity [ˌɑpə`tjunətɪ] 名 機會 同 chance ▶ 檢 5
解碼 **ob/op** 處於 + **port/portun** 大門 + **ity** 名詞
You need to seize this **opportunity** if you want to be an actor.
▶ 如果你想成為演員，就必須抓住這個機會。

porch [portʃ] 名 走廊；門廊 同 portico ▶ 檢 3
解碼 **port** 大門 → **porch**
We like to sit on the **porch** in the evenings and watch the sunset.
▶ 我們喜歡於向晚時分坐在門廊前觀賞落日的景色。

port [port] 名 港口 同 harbor ▶ 益 3
解碼 **port** 大門
Hong Kong and Kaohsiung are two of the largest **ports** in Asia.
▶ 香港和高雄是亞洲其中兩個最大的港口。

report [rɪ`port] 名 動 報告 關 summary ▶ 托 4
解碼 **re** 返回 + **port** 運送
Last year's sales **report** shows that profits have risen by 6%.
▶ 去年的銷售報告顯示利潤提升了百分之六。

sport [sport] 名 運動 同 athletics ▶ 檢 4
解碼 **s** 外面 + **port** 大門
Jack was never really into **sports** in high school.
▶ 傑克高中的時候對體育不怎麼熱中。

support [sə`port] 名 動 支持 動 bolster ▶ 檢 4
解碼 **sub/sup** 下面 + **port** 運送

The candidate's supporters rallied in front of his headquarters to **support** him.
▶ 候選人的支持者在總部前集合支持他。

stru, struct 建造

destroy [dɪ`strɔɪ] 動 破壞 同 demolish ▶ 檢 5
解碼 **de** 往下 + **stru/stroy** 建造
The earthquake **destroyed** a string of old houses.
▶ 地震震垮了一整排的舊房子。

instruct [ɪn`strʌkt] 動 教導 同 tutor ▶ 檢 3
解碼 **in** 在上面 + **struct** 建造
The leader **instructed** his team to pull every string to search for the ship in distress.
▶ 隊長指示小組成員去拉每一條繩子，以搜尋遇難船隻。

structure [`strʌktʃɚ] 名 構造；組織 同 formation ▶ 托 3
解碼 **struct** 建造 + **ure** 名詞
The major ordered the soldiers to strain every nerve to complete the military **structures**.
▶ 少校命令士兵全神貫注地完成軍事建設。

techn, techno 技巧

technical [`tɛknɪkl̩] 形 技術的 反 theoretical ▶ 益 4
解碼 **techn** 技巧 + **ical** 形容詞
Bill didn't get hired because the job requires **technical** knowledge.
▶ 這份工作需要專業知識，所以比爾沒有被錄取。

technique [tɛk`nik] 名 技術 同 craft ▶ 托 4
解碼 **techn** 技巧 + **ique** 字尾
The company has developed a new **technique** of manufacturing plastics.
▶ 公司研發了新的塑膠製造方法。

technological [ˌtɛknəˈlɑdʒɪkl̩] 形 技術的 同 mechanical ▶ 托 2
解碼 **techno** 技巧 + **logy/log** 學說 + **ical** 形容詞
There have been innumerable **technological** advances in the past century.
▶ 過去的一百年內，科技方面有無數的進步。

avoid [ə`vɔɪd] 動 避免；使無效 反 face ▶ 益 5
(解碼) **ex/a** 向外 + **void** 空的
In Alaska, people use sled dogs for the portage to **avoid** any accident.
▶ 在阿拉斯加，人們用雪橇狗來運輸，以免發生意外。

vacancy [`vekənsɪ] 名 職缺；空缺 同 job ▶ 托 3
(解碼) **vac** 空的 + **ancy** 名詞
The interviewer would inform him the moment a **vacancy** occurred.
▶ 一有職缺，面試官就會通知他。

vacant [`vekənt] 形 空缺的 反 employed ▶ 雅 3
(解碼) **vac** 空的 + **ant** 形容詞
The **vacant** position of head of personnel was filled within a month.
▶ 人事部主任的職缺在一個月內就被遞補了。

vacation [ve`keʃən] 名 假期 同 break ▶ 檢 4
(解碼) **vac** 空的 + **ation** 名詞
We are going on a cruise to the Bahamas this summer **vacation**.
▶ 我們這個暑假準備要坐船航行到巴哈馬。

vacuum [`vækjuəm] 名 真空；吸塵器 反 fullness ▶ 檢 2
(解碼) **vac/vacu** 空的 + **um** 名詞（拉丁字尾，表中性）
Doris went to the mall to buy a new **vacumm**.
▶ 為了買一台新的吸塵器，朵莉絲去了大賣場。

vain [ven] 形 徒然的；無益的 同 useless ▶ 研 4
(解碼) **van** 空的 → **vain**
I tried to convince our supervisor, but it was all in **vain**.
▶ 我試著說服我們的主管，但努力都白費了。

vanish [`vænɪʃ] 動 消失；消滅 同 disappear ▶ 托 4
(解碼) **van** 空的 + **ish** 動詞
Johnny has a bad habit of **vanishing** just when it is time to pay the bill.
▶ 強尼有一個壞習慣：每當要付錢時，他總是不見人影。

字根 135 ali, alter 其他的

alien [`elɪən] 名 外星人 形 外國的 同 extraneous ▶ 檢 3
(解碼) **ali** 其他的 + **en** 名詞
Many people around the world claim to have been abducted by **aliens**.
▶ 世界上有許多人聲稱曾被外星人綁架。

alienate [`eljən͵et] 動 使疏遠 同 estrange ▶ 托 3
(解碼) **ali** 其他的 + **en** 名詞 + **ate** 動詞
Mandy **alienated** herself from her family after moving out.
▶ 在搬離家裡之後，曼蒂與家人就疏遠了。

alter [`ɔltɚ] 動 改變；修改 同 change ▶ 益 2
(解碼) **alter** 其他的（字義衍生：其他的 → 改變）
We have to **alter** the route because the original one was buried in a landslide.
▶ 我們必須改變路線，因為原路線遭山崩掩埋。

alternate [`ɔltɚnɪt] 形 交替的 同 substitute ▶ 研 3
(解碼) **alter/altern** 其他的 + **ate** 形容詞
We need an **alternate** strategy to beat the opponent.
▶ 我們需要替代策略以擊敗對手。

alternative [ɔl`tɜnətɪv] 名 選擇 形 替代的 同 replacement ▶ 益 4
(解碼) **alter/altern** 其他的 + **ative** 形容詞
Sometimes there is no other **alternative** than to tell others your true feelings.
▶ 有時候，你只能選擇告訴他人內心真正的感受。

字根 136 sert 結合

assert [ə`sɝt] 動 主張；斷言 同 allege ▶ 托 3
(解碼) **as** 前往 + **sert** 結合
Most of the villagers **asserted** that the fisherman was innocent.
▶ 大多數的村民都宣稱該名漁夫是清白的。

desert [`dɛzɚt] 名 沙漠 關 arid ▶ 檢 4

解碼 de 分離 + sert 結合

It is dangerous to get lost in the **desert**.

▶ 在沙漠中迷路是很危險的事。

insert [ɪn`sɜt] **動** 插入；刊登 **同** embed　　　　▶ 益 3

解碼 in 在裡面 + sert 結合

Dave **inserted** a phrase in the sentence to make it clearer.

▶ 為了讓句子更清楚，戴維在其中增加了一個片語。

. . . .

series [`sɪrɪz] **名** 系列；叢書 **近** succession　　　▶ 益 4

解碼 sert/ser 結合 + ies 字尾

There are twenty-one volumes in the **series**.

▶ 這個系列有二十一冊。

. . . .

字根 137 commun 共同　　　　　　　　　　　　MP3 2-137

communicate [kə`mjunəˌket] **動** 溝通 **近** connect　▶ 雅 5

解碼 commun 共同 + ic 形容詞 + ate 動詞

To solve the problem, Haley decided to **communicate** with her colleague.

▶ 為了解決問題，海莉決定和她同事溝通。

. . . .

communicative [kə`mjunəˌketɪv] **形** 善於溝通的 **反** quiet　▶ 托 4

解碼 commun 共同 + ic 形容詞 + ate 動詞 + ive 形容詞

Our teacher is very **communicative** and has taught us a lot of things.

▶ 我們的老師很善於溝通，教了我們很多事情。

. . . .

communism [`kɑmjuˌnɪzəm] **名** 共產主義 **反** capitalism　▶ 檢 4

解碼 commun 共同 + ism 主義

Many people have a bad view of **communism** because of Cold War.

▶ 很多人因為冷戰而對共產主義沒什麼好印象。

. . . .

communist [`kɑmjunɪst] **名** 共產主義者 **同** Marxist　▶ 雅 3

解碼 commun 共同 + ist 名詞

In the past, workers tended to become the **communists**.

▶ 在過去，工人們比較容易成為共產主義者。

. . . .

community [kə`mjunətɪ] **名** 社區 **近** district　　　▶ 研 3

解碼 commun 共同 + ity 名詞

My parents bought the house because they love this **community**.

▶ 我父母很喜歡這個社區，因此買下這棟房子。

. . . .

字根 138 **famil** 親密的

family [`fæməlɪ] 名 家庭 同 household ▶ 檢 2

(解碼) **famil** 親密的 + **y** 名詞

The Lin **family** used to raise many domestic animals in their backyard.
▶ 林姓家人以前在他們後院飼養許多家畜。

familiar [fə`mɪljɚ] 形 熟悉的 同 intimate ▶ 托 4

(解碼) **famil** 親密的 + **iar** 形容詞

The vet is **familiar** with the therapy of foot-and-mouth disease.
▶ 那名獸醫對治療口蹄疫的方式很熟悉。

familiarity [fə͵mɪlɪ`ærətɪ] 名 親密；熟悉 同 intimacy ▶ 益 4

(解碼) **famil** 親密的 + **iar** 形容詞 + **ity** 名詞

The professor who shows thorough **familiarity** with Latin is quite famous.
▶ 展現拉丁文長才的那位教授很有名。

字根 139 **heir, herit** 繼承

heir [ɛr] 名 繼承人 同 successor ▶ 檢 3

(解碼) **heir** 繼承

The millionaire made his stepdaughter **heir**.
▶ 那名百萬富翁讓繼女做他的繼承人。

heritage [`hɛrətɪdʒ] 名 遺產 同 legacy ▶ 檢 3

(解碼) **herit** 繼承 + **age** 名詞

Cultural Affairs Bureau is trying to protect the local **heritage** from being lost.
▶ 文化局正在努力保護文化遺產不至消失。

inherit [ɪn`hɛrɪt] 動 繼承；接受 同 obtain ▶ 檢 3

(解碼) **in** 在裡面 + **herit** 繼承

The old man's son **inherited** his house.
▶ 那名老先生的兒子繼承了他的房屋。

字根 140 **join, junct** 加入

conjunction [kən`dʒʌŋkʃən] 名 聯合 同 affiliation ▶ 雅 5

解碼 con 共同 + junct 加入 + ion 名詞

The architect and the contractor worked in **conjunction** to build the apartment.

▶ 為了蓋這棟公寓，建築師和承包商一起工作。

join [dʒɔɪn] 動 參加；連接　同 enter　　▶ 益 4

解碼 join 加入

I planned to **join** the local cycling team next year.

▶ 我明年打算加入本地的自行車隊。

字根 141 leg, lig 綁　　MP3 2-141

ally [ə`laɪ] 名 盟友　動 結盟　同 associate　　▶ 雅 4

解碼 al 前往 + lig/ly 綁

The country refused to **ally** itself with communistic countries.

▶ 這個國家拒絕與共產國家結盟。

league [lig] 名 聯盟　動 同盟　同 union　　▶ 檢 5

解碼 leg/leag 綁 + ue 字尾

I am happy because the baseball **league** accepted my application.

▶ 那個棒球聯盟接受了我的申請，所以我很開心。

liable [`laɪəbḷ] 形 有義務的；易於　同 amenable　　▶ 益 4

解碼 lig/li 綁 + able 形容詞

Jeff purposely broke the window, so he is **liable** for the damage.

▶ 傑夫故意打破窗戶，所以他必須賠償損壞。

oblige [ə`blaɪdʒ] 動 強迫　同 compel　　▶ 檢 4

解碼 ob 前往 + lig/lige 綁

The prisoners were **obliged** to work in the field all day long.

▶ 這些囚犯被迫去田裡工作了一整天。

rally [`rælɪ] 動 召集；重整　同 reorganize　　▶ 研 4

解碼 re 再一次 + al 前往 + lig/ly 綁

The general **rallied** all soldiers before the war.

▶ 將軍在戰爭前夕重整了士兵的狀態。

religion [rɪ`lɪdʒən] 名 宗教　近 belief　　▶ 雅 3

解碼 re 再一次 + lig 綁 + ion 名詞

Most **religions** teach us to be good and honest.

▶ 大部分的宗教都在教導我們心存善念和誠實。

字根 142 nect 綁

connect [kə`nɛkt] 動 連接；接通電話 同 link　　　▶ 益 4

(解碼) **con** 共同 + **nect** 綁

The operator **connected** me and transferred my call to the marketing department.

▶ 接線生接通我的電話，並幫我轉到行銷部。

connection [kə`nɛkʃən] 名 連結 同 contact　　　▶ 益 3

(解碼) **con** 共同 + **nect** 綁 + **ion** 名詞

The woman insisted that she had no **connection** with the defendant.

▶ 女人堅持自己與被告沒有任何關係。

disconnect [,dɪskə`nɛkt] 動 掛斷電話 同 cut off　　　▶ 檢 4

(解碼) **dis** 分離 + **con** 共同 + **nect** 綁

I ran to the phone and picked it up, but the line was **disconnected**.

▶ 我跑過去接電話，但對方已經掛斷了。

字根 143 pater, patr, patri 父親

patriot [`petrɪət] 名 愛國者 近 nationalist　　　▶ 托 3

(解碼) **patri** 父親 + **ot** 名詞

David became a true **patriot** after the diplomatic crisis.

▶ 這次外交危機之後，大衛成為忠誠的愛國者。

patron [`petrən] 名 贊助人；老顧客 同 sponsor　　　▶ 益 3

(解碼) **patr** 父親 + **on** 名詞

Since Mr. Jones is a regular **patron**, we'll offer him special discounts.

▶ 因為瓊斯先生是常客，所以我們會給他特別優惠。

pattern [`pætən] 名 模型；樣式 同 mold　　　▶ 檢 4

(解碼) **patr/patt** 父親 + **ern** 表方向

The dress with a **pattern** of roses looks great on you.

▶ 你穿那件有玫瑰花圖案的洋裝很好看。

字根 144 **proach, proxim** 接近

approach [ə`protʃ] 名 方法 動 接近 同 access ▶ 檢 3
(解碼) **ap** 前往 + **proach** 接近
This import **approach** seems to be better in general.
▶ 整體而言，這個進口方式似乎比較好。

approximate [ə`prɑksə‚mɪt] 形 近似的 同 near ▶ 研 4
(解碼) **ap** 前往 + **proxim** 接近 + **ate** 形容詞
The figures of the death toll after the tornado were only **approximate**.
▶ 因這場龍捲風而喪生的死亡人數只是粗略的估算。

字根 145 **soci** 同伴

associate [ə`soʃɪ‚et] 動 結交 近 accompany ▶ 檢 3
(解碼) **as** 前往 + **soci** 同伴 + **ate** 動詞
Betty is a sociable person, and she **associates** all sorts of people.
▶ 貝蒂是個善於社交的人，她結交各式各樣的朋友。

sociable [`soʃəbḷ] 形 好交際的 近 genial ▶ 益 4
(解碼) **soci** 同伴 + **able** 形容詞
If you want to meet people, you have to be more active and **sociable**.
▶ 如果你想認識人，就必須更主動地與人交際。

social [`soʃəl] 形 社會的 同 communal ▶ 檢 5
(解碼) **soci** 同伴 + **al** 形容詞
The president made up his mind to solve the **social** promblems.
▶ 總統下定決心，要解決這些社會問題。

society [sə`saɪətɪ] 名 社會 同 public ▶ 檢 5
(解碼) **soci/socie** 同伴 + **ty** 名詞
Diabetes has become an ordinary disease in modern **society**.
▶ 糖尿病已經成為現代社會的普遍疾病。

字根 146 **sol, sole** 單獨的

console [kən`sol] 動 安慰；慰問 同 assuage ▶ 檢 3

解碼 con 共同 + sole 單獨的

I tried to **console** Linda by taking her out for dinner.

▶ 我帶琳達外出用餐，試著藉此來安慰她。

sole [sol] 形 唯一的 同 exclusive ▶ 檢 3

解碼 sole 單獨的

My father is the **sole** reason for me to come all the way here.

▶ 父親是我大老遠跑來這裡的唯一理由。

solemn [`sɑləm] 形 嚴肅的；莊重的 同 dignified ▶ 托 3

解碼 sol 單獨的 + emn 年

The dignitary's funeral was very **solemn**.

▶ 這名顯貴的葬禮非常莊嚴。

solid [`sɑlɪd] 形 固體的；立體的 反 fluid ▶ 研 4

解碼 sol 單獨的 + id 字尾

Ice is a **solid** form of water.

▶ 水的固態是冰。

solidarity [ˌsɑlə`dærətɪ] 名 團結 同 firmness ▶ 檢 3

解碼 sol 單獨的 + id 字尾 + ar 形容詞 + ity 名詞

I have confidence in our team's **solidarity**.

▶ 我對我們團隊的團結度有信心。

solidify [sə`lɪdəˌfaɪ] 動 使凝固；使團結 反 dissolve ▶ 研 1

解碼 sol 單獨的 + id 形容詞 + ify 使成…化

The chemical reaction **solidified** the mixture.

▶ 化學反應讓合成物凝固了。

solitary [`sɑləˌtɛrɪ] 形 單獨的 同 lonely ▶ 檢 3

解碼 sol/solit 單獨的 + ary 形容詞

My mother used to take a **solitary** walk every Monday.

▶ 我母親以前每個星期一都會獨自去散步。

solo [`solo] 名 單獨表演 關 duet ▶ 托 4

解碼 sole 單獨的 → solo

The aboriginal's guitar **solo** was the highlight of the song.

▶ 那位原住民的吉他獨奏是這首歌最精彩的地方。

字根147 **agri** 田野

MP3 2-147

agricultural [ˌægrɪˋkʌltʃərəl] 形 農業的　近 horticultural　▶ 托 3

(解碼) **agri** 田野 + **cult** 培養 + **ure** 名詞 + **al** 形容詞

We are dependent on the **agricultural** industry for the production of food.
▶ 我們都是依靠農業來生產食物。

agriculture [ˋægrɪˌkʌltʃə] 名 農業　同 cultivation　▶ 雅 4

(解碼) **agri** 田野 + **cult** 培養 + **ure** 名詞

My country is stronger in **agriculture** than in industry.
▶ 我國的農業比工業發達。

字根148 **aster, astro** 星星

MP3 2-148

astronaut [ˋæstrəˌnɔt] 名 太空人　關 spacecraft　▶ 托 4

(解碼) **astro** 星星 + **naut** 水手

Buzz Aldrin is known for having been the second **astronaut** to walk on the moon.
▶ 伯茲‧艾德林以第二位漫步於月球的太空人而聞名。

astronomer [əˋstranəmə] 名 天文學家　近 cosmologist　▶ 托 3

(解碼) **astro** 星星 + **nom** 規則 + **er** 名詞

Becoming an **astronomer** has been Zack's dream.
▶ 成為天文學家一直是查克的夢想。

astronomy [əsˋtranəmɪ] 名 天文學　關 astrology　▶ 研 2

(解碼) **astro** 星星 + **nom** 規則 + **y** 名詞

My interest in **astronomy** gets stronger as I learn more about it.
▶ 探索得愈多，我對天文學的興趣就變得愈濃厚。

disaster [dɪˋzæstə] 名 災難　同 catastrophe　▶ 檢 2

(解碼) **dis** 表貶義 + **aster** 星星

The tsunami that struck the islands was a huge **disaster**.
▶ 侵襲這些島嶼的海嘯是一起重大災難。

字根 149 **camp** 田野

camp [kæmp] 名 營隊 關 encampment ▶ 托 3

(解碼) **camp** 田野（字義衍生：軍隊紮營之地 → 營隊）

Jeffery is looking forward to going to the summer **camp**.

▶ 傑弗瑞一直期待去參加夏令營。

---

campaign [kæm`pen] 名 活動 近 activity ▶ 檢 4

(解碼) **camp** 田野 + **aign** 字尾（緣起：軍隊在田野上的活動）

Everyone tried his best to make the **campaign** successful.

▶ 每一個人都盡己所能，要讓這場活動成功。

---

campus [`kæmpəs] 名 校園 關 dormitory ▶ 托 3

(解碼) **camp** 田野 + **us** 字尾（拉丁字尾，表陽性）

I felt refreshed when I walked in the beautiful **campus**.

▶ 當我漫步在美麗的校園中時，感到神清氣爽了不少。

字根 150 **cand** 白色；亮光

candidate [`kændədet] 名 候選人 同 nominee ▶ 托 2

(解碼) **cand** 白色 + **id** 形容詞 + **ate** 名詞（緣起：古羅馬競選人穿白長袍）

There are three main **candidates** for the student counsel presidency.

▶ 學生理事會主席有三位主要的候選人。

---

candle [`kændḷ] 名 蠟燭 同 bougie ▶ 檢 4

(解碼) **cand** 亮光 + **le** 小尺寸

Whenever the power goes out, we have to resort to **candles** for light.

▶ 每當停電，我們就必須仰賴燭光。

字根 151 **cosm** 秩序

cosmetic [kɑz`mɛtɪk] 形 化妝用的 關 beauty ▶ 益 3

(解碼) **cosm** 秩序 + **et** 小尺寸 + **ic** 形容詞

The **cosmetic** products that are being sold at that luxurious shop are very expensive.

▶ 那家高檔精品店所販售的化妝品都很貴。

cosmetics [kɑzˋmɛtɪks] 名 化妝品 同 make-up

解碼 **cosm** 秩序 + **et** 小尺寸 + **ics** 名詞

The lady loves buying different kinds of **cosmetics**.

▶ 那位女士喜愛購買各式各樣的化妝品。

字根 152 **flour** 茂盛

flower [ˋflauɚ] 名 花 關 blossom

解碼 **flour** 茂盛 → **flower**

Watering the **flowers** in the courtyard is one of my routines.

▶ 去庭院澆花是我每天要做的事情之一。

flourish [flɝɪʃ] 動 繁榮 同 thrive

解碼 **flour** 茂盛 + **ish** 動詞

Mr. Tang's business has been **flourishing** ever since he built the website.

▶ 自從架設了網站之後，湯先生的生意一直都很好。

字根 153 **flu** 流

flood [flʌd] 名 洪水 動 使泛濫 同 overflow

解碼 **flu** 流 → **flood**

The dam burst and caused a serious **flood**.

▶ 水壩的潰堤造成一場嚴重的水災。

fluency [ˋfluənsɪ] 名 流暢；流利 同 eloquence

解碼 **flu** 流 + **ency** 名詞

Cindy's **fluency** in English improved a lot.

▶ 辛蒂的英語變得流暢許多。

fluent [ˋfluənt] 形 流暢的；流利的 同 eloquent

解碼 **flu** 流 + **ent** 形容詞

The Canadian is able to speak **fluent** English and a little Japanese.

▶ 那名加拿大人能夠說一口流利的英語和一點日語。

fluid [ˋfluɪd] 名 流體 形 流動的 同 liquid 益 3

解碼 **flu** 流 + **id** 名詞 / 形容詞

A **fluid** does not have a definite form or shape.

▶ 液體沒有一定的形式或形狀。

flush [flʌʃ] 名 動 奔流；沖洗 近 drench ▶ 檢 3
(解碼) **flu** 流 + **sh** 字尾
Mon reminded us to **flush** the toilet after using it.
▶ 母親提醒我們上完廁所要沖水。

influence [`ɪnfluəns] 名 動 影響 同 affect ▶ 雅 4
(解碼) **in** 在裡面 + **flu** 流 + **ence** 名詞
The **influence** of climate change is obvious.
▶ 氣候變遷所造成的影響顯而易見。

字根 154 **hydr** 水 MP3 2-154

carbohydrate [ˌkɑrbə`haɪdret] 名 碳水化合物 關 compound ▶ 研 3
(解碼) **carbo** 碳 + **hydr** 水 + **ate** 名詞
The patient couldn't have too much **carbohydrate** in his diet.
▶ 那名病人的飲食中不能有過多的碳水化合物。

hydrogen [`haɪdrədʒən] 名 氫 關 chemistry ▶ 檢 4
(解碼) **hydr/hydro** 水 + **gen** 生成物
The water molecule contains two atoms of **hydrogen**.
▶ 水分子含有兩個氫原子。

字根 155 **loc** 地方；閂 MP3 2-155

allocate [`æləˌket] 動 分派；配置 同 allot ▶ 雅 4
(解碼) **al** 前往 + **loc** 地方 + **ate** 動詞
The government will **allocate** a hefty subsidy to those who purchase eco-friendly furniture.
▶ 對於購買綠傢俱的民眾，政府將提供大量的補助。

local [`lokḷ] 形 當地的；局部的 同 regional ▶ 檢 4
(解碼) **loc** 地方 + **al** 形容詞
The dentist said **local** anesthesia would do for the operation.
▶ 牙醫說這場手術只需要局部麻醉就可以了。

locate [lo`ket] 動 設於；位於 同 situate ▶ 益 4
(解碼) **loc** 地方 + **ate** 動詞
The institute planned to **locate** its headquarters in the suburbs.

▶ 協會計畫將它的總部設於郊區。

lock [lɑk] 動 鎖住 名 鎖 反 unlock ▶
(解碼) loc 閂 → **lock**
The owener **locked** the door of the shop before he went out.
▶ 在出門前，店主鎖上了店門。

 **mount** 上升；山

amount [ə`maʊnt] 名 總和；總數 同 sum ▶ 研 4
(解碼) **a** 前往 + **mount** 上升
Henry spent a huge **amount** of money on his new sports car.
▶ 亨利花了一打筆錢在他的新跑車上。

mountain [`maʊntn̩] 名 山 關 elevation ▶ 檢 3
(解碼) **mount** 山 + **ain** 名詞
You should take a bug spray with you while camping in the **mountains**.
▶ 在山區露營時，你應該隨身攜帶防蟲噴霧。

radi 光線；根部

radiant [`redjənt] 形 發光的 同 glowing ▶ 托 3
(解碼) **radi** 光線 + **ant** 形容詞
There is a **radiant** object over there. Can you see it clearly?
▶ 那裡有個閃閃發光的物體，你看得清楚嗎？

radiate [`redɪ‚et] 動 散發；射出 同 emanate ▶ 托 3
(解碼) **radi** 光線 + **ate** 動詞
Kathy **radiated** enthusiasm when she was speaking on the stage.
▶ 在舞台上說話的凱西展露出強烈的熱忱。

radical [`rædɪkl̩] 形 根本的；基本的 同 essential ▶ 研 4
(解碼) **radi** 根部 + **cal** 形容詞
We need to deal with the **radical** problem first.
▶ 我們必須先解決最根本的問題。

radio [`redɪ‚o] 名 收音機 關 broadcast ▶ 檢 4
(解碼) **radi** 光線 + **o** 字尾（字義衍生：光線 → 接收電波之物）

I took the old **radio** out to check if it still works.
▶ 我把那台舊收音機拿出來，檢查它還能不能用。

radish [`rædɪʃ] 名 小蘿蔔 近 carrot
(解碼) **radi** 根部 + **sh** 字尾
The steak was served with a side of **radish**.
▶ 牛排搭配著小蘿蔔上菜。

radius [`redɪəs] 名 半徑 關 diameter
(解碼) **radi** 光線 + **us** 字尾（拉丁字尾，表陽性）
Have you calculated the circle's **radius** yet?
▶ 你測量好那個圓的半徑了嗎？

字根 **158** **terr** 土地；驚嚇 MP3 2-158

deter [dɪ`tɝ] 動 妨礙；阻止；威懾 同 hinder
(解碼) **de** 分離 + **terr/ter** 驚嚇
She thinks that the death penalty could not **deter** all potential murderers.
▶ 她認為死刑無法斷絕所有犯罪的可能性。

terrace [`tɛrəs] 名 看臺；梯田 近 deck
(解碼) **terr** 土地 + **ace** 名詞
My boyfriend and I stood on the **terrace** to watch the baseball game.
▶ 男友和我站在露臺上觀看棒球比賽。

terrific [tə`rɪfɪk] 形 可怕的；驚人的 同 dreadful
(解碼) **terr/terri** 驚嚇 + **fic** 製造
This is the most **terrific** scene I have ever seen.
▶ 這是我看過最恐怖的場景。

territory [`tɛrə.torɪ] 名 領土；領域 同 land
(解碼) **terr** 土地 + **it** 延及 + **ory** 名詞
The doctor is the best in the **territory** of diabetes treatment.
▶ 這位醫生在糖尿病治療的領域中是最出色的。

terror [`tɛrɚ] 名 恐怖 同 fright
(解碼) **terr** 驚嚇 + **or** 名詞
Those passers-by ran away in **terror** when they heard the tremendous sound.
▶ 聽到巨大聲響的那瞬間，行人們驚慌地跑開。

UNIT 13 表學術 / 教導的字根
Root: The Academy

字根 159 argu 使清楚

MP3 2-159

argue [`ɑrgjʊ] 動 爭論 反 agree ▶ 雅 4
(解碼) argu 使清楚 + e 字尾
Sandra **argued** with everybody at the meeting and it made me annoyed.
▶ 珊卓拉在會議上與大家爭論，這令我感到惱怒。

argument [`ɑrgjʊmənt] 名 爭論；論點 同 quarrel ▶ 雅 3
(解碼) argu 使清楚 + ment 名詞
The customer got into an **argument** with the clerk.
▶ 顧客與店員發生口角。

字根 160 art 技巧

MP3 2-160

art [ɑrt] 名 藝術 同 artistry ▶ 托 4
(解碼) art 技巧（字義衍生：技巧 → 創作；藝術）
They have gone to the **art** center for the concert tonight.
▶ 他們已經出發去藝文中心欣賞今晚的音樂會了。

artifact [`ɑrtɪˌfækt] 名 手工藝品 同 handicraft ▶ 益 2
(解碼) art/arti 技巧 + fact 製造
Lucy is fond of **artifacts** and bought several in that shop.
▶ 露西很喜歡手工藝品，所以在那家店買了好幾樣。

artificial [ˌɑrtəˋfɪʃəl] 名 人工的 反 natural ▶ 雅 3
(解碼) art/arti 技巧 + fic 製造 + ial 形容詞
That man has an **artificial** leg because of the car accident five years ago.
▶ 男子因為五年前的車禍而裝上義肢。

artistic [ɑrˋtɪstɪk] 形 藝術的 反 inartistic ▶ 檢 2
(解碼) art 技巧 + ist 名詞 + ic 形容詞
The painter's daughter has a good **artistic** sense with colors.
▶ 那名畫家的女兒對色彩有很好的美感。

字根 161 disc, doc 教導

disciple [dɪ`saɪpl̩] 名 門徒；信徒 同 follower ▶ 雅 5
解碼 disc/disci 教導 + ple 充滿
Jesus was said to have had a dozen **disciples**.
▶ 據說耶穌有十二位門徒。

discipline [`dɪsəplɪn] 名 紀律 同 restraint ▶ 檢 4
解碼 disc/disci 教導 + ple 充滿 + ine 名詞
The staff in that company are obviously lack of **discipline**.
▶ 那家公司的員工明顯缺乏紀律。

doctor [`dɑktɚ] 名 醫生；博士 同 physician ▶ 檢 3
解碼 doc/doct 教導 + or 名詞
The **doctor** has prescribed some medicine to the patient.
▶ 醫師開了一些藥給病患。

doctrine [`dɑktrɪn] 名 教義 同 dogma ▶ 益 4
解碼 doc/doct 教導 + (o)r 人 + ine 名詞
Karen read the Bible to comprehend Catholic **doctrines**.
▶ 為了理解天主教教條，凱倫閱讀《聖經》。

document [`dɑkjəmənt] 名 文件 同 archive ▶ 研 5
解碼 doc/docu 教導 + ment 名詞
He looked at the pile of **documents** and signed.
▶ 他看向那堆文件，並嘆了一口氣。

字根 162 dox 意見

orthodox [`ɔrθəˌdɑks] 形 正統的 同 conventional ▶ 研 2
解碼 ortho 正確的 + dox 意見
Although I heard of the Eastern **Orthodox** Church, I know little about it.
▶ 雖然我聽過東正教，但我知之甚少。

paradox [`pærəˌdɑks] 名 自相矛盾的言論 近 anomaly ▶ 托 4
解碼 para 相反的 + dox 意見
I think there are some **paradoxes** in your theory.
▶ 我認為你的理論當中有些地方自相矛盾。

字根 163 duce, duct 引導

conduct [kən`dʌkt] 動 指揮；引導 同 direct ▶ 雅 4
解碼 con 共同 + duct 引導
The choir that won the contest was **conducted** by Mr. Brown.
▶ 贏得比賽的那個合唱團是由布朗先生指揮的。

educate [`ɛdʒʊ,ket] 動 教育 近 enlighten ▶ 益 5
解碼 e 向外 + duce/duc 引導 + ate 動詞
The well-**educated** man invited us to his Christmas party.
▶ 那名有教養的男性邀請我們參加聖誕派對。

induce [ɪn`djus] 動 引起；引誘 同 activate ▶ 研 4
解碼 in 在裡面 + duce 引導
Fanny **induced** me to do the thing, but I refused her.
▶ 芬妮引誘我去做那件事，但我拒絕了。

introduce [,ɪntrə`djus] 動 介紹 同 acquaint ▶ 檢 5
解碼 intro 朝向 + duce 引導
John **introduced** his fiancée to everyone in the reunion party.
▶ 約翰介紹他的未婚妻給同學會上的每個人。

produce [prə`djus] 動 生產 同 generate ▶ 托 5
解碼 pro 向前地 + duce 引導
The chocolate factory **produces** over two million chocolate bars a year.
▶ 那間巧克力工廠一年生產超過兩百萬條的巧克力棒。

product [`prɑdəkt] 名 產品 同 merchandise ▶ 檢 3
解碼 pro 向前地 + duct 引導
Most high-quality **products** are pretty expensive.
▶ 大部分的精品都比較昂貴。

reduce [rɪ`djus] 動 減少 同 dwindle ▶ 檢 3
解碼 re 返回 + duce 引導
In order to **reduce** her expenses, Sarah decided to cook at home.
▶ 為了減低花費，莎拉決定在家煮飯。

seduce [sɪ`djus] 動 誘惑；慫恿 同 lure ▶ 雅 4
解碼 se 分離 + duce 引導
The model's angel-like looks can **seduce** practically any man in the world.
▶ 那位模特兒的天使臉孔幾乎能迷惑這世界上的所有男人。

字根 164 liber 自由

liberal [`lɪbərəl] 形 開明的;慷慨的 反 dogmatic ▶ 雅 3

(解碼) liber 自由 + al 形容詞

My mother has a **liberal** mind towards our education.
▶ 母親對我們的教育態度相當開明。

---

liberate [`lɪbəˌret] 動 釋放 反 detain ▶ 托 5

(解碼) liber 自由 + ate 動詞

You need to **liberate** your mind from prejudice if you want to work with Nina.
▶ 如果你想與妮娜合作,就必須放下你的偏見。

---

liberation [ˌlɪbə`reʃən] 名 釋放 同 release ▶ 檢 3

(解碼) liber 自由 + ation 名詞

The former president has been an advocate of women's **liberation** movement.
▶ 前總統致力於提倡婦女解放運動。

---

liberty [`lɪbətɪ] 名 自由權 同 freedom ▶ 研 4

(解碼) liber 自由 + ty 名詞

Only our members have the **liberty** of all the facilities.
▶ 只有我們的會員才能自由使用所有所有設施。

字根 165 liter 文字

literal [`lɪtərəl] 形 文字的 同 written ▶ 檢 3

(解碼) liter 文字 + al 形容詞

This is a **literal** translation from Vietnam.
▶ 這是從越南文翻譯過來的文字。

---

literary [`lɪtəˌrɛrɪ] 形 文學的 關 classical ▶ 研 3

(解碼) liter 文字 + ary 形容詞

Ann is into English literature, so she subscribed to a **literary** magazine.
▶ 安喜愛英國文學,所以她訂閱了一本文學雜誌。

---

literate [`lɪtərɪt] 形 有學問的 同 cultured ▶ 托 3

(解碼) liter 文字 + ate 形容詞

Johnson is definitely a **literate** gentleman.
▶ 強生無疑是一位飽讀詩書的紳士。

literature [`lɪtərətʃə] 名 文學 關 poetry

(解碼) **liter** 文字 + **ate** 形容詞 + **ure** 名詞

I majored in English **Literature** at the University.

▶ 我大學的主修是英國文學。

---

 166 **logy, ology** 學說

psychology [saɪ`kɑlədʒɪ] 名 心理學 關 mental

(解碼) **psycho** 心理 + **logy** 學說

My niece is interested in people's behaviors; therefore, she wants to study **psychology**.

▶ 我姪女對人類行為很感興趣，所以想學心理學。

sociology [ˌsoʃɪ`ɑlədʒɪ] 名 社會學 關 social

(解碼) **soci** 同伴 + **ology** 學說

My cousin has a PhD in **sociology**.

▶ 我表姐有社會學的博士學位。

technology [tɛk`nɑlədʒɪ] 名 科技；技術 關 technique

(解碼) **techno** 技術 + **logy** 學說

Computer **technology** has gone leaps and bounds over the last twenty years.

▶ 過去二十幾年來，電腦的技術已突飛猛進。

---

 167 **mark** 記號

mark [mɑrk] 動 標記 名 記號 關 emphasize

(解碼) **mark** 記號

The students are required to **mark** the answers with a pencil.

▶ 學生必須用鉛筆標示出答案。

remark [rɪ`mɑrk] 名 動 評論 同 comment

(解碼) **re** 再一次 + **mark** 記號

The **remark** made by Emily was very offensive to me.

▶ 艾蜜莉所發表的言論嚴重冒犯到我。

 **myst** 神祕

mysterious [mɪs`tɪrɪəs] 形 神祕的 同 mystical ▶ 檢 4
(解碼) **myst** 神祕 + **ery** 名詞 + **ous** 形容詞
What the girl saw at the box office that night still remained **mysterious**.
▶ 那個女孩那晚在售票亭看到的東西如今依舊是個謎。

mystery [`mɪstərɪ] 名 祕密；神祕 近 puzzle ▶ 檢 4
(解碼) **myst** 神祕 + **ery** 名詞
The cause of the accident is wrapped in **mystery**.
▶ 這起事故的起因籠罩著一股詭譎。

myth [mɪθ] 名 神話 同 legend ▶ 托 3
(解碼) **myst** 神祕 → **myth**
As a freshman majoring in English literature, I need to read a lot of Greek **myths**.
▶ 身為主修英國文學的大一生，我必須讀許多希臘神話。

mythology [mɪ`θɑlədʒɪ] 名 神話 反 history ▶ 檢 3
(解碼) **myst/myth** 神祕 + **ology** 學說
In Greek **mythology**, there are many Gods such as Poseidon and Zeus.
▶ 希臘神話中有許多的神，例如海神波塞頓和宙斯。

 nov 新的

innovation [ˏɪnə`veʃən] 名 創新 同 newness ▶ 檢 3
(解碼) **in** 進入 + **nov** 新的 + **ation** 名詞
Inventing gear wheels is an important **innovation**.
▶ 齒輪的發明是十分重要的創新。

innovative [`ɪnoˏvetɪv] 形 創新的 近 original ▶ 益 3
(解碼) **in** 進入 + **nov** 新的 + **ative** 形容詞
Ella is full of **innovative** ideas about our new project.
▶ 對於我們的新企劃，艾拉有許多創新的想法。

newlywed [`njulɪˏwɛd] 名 新婚的人 關 spouse ▶ 檢 2
(解碼) **nov/new** 新的 + **ly** 副詞 + **wed** 結婚
The **newlywds** spent their honeymoon in Japan.
▶ 這對新婚夫妻去日本度蜜月。

new [nju] 形 嶄新的 反 old ▶ 檢 3

(解碼) nov/new 新的

My brother asked for a **new** bike as his birthday gift.
▶ 我弟弟想要一台新腳踏車作為生日禮物。

. . . .

news [njuz] 名 新聞；消息 同 announcement ▶ 托 4

(解碼) nov/new 新的 → **news**（字義衍生：新的 → 新消息）

The horrible **news** frightened everyone.
▶ 那則可怕的新聞讓大家震驚不已。

. . . .

novel [`nɑvḷ] 形 新奇的 名 小說 近 peculiar ▶ 檢 3

(解碼) nov 新的 + al/el 形容詞 / 名詞

His work has brought a completely **novel** concept into music.
▶ 他的作品為音樂界注入全新的概念。

. . . .

novice [`nɑvɪs] 名 初學者 ▶ 益 2

(解碼) nov 新的 + ice 名詞

The **novice** learned his lesson from the mistake.
▶ 這名新手從錯誤中學到了珍貴的一課。

. . . .

renew [rɪ`nju] 動 更新；恢復 同 refurbish ▶ 益 4

(解碼) re 再一次 + new 新的

I need to **renew** my membership by this Friday.
▶ 這個星期五之前我必須更新會員資格。

. . . .

字根 170 rat, ratio 理由

MP3 2-170

ratio [`reʃo] 名 比率；比例 同 rate ▶ 研 4

(解碼) ratio 理由（字義衍生：理由；理性 → 數字比例）

The **ratios** of 1 to 4 and 25 to 100 are the same.
▶ 一比四的比率和二十五比一百的比率是相同的。

. . . .

rational [`ræʃənḷ] 形 理性的 反 emotional ▶ 研 3

(解碼) rat 理由 + ion 名詞 + al 形容詞

There must be a **rational** explanation for Sue's resignation.
▶ 蘇的辭職一定有合理的解釋。

字根 171 **rect** 正確的；直的

correct [kəˋrɛkt] 動 改正 形 正確的 反 wrong ▶ 研 4

解碼 **cor** 共同 + **rect** 正確的

Our teacher asked me to read my essay again and **correct** the grammar.

▶ 我們老師要求我再讀一遍自己的文章，並改正文法。

direct [dəˋrɛkt] 動 指示 形 直接的 同 instruct ▶ 檢 3

解碼 **di** 分離 + **rect** 正確的

The client talked to our **direct** supervisor for fifteen minutes.

▶ 客戶和我們的直屬上司聊了十五分鐘。

erect [ɪˋrɛkt] 動 豎立 形 直立的 同 upright ▶ 研 3

解碼 **e** 外面 + **rect** 直的

The police have **erected** some barricades to keep people out.

▶ 為了隔開人群，警方已經豎起了好幾個路障。

escort [ˋɛskɔrt] 名 護送者 動 護送 同 guide ▶ 托 3

解碼 **ex/es** 向外 + **rect/cort** 正確的

The lady's **escort** for the evening was her fiance.

▶ 那名女士當晚的護花使者是她的未婚夫。

字根 172 **sign** 記號

assign [əˋsaɪn] 動 指派 同 appoint ▶   益 4

解碼 **as** 前往 + **sign** 記號

Our teacher **assigned** a lot of homework to us before the winter break.

▶ 在放寒假之前，老師指派了很多作業給我們。

design [dɪˋzaɪn] 名 動 設計 近 sketch ▶ 檢 4

解碼 **de** 分離 + **sign** 記號

The couple especially loved Jessica's **design**.

▶ 那對夫婦特別喜歡潔西卡的設計。

designate [ˋdɛzɪgˌnet] 動 指定 同 nominate ▶ 益 4

解碼 **de** 分離 + **sign** 記號 + **ate** 動詞

Susan was **designated** head of the committee.

▶ 蘇珊被指派擔任委員會的主席。

resign [rɪ`zaɪn] 動 辭職 同 quit ▶ 益 3
解碼 re 相反 + sign 記號
My brother plans to **resign** his position next year.
▶ 我哥哥準備明年辭職。

resignation [ˌrɛzɪg`neʃən] 名 辭職；辭呈 同 abdication ▶ 益 4
解碼 re 相反 + sign 記號 + ation 名詞
The director has already offered her **resignation**.
▶ 主任已提出辭呈。

sign [saɪn] 名 符號；招牌 同 symbol ▶ 托 4
解碼 sign 記號
In order to read the **sign** clearly, I put on my glasses.
▶ 為了看清楚招牌上的字，我戴上眼鏡。

signal [`sɪgn̩] 名 信號 同 indicator ▶ 益 4
解碼 sign 記號 + al 名詞
Just give me a **signal** when you are leaving.
▶ 你要走的時候，給我個暗示。

significant [sɪg`nɪfəkənt] 形 有意義的 反 minor ▶ 益 4
解碼 sign 記號 + fic/ific 製造 + ant 形容詞
We believe that this kind of change can bring about **significant** effects.
▶ 我們相信這樣的改變能帶來重大的影響。

字根 **173** **verb** 語詞 ♫ MP3 2-173

adverb [`ædvɚb] 名 副詞 關 modifier ▶ 檢 1
解碼 ad 前往 + verb 語詞（提示：加在 **verb** 上的詞彙）
Adverbs are usually used to modify verbs and adjectives.
▶ 副詞通常被用來修飾動詞和形容詞。

proverb [`prɑvɝb] 名 諺語 同 aphorism ▶ 托 3
解碼 pro 向前地 + verb 語詞
As the **proverb** goes, "Haste makes waste."
▶ 就如同有句諺語說：「欲速則不達」。

verb [vɝb] 名 動詞 關 action ▶ 檢 2
解碼 verb 語詞
A **verb** is a part of speech that expresses an action or a state of being.

▶ 動詞是詞性的一種，用以表示動作或存在狀態。

表數字 / 數學的字根
UNIT 14
Root: Numbers and Math

字根 174 **angl** 角度

angle [`æŋgḷ] 名 角度 同 corner ▶ 托 ③
(解碼) angl 角度 + e 字尾
Both squares and rectangles have four 90 degree **angles**.
▶ 正方形和長方形都有四個九十度角。

rectangle [`rɛktæŋgḷ] 名 長方形 同 oblong ▶ 研 ④
(解碼) rect 直的 + angl/angle 角度
The teacher taught the children to draw a **rectangle** with the ruler.
▶ 老師教小朋友用直尺畫長方形。

triangle [`traɪˌæŋgḷ] 名 三角形 關 shape ▶ 益 ③
(解碼) tri 三 + angl/angle 角度
Her earrings are shaped like **triangles** and have diamonds on them.
▶ 她的耳環是三角形狀，並鑲有鑽石。

字根 175 **cent, centi** 百；百分之一

cent [sɛnt] 名 一分錢 同 penny ▶ 托 ③
(解碼) cent 百分之一
Joe has a collection of **cents** dating back more than one hundred years.
▶ 喬蒐集的一分錢幣是一百多年前的硬幣。

centigrade [`sɛntəˌgred] 形 攝氏的 同 Celsius ▶ 研 ③
(解碼) centi 百分之一 + grade 程度
In Taiwan, temperature is measured in **centigrade**.
▶ 在台灣，溫度是以攝氏為單位。

century [`sɛntʃərɪ] 名 世紀 同 centenary ▶ 益 ②

解碼 cent 百 + ury 名詞

This tradition derives from the 16th **century**.

▶ 這個傳統源自於十六世紀。

percent [pɚˋsɛnt] 名 百分比 同 ratio　　　▶ 研 2

解碼 per 每一 + cent 百

About thirty **percent** of the earth's surface is covered by land.

▶ 地球表面大約有百分之三十的面積被陸地覆蓋。

字根 176 center, centr 中心

center [ˋsɛntɚ] 名 中心 同 core　　　▶ 益 4

解碼 center 中心

The Taiwan **Center** for Disease Control has been on high alert because of the disease.

▶ 因為這種疾病，台灣疾病管制中心已經拉高警戒。

central [ˋsɛntrəl] 形 中央的 同 middle　　　▶ 研 3

解碼 centr 中心 + al 形容詞

The church is in the **central** part of the town.

▶ 這間教堂位於小鎮的中心。

concentrate [ˋkɑnsɛn‚tret] 動 專注 同 focus　　　▶ 檢 2

解碼 con 共同 + centr 中心 + ate 動詞

Taking a good nap will help you **concentrate** on your study.

▶ 好好地小睡一下能讓你在研究時更專注。

eccentric [ɪkˋsɛntrɪk] 形 古怪的 同 odd　　　▶ 托 3

解碼 ex/ec 向外 + centr 中心 + ic 形容詞

Tommy is so **eccentric** that I couldn't communicate with him.

▶ 湯米真的很古怪，我沒辦法和他溝通。

字根 177 count 計算

account [əˋkaunt] 名 帳戶；說明 關 bank　　　▶ 雅 5

解碼 ac 前往 + count 計算

The balance on your **account** is NT$55,000.

▶ 您帳戶的餘額為新台幣五萬五千元。

accountable [əˋkaʊntəbḷ] 形 應負責任的 反 irresponsible ▶ 檢 3
(解碼) **ac** 前往 + **count** 計算 + **able** 形容詞
The judge handed down a large fine to hold the company **accountable**.
▶ 為了要那間公司負責，法官處以一大筆罰鍰。

count [kaʊnt] 名 動 計算 同 calculate ▶ 雅 4
(解碼) **count** 計算
The parents are teaching their child to **count** to ten.
▶ 那對父母正在教孩子從一數到十。

discount [ˋdɪskaʊnt] 名 折扣 反 premium ▶ 研 5
(解碼) **dis** 除外 + **count** 計算
There are some **discounts** on household appliances during the winter sales.
▶ 冬季拍賣期間，家電用品享有折扣。

字根 178 **equ, equi** 相等的 (MP3 2-178)

adequate [ˋædəkwɪt] 形 適當的；足夠的 反 inadequate ▶ 研 5
(解碼) **ad** 前往 + **equ** 相等的 + **ate** 形容詞
There aren't **adequate** eggs in the fridge.
▶ 冰箱裡的雞蛋不夠。

equal [ˋikwəl] 形 相等的 動 等於 同 equivalent ▶ 雅 3
(解碼) **equ** 相等的 + **al** 形容詞
The four sides of a square are **equal**.
▶ 正方形的四個邊等長。

equate [ɪˋkwet] 動 使相等 同 equalize ▶ 托 4
(解碼) **equ** 相等的 + **ate** 動詞
Tracy is trying to **equate** her income and expenditure.
▶ 崔西試著平衡她的收入與支出。

equivalent [ɪˋkwɪvələnt] 名 相等物 反 difference ▶ 檢 4
(解碼) **equi** 相等的 + **val** 價值 + **ent** 名詞
The **equivalent** of one hundred US dollars is approximately three thousand new Taiwan dollars.
▶ 美金一百元大約是台幣三千元。

字根 179 **mens, meter** 測量

---

barometer [bə`rɑmətə] 名 氣壓計 關 gauge ▶ 雅 1

(解碼) **baro** 壓力 + **meter** 測量

Once the **barometer** drops below a certain level, a storm would come.
▶ 一旦氣壓表降到某個標準之下，就表示暴風雨要來了。

---

centimeter [`sɛntə,mitə] 名 公分 關 length ▶ 檢 3

(解碼) **centi** 百分之一 + **meter** 測量（提示：以公尺為基準）

Though as slim as two **centimeters**, the ultrabook is equipped with three card slots.
▶ 儘管只有二公分薄，這台超薄筆電仍配有三個插卡槽。

---

geometry [dʒɪ`ɑmətrɪ] 名 幾何學 關 math ▶ 檢 4

(解碼) **geo** 土地 + **meter/metry** 測量

The teacher told us to bring our protractor since we will be doing **geometry**.
▶ 我們之後會做幾何習題，所以老師叫我們帶量角器。

---

kilometer [kə`lɑmətə] 名 公里 關 distance ▶ 研 3

(解碼) **kilo** 千 + **meter** 測量（提示：以公尺為基準）

I will drive since the mall is about three **kilometers** away.
▶ 購物中心離這裡大概有三公里遠，我開車去吧。

---

measure [`mɛʒə] 名 尺寸 動 測量 近 calculate ▶ 托 3

(解碼) **mens/meas** 測量 + **ure** 名詞

Pythagorean Theorem can help you **measure** the hypotenuse of a triangle.
▶ 畢德哥拉斯定理可以幫助你測量三角形的斜邊。

---

meter [`mitə] 名 公尺 關 measure ▶ 益 4

(解碼) **meter** 測量

The piano is two **meters** long.
▶ 這台鋼琴有兩公尺寬。

---

symmetry [`sɪmɪtrɪ] 名 對稱 反 asymmetry ▶ 雅 3

(解碼) **sym** 一起 + **meter/metry** 測量

Some believe that **symmetry** is one of the standards for beauty.
▶ 有些人認為對稱性是美的標準之一。

---

thermometer [θə`mɑmətə] 名 溫度計 關 temperature ▶ 檢 2

(解碼) **thermo** 熱度 + **meter** 測量

The **thermometer** indicates that it's twenty nine Celsius outside.

▶ 溫度計顯示室外的溫度是攝氏 29 度。

字根 180 milli 千

mile [maɪl] 名 英里 關 kilometer ▶ 檢 3
解碼 milli 千 → **mile**
The headquarters is about ten **miles** away from the train station.
▶ 總公司和火車站的距離大約是十英里。

million [`mɪljən] 名 百萬 關 billion ▶ 研 3
解碼 milli 千 + **on** 單位（緣起：羅馬人的計數單位）
There are two **million** residents living on the island.
▶ 這座島上住有兩百萬的居民。

字根 181 mult, multi 許多

multiple [`mʌltəpl] 形 多數的 同 numerous ▶ 雅 3
解碼 multi 許多 + **ple** 摺疊
Danny spent thirty minutes to finish those **multiple** choice questions.
▶ 丹尼花了三十分鐘的時間寫那些多選題。

multiply [`mʌltəplaɪ] 動 相乘；增加 同 proliferate ▶ 研 4
解碼 multi 許多 + **ply** 摺疊
Seven **multiplied** by eleven is seventy-seven.
▶ 七乘以十一等於七十七。

字根 182 ple, plen, pli 充滿

accomplish [ə`kɑmplɪʃ] 動 完成 同 achieve ▶ 檢 4
解碼 ac 前往 + **com** 共同 + **ple** 充滿 + **ish** 動詞
You can **accomplish** almost anything if you work hard.
▶ 如果你努力，就沒有完成不了的事。

complement [`kɑmpləmənt] 名 補充；配對 同 counterpart ▶ 研 3
解碼 com 共同 + **ple** 充滿 + **ment** 名詞
White wine makes a fine **complement** to any meal serving fish or chicken as its main course.

▶ 只要是以魚或雞肉為主菜的餐點，白酒就是最好的搭配。

complete [kəm`plit] 動 完成 同 finish ▶ 益 4
(解碼) com 共同 + ple/plete 充滿
The counter clerk asked us to **complete** the entire form.
▶ 櫃台人員要求我們把整份表格填齊全。

compliment [`kɑmpləmənt] 名 稱讚；恭維 反 insult ▶ 檢 3
(解碼) com 共同 + pli 充滿 + ment 名詞
Thank you for the **compliment**! I am flattered.
▶ 謝謝你的誇獎！我很高興。

plenty [`plɛntɪ] 名 豐富；充分 同 enough ▶ 益 4
(解碼) plen 充滿 + ty 名詞
My father told me **plenty** of interesting stories happened in his childhood.
▶ 父親告訴我許多他童年發生的趣事。

supply [sə`plaɪ] 動 供給 名 供給品 反 demand ▶ 益 4
(解碼) sub/sup 下面 + ple/ply 充滿
Our **supply** of paper is about to run out.
▶ 我們的紙張存貨即將用罄。

字根 183 preci 價錢 MP3 2-183

appreciate [ə`priʃɪˌet] 動 感謝；欣賞 反 despise ▶ 檢 4
(解碼) ap 前往 + preci 價錢 + ate 動詞
I really **appreciate** your help. Let me buy you a drink tonight!
▶ 真的太感謝你的幫忙了，我今晚請你喝一杯吧！

praise [prez] 名 動 稱讚；讚美 同 compliment ▶ 檢 4
(解碼) preci 價錢 → praise
It is important to **praise** a child for the good things they do.
▶ 因孩子做好事而去讚美他們是很重要的。

precious [`prɛʃəs] 形 珍貴的 反 valueless ▶ 益 4
(解碼) preci 價錢 + ous 形容詞
Life is the most **precious** gift anyone is ever given.
▶ 生命是每個人所得到的最珍貴禮物。

price [praɪs] 名 價錢 動 定價 近 cost ▶ 檢 4

解碼 preci 價錢 → **price**

Hoping for a more reasonable **price**, we haggled with the shopkeeper for over an hour.

▶ 因為希望得到一個更為合理的價格，我們和店家討價還價了一個多小時。

字根 184 prem, prim, prin 第一的

premier [`prɪmɪɚ] **形** 首要的 **名** 首相 **同** chief ▶ 益 4

解碼 prem 第一的 + ier 名詞

This vineyard is one of the **premier** vacation spots for tourists.

▶ 這座葡萄園是遊客首選的度假勝地之一。

----

primary [`praɪˌmɛrɪ] **形** 主要的 **同** prime ▶ 益 4

解碼 prim 第一的 + ary 形容詞

Emission is the **primary** factor that contributes to air pollution.

▶ 排放廢氣是空氣汙染的主因。

----

prince [prɪns] **名** 王子 **關** noble ▶ 檢 3

解碼 prin 第一的 + ce 名詞

I read "The Little **Prince**" several times. It's really a touching story.

▶ 我讀了《小王子》好幾遍，故事真的很感人。

----

princess [`prɪnsɪs] **名** 公主 **關** queen ▶ 檢 3

解碼 prin 第一的 + ce 名詞 + ess 女性

This story is about a brave knight saving the **princess** from the devil.

▶ 這個故事在講一名英勇的騎士從惡魔的手中救出公主。

----

principal [`prɪnsəpḷ] **名** 校長 **形** 首要的 **反** minor ▶ 托 3

解碼 prin 第一的 + cip 拿 + al 名詞 / 形容詞

Our **principal** is going to give a speech at the graduation ceremony.

▶ 我們校長會在畢業典禮上演講。

----

principle [`prɪnsəpḷ] **名** 原理；原則 **同** doctrine ▶ 益 3

解碼 prin 第一的 + cip 拿 + le 名詞

One of the **principles** I follow is below: Do unto others as you would have them do unto you.

▶ 我一直遵循的其中一個原則是：己所不欲，勿施於人。

字根 185 **sat, satis, satur** 足夠；充滿

satisfaction [ˌsætɪsˋfækʃən] 名 滿意 同 contentment ▶ 檢 3
(解碼) satis 足夠 + fact 製作 + ion 名詞
My brother always gets strong **satisfaction** when eating delicious food.
▶ 我弟弟只要吃到美食，就能獲得極大的滿足。

satisfactory [ˌsætɪsˋfæktərɪ] 形 令人滿意的 同 satisfying ▶ 益 4
(解碼) satis 足夠 + fact 製作 + ory 形容詞
I feel **satisfactory** about the quality and hospitality of the B&B.
▶ 我對這間民宿的品質和良好的服務感到非常滿意。

satisfy [ˋsætɪsˌfaɪ] 動 令人滿意 同 gratify ▶ 檢 3
(解碼) satis 足夠 + fy 動詞
The Christmas dinner **satisfied** all the guests we invited.
▶ 我們所邀請的每一位客人都很滿意這頓聖誕大餐。

UNIT 15 表異同的字根
Root: Similarity or Difference

字根 186 **ident** 相同的

identical [aɪˋdɛntɪkl] 形 相同的 反 dissimilar ▶ 托 5
(解碼) ident 相同的 + ical 形容詞
Amanda and Robert just have **identical** twin girls.
▶ 亞曼達和羅伯特剛生了一對長得一模一樣的女雙胞胎。

identification [aɪˌdɛntəfəˋkeʃən] 名 身分證明 同 recognition ▶ 檢 3
(解碼) ident 相同的 + fic/ific 製造 + ation 名詞
The officer asked the driver to show his **identification** card.
▶ 警員要求他出示證件。

identity [aɪˋdɛntətɪ] 名 身分 關 name ▶ 檢 3
(解碼) ident 相同的 + ity 名詞
The **identity** of the robber is not yet known, but we got his DNA.
▶ 搶匪的身分尚未確認，但我們已取得他的 DNA。

字根 187 par 相等的

compare [kəm`pɛr] 動 比較 同 contrast ▶ 益 4
解碼 com 共同 + par/pare 相等的
My aunt always **compares** prices from different stores before making a purchase.
▶ 我阿姨在購物前，一定會貨比三家。

comparison [kəm`pærəsn̩] 名 比較 關 dissimilarity ▶ 托 4
解碼 com 共同 + par/pari 相等的 + son 名詞
It is often confusing for students to learn **comparisons** about adjectives and adverbs.
▶ 對學生來說，形容詞和副詞的比較常他們感到困惑。

pair [pɛr] 名 一對；一雙 同 couple ▶ 檢 4
解碼 par 相等的 → pair
I bought my mother a **pair** of gloves as her birthday gift.
▶ 我買了一雙手套，送我媽媽當生日禮物。

peer [pɪr] 名 同儕 反 superior ▶ 益 4
解碼 par 相等的 → peer
The chef's cooking skill is without a **peer**.
▶ 那位主廚的烹飪技術無人可比。

umpire [`ʌmpaɪr] 名 動 裁判 同 adjudicator ▶ 益 2
解碼 um 否定 + par/pire 相等的
The player showed a sense of good sportsmanship by accepting the **umpire's** decision.
▶ 那名球員接受裁判的決定，顯示出良好的運動家精神。

字根 188 sembl, simil 相似

assemble [ə`sɛmbl̩] 動 集合；裝配 同 congregate ▶ 益 3
解碼 as 前往 + sembl/semble 相似
All the clerks **assembled** in the auditorium for the conference.
▶ 為了參加會議，所有員工都聚集在禮堂。

assembly [ə`sɛmblɪ] 名 集會 同 gathering ▶ 益 3
解碼 as 前往 + sembl 相似 + y 名詞

The **assembly** will be held in Conference Room A.
▶ 會議將在 A 會議室舉行。

---

resemble [rɪˋzɛmbl] **動** 相像；相似 **同** simulate ▶ 益 4
(解碼) **re** 表強調 + **sembl/semble** 相似
Mary's dog and mine **resemble** each other in shape.
▶ 瑪麗的狗和我的狗外型相似。

---

similar [ˋsɪmələ] **形** 相似的 **近** akin ▶ 檢 4
(解碼) **simil** 相似 + **ar** 形容詞
Although the two teas taste **similar**, the difference in price is significant.
▶ 雖然這兩種茶品的味道相似，但價位上的差異卻顯而易見。

字根 189 var, vari 不同的 MP3 2-189

---

variety [vəˋraɪətɪ] **名** 多樣化 **反** monotony ▶ 檢 4
(解碼) **vari/varie** 不同的 + **ty** 名詞
Nick's passion for science has inspired him to conduct a **variety** of experiments.
▶ 尼克對科學的熱情激發他進行各種不同的實驗。

---

various [ˋvɛrɪəs] **形** 不同的 **同** assorted ▶ 檢 4
(解碼) **vari** 不同的 + **ous** 形容詞
Various suggestions were made on how to improve efficiency.
▶ 有許多用來提高效率的建議被提出。

---

vary [ˋvɛrɪ] **動** 使不同 **反** conform ▶ 益 4
(解碼) **var** 不同的 → **vary**
Cars **vary** greatly in price, appearance, and reliability.
▶ 車子在價錢、外觀、以及可靠性上有極大的差異。

UNIT 16 表形狀 / 尺寸的字根
Root: Shape and Size

字根 190 **ampl** 大；寬大

ample [`æmpḷ] 形 充分的 同 sufficient ▶ 雅 3
(解碼) ampl 大；寬大 + e 字尾
There is **ample** evidence that the man is the murderer.
▶ 有充分的證據顯示那個男人就是兇手。

---

amplify [`æmplə͵faɪ] 動 擴大 同 enlarge ▶ 托 4
(解碼) ampl 大；寬大 + ify 動詞
In order to make the sound clear, we need to **amplify** the speakers.
▶ 為了讓聲音清楚，我們必須放大擴音器。

字根 191 **bar** 橫梁；障礙

bar [bɑr] 名 棒；橫槓 同 beam ▶ 托 3
(解碼) bar 橫梁（字義衍生：橫梁 → 長條狀）
The little girl ate a **bar** of chocolate for dessert.
▶ 小女孩吃了一條巧克力棒作為甜點。

---

barrel [`bærəl] 名 桶 同 cask ▶ 益 3
(解碼) bar 橫梁 + el 名詞（器具）
Wine is stored in oak **barrels** for many years depending on the type.
▶ 葡萄酒依種類而貯存於橡木桶內好幾年。

---

barrier [`bærɪr] 名 障礙；柵欄 同 obstruction ▶ 檢 4
(解碼) bar 障礙 + ier 名詞
The **barrier** was set up to make sure nobody could enter.
▶ 設置柵欄是為確保無人能進入。

---

embarrass [ɪm`bærəs] 動 阻礙；使困窘 同 disconcert ▶ 雅 3
(解碼) in/em 在裡面 + bar 橫梁 + ass 動作
Have you ever **embarrassed** yourself in public?
▶ 你曾經在眾人面前出糗過嗎？

1 字首篇／
2 字根篇／
3 字尾篇／
4 複合字篇／

字根 192 brev, brevi 短的

abbreviate [ə`brivɪ‚et] 動 縮寫 近 shorten ▶ 研 3
解碼 **ab** 前往 + **brevi** 短的 + **ate** 動詞
Alexander prefers to **abbreviate** his name to Alex.
▶ 亞歷山大喜歡把名字縮寫成 Alex。

brief [brif] 形 短暫的；簡短的 同 short ▶ 托 2
解碼 **brev** 短的 → **brief**
The host's **brief** introduction was very impressive.
▶ 那位主持人的簡短介紹讓人印象深刻。

字根 193 circ, cyc 環

circle [`sɜkḷ] 名 圓形 同 spheroid ▶ 益 3
解碼 **circ** 環 + **le** 名詞（小尺寸）
The first thing a beginner painter will learn is how to draw a perfect **circle**.
▶ 剛入門的畫家首先要學的是如何畫一個完美的圓圈。

circular [`sɜkjələ] 形 圓形的 同 round ▶ 檢 3
解碼 **circ/circul** 環 + **ar** 形容詞
There is a **circular** stair in Danny's new house.
▶ 丹尼的新房子裡有一個迴旋狀的樓梯。

circulate [`sɜkjə‚let] 動 循環；流通 同 distribute ▶ 研 2
解碼 **circ/circul** 環 + **ate** 動詞
Our job today is to **circulate** this pile of flyers.
▶ 我們今天的工作是要發這疊廣告傳單。

circus [`sɜkəs] 名 馬戲團 關 troupe ▶ 雅 3
解碼 **circ** 環 + **us** 字尾（拉丁字尾，表陽性）
The kids are looking forward to the **circus** parade next Sunday.
▶ 孩子們很期待下個星期天的馬戲團遊行。

cycle [`saɪkḷ] 名 週期；整個過程 關 period ▶ 研 3
解碼 **cyc** 環 + **le** 反覆動作
Our professor asked us to preview the **cycle** of trading events.
▶ 教授要我們先預習貿易的流程。

encyclopedia [ɪnˌsaɪkləˋpidɪə] 名 百科全書 同 cyclopedia ▶ 益 2
解碼 **in/en** 在裡面 + **circle/cyclo** 環 + **pedia** 教育
The **encyclopedia** underwent a final revision.
▶ 這本百科全書經過最終的修訂。

recycle [riˋsaɪkḷ] 動 回收利用 同 reuse ▶ 檢 3
解碼 **re** 再一次 + **cyc** 環 + **le** 反覆動作
You should **recycle** those cans and bottles in the basket.
▶ 你應該回收籃子裡的那些瓶瓶罐罐。

字根 194 cli, clin 傾斜；彎曲 MP3 2-194

climax [ˋklaɪmæks] 名 頂點；高潮 同 apex ▶ 雅 5
解碼 **cli** 彎曲 + **max** 最大
I went to answer the door and missed the **climax**.
▶ 我去開門，結果錯過了最精彩的片段。

decline [dɪˋklaɪn] 名 動 下降 同 descend ▶ 托 4
解碼 **de** 往下 + **clin/cline** 傾斜
There has been a **decline** of birth rate in our country.
▶ 我國的出生率一直在下降。

incline [ɪnˋklaɪn] 動 傾向 同 predispose ▶ 檢 4
解碼 **in** 在裡面 + **cline** 傾斜
My friend and I **incline** to take a taxi instead of taking a bus.
▶ 我和我朋友傾向於搭乘計程車，而非坐公車。

字根 195 cru, cruc 交叉 MP3 2-195

crucial [ˋkruʃəl] 形 關鍵的 同 critical ▶ 益 4
解碼 **cruc** 交叉 + **ial** 形容詞
Your support is **crucial** to this project.
▶ 你的支援對這份企劃很重要。

cruise [kruz] 名 動 航遊；漫遊 同 sail ▶ 雅 3
解碼 **cru** 交叉 + **ize/ise** 動詞
Lisa enjoys riding a bike to **cruise** around the beach.
▶ 莉莎喜歡騎著腳踏車去海邊閒晃。

cruiser [`kruzɚ] 名 巡洋艦；遊艇 同 yacht　▶ 研 3
(解碼) **cru** 交叉 + **ize/ise** 動詞 + **er** 名詞
We lost tens of **cruisers** and hundreds of sailors in the battle.
▶ 在這場戰役中，我們損失數十艘巡洋艦和數百名水兵。

字根 196 flect, flex 彎曲　 MP3 2-196

flexible [`flɛksəbḷ] 形 有彈性的 近 malleable　▶ 雅 3
(解碼) **flex** 彎曲 + **ible** 形容詞
The plan is **flexible** and can be changed to fill your personal needs.
▶ 這份計畫很有彈性，可以依據你個人的需求做調整。

reflect [rɪ`flɛkt] 動 反射 同 mirror　▶ 托 4
(解碼) **re** 返回 + **flect** 彎曲
The surface of the lake **reflected** the shines of the sun.
▶ 湖面反射著太陽的光芒。

reflection [rɪ`flɛkʃən] 名 倒影；沉思 同 contemplation　▶ 研 5
(解碼) **re** 返回 + **flect** 彎曲 + **ion** 名詞
After long **reflection**, he decided to change his major from chemistry to psychology.
▶ 思考了很長一段時間之後，他決定把主修從化學換成心理學。

reflective [rɪ`flɛktɪv] 形 反射的 關 image　▶ 雅 4
(解碼) **re** 返回 + **flect** 彎曲 + **ive** 形容詞
The **reflective** image on the window glass was blurred.
▶ 反射在窗戶玻璃上的影像很模糊。

字根 197 form 形式　 MP3 2-197

conform [kən`fɔrm] 動 使符合 同 comply　▶ 檢 3
(解碼) **con** 共同 + **form** 形式
All the staff are required to **conform** to the company rules.
▶ 全體員工都必須遵守公司的規定。

form [fɔrm] 名 形態；格式 同 pattern　▶ 研 3
(解碼) **form** 形式
After filling in the order **form**, May faxed it to the mail order firm.

▶ 在填寫好訂購單後，梅就把它傳真到郵購公司。

format [`fɔrmæt] 名 格式 近 configuration ▶ 托 2
解碼 form 形式 → **format**
Your dissertation must be written in a certain **format**.
▶ 你的論文必須按照特定的格式寫才行。

formula [`fɔrmjələ] 名 公式 同 equation ▶ 益 3
解碼 form 形式 + ula 小尺寸
My brother needs to memorize all the **formulas** on the textbook.
▶ 我弟弟必須背熟課本上的所有公式。

formulate [`fɔrmjə‚let] 動 明確陳述 同 specify ▶ 雅 4
解碼 form 形式 + ula 小尺寸 + ate 動詞
It is easier to **formulate** a plan when you have gathered all of the information beforehand.
▶ 事先蒐集全部的資料會使得制定計畫變得比較容易。

inform [ɪn`fɔrm] 動 通知 同 notify ▶ 益 3
解碼 in 進入 + form 形式
Please **inform** me if anything happens.
▶ 若發生任何事情，請通知我。

information [‚ɪnfɚ`meʃən] 名 資訊 近 data ▶ 托 4
解碼 in 進入 + form 形式 + ation 名詞
I went through the papers to check the accuracy of the **information**.
▶ 我仔細閱讀了這些報告，以確認資訊是否正確。

informative [ɪn`fɔrmətɪv] 形 提供情報的 同 instructive ▶ 檢 2
解碼 in 進入 + form 形式 + ative 形容詞
An **informative** article is enjoyable to read.
▶ 一篇內容豐富的文章讀起來令人愉快。

perform [pɚ`fɔrm] 動 表演；執行 同 execute ▶ 檢 2
解碼 per 完全 + form 形式
Nancy is going to **perform** the composer's piano concerto.
▶ 南西將演奏這位作曲家的鋼琴協奏曲。

performer [pɚ`fɔrmɚ] 名 表演者 近 artist ▶ 益 5
解碼 per 完全 + form 形式 + er 名詞
The **performers** amazed audiences around the world during their tour.
▶ 那群表演者在世界巡迴演出期間技驚觀眾。

字根 198 long 長的

along [ə`lɔŋ] 副 一起；向前 近 alongside

(解碼) **a** 在…之上 + **long** 長的

Jennifer went **along** with Peter to go see the solar eclipse.

▶ 珍妮佛陪彼得一起去看日食。

- -

belong [bə`lɔŋ] 動 屬於 近 become

(解碼) **be** 成為 + **long** 長的

The purse you found on the bench **belongs** to the old lady.

▶ 你在板凳上發現的錢包是屬於那位老太太的。

- -

length [lɛŋθ] 名 長度 近 span

(解碼) **long/leng** 長的 + **th** 名詞

The **length** of Patrick's boat is forty four feet long.

▶ 派翠克的船長度為四十四英尺。

- -

lengthy [`lɛŋθɪ] 形 漫長的；冗長的 同 tedious

(解碼) **long/leng** 長的 + **th** 名詞 + **y** 形容詞

His speech was so **lengthy** that half of the audience fell asleep.

▶ 他的演講實在太冗長，以致於有一半的聽眾都睡著了。

- -

longevity [lɑn`dʒɛvətɪ] 名 長壽 關 lifetime

(解碼) **long** 長的 + **ev** 年齡 + **ity** 名詞

Sea turtles have a life **longevity** that is often over one hundred years.

▶ 海龜的壽命很長，通常活超過一百歲。

- -

oblong [`ɑblɔŋ] 形 長方形的；橢圓形的 同 oval

(解碼) **ob** 朝向 + **long** 長的

Not all short hairstyles look good on an **oblong** face.

▶ 不是所有短髮造型都適合橢圓形的臉蛋。

- -

prolong [prə`lɔŋ] 動 延長；拖延 同 extend

(解碼) **pro** 向前地 + **long** 長的

The research had been **prolonged** because of the malfunctioning machine.

▶ 研究因為故障的機器而拖延。

- -

min 小的;突出

MP3 2-199

administer [əd`mɪnəstə] **動** 管理　**同** manage　▶ 雅 4

解碼 **ad** 前往 + **min/mini** 小的 + **ster** 動作者

It requires lots of skills to **administer** a large company.
▶ 管理大公司需要很多技能。

---

diminish [də`mɪnɪʃ] **動** 減少;縮小　**同** reduce　▶ 檢 2

解碼 **de/di** 完全 + **min** 小的 + **ish** 動詞

In order to **diminish** labor cost, the president decided to lay off some employees.
▶ 為了減少人力成本,總裁決定資遣部分員工。

---

minimal [`mɪnɪml] **形** 最小的　**反** maximal　▶ 托 4

解碼 **min/minim** 小的 + **al** 形容詞

The neuroscientist is conducting an assessment in a **minimally** conscious state patient.
▶ 這名神經科學醫師正在評估一名進入微意識狀態的病患。

---

minimum [`mɪnəməm] **名** 最小量　**反** maximum　▶ 檢 3

解碼 **min/minim** 小的 + **um** 字尾(拉丁字尾,此處表示「最高級」)

The annual report I have to submit requires a **minimum** of one thousand words.
▶ 我要繳交的年度報告字數至少要超過一千字。

---

ministry [`mɪnɪstrɪ] **名** (政府的)部　**同** bureau　▶ 益 3

解碼 **mini** 小的 + **ster/str** 動作者 + **y** 名詞

Renee was appointed the spokesperson for the **Ministry** of Economy.
▶ 芮妮受任命為經濟部的發言人。

---

minor [`maɪnə] **形** 次要的　**反** major　▶ 檢 4

解碼 **min** 小的 + **or** 字尾(拉丁字尾,此處表示「比較級」)

I had a strong interest in Philosophy, so I chose it as my **minor** subject.
▶ 我對哲學很有興趣,所以我選為副修科目。

---

minute [`mɪnɪt] **名** 分鐘;片刻　**同** moment　▶ 雅 4

解碼 **min** 小的 + **ute** 具有…性質

The painter sketched the ballet dancer in a few **minutes**.
▶ 畫家在幾分鐘內就畫好這位芭蕾舞者的素描。

1 字首篇／
2 字根篇／
3 字尾篇／
4 複合字篇／

字根 200 **norm** 標準

abnormal [æb`nɔrml̩] 形 反常的 反 regular ▶ 托 3
(解碼) **ab** 離開 + **norm** 標準 + **al** 形容詞
An **abnormal** amount of rain caused terrible mudslide.
▶ 異常的降雨量造成可怕的土石流。

enormous [ɪ`nɔrməs] 形 巨大的 反 diminutive ▶ 托 3
(解碼) **e** 向外 + **norm** 標準 + **ous** 形容詞
The **enormous** profits from mining petroleum in the area caused the war.
▶ 該區開採石油的龐大利益引發了這場戰爭。

norm [nɔrm] 名 規範；標準 同 standard ▶ 益 4
(解碼) **norm** 標準
The company has set the **norms** for the employees to follow.
▶ 公司已設立規範讓員工遵守。

normal [`nɔrml̩] 形 正常的 同 ordinary ▶ 檢 4
(解碼) **norm** 標準 + **al** 形容詞
Under the **normal** situation, I would never cry in front of people.
▶ 正常情況下，我不在他人面前哭泣。

字根 201 **sort** 種類；出門

resort [rɪ`zɔrt] 名 名勝 動 訴諸 同 turn to ▶ 托 3
(解碼) **re** 再一次 + **sort** 出門
I ran into my colleague and talked to him in the lounge of the **resort** hotel.
▶ 我巧遇同事，並在度假旅館的交誼廳和他聊天。

sort [sɔrt] 名 種類；品種 同 kind ▶ 益 3
(解碼) **sort** 種類
I just can't get along with that **sort** of person.
▶ 我和那種人就是處不來。

字根 202 **stereo** 立體的；堅固的

stereo [`stɛrɪo] 名 立體音響 關 audio ▶ 檢 2

解碼 **stereo** 立體的（字義衍生：立體的 → 立體音響）

Andy proudly showed us the new **stereo** he purchased.

▶ 安迪驕傲地向我們展示他買的立體音響。

stereotype [`stɛrɪə,taɪp] 名 刻板印象 關 image ▶ 托 4

解碼 **stereo** 堅固的 + **type** 類別

It's time for us to change that **stereotype**.

▶ 現在是我們改變刻板印象的時候了。

UNIT 17 表國家 / 統治的字根
Root: State and Reign

字根 203 civ, civi 城市；公民

city [`sɪtɪ] 名 城市 近 downtown ▶ 益 5

解碼 **civ/cit** 城市 + **y** 名詞

There is a population of about 8,500 in this **city**.

▶ 這座城市大約有八千五百名人口。

civic [`sɪvɪk] 形 公民的 同 urban ▶ 益 4

解碼 **civ** 公民 + **ic** 形容詞

The mayor is planning to build a **civic** center that will include a film library.

▶ 市長正計畫建造一座包含電影圖書館的市民中心。

civil [`sɪvl] 形 國民的；市民的 同 national ▶ 檢 3

解碼 **civi/civil** 公民

Government workers can also be called **civil** servants.

▶ 政府工作人員也可稱為公僕。

civilian [sə`vɪljən] 名 平民 同 people ▶ 雅 4

解碼 **civi/civil** 公民 + **ian** 名詞

No **civilian** can import weapons into the country.

▶ 一般平民不得進口武器。

civilization [,sɪvlə`zeʃən] 名 文明 同 advancement ▶ 研 3

解碼 **civi/civil** 公民 + **ize** 動詞 + **ation** 名詞

Western **civilization** started in Europe and then spread to the Americas.

▶ 西方文明起源於歐洲，而後傳播至美洲。

civilize [`sɪvə͵laɪz] 動 教化；使文明 同 humanize ▶ 雅 3
(解碼) civi/civil 公民 + ize 動詞
It is impossible to **civilize** all the tribes.
▶ 讓所有部落都文明化是不可能的。

字根 204 dem, demo 人民 (MP3 2-204)

democracy [dɪ`mɑkrəsɪ] 名 民主 反 autocracy ▶ 檢 5
(解碼) demo 人民 + cracy 統治
Democracy and Communism are two different political ideologies.
▶ 民主主義與共產主義代表兩種不同的政治意識形態。

democrat [`dɛmə͵kræt] 名 民主主義者 關 senator ▶ 益 4
(解碼) demo 人民 + cracy/crat 統治
This is the century for **democrats**, not for dictators.
▶ 這是民主主義者的時代，不是獨裁者的。

democratic [͵dɛmə`krætɪk] 形 民主的 同 republican ▶ 雅 3
(解碼) demo 人民 + cracy/crat 統治 + ic 形容詞
Education is the basis of a **democratic** country.
▶ 教育是民主國家的基礎。

epidemic [͵ɛpɪ`dɛmɪk] 名 傳染病 同 contagion ▶ 托 4
(解碼) epi 在…之中 + dem 人民 + ic 名詞
The **epidemic** in this region may flare up again during next summer.
▶ 這個地區的傳染病疫情可能在下個夏季再度爆發。

字根 205 dom 家；支配 (MP3 2-205)

dome [dom] 名 圓屋頂 關 ceiling ▶ 雅 4
(解碼) dom 家 + e 字尾
The new stadium with the shape of a **dome** will be located in the center of the city.
▶ 圓頂造型的新體育場將建於市中心。

domestic [də`mɛstɪk] 形 家務的 同 household ▶ 托 3

(解碼) dom/dome 家 + **stic** 形容詞
My husband and I share **domestic** chores.
▶ 我和我先生共同分擔家務。

字根 206 **domin** 統治；馴服

dominant [`dɑmənənt] **形** 支配的 **同** governing ▶
(解碼) domin 統治 + **ant** 形容詞
Mr. Brown is a **dominant** businessman in IC industry.
▶ 布朗先生在資訊界佔支配地位。

dominate [`dɑmə‚net] **動** 支配 **同** rule ▶ 雅 5
(解碼) domin 統治 + **ate** 動詞
David Beckham used to **dominate** the soccer field.
▶ 貝克漢曾經在足壇中叱吒風雲。

字根 207 **leg** 法律

law [lɔ] **名** 法律 **同** legislation ▶ 雅 4
(解碼) leg 法律 → **law**
Carl is going to study **law** in college.
▶ 卡爾預計在大學學習法律。

legal [`ligḷ] **形** 合法的 **反** illegal ▶ 研 3
(解碼) leg 法律 + **al** 形容詞
In Taiwan, it is **legal** to ride a scooter if you are over eighteen years of age.
▶ 在台灣，十八歲以上騎機車是合法的。

legislation [‚lɛdʒɪs`leʃən] **名** 立法 **同** lawmaking ▶ 檢 4
(解碼) leg/legis 法律 + **lat** 帶來 + **ion** 名詞
This is an issue that calls for **legislation** to protect women's rights.
▶ 這個議題為請求立法保障女性權利。

legislative [`lɛdʒɪs‚letɪv] **形** 立法的 **同** lawful ▶ 托 3
(解碼) leg/legis 法律 + **lat** 帶來 + **ive** 形容詞
The **legislative** act was done to protect human rights.
▶ 那件法案的目的在於保護人權。

1 字首篇／ 2 字根篇／ 3 字尾篇／ 4 複合字篇／

legislator [`lɛdʒɪs‚letɚ] 名 議員　同 lawmaker　▶ 益 4

(解碼) **leg/legis** 法律 + **lat** 帶來 + **or** 名詞

Peter was tapped for one of the **legislators**.
▶ 彼得被指定為立法者之一。

---

legislature [`lɛdʒɪs‚letʃɚ] 名 立法機關　關 institute　▶ 研 4

(解碼) **leg/legis** 法律 + **lat** 帶來 + **ure** 名詞

The proposal has been in the **legislature** for three months.
▶ 這件提案已經擺在立法機關裡三個月了。

---

legitimate [lɪ`dʒɪtəmɪt] 形 合法的　同 statutory　▶ 雅 3

(解碼) **leg/legitim** 法律 + **ate** 形容詞

It was found after the paternity test that Mark is the **legitimate** father of that child.
▶ 親子鑑定的結果顯示，馬克就是那個孩子的父親。

---

privilege [`prɪvl‚ɪdʒ] 名 特權；優惠　同 authority　▶ 檢 5

(解碼) **privi** 私下 + **leg/lege** 法律

It is the senior employees' **privilege** to have a 10% bonus.
▶ 資深員工的特權是能獲得一成的獎金。

字根 208 **order, ordin** 秩序　(MP3 2-208)

coordinate [ko`ɔrdənet] 動 協調；使同等　近 harmonize　▶ 研 3

(解碼) **co** 共同 + **ordin** 秩序 + **ate** 動詞

Larry is trying to **coordinate** assignments across departments.
▶ 賴瑞設法協調部門間的工作分配。

---

disorder [dɪs`ɔrdɚ] 名 混亂　同 disarray　▶ 益 3

(解碼) **dis** 分離 + **order** 秩序

The classroom was in **disorder** after the funfest.
▶ 同樂會之後，教室變得很亂。

---

order [`ɔrdɚ] 名 順序　動 命令　反 disorganization　▶ 益 4

(解碼) **order** 秩序

Amanda filed the forms in alphabetical **order**.
▶ 亞曼達按字母排序將這些表格歸檔。

---

orderly [`ɔrdɚlɪ] 形 有規則的　反 chaotic　▶ 檢 3

(解碼) **order** 秩序 + **ly** 形容詞

My brother's room is always clean and **orderly**.
▶ 我哥哥的房間總是乾淨又整齊。

ordinary [`ɔrdn̩ˏɛrɪ] 形 普通的 同 common　▶ 檢 4
解碼 **ordin** 秩序 + **ary** 形容詞
Luke is just an **ordinary** man. Don't push him too much.
▶ 路克只是普通人，不要太逼迫他了。

subordinate [sə`bɔrdn̩ɪt] 名 部屬 同 inferior　▶ 檢 2
解碼 **sub** 下面 + **ordin** 秩序 + **ate** 名詞
The captain treated his **subordinates** very kindly.
▶ 艦長對他的部屬非常地親切。

字根 209 **polis, polit** 城市；國家　MP3 2-209

cosmopolitan [ˏkɑzmə`pɑlətn̩] 形 世界性的 同 worldwide　▶ 托 3
解碼 **cosmo** 世界 + **polit** 城市 + **an** 形容詞
Tina moved to New York because it is a **cosmopolitan** city.
▶ 紐約是國際性的都市，所以蒂娜搬去那裡住。

metropolitan [ˏmɛtrə`pɑlətn̩] 形 大都市的 同 urban　▶ 托 3
解碼 **metro** 首都 + **polit** 城市 + **an** 形容詞
The **metropolitan** transportation is really convenient.
▶ 大都市的交通運輸非常方便。

police [pə`lis] 名 警察 同 lawman　▶ 托 3
解碼 **polis** 國家 → **police**
Police approached the young man and arrested him.
▶ 警察靠近這名年輕男子並將他逮捕。

policeman [pə`lismən] 名 警察 同 cop　▶ 檢 3
解碼 **polis/police** 國家 + **man** 人
A **policeman** came and asked us some questions.
▶ 一位警察來問了我們一些問題。

policy [`pɑləsɪ] 名 政策；策略 同 tactics　▶ 益 3
解碼 **polis** 國家 → **policy**
Our new **policy** enforces a strict dress code for both men and women.
▶ 我們的新政策對服裝做出嚴格的規範，男女皆須遵守。

political [pə`lɪtɪkl̩] 形 政治的 近 bureaucratic ▶ 托 5

(解碼) **polit** 國家 + **ical** 形容詞

The establishment of an incinerator has become a **political** issue.
▶ 興建焚化爐已經變成一項政治議題。

politician [ˌpɑlə`tɪʃən] 名 政治家 關 politics ▶ 益 4

(解碼) **polit** 國家 + **ic** 形容詞 + **ian** 名詞

We elected the **politicians** to represent us.
▶ 我們投票選了這些政治家來代表我們。

politics [`pɑlətɪks] 名 政治學 關 government ▶ 托 4

(解碼) **polit** 國家 + **ics** 名詞（科學）

I usually would avoid talking about **politics** or religion with others.
▶ 我通常會避免和他人聊政治或宗教。

字根 210 popul, publ 人民

MP3 2-210

popular [`pɑpjələ] 形 流行的 同 fashionable ▶ 檢 4

(解碼) **popul** 人民 + **ar** 形容詞

This kind of shoes is very **popular** among teenagers.
▶ 這種鞋款很受青少年的歡迎。

popularity [ˌpɑpjə`lærətɪ] 名 流行 反 unpopularity ▶ 檢 4

(解碼) **popul** 人民 + **ar** 形容詞 + **ity** 名詞

This web browser is gaining **popularity** among young Internet users.
▶ 這個網路瀏覽器愈來愈受年輕網路使用者的歡迎。

populate [`pɑpjəˌlet] 動 居住於 同 inhabit ▶ 托 5

(解碼) **popul** 人民 + **ate** 動詞

This district is heavily **populated** by immigrants.
▶ 這一區住著很多外來移民。

population [ˌpɑpjə`leʃən] 名 人口；人口總數 同 people ▶ 雅 4

(解碼) **popul** 人民 + **ation** 名詞

The sudden increase of the **population** had brought a negative impact on the environment.
▶ 人口暴增的現象已對環境帶來負面衝擊。

public [`pʌblɪk] 名 群眾 形 公開的 關 civic ▶ 檢 5

(解碼) **publ** 人民 + **ic** 名詞／形容詞

The new library would open to the **public** next year.
▶ 新圖書館將於明年對外開放。

publish [`pʌblɪʃ] 動 出版 關 print ▶ 檢 4
解碼 **publ** 人民 + **ish** 動詞
The author's new novel will not be **published** until next spring.
▶ 這名作者的新小說要到明年春天才會出版。

republic [rɪ`pʌblɪk] 名 共和國 同 commonwealth ▶ 托 3
解碼 **res/re** 事務 + **publ** 人民 + **ic** 名詞
We will be visiting several castles in Czech **Republic** next week.
▶ 我們下禮拜將參觀捷克境內的幾座城堡。

字根 211 reg, regul 統治 ● MP3 2-211

regime [rɪ`ʒim] 名 政權；統治 同 government ▶ 托 3
解碼 **reg** 統治 + **ime** 字尾
The Fascist **regime** collapsed at the end of the war.
▶ 法西斯政權在這場戰爭結束後瓦解。

region [`ridʒən] 名 區域 同 district ▶ 益 3
解碼 **reg** 統治 + **ion** 名詞
The boundary between these two **regions** has not yet been clearly defined.
▶ 這兩區的分界尚未清楚界定。

regular [`rɛgjələ] 形 規律的 反 abnormal ▶ 益 4
解碼 **regul** 統治 + **ar** 形容詞
The staff will keep a station log on a **regular** basis.
▶ 站務人員會定期記錄車站日誌。

regulate [`rɛgjə‚let] 動 規定；調整 同 adjust ▶ 托 3
解碼 **regul** 統治 + **ate** 動詞
The architect decided to **regulate** some design of this building.
▶ 建築師決定調整這棟建築的部分設計。

reign [ren] 名 動 統治 關 dynasty ▶ 托 3
解碼 **reg** 統治 → **reign**
The Emperor of Japan **reigns** but does not govern.
▶ 日本天皇在位統治，但並不執政。

rigid [`rɪdʒɪd] 形 嚴格的 同 strict ▶ 雅 4
(解碼) reg/rig 統治 + id 形容詞
My mom is **rigid** about our manners.
▶ 我母親非常要求我們的規矩。

royal [`rɔɪəl] 形 王室的 同 noble ▶ 益 3
(解碼) reg/roy 統治 + al 形容詞
The carriage of the **royal** family was drawn by four strong horses.
▶ 皇室家庭的馬車由四匹強壯的馬拉著。

字根 212 urb 城市

suburb [`sʌbɝb] 名 郊區 同 countryside ▶ 托 3
(解碼) sub 下面 + urb 城市
We are moving to the **suburbs** next month.
▶ 我們將於下個月搬到郊區。

suburban [sə`bɝbən] 形 郊區的 反 metropolitan ▶ 托 3
(解碼) sub 下面 + urb 城市 + an 形容詞
I was born and raised in a **suburban** environment.
▶ 我從小就在郊區出生長大。

urban [`ɝbən] 形 都市的 同 downtown ▶ 益 4
(解碼) urb 城市 + an 形容詞
The **urban** renewal plan is currently at an initial stage.
▶ 這項都市更新計劃目前正處於初期階段。

UNIT 18 表法治的字根
Root: The Law and Order

字根 213 cause, cuse 理由；訴訟

accuse [ə`kjuz] 動 控告 同 charge ▶ 研 4
(解碼) ac 前往 + cuse 訴訟

Mr. Lee **accused** Dan of stealing his wallet.
▶ 李先生控告丹偷他的皮夾。

cause [kɔz] 名 原因 同 reason ▶ 益 3
(解碼) cause 理由
The detective attempted to discover the **cause** of the old man's death.
▶ 那名偵探試圖找出老先生的死因。

excuse [ɪk`skjuz] 動 原諒 名 理由 同 pardon ▶ 雅 3
(解碼) ex 排除 + cuse 訴訟
Please **excuse** us. We really need to leave now.
▶ 請原諒我們，我們真的必須現在離開。

字根 214 cert 確定的 MP3 2-214

certain [`sɜtən] 形 確實的 同 sure ▶ 益 3
(解碼) cert 確定的 + ain 形容詞
We found **certain** fascination in her songs.
▶ 我們覺得她的歌曲有股特殊的魅力。

certainty [`sɜtəntɪ] 名 確實 同 assurance ▶ 檢 3
(解碼) cert 確定的 + ain 形容詞 + ty 名詞
I can answer your question with clear **certainty**.
▶ 我可以肯定地回答你的問題。

certificate [sə`tɪfəkɪt] 名 證書 同 testimonial ▶ 檢 3
(解碼) cert 確定的 + fic/ific 製造 + ate 名詞
Harry received a **certificate** issued by the college after the courses.
▶ 課程結束後，哈利獲得大學頒發的證書。

certify [`sɜtə,faɪ] 動 證明 同 prove ▶ 托 4
(解碼) cert 確定的 + ify 動詞
The Board has **certified** Mr. Watson's deposition.
▶ 董事會已經證實華生先生將被免職。

concert [`kɑnsɚt] 名 音樂會；一致 同 recital ▶ 托 3
(解碼) con 共同 + cert 確定的
My parents are going to a **concert** tonight.
▶ 我父母今天晚上要去聽一場音樂會。

字根 215 crim 罪

crime [kraɪm] 名 罪行 近 misconduct 研 4

(解碼) crim 罪 + e 字尾

The man had committed a **crime** before he served in the army.
▶ 那名男子於服役前犯下了一件罪行。

criminal [`krɪmən]] 名 罪犯 同 culprit 雅 4

(解碼) crim/crimin 罪 + al 名詞

It is said that the detective is a terror to **criminals**.
▶ 據說這名偵探令罪犯聞之喪膽。

字根 216 crit 判斷

criterion [kraɪ`tɪrɪən] 名 標準 同 standard 檢 3

(解碼) crit 判斷 + erion 名詞

Mr. Baker is a man with a high moral **criterion**.
▶ 貝克先生是個有高道德標準的人。

critic [`krɪtɪk] 名 評論家 近 analyst 托 3

(解碼) crit 判斷 + ic 名詞

The famous film **critic** is going to give a speech in the activity center.
▶ 那位知名影評人將在活動中心發表一場演講。

字根 217 deb, du 負債

debt [dɛt] 名 負債 近 arrears 研 3

(解碼) deb 負債 + t 字尾

The entrepreneur went bankrupt because of the **debts**.
▶ 那名企業家因為負債而宣告破產。

due [dju] 形 欠款的；到期的 同 owed 雅 4

(解碼) du 負債 + e 字尾

An invoice shows the customers how much money is **due**.
▶ 付費通知發票讓客戶知道該付多少款項。

duty [`djutɪ] 名 責任；職責 同 obligation 托 3

解碼 **du** 負債 + **ty** 名詞
It's the **duty** of a police officer to enforce the law.
▶ 警察的職責是執行法令。

字根 218 fall, fals 欺騙

false [fɔls] 形 虛偽的；錯誤的 同 fake ▶
解碼 **fals** 欺騙 + **e** 字尾
My sister wears **false** eyelashes whenever she goes out.
▶ 外出時，我妹妹總會戴假睫毛。

fault [fɔlt] 名 過失；錯誤 反 accuracy ▶
解碼 **fall/faul** 欺騙 + **t** 字尾
The manager didn't blame Peter because it was not his **fault**.
▶ 這件事並非彼得的錯，所以經理並未責怪他。

字根 219 jud 判斷

judge [dʒʌdʒ] 名 法官 動 判決 關 court ▶
解碼 **jud** 判斷 + **dic/ge** 講話
Judges have constitutional rights to sentence crimes.
▶ 憲法賦予法官下法律判決的權利。

prejudice [`prɛdʒədɪs] 名 偏見 同 bias ▶
解碼 **pre** 之前 + **jud** 判斷 + **ice** 名詞
Don't hold any **prejudice** before you really talk to the client.
▶ 還沒真正與客戶交談前，別心存偏見。

字根 220 just, juris 正當的；法律

adjust [ə`dʒʌst] 動 調整 同 alter ▶
解碼 **ad** 前往 + **just** 正當的
You can use the remote control to **adjust** the volume.
▶ 你可以用遙控器來調整音量。

adjustment [ə`dʒʌstmənt] 名 調整 同 alteration ▶ 雅 4

1 字首篇／ 2 字根篇／ 3 字尾篇／ 4 複合字篇／

解碼 **ad** 前往 + **just** 正當的 + **ment** 名詞

The crew made some **adjustments** to increase the dramatic effect.

▶ 工作人員進行了一些調整，以增加戲劇效果。

injure [`ɪndʒɚ] **動** 傷害；損害 **同** damage ▶ 益 5

解碼 **in** 否定 + **juris/jure** 法律

Four pedestrians were **injured** when the bus skidded.

▶ 這輛公車打滑，傷了四名行人。

injustice [ɪnˋdʒʌstɪs] **名** 不公正 **反** fairness ▶ 雅 3

解碼 **in** 否定 + **just** 正當的 + **ice** 名詞

I have had enough! These **injustices** disgusted me.

▶ 我受夠了！這些不公平的事讓我厭惡極了。

jury [ˋdʒʊrɪ] **名** 陪審團 **關** tribunal ▶ 檢 4

解碼 **juris** 法律 → **jury**

The twelve **jury** members will decide if the man is innocent or guilty.

▶ 十二名陪審團成員將決定該名男子是否有罪。

just [dʒʌst] **形** 公正的；公平的 **反** unfair ▶ 檢 4

解碼 **just** 正當的

The advisor will make a **just** assessment of the situation.

▶ 顧問會對情況會做出公正的評估。

justice [ˋdʒʌstɪs] **名** 公平；正義 **反** corruption ▶ 研 5

解碼 **just** 正當的 + **ice** 名詞

This statue is symbolic of love and **justice**.

▶ 這座雕像象徵愛與正義。

字根 221 **mand, mend** 命令 （MP3 2-221）

command [kəˋmænd] **名 動** 命令 **同** order ▶ 檢 4

解碼 **com** 共同 + **mand** 命令

The general took **command** of three battalions and led them to a victory.

▶ 那位將軍指揮三個營，並帶領他們贏得勝利。

commander [kəˋmændɚ] **名** 指揮官 **近** captain ▶ 雅 5

解碼 **com** 共同 + **mand** 命令 + **er** 名詞

The **commander** of the warship patrolled the Gulf of Aden.

▶ 戰艦指揮官巡航於亞丁灣。

demand [dɪˋmænd] 動 要求；需要 反 supply

(解碼) **de** 完全的 + **mand** 命令

My boss **demanded** me to take action right away.

▶ 老闆要求我立即採取行動。

- -

recommend [ˌrɛkəˋmɛnd] 動 推薦 同 suggest

(解碼) **re** 再一次 + **com** 共同 + **mend** 命令

The teacher **recommended** John taking the advanced English class.

▶ 老師建議約翰去上進階英語班。

- -

(字根222) **mon** 警告 (MP3 2-222)

monster [ˋmɑnstɚ] 怪獸 關 giant

(解碼) **mon** 警告 + **ster** 名詞（提示：古人相信怪獸是上天的警告）

Don't be afraid; the closet **monsters** only live in that movie.

▶ 不要害怕；那些衣櫥怪獸只存在那部電影裡。

- -

summon [ˋsʌmən] 動 召喚；傳喚 同 convene

(解碼) **sub/sum** 下面 + **mon** 警告

The judge **summoned** the witness to court to learn more about the case.

▶ 法官傳喚目擊者出庭，以便更加了解案情。

- -

(字根223) **pen, pun** 處罰 (MP3 2-223)

penalty [ˋpɛnḷtɪ] 名 刑罰；懲罰 反 reward

(解碼) **pen** 處罰 + **al** 形容詞 + **ty** 名詞

The **penalty** for smoking in public is $500.

▶ 在公眾場所抽菸的罰款是五百元。

- -

punish [ˋpʌnɪʃ] 動 處罰 同 castigate

(解碼) **pun** 處罰 + **ish** 動詞

Any breach of the contract is not allowed and will be **punished**.

▶ 任何違約行為皆不被允許，且會受罰。

- -

punishment [ˋpʌnɪʃmənt] 名 處罰 關 discipline

(解碼) **pun** 處罰 + **ish** 動詞 + **ment** 名詞

Her **punishment** for being late to class was to spend the afternoon in detention.

▶ 她上課遲到的處罰是下午要留下來。

字根 224 priv 私人的；剝奪

deprive [dɪˋpraɪv] 動 剝奪 反 give

▶ 托 3

解碼 **de** 完全的 + **priv/prive** 剝奪

No one is allowed to **deprive** other's freedom.
▶ 沒有人可以剝奪他人的自由。

privacy [ˋpraɪvəsɪ] 名 隱私 反 publicity

▶ 檢 4

解碼 **priv** 私人的 + **ate** 形容詞 + **cy** 名詞

Always respect your colleagues' **privacy**. Don't gossip.
▶ 要尊重同事的隱私，別八卦。

private [ˋpraɪvɪt] 形 私人的；私立的 同 personal

▶ 檢 4

解碼 **priv** 私人的 + **ate** 形容詞

Nina has been the president's **private** secretary for five years.
▶ 妮娜已擔任總裁的私人祕書五年了。

privilege [ˋprɪvḷɪdʒ] 名 特權 反 restriction

▶ 托 3

解碼 **priv/privi** 私人的 + **leg/lege** 法律

Special **privileges** for government officials ought to be abolished.
▶ 政府官員的特權應予以廢除。

字根 225 sur 安全的；確定的

assure [əˋʃʊr] 動 保證 同 reassure

▶ 益 3

解碼 **as** 前往 + **sur/sure** 安全的

I can **assure** you that your valuables will be secure in our safe.
▶ 您的財產放在我們的保險箱絕對安全，這點我能保證。

ensure [ɪnˋʃʊr] 動 保證；擔保 同 guarantee

▶ 益 3

解碼 **en** 使 + **sur/sure** 確定的

Adam **ensured** that the work to be done on time.
▶ 亞當保證工作可以準時完成。

insure [ɪnˋʃʊr] 動 投保 同 cover

▶ 益 4

解碼 **en/in** 使 + **sur/sure** 安全的

The house was **insured** for over $1,000,000 in the event of a fire.
▶ 這棟房子保了超過一百萬元的火險。

sure [ʃur] 形 確信的；可靠的 反 doubtful 檢 5
(解碼) **sur** 安全的 **+ e** 字尾（字義衍生：安全的 → 可靠的）
I would check every box in person to make **sure** nothing goes wrong.
▶ 我將會親自檢查每個箱子，以確保沒有錯誤。

 **test, testi** 證明 MP3 2-226

contest [`kɑntɛst] 名 競賽；比賽 同 game 檢 4
(解碼) **con** 共同 **+ test** 證明
The ice skater's performance at the **contest** was excellent!
▶ 那名溜冰選手在比賽時的表現真是太完美了！

protest [prə`tɛst] 動 抗議 反 support 托 3
(解碼) **pro** 向前地 **+ test** 證明
The farmers **protested** against the slow-selling fruits in summer.
▶ 農夫抗議夏季水果滯銷的問題。

test [tɛst] 動 檢驗；檢查 同 examine 檢 4
(解碼) **test** 證明
The nurse took the patient's temperature and had his blood **tested**.
▶ 護士替那位病人量體溫並抽血檢查。

UNIT 19 **表戰爭的字根**
Root: About the War

arm 武器；裝備 MP3 2-227

alarm [ə`lɑrm] 名 警報；鬧鐘 同 buzzer 托 3
(解碼) **al** 前往 **+ arm** 武器
I set my **alarm** for six o'clock because I will go cycling with my friends.
▶ 因為要和朋友一起騎單車，所以我把鬧鐘設為六點鐘。

arm [ɑrm] 名 手臂；力量 關 body　▶ 益 4

(解碼) arm 武器（字義衍生：武器 → 力量）

These patients received the vaccination in the **arm**.

▶ 這些病患在手臂接受疫苗接種。

armor [`ɑrmɚ] 名 盔甲；裝甲 關 defense　▶ 研 3

(解碼) arm 裝備 + or 名詞

The **armor** warriors used to wear in the middle ages was very heavy.

▶ 中古時期戰士所穿的盔甲很重。

arms [ɑrmz] 名 武器 同 weapon　▶ 檢 4

(解碼) arm 武器 → **arms**

They have extensive supplies of **arms**.

▶ 他們擁有大量的武器供給。

army [`ɑrmɪ] 名 軍隊 同 troops　▶ 雅 4

(解碼) arm 武器 + y 名詞

The **army** was put on high alert when one of their warships was sunk.

▶ 一艘船艦沉沒，軍隊因此保持高度警戒。

字根 228 bel, bell 戰爭　MP3 2-228

rebel [rɪ`bɛl] 動 造反；反叛 同 revolt　▶ 托 4

(解碼) re 再一次 + bel 戰爭

People **rebelled** against the dictator's troops.

▶ 人民起義對抗獨裁者的軍隊。

rebellion [rɪ`bɛljən] 名 叛亂 同 uprising　▶ 檢 4

(解碼) re 再一次 + bell 戰爭 + ion 名詞

The **rebellion** was suppressed in a couple of days.

▶ 叛亂在幾天之內被鎮壓。

字根 229 triumph 勝利　MP3 2-229

triumph [`traɪəmf] 名 凱旋；勝利 同 victory　▶ 檢 3

(解碼) triumph 勝利

Dan's greatest **triumph** was winning MVP in the championship game.

▶ 丹最輝煌的成就是在總冠軍賽拿下「最有價值球員」。

triumphant [traɪˋʌmfənt] 形 勝利的；成功的 同 successful ▶ 益 3
(解碼) **triumph** 勝利 + **ant** 形容詞
The **triumphant** team will be awarded NT$50,000.
▶ 優勝隊伍可獲頒新台幣五萬元。

字根 230 vict, vinc 征服 MP3 2-230

convict [kənˋvɪkt] 動 定罪 同 adjudge ▶ 托 3
(解碼) **con** 共同 + **vict** 征服
Based on the evidence, the man was **convicted** of arson.
▶ 根據物證，那名男子被判縱火罪。

---

conviction [kənˋvɪkʃən] 名 定罪 反 acquittal ▶ 益 1
(解碼) **con** 共同 + **vict** 征服 + **ion** 名詞
The woman will appeal against her **conviction**.
▶ 對於被定罪這件事，女子會提出上訴。

---

convince [kənˋvɪns] 動 說服 同 persuade ▶ 檢 4
(解碼) **con** 表強調 + **vinc/vince** 征服
The woman tried to **convince** the lawyer of her son's innocence.
▶ 婦人試著說服律師相信她兒子是無辜的。

---

victor [ˋvɪktɚ] 名 勝利者 同 winner ▶ 檢 4
(解碼) **vict** 征服 + **or** 名詞
It is said that history is written by the **victors**.
▶ 大家都說歷史是由勝利者所寫下的。

UNIT 20 表毀壞 / 災難的字根
Root: The Disaster

字根 231 damn, demn 損害 MP3 2-231

condemn [kənˋdɛm] 動 譴責 同 blame ▶ 雅 4
(解碼) **con** 表強調 + **demn** 損害

The South Korea government severely **condemned** North Korea over the sinking of a warship.
▶ 南韓政府為軍艦遭擊沉的事件嚴厲譴責北韓。

damage [`dæmɪdʒ] 名 動 損害 同 destroy ▶ 益 3
(解碼) damn/dam 損害 + age 名詞
The **damage** done to the car in the accident is irreparable.
▶ 那部汽車在事故中所受的損壞已無法修復。。

damn [dæm] 動 咒罵 反 bless ▶ 檢 3
(解碼) damn 損害（字義衍生：損害他人 → 咒罵）
The old man **damned** the bad weather.
▶ 那名老人咒罵著壞天氣。

字根 232 **fract, frag** 使碎裂；毀壞 MP3 2-232

fracture [`fræktʃɚ] 名 裂痕；骨折 同 crack ▶ 雅 4
(解碼) fract 使碎裂 + ure 名詞
The motorcyclist suffered a **fracture** from the car accident.
▶ 車禍造成機車騎士骨折。

fraction [`frækʃən] 名 碎片；片斷 同 portion ▶ 益 4
(解碼) fract 使碎裂 + ion 名詞
The samples can be divided into several **fractions** to facilitate the test.
▶ 這些檢體可以分成小碎片，以方便檢測。

fragile [`frædʒəl] 形 易碎的 同 delicate ▶ 托 2
(解碼) frag 毀壞 + ile 形容詞（易於…的）
Please handle these **fragile** glasses with care.
▶ 請小心處理這些易碎的玻璃杯。

fragment [`frægmənt] 名 碎片；碎屑 同 piece ▶ 檢 4
(解碼) frag 使碎裂 + ment 名詞
I help Linda gather the **fragments** of the broken pot.
▶ 我幫忙琳達撿起破掉的罐子碎片。

frail [frel] 形 虛弱的；脆弱的 同 weak ▶ 檢 3
(解碼) frag 毀壞 → frail
This **frail** patient has to stay in hospital for one more week.
▶ 這名虛弱的病人必須在醫院多待一個星期。

fuse, fund 傾倒 MP3 2-233

confuse [kənˋfjuz] 動 使疑惑 反 clarify ▶ 托 3
解碼 con 共同 + fuse 傾倒
Your question **confused** me a lot. Can you clarify it?
▶ 你的問題讓我感到很疑惑，可以說得清楚一點嗎？

fuse [fjuz] 名 保險絲 動 熔合 關 melt ▶ 檢 4
解碼 fuse 傾倒（字義衍生：傾倒 → 熔合）
The **fuse** blew because we were using too many electrical appliances at one time.
▶ 我們同時使用太多電器，因而燒斷了保險絲。

refund [rɪˋfʌnd] 動 退還 同 reimburse ▶ 益 4
解碼 re 返回 + fund 傾倒
Keep the receipt just in case you need to **refund** it.
▶ 把收據留著，以免你需要退貨。

refuse [rɪˋfjuz] 動 拒絕；推辭 同 reject ▶ 雅 3
解碼 re 返回 + fuse 傾倒
My sister **refused** to lend me her laptop because she needed to use it.
▶ 我妹妹需要用筆電，所以拒絕借我。

rap, rav 奪取   MP3 2-234

rapid [ˋræpɪd] 形 迅速的 同 hasty ▶ 檢 3
解碼 rap 奪取 + id 形容詞
The report said that your pulse rate is **rapid** and irregular.
▶ 這份報告指出你的脈搏速率過快，且有不規則的現象。

ravage [ˋrævɪdʒ] 名 動 毀壞；摧殘 同 ruin ▶ 檢 3
解碼 rav 奪取 + age 名詞
The tsunami **ravaged** the coastland completely.
▶ 這場海嘯完全摧毀了沿海地帶。

1 字首篇／

2 字根篇／

3 字尾篇／

4 複合字篇／

字根 235 rupt 破壞

abrupt [əˋbrʌpt] 形 突然的 同 sudden ▶ 益 3
(解碼) **ab** 離開 + **rupt** 破壞
I was shocked by Adam's **abrupt** appearances change.
▶ 我被亞當突然改變的外觀嚇到。

bankrupt [ˋbæŋkrʌpt] 形 破產的 反 wealthy ▶ 益 4
(解碼) **bank** 銀行 + **rupt** 破壞
Tony was **bankrupt** and lost his French restaurant.
▶ 東尼宣告破產，也失去了他的法國餐廳。

corrupt [kəˋrʌpt] 動 使腐敗 同 pervert ▶ 益 3
(解碼) **cor** 表強調 + **rupt** 破壞
The fish **corrupted** very soon due to the hot weather.
▶ 這種炎熱的天氣下，魚很快就腐壞了。

corruption [kəˋrʌpʃən] 名 腐敗；貪腐 同 depravation ▶ 研 4
(解碼) **cor** 表強調 + **rupt** 破壞 + **ion** 名詞
The **corruption** has destroyed the people's belief in the current government.
▶ 貪汙行為破壞了人民對當前政府的信任。

erupt [ɪˋrʌpt] 動 爆發；噴出 同 burst ▶ 托 3
(解碼) **e** 向外 + **rupt** 破壞
It has been many years since the volcano last **erupted**.
▶ 這座火山距上次爆發至今已過了很多年。

eruption [ɪˋrʌpʃən] 名 爆發 同 outburst ▶ 托 4
(解碼) **e** 向外 + **rupt** 破壞 + **ion** 名詞
The **eruption** of the volcano occurred one week ago.
▶ 火山在一星期前爆發。

interrupt [ˏɪntəˋrʌpt] 動 妨礙 同 hinder ▶ 益 4
(解碼) **inter** 在…之間 + **rupt** 破壞
Do not **interrupt** others while they are talking.
▶ 別人在講話的時候，不要打斷。

interruption [ˏɪntəˋrʌpʃən] 名 打斷 反 continuation ▶ 檢 5
(解碼) **inter** 在…之間 + **rupt** 破壞 + **ion** 名詞
Any **interruption** is deemed extremely rude.
▶ 打斷他人的談話是十分不禮貌的。

route [rut] 名 路線；路程 同 course ▶ 雅 3
(解碼) **rupt** 破壞 → **route** (字義衍生：破壞 → 造路 → 路線)
The highway is the quickest **route** to the coast.
▶ 要前往海岸，走高速公路是最快的路線了。

routine [ru`tin] 形 例行的 反 irregular ▶ 檢 3
(解碼) **rupt/rout** 破壞 + **ine** 形容詞
The police officer is on the **routine** patrol.
▶ 這位警官正在做例行的巡邏。

UNIT 21 表變化 / 變動的字根
Root: The Variation

字根 236 aug, auth 增加
(MP3 2-236)

auction [`ɔkʃən] 名 動 拍賣 關 bargain ▶ 益 2
(解碼) **aug/auc** 增加 + **tion** 名詞
Danny sold his furniture by **auction** online.
▶ 丹尼在網路上拍賣他所有的傢俱。

author [`ɔθɚ] 名 作者 同 writer ▶ 檢 2
(解碼) **auth** 增加 + **or** 名詞
The **author** likes to seek for novelty, variety and challenge.
▶ 這名作家喜歡追尋新奇的事物、變化和挑戰。

authority [ə`θɔrətɪ] 名 權力；權威 近 jurisdiction ▶ 益 3
(解碼) **auth** 增加 + **or** 名詞 + **ity** 名詞
The police have the **authority** to arrest people who break the law.
▶ 警方有權逮捕觸犯法律的人。

authorize [`ɔθəˌraɪz] 動 批准；授權 同 empower ▶ 益 5
(解碼) **auth** 增加 + **or** 名詞 + **ize** 動詞
The administrator didn't **authorize** your access to the database.
▶ 管理者未授權你進入資料庫。

字根 237 **celer** 快速的

MP3 2-237

accelerate [æk`sɛlə,ret] 動 加速 反 decelerate ▶ 雅 3
解碼 ac 前往 + celer 快速的 + ate 動詞
The new Ferrari can **accelerate** faster than any other car in the world.
▶ 新款法拉利的加速速度比世界上任何一輛汽車都還快。

acceleration [æk,sɛlə`reʃən] 名 加速 反 deceleration ▶ 檢 3
解碼 ac 前往 + celer 快速的 + ation 名詞
The **acceleration** of a bus is very slow compared to other cars.
▶ 和其他車輛相比，公車的加速速度非常慢。

字根 238 **lax, lyse** 放鬆

MP3 2-238

analysis [ə`næləsɪs] 名 分析 近 evaluation ▶ 研 2
解碼 ana 向後 + lyse/lysis 放鬆（字義衍生：放鬆 → 分解）
The **analysis** of the potential market should be handed to the Board immediately.
▶ 對潛在市場的分析應立即呈交董事會。

analyst [`ænəlɪst] 名 分析員 近 examiner ▶ 檢 3
解碼 ana 向後 + lyse/lys 放鬆 + (is)t 名詞
The computer **analyst** suggested Bill that he should buy a new computer.
▶ 電腦分析師建議比爾購入一台新電腦。

analytical [,ænə`lɪtɪkl̩] 形 分析的 同 diagnostic ▶ 檢 3
解碼 ana 向後 + lyse/lyt 放鬆 + ical 形容詞
Mary encourages her children to think in an **analytical** way.
▶ 瑪麗鼓勵她的孩子以分析的方式思考。

analyze [`ænə,laɪz] 動 分析 同 assay ▶ 研 5
解碼 ana 向後 + lyse/lyze 放鬆
This booklet teaches you how to **analyze** your mental condition.
▶ 這本小冊子教你如何分析你的心理狀況。

relax [rɪ`læks] 動 放鬆 同 unwind ▶ 檢 4
解碼 re 返回 + lax 放鬆
Most people just want to **relax** and don't want to be bothered when they are on vacation.

▶ 大多數的人度假時都只想好好放鬆，不想被打擾。

relaxation [ˌrilækˋseʃən] 名 放鬆 同 mitigation ▶ 托 4
(解碼) **re** 返回 + **lax** 放鬆 + **ation** 名詞
Terry and Vicky went to have foot massage for some **relaxation**.
▶ 泰瑞和薇琪去做腳底按摩放鬆紓壓。

release [rɪˋlis] 名 動 釋放 同 free from ▶ 托 4
(解碼) **re** 返回 + **lax/lease** 放鬆（字義衍生：放鬆 → 釋放）
That prisoner was **released** after serving twenty-five years.
▶ 在服刑二十五年之後，那名囚犯被釋放了。

字根 239 **migr** 移動 MP3 2-239

emigrant [ˋɛməgrənt] 名 移民者 近 colonist ▶ 益 4
(解碼) **e** 向外 + **migr** 移動 + **ant** 名詞
Many farm workers in Florida are **emigrants** from Mexico.
▶ 許多在佛羅里達工作的農場工人是來自墨西哥的移民。

emigrate [ˋɛməˌgret] 動 移居國外 反 immigrate ▶ 研 3
(解碼) **e** 向外 + **migr** 移動 + **ate** 動詞
My aunt **emigrated** from France to New Zealand.
▶ 我的阿姨從法國移民到紐西蘭。

emigration [ˌɛməˋgreʃən] 名 移民 同 exodus ▶ 托 4
(解碼) **e** 向外 + **migr** 移動 + **ation** 名詞
The **emigration** are taking an oath in the ceremony.
▶ 移民們在典禮中進行宣誓。

immigrant [ˋɪməgrənt] 名 （外來）移民者 關 foreigner ▶ 益 4
(解碼) **in/im** 進入 + **migr** 移動 + **ant** 名詞
The police searched for illegal **immigrants** on the street.
▶ 警方在街上搜查非法移民。

immigrate [ˋɪməˌgret] 動 自國外移入 關 settle down ▶ 托 4
(解碼) **in/im** 進入 + **migr** 移動 + **ate** 動詞
Some of my relatives **immigrated** to Switzerland for a better life.
▶ 為了更好的生活，我的部分親戚移民到瑞士。

immigration [ˌɪməˋgreʃən] 名 移居入境 關 entrance ▶ 托 4

解碼 in/im 進入 + migr 移動 + ation 名詞

The government will tighten the **immigration** policy since next year.

▶ 政府將從明年開始限制移居入境政策。

migrate [`maɪ͵gret] 動 遷移；移居 反 stay ▶ 雅 4

解碼 migr 移動 + ate 動詞

Many inhabitants here are those who have **migrated** from Asia.

▶ 這裡有許多居民都是亞洲移民。

字根 240 mis, miss, mit 傳送；釋放

MP3 2-240

admit [əd`mɪt] 動 承認；准許 反 deny ▶ 檢 3

解碼 ad 前往 + mit 傳送

No loans would be **admitted** without Mr. Watson's consent.

▶ 沒有華生先生的同意，貸款不會被許可。

admission [əd`mɪʃən] 名 允許進入 同 access ▶ 檢 4

解碼 ad 前往 + miss 傳送 + ion 名詞

The **admission** price to the concert is more than Tracy can afford.

▶ 演唱會門票的價格超過崔西所能負擔的範圍。

commission [kə`mɪʃən] 名 委託；佣金 同 brokerage ▶ 雅 2

解碼 com 共同 + miss 傳送 + ion 名詞

Laura can get a 12% **commission** on each of her deals.

▶ 蘿拉每筆交易都可以拿到百分之十二的佣金。

commit [kə`mɪt] 動 承諾；犯罪 反 abstain ▶ 研 3

解碼 com 共同 + mit 傳送

What's the incentive for him to **commit** the crime?

▶ 誘使他犯下罪行的原因是什麼？

commitment [kə`mɪtmənt] 名 承諾 同 promise ▶ 益 3

解碼 com 共同 + mit 傳送 + ment 名詞

After making a **commitment** with her friends, Lisa would never retract.

▶ 只要對朋友做出承諾，莉莎就絕不反悔。

compromise [`kɑmprə͵maɪz] 名 動 妥協；和解 關 deal ▶ 檢 3

解碼 com 共同 + pro 之前 + mis/mise 傳送

At last, the man made a **compromise** by paying me USD3,000.

▶ 男人最後支付三千元美金以示和解。

dismiss [dɪs`mɪs] 動 解散；解雇 同 disband ▶ 托 4
解碼 **dis** 分離 **+ miss** 釋放
The general manager **dismissed** workers who refuse to work.
▶ 總經理解雇了拒絕工作的工人。

missile [`mɪsḷ] 名 飛彈 關 armament ▶ 益 3
解碼 **miss** 傳送 **+ ile** 名詞（表能力。提示：能被投擲之物）
The battleship is armed with a lot of **missiles**.
▶ 那艘戰艦裝備著許多飛彈。

mission [`mɪʃən] 名 派遣；任務 同 task ▶ 雅 3
解碼 **miss** 傳送 **+ ion** 名詞
The general took the **mission** though it was a dangerous one.
▶ 儘管任務充滿危險，那名將軍依然接受了。

missionary [`mɪʃənˌɛrɪ] 名 傳教士 同 preacher ▶ 檢 1
解碼 **miss** 傳送 **+ ion** 名詞（動作）**+ ary** 名詞（從事…的人）
I met a foreign **missionary** on the street yesterday.
▶ 我昨天在街上遇見一位外國傳教士。

message [`mɛsɪdʒ] 名 訊息 近 memo ▶ 檢 4
解碼 **miss/mess** 傳送 **+ age** 名詞
Someone left a **message** for you this morning.
▶ 今天早上有人留言給你。

omit [o`mɪt] 動 省略；刪去 同 delete ▶ 檢 3
解碼 **ob/o** 表強調 **+ mit** 傳送（提示：傳送出去 → 刪去）
I **omitted** the last paragraph because it is redundant.
▶ 最後一段的內容太累贅，所以我刪掉了。

permit [pɚ`mɪt] 動 允許 反 forbid ▶ 檢 3
解碼 **per** 穿過 **+ mit** 傳送
This site is only **permitted** for private use.
▶ 本場地只供私人使用。

promise [`prɑmɪs] 名 動 承諾 同 pledge ▶ 托 4
解碼 **pro** 之前 **+ mis/mise** 傳送
Peter **promised** us to come home earlier on Friday.
▶ 彼得向我們保證星期五會早點回家。

submit [səb`mɪt] 動 屈服；提交 反 disagree ▶ 研 2
解碼 **sub** 下面 **+ mit** 傳送

The minority should **submit** to the majority.
▶ 少數應該服從多數。

transmission [træns`mɪʃən] 名 傳播 關 media ▶ 5
(解碼) **trans** 跨越 + **miss** 傳送 + **ion** 名詞
Transmission of information is much faster than it used to be.
▶ 資訊的傳送比過去快多了。

 mix 混合

mix [mɪks] 動 混合 同 mingle ▶ 4
(解碼) **mix** 混合
The bartender **mixed** wine with lemonade.
▶ 酒保混合葡萄酒和檸檬汁調製飲品。

mixture [`mɪkstʃɚ] 名 混合物 同 combination ▶ 3
(解碼) **mix/mixt** 混合 + **ure** 名詞
Please keep stirring the **mixture** in the beaker.
▶ 請繼續攪拌燒杯裡的混合物。

 mov, mob, mot 移動

emotion [ɪ`moʃən] 名 情感;情緒 近 affection ▶ 3
(解碼) **e** 向外 + **mot** 移動 + **ion** 名詞
The actor is used to expressing his **emotions** in a passionate style.
▶ 這名男演員習慣以激昂的方式表達感情。

emotional [ɪ`moʃənl] 形 情緒的 近 affective ▶ 4
(解碼) **e** 向外 + **mot** 移動 + **ion** 名詞 + **al** 形容詞
I was so **emotional** when I saw my ex-husband.
▶ 看見我的前夫時,我的情感起了漣漪。

mob [mɑb] 名 暴民 同 rabble ▶ 3
(解碼) **mob** 移動(字義衍生:移動 → 群聚的民眾)
The police warned the **mob** to leave the building immediately.
▶ 警方警告暴民立刻撤離這棟建築。

mobile [`mobɪl] 形 活動的 同 movable ▶ 雅 4

解碼 mob 移動 + ile 形容詞（表能力）

You should mute or turn off your **mobile** phone in the theater.

▶ 你在電影院應該把手機轉為靜音或直接關機。

---

moment [ˋmomənt] 名 片刻；時刻 同 instant ▶ 益 4

解碼 mov/mo 移動 + ment 名詞

She enjoys the peaceful **moment** alone without any noise.

▶ 她喜歡獨自一人享受寧靜，沒有任何雜音干擾。

---

motion [ˋmoʃən] 名 動作 同 action ▶ 托 4

解碼 mot 移動 + ion 名詞

The man's unnatural **motion** caused the police's attention.

▶ 男子不自然的行為引起警方注意。

---

motivate [ˋmotəˌvet] 動 激發 同 trigger ▶ 雅 3

解碼 mot 移動 + ive 形容詞 + ate 動詞

We held the party to **motivate** all the employees.

▶ 我們為了激勵員工而舉辦了這次的派對。

---

motive [ˋmotɪv] 形 推動的 名 動機 同 cause ▶ 檢 5

解碼 mot 移動 + ive 形容詞

It is important to provide the team a **motive** to devote themselves.

▶ 提供團隊成員貢獻心力的動機是很重要的。

---

move [muv] 動 移動 反 cease ▶ 檢 4

解碼 mov 移動 + e 字尾

Alice is planning to **move** back to Taipei once her contract terminates.

▶ 一旦合約到期，愛麗絲就打算搬回台北。

---

promote [prəˋmot] 動 促進；晉升 同 boost ▶ 益 3

解碼 pro 向前地 + mot/mote 移動

Jeff was **promoted** to be the manager last week.

▶ 傑夫上週被升為經理。

---

promotion [prəˋmoʃən] 名 宣傳；升遷 publicize ▶ 益 5

解碼 pro 向前地 + mot 移動 + ion 名詞

This concert is also a **promotion** of the new ultrabooks.

▶ 這場演唱會也是新款超薄筆電的促銷活動。

---

remote [rɪˋmot] 形 遙遠的 反 near ▶ 研 4

解碼 re 返回 + mot/mote 移動

The guest house is located in a **remote** village.

▶ 這間民宿位於一個偏僻的村莊裡。

remove [rɪ`muv] 動 移動；消除 同 get rid of　　　▶ 雅 5
(解碼) **re** 返回 **+ mov/move** 移動
Be careful of the knife when you **remove** the core of the fruit.
▶ 用刀去除水果的果核時，要小心一點

字根 243 **mut** 改變　　　MP3 2-243

commute [kə`mjut] 動 通勤 關 transport　　　▶ 益 3
(解碼) **com** 表強調 **+ mut/mute** 改變
My colleague **commutes** between Taipei and Taoyuan.
▶ 我同事通勤往返台北與桃園兩地。

commuter [kə`mjutɚ] 名 通勤者 同 passenger　　　▶ 益 5
(解碼) **com** 共同 **+ mut** 變化 **+ er** 名詞
The **commuter** couldn't find her ticket.
▶ 這位通勤者找不到她的車票。

mutual [`mjutʃuəl] 形 相互的 同 reciprocal　　　▶ 檢 4
(解碼) **mut** 改變 **+ ual** 形容詞（字義衍生：改變 → 交換 → 雙方）
The two companies made an agreement to improve **mutual** benefit.
▶ 這兩家公司訂立了一項協議以提高互利。

字根 244 **par** 準備；出現；生下　　　MP3 2-244

apparent [ə`pærənt] 形 明顯的 同 obvious　　　▶ 益 4
(解碼) **ap** 前往 **+ par** 出現 **+ ent** 形容詞
There is an **apparent** stain on my pants.
▶ 我的褲子上有一大片明顯的汙漬。

appear [ə`pɪr] 動 出現；出庭 反 disappear　　　▶ 檢 4
(解碼) **ap** 前往 **+ par/pear** 出現
The singer **appeared** on television to publicize her new album.
▶ 這名歌手在電視上露面，宣傳她的新專輯。

appearance [ə`pɪrəns] 名 出現；外貌 同 presence　　　▶ 益 4
(解碼) **ap** 前往 **+ par/pear** 出現 **+ ance** 名詞

This car with a posh **appearance** has superb performance.
▶ 這台外觀時尚的轎車同時具備極佳性能。

parade [pəˋred] 名 動 遊行 關 procession ▶ 檢 3
解碼 par 準備 + ade 名詞 / 動詞
The St-Patrick's **parade** in New York is always crowded with tourists.
▶ 紐約的聖派翠克遊行總是擠滿了觀光客。

parent [ˋpɛrənt] 名 家長 關 child ▶ 檢 5
解碼 par 生下 + ent 名詞
Albert's **parents** are very proud of his accomplishment.
▶ 亞伯特的父母對他的成就感到十分驕傲。

prepare [prɪˋpɛr] 動 準備 同 arrange ▶ 檢 4
解碼 pre 之前 + par/pare 準備
Always be **prepared** before every visit to your clients.
▶ 每次拜訪客戶前,一定要做好準備。

repair [rɪˋpɛr] 名 動 修理 同 mend ▶ 檢 4
解碼 re 再一次 + par/pair 準備
The door lock needs **repairing**.
▶ 門鎖需要修理了。

separate [ˋsɛprɪt] 形 分開的 反 connected ▶ 益 3
解碼 se 分離 + par 準備 + ate 形容詞
Physical strength and mental strength are two **separate** things.
▶ 體力和意志力是兩種不同的東西。

字根 245 pass 通過;步伐

compass [ˋkʌmpəs] 名 羅盤;指南針 關 direction ▶ 托 3
解碼 com 共同 + pass 步伐
We must rely on a **compass** to get there.
▶ 要抵達那個地點,我們必須倚賴羅盤。

passenger [ˋpæsn̩dʒɚ] 名 乘客 同 commuter ▶ 檢 4
解碼 pass 通過 + ing/eng 情況 + er 名詞
The limitation on the number of **passengers** for this light aircraft is twelve.
▶ 這架輕航機的載客人數上限為十二人。

pastime [`pæs,taɪm] 名 消遣；娛樂 同 recreation ▶ 檢 4
(解碼) **pass/pas** 通過 + **time** 時間
What is your favorite **pastime**?
▶ 你最喜歡的消遣是什麼？

surpass [sə`pæs] 動 超越 同 exceed ▶ 益 3
(解碼) **sur** 在…之上 + **pass** 通過
I think Rick might **surpass** me in the final exam.
▶ 我覺得瑞克的期末考成績可能會超越我。

trespass [`trɛspəs] 名 動 侵入 同 infringe ▶ 托 3
(解碼) **tres** 跨越 + **pass** 通過
You are not allowed to **trespass** on this private property.
▶ 你不得擅自進入這個私有財產地。

- -

字根 246 **pel** 驅動　　　MP3 2-246

appeal [ə`pil] 動 懇求；上訴 同 plead ▶ 檢 4
(解碼) **ap** 前往 + **pel/peal** 驅動
What is the procedure for **appealing** a damage charge?
▶ 損害賠償的申請程序為何？

compel [kəm`pɛl] 動 強迫 同 enforce ▶ 托 3
(解碼) **com** 共同 + **pel** 驅動
I won't **compel** my children to learn anything.
▶ 我不會強迫孩子學任何東西。

expel [ɪk`spɛl] 動 驅逐 同 eject ▶ 益 3
(解碼) **ex** 向外 + **pel** 驅動
The head waiter **expelled** the drunken man from the restaurant.
▶ 領班服務員將那名爛醉如泥的男性逐出餐廳。

impulse [`ɪmpʌls] 名 衝動 同 whim ▶ 益 3
(解碼) **im** 在上面 + **pel/pulse** 驅動
Any **impulse** buying may make you regretted.
▶ 任何的衝動性購物都可能讓你後悔。

propel [prə`pɛl] 動 推進；驅使 同 push ▶ 益 4
(解碼) **pro** 向前地 + **pel** 驅動
The small rocket is designed to **propel** the spaceship.

▶ 這枚小型火箭是用來推動太空船的。

pulse [pʌls] 名 動 脈搏；搏動 同 beat ▶ 益 2

(解碼) pel 驅動 → **pulse**

My temples **pulsed** a little, threatening a headache.
▶ 我的太陽穴微微搏動，有頭痛的徵兆。

字根 247 peri 試驗 MP3 2-247

experience [ɪk`spɪrɪəns] 名 動 經驗；體驗 關 happening ▶ 檢 4

(解碼) ex 外面 + peri 試驗 + ence 名詞

Most of my working **experience** has been with design.
▶ 我大部分的工作經驗都與設計有關。

experiment [ɪk`spɛrəmənt] 名 動 實驗 同 test ▶ 研 4

(解碼) ex 外面 + peri 試驗 + ment 名詞

The result of the **experiment** shows that the drug is safe for human.
▶ 實驗結果顯示藥物對人體是安全的。

experimental [ɪkˌspɛrə`mɛntḷ] 形 實驗性的 同 exploratory ▶ 檢 2

(解碼) ex 外面 + peri 試驗 + ment 名詞 + al 形容詞

Those college students are working on an **experimental** movie.
▶ 那群大學生正致力於一部實驗性的電影。

expertise [ˌɛkspɚ`tiz] 名 專門技能 近 proficiency ▶ 雅 4

(解碼) ex 外面 + peri/pert 試驗 + ise 名詞

Dr. Smith's area of **expertise** is commercial law.
▶ 史密斯先生的專長領域是商務法律。

expert [`ɛkspɝt] 名 專家 反 amateur ▶ 托 4

(解碼) ex 外面 + peri/pert 試驗

Dr. Lin is a well-known **expert** in the field of psychology.
▶ 林博士是心理學的專家，他在這塊領域很出名。

peril [`pɛrəl] 名 危險 反 security ▶ 托 3

(解碼) peri 試驗 → **peril**（字義衍生：試驗 → 風險）

If Lisa does not finish the project in time, she will be in **peril** of losing her job.
▶ 若莉莎無法及時完成這件企劃，她會有被解雇的危險。

字根 248 solut, solv 鬆開

absolute [`æbsə,lut] 形 絕對的 反 imprecise

 益 4

解碼 **ab** 離開 + **solut/solute** 鬆開

There's nothing **absolute**.

▶ 沒有什麼是絕對的。

dissolve [dɪ`zɑlv] 動 溶解；分解 同 melt

 研 3

解碼 **dis** 分離 + **solv/solve** 鬆開

Linda added salt into water and stirred it to make salt **dissolve**.

▶ 琳達加鹽巴到水裡，並加以攪拌，使鹽巴溶化。

resolute [`rɛzə,lut] 形 堅決的 同 firm

 托 4

解碼 **re** 返回 + **solut/solute** 鬆開

Harry is a **resolute** man who never regrets.

▶ 哈利是位果決的男人，做事從不後悔。

resolution [,rɛzə`luʃən] 名 決心；決議 同 decision

 檢 4

解碼 **re** 返回 + **solut** 鬆開 + **ion** 名詞

We need to come out a **resolution** by the end of this week.

▶ 在這個星期結束前，我們必須想出解決方案。

resolve [rɪ`zɑlv] 名 動 解決 同 deal with

 研 4

解碼 **re** 返回 + **solv/solve** 鬆開

All the problems from customers will be **resolved** by us.

▶ 顧客的所有問題將由我們解決。

solve [sɑlv] 動 解決；解答 同 work out

 研 5

解碼 **solv** 鬆開 + **e** 字尾

It took me a long time to **solve** this problem.

▶ 我花了很久的時間才解決這個問題。

字根 249 tort 扭曲

distort [dɪs`tɔrt] 動 扭曲 同 twist

 托 4

解碼 **dis** 完全 + **tort** 扭曲

His views on the event were **distorted** by the news.

▶ 他對這個事件的觀點被新聞扭曲了。

retort [rɪ`tɔrt] 名 動 反擊；反駁 同 retaliate ▶ 檢 2

(解碼) re 返回 + tort 扭曲

She was unable to think of a suitable anser after the witty **retort**.
▶ 在對手機智地反擊之後，她無法想出一個適當的回答。

torch [tɔrtʃ] 名 火把；火炬 關 incendiary ▶ 檢 3

(解碼) tort 扭曲 → **torch**

The hallway was lit by **torches** hung along the walls.
▶ 懸掛在牆上的火把照亮了長廊。

torment [`tɔr͵mɛnt] 名 苦惱；折磨 同 distress ▶ 檢 3

(解碼) tort/tor 扭曲 + ment 名詞

Nina's shyness made public speaking a **torment** to her.
▶ 妮娜生性害羞，當眾說話對她而言是個困擾。

tortoise [`tɔrtəs] 名 烏龜 同 turtle ▶ 檢 3

(解碼) tort/torto 扭曲 + ise 名詞（提示：烏龜腳的形狀）

The **tortoise** moved very slowly on the grass.
▶ 這隻烏龜在草地上非常緩慢地移動著。

torture [`tɔrtʃɚ] 名 動 拷問 同 agony ▶ 托 3

(解碼) tort 扭曲 + ure 名詞

The investigator put the suspect to **torture** for more than ten hours.
▶ 調查員拷問嫌犯長達十個多小時。

字根 250 vers, vert 轉移 (MP3 2-250)

advertise [`ædvɚ͵taɪz] 動 登廣告 關 promote ▶ 益 3

(解碼) ad 前往 + vert 轉移 + ize/ise 動詞

We have been **advertising** the new product for more than six months.
▶ 我們已經替這個新產品刊登六個多月的廣告了。

controversial [͵kɑntrə`vɝʃəl] 形 爭論的 同 contentious ▶ 益 3

(解碼) contra/contro 反對 + vers 轉移 + ial 形容詞

The legality of abortion is one of the most **controversial** issues.
▶ 墮胎的合法性是一項具有爭異性的問題。

controversy [`kɑntrə͵vɝsɪ] 名 爭論；辯論 同 debate ▶ 托 3

(解碼) contra/contro 反對 + vers 轉移 + y 名詞

There's a **controversy** between my colleague and I.

▶ 我和同事有點爭執。

conversation [ˌkɑnvɚˋseʃən] 名 交談 同 dialogue ▶ 檢 4
解碼 con 共同 + vers 轉移 + ation 名詞
May I have a **conversation** with your manager?
▶ 我可以和你們的經理談一下嗎？

converse [kənˋvɝs] 動 談話 同 talk ▶ 檢 3
解碼 con 共同 + vers/verse 轉移
I will try **conversing** with David about that issue.
▶ 我會試著和大衛談那件事情。

convert [kənˋvɝt] 動 轉換 同 change ▶ 托 3
解碼 con 共同 + vert 轉移
The monk **converted** many local people to Buddhism.
▶ 那位出家人讓許多當地民眾改信佛教。

diverse [daɪˋvɝs] 形 多樣的 同 various ▶ 檢 4
解碼 di 分離 + vers/verse 轉移
The meeting covered **diverse** topics from financial planning to tax law.
▶ 會議涉及的主題很多，從財政計畫到稅法都有。

diversion [daɪˋvɝʒən] 名 轉移；改道 同 detour ▶ 檢 5
解碼 di 分離 + vers 轉移 + ion 名詞
The road was closed, so the truck had to take **diversions**.
▶ 道路封閉，所以卡車必須改道。

divert [daɪˋvɝt] 動 使轉向 同 switch ▶ 托 3
解碼 di 分離 + vert 轉移
He was trained as an English teacher but **diverted** to music education.
▶ 他原本受訓要當英語老師，但是後來轉向音樂教育。

divorce [dəˋvors] 名 動 離婚 反 marriage ▶ 檢 4
解碼 di 分離 + vert/vorce 轉移
Ann hired Mr. Hill as her attorney in her **divorce** lawsuit.
▶ 安雇用希爾先生擔任她的離婚訴訟律師。

reverse [rɪˋvɝs] 動 倒轉 形 反向的 同 overturn ▶ 托 3
解碼 re 返回 + vers/verse 轉移
My brother is **reversing** his car into the garage.
▶ 我哥哥正在倒車入庫。

universe [`junə,vɜs] **名** 宇宙 **同** cosmos ▶ 托 3

(解碼) **uni** 一個 + **vers/verse** 轉移

Early astronomers thought that the earth was the center of the **universe**.

▶ 早期的天文學家認為地球是宇宙的中心。

versatile [`vɜsətḷ] **形** 多才多藝的 **同** talented ▶ 檢 3

(解碼) **vers** 轉移 + **ate** 動詞 + **ile** 形容詞（表能力）

Eric is **versatile**. He can play many kinds of instruments.

▶ 艾瑞克十分多才多藝，他會彈奏許多樂器。

version [`vɜʒən] **名** 版本 **關** adaptation ▶ 檢 3

(解碼) **vers** 轉移 + **ion** 名詞

This new **version** of the software is quite an improvement over the previous one.

▶ 這個新版軟體是前一代的增強版。

vertical [`vɜtɪkḷ] **形** 垂直的 **同** upright ▶ 研 4

(解碼) **vert** 轉移 + **ical** 形容詞

The teacher asked us to draw a **vertical** line on the paper.

▶ 老師叫我們在紙上畫一條垂直線。

字根 251 **volve, volu** 滾動

evolve [ɪ`vɑlv] **動** 進展；演化 **同** develop ▶ 托 4

(解碼) **e** 向外 + **volve** 滾動

Darwin thought that human beings **evolved** from apes.

▶ 達爾文認為人類是由大猩猩演化而來的。

involve [ɪn`vɑlv] **動** 包括；牽連 **同** comprise ▶ 益 3

(解碼) **in** 在裡面 + **volve** 滾動

I don't want to get **involved** in this case.

▶ 我不想被牽扯進這個案件中。

revolt [rɪ`volt] **名動** 反叛；叛變 **同** rebellion ▶ 托 3

(解碼) **re** 返回 + **volu/volt** 滾動

The peasants' **revolt** toppled the dictator.

▶ 農民起義推翻了這名獨裁者。

revolve [rɪ`vɑlv] **動** 旋轉；循環 **同** rotate ▶ 檢 4

(解碼) **re** 返回 + **volve** 滾動

The student sitting next to me kept **revolving** a pen between his fingers.
▶ 坐在我隔壁的學生一直用手指轉原子筆。

volume [`vɑljəm] 名 卷；冊 關 publication ▶ 雅 3
解碼 volu 滾動 + me 字尾
Tina read through a novel in five **volumes** during the spring break.
▶ 在春假期間，蒂娜讀了一部共五卷的小説。

UNIT 22 表狀態的字根
Root: The Status

字根 252 ac 酸的；尖銳的

acid [`æsɪd] 形 酸的 名 酸性物質 同 sour ▶ 研 3
解碼 ac 酸的 + id 形容詞
Don't touch any **acid** with bare hands.
▶ 不要徒手碰觸任何酸性物質。

acute [ə`kjut] 形 急性的；敏銳的 反 dull ▶ 檢 3
解碼 ac 尖銳的 + ute 形容詞
The **acute** bronchitis may be complicated with bacterial infection.
▶ 急性支氣管炎可能併發細菌感染。

字根 253 alt, alti 高的

altimeter [æl`tɪmətɚ] 名 高度計 關 measure ▶ 檢 1
解碼 alti 高的 + meter 測量器
David used an **altimeter** to measure the height of the mountain.
▶ 大衛用高度計測量這座山的高度。

altitude [`æltə,tjud] 名 高度；海拔 同 hight ▶ 益 3
解碼 alti 高的 + tude 名詞（程度）
The aircraft is now at an **altitude** of 10,000 ft.
▶ 飛機現在位於一萬英呎的高空上。

字根 254 apt 適合的

apt [æpt] 形 適當的 同 suitable ▶ 托 4

(解碼) apt 適合的

You should use **apt** remarks with your colleagues.
▶ 你應該使用適當的言辭與同事溝通。

adapt [ə`dæpt] 動 適應 同 modify ▶ 益 3

(解碼) ad 前往 + apt 適合的

We need to **adapt** ourselves to the new target market.
▶ 我們必須適應新的目標市場。

adaptation [ˌædæp`teʃən] 名 適應 同 adjustment ▶ 托 5

(解碼) ad 前往 + apt 適合的 + ation 名詞

Her body will be able to make an **adaptation** to the new drug soon.
▶ 她的身體將能夠快速適應新藥。

aptitude [`æptəˌtjud] 名 才能 同 capability ▶ 檢 2

(解碼) apt/apti 適合的 + tude 名詞

Rita has the **aptitude** to be a great fashion designer.
▶ 芮塔有成為一位優秀設計師的資質。

字根 255 clar 清楚的

clarify [`klærəˌfaɪ] 動 澄清 同 make clear ▶ 益 2

(解碼) clar 清楚的 + ify 動詞

Mr. Yang came to the office to **clarify** his main purpose.
▶ 楊先生到公司釐清他主要的目的。

clarity [`klærətɪ] 名 清楚 反 vagueness ▶ 檢 3

(解碼) clar 清楚的 + ity 名詞

The Blu-ray technology provides the disc with more **clarity** and precision.
▶ 藍光技術讓光碟片具備更佳的清晰度與精準度。

clear [klɪr] 形 清楚的 反 ambiguous ▶ 雅 3

(解碼) clar 清楚的 → clear

Be sure to make your presentation crystal **clear**.
▶ 要讓你的簡報十分清楚。

declare [dɪ`klɛr] 動 宣布 同 announce ▶ 研 4

(解碼) **de** 表強調 + **clar/clare** 清楚的

The president has **declared** a state of emergency because of the plague.

▶ 由於瘟疫肆虐，總統已宣布進入警急狀態。

字根 256 **claus, clos, clud** 關閉 🎧 MP3 2-256

clause [klɔz] 名 條款；子句 同 article ▶ 益 3

(解碼) **claus** 關閉 + **e** 字尾

It is important to check the **clauses** attached to a contract before you sign it.

▶ 簽約之前，確認附帶條款很重要。

---

close [klos] 動 關閉 反 open ▶ 益 4

(解碼) **clos** 關閉 + **e** 字尾

Don't forget to **close** the door when you leave the room.

▶ 離開房間時，別忘了關門。

---

closet [`klɑzɪt] 名 衣櫥 同 cabinet ▶ 雅 2

(解碼) **clos** 關閉 + **et** 小尺寸

The light switch in this **closet** is broken.

▶ 衣櫃裡的燈開關壞了。

---

conclude [kən`klud] 動 結束 同 end ▶ 檢 3

(解碼) **con** 共同 + **cld/clude** 關閉

The judges **concluded** that Tony should win the trophy.

▶ 裁判的結論是，東尼應該贏得獎盃。

---

disclose [dɪs`kloz] 動 顯露 同 divulge ▶ 研 4

(解碼) **dis** 否定 + **clos/close** 關閉

The lawyer told his client not to **disclose** any information to anyone.

▶ 律師要他的客戶不要將訊息洩漏給任何人。

---

disclosure [dɪs`kloʒɚ] 名 揭發 同 exposure ▶ 托 4

(解碼) **dis** 否定 + **clos** 關閉 + **ure** 名詞

The **disclosure** of what was hidden will be surprising.

▶ 將隱藏的事件揭發開來將會令人大吃一驚。

---

enclose [ɪn`kloz] 動 封入；包圍 同 encompass ▶ 益 3

(解碼) **en** 使 + **clos/close** 關閉

Enclosed in the package is a letter with directions.

▶ 包裹內附上一封說明信件。

enclosure [ɪn`kloʒɚ] 名 附件；圍住 關 fence ▶
(解碼) **en** 使 + **clos** 關閉 + **ure** 名詞
The two **enclosures** are the documents you've asked for.
▶ 兩份附件為您要求的文件。

exclude [ɪk`sklud] 動 排除 反 include ▶
(解碼) **ex** 向外 + **clud/clude** 關閉
Because of his awful performance last year, the player will be **excluded** from the starting lineup.
▶ 由於去年的表現差勁，那名球員將被排除在先發名單之外。

include [ɪn`klud] 動 包含 同 involve ▶
(解碼) **in** 在裡面 + **clud/clude** 關閉
Employees' benefits **include** an employer-provided housing and group insurance.
▶ 員工福利包括雇主提供的住所以及團體保險。

including [ɪn`kludɪŋ] 介 包括 同 along with ▶
(解碼) **in** 在裡面 + **clud** 關閉 + **ing** 字尾
I'm ordering some extra furniture, **including** a new floor lamp.
▶ 我要額外訂購一些傢俱，包括一座新立燈。

字根 257 dign 有價值的 MP3 2-257

dignity [`dɪgnətɪ] 名 尊嚴 同 decency ▶
(解碼) **dign** 有價值的 + **ity** 名詞
The senior supervisor felt that he lost all his **dignity** when he got fired.
▶ 那名資深主管被解雇時，感覺自己的顏面盡失。

indignant [ɪn`dɪgnənt] 形 憤怒的 同 furious ▶
(解碼) **in** 否定 + **dign** 有價值的 + **ant** 形容詞
Ryan is **indignant** at his professor who gave him the lowest grade.
▶ 萊恩對他的教授感到氣憤，因為教授給他全班最低分。

indignation [ˌɪndɪg`neʃən] 名 憤怒 同 rage ▶
(解碼) **in** 否定 + **dign** 有價值的 + **ation** 名詞
The president's corruption aroused public **indignation**.
▶ 總統的貪汙行為使人民群情激憤。

字根 258 fortune 幸運

 MP3 2-258

fortune [`fɔrtʃən] 名 運氣；財富 反 misfortune ▶ 檢 2
(解碼) fortune 幸運
Jessie made a **fortune** by selling leather goods.
▶ 潔西藉由販售皮製品致富。

fortunate [`fɔrtʃənɪt] 形 幸運的 同 lucky ▶ 托 3
(解碼) fortune/fortun 幸運 + ate 形容詞
This **fortunate** bracelet brings me luck every time I wear it.
▶ 每當我戴上這條幸運手鍊時，好運就會降臨。

字根 259 grav 重的

 MP3 2-259

grave [grev] 名 墳墓 同 burial ▶ 檢 4
(解碼) grav 重的 + e 字尾
We are going to visit my grandfather's **grave** this weekend.
▶ 這個週末我們會去我爺爺的墳前憑弔。

gravity [`grævətɪ] 名 地心引力；莊嚴 反 levity ▶ 益 3
(解碼) grav 重的 + ity 名詞
Astronauts can float in space because there is no **gravity**.
▶ 因為沒有重力，所以太空人能在太空中漫步。

grief [grif] 名 悲傷；悲痛 同 sorrow ▶ 檢 3
(解碼) grav 重的 → **grief**（提示：心頭很重）
It's a **grief** that the mother lost her child.
▶ 那名母親失去了孩子，真是令人感到悲痛。

grieve [griv] 動 使悲傷 同 lament ▶ 檢 4
(解碼) grav 重的 → **grieve**
She will need a few days alone to **grieve** the loss of her mother and father.
▶ 她需要獨處幾天，以哀悼父母的過世。

字根 260 magn, maj, max 大的

 MP3 2-260

magnificent [mæg`nɪfəsṇt] 形 莊嚴的 同 majestic ▶ 托 3

. 236 .

解碼 magn 大的 + fic/ific 製造 + ent 形容詞
The antique building looks **magnificent** and impressive.
▶ 這棟古式建築外觀富麗堂皇，令人印象深刻。

majestic [mə`dʒɛstɪk] 形 莊嚴的；高貴的 同 grand ▶ 檢 3
解碼 maj/majest 大的 + ic 形容詞
The scenery from Ali Mountain early in the morning is absolutely **majestic**.
▶ 阿里山早晨的風景實在很壯觀。

majesty [`mædʒɪstɪ] 名 威嚴 同 greatness ▶ 雅 4
解碼 maj/majest 大的 + y 名詞
All students awe the professor's **majesty**.
▶ 所有學生都敬畏這位教授的威嚴。

major [`medʒɚ] 形 主要的 名 主修 反 minor ▶ 檢 4
解碼 maj 大的 + or 字尾（拉丁字尾，此處表示「比較級」）
An unhealthy eating habit is a **major** cause of obesity.
▶ 不健康的飲食習慣是造成肥胖的主因。

majority [mə`dʒɔrətɪ] 名 多數 反 minority ▶ 雅 3
解碼 maj 大的 + or 比較級 + ity 名詞
Microsoft has a **majority** market share in the desktop PC marketplace.
▶ 微軟公司在個人桌上型電腦這一塊擁有過半的市佔率。

maximum [`mæksəməm] 名 最大量 關 maximal ▶ 檢 3
解碼 maxim 大的（表 magn 最高級）+ um 字尾（拉丁字尾，表中性）
The **maximum** speed of the racing car is 210 miles per hour.
▶ 賽車的最快車速是每小時兩百一十英里。

字根 261 monstr 顯示 (MP3 2-261)

demonstrate [`dɛmən,stret] 動 證明；展示 同 illustrate ▶ 益 4
解碼 de 完全 + monstr 顯示 + ate 動詞
I am willing to **demonstrate** the product in person for you.
▶ 我很樂意親自為您展示商品。

demonstration [,dɛmən`streʃən] 名 證明 同 manifestation ▶ 托 4
解碼 de 完全 + monstr 顯示 + ation 名詞
The **demonstration** of this theory is the main objective of the study.
▶ 這項研究的主要目標為驗證該理論。

字根 262 phan, fan 顯出；出現

MP3 2-262

emphasis [`ɛmfəsɪs] 名 強調；重點 同 stress ▶ 檢 5
(解碼) in/em 在裡面 + phan/pha 顯出 + sis 字尾（動作、狀態）
The professor put **emphasis** upon his new theory.
▶ 這位教授強調他的新學說。

emphasize [`ɛmfə͵saɪz] 動 強調 同 highlight ▶ 托 4
(解碼) in/em 在裡面 + phan/pha 顯出 + sis 字尾 + ize 動詞
The speaker **emphasized** the importance of protecting the earth from being polluted.
▶ 演講者強調保護地球免受汙染的重要性。

emphatic [ɪm`fætɪk] 形 強調的；顯著的 反 insignificant ▶ 檢 4
(解碼) in/em 在裡面 + phan/phat 顯出 + ic 形容詞
The bright yellow coat you are wearing is **emphatic**.
▶ 你身上穿的鮮黃色外套十分醒目。

fancy [`fænsɪ] 名 愛好；幻想 同 dream ▶ 檢 4
(解碼) fan 出現 + cy 名詞
It hase been a **fancy** of mine to backpack through Europe.
▶ 到歐洲各地自助旅行一直是我的夢想。

fantastic [fæn`tæstɪk] 形 想像中的 同 imaginary ▶ 檢 3
(解碼) fan/fantast 出現 + ic 形容詞
What I said yesterday was just my **fantastic** idea.
▶ 我昨天講的話只是我的奇想而已。

fantasy [`fæntəsɪ] 名 幻想；空想 同 imagination ▶ 托 4
(解碼) fan/fantas 出現 + y 名詞
The film depicted the **fantasy** of what life might be like on other planets.
▶ 這部影片所描繪的是在其他星球生活的想像。

phase [fez] 名 階段；時期 同 stage ▶ 檢 4
(解碼) phan 出現 → phase
What is the **phase** of Larry's experiment of solar energy?
▶ 賴瑞的太陽能實驗目前是在什麼階段？

phenomenon [fə`namə͵nan] 名 現象 同 incident ▶ 益 4
(解碼) phan/phenomen 出現 + on 名詞
The **phenomenon** is unique in nature.

▶ 這個現象在自然界很罕見。

proper, propri 適當
字根 263

appropriate [ə`proprɪˌet] 形 適當的 同 proper ▶ 益 3
解碼 **ap** 前往 **+ propri** 適當 **+ ate** 形容詞
Appropriate exercise can give you good appetite.
▶ 適度的運動可以讓你胃口大增。

proper [`prɑpɚ] 形 適當的 反 improper ▶ 托 4
解碼 **proper** 適當
Proper attire is required at the ceremony.
▶ 參加典禮必須穿著適當的服裝。

pur 單純的
字根 264

pure [pjʊr] 形 單純的;純粹的 反 polluted ▶ 檢 4
解碼 **pur** 單純的 **+ e** 字尾
Pure gold is the most malleable metal.
▶ 純金是最具延展性的金屬。

purity [`pjʊrətɪ] 名 純粹 反 impurity ▶ 益 3
解碼 **pur** 單純的 **+ ity** 名詞
I found it difficult to accept the man's claims about the water's **purity**.
▶ 我發現我很難接受那個男人對水質純度的看法。

sacr , sanct 神聖的
字根 265

sacred [`sekrɪd] 形 神聖的 同 divine ▶ 托 3
解碼 **sacr** 神聖的 **+ ed** 形容詞
The cow is a **sacred** animal for Indians.
▶ 牛對於印度人而言是種神聖的動物。

sacrifice [`sækrəˌfaɪs] 名 動 犧牲 關 libation ▶ 檢 3
解碼 **sacr** 神聖的 **+ fic/ific** 製造 **+ e** 字尾
If you want to succeed, you may have to make some **sacrifices**.
▶ 想要成功的話,你可能得做點犧牲。

saint [sent] 名 聖人 同 holy being ▶ 托 2

解碼 sanct 神聖的 → **saint**

Twelve **saints** were depicted on the stained glass window.

▶ 這處彩色玻璃窗描繪了十二門徒。

sanction [`sæŋkʃən] 名 動 認可；批准 同 permit ▶ 益 3

解碼 sanct 神聖的 + ion 名詞

The official **sanction** for the new factory has not yet been given.

▶ 新工廠尚未取得正式批准。

sanctuary [`sæŋktʃʊˌɛrɪ] 名 聖堂；庇護所 關 temple ▶ 檢 1

解碼 sanct/sanctu 神聖的 + ary 名詞（場所）

A sermon was held in the **sanctuary** last night.

▶ 一場布道昨晚在這間聖堂裡舉行。

字根 266 sal, san 健全的 MP3 2-266

salute [sə`lut] 名 敬禮；致敬 關 bow ▶ 檢 3

解碼 sal 健全的 → **salute**（字義衍生：健全的 → 軍事相關的敬禮）

The troops remained in **salute** until the president had passed by.

▶ 部隊維持敬禮的姿勢，直至總統通過之後才放下。

sane [sen] 形 神智清楚的 同 sober ▶ 托 3

解碼 san 健全的 + e 字尾

We all thought it was very **sane** of her to break up with the man.

▶ 我們都認為她與那男人分手是明智之舉。

sanitation [ˌsænə`teʃən] 名 公共衛生 同 hygiene ▶ 檢 3

解碼 san/sanit 健全的 + ation 名詞

The mayor proposed a plan to improve **sanitation**.

▶ 市長提出了一項能改善公共衛生的計畫。

字根 267 temper 適度的 MP3 2-267

temperament [`tɛmprəmənt] 名 氣質；性情 同 disposition ▶ 托 4

解碼 temper/tempera 適度的 + ment 名詞

Leo is full of romantic **temperament**.

▶ 里歐富有浪漫情懷。

temperature [ˋtɛmprətʃɚ] 名 溫度　近 climate　▶ 檢 4
(解碼) temper 適度的 + ate 形容詞 + ure 名詞
The cooler can reduce the internal **temperature** of the engine.
▶ 冷卻裝置能夠降低引擎的內部溫度。

temper [ˋtɛmpɚ] 名 脾氣　同 character　▶ 檢 4
(解碼) temper 適度的
Danny had a good **temper** before getting married.
▶ 在結婚前，丹尼的脾氣很好。

字根 268 term, termin 限制　　MP3 2-268

determination [dɪˏtɝməˋneʃən] 名 決心　近 decision　▶ 檢 5
(解碼) de 分離 + termin 限制 + ation 名詞
Admiration can be earned with hard work or with **determination**.
▶ 人可透過努力或決心而贏得敬佩。

determine [dɪˋtɝmɪn] 動 決定　同 decide　▶ 托 4
(解碼) de 分離 + termin/termine 限制
What made the general manager **determine** to hire Marian as his secretary?
▶ 是什麼讓總經理決定聘用瑪麗安擔任他的祕書呢？

term [tɝm] 名 條款；期限　同 article　▶ 檢 4
(解碼) term 限制
If you do not agree with the **terms** of the contract, they can be renegotiated.
▶ 如果您對合約條款有意見，我們可以再談。

terminal [ˋtɝmənḷ] 形 結尾的；末期的　同 final　▶ 研 3
(解碼) termin 限制 + al 形容詞
As her cancer reached its **terminal** stage, she grew weaker and thinner.
▶ 她在癌症末期時變得愈來愈瘦弱。

terminate [ˋtɝməˏnet] 動 終止　同 cease　▶ 托 3
(解碼) termin 限制 + ate 動詞
Laura **terminated** our friendship without saying a word.
▶ 蘿拉什麼話都沒說，就與我絕交了。

字根 269 **val, vail** 有價值的；強壯

MP3 2-269

devalue [dɪ`vælju] 動 貶值 同 devaluate ▶ 3
解碼 **de** 往下 + **val/value** 有價值的
China has **devalued** the RMB by about two percent.
▶ 中國已將人民幣貶值大約兩個百分比。

evaluate [ɪ`væljuˌet] 動 估價；評價 同 estimate ▶ 4
解碼 **e** 向外 + **val/valu** 有價值的 + **ate** 動詞
After **evaluating** our options, I think it is best to continue with our present plan.
▶ 評估完所有的替代方案後，我認為最好的方法是繼續執行目前的計畫。

evaluation [ɪˌvæljuˋeʃən] 名 評估 同 assessment ▶ 5
解碼 **e** 向外 + **val/valu** 有價值的 + **ation** 名詞
All the new employees will take the annual **evaluation** six months later.
▶ 所有新進職員將在六個月後接受年度評鑑。

prevail [prɪ`vel] 動 戰勝；盛行 同 triumph ▶ 檢 4
解碼 **pre** 之前 + **vail** 強壯
I really hope that our team will **prevail** in the upcoming match.
▶ 我真的很希望我們的隊伍會贏得即將來臨的比賽。

valid [`vælɪd] 形 有效的 反 invalid ▶ 3
解碼 **val** 有價值的 + **id** 形容詞
How long is the transit visa **valid** for?
▶ 這張過境簽證的有效期限是多久？

value [`vælju] 名 價值 動 評價 同 worth ▶ 益 4
解碼 **val** 有價值的 + **ue** 字尾
The bonds are expected to appreciate in **value** within two years.
▶ 債券預期將於兩年內增值。

UNIT 23 表持久度的字根
Root: The Duration

字根 270 dur 持久的；堅固的

durable [`djʊrəb!`] 形 耐用的 同 enduring ▶ 益 4
(解碼) **dur** 持久的 + **able** 形容詞
The file holders are made of pasteboard, and thus more **durable**.
▶ 檔案夾是用厚紙板做的，因此更加耐用。

duration [djʊˋreʃən] 名 持續期間 同 period ▶ 托 3
(解碼) **dur** 持久的 + **ation** 名詞
The contract is in force in the **duration** of eight years.
▶ 本合約的有效期間為八年。

during [`djʊrɪŋ`] 介 在…期間 關 time ▶ 研 3
(解碼) **dur** 持久的 + **ing** 字尾
We will stay at that hotel **during** the seminar.
▶ 在研討會期間，我們會住在那間飯店。

endurance [ɪnˋdjʊrəns] 名 耐力 同 stamina ▶ 雅 3
(解碼) **in/en** 在裡面 + **dur** 持久的 + **ance** 名詞
This battery has a long **endurance** and good performance.
▶ 這顆電池具備很長的耐久力以及良好性能。

endure [ɪnˋdjʊr] 動 忍受 同 bear ▶ 檢 4
(解碼) **in/en** 在裡面 + **dur/dure** 持久的
The manager got mad and said he couldn't **endure** lateness anymore.
▶ 經理發飆，說他不會再忍受遲到這件事。

字根 271 dyn, dynam 力量

dynamic [daɪˋnæmɪk] 形 有活力的 同 energetic ▶ 雅 3
(解碼) **dynam** 力量 + **ic** 形容詞
In a **dynamic** market like this, many companies thrive.
▶ 在這樣一個有活力的市場裡，許多公司都繁榮興盛。

dynamite [`daɪnəˌmaɪt`] 名 炸藥 關 explode ▶ 益 2

解碼 dynam 力量 + ite 名詞（化學物品）

The miners used so much **dynamite** that the explosion was felt 20km away.

▶ 礦工使用非常多的炸藥，二十公里外都能感受到爆炸威力。

dynasty [`daɪnəstɪ] 名 王朝 同 sovereignty ▶

解碼 dyn/dynast 力量 + y 名詞

Historically speaking, the Qing **Dynasty** was the last empire to rule China.

▶ 從歷史上來說，清朝是最後一個統治中國的帝制政權。

字根 272 ess, est 存在

essence [`ɛsəns] 名 本質 同 nature ▶

解碼 ess 存在 + ence 名詞

To capture the **essence** of the author's philosophy, you must read his autobiography.

▶ 為了理解那位作者的哲學本質，你必須閱讀他的自傳。

---

essential [ɪ`sɛnʃəl] 形 必要的 同 necessary ▶

解碼 ess 存在 + ent 名詞 + ial 形容詞

Electricity is **essential** to daily life for modern people.

▶ 電力對於現代人的日常生活來說非常重要。

---

interest [`ɪntərɪst] 名 利息 關 earnings ▶

解碼 inter 在…之間 + est 存在

The rate of **interest** will be raised from next month.

▶ 利率將從下個月起提高。

字根 273 fin, finis 結束

confine [kən`faɪn] 動 限制 同 detain ▶

解碼 con 共同 + fin/fine 結束

Ruby **confines** her dog in the balcony.

▶ 露比將她狗的活動範圍限制在陽臺區。

---

define [dɪ`faɪn] 動 下定義；限定 反 confuse ▶ 檢 3

解碼 de 完全 + fin/fine 結束

If you hesitate, you may miss this great opportunity at the **defining** moment.

▶ 如果你猶豫，你可能會在決定性的時刻錯過這個絕佳機會。

definite [ˋdɛfənɪt] 形 明確的 同 exact ▶ 雅 4
(解碼) **de** 完全 + **fin** 結束 + **ite** 形容詞
You should have been more **definite** in your statements.
▶ 你的說詞應該要更明確。

definition [ˌdɛfəˋnɪʃən] 名 定義 同 explanation ▶ 托 5
(解碼) **de** 完全 + **fin** 結束 + **ite** 形容詞 + **ion** 名詞
A good dictionary is filled with the **definitions** of thousands of words.
▶ 一部好字典會涵蓋數以千計的字彙定義。

final [ˋfaɪn!] 形 最終的 同 conclusive ▶ 檢 3
(解碼) **fin** 結束 + **al** 形容詞
We will have a **final** examination at the end of the semester.
▶ 我們學期末將會有期末考。

finance [ˋfaɪnæns] 名 財政;財務 關 economy ▶ 研 2
(解碼) **fin** 結束 + **ance** 名詞(提示:款項支付完的「結束」)
My sister works in the **finance** department.
▶ 我姐姐在財務部門上班。

fine [faɪn] 名 罰款 形 精緻的 反 crude ▶ 益 3
(解碼) **fin** 結束 + **e** 字尾(提示:款項支付完的「結束」)
The driver had to pay a **fine** after the police officer caught her driving too fast.
▶ 那位駕駛在被警察抓到她開快車之後,不得不繳納罰鍰。

finish [ˋfɪnɪʃ] 名 動 結束 同 accomplish ▶ 檢 4
(解碼) **fin** 結束 + **ish** 動詞
We need to **finish** the special project by midnight.
▶ 我們必須在午夜前完成這件專案。

finite [ˋfaɪnaɪt] 形 有限的;限定的 同 restricted ▶ 研 3
(解碼) **fin** 結束 + **ite** 形容詞
As the earth has **finite** resources, it is important to conserve them.
▶ 因為地球的資源有限,所以節約資源就顯得很重要。

字根274 firm 堅定的;堅固的

affirm [əˋfɝm] 動 斷言;證實 同 assert ▶ 托 2
(解碼) **af** 前往 + **firm** 堅定的
You can not **affirm** John is the thief without enough evidence.

▶ 沒有足夠的證據，你不能斷言約翰就是小偷。

confirm [kən`fɝm] 動 證實 同 approve ▶ 益 3
(解碼) **con** 完全 + **firm** 堅定的
It would be better to call the airline to **confirm** your flight and seat assignment.
▶ 最好先打電話給航空公司，確認你的班機和機位。

firm [fɝm] 形 穩固的 同 stable ▶ 研 4
(解碼) **firm** 堅固的
Brian and Hugo have a **firm** friendship.
▶ 布萊恩和雨果的友誼很堅定。

字根 275 **fort** 強壯的 MP3 2-275

comfort [`kʌmfɚt] 名 舒適 動 安慰 同 ease ▶ 益 3
(解碼) **com** 表強調 + **fort** 強壯的
The steady throb of her heart gave the infant **comfort**.
▶ 她穩定的心跳聲帶給這個嬰兒安慰。

enforce [ɪn`fors] 動 執行；強迫 同 oblige ▶ 檢 3
(解碼) **en** 使 + **fort/force** 強壯的
The police are here to **enforce** the law.
▶ 警方在此執行法律。

enforcement [ɪn`forsmənt] 名 實施 同 execution ▶ 研 3
(解碼) **en** 使 + **fort/force** 強壯的 + **ment** 名詞
They want strict **enforcement** of the new law.
▶ 他們想要嚴格實行新的法律。

effort [`ɛfɚt] 名 努力；嘗試 同 endeavor ▶ 研 4
(解碼) **ex/ef** 向外 + **fort** 強壯的
It takes **efforts** to find out the truth but always worthwhile.
▶ 發掘真相的過程很耗費力氣，但終究是值得的。

force [fors] 動 強制 名 力量 同 compel ▶ 雅 4
(解碼) **fort** 強壯的 → **force**
The firefighters used axes to **force** their way into the burning building.
▶ 消防隊員用斧頭來開路，進入那棟著火的大樓裡。

fort [fort] 名 要塞；堡壘 同 fortress ▶ 托 3

解碼 **fort** 強壯的

That **fort** was destroyed by a bomb.
▶ 那座堡壘遭一枚炸彈摧毀。

fortify [`fɔrtə͵faɪ] **動** 建防禦工事 **關** defend ▶ 研 3

解碼 **fort** 強壯的 + **ify** 動詞

The soldiers **fortified** the castle against invasion.
▶ 士兵們強化這座城堡的防禦工事以抵禦敵人入侵。

字根 276 **here, hes** 黏著

coherent [ko`hɪrənt] **形** 一致的；連貫的 **同** adherent ▶ 雅 4

解碼 **co** 共同 + **here/her** 黏著 + **ent** 形容詞

All the supervisors are making a **coherent** plan to expand the overseas markets.
▶ 所有主管正在共同擬定一份拓展海外市場的計畫。

---

hesitate [`hɛzə͵tet] **動** 猶豫 **近** ponder ▶ 益 5

解碼 **hes** 黏著 + **it** 去 + **ate** 動詞

Don't **hesitate** to do the right things.
▶ 若是在做正確的事，就不需要猶豫。

---

inherent [ɪn`hɪrənt] **形** 與生俱來的 **同** innate ▶ 托 4

解碼 **in** 在裡面 + **here/her** 黏著 + **ent** 形容詞

Competition is an **inherent** part of free market.
▶ 競爭是自由貿易市場的本質。

字根 277 **tain, ten, tin** 保持

contain [kən`ten] **動** 包含 **同** include ▶ 檢 4

解碼 **con** 共同 + **tain** 保持

This brochure **contains** all the information you need.
▶ 這本手冊包含你所需要的所有資訊。

---

content [kən`tɛnt] **形** 滿足的 **同** satisfied ▶ 檢 4

解碼 **con** 共同 + **ten/tent** 保持

My parents were very **content** because my GPA was beyond their expectation.
▶ 我這次的平均成績超出預期，所以我父母很滿意。

continent [ˋkɑntənənt] 名 大陸；陸地 反 ocean ▶ 托 3
解碼 con 共同 + tin 保持 + ent 名詞
At one time, the **continents** of South America and Africa formed one super-continent.
▶ 曾經，南美洲和非洲是一塊超級大陸。

continental [ˌkɑntəˋnɛntl] 形 大陸的 反 oceanic ▶ 托 3
解碼 con 共同 + tin 保持 + ent 名詞 + al 形容詞
He is not used to living in a **continental** climate.
▶ 他不習慣大陸性氣候的生活。

continue [kənˋtɪnjʊ] 動 繼續 反 discontinue ▶ 檢 5
解碼 con 共同 + tin/tinue 保持
The patient who **continues** puking should receive antibiotics.
▶ 這個病患一直嘔吐，應該要接受抗生素治療。

detain [dɪˋten] 動 留住；拘留 反 liberate ▶ 托 3
解碼 de 分離 + tain 保持
The police **detained** the man for one night.
▶ 警方將那個男人拘留了一晚。

entertain [ˌɛntɚˋten] 動 招待；使娛樂 同 amuse ▶ 檢 4
解碼 inter/enter 在⋯之間 + tain 保持
The duo on the stage **entertained** the audience with witty jokes.
▶ 台上的雙人組合用機智風趣的笑話讓觀眾笑聲不斷。

maintain [menˋten] 動 保持 反 abandon ▶ 益 3
解碼 manu/main 手 + tain 保持
We **maintain** contact with each other through emails.
▶ 我們藉由電子郵件來保持聯絡。

obtain [əbˋten] 動 獲得 同 attain ▶ 托 3
解碼 ob 表強調 + tain 保持
The police **obtained** evidence of the man's guilt by thorough detective work.
▶ 警方透過完整的偵查取得男子的罪證。

rein [ren] 名 動 統治；支配 同 govern ▶ 托 3
解碼 re 返回 + tin/in 保持
Who really **rein** this country?
▶ 誰實際上統治這個國家？

retain [rɪˋten] 動 保留；保持 反 discard ▶ 益 3

解碼 **re** 返回 + **tain** 保持

The second copy of the invoice should be **retained** till the deal is closed.
▶ 付費通知發票的副本應該要保留到交易完成為止。

---

sustain [sə`sten] **動** 支援 **同** support ▶ 雅 3

解碼 **sub/sus** 下面 + **tain** 保持

My neighbor **sustained** his living by himself.
▶ 我的鄰居自力更生。

cern, cret 區別；分開

concern [kən`sən] **名** **動** 擔心 **同** worry ▶ 益 4

解碼 **con** 共同 + **cern** 區別

The safety of the wheel is of great **concern**.
▶ 這個車輪在安全上有很大的疑慮。

---

concerning [kən`sɜnɪŋ] **介** 關於 **同** about ▶ 檢 3

解碼 **con** 共同 + **cern** 區別 + **ing** 字尾

The meeting today is **concerning** the promotion of Ms. Lin.
▶ 今天開會要談關於林小姐升遷的事。

---

discreet [dɪ`skrit] **形** 謹慎的 **同** careful ▶ 雅 2

解碼 **dis** 分離 + **cret/creet** 區別

The receptionist is always **discreet** with people.
▶ 接待員對人總是謹慎小心。

---

secret [`sikrɪt] **名** 祕密 **關** hidden ▶ 托 3

解碼 **se** 遠離 + **cret** 分開

Don't try to tell him any **secret** between us.
▶ 別告訴他我們之間的祕密。

字根279 cide, cise 切割

concise [kən`saɪs] 形 簡潔的 同 abridge ▶ 雅 3
(解碼) con 表強調 + cise 切割
Always be **concise** in making drafts of contracts.
▶ 合約草稿的內容要簡明。

decide [dɪ`saɪd] 動 決定 同 determine ▶ 檢 3
(解碼) de 分離 + cide 切割
It's an optional class. You can **decide** whether you take it or not.
▶ 這是選修科目，你可以決定要不要修。

pesticide [`pɛstɪˌsaɪd] 名 殺蟲劑 同 insecticide ▶ 益 2
(解碼) pest/pesti 害蟲 + cide 切割
My aunt buys organic food because she is worried that **pesticides** may cause cancer.
▶ 我阿姨買有機食品，因為她擔心殺蟲劑可能引起癌症。

precise [prɪ`saɪs] 形 精確的 同 specific ▶ 托 2
(解碼) pre 之前 + cise 切割
Can you be more **precise** in describing how it looks?
▶ 能不能請你更精準地描述它的外型呢？

scissors [`sɪzəz] 名 剪刀 近 shears ▶ 雅 3
(解碼) cise/sciss 切割 + or 名詞 + s 複數
The hairdresser has several pairs of **scissors**.
▶ 那位理髮師有好幾把不同的剪刀。

suicide [`suəˌsaɪd] 名 動 自殺 同 self-murder ▶ 益 4
(解碼) sui 自己 + cide 切割
I was in shock when I heard that my former boss committed **suicide**.
▶ 聽到前老闆自殺的消息時，我感到非常震驚。

字根280 divid, divis 分割

divide [də`vaɪd] 動 分配 同 partition ▶ 益 3
(解碼) divid 分割 + e 字尾
The coach **divided** the players into two teams.
▶ 教練將球員們劃分成兩隊。

division [dəˋvɪʒən] 名 除法 關 math ▶

解碼 **divis** 分割 + **ion** 名詞

Lisa has improved her **division** since she attended a special class of mental calculation.
▶ 莉莎自從參加心算課程之後，除法運算就進步了。

individual [͵ɪndəˋvɪdʒuəl] 名 個人 形 個體的 反 whole ▶

解碼 **in** 否定 + **divid** 分割 + **ual** 名詞 / 形容詞

An income tax is a tax levied on the **individual's** income.
▶ 所得稅是個人收入的稅金。

字根 **281** **part** 分開；部分

apart [əˋpɑrt] 副 分散地；遠離地 反 together ▶

解碼 **ad/a** 前往 + **part** 分開

The two department stores are 80 miles **apart**.
▶ 這兩家百貨公司相距八十英里。

depart [dɪˋpɑrt] 動 離開；出發 反 arrive ▶

解碼 **de** 從 + **part** 分開

The flight I took to England **departed** at night.
▶ 我前往英國的班機於晚間起飛。

departure [dɪˋpɑrtʃɚ] 名 離開；出發 反 arrival ▶

解碼 **de** 從 + **part** 分開 + **ure** 名詞

The train's **departure** was on schedule.
▶ 火車準時出發。

participant [pɑrˋtɪsəpənt] 名 參與者 近 player ▶

解碼 **part/parti** 部分 + **cip** 拿 + **ant** 名詞

Every **participant** in the medical survey was given a free health checkup.
▶ 每一位參與醫學研究的人都能獲得免費的健康檢查服務。

participate [pɑrˋtɪsə͵pet] 動 參與 同 partake ▶

解碼 **part/parti** 部分 + **cip** 拿 + **ate** 動詞

Hundreds of athletes **participated** in the triathlon held last month.
▶ 好幾百名的運動員來參加上個月舉辦的鐵人三項。

participation [pɑr͵tɪsəˋpeʃən] 名 參與 反 absence ▶ 益 5

解碼 **part/parti** 部分 + **cip** 拿 + **ation** 名詞

The **participation** of women in politics is more common nowadays.
▶ 現今，女性參與政治較為普遍。

participle [`pɑrtəsəpḷ] 名 分詞 關 verb

(解碼) **part/parti** 部分 + **cip** 拿 + **le** 名詞
The English teacher wanted to make sure that her students knew the present **participle** of each verb.
▶ 英文老師想要確定學生們知道每個動詞的現在分詞為何。

particular [pə`tɪkjələ] 形 特別的；講究的 反 common

(解碼) **part/parti** 部分 + **cule** 小尺寸 + **ar** 形容詞
Each parcel is checked with **particular** care.
▶ 每件包裹都經過詳細檢查。

partner [`pɑrtnə] 名 合夥人；夥伴 同 associate

(解碼) **part** 部分 + **ner** 一份子
Sherlock Holmes and his **partner**, Dr. Watson, looked into many difficult cases together.
▶ 夏洛克‧福爾摩斯和他的夥伴華生醫生一同調查許多困難的案件。

part [pɑrt] 名 部分；零件 反 entire

(解碼) **part** 部分
Betty's son is the most important **part** of her life.
▶ 貝蒂的兒子是她生命中最重要的一部分。

portion [`porʃən] 名 一部分 同 share

(解碼) **part/port** 部分 + **ion** 名詞
You should use serving chopsticks to take your **portion**.
▶ 你應該用公筷夾菜。

proportion [prə`porʃən] 名 比率 同 ratio

(解碼) **pro** 為了（**for**）+ **part/port** 部分 + **ion** 名詞
What is the **proportion** of infants delivered in a DR?
▶ 嬰兒在產房出生的比例是多少？

字根 282 sect, seg 切割

insect [`ɪnsɛkt] 名 昆蟲 同 bug

(解碼) **in** 否定 + **sect** 切割
Most **insects** have six legs and wings.

▶ 大多數昆蟲有六隻腳和翅膀。

intersection [ˌɪntəˋsɛkʃən] 名 交叉；十字路口　同 crossroad　▶ 托 3

(解碼) **inter** 在…之間 + **sect** 切割 + **ion** 名詞

Walk straight and you will see the diner at the **intersection**.
▶ 直走，走到十字路口附近就會看見餐車了。

section [ˋsɛkʃən] 名 區域；地段　同 area　▶ 檢 3

(解碼) **sect** 切割 + **ion** 名詞

After the heavy rain, a large **section** of the mountain road had to be closed.
▶ 大雨過後，一大片山區道路必須關閉。

sector [ˋsɛktə] 名 部門　同 subdivision　▶ 托 4

(解碼) **sect** 切割 + **or** 名詞

Luke retired early in order to pursue a career in the private **sector**.
▶ 為了到私人部門謀職，路克提早退休。

segment [ˋsɛgmənt] 名 部分；片段　同 part　▶ 益 3

(解碼) **seg** 切割 + **ment** 名詞

The final **segment** of the show was the most informative.
▶ 表演節目的結尾片段最具教育意義。

UNIT 25　表行動的字根
Root: All Kinds of Actions

字根 283　**act, ag** 行為；行動　 MP3 2-283

act [ækt] 動 扮演　同 perform　▶ 益 4

(解碼) **act** 行為

Patrick will **act** Romeo that night.
▶ 派翠克那天晚上會扮演羅密歐的角色。

action [ˋækʃən] 名 行動；動作　同 behavior　▶ 檢 5

(解碼) **act** 動作 + **ion** 名詞

He acted as a stunt man in this **action** film.
▶ 他在這部動作片中擔任特技演員。

actual [`æktʃuəl] 形 實際的 同 factual ▶ 檢 4
(解碼) act 行為 + ual 形容詞
The **actual** price of the item is $125.
▶ 那件商品的實際價格是一百二十五美元。

agency [`edʒənsɪ] 名 代理商 關 company ▶ 雅 3
(解碼) ag 行動 + ency 名詞
I'll sign on with a new advertising **agency**.
▶ 我會和一間新的廣告公司簽約。

agent [`edʒənt] 名 代理人 近 representative ▶ 檢 3
(解碼) ag 行動 + ent 名詞
The **agents** can get a 30% premium of each selling.
▶ 這些經紀人可以拿到每筆銷售的三成做為獎金。

agony [`ægənɪ] 名 痛苦；折磨 同 pain ▶ 托 4
(解碼) agon 掙扎 + y 名詞（字根衍生：ag 行動 → agon 掙扎）
The patient was in **agony** for hours.
▶ 那名病人有好幾個小時都感到很痛苦。

interact [ˌɪntəˋækt] 動 互動 關 collaborate ▶ 檢 4
(解碼) inter 在…之間 + act 行動
Rick seldom **interacts** with his brother.
▶ 瑞克與他的哥哥很少有互動。

interaction [ˌɪntəˋækʃən] 名 互動 關 communication ▶ 檢 4
(解碼) inter 在…之間 + act 行動 + ion 名詞
There was no **interaction** between Laura and Bill.
▶ 蘿拉和比爾之間沒有互動。

react [rɪˋækt] 動 反應 同 respond ▶ 雅 4
(解碼) re 反向 + act 行動
I didn't know how to **react** towards Betty's words.
▶ 對於貝蒂的發言，我不知道該如何反應。

reaction [rɪˋækʃən] 名 反應 同 response ▶ 托 5
(解碼) re 反向 + act 行動 + ion 名詞
Michael's **reaction** towards the news was different from mine.
▶ 麥可對於這個新聞的反應和我不同。

transaction [trænˋzækʃən] 名 交易 同 business ▶ 益 3
(解碼) trans 跨越 + act 行動 + ion 名詞

The bank is going to charge the clients a **transaction** fee of fifty dollars.
▶ 銀行將向客戶收取五十元的手續費。

字根 284 band, bond 綑綁

band [bænd] 名 樂團 關 musical ▶ 托 4
(解碼) **band** 綑綁
Henry's favorite **band** is Radiohead.
▶ 亨利最喜歡的樂團是電台司令合唱團。

bond [bɑnd] 名 債券；連結 同 connection ▶ 益 4
(解碼) **bond** 綑綁
The government is going to sell new **bonds**.
▶ 政府將發售新債券。

bound [baʊnd] 名 界限；邊境 同 limit ▶ 檢 2
(解碼) **bond** 綑綁 → **bound**
He transgressed the **bounds** of the agreement by investing his money outside the country.
▶ 他境外投資金錢的行為已經踰越了協議的規範。

boundary [`baʊndrɪ] 名 邊界 同 border ▶ 研 4
(解碼) **bond/bound** 綑綁 + **ary** 名詞
There is a long **boundary** between the two countries.
▶ 這兩個國家之間有一條很長的邊界線。

字根 285 cite 召喚

cite [saɪt] 動 列舉 同 name ▶ 雅 3
(解碼) **cite** 召喚
If you state a fact, it's important to **cite** where it came from.
▶ 如果你要陳述一項事實，列舉其出處是很重要的。

excite [ɪk`saɪt] 動 使興奮 同 inspire ▶ 檢 3
(解碼) **ex** 向外 + **cite** 召喚
We still feel very **excited** about the second half of the play.
▶ 我們對下半場的演出仍然感到非常興奮。

excitement [ɪk`saɪtmənt] 名 興奮；刺激 同 incitement ▶ 檢 3

1 字首篇／

2 字根篇／

3 字尾篇／

4 複合字篇／

(解碼) **ex** 向外 + **cite** 召喚 + **ment** 名詞

Doris' **excitement** is imaginable.

▶ 朵莉絲的興奮不難想像。

recite [rɪˋsaɪt] 動 背誦 近 chant ▶ 研 3

(解碼) **re** 再一次 + **cite** 召喚

They are very fond of **reciting** poetry to one another.

▶ 他們非常喜歡互相背誦詩歌。

字根 286 **cover** 掩蓋 MP3 2-286

cover [ˋkʌvɚ] 動 覆蓋 同 blanket ▶ 檢 4

(解碼) **cover** 掩蓋

The mother used a blanket to **cover** her child.

▶ 這位母親為孩子蓋上毛毯。

discover [dɪsˋkʌvɚ] 動 發現 同 observe ▶ 托 3

(解碼) **dis** 使喪失 + **cover** 掩蓋

Columbus **discovered** America in the middle of the fifteenth century.

▶ 哥倫布於十五世紀中葉發現美洲大陸。

discovery [dɪsˋkʌvərɪ] 名 發現 同 exploration ▶ 托 5

(解碼) **dis** 使喪失 + **cover** 掩蓋 + **y** 名詞

Dr. Fleming's **discovery** of penicillin occurred in 1928.

▶ 福萊明醫師於西元一九二八年發現盤尼西林。

recover [rɪˋkʌvɚ] 動 痊癒 同 heal ▶ 益 4

(解碼) **re** 返回 + **cover** 掩蓋

Hank fully **recovered** from the accident after one year.

▶ 自意外發生的一年後,漢克完全康復了。

recovery [rɪˋkʌvərɪ] 名 恢復;復原 同 retrieval ▶ 益 5

(解碼) **re** 返回 + **cover** 掩蓋 + **y** 名詞

You will not be discharged from the hospital until complete **recovery**.

▶ 除非完全康復,否則你不能出院。

uncover [ʌnˋkʌvɚ] 動 揭露 同 expose ▶ 檢 3

(解碼) **un** 相反 + **cover** 掩蓋

A team of journalists **uncovered** the scandal.

▶ 一組新聞記者揭露了那宗醜聞。

字根 287 **dress** 指正；矯正

dress [drɛs] 動 穿衣 名 洋裝 同 clothe　　▶ 檢 3

(解碼) dress 指正（字義衍生：指正 → 裝飾 → 穿衣）

The lady **dressed** in black at the funeral could be the dead's ex-wife.

▶ 喪禮中穿著黑衣服的婦女可能是死者的前妻。

address [`ædrɛs] 名 地址 關 mailing　　▶ 托 4

(解碼) ad 前往 + dress 指正

A standard contract contains both parties' information, such as names and **addresses**.

一份標準的合約會包含雙方的資料，如姓名和地址。

字根 288 **fact, fect, fic** 製造

affect [ə`fɛkt] 動 影響 同 influence　　▶ 托 3

(解碼) af 前往 + fect 製造

Will the length of stay **affect** the health insurance quote?

▶ 住院天數長短會影響保險的報價嗎？

affair [ə`fɛr] 名 事件 同 incident　　▶ 雅 4

(解碼) af 前往 + fact/fair 製造

Lucy is responsible for the external **affairs**.

▶ 露西負責對外聯繫事務。

defeat [dɪ`fit] 名 動 擊敗 同 beat　　▶ 檢 3

(解碼) dis/de 否定 + fact/feat 製造（字義衍生：破壞 → 擊敗）

The Chinese Taipei baseball team has the talent to **defeat** any baseball team in the world.

▶ 中華台北棒球隊有擊敗世界任何一支棒球隊的本領。

defect [`dɪfɛkt] 名 缺點；弱點 同 flaw　　▶ 研 2

(解碼) de 分離 + fect 製造

Thousands of cars have been recalled because of a **defect** in the gas pedal.

▶ 數千輛的汽車因為油門踏板的瑕疵而被回收。

difficult [`dɪfə͵kəlt] 形 困難的 反 easy　　▶ 檢 3

(解碼) dis/dif 分離 + fic 製造 + ulter/ult 超越（提示：超越能做的範圍）

Jenny finds math **difficult** since she has started to learn algebra.

▶ 自從開始學習代數之後，珍妮覺得數學變得困難。

difficulty [`dɪfəˌkʌltɪ] 名 困難 同 hardship ▶ 托 5
(解碼) dis/dif 分離 + fic 製造 + ulter/ult 超越 + y 名詞
Our company is having the biggest **difficulty** ever.
▶ 我們公司正遭遇有史以來最大的困難。

effect [ɪ`fɛkt] 名 作用；影響 同 consequence ▶ 檢 4
(解碼) ex/ef 向外 + fect 製造
Running too much may have a bad **effect** on a person's knees.
▶ 跑步過量對膝蓋可能會造成負擔。

facilitate [fə`sɪləˌtet] 動 使容易；促進 同 ease ▶ 益 4
(解碼) facilit 容易做 + ate 動詞（字根衍生：fact 製造 → facilit 容易做）
We should take several steps to **facilitate** the R&D of the product.
▶ 為了讓產品的研發過程更順利，我們應該採取一些步驟。

facility [fə`sɪlɪtɪ] 名 設備；容易 同 amenity ▶ 托 3
(解碼) facil 容易做 + ity 名詞（字根衍生：fact 製造 → facilit 容易做）
The public water supply **facility** is under construction.
▶ 公眾供水設施目前正在施工中。

fact [fækt] 名 事實 同 truth ▶ 檢 5
(解碼) fact 製造
The journalist was trying hard to find out the **fact**.
▶ 那名記者努力想要找出事實真相。

faculty [`fækəltɪ] 名 教職員；才能 近 staff ▶ 雅 2
(解碼) facil/facul 容易做 + ty 名詞（字根衍生：fact 製造 → facilit 容易做）
The **faculty** agree to improve their teaching to inspire students' abilities.
▶ 全體教職員同意改進教學方式以激發學生的能力。

infect [ɪn`fɛkt] 動 使感染 同 contaminate ▶ 檢 5
(解碼) in 在裡面 + fect 製造
The influenza **infected** all children in the kindergarten.
▶ 流行性感冒感染了整間幼稚園的孩童。

office [`ɔfɪs] 名 辦公室 關 cubicle ▶ 研 3
(解碼) op/of 工作 + fact/fice 製造
I will arrive at the **office** before nine in the morning.
▶ 我早上九點前會進辦公室。

perfect [`pɝfɪkt] 形 完美的 同 flawless ▶

解碼 per 完全地 + fect 製造

It may not be easy to be **perfect**, but it is something we can try to achieve.

▶ 要達到完美的境界或許不容易，但我們可以試試看。

profit [`prɑfɪt] 名 利潤；益處 同 gain ▶

解碼 pro 向前地 + fic/fit 製造

How much more **profit** is expected through Internet selling?

▶ 透過網路銷售，預計會增加多少收益？

字根 289 lect, leg, lig 選擇；聚集 (MP3 2-289)

analects [`ænəˌlɛkts] 名 文選；選集 關 selection ▶

解碼 ana 向上 + lect 選擇 + s 複數

Have you ever read the **Analects** of Confucius?

▶ 你讀過《論語》嗎？

collect [kə`lɛkt] 動 收集 同 gather ▶

解碼 col 共同 + lect 聚集

Many children as well as adults **collect** stamps and coins as a hobby.

▶ 許多兒童和成人都把蒐集郵票和硬幣當成一種嗜好。

collection [kə`lɛkʃən] 名 收集 同 compilation ▶

解碼 col 共同 + lect 聚集 + ion 名詞

Mr. and Mrs. Watson have a **collection** of all kinds of antique vases.

▶ 華生夫婦蒐集各式的骨董花瓶。

collective [kə`lɛktɪv] 形 集體的 同 cumulative ▶ 研 3

解碼 col 共同 + lect 聚集 + ive 形容詞

The success of the campaign should be attributed to the **collective** efforts of the entire team.

▶ 競選活動的成功應歸功於整個團隊的集體努力。

collector [kə`lɛktə] 名 收藏家 同 gatherer ▶ 研 2

解碼 col 共同 + lect 聚集 + or 名詞

My boss is an antique **collector**.

▶ 我的老闆是一名骨董收藏家。

diligence [`dɪlədʒəns] 名 勤勉；勤奮 同 assiduity ▶

解碼 dis/di 分離 + lig 選擇 + ence 名詞

The runner won the race through consistent **diligence**.
▶ 那名跑者藉由持續不斷的努力贏得比賽。

diligent [`dɪlədʒənt] 形 勤奮的 同 industrious ▶ 檢 3
(解碼) **dis/di** 分離 + **lig** 選擇 + **ent** 形容詞
Tony has been a very **diligent** worker.
▶ 東尼一直是非常努力的員工。

elect [ɪ`lɛkt] 動 選舉 同 vote ▶ 研 3
(解碼) **e** 向外 + **lect** 選擇
The students have voted to **elect** a new class leader.
▶ 學生們已投票選出新的班長。

election [ɪ`lɛkʃən] 名 選舉 同 voting ▶ 檢 5
(解碼) **e** 向外 + **lect** 選擇 + **ion** 名詞
When is the **election** for the new chief of the Board?
▶ 新任董事會主席的選舉何時舉行？

elegant [`ɛləgənt] 形 優雅的 同 refined ▶ 托 4
(解碼) **e** 向外 + **leg** 選擇 + **ant** 形容詞
The Italian restaurant is decorated with **elegant** arts.
▶ 那間義大利餐廳的裝飾很高雅。

intellect [`ɪntə,lɛkt] 名 智力 關 cognition ▶ 益 3
(解碼) **inter/intel** 在…之間 + **lect** 選擇（提示：在兩者中選好的）
Albert Einstein, a man of high **intellect**, is generally thought of as a genius.
▶ 亞伯特・愛因斯坦是一位擁有高智商的人，大家都認為他是一個天才。

intellectual [,ɪntḷ`ɛktʃʊəl] 形 智力的 反 ignorant ▶ 檢 5
(解碼) **inter/intel** 在…之間 + **lect** 選擇 + **ual** 形容詞
The PhD student has exhibited that he has a high **intellectual** capacity.
▶ 那名博士生顯示出他的高智商。

intelligent [ɪn`tɛlədʒənt] 形 聰明的 同 brilliant ▶ 檢 4
(解碼) **inter/intel** 在…之間 + **lig** 選擇 + **ent** 形容詞
My brother is really **intelligent** because he can calculate anything in his head!
▶ 我哥哥真的很聰明，因為他可以用大腦計算任何東西！

legend [`lɛdʒənd] 名 傳說 同 myth ▶ 雅 4
(解碼) **leg** 選擇 + **end** 名詞
In the **legend**, there were nine suns in the sky.
▶ 傳說天上原本有九個太陽。

neglect [nɪgˋlɛkt] 動 忽略 同 ignore　　▶ 益 4

(解碼) **neg** 否定 + **lect** 選擇

Judy **neglected** her sister's feelings.
▶ 茱蒂忽略了她妹妹的感受。

select [səˋlɛkt] 動 選擇；挑選 同 pick　　▶ 托 5

(解碼) **se** 分開 + **lect** 選擇

The rugby team will **select** five new players to fill in the empty spots.
▶ 橄欖球隊將選五個新球員來填補位置的空缺。

lecture [ˋlɛktʃə] 名 動 演講 同 speech　　▶ 研 3

(解碼) **lect** 聚集 + **ure** 名詞（提示：把詞彙聚集在一起）

There is a **lecture** on Internet applications this afternoon.
▶ 今天下午有場關於網路應用的演講。

字根 290 nounce, nunci 報告

MP3 2-290

announce [əˋnaʊns] 動 宣布 同 declare　　▶ 托 3

(解碼) **ad/an** 前往 + **nounce** 報告

The chairperson **announced** the election result as soon as the vote was completed.
▶ 投票一結束，主席就立刻宣布選舉結果。

announcement [əˋnaʊnsmənt] 名 宣告 同 proclamation　　▶ 托 4

(解碼) **ad/an** 前往 + **nounce** 報告 + **ment** 名詞

An **announcement** of construction project has been posted on the bulletin board.
▶ 佈告板上貼了一則有關工程建案的公告。

denounce [dɪˋnaʊns] 動 指責；公然抨擊 同 censure　　▶ 托 3

(解碼) **de** 往下 + **nounce** 報告

The media **denounced** the corruption of the prime minister.
▶ 媒體抨擊首相的貪腐行為。

pronounce [prəˋnaʊns] 動 發音 關 utter　　▶ 托 3

(解碼) **pro** 向前地 + **nounce** 報告

The phonetician was hired to help students **pronounce** words.
▶ 那位語音學家被聘請來幫助學生發音。

pronunciation [prə͵nʌsɪˋeʃən] 名 發音 近 articulation　　▶ 檢 2

解碼 **pro** 向前地 + **nunci** 報告 + **ation** 名詞

The teacher's **pronunciation** is distinct.

▶ 這位老師的發音很清晰。

字根 291 pend, pens 懸掛；衡量

compensate [ˋkɑmpən͵set] 動 補償 同 reimburse

解碼 **com** 共同 + **pens** 衡量 + **ate** 動詞

Workers should get extra pay to **compensate** inflation.

▶ 勞工應得到額外加薪，以抵銷通貨膨脹。

---

depend [dɪˋpɛnd] 動 取決於；依賴 同 rely

解碼 **de** 往下 + **pend** 懸掛

The feasibility of the project **depends** largely on the budget.

▶ 這項方案的可行性大部分取決於預算。

---

dispense [dɪˋspɛns] 動 分配；發放 同 allocate

解碼 **dis** 分離 + **pens/pense** 衡量（提示：分開秤重 → 分配）

The charity **dispensed** a lot of blankets and clothes to the homeless.

▶ 慈善機構發放許多毛毯和衣物給無家可歸的人。

---

expense [ɪkˋspɛns] 名 費用 同 cost

解碼 **ex** 向外 + **pens/pense** 衡量

Many people prefer to live in big cities in spite of the **expense**.

▶ 儘管花費不貲，許多人依然喜歡住在大城市。

---

pension [ˋpɛnʃən] 名 退休金 關 payment

解碼 **pens** 衡量 + **ion** 名詞

A reform of **pension** has been passed under the agreement of the union.

▶ 退休金改革在工會的同意下已經通過。

---

ponder [ˋpɑndɚ] 動 仔細考慮 同 contemplate

解碼 **pend/pond** 衡量 + **er** 反覆動作

Lily **pondered** whether she should leave without a notice.

▶ 莉莉深思她是否該不告而別。

---

spend [spɛnd] 動 花費 同 pay out

解碼 **s** 向外 + **pend** 衡量

The time you have **spent** on video games is too much.

▶ 你花太多時間在玩電動玩具了。

suspense [sə`spɛns] 名 懸而未決；擔心 同 apprehension ▶ 托 3
(解碼) **sub/sus** 下面 + **pens/pense** 懸掛
Molly waited in great **suspense** for her husband's arrival.
▶ 莫莉懸著一顆心等待她丈夫的到來。

字根 **292** **pet** 尋求 (MP3 2-292)

appetite [`æpə,taɪt] 名 胃口 關 hunger ▶ 檢 3
(解碼) **ap** 前往 + **pet** 尋求 + **ite** 名詞
Her skin is pale and she feels tired and loss of **appetite**.
▶ 她看來很蒼白，而且感覺很疲憊、食慾不振。

competence [`kɑmpətəns] 名 能力 同 capability ▶ 托 2
(解碼) **com** 共同 + **pet** 尋求 + **ence** 名詞
Her **competence** as an editor had been approved by her supervisor.
▶ 她當編輯的能力已得到主管的認同。

competent [`kɑmpətənt] 形 能幹的；稱職的 同 capable ▶ 托 2
(解碼) **com** 共同 + **pet** 尋求 + **ent** 形容詞
Peter is very **competent** to deal with the matter on his own.
▶ 彼得有能力獨自處理這個問題。

compete [kəm`pit] 動 競爭 同 contest ▶ 研 4
(解碼) **com** 共同 + **pet/pete** 尋求
I don't know why John always wants to **compete** with me.
▶ 我不懂為何約翰老是想和我競爭。

repeat [rɪ`pit] 名 動 重複 關 repetition ▶ 檢 5
(解碼) **re** 再一次 + **pet/peat** 尋求
Would you please **repeat** the steps of logging in the system?
▶ 你可以重複一次登入系統的步驟嗎？

字根 **293** **prob, prov** 檢測 (MP3 2-293)

approve [ə`pruv] 動 批准；認可 反 disagree ▶ 托 4
(解碼) **ap** 前往 + **prov/prove** 檢測
Have you read the **approved** list of retirement this June?
▶ 你看過今年六月同意退休的名單嗎？

improve [ɪm`pruv] 動 改善 反 worsen　　▶ 檢 5

解碼 **im** 在裡面 + **prov/prove** 檢測

Toll-free numbers are suggested to **improve** the customer service.
▶ 免付費電話據稱能改善顧客服務。

probable [`prɑbəbḷ] 形 可能的；大概的 同 possible　　▶ 檢 4

解碼 **prob** 檢測 + **able** 形容詞

Vivian is a **probable** champion for the beauty pageant.
▶ 薇薇安在選美比賽中最具冠軍相。

proof [pruf] 名 證據 同 evidence　　▶ 托 4

解碼 **prov** 檢測 → **proof**

The defendant had to provide **proof** that he was not at the crime scene.
▶ 被告必須提供他不在犯罪現場的證據。

prove [pruv] 動 證明 同 verify　　▶ 研 3

解碼 **prov** 檢測 + **e** 字尾

The new policy on overseas investment was **proven** to no avail.
▶ 新的海外投資政策被證明完全無用。

字根 294　quest, quire, quisit 尋找　　MP3 2-294

acquire [ə`kwaɪr] 動 獲得 同 obtain　　▶ 益 4

解碼 **ac** 前往 + **quire** 尋找

How does the big supplier **acquire** his trade goods?
▶ 那個大供應商如何取得貿易貨品？

conquer [`kɑŋkɚ] 動 征服 反 surrender　　▶ 檢 3

解碼 **con** 表強調 + **quest/quer** 尋找

Some people hope that skydiving will help them **conquer** their fear of heights.
▶ 有些人希望高空彈跳能幫助他們克服對高度的恐懼。

conquest [`kɑŋkwɛst] 名 征服；獲勝 近 victory　　▶ 益 3

解碼 **con** 表強調 + **quest** 尋找

Early in the 20th century, the king led the **conquest** of Poland.
▶ 二十世紀初期，這位國王領軍征服波蘭。

exquisite [`ɛkskwɪzɪt] 形 精緻的 同 delicate　　▶ 托 3

解碼 **ex** 向外 + **quest/quis** 尋找 + **ite** 形容詞

My best friend's wedding ring was **exquisite** and unique.

▶ 我好友的結婚戒指既精緻又獨特。

inquire [ɪn`kwaɪr] 動 調查；詢問 同 inspect
▶ 益 4

(解碼) **in** 進入 + **quire** 尋找

May I **inquire** how long you have been working for the company?
▶ 可以告訴我，你在公司工作多久了嗎？

inquiry [ɪn`kwaɪrɪ] 名 詢問；調查 同 interrogation
▶ 托 5

(解碼) **in** 進入 + **quire/quir** 尋找 + **y** 名詞

The manager made an **inquiry** about who would volunteer to go to the new branch.
▶ 經理詢問有誰自願被調到新的分公司。

query [`kwɪrɪ] 名 問題 同 question
▶ 檢 1

(解碼) **quire** 尋找 → **query**

Your **query** will be answered by my boss.
▶ 我老闆將會回答你的問題。

quest [kwɛst] 名 動 探索；探求 同 search
▶ 檢 3

(解碼) **quest** 尋找

Jack left home in **quest** of adventure.
▶ 傑克為了冒險而離家出走。

question [`kwɛstʃən] 名 問題 反 answer
▶ 研 4

(解碼) **quest** 尋找 + **ion** 名詞

Are there any **questions** you'd like to ask me?
▶ 你有什麼問題想問我嗎？

questionnaire [ˌkwɛstʃə`nɛr] 名 問卷 關 random
▶ 益 2

(解碼) **quest** 尋找 + **ion** 名詞 + **naire** 名詞（物）

Please fill in this **questionnaire** for me.
▶ 請幫我填寫這份問卷。

request [rɪ`kwɛst] 名 動 請求；要求 反 refusal
▶ 檢 4

(解碼) **re** 再一次 + **quest** 尋找

My **request** for time off was denied.
▶ 我請求暫停，但被否決了。

require [rɪ`kwaɪr] 動 需要 同 demand
▶ 檢 3

(解碼) **re** 再一次 + **quire** 尋找

The production of an opera **requires** huge efforts and large budgets.
▶ 製作一齣歌劇需要龐大的人力與預算。

requirement [rɪˋkwaɪrmənt] 名 要求 同 need ▶ 益 4

(解碼) **re** 再一次 + **quire** 尋找 + **ment** 名詞

Computer literacy is a basic **requirement** for this job.

▶ 會使用電腦是這份工作的基本要求。

字根 295 stimul, stinct, sting 刺

MP3 2-295

distinct [dɪˋstɪŋkt] 形 獨特的 同 unique ▶ 益 4

(解碼) **di** 分離 + **stinct** 刺

Annie has a **distinct** taste in fashion.

▶ 安妮對於時尚的品味獨特。

---

distinction [dɪˋstɪŋkʃən] 名 區別 同 differentiation ▶ 托 3

(解碼) **di** 分離 + **stinct** 刺 + **ion** 名詞

Can you tell me the **distinctions** between the two filing status?

▶ 你可以跟我說明這兩種報稅身分有何不同嗎？

---

distinguish [dɪˋstɪŋgwɪʃ] 動 分辨 同 differentiate ▶ 益 3

(解碼) **di** 分離 + **sting/stingu** 刺 + **ish** 動詞

How do we **distinguish** a hen from a rooster?

▶ 我們要如何區分母雞和公雞？

---

extinct [ɪkˋstɪŋkt] 形 滅絕的 近 obsolete ▶ 托 3

(解碼) **ex** 向外 + **stinct** 刺

The photographer surprisingly took a picture of an **extinct** species.

▶ 那名攝影師意外拍到絕種生物的照片。

---

instinct [ˋɪnstɪŋkt] 名 本能；直覺 同 intuition ▶ 檢 4

(解碼) **in** 在裡面 + **stinct** 刺

Mammals have an **instinct** for suckling.

▶ 吸吮的行為是哺乳動物的本能。

---

stimulate [ˋstɪmjəˌlet] 動 激勵；刺激 同 incite ▶ 檢 4

(解碼) **stimul** 刺 + **ate** 動詞

Massaging the scalp may **stimulate** blood flow and promote hair growth.

▶ 對頭皮進行按摩可能有助於刺激血流，並促進頭髮生長。

---

stimulation [ˌstɪmjəˋleʃən] 名 刺激 同 inspiration ▶ 雅 4

(解碼) **stimul** 刺 + **ation** 名詞

The patient can't take any **stimulation** at this moment.

▶ 病人現在不能受到任何刺激。

sting [stɪŋ] 動 刺；螫 同 prick ▶ 檢 3
(解碼) **sting** 刺
A wasp **stung** the little boy on his head.
▶ 一隻黃蜂螫了這個小男孩的頭。

字根 296 **tact, tang** 接觸

MP3 2-296

attain [ə`ten] 動 達到；獲得 同 obtain ▶ 益 3
(解碼) **ad/at** 前往 **+ tang/tain** 接觸
No achievement can be **attained** without any efforts.
▶ 沒有成功是可以不付出努力就獲得的。

contact [kən`tækt] 動 接觸；聯繫 同 connect ▶ 檢 4
(解碼) **con** 共同 **+ tact** 接觸
We will **contact** you next month to make sure you are fine and healthy.
▶ 我們下個月將會與你聯絡，確保你的健康一切無恙。

contagious [kən`tedʒəs] 形 傳染的 同 infectious ▶ 托 3
(解碼) **con** 共同 **+ tang/tagi** 接觸 **+ ous** 形容詞
This disease may be **contagious**.
▶ 這種疾病可能帶有傳染性。

intact [ɪn`tækt] 形 未受損的；原封不動的 同 uninjured ▶ 托 3
(解碼) **in** 否定 **+ tact** 接觸
That box of chocolate is **intact**. It's brand new and sealed.
▶ 那盒巧克力原封不動，全新而且未拆封。

integrate [`ɪntə‚gret] 動 整合 同 combine ▶ 益 3
(解碼) **in** 否定 **+ tact/tegr** 接觸 **+ ate** 動詞
The management tool can be used to **integrate** various resources.
▶ 這個管理工具能夠用來整合多項資源。

tact [tækt] 名 老練；圓滑 近 discretion ▶ 檢 3
(解碼) **tact** 接觸
My mother has **tact** in teaching little kids.
▶ 我母親在教導小孩方面十分熟練。

字根 297 tect, teg 覆蓋

detect [dɪˋtɛkt] 動 發覺；查明 同 notice ▶ 托 4

(解碼) **de** 離開 + **tect** 覆蓋

The investigator **detected** some new evidence.
▶ 這名探員查到了新的證據。

detective [dɪˋtɛktɪv] 名 偵探 形 偵探的 同 investigator ▶ 雅 3

(解碼) **de** 離開 + **tect** 覆蓋 + **ive** 名詞 / 形容詞

Sherlock Holmes is my favorite **detective**.
▶ 夏洛克・福爾摩斯是我最喜愛的偵探。

protect [prəˋtɛkt] 動 保護 反 endanger ▶ 檢 4

(解碼) **pro** 在前面 + **tect** 覆蓋

To save the earth, we need to **protect** natural resources from being abused.
▶ 為了保護地球，我們必須確保天然資源不被濫用。

protection [prəˋtɛkʃən] 名 保護 同 guard ▶ 檢 5

(解碼) **pro** 在前面 + **tect** 覆蓋 + **ion** 名詞

The tempered glass fitted on the vehicle can provide good **protection**.
▶ 這台車上裝的強化玻璃能提供良好的防護力。

字根 298 tend, tense, tent 伸展

attend [əˋtɛnd] 動 出席；參加 同 participate ▶ 檢 4

(解碼) **ad/at** 前往 + **tend** 伸展

We all **attended** the electronics convention together.
▶ 我們全都一起出席了那場電子學會議。

attendant [əˋtɛndənt] 名 出席者；侍從 同 companion ▶ 檢 3

(解碼) **ad/at** 前往 + **tend** 伸展 + **ant** 名詞

Tina intends to apply for a flight **attendant** job.
▶ 蒂娜打算去應徵空服員的工作。

contend [kənˋtɛnd] 動 抗爭；奮鬥 同 struggle ▶ 托 3

(解碼) **con** 共同 + **tend** 伸展

Danny and Peter **contended** on a tiny problem.
▶ 丹尼和彼得為了一個小問題而爭吵。

extend [ɪk`stɛnd] 動 伸展;延長 反 shrink　　▶ 益 4
(解碼) **ex** 向外 + **tend** 伸展
May I **extend** the settlement date to a later day and time?
▶ 我能將結算日期延後嗎?

extent [ɪk`stɛnt] 名 程度;範圍 同 range　　▶ 研 4
(解碼) **ex** 向外 + **tent** 伸展(提示:能伸展的範圍)
Personal computer has improved our life to a great **extent** in the past few decades.
▶ 在過去幾十年間,個人電腦已大幅改善我們的生活。

intend [ɪn`tɛnd] 動 打算;企圖 同 plan　　▶ 托 4
(解碼) **in** 朝向 + **tend** 伸展
They **intend** to purchase advanced equipment to improve the service quality.
▶ 他們打算購買先進的設備以提升服務品質。

intense [ɪn`tɛns] 形 緊張的 同 drastic　　▶ 檢 3
(解碼) **in** 表強調 + **tense** 伸展
Bill looks a little bit **intense** today.
▶ 比爾今天看起來有點緊張。

intent [ɪn`tɛnt] 名 意圖 同 purpose　　▶ 檢 3
(解碼) **in** 朝向 + **tent** 伸展
My **intent** was not to complicate the matter but to offer another solution.
▶ 我的目的不是要把事情複雜化,而是提供另一個解決方法。

pretend [prɪ`tɛnd] 動 假裝 同 feign　　▶ 檢 4
(解碼) **pre** 之前 + **tend** 伸展
We **pretended** to be members of the band in order to sneak into the party.
▶ 為了溜進這個派對,我們假裝是樂團的成員。

tend [tɛnd] 動 傾向 同 incline　　▶ 益 4
(解碼) **tend** 伸展
She **tends** to feel airsick and needs to take some drugs.
▶ 她很容易暈機,所以需要吃藥。

tender [`tɛndɚ] 形 溫柔的;柔弱的 反 tough　　▶ 檢 4
(解碼) **tend** 伸展 → **tender**(字義衍生:伸展 → 薄;柔弱)
My grandmother is a **tender** woman who never gets angry easily.
▶ 我的祖母是一位溫柔的女性,從不輕易發脾氣。

tense [tɛns] 形 緊張的 反 loose　　▶ 檢 4

解碼 tense 伸展

I was really **tense** in the interview.

▶ 我在面試的時候相當緊張。

tent [tɛnt] 名 帳篷 同 wigwam ▶ 檢 3

解碼 tent 伸展

We put up our **tent** by the lake before sunset.

▶ 日落之前我們在湖邊搭起了帳篷。

字根 299 us, uti 使用

abuse [əˋbjuz] 名 動 濫用；虐待 同 mistreat ▶ 雅 3

解碼 ab 離開 + us/use 使用

Do you know the warning signs of alcohol and drug **abuse**?

▶ 你知道有關酒精和藥物濫用的警訊嗎？

use [jus] 動 使用；利用 同 utilize ▶ 檢 5

解碼 us 使用 + e 字尾

She **used** a thermometer to check her child's temperature.

▶ 她使用溫度計來確認她孩子的體溫。

usual [ˋjuʒʊəl] 形 平常的；普通的 反 special ▶ 檢 5

解碼 us 使用 + ual 形容詞

The girl got tired pretty easily than **usual**.

▶ 相較於平時，這名女孩變得很容易疲倦。

utensil [juˋtɛnsḷ] 名 器具 同 implement ▶ 雅 3

解碼 uti/ut 使用 + ensil 用具

We spent an hour cleaning the silver **utensils** for the fancy dinner party.

▶ 為了這場特別的晚宴，我們花了一個小時來清洗這些銀製餐具。

字根 300 velop, velope 包裹

develop [dɪˋvɛləp] 動 發展 同 evolve ▶ 檢 4

解碼 de 打開 + velop 包裹

Proficiency can be **developed** through trial and error.

▶ 專業可在嘗試與錯誤中逐漸發展。

development [dɪˋvɛləpmənt] 名 發展 同 growth ▶ 研 5

(解碼) **de** 打開 + **velop** 包裹 + **ment** 名詞

An incentive plan can be a fertilizer for **development** of the project.
▶ 獎勵計畫有助於推動這項專案。

envelope [ˋɛnvəˏlop] 名 信封 關 address ▶ 檢 3

(解碼) **en** 在裡面 + **velope** 包裹

The **envelopes** with company watermarks are only for business purposes.
▶ 印有公司浮水印的信封僅限公務使用。

UNIT 26 表方向性的字根
Root: Actions with Direction

字根 301 **cad, cas, cid** 落下

accident [ˋæksədənt] 名 意外事件 同 casualty ▶ 檢 4

(解碼) **ac** 前往 + **cid** 落下 + **ent** 名詞

There was a horrible car **accident** on the highway caused by a drunken driver.
▶ 高速公路有一起酒駕所導致的可怕車禍。

case [kes] 名 案件 關 litigation ▶ 托 3

(解碼) **cas** 落下 + **e** 字尾

Rick was assigned to be in charge of the **case**.
▶ 瑞克受指派負責這個案件。

casual [ˋkæʒʊəl] 形 碰巧的；非正式的 反 formal ▶ 益 3

(解碼) **cas** 落下 + **ual** 形容詞

I bought some **casual** clothes last weekend.
▶ 我上個週末去買了幾件休閒服。

coincide [ˏkoɪnˋsaɪd] 動 一致 同 concur ▶ 托 4

(解碼) **co** 共同 + **in** 在上面 + **cid/cide** 落下

My boyfriend's birthday **coincides** with my mom's.
▶ 我男友的生日和我母親的生日撞期了。

coincidence [koˋɪnsədəns] 名 巧合 同 concurrence ▶ 檢 4

解碼 **co** 共同 **+ in** 在上面 **+ cid** 落下 **+ ence** 名詞
Lucy's promotion is not a **coincidence** at all.
▶ 露西的升遷並非巧合。

incident [`ɪnsədənt] 名 事件 同 event ▶

解碼 **in** 在上面 **+ cid** 落下 **+ ent** 名詞
The **incident** at the restaurant was resolved quickly.
▶ 餐廳裡的事件很快就擺平了。

occasion [ə`keʒən] 名 場合；事件 同 incident ▶

解碼 **oc** 朝向 **+ cas** 落下 **+ ion** 名詞
At every **occasion**, he always brings a notebook with him.
▶ 不論在什麼場合，他總是隨身攜帶筆記本。

occasional [ə`keʒənḷ] 形 偶爾的 同 infrequent ▶

解碼 **oc** 朝向 **+ cas** 落下 **+ ion** 名詞 **+ al** 形容詞
My father has **occasional** wine after dinner.
▶ 我父親晚餐後偶爾會喝點酒。

字根 302 **dat** 給予　　　　　　　　　MP3 2-302

data [`detə] 名 資料 同 information ▶

解碼 **dat** 給予 **+ a** 字尾
Tracy is responsible for the input of **data** into the system.
▶ 崔西負責系統的資料輸入。

date [det] 名 日期 關 day ▶

解碼 **dat** 給予 **+ e** 字尾（緣起：羅馬人回信最後要寫「**given** + 日期」）
This telephone directory is out of **date**. You had better use a new version.
▶ 這本電話簿版本過舊，你最好使用新版本。

字根 303 **don, dos, dot** 給予　　　　　　　MP3 2-303

anecdote [`ænɪkˌdot] 名 趣聞 近 episode ▶

解碼 **an** 否定 **+ ec** 外出 **+ dot/dote** 給予
I have a little **anecdote** to tell you.
▶ 我有個小趣聞要告訴你。

donate [`donet] **動** 捐贈 **同** contribute ▶ 托 4

解碼 don 給予 + ate 動詞

The Bill and Melinda Gates foundation has **donated** millions of dollars to the poor children.

▶ 比爾蓋茲基金會已捐贈數百萬美元給貧困孩童。

donation [do`neʃən] **名** 捐贈 **同** contribution ▶ 檢 4

解碼 don 給予 + ation 名詞

The government was urged by charities to encourage organ **donation**.

▶ 慈善團體敦促政府鼓勵器官捐贈。

donor [`donɚ] **名** 捐贈者 **同** contributor ▶ 益 4

解碼 don 給予 + or 名詞（人）

The doctor removed the healthy heart from the **donor**.

▶ 醫生從捐贈者身上摘下健康的心臟。

dose [dos] **名** 一劑藥量 **關** dosage ▶ 檢 3

解碼 dos 給予 + e 字尾

The drug should be taken with meal, one **dose** a day.

▶ 這個藥物應該在每天餐後服用一次。

pardon [`pɑrdn̩] **名動** 寬恕 **同** forgive ▶ 雅 5

解碼 per/par 完全地 + don 給予

Please **pardon** my mistake.

▶ 請寬恕我的過錯。

字根 304 **draw** 拉
MP3 2-304

draw [drɔ] **動** 拉；畫 **同** pull ▶ 研 5

解碼 draw 拉

The headwaiter **drew** a cork from a bottle and poured some champagne to the lady's goblet.

▶ 服務生領班拔出瓶塞，並倒了一些香檳到女士的高腳杯裡。

drawer [`drɔɚ] **名** 抽屜 **關** cabinet ▶ 雅 4

解碼 draw 拉 + er 名詞（容器）

The **drawer** is locked and I do not have the key.

▶ 抽屜上鎖了，但我沒有鑰匙。

字根 305 **merge, mers** 浸泡；下沉

emerge [ɪˋmɜdʒ] 動 浮現 反 drop ▶ 檢 2
解碼 e 向外 + merge 浸泡
An iceberg **emerged** from a distance.
▶ 遠方出現了一座冰山。

emergency [ɪˋmɜdʒənsɪ] 名 緊急情況 同 crisis ▶ 托 4
解碼 e 向外 + merge 浸泡 + ency 名詞
In case of **emergency**, passengers may pull the emergency cord to stop the train.
▶ 在緊急情況下，乘客可拉緊急剎車索來停住列車。

merge [mɜdʒ] 動 合併 同 combine ▶ 檢 3
解碼 merge 浸泡
The commercial bank has been approved to **merge** with a foreign bank.
▶ 該商業銀行已獲准與外國銀行合併。

字根 306 **ori** 開始；上升

aboriginal [ˌæbəˋrɪdʒən] 形 原始的 同 native ▶ 檢 2
解碼 ab 來自 + ori/orgin 開始 + al 形容詞
My boyfriend is fascinated by the **aboriginals'** tales.
▶ 我男友對原住民傳說著了迷。

aborigine [ˌæbəˋrɪdʒəni] 名 原住民 關 primitive ▶ 檢 2
解碼 ab 來自 + ori/origine 開始
There will be a documentary film concerning the **aborigines** tonight.
▶ 今晚將播映一部關於原住民的紀錄片。

abortion [əˋbɔrʃən] 名 墮胎 同 miscarriage ▶ 雅 2
解碼 ab 有誤的 + ori/or 開始 + tion 名詞
They do not see eye to eye when talking about **abortion**.
▶ 他們在談論墮胎時意見不一致。

orient [ˋorɪənt] 名 東方 關 sunrise ▶ 檢 2
解碼 ori 上升 + ent 名詞
The **Orient** used to be mysterious to western people.
▶ 東方國家以前對西方人來說是很神祕的。

oriental [ˌɔrɪˈɛntl̩] 形 東方的　同 eastern　▶檢 1

解碼 **ori** 上升 + **ent** 名詞 + **al** 形容詞

My uncle likes **oriental** food very much.

▶ 我叔叔非常喜歡東方食物。

origin [ˈɔrɪdʒɪn] 名 起源　同 inception　▶托 4

解碼 **ori** 開始 → **origin**

There are a lot of theories that attempt to explain the **origin** of the universe.

▶ 有許多理論試圖解釋宇宙的起源。

字根 307　rot 旋轉　(MP3 2-307)

rotate [ˈrotet] 動 旋轉　同 spin　▶益 3

解碼 **rot** 旋轉 + **ate** 動詞

The dog on the doorbell will **rotate** whenever it is ringing.

▶ 當鈴響時，門鈴上的那隻狗會旋轉。

rotation [roˈteʃən] 名 旋轉　同 circle　▶托 3

解碼 **rot** 旋轉 + **ation** 名詞

The **rotation** of the earth takes about one day.

▶ 地球自轉約需費時一天。

字根 308　stress, strict, string 拉緊　(MP3 2-308)

distress [dɪˈstrɛs] 名 煩惱；悲痛　反 comfort　▶檢 3

解碼 **dis/di** 分離 + **stress** 拉緊

People who suffer hardship and **distress** deserve compassion.

▶ 經歷困苦與不幸的人需要別人的同情。

district [ˈdɪstrɪkt] 名 地區；行政區　近 region　▶檢 5

解碼 **dis/di** 分離 + **strict** 拉緊

There are seven **districts** in the city.

▶ 該市分成七個行政區。

restrain [rɪˈstren] 動 抑制；束縛　同 confine　▶托 3

解碼 **re** 返回 + **string/strain** 拉緊

It's not easy for Danny to **restrain** his temper.

▶ 要讓丹尼抑制自己的脾氣並不容易。

restraint [rɪˋstrent] 名 抑制;限制 同 constraint ▶ 托 3

解碼 **re** 返回 + **string/straint** 拉緊

The suspect was held in **restraint** soon after three hours' interrogation.

▶ 經過三個小時的質詢後,嫌犯立即被羈押。

....

restrict [rɪˋstrɪkt] 動 限制 同 limit ▶ 托 4

解碼 **re** 返回 + **strict** 拉緊

That tall building **restricts** our vision.

▶ 那棟高樓限制了我們的視野。

....

restriction [rɪˋstrɪkʃən] 名 限制 反 freedom ▶ 檢 5

解碼 **re** 返回 + **strict** 拉緊 + **ion** 名詞

The contract has made **restrictions** on the employees' vacation.

▶ 契約已針對員工的休假做出限制。

....

straight [stret] 形 直接的;坦率的 反 curved ▶ 檢 4

解碼 **stress** 拉緊 → **straight**

If you think **straight**, you will figure out that it is the best for you to retire now.

▶ 如果你清晰地思考,你會知道最佳的退休時間點就是現在。

....

straighten [ˋstretn̩] 動 弄直;整頓 同 neaten ▶ 雅 4

解碼 **stress/straight** 拉緊 + **en** 動詞

The hair stylist suggested Sue to **straighten** her hair.

▶ 造型師建議蘇將頭髮弄直。

....

strain [stren] 動 拉緊 反 relax ▶ 托 3

解碼 **string** 拉緊 → **strain**

Don't forget to **strain** the spiral power spring.

▶ 別忘了上緊發條。

....

strait [stret] 名 海峽 關 broad ▶ 雅 3

解碼 **string** 拉緊 → **strait** (提示:海峽的狹長形狀)

The narrowest part of the Taiwan **Strait** is 130 km wide.

▶ 台灣海峽最狹窄的部分為一百三十公里寬。

....

strangle [ˋstræŋgl̩] 動 絞死;勒死 近 stifle ▶ 檢 1

解碼 **string** 拉緊 → **strangle**

This guy was **strangled** by a rope.

▶ 這個人是被繩子勒死的。

....

stress [strɛs] 名 壓力;緊張 同 pressure ▶ 檢 4

解碼 **stress** 拉緊

The sales manager has imposed a severe **stress** on the salespersons.
▶ 營業部經理給銷售員施加了沉重的壓力。

stretch [strɛtʃ] 名 動 伸展 同 elongate ▶ 檢 3
(解碼) **stress** 拉緊 → **stretch**
I really need to **stretch** myself after sitting for a long time.
▶ 坐了這麼久，我需要伸伸懶腰。

strict [strɪkt] 形 嚴格的；嚴厲的 同 harsh ▶ 檢 4
(解碼) **strict** 拉緊
Mrs. Huang is very **strict** with her son.
▶ 黃太太對她的兒子很嚴格。

string [strɪŋ] 名 線；繩子 同 cord ▶ 益 3
(解碼) **string** 拉緊
The boy asked his teacher a **string** of questions.
▶ 男孩問了老師一連串的問題。

字根 309 surge 上升 ▶ MP3 2-309

resource [rɪ`sors] 名 資源 同 property ▶ 托 4
(解碼) **re** 再一次 + **surge/source** 上升
The water **resource** utilization rate is relatively low in this country.
▶ 水資源的使用頻率在這個國家中相對較低。

source [sors] 名 來源 同 origin ▶ 雅 4
(解碼) **surge** 上升 → **source**
The journalist refused to disclose the **source** of the news.
▶ 記者不肯透露這則新聞的來源。

surge [sɝdʒ] 名 大浪；洶湧 同 wave ▶ 檢 3
(解碼) **surge** 上升
There is always a **surge** of orders during Christmas season.
▶ 耶誕季總是有一波訂單湧來。

字根 310 torn, tour 轉 ▶ MP3 2-310

tour [tʊr] 名 動 旅行 同 journey ▶ 檢 5

(解碼) **tour** 轉

What is your most impressive thing in this **tour**?

▶ 這次的旅行中，最令你印象深刻的事情是什麼？

---

tournament [`tɜnəmənt] 名 比賽 同 contest ▶ 托 4

(解碼) **torn/tourna** 轉 + **ment** 名詞

He won the championship in the golf **tournament**.

▶ 他在這場高爾夫比賽中贏得冠軍。

(字根 311) tract, treat 拉 (MP3 2-311)

abstract [`æbstrækt] 形 抽象的 反 concrete ▶ 雅 3

(解碼) **ab/abs** 分離 + **tract** 拉

Equity and justice are both **abstract** principles.

▶ 公平和正義兩者皆是抽象原則。

---

contract [`kɑntrækt] 名 契約 同 agreement ▶ 益 4

(解碼) **con** 共同 + **tract** 拉

The record company made a **contract** with the band members.

▶ 唱片公司與樂團成員簽了合約。

---

distract [dɪ`strækt] 動 分心；困擾 同 disturb ▶ 檢 3

(解碼) **dis** 分離 + **tract** 拉

The noise from the temple festival **distracted** him from his study.

▶ 廟會的喧鬧聲使得他讀書分心。

---

distraction [dɪ`strækʃən] 名 分心；不安 反 concentration ▶ 檢 5

(解碼) **dis** 分離 + **tract** 拉 + **ion** 名詞

The teacher was not happy with Joey's **distraction**.

▶ 老師因為喬伊分心而不高興。

---

extract [ɪk`strækt] 動 拔出；提取 近 distill ▶ 托 3

(解碼) **ex** 向外 + **tract** 拉

My father **extracted** a nail from the wall.

▶ 我父親從牆上拔出一根釘子。

---

portrait [`portret] 名 肖像 關 picture ▶ 檢 3

(解碼) **pro/por** 向前地 + **tract/trait** 拉

My mother hung the **portrait** of my grandfather behind the desk.

▶ 母親將外公的肖像掛在桌子後方。

portray [por`tre] 勔 描繪 同 depict ▶ 檢 3
(解碼) **pro/por** 向前地 + **tract/tray** 拉
The author's novel **portrayed** her boss as a cold woman.
▶ 那名作者的小說將她的老闆描述成一位冷漠的女人。

retreat [rɪ`trit] 名 勔 撤退 反 advance ▶ 雅 3
(解碼) **re** 返回 + **treat** 拉
The enemy was forced to **retreat** after heavy losses.
▶ 敵軍在受到重創後被迫撤退。

subtract [səb`trækt] 勔 減去;扣除 同 remove ▶ 研 4
(解碼) **sub** 從下面 + **tract** 拉
You have to **subtract** 5,000 from column B, and then you will know how much you should pay.
▶ 你必須從 B 欄扣掉五千元,這樣就會知道你要付多少錢。

trace [tres] 勔 追溯 名 蹤跡 同 track ▶ 托 3
(解碼) **tract** 拉 → **trace**
The history of the hotel is too long to be **traced**.
▶ 這間旅館的歷史源遠流長,已無從考究。

track [træk] 名 軌跡;路程 同 path ▶ 托 3
(解碼) **tract** 拉 → **track**
A good manager can keep **track** of each team member's project.
▶ 一名稱職的經理能隨時掌握小組成員的企劃。

trail [trel] 名 小道;蹤跡 同 pathway ▶ 檢 3
(解碼) **track** 拉 → **trail**
Some wildflowers along the **trail** attracted their attention.
▶ 小道旁的幾朵野花引起了他們的注意。

train [tren] 勔 訓練 名 火車 同 drill ▶ 檢 4
(解碼) **tract** 拉 → **train**
The **training** course is proven to be a plus for both the novices and veterans.
▶ 訓練課程證明對新舊員工皆有幫助。

trait [tret] 名 特色;特性 同 characteristic ▶ 托 4
(解碼) **tract** 拉 → **trait**
I am impressed by the culture **traits** of this country.
▶ 我對這個國家的文化特色印象深刻。

treat [trit] 勔 對待;款待 同 handle ▶ 檢 4

解碼 treat 拉

Every child in the family is **treated** equally.
▶ 家裡的每個小孩都受到平等的對待。

treatment [`tritmənt] 名 待遇；治療 同 therapy ▶ 益 4
解碼 treat 拉 **+ ment** 名詞
The cancer **treatment** may lead to a side effect of hair loss.
▶ 癌症治療可能會導致掉髮的副作用。

字根 312 **tribute** 給予；贈與 MP3 2-312

contribute [kən`trɪbjut] 動 貢獻 同 donate ▶ 益 3
解碼 con 共同 **+ tribute** 贈與
Each of the unit members **contributes** to the success of the project.
▶ 每個小組成員都對計畫的成功有所貢獻。

contribution [ˌkɑntrə`bjuʃən] 名 貢獻 同 donation ▶ 檢 5
解碼 con 共同 **+ tribute** 贈與 **+ ion** 名詞
Tony's wife made a lot of **contribution** to his work and his family.
▶ 東尼的太太對他的工作和家庭貢獻很大。

distribute [dɪ`strɪbjut] 動 分配 反 gather ▶ 益 4
解碼 dis 分別地 **+ tribute** 給予
Cartons of milk are **distributed** to each family before six every morning.
▶ 每天早上六點前，一盒盒的牛奶被配送到每一個家庭。

distribution [ˌdɪstrə`bjuʃən] 名 分配 同 allotment ▶ 益 4
解碼 dis 分別地 **+ tribute** 給予 **+ ion** 名詞
The rescue squad made a food **distribution** to refugees.
▶ 這個救難隊分配食物給難民。

tribute [`trɪbjut] 名 貢物；致敬 同 contribution ▶ 托 4
解碼 tribute 給予
This ceremony is a **tribute** to the lady for her contribution to the society.
▶ 這場典禮是為了向那位女士致敬，感謝她對社會的貢獻。

字根 313 trud, thrust 推

extrude [ɛk`strud] 動 逐出；擠壓成 同 evict ▶ 研 3

(解碼) ex 向外 + trud/trude 推

The machine **extruded** the dough into noodles.

▶ 這台機器將麵團擠壓成麵條。

intrude [ɪn`trud] 動 闖進；打擾 反 extrude ▶ 托 3

(解碼) in 進入 + trud/trude 推

Somebody **intruded** the senator's house last night.

▶ 昨晚有人侵入了那名參議員的家。

intrusion [ɪn`truʃən] 名 侵入；闖入 同 invasion ▶ 檢 2

(解碼) in 進入 + trud/trus 推 + ion 名詞

After the news, there are numerous **intrusions** on the woman's privacy.

▶ 在這個新聞後，那名女性的隱私遭受許多侵擾。

protrude [pro`trud] 動 使突出 同 jut out ▶ 雅 1

(解碼) pro 向前地 + trud/trude 推

The boy does not like his teeth because they **protrude** like fangs.

▶ 他不喜歡他的牙齒，因為他的牙齒像犬牙般往外突出。

threat [θrɛt] 名 恐嚇；威脅 同 intimidation ▶ 檢 4

(解碼) trud 推 → threat

The firewall may protect your system from **threats** across the Internet.

▶ 防火牆能夠防止系統遭受來自網路的病毒威脅。

threaten [`θrɛtn̩] 動 威脅 同 intimidate ▶ 雅 4

(解碼) trud/threat 推 + en 動詞

Insufficient oxygen supply to the brain may be dangerous and life-**threatening**.

▶ 腦部供氧不足有致命的危險。

thrust [θrʌst] 動 推；猛塞 同 push ▶ 雅 3

(解碼) thrust 推

The man **thrusts** himself into the crowded train.

▶ 男子將自己塞進擁擠的火車內。

Part 3

SUFFIX

字尾篇

～共 92 個字尾～

掃 碼 即 聽

MP3 3-001 ～ MP3 3-092

　　一般人對於字尾的印象，只是「轉化詞性」，但其實這些看似作用差不多的字尾，也有不同的意思 & 轉化的對象。舉例來說，同樣是轉化成名詞，有些字尾專門搭配形容詞，有些則是搭配動詞使用，理解規律之後，就再也不會拼錯。

◎ 考試範圍：益 新多益 / 托 托福 / 檢 全民英檢 / 研 GRE / 雅 IELTS
　 出現頻率：1（最少見）～ 5（最常見）

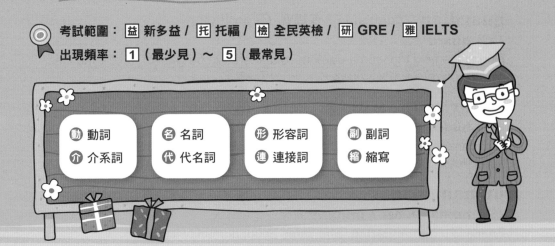

| 動 動詞 | 名 名詞 | 形 形容詞 | 副 副詞 |
| 介 介系詞 | 代 代名詞 | 連 連接詞 | 縮 縮寫 |

UNIT 1 表人的名詞字尾
Nominal Suffix: Person

字尾 001 -an, -ain, -aire, -ian 人　

---

barbarian [bɑr`bɛrɪən] 名 野蠻人　關 brutal　▶ 托 3

解碼 barbar 無知的 + ian 人

The Great Wall of China was built to keep out the tribes of **barbarians** from the north.
▶ 興建萬里長城的目的是為了阻絕來自北方的蠻族部落。

---

captain [`kæptən] 名 船長；首領　同 chief　▶ 益 4

解碼 cap/capt 頭 + ain 人

The **captain** of the battleship refused to withdraw.
▶ 這艘軍艦的艦長拒絕撤退。

---

comedian [kə`midɪən] 名 喜劇演員　同 humorist　▶ 雅 3

解碼 comed 喜劇 + ian 人

The **comedian** made the audience laugh by telling funny stories.
▶ 喜劇演員藉著有趣的故事讓觀眾笑了。

---

electrician [ɪˏlɛk`trɪʃən] 名 電機工程師　關 electronics　▶ 研 3

解碼 electric 電的 + ian 人

An **electrician** is repairing the switchboard.
▶ 一名電工正在修理配電盤。

---

guardian [`gɑrdɪən] 名 保護者　同 protector　▶ 檢 2

解碼 guard 守衛 + ian 人

During the field trip, some parents volunteered to be **guardians** for the kids.
▶ 戶外教學期間，有些父母自願擔任孩子們的保護者。

---

historian [hɪs`torɪən] 名 歷史學家　關 history　▶ 益 3

解碼 histor 歷史 + ian 人

Dr. Johnson is a famous **historian** who studied the ancient Egyptians.
▶ 強生博士是一位研究古埃及的知名歷史學者。

---

humanitarian [hjuˏmænə`tɛrɪən] 名 人道主義者　同 humanist ▶ 托 4

解碼 human 人類的 + unitar/itar 單一 + ian 人

Emma is a **humanitarian**. She cares about humanity issues.
▶ 艾瑪是人道主義者，她關心人道議題。

librarian [laɪˋbrɛrɪən] 名 圖書館員 關 library ▶ 托 3

(解碼) **librar** 圖書館 + **ian** 人

The **librarian** helped me find the book I need.

▶ 那名圖書館員幫忙找到我需要的書籍。

magician [məˋdʒɪʃən] 名 魔術師 關 trick ▶ 檢 2

(解碼) **magic** 魔術 + **ian** 人

The **magician** pulled a rabbit out of his hat.

▶ 魔術師從自己的帽子裡拉出一隻兔子。

millionaire [ˌmɪljənˋɛr] 名 百萬富翁 關 wealthy ▶ 檢 2

(解碼) **million** 百萬 + **aire** 人

The **millionaire** chooses to live in a tiny old house.

▶ 那位百萬富翁選擇住在一間狹小的老房子裡。

musician [mjuˋzɪʃən] 名 音樂家 關 artist ▶ 益 3

(解碼) **music** 音樂 + **ian** 人

The boy is interested in music and intends to be a **musician**.

▶ 這名男孩對音樂很有興趣，並希望能成為音樂家。

physician [fɪˋzɪʃən] 名 內科醫生 反 surgeon ▶ 益 3

(解碼) **physic** 醫學 + **ian** 人

Jeremy dreams of being a **physician** like his father.

▶ 傑瑞米夢想成為一名醫師，就像他父親一樣。

republican [rɪˋpʌblɪkən] 名 共和主義者 近 democrat ▶ 托 2

(解碼) **republic** 共和國 + **an** 人

What made Suzy decide to become a **republican**?

▶ 是什麼讓蘇西決定成為共和主義者？

technician [tɛkˋnɪʃən] 名 技師 同 craftsman ▶ 益 4

(解碼) **technic** 技巧 + **ian** 人

The **technician** has fixed the refrigerator for two hours.

▶ 技師修理冰箱已經修了兩個小時。

vegetarian [ˌvɛdʒəˋtɛrɪən] 名 素食者 反 carnivore ▶ 托 5

(解碼) **veg** 充滿活力的 + **et** 小 + **ian/arian** 人

Do you have a chef salad for **vegetarians**?

▶ 你們提供素食的主廚沙拉嗎？

veteran [ˋvɛtərən] 名 老兵；老手 反 rookie ▶ 托 2

(解碼) **veter** 老的 + **an** 人

The U.S. government has decided to increase the pay of the **veterans** of the Persian Gulf War.
▶ 美國政府已決定增加波斯灣戰爭老兵的薪資。

veterinarian [ˌvɛtərəˈnɛrɪən] 名 獸醫 同 vet ▶ 托 4
(解碼) **veterinar** 獸醫的 + **ian** 人
How long have you been a **veterinarian**?
▶ 你當獸醫多久了？

字尾 002 **-ant** 做某事的人 〔MP3 3-002〕

accountant [əˈkaʊntənt] 名 會計師 同 bookkeeper ▶ 益 4
(解碼) **ac** 前往 + **cont/count** 計算 + **ant** 人
Gina has been Mr. Watson's **accountant** for over a decade.
▶ 吉娜擔任華生先生會計師的時間已有十年以上。

applicant [ˈæplɪkənt] 名 申請人 同 candidate ▶ 益 4
(解碼) **applic** 申請 + **ant** 人
Background check is essential for each **applicant** for this job.
▶ 這份工作的每位申請者都必須接受背景調查。

assistant [əˈsɪstənt] 名 助理 同 auxiliary ▶ 益 4
(解碼) **assist** 協助 + **ant** 人
Mr. Lee asks his **assistant** to buy him a cup of coffee by 8 every morning.
▶ 李先生要求助理每天早上八點前幫他買一杯咖啡。

consultant [kənˈsʌltənt] 名 顧問 同 adviser ▶ 益 4
(解碼) **consult** 商議 + **ant** 人
Where can we find the new **consultant** for exporting business?
▶ 請問，在哪裡能找到新的出口業務顧問呢？

contestant [kənˈtɛstənt] 名 競爭者 同 adversary ▶ 益 4
(解碼) **contest** 競爭 + **ant** 人
The **contestant** from Brazil won this year's Miss Universe contest.
▶ 來自巴西的選手贏得今年環球小姐比賽。

descendant [dɪˈsɛndənt] 名 後裔；子孫 反 forefather ▶ 托 5
(解碼) **descend** 傳下來 + **ant** 人
One of our classmates is the **descendant** of the royal family.
▶ 我們班上的一位同學是皇室後裔。

inhabitant [ɪn`hæbətənt] 名 居民 同 dweller ▶ 益 5

(解碼) **inhabit** 居住 **+ ant** 人

The **inhabitants** in this village are very friendly.
▶ 這個村落的居民十分友善。

---

merchant [`mɜtʃənt] 名 商人 同 dealer ▶ 雅 3

(解碼) **merc/merch** 貿易 **+ ant** 人

Mr. Brown is an experienced **merchant**. He would be able to advise you.
▶ 布朗先生是一位經驗豐富的商人，他足以擔任你的顧問。

---

migrant [`maɪɡrənt] 名 候鳥；移居者 同 nomad ▶ 托 4

(解碼) **migr** 移動 **+ ant** 人

The birds we saw by the lake were **migrants** that had flown from Japan.
▶ 我們在湖邊看到的鳥是從日本飛來的候鳥。

---

militant [`mɪlətənt] 名 好戰份子 同 combatant ▶ 檢 2

(解碼) **milit** 軍事 **+ ant** 人

A group of armed **militants** kept attacking our town.
▶ 一群武裝好戰份子持續攻擊我們的城鎮。

---

peasant [`pɛzn̩t] 名 農民 同 farmer ▶ 雅 2

(解碼) **pais/peas** 鄉村 **+ ant** 人

Peasants here still harvest their crops by hand.
▶ 這裡的農夫仍然以手工收割他們的作物。

---

sergeant [`sɑrdʒənt] 名 中士；巡官 關 army ▶ 雅 3

(解碼) **serv/serge** 服役；對…忠誠 **+ ant** 人

The **sergeant** ambushed three soldiers in the woods.
▶ 士官在森林裡伏擊了三名士兵。

---

servant [`sɜvənt] 名 僕人 關 maid ▶ 檢 2

(解碼) **serv** 服務 **+ ant** 人

The **servant** led us into the dining room.
▶ 這名僕人帶我們進餐廳。

---

tenant [`tɛnənt] 名 房客 關 landlord ▶ 雅 3

(解碼) **ten** 持有 **+ ant** 人

The altruistic landlord always takes great care of his **tenants**.
▶ 這位利他主義的房東總是把他的房客照顧得很好。

字尾 003 -ar, -er 做某事的人

advertiser [`ædvɚˌtaɪzɚ] 名 登廣告的人 關 publicize 益 3
(解碼) **advert** 將某人注意力指向 + **ize/ise** 動詞 + **er** 人
The publisher understood the importance of maintaining good relations with his **advertisers**.
▶ 發行人知道與廣告主維持良好的關係很重要。

baby-sitter [`bebɪˌsɪtɚ] 名 褓姆 同 nanny 檢 4
(解碼) **baby-sit** 當臨時褓姆 + **er** 人
It is not easy to find a good **baby-sitter**.
▶ 找到一個好褓姆不容易。

banker [`bæŋkɚ] 名 銀行家 同 financier 益 3
(解碼) **bank** 銀行 + **er** 人
The **banker** gave large bonuses to his employees.
▶ 那名銀行家發給員工大筆紅利。

beggar [`bɛgɚ] 名 乞丐 同 cadger 雅 3
(解碼) **beg** 行乞 + **ar** 人
A **beggar** walked to me while I was riding a bike through the park.
▶ 當我騎單車穿越公園時，一名乞丐走向我。

beginner [brˋgɪnɚ] 名 初學者 反 expert 檢 4
(解碼) **begin** 開始 + **er** 人
As a **beginner**, Danny needs extra attention from the instructor.
▶ 因為是初學者，所以丹尼需要指導員額外的關照。

boxer [`bɑksɚ] 名 拳擊手 同 pugilist 托 3
(解碼) **box** 用拳頭打 + **er** 人
You must be strong enough to be a **boxer**.
▶ 要成為一名拳擊手，你必須夠強壯。

carrier [`kærɪɚ] 名 運送人；郵差 同 messenger 益 4
(解碼) **carr/carri** 運送 + **er** 人
The mail **carrier** asked Tina to sign the slip for the registered mail.
▶ 郵差請蒂娜簽收掛號信。

carpenter [`kɑrpəntɚ] 名 木匠 同 woodworker 檢 4
(解碼) **carpent** 馬車 + **er** 人（提示：製作馬車的人）
The **carpenter** made a desk and a chair for his son.

▶ 木匠為他的兒子製作了一張桌子和一把椅子。

composer [kəm`pozɚ] 名 作曲家 同 songwriter
▶ 檢 4

(解碼) com 共同 + pos 放置 + er 人

They hired that famous **composer** to write music for the movie soundtracks.

▶ 他們聘請那位知名作曲家來為電影原聲帶作曲。

consumer [kən`sjumɚ] 名 消費者 同 purchaser
▶ 益 5

(解碼) con 表強調 + sum 拿；購買 + er 人

Analyzing **consumer** lifestyles is the key to a successful marketing plan.

▶ 分析消費者的生活方式是行銷計畫成功的關鍵。

customer [`kʌstəmɚ] 名 顧客 關 patron
▶ 益 4

(解碼) com/cu 表強調 + stom 習慣 + er 人

It is a taboo to stand your **customers** up.

▶ 放客戶鴿子絕對是禁忌。

dancer [`dænsɚ] 名 舞蹈家 關 ballerina
▶ 雅 3

(解碼) dans/danc 跳舞 + er 人

Emma is a ballet **dancer** who is known throughout the world.

▶ 艾瑪是一位全球知名的芭蕾舞者。

dealer [`dilɚ] 名 商人；發牌者 同 trader
▶ 益 3

(解碼) deal 交易 + er 人

Larry has just transacted with a car **dealer** and bought a used car.

▶ 賴瑞剛與車商談妥，購買了一輛二手車。

designer [dɪ`zaɪnɚ] 名 設計師 關 creative
▶ 雅 4

(解碼) design 設計 + er 人

The interior **designer** used a tape measure to measure the size of the door.

▶ 室內設計師用卷尺測量門的尺寸。

employer [ɪm`plɔɪɚ] 名 雇主 同 entrepreneur
▶ 益 4

(解碼) employ 雇用 + er 人

The **employer** should take account the costs and productivity of labor.

▶ 雇主應將勞動力的成本和產能列入考量。

examiner [ɪg`zæmɪnɚ] 名 主考官；檢查員 同 tester
▶ 益 5

(解碼) examin 衡量 + er 人

The **examiner** will visit the branch on a regular basis.

▶ 這位檢查員將定期拜訪分行。

farmer [`farmɚ] 名 農夫 關 agriculture ▶ 檢 4

(解碼) farm 種田 + er 人

The **farmer** sowed a plot of land with sunflower seeds.

▶ 農夫在一塊地上播種向日葵。

fighter [`faɪtɚ] 名 戰士 同 warrior ▶ 檢 4

(解碼) fight 戰鬥 + er 人

Peter is a real **fighter** on the tennis court.

▶ 網球場上的彼得是一名戰士。

founder [`faʊndɚ] 名 創立者 關 establish ▶ 研 5

(解碼) fund/found 建立 + er 人

Jason's grandfather is the founder of this school.

▶ 傑森的祖父是這所學校的創辦者。

foreigner [`fɔrɪnɚ] 名 外國人 同 outlander ▶ 托 4

(解碼) foreign 外國的 + er 人

Different from the Chinese people, **foreigners** often use knives and forks to eat.

▶ 不同於中國人，外國人通常用刀叉來進食。

gardener [`gɑrdənɚ] 名 園丁 關 horticulture ▶ 雅 3

(解碼) garden 花園 + er 人

We hired a **gardener** to care for the rose garden.

▶ 我們雇用一名園丁來照料這座玫瑰花園。

hacker [`hækɚ] 名 駭客 關 programming ▶ 檢 3

(解碼) hack 非法入侵電腦 + er 人 (hack 原始義：使普通化)

The police arrested the **hacker** for stealing confidential secrets.

▶ 警方以竊取機密的罪名逮捕了那名駭客。

hunter [`hʌntɚ] 名 獵人 反 prey ▶ 檢 4

(解碼) hunt 打獵 + er 人

The **hunter** spent one night in the hunting lodge.

▶ 獵人在狩獵小屋裡住了一晚。

interpreter [ɪn`tɝprɪtɚ] 名 口譯者 同 translator ▶ 托 5

(解碼) interpret 口譯 + er 人

Chad overcame many difficulties to become a simultaneous **interpreter**.

▶ 查德克服了許多困難才成為同步口譯員。

intruder [ɪn`trudɚ] 名 侵入者 反 defender ▶ 托 4

解碼 in 進入 + trud 用力推 + er 人

The security guards caught the **intruder** right away.
▶ 警衛馬上就抓到了侵入者。

leader [`lidɚ] 名 領導者 反 follower ▶ 檢 5

解碼 lead 領導 + er 人

The students have voted to elect a new class **leader**.
▶ 學生們已投票選出新的班長。

lecturer [`lɛktʃərɚ] 名 講師 同 instructor ▶ 托 4

解碼 lectur 閱讀 + er 人

The guest **lecturer** from Harvard University spoke on advances in particle acceleration.
▶ 來自哈佛大學的客座講師演講粒子加速度的進展。

liar [`laɪɚ] 名 說謊的人 同 phony ▶ 檢 4

解碼 lie 說謊 + ar 人

Don't call me a **liar**. What I said was true.
▶ 別叫我騙子，我說的是真的。

listener [`lɪsn̩ɚ] 名 聽者 同 auditor ▶ 檢 5

解碼 listen 聽 + er 人

The speaker can absorb the attention of the **listeners** in a short time.
▶ 這名演講者能在短時間內吸引聽眾注意。

loser [`luzɚ] 名 失敗者 反 winner ▶ 檢 5

解碼 los 失去 + er 人

You may be the **loser**, but you can learn from your mistakes.
▶ 你或許是失敗者，但你可以從錯誤中學習。

lover [`lʌvɚ] 名 愛人；情人 同 sweetheart ▶ 檢 5

解碼 luf/love 愛 + er 人

The **lovers** celebrated their 3rd anniversary of meeting each other.
▶ 這對情侶慶祝他們的三週年相遇紀念日。

manufacturer [ˌmænjəˋfæktʃərɚ] 名 製造商 同 producer ▶ 益 4

解碼 manu 手 + factur 工作 + er 人

The sales representatives of the **manufacturer** should be present at the meeting.
▶ 製造商的業務代表應該出席會議。

messenger [`mɛsn̩dʒɚ] 名 郵差；使者 同 carrier ▶ 托 4

解碼 **message** 訊息 + **er** 人

The **messenger** always makes delivery punctually at 4 o'clock every afternoon.

▶ 郵差總在每天下午四點準時送件。

miller [`mɪlə] 名 磨坊主人 關 grind ▶ 托 ③

解碼 **mill** 磨坊 + **er** 人

The **miller** uses windmills and wind power to grind the grain.

▶ 磨坊主人利用風車和風力來碾磨穀物。

miner [`maɪnə] 名 礦工 同 mineworker ▶ 托 ③

解碼 **mine** 開採礦物 + **er** 人

It took a tremendous effort in Chile to rescue the trapped **miners**.

▶ 為了救出在智利受困的礦工們，每個人都付出了極大的努力。

murderer [`mɜdərə] 名 兇手 關 crime ▶ 托 ④

解碼 **murder** 謀殺 + **er** 人

The **murderer** is sentenced to life imprisonment.

▶ 兇手被判終身監禁。

observer [əb`zɜvə] 名 觀察者 同 watcher ▶ 研 ④

解碼 **observ** 觀察 + **er** 人

Observers may sit in the back row.

▶ 旁聽者可以坐在後排。

officer [`ɔfɪsə] 名 官員；軍官 同 civil servant ▶ 益 ⑤

解碼 **offic** 義務；服務 + **er** 人

The old lady related her conflict with her son to the police **officer**.

▶ 這名老婦人向警察敘述她和兒子間的衝突。

organizer [`ɔrgə͵naɪzə] 名 組織者 關 arrange ▶ 益 ⑤

解碼 **organiz** 組織 + **er** 人

Do you know where the **organizer** of the trade show is?

▶ 你知道貿易展的發起人在哪裡嗎？

outsider [͵aut`saɪdə] 名 局外人 反 insider ▶ 檢 ④

解碼 **outside** 外部 + **er** 人

After the bank robbery, the residents of the small town were not too friendly to **outsiders**.

▶ 自從發生了銀行搶劫之後，小鎮上的居民對外來客變得不太友善。

owner [`onə] 名 物主 同 possessor ▶ 益 ⑤

解碼 **own** 擁有 + **er** 人

The **owner** of the suite decided to sell it at a bargain price.
▶ 這間套房的所有權人決定要便宜出售房間。

painter [`pentɚ] 名 畫家 關 art ▶ 雅 4
解碼 **paint** 畫 + **er** 人
These vivid paintings were created by a **painter** aged almost 80.
▶ 這些栩栩如生的畫作出自一名年近八十的畫家。

peddler [`pɛdlɚ] 名 小販 同 vendor ▶ 雅 3
解碼 **peddle** 叫賣 + **er** 人
The price is not fair at all. We should keep bargaining with the **peddler**.
▶ 這個價錢一點都不合理。我們應該繼續和那名小販還價。

photographer [fə`tɑɡrəfɚ] 名 攝影師 同 cameraman ▶ 檢 5
解碼 **photograph** 拍照 + **er** 人
You will be amazed once you see the **photographer's** photos.
▶ 如果你看到那位攝影師的作品，你肯定會大感驚訝的。

pitcher [`pɪtʃɚ] 名 投手 反 catcher ▶ 檢 4
解碼 **pitch** 投；扔 + **er** 人
This **pitcher** experienced a sore arm after the baseball game.
▶ 這名投手在棒球賽過後有手臂痠痛的情形。

player [`pleɚ] 名 選手；運動員 同 athlete ▶ 檢 4
解碼 **play** 表演 + **er** 人
The soccer **player** scored the winning goal during the World Cup.
▶ 那名足球選手在世界盃踢進致勝的一球。

porter [`portɚ] 名 搬運工人 同 carrier ▶ 益 4
解碼 **port** 港 + **er** 人（提示：在港口搬運的人）
There will be no **porter** to help carry your bag.
▶ 這裡不會有搬運工幫你提行李。

prisoner [`prɪznɚ] 名 囚犯 同 detainee ▶ 雅 4
解碼 **prison** 監獄 + **er** 人
Two **prisoners** escaped from the jail three days ago.
▶ 兩名犯人三天前從監獄逃跑了。

producer [prə`djusɚ] 名 生產者；製片 同 maker ▶ 益 5
解碼 **produc** 生產 + **er** 人
The actress has signed a contract with a Hollywood **producer**.
▶ 那名女演員已和好萊塢的製片簽約。

publisher [ˋpʌblɪʃɚ] 名 出版社 關 put out　▶ 益 5
(解碼) **publish** 出版 **+ er** 人
There are various **publishers** competing in the same market.
▶ 有許多出版社在同一個市場上相互競爭。

receiver [rɪˋsivɚ] 名 接受者；話筒 反 sender　▶ 檢 5
(解碼) **receiv** 接受 **+ er** 人；物
By the time the ship arrives the harbor, the **receiver** should have paid the bill.
▶ 在船到港之前，收件人應已付款。

reporter [rɪˋportɚ] 名 記者 同 journalist　▶ 檢 5
(解碼) **report** 報告 **+ er** 人
Mark acted as a **reporter** initially and then was promoted to an anchor.
▶ 馬克剛開始是一名記者，後來被拔擢為主播。

researcher [rɪˋsɜtʃɚ] 名 研究員 同 investigator　▶ 檢 5
(解碼) **re** 表強調 **+ search** 細看 **+ er** 人
The clinical study is conducted by more than twenty **researchers**.
▶ 這項臨床研究由超過二十名的研究人員進行。

runner [ˋrʌnɚ] 名 跑者 近 sprinter　▶ 檢 3
(解碼) **run** 跑 **+ er** 人
That marathon **runner** had a huge lead.
▶ 那名馬拉松選手大幅領先其他人。

settler [ˋsɛtlɚ] 名 移居者；殖民者 同 colonist　▶ 托 5
(解碼) **settle** 定居；殖民 **+ er** 人（字根衍生：**setl** 位置 → **settle** 定居）
The town was founded by the earliest **settlers** in America.
▶ 這座城鎮由美國最早的殖民者所建立。

singer [ˋsɪŋɚ] 名 歌手 近 vocalist　▶ 益 4
(解碼) **sing** 唱歌 **+ er** 人
A lot of fans asked the **singer** to autograph the albums.
▶ 一大群粉絲要求這名歌手在專輯上簽名。

speaker [ˋspikɚ] 名 演說者 同 orator　▶ 雅 5
(解碼) **speak** 講話 **+ er** 人
The host made a brief introduction of the **speaker** to the audience.
▶ 主持人向觀眾簡單介紹演講者。

stranger [ˋstrendʒɚ] 名 陌生人 同 alien　▶ 雅 5
(解碼) **strange** 不熟悉的 **+ er** 人

The little girl stuttered in front of **strangers**.
▶ 那名小女孩在陌生人面前說話結巴。

teacher [`titʃɚ] 名 老師 同 mentor ▶ 檢 5
(解碼) **teach** 教導 + er 人
The **teacher** has planned a river tracing adventure on the valley.
▶ 教師規劃了一項在溪谷進行的溯溪活動。

teenager [`tin͵edʒɚ] 名 青少年 同 juvenile ▶ 研 5
(解碼) **teen** 青少年的 + age 年齡 + er 人
The **teenager** was filled with ambition to become a great scientist.
▶ 這名青少年一心想成為偉大的科學家。

teller [`tɛlɚ] 名 出納員；講述者 同 cashier ▶ 雅 3
(解碼) **tell** 計算；講 + er 人
Amanda has been a **teller** in this bank for over fifteen years.
▶ 亞曼達已在這間銀行擔任出納超過十五年了。

trader [`tredɚ] 名 商人 同 merchant ▶ 益 3
(解碼) **trade** 交易 + er 人
The **trader** displayed various kinds of household appliances.
▶ 那名商人陳列了各式家用器具。

traveler [`trævlɚ] 名 旅行者；旅客 同 tourist ▶ 雅 5
(解碼) **travel** 旅行 + er 人
Do you know how to cash a **traveler's** check?
▶ 你知道要如何兌現旅行支票嗎？

user [`juzɚ] 名 使用者；用戶 關 username ▶ 益 5
(解碼) **us** 使用 + er 人
Portable chargers are very convenient for the cell phone **users**.
▶ 可攜式充電器對手機使用者來說十分便利。

viewer [`vjuɚ] 名 參觀者；觀眾 同 spectator ▶ 托 4
(解碼) **view** 觀看 + er 人
This TV show has got more than a million **viewers**.
▶ 超過一百萬人收看這個電視節目。

widower [`wɪdoɚ] 名 鰥夫 關 bereft ▶ 托 3
(解碼) **widow** 喪偶 + er 人
The **widower** was alone for many years after the death of his wife.
▶ 自從妻子去世後，這位鰥夫獨自生活了好幾年。

worker [ˋwɝkɚ] 名 工人 同 laborer ▶ 檢 5

(解碼) **work** 工作 + **er** 人

Though Judy is just a part-time **worker**, she is fully devoted to her job.

▶ 雖然茱蒂只是個兼職員工，但她全心為工作付出。

writer [ˋraɪtɚ] 名 作者 同 author ▶ 托 4

(解碼) **writ** 寫作 + **er** 人

The writer is **writing** a story about a bar.

▶ 這名作家正在撰寫一篇和酒吧有關的故事。

(字尾 004) **-ard** 人（1. 普通名詞 2. 含貶義）　 MP3 3-004

drunkard [ˋdrʌŋkəd] 名 醉漢 關 alcohol ▶ 雅 2

(解碼) **drunk** 喝醉的 + **ard** 人（含貶義）

I saw a **drunkard** lying on the street last night.

▶ 我昨晚看到一名醉漢仰臥在大街上。

wizard [ˋwɪzəd] 名 男巫；術士 關 witch ▶ 雅 3

(解碼) **wis/wiz** 有智慧的 + **ard** 人（普通名詞）

The **wizard** saved the king on many occasions with his magic.

▶ 那名巫師在許多狀況中以他的魔法解救國王。

(字尾 005) **-ary, -ery, -ry** 人　 MP3 3-005

cavalry [ˋkævəlrɪ] 名 騎兵隊；騎兵 關 squadron ▶ 雅 3

(解碼) **caval** 馬 + **ry** 人

It is honorable to be able to join the **cavalry**.

▶ 能夠加入騎兵隊很光榮。

secretary [ˋsɛkrəˌtɛrɪ] 名 祕書 近 assistant ▶ 益 4

(解碼) **secret** 祕密 + **ary** 人

The manager asked his **secretary** to dial Mr. Wang for him.

▶ 經理要他的祕書替他打電話給王先生。

 **-ee** 受…的人

committee [kə`mɪtɪ] 名 委員會 近 board ▶ 益 4
解碼 **committ** 聯合 + **ee** 受…的人
The table lists the names of the **committee** members of the board.
▶ 這張表格列出了委員會成員的名字。

---

employee [ˌɛmplɔɪ`i] 名 受雇者 反 employer ▶ 益 4
解碼 **employ** 雇用 + **ee** 受…的人
Employees of the large company were given bonuses and incentives for being loyal.
▶ 大公司的員工獲得紅利及忠誠的誘因。

---

examinee [ɪɡˌzæmə`ni] 名 應試者 反 examiner ▶ 研 3
解碼 **examin** 衡量 + **ee** 受…的人
All the **examinees** cannot be late.
▶ 所有的應試者都不能遲到。

---

guarantee [ˌɡærən`ti] 名 保證人；抵押品 關 promise ▶ 托 3
解碼 **garrant/guarant** 擔保 + **ee** 受…的人 / 物
The customs officer didn't see the **guarantee** of the fridge and decided to hold it in detention.
▶ 那位海關人員沒看到冰箱的保證書，決定將它扣留。

---

nominee [ˌnɑmə`ni] 名 被提名者 近 appointee ▶ 研 4
解碼 **nominat/nomin** 提名；命名 + **ee** 受…的人
Who are the **nominees** for the position?
▶ 這個職位的被提名人是哪幾位？

---

referee [ˌrɛfə`ri] 名 裁判；仲裁人 同 umpire ▶ 托 4
解碼 **refer** 提交；交付 + **ee** 受…的人
A **referee** must give an objective opinion.
▶ 裁判必須給予客觀的意見。

-eer 從事某工作的人

engineer [ɛndʒə`nɪr] 名 工程師 近 deviser ▶ 托 4
解碼 **engin** 機械 + **eer** 從事…的人
The **engineer** has been working on the debugging of the program.

▶ 這名工程師一直在為程式除錯。

pioneer [ˌpaɪə`nɪr] 名 拓荒者；先驅 同 forerunner ▶ 托 5

解碼 pion 步兵 + eer 從事⋯的人（字義衍生：先行的步兵 → 先驅）

Lewis and Clark were famous American **pioneers** who discovered a route to the Pacific Ocean.

▶ 李維斯與克拉克是著名的美國拓荒者，他們發現一條通往太平洋的路徑。

字尾 008 **-ent** ⋯的人 MP3 3-008

correspondent [ˌkɔrə`spɑndənt] 名 特派員 同 reporter ▶ 托 4

解碼 com/cor 共同 + respond 回答 + ent⋯的人

The TV station has several **correspondents** in London.

▶ 這家電視台在倫敦有幾位特派員。

president [`prɛzədənt] 名 總統；校長 近 leader ▶ 檢 5

解碼 praesid/presid 監督；指揮 + ent⋯的人

The speaker quoted the saying of **President** Lincoln in the very beginning of the speech.

▶ 這位演講者在演講的一開始就引述了林肯總統的一段話。

recipient [rɪ`sɪpɪənt] 名 接受者 同 receiver ▶ 研 5

解碼 re 返回 + cip 拿 + ent/ient⋯的人

The **recipient** had returned the invoice for correction.

▶ 收件人已退還發貨單以做更正。

resident [`rɛzədənt] 名 居民 同 inhabitant ▶ 研 4

解碼 resid 居住 + ent⋯的人

There are more than twelve thousand **residents** in this town.

▶ 鎮上的居民超過一萬兩千人。

student [`stjudn̩t] 名 學生 關 undergraduate ▶ 雅 5

解碼 stud 用功；念書 + ent⋯的人

One of these **students** lost her identification card.

▶ 這些學生當中，有一名學生弄丟了她的身分證。

字尾 009 **-ess** 女性工作者 MP3 3-009

actress [`æktrɪs] 名 女演員 關 action ▶ 檢 4

解碼 **ag/act** 做 + **ess** 女性工作者

She received an award for Outstanding Lead **Actress** in a Drama.

▶ 她獲頒最佳戲劇女主角獎。

hostess [`hostɪs] 名 女主人 關 guest ▶ 雅 ③

解碼 **hosp/host** 客人 + **ess** 女性工作者（提示：招待客人者）

The **hostess** of the party introduced me to everyone.

▶ 宴會女主人把我介紹給每一個人。

mistress [`mɪstrɪs] 名 女主人；情婦 同 ladylove ▶ 雅 ③

解碼 **maistr/mistr** 主人 + **ess** 女性工作者

The businessman's wife found out about his **mistress** and decided to get divorced.

▶ 那名商人太太發現他有情婦，決定與他離婚。

stewardess [`stjuwədɪs] 名 空姐 關 cabin crew ▶ 檢 ③

解碼 **steward** 服務員 + **ess** 女性工作者

The airplane **stewardess** asked the passengers to fasten the seat belt.

▶ 女空服員要求乘客繫緊安全帶。

字尾 010 -eon, -eur, -or 做某事的人

actor [`æktə] 名 演員；行動者 同 performer ▶ 檢 ②

解碼 **ag/act** 做 + **or** 做某事的人

All the **actors** are enthusiastic about the play, even in the rehearsal.

▶ 所有演員都對這齣戲充滿熱情，就連排練時也不例外。

amateur [`æmə,tʃur] 名 業餘愛好者 反 professional ▶ 益 ④

解碼 **amat** 喜愛 + **eur** 做某事的人

You should ask help from a professional, not an **amateur**.

▶ 你應該請求專家的協助，而不是業餘人士。

commentator [`kɑmən,tetə] 名 注釋者；評論家 近 analyst ▶ 檢 ④

解碼 **com** 表強調 + **ment** 記憶 + **ate** 動詞 + **or** 做某事的人

The **commentator** of my resume is my college professor.

▶ 我的大學教授是我履歷的評論者。

conductor [kən`dʌktə] 名 指揮 同 leader ▶ 托 ②

解碼 **conduct** 領導 + **or** 做某事的人

The teacher also acts as a **conductor** of an orchestra.

▶ 這名教師身兼管弦樂團指揮。

counselor [`kaʊnsələ] 名 顧問 同 advisor ▶ 益 4
解碼 consil/counsel 建議 + or 做某事的人
The **counselor** is expected to deliver the closing argument tomorrow.
▶ 這位律師將於明日發表結辯。

creator [krɪ`etə] 名 創造者 同 maker ▶ 雅 5
解碼 creat 創造 + or 做某事的人
The student from M.I.T. is the **creator** of the electric car.
▶ 來自麻省理工學院的那位學生是電動車的創作者。

dictator [`dɪk.tetə] 名 獨裁者 同 tyrant ▶ 托 2
解碼 dictat 規定 + or 做某事的人
This is the century for democrats, not for **dictators**.
▶ 這是民主主義者的時代，不是獨裁者的。

director [də`rɛktə] 名 導演 關 producer ▶ 益 3
解碼 direct 指示 + or 做某事的人
I would never give up my dream of being a **director**.
▶ 我絕不放棄當導演的夢想。

editor [`ɛdɪtə] 名 編輯 同 redactor ▶ 雅 4
解碼 edit 產生 + or 做某事的人
Ms. Huang will be the **editor** of your next novel.
▶ 黃小姐會擔任你下一本小說的編輯。

contractor [`kɑntræktə] 名 承包商 關 business ▶ 雅 3
解碼 contract 訂約；承包 + or 做某事的人
The contract may be cancelled due to the negligent act of a **contractor**.
▶ 這份合約可能會因締約方的疏忽不慎而被解約。

governor [`gʌvənə] 名 統治者 同 ruler ▶ 托 4
解碼 gubern/govern 統治 + or 做某事的人
The **governor** of the state decided to raise taxes.
▶ 這名州長決定增稅。

inspector [ɪn`spɛktə] 名 調查員 同 inquirer ▶ 益 2
解碼 inspect 調查 + or 做某事的人
The **inspector** is scrutinizing every detail of the engine compartment.
▶ 檢查員正在詳查引擎室的每一個細節。

instructor [ɪn`strʌktə] 名 教練；講師 同 coach ▸ 研 4

(解碼) **instru/instruct** 教導 **+ or** 做某事的人

If you have any question, please feel free to have consultation with your **instructor**.

▸ 如果你有任何問題，請儘管諮詢你的指導者。

inventor [ɪn`vɛntə] 名 發明家 同 innovator ▸ 檢 3

(解碼) **invent** 發明；創造 **+ or** 做某事的人

Jason is obviously the most talented product **inventor** in the company.

▸ 傑森很顯然是公司裡最有才華的產品開發者。

investigator [ɪn`vɛstə͵getə] 名 研究者 同 researcher ▸ 托 2

(解碼) **in** 進入 **+ vestig** 行蹤 **+ ate** 動詞 **+ or** 做某事的人

Some **investigators** found that several kinds of animals in the woods vanished.

▸ 一些研究者發現樹林中有幾種動物消失了。

janitor [`dʒænətə] 名 守門人；工友 同 caretaker ▸ 益 4

(解碼) **jani** 拱廊 **+ or/tor** 做某事的人

The **janitor** has decided to retire in December.

▸ 管理員已決定要在十二月退休。

narrator [næ`retə] 名 敘述者 同 storyteller ▸ 益 4

(解碼) **narrat** 敘述 **+ or** 做某事的人

The **narrator** of the documentary expressed himself clearly.

▸ 這部紀錄片的敘述者清楚地表達自己的意思。

operator [`ɑpə͵retə] 名 操作者 同 manipulator ▸ 托 5

(解碼) **operat** 工作 **+ or** 做某事的人

How many **operators** are required for a single conveyer belt?

▸ 一條配送帶需要多少操作員？

sailor [`selə] 名 水手 同 mariner ▸ 研 2

(解碼) **sail** 航行 **+ or** 做某事的人

More than twenty **sailors** were loading the container with apples.

▸ 二十多名水手正在將蘋果裝進貨櫃內。

sculptor [`skʌlptə] 名 雕刻家 同 carver ▸ 雅 3

(解碼) **sculpt** 雕刻 **+ or** 做某事的人

The **sculptor** spent several years to make the bronze sculpture.

▸ 那名雕刻家花了好幾年的時間完成這座青銅像。

spectator [spɛk`tetə] 名 觀眾 同 viewer ▸ 益 4

解碼 **spect** 觀看 + **ate** 動詞 + **or** 做某事的人

The **spectators** cheered as the runner neared the finish line.

▶ 當跑者接近終點線時，觀眾歡呼了起來。

---

successor [sək`sɛsə] 名 繼承人 同 heir ▶ 托 2

解碼 **sub/suc** 之後 + **cede/cess** 讓與 + **or** 做某事的人

The entrepreneur decided to let Scott be his **successor**.

▶ 那名企業家決定讓史考特擔任他的繼任者。

---

surgeon [`sɜdʒən] 名 外科醫生 反 physician ▶ 雅 3

解碼 **chir/sur** 手 + **urg** 工作 + **eon** 做某事的人

The **surgeon** intends to cut the abscess and release the pus.

▶ 這名外科醫師打算切除膿瘡，放流膿液。

---

tailor [`telə] 名 裁縫師 同 dressmaker ▶ 研 2

解碼 **tail** 切割 + **or** 做某事的人

Eva went to the **tailor** to be measured for a dress.

▶ 伊娃找了裁縫師訂做一件洋裝。

---

traitor [`tretə] 名 賣國賊；叛徒 同 betrayer ▶ 益 3

解碼 **trad/trait** 把控制權交給別人 + **or** 做某事的人

They caught the **traitor** and put him in jail.

▶ 他們抓到那名叛徒，並將他關進牢裡。

---

translator [træns`letə] 名 譯者 同 interpreter ▶ 雅 4

解碼 **trans** 跨越 + **lat** 承擔 + **or** 做某事的人

The emcee introduced the **translator** to the audience.

▶ 那位司儀將譯者介紹給觀眾。

---

vendor [`vɛndə] 名 攤販 同 hawker ▶ 研 1

解碼 **vend** 販賣 + **or** 做某事的人

There were booths for different **vendors** along the street.

▶ 沿街有各種小販的貨攤。

---

visitor [`vɪzɪtə] 名 訪客；遊客 反 host ▶ 益 3

解碼 **visit** 拜訪 + **or** 做某事的人

They held a banquet for **visitors** traveling from Europe.

▶ 他們為遠從歐洲來的賓客舉辦了一場宴會。

---

warrior [`wɔrɪə] 名 戰士 同 fighter ▶ 雅 1

解碼 **war/warri** 戰爭 + **or** 做某事的人

Warriors armed with spears and shields protected our village.

▶ 拿著矛和盾的武士保護了我們的村子。

字尾 011 -ic, -ier, -ist, -ive 人

activist [`æktɪvɪst] 名 激進份子 同 radical
(解碼) **activ** 活躍的 + **ist** 人
Some **activists** burned a house down last night.
▶ 某些激進份子昨晚燒毀了一棟房屋。

artist [`ɑrtɪst] 名 藝術家 近 virtuoso
(解碼) **art** 藝術 + **ist** 人
This Buddha Statue was carved by a local **artist**.
▶ 這尊佛像是由地方上的一名藝術家雕刻而成。

cashier [kæ`ʃɪr] 名 出納員 同 teller
(解碼) **cash** 現金 + **ier** 人
All the **cashiers** can get an overtime of 300 U.S. dollars for the Christmas shift.
▶ 所有值耶誕假期班的收銀員，都能拿到三百元美金的加班費。

capitalist [`kæpətəlɪst] 名 資本家 反 communist
(解碼) **capital** 資產 + **ist** 人
Capitalists and workers are usually in opposing positions.
▶ 資本家和勞工常處於對立的局面。

chemist [`kɛmɪst] 名 化學家；藥劑師 同 pharmacist
(解碼) **alchim/alchem** 鍊金術 + **ist** 人（**alchem** 後簡化為 **chem**）
My aunt works as a **chemist** in the pharmacy near my house.
▶ 我阿姨在我家附近的藥房當藥劑師。

dentist [`dɛntɪst] 名 牙醫 同 orthodontist
(解碼) **dent** 牙齒 + **ist** 人
Will this extracting be performed by a skilled **dentist**?
▶ 這項拔牙手術會由技術純熟的牙醫來執行嗎？

economist [ɪ`kɑnəmɪst] 名 經濟學家 關 economics
(解碼) **eco** 家 + **nom** 管理的 + **ist** 人
The **economists** thought the pace of economic growth is picking up.
▶ 經濟學家認為經濟成長的速度正迎頭趕上。

executive [ɪg`zɛkjutɪv] 名 行政官；主管 同 administrator

1 字首篇／

2 字根篇／

3 字尾篇／

4 複合字篇／

解碼 **execut** 貫徹；執行 **+ ive** 人
In Taiwan, the prime minister is the chief **executive** of the government.
▶ 在台灣，行政院長是政府的行政首長。

linguist [`lɪŋgwɪst] 名 語言學家 關 grammar　▶ 托 3
解碼 **lingua** 語言 **+ ist** 人
The **linguist** traveled to the islands of Indonesia to study the tribal languages.
▶ 語言學家造訪印尼島嶼研究部落語言。

mechanic [mə`kænɪk] 名 技工 同 artisan　▶ 益 3
解碼 **mechan** 機械 **+ ic** 人
The **mechanic** walked in with his kit.
▶ 這位技工帶著他的工具箱走了進來。

naturalist [`nætʃərəlɪst] 名 自然主義者 近 botanist　▶ 研 4
解碼 **natural** 自然的 **+ ist** 人
Kelly is a teacher by trade and **naturalist** by avocation.
▶ 凱莉的職業是老師，興趣是自然主義作家。

novelist [`nɑvl̩ɪst] 名 小說家 同 fictionist　▶ 雅 3
解碼 **novel** 小說 **+ ist** 人
The story is written by a nameless young **novelist**.
▶ 這個故事是由一位不知名的年輕小說家所寫的。

pharmacist [`fɑrməsɪst] 名 藥劑師 同 apothecary　▶ 雅 4
解碼 **pharmac** 藥 **+ ist** 人
The **pharmacist** will make sure the correct drugs are prescribed precisely.
▶ 藥師將會確認是否確實開立正確的藥物。

physicist [`fɪzəsɪst] 名 物理學家 關 physical　▶ 托 4
解碼 **physic** 物理學 **+ ist** 人
Physicists study a wide range of physical phenomena.
▶ 物理學家研究廣泛的物理現象。

pianist [pɪ`ænɪst] 名 鋼琴家 同 piano player　▶ 檢 3
解碼 **piano** 鋼琴 **+ ist** 人
The highly recognizable style of Chopin has influenced many **pianists**.
▶ 蕭邦鮮明的風格影響了許多鋼琴家。

premier [`primɪə] 名 總理；首相 同 prime minister　▶ 益 3
解碼 **prim/prem** 首要的 **+ ier** 人
The experienced politician was appointed to be the new **premier**.

▶ 那位經驗豐富的政治家被任命為新總理。

psychologist [saɪˋkɑlədʒɪst] 名 心理學家 近 psychiatrist ▶ 托 4
(解碼) psycho 心理 + logy 學說 + ist 人
Susan has an appointment with the **psychologist** at 2 p.m.
▶ 蘇珊與心理醫師在下午兩點有個預約。

representative [rɛprɪˋzɛntətɪv] 名 代表 同 delegate ▶ 益 4
(解碼) re 表強調 + presenta 代表 + ive/tive 人
Each unit should send a **representative** to the monthly meeting.
▶ 每個單位都應派代表參加月會。

scientist [ˋsaɪəntɪst] 名 科學家 關 science ▶ 托 5
(解碼) scient 知識 + ist 人
The students visited a **scientist's** lab in the field trip today.
▶ 學生在今天的校外教學中參觀了一位科學家的實驗室。

socialist [ˋsoʃəlɪst] 名 社會主義者 近 Marxist ▶ 研 4
(解碼) social 社會的 + ist 人
The professor is a **socialist**; that is, he is a supporter of socialism.
▶ 教授是名社會主義者；也就是說，他支持社會主義的想法。

soldier [ˋsoldʒɚ] 名 軍人；士兵 關 infantry ▶ 檢 4
(解碼) solidus/sold 古羅馬金幣 + ier 人（提示：受雇的人；傭兵）
These wounded **soldiers** need to be attended and managed immediately.
▶ 這些受傷的士兵需要立即接受照護和處置。

specialist [ˋspɛʃəlɪst] 名 專家；專科醫生 同 authority ▶ 托 4
(解碼) special 特別的 + ist 人
You should seek more opinions of heart **specialists** about this disease.
▶ 你應該詢問心臟專科醫師對這個疾病的看法。

therapist [ˋθɛrəpɪst] 名 治療學家 近 clinician ▶ 托 4
(解碼) therap 治療 + ist 人
This form provides a list of **therapists** with menopause specialties.
▶ 本表列出專長於更年期的治療師名單。

tourist [ˋturɪst] 名 觀光客 同 traveler ▶ 益 5
(解碼) tour 旅遊 + ist 人
We need some **tourists** to help complete these questionnaires.
▶ 我們需要找一些觀光客來填寫這些問卷。

typist [ˋtaɪpɪst] 名 打字員　關 type in　▶ 雅 ④
解碼 **typ** 敲打 + **ist** 人
The company hired a **typist** who could type letters at over 80 words per minute.
▶ 公司雇用一名每分鐘能打八十幾個字的打字員。

violinist [ˌvaɪəˋlɪnɪst] 名 小提琴家　同 fiddler　▶ 雅 ③
解碼 **violin** 小提琴 + **ist** 人
The crowd fell in love with the solo performance of the **violinist**.
▶ 群眾愛上那位小提琴家的獨奏。

字尾 012 -ster, -yer 人　MP3 3-012

gangster [ˋgæŋstɚ] 名 歹徒；流氓　同 mobster　▶ 益 ③
解碼 **gang** 幫派 + **ster** 人
My boyfriend likes to watch action movies involving police and **gangsters**.
▶ 我男友喜歡看包含警匪情節的動作片。

lawyer [ˋlɔjɚ] 名 律師　同 attorney　▶ 檢 ⑤
解碼 **law** 法律 + **yer** 人
The public **lawyer** suggested that we settle the lawsuit out of court.
▶ 公設律師建議我們庭外和解。

minister [ˋmɪnɪstɚ] 名 部長；大臣　關 official　▶ 雅 ②
解碼 **min/mini** 從屬的 + **ster** 人（提示：服務君主的人）
The **Minister** of Foreign Affairs paid a formal visit to the United States.
▶ 外交部長前往美國進行正式訪問。

youngster [ˋjʌŋstɚ] 名 年輕人　關 youth　▶ 益 ⑤
解碼 **young** 年輕的 + **ster** 人
It is very important to teach **youngsters** to mind their manners.
▶ 教導年輕人注意自己的禮儀是非常重要的一件事。

字尾 013 -y 人　MP3 3-013

lady [ˋledɪ] 名 女士；淑女　同 madam　▶ 檢 ④
解碼 **lad** 麵包 + **y** 人；年輕女性
The postman carried the heavy box for the old **lady**.
▶ 郵差幫那位老婦人搬運那個重箱子。

nanny [`nænɪ] 名 褓姆 同 baby-sitter ▶ 檢 3

(解碼) nan 照顧 + y 人

The little girl's **nanny** will pick her up at five o'clock.
▶ 這個小女孩的褓姆五點鐘的時候會來接她。

UNIT 2 表物的名詞字尾
Nominal Suffix: An Object

字尾 014 -ant 物   MP3 3-014

pollutant [pə`lutənt] 名 汙染物 同 contaminant ▶ 托 4

(解碼) pollut 汙染 + ant 物

Gases from vehicles clog the air with **pollutants**.
▶ 車輛排放的氣體使空氣中充斥著汙染物。

字尾 015 -ary, -ery, -ry 物   MP3 3-015

accessory [æk`sɛsərɪ] 名 配件 近 component ▶ 雅 3

(解碼) access 接近 + ary/ory 物

Lisa is good at collocating all kinds of **accessories**.
▶ 莉莎擅於搭配各種配件。

artery [`ɑrtərɪ] 名 動脈 關 vein ▶ 研 3

(解碼) art 氣管 + ery 物

This report showed the mortality ratios due to coronary **artery** diseases.
▶ 這份報告列出了與冠狀動脈疾病相關的死亡率。

bravery [`brevərɪ] 名 勇氣;勇敢 同 courage ▶ 檢 3

(解碼) brav 無畏的 + ery 物

Bravery is built on encouragement and confidence.
▶ 勇敢建立在鼓勵與自信上。

documentary [ˌdɑkjə`mɛntərɪ] 名 紀錄片 關 film ▶ 托 4

(解碼) document 用文件證明 + ary 物

My mother and I saw a TV **documentary** on African children.
▶ 母親和我看了一部關於非洲兒童的電視記錄片。

jewelry [`dʒuəlrɪ] 名 珠寶（總稱） 關 earring ▶ 雅 3
（解碼）**jewel** 寶石 + ry 物
Commodities such as **jewelry** and cars are taxed heavily at the customs.
▶ 珠寶和車輛等商品在海關都被課以重稅。

luxury [`lʌkʃərɪ] 名 奢侈品 同 extravagance ▶ 雅 5
（解碼）**luxu** 奢侈；豪華 + ry 物
Luxury hotels are commonly located around this area.
▶ 大部分的高檔旅館都分布在這個地區附近。

machinery [mə`ʃinərɪ] 名 機械 同 apparatus ▶ 托 5
（解碼）**machin** 機器 + ery 物
Fixed capital refers to assets of durable nature for repeated use for a long time, such as **machinery** in a factory.
▶ 固定資本是指長時間內重複使用的資產，例如工廠的機器。

poetry [`poɪtrɪ] 名 （總稱）詩 關 stanza ▶ 研 5
（解碼）**poet** 詩人 + ry 物
Can you identify the genre of **poetry** correctly?
▶ 你可以正確分辨詩歌的文體類別嗎？

pottery [`pɑtərɪ] 名 陶器 同 china ▶ 檢 3
（解碼）**pot** 壺；罐 + ery 物
My neighbor is a real collector of **pottery**.
▶ 我的鄰居是一個貨真價實的陶器收藏家。

theory [`θiərɪ] 名 理論；學理 同 conception ▶ 托 5
（解碼）**theo** 觀點 + ry 物
The demonstration of this **theory** is the main objective of the study.
▶ 這項研究的主要目標為驗證該理論。

vocabulary [və`kæbjə‚lɛrɪ] 名 字彙 同 word ▶ 托 5
（解碼）**vocabul** 單字 + ary 物
The lawyer employed a lot of **vocabulary** of law.
▶ 那位律師使用了大量的法律用語。

 **-ent** 物

component [kəm`ponənt] 名 成分 同 constituent ▶ 研 5
解碼 **com** 共同 + **pon** 放置 + **ent** 物
The **components** of the sewing machine are no longer available now.
▶ 現在已經沒辦法取得這台裁縫車的零件。

nutrient [`njutrɪənt] 名 營養物 關 nutrition ▶ 托 4
解碼 **nutri** 滋養 + **ent** 物
The **nutrients** in the soil act as a stimulus to make the tree grow.
▶ 土壤中的養分是讓這棵樹成長的刺激物。

precedent [`prɛsədənt] 名 前例 同 antecedent ▶ 托 4
解碼 **pre** 之前 + **cede/ced** 去 + **ent** 物
There are some **precedents** you may consult to solve this problem.
▶ 你可以參考一些前例來解決這個問題。

 -er, -or （具備某功能的）物

calculator [`kælkjə͵letɚ] 名 計算機 關 number ▶ 研 3
解碼 **calculat** 計算 + **or** 物
Each of the employees can apply for a **calculator**.
▶ 每位員工都可以申請一台計算機。

cleaner [`klinɚ] 名 清潔劑 同 detergent ▶ 托 3
解碼 **clean** 清潔 + **er** 物
My mom tends to use **cleaner** to mop the floor.
▶ 我媽媽比較常用清潔劑拖地。

computer [kəm`pjutɚ] 名 電腦 關 mainframe ▶ 益 5
解碼 **comput** 計算 + **er** 物
I prefer outdoor activities than movies or **computer** games.
▶ 比起電影和電腦遊戲，我更喜歡到戶外走走。

container [kən`tenɚ] 名 容器 近 canister ▶ 研 5
解碼 **contain** 容納 + **er** 物
The little girl put the cookies in a **container**.
▶ 小女孩將餅乾放到容器中。

controller [kən`trolɚ] 名 控制器 關 device ▶ 益 4

(解碼) **control** 控制 + **er** 物

You can use the **controller** to control this machine.
▶ 你可以使用控制器來操作這台機器。

----

cooker [`kukɚ] 名 炊具 關 boiler ▶ 檢 5

(解碼) **cook** 烹調 + **er** 物

The store offered discounts on certain **cookers**.
▶ 商家提供折扣促銷部分廚具。

----

corridor [`korədɚ] 名 走廊；通道 同 hallway ▶ 研 2

(解碼) **corr** 跑；流通 + **or/idor** 物

The **corridor** is full of people who are waiting to buy a ticket.
▶ 走廊上擠滿了等著買票的人。

----

counter [`kauntɚ] 名 櫃台 關 reception ▶ 益 5

(解碼) **count** 告訴 + **er** 物

You can easily find the check-in **counter** after entering the airport.
▶ 進入航空站後，你很快就能找到報到櫃檯。

----

dinner [`dinɚ] 名 晚餐 同 supper ▶ 檢 3

(解碼) **dine** 進食 + **er** 物

You can enjoy a deluxe **dinner** buffet in this hotel.
▶ 你可以在這間酒店享用超豐盛的自助式晚餐。

----

dryer [`draiɚ] 名 烘乾機 關 appliance ▶ 檢 4

(解碼) **dry** 使乾燥 + **er** 物

The hair **dryer** should be kept away from the bathtub to avoid electric shock.
▶ 吹風機應遠離浴缸以避免觸電。

----

elevator [`ɛlə,vetɚ] 名 電梯 同 lift ▶ 托 3

(解碼) **e** 向外 + **lev** 舉起 + **or/ator** 物

This **elevator** is exclusively for staff use.
▶ 這個電梯只供員工使用。

----

eraser [ɪ`resɚ] 名 橡皮擦 同 rubber ▶ 檢 3

(解碼) **eras** 擦掉 + **er** 物

Excuse me. May I borrow your **eraser**?
▶ 不好意思，我可以借用你的橡皮擦嗎？

----

escalator [`ɛskə,letɚ] 名 電扶梯 關 escalate ▶ 研 4

(解碼) **e** 向外 + **scal** 用梯子攀登 + **or/ator** 物

Beware of the stairs when taking the **escalator**.
▶ 搭乘手扶梯時，請小心階梯。

factor [ˋfæktɚ] 名 因素 同 aspect
▶ 益 3

(解碼) **fac/fact** 做；製造 **+ or** 物

The stock price will vary with various **factors**, such as politics and economics.
▶ 股價會因各種原因起伏，例如政治或經濟。

freezer [ˋfrizɚ] 名 冷藏庫 關 refrigerator
▶ 雅 3

(解碼) **freeze** 冷凍 **+ er** 物

The chef asked me to put meat and fish in the **freezer**.
▶ 主廚要求我把肉類和魚類放進冷凍庫。

generator [ˋdʒɛnəˏretɚ] 名 發電機 同 dynamo
▶ 檢 2

(解碼) **gener** 產生 **+ or/ator** 物

The **generator** cannot function due to the power failure.
▶ 發電機因為停電而無法運作。

hanger [ˋhæŋɚ] 名 衣架；掛鉤 關 clothespin
▶ 雅 4

(解碼) **hang** 懸掛 **+ er** 物

Please put your jacket on a **hanger**.
▶ 請將你的夾克掛在衣架上。

heater [ˋhitɚ] 名 暖氣機 反 cooler
▶ 托 4

(解碼) **heat** 加熱 **+ er** 物

I cannot pass the winter without a **heater**.
▶ 我沒有暖氣機無法過冬。

holder [ˋholdɚ] 名 支架 關 bolster
▶ 檢 5

(解碼) **hold** 托住；支撐 **+ er** 物

Where did you get this cute cup **holder**?
▶ 你在哪裡買到這個可愛的杯架？

locker [ˋlɑkɚ] 名 置物櫃 關 locker room
▶ 托 5

(解碼) **lock** 鎖 **+ er** 物

I forget my password and cannot open the **locker**.
▶ 我忘了密碼，打不開寄物櫃。

monitor [ˋmɑnətɚ] 名 螢幕；監視器 同 screen
▶ 研 4

(解碼) **mon** 警告 **+ or/itor** 物

My parents are watching a movie on a television **monitor**.
▶ 我的父母正透過電視螢幕觀賞一部電影。

motor [`motɚ] 名 馬達 同 engine　▶ 雅 ③

(解碼) **mov/mot** 移動 + **or** 物

The man went to the garage to get the car **motor** tuned up.
▶ 男子去車庫，以調整汽車馬達。

....

mower [`moɚ] 名 割草機 同 lawnmower　▶ 雅 ③

(解碼) **mow** 割草 + **er** 物

The man bought a self-powered **mower** to keep his lawn beautiful.
▶ 那名男性買一部自動充電的割草機來整理他的草皮。

....

poacher [`potʃɚ] 名 蒸鍋 關 boil　▶ 研 ③

(解碼) **poach** 水煮 + **er** 物

Mom poaches eggs in the **poacher** every morning.
▶ 媽媽每天早上用蒸鍋煮水煮蛋。

....

poster [`postɚ] 名 海報 同 placard　▶ 益 ⑤

(解碼) **post** 張貼 + **er** 物

A huge **poster** on the train station building drew our attention.
▶ 火車站上的巨幅海報吸引了我們的注意。

....

prayer [prɛr] 名 禱告 關 worship　▶ 檢 ④

(解碼) **pray** 祈禱 + **er** 物

The pastor offered a special **prayer** to a family that recently lost a son.
▶ 牧師為最近失去兒子的家庭做特別禱告。

....

printer [`prɪntɚ] 名 印表機 近 laser printer　▶ 研 ⑤

(解碼) **print** 印刷 + **er** 物

Laser **printers** are much more efficient and economical than traditional ones.
▶ 雷射印表機比傳統印表機更有效率且經濟實惠。

....

propeller [prə`pɛlɚ] 名 螺旋槳；推進器 同 screw　▶ 研 ④

(解碼) **propel** 推進 + **er** 物

A seagull hit against the left **propeller** of the airliner.
▶ 一隻海鷗撞到這架客機左邊的推進器。

....

quarter [`kwɔrtɚ] 名 四分之一；季度 關 portion　▶ 檢 ⑤

(解碼) **quart** 第四的 + **er** 物

What is the net profit in the last **quarter**?
▶ 上一季的淨利是多少？

....

radiator [`redɪˌetɚ] 名 暖氣裝置；散熱器 同 heater　▶ 雅 ③

(解碼) **radiat** 散發 + **or** 物

This portable electric **radiator** can provide heat anywhere.

▶ 這個可攜式電暖爐可讓你在任何地方取暖。

razor [`rezɚ] 名 刮鬍刀；剃刀 同 shaver ▶ 益 4

(解碼) **rase/raze** 剃；刮 + **or** 物

The manager shaved his face with a safety **razor**.

▶ 經理用一把安全剃刀刮臉。

recorder [rɪ`kɔrdɚ] 名 錄音機 關 audio ▶ 檢 5

(解碼) **record** 錄下 + **er** 物

The teacher switched on the **recorder** before the class.

▶ 上課前，老師打開了錄音機。

refrigerator [rɪ`frɪdʒəˌretɚ] 名 冰箱 同 fridge ▶ 雅 3

(解碼) **refrigerat** 冷藏 + **or** 物

You should avoid frequent opening and closing of a **refrigerator**.

▶ 你應該避免經常開關冰箱。

reminder [rɪ`maɪndɚ] 名 提醒物 近 memo ▶ 檢 5

(解碼) **remind** 提醒 + **er** 物

I've had a post-it on my desk as a **reminder** of our appointment.

▶ 我已在桌上黏了張便利貼，用來提醒我們的約會。

rubber [`rʌbɚ] 名 橡膠；摩擦的工具 關 elastic ▶ 雅 3

(解碼) **rub** 摩擦 + **er** 物

These **rubber** bands are used to tie the brochures.

▶ 這些橡皮筋是用來綁小冊子的。

saucer [`sɔsɚ] 名 淺碟 關 cup ▶ 雅 2

(解碼) **sals/sauce** 調味品 + **er** 物

We received a boxed set of two cups and **saucers**.

▶ 我們收到兩個杯子和淺碟的盒裝組。

server [`sɝvɚ] 名 伺服器 關 network ▶ 檢 4

(解碼) **serv** 服務 + **er** 物

The **server** was hacked and the whole building lost network connection.

▶ 伺服器被駭，以致整棟大樓都連不上網路。

shutter [`ʃʌtɚ] 名 百葉窗 同 blind ▶ 檢 4

(解碼) **shut** 關閉 + **er** 物

The man closed the metal **shutters** to keep out the sun.

▶ 男子關上金屬製的百葉窗，以擋住太陽。

slipper [`slɪpɚ] 名 拖鞋 近 sandal ▶ 檢 3
解碼 slip 滑行 + er 物
These indoor **slippers** are cozy and in reasonable prices.
▶ 這些室內拖鞋穿起來很舒服，而且價格也合理。

sneaker [`snikɚ] 名 運動鞋 關 footwear ▶ 檢 3
解碼 sneak 偷偷地走 + er 物（提示：走起來無聲的鞋子）
Steve got new basketball **sneakers** for his birthday.
▶ 史蒂夫生日的時候收到一雙新的籃球鞋作為禮物。

stapler [`steplɚ] 名 訂書機 關 stationery ▶ 益 3
解碼 staple 用訂書針釘 + er 物
We need to buy some construction paper and a **stapler**.
▶ 我們必須買一些圖紙和一台訂書機。

steamer [`stimɚ] 名 蒸籠 關 vapor ▶ 雅 3
解碼 steam 蒸；煮 + er 物
My grandmother used this **steamer** to steam fish.
▶ 我的祖母用這個蒸籠蒸魚。

sweater [`swɛtɚ] 名 毛衣 近 jumper ▶ 檢 5
解碼 sweat 出汗 + er 物
You should not use a hanger to hang your **sweater**.
▶ 你不應該用衣架晾毛線衣。

thriller [`θrɪlɚ] 名 恐怖片 同 horror movie ▶ 檢 4
解碼 thrill 使緊張 + er 物
This best-selling **thriller** movie will be released in Taiwan next month.
▶ 這部賣座的驚悚片下個月將在全台上映。

tranquilizer [`træŋkwɪ͵laɪzɚ] 名 鎮靜劑 同 sedative ▶ 托 3
解碼 tranquil 平靜的 + ize 動詞 + er 物
The doctor used the **tranquilizer** to put the patient to sleep.
▶ 醫師使用鎮靜劑來讓這名病患入睡。

zipper [`zɪpɚ] 名 拉鍊 關 jacket ▶ 檢 3
解碼 zip 快速移動 + er 物
The **zipper** of Tracy's backpack got stuck.
▶ 崔西的背包拉鍊卡住了。

 -ier 物

frontier [frʌn`tɪr] 名 國境；邊界 同 borderland ▶ 托 4
(解碼) **front** 前線 + **ier** 物
It was not difficult to cross the **frontier** between the two countries.
▶ 越過這兩個國家的邊境並不難。

-ium, -um 金屬；狀態

aluminum [ə`lumɪnəm] 名 鋁 關 tensile ▶ 托 4
(解碼) **alum/alumin** 礬土：氧化鋁 + **um** 金屬
The price of the **aluminum** alloy is increasing.
▶ 鋁合金的價格正在上揚。

momentum [mo`mɛntəm] 名 動能 關 force ▶ 益 3
(解碼) **moment** 力矩 + **um** 狀態
The sledge gained **momentum** as it ran down the steep hill.
▶ 雪橇從陡峭的山坡向下俯衝時，會產生動能。

petroleum [pə`trolɪəm] 名 石油 近 fuel ▶ 益 2
(解碼) **petrol** 汽油 + **ium/eum** 金屬
Most countries in Mideast are rich in **petroleum**.
▶ 許多中東國家盛產石油。

uranium [ju`renɪəm] 名 鈾 關 ore ▶ 研 2
(解碼) **uran**（見緣起）+ **ium** 金屬（緣起：希臘神話中的神祇 **Ouranos** → 天王星 **Uranus**，鈾元素發現者以此行星命名。）
Uranium is a radioactive metal used to produce nuclear energy and weapons.
▶ 鈾是用於製造核能與武器的一種放射性金屬。

-y 物

delivery [dɪ`lɪvərɪ] 名 運送；分娩 同 consignment ▶ 益 5
(解碼) **de** 分離 + **liber/liver** 解放 + **y** 物
The consignee was charged ten dollars on **delivery**.
▶ 收件人在收件時被收取十元的費用。

history [`hɪstərɪ] 名 歷史 關 antiquity　　　▶ 研 5

(解碼) **histor** 智者；判決者 **+ y** 物

Confucius is the greatest teacher in Chinese **history**.

▶ 孔子是中國歷史上最偉大的教師。

---

pharmacy [`fɑrməsɪ] 名 藥劑學；藥房 同 drugstore　　　▶ 益 3

(解碼) **pharmac** 藥；用藥 **+ y** 物

They spent three years studying **pharmacy**.

▶ 他們花了三年學習藥劑學。

---

therapy [`θɛrəpɪ] 名 療法；療效 同 treatment　　　▶ 檢 4

(解碼) **therap** 治療 **+ y** 物

Exercise as a preventive **therapy** for osteoporosis has been demonstrated.

▶ 研究已證實運動可作為骨質疏鬆症的一種預防性療法。

---

treaty [`tritɪ] 名 條約；協定 同 agreement　　　▶ 益 4

(解碼) **treat** 商議 **+ y** 物

Negotiations over a **treaty** on global warming are still going on.

▶ 全球暖化的條約仍在進行協商。

UNIT 3 表小尺寸 / 小巧的名詞字尾
Nominal Suffix: The Small Size

字尾 021 -cle, -el, -le 小尺寸

article [`ɑrtɪkḷ] 名 物品；文章 同 object　　　▶ 托 5

(解碼) **arti** 連接 **+ cle** 小尺寸

There are six **articles** in the shopping basket.

▶ 購物籃裡有六件商品。

---

bottle [`bɑtḷ] 名 瓶子 近 jug　　　▶ 雅 5

(解碼) **butt/bott** 桶 **+ le** 小尺寸

There are stones of various shapes and sizes in the **bottle**.

▶ 瓶子裡有各種不同形狀和大小的石頭。

---

bundle [`bʌndḷ] 名 捆；包裹 同 package　　　▶ 檢 4

解碼 **bind/bund** 綑綁物 **+ le** 小尺寸

There is a **bundle** of chopsticks on the table.
▶ 桌上有一捆筷子。

juvenile [`dʒuvən!] 名 青少年 同 youth ▶ 托 4

解碼 **juveni** 年輕 **+ le** 小尺寸

The **juvenile** protested that he had never done it.
▶ 這名青少年堅稱他沒有做過那件事。

- -

model [`mɑd!] 名 模型 同 miniature ▶ 研 5

解碼 **mod** 尺寸 **+ el** 小尺寸

There are several aircraft **models** demonstrated on the concourse.
▶ 機場大廳有展示幾架模型飛機。

- -

parcel [`pɑrs!] 名 小包裹 關 carton ▶ 檢 4

解碼 **part/parc** 部分 **+ el** 小尺寸

May I have the tracking number of your **parcel**?
▶ 可以給我您包裹的追蹤編號嗎？

- -

particle [`pɑrtɪk!] 名 顆粒；微量 同 fleck ▶ 托 4

解碼 **part/parti** 部分 **+ cle** 小尺寸

The purpose of this experiment is to study the properties of those **particles**.
▶ 這個實驗的目的是研究那些微粒的性質。

- -

pebble [`pɛb!] 名 小圓石；卵石 近 gravel ▶ 檢 3

解碼 **pebb** 石頭 **+ le** 小尺寸

The boy threw some **pebbles** into the lake.
▶ 這個小男孩將幾塊小圓石丟進湖裡。

- -

riddle [`rɪd!] 名 謎語 同 puzzle ▶ 雅 3

解碼 **ridd** 猜測 **+ le** 小尺寸

Can you guess the **riddle**?
▶ 你能猜出這道謎語嗎？

- -

vehicle [`viɪk!] 名 車輛 同 automobile ▶ 檢 5

解碼 **vehi** 運輸工具 **+ cle** 小尺寸

The system can keep your **vehicle** at a steady speed of 60 mph.
▶ 這個系統可以讓你的車輛保持在時速六十英哩。

- -

vessel [`vɛs!] 名 船；容器 同 barge ▶ 檢 3

解碼 **vase/vess** 瓶 **+ el** 小尺寸（字義衍生：小瓶 → 容器）

There are **vessels** in the harbor waiting for unloading.

▶ 港口內有船隻等待卸貨。

字尾 022 -cule, -ule 小

molecule [`mɑlə͵kjul] 名 分子 同 particle ▶ 研 3

解碼 **mole** 克分子 + **cule** 小

The chemical structure of the **molecule** is very unusual.

▶ 這個分子的化學結構非常奇特。

schedule [`skɛdʒʊl] 名 計畫表 近 timetable ▶ 檢 3

解碼 **sched** 碎片 + **ule** 小（緣起：夾在文件上的小紙條）

Wait a minute. I have to check my **schedule**.

▶ 等等，我要查一下我的計畫表。

字尾 023 -en 小

chicken [`tʃɪkən] 名 小雞；雞肉 關 rooster ▶ 檢 5

解碼 **chick** 雞 + **en** 小；年輕

Larry ordered a fried **chicken** and pizza in a fast food restaurant.

▶ 賴瑞在速食店點了一份炸雞和披薩。

kitten [`kɪtṇ] 名 小貓 同 kitty ▶ 雅 4

解碼 **kitt** 貓 + **en** 小

The photographer took a photo of that cute **kitten**.

▶ 攝影師替那隻可愛的小貓照了一張相片。

字尾 024 -et, -ette, -let 小

banquet [`bæŋkwɪt] 名 宴會 同 feast ▶ 檢 4

解碼 **banqu** 長椅 + **et** 小（緣起：主人在正餐外招待的小點心）

Last night he attended a **banquet** for the princess.

▶ 他昨晚參加了為公主舉行的宴會。

blanket [`blæŋkɪt] 名 毛毯 同 quilt ▶ 雅 4

解碼 **blanc/blank** 白色 + **et** 小

A soft pillow and warm **blanket** helped me fall asleep quickly.

▶ 柔軟的枕頭和溫暖的毛毯讓我很快就入睡了。

bullet [`bulɪt] 名 子彈 同 pellet ▶ 雅 3
(解碼) **bull** 球狀物 + **et** 小
The surgeon felt a sense of relief after he took the **bullet** out of the captain's shoulder.
▶ 在取出警長肩膀內的子彈後，那名外科醫師鬆了一口氣。

cabinet [`kæbənɪt] 名 櫥櫃 同 cupboard ▶ 檢 4
(解碼) **cabin** 小屋 + **et** 小
All the office supplies are in the central **cabinet**.
▶ 所有的辦公室用品都放在中間的櫃子裡。

cigarette [ˌsɪgə`rɛt] 名 香菸 同 tobacco ▶ 檢 5
(解碼) **cigar** 雪茄 + **ette** 小
I bought a packet of **cigarettes** for my father.
▶ 我替父親買了一包香菸。

tablet [`tæblɪt] 名 藥片；錠劑 同 pill ▶ 檢 5
(解碼) **tab** 厚片 + **let** 小
You should take the **tablet** as a whole twice a day for a week.
▶ 你應該將藥錠整粒服用，每天服用兩次，為期一週。

ticket [`tɪkɪt] 名 入場券；車票 關 permit ▶ 益 5
(解碼) **etiqu/tick** 標籤；便條 + **et** 小
I need to book a business class round-trip **ticket**.
▶ 我需要訂一張商務艙的來回機票。

字尾 025 -in 小

bulletin [`bulətɪn] 名 公告 同 announcement ▶ 托 4
(解碼) **bullet** 文件 + **in** 小
No posts on the **bulletin** can be removed unless authorized.
▶ 未經授權，不可移除公佈欄上的公告。

---

violin [ˌvaɪə`lɪn] 名 小提琴 同 fiddle ▶ 檢 3
(解碼) **viol** 提琴 + **in** 小
The wood serves to resonate the sound in a piano or **violin**.
▶ 鋼琴或小提琴所使用的木材，可以達到聲音共振的效果。

字尾 026 -kin 小

napkin [`næpkɪn] 名 餐巾紙 關 wipe ▶ 益 4
解碼 nape/nap 桌布 + kin 小
The middle-aged woman wiped her lips gracefully with a **napkin**.
▶ 那名中年婦女用餐巾紙優雅地擦拭她的嘴唇。

pumpkin [`pʌmpkɪn] 名 南瓜 關 Halloween ▶ 檢 3
解碼 pump 瓜 + kin 小
Does anyone want some more **pumpkin** pie?
▶ 有誰想再吃點南瓜派嗎？

字尾 027 -ling 小（特別指年幼的動物）

darling [`dɑrlɪŋ] 名 親愛的人；寵物 同 beloved ▶ 雅 4
解碼 deor/dar 親愛的；可愛的 + ling 小
Tom is going to hold a party for his **darling**.
▶ 湯姆要為他親愛的人舉辦一場派對。

duckling [`dʌklɪŋ] 名 小鴨 關 duck ▶ 檢 3
解碼 duck 鴨子 + ling 小
I saw some **ducklings** swimming in the pond.
▶ 我看見幾隻小鴨在池塘裡游泳。

UNIT 4 表學術的名詞字尾 Nominal Suffix: The Science

字尾 028 -ic, -ics 學術用語

arithmetic [ə`rɪθməˌtɪk] 名 算術 同 mathematics ▶ 研 3
解碼 arithmet 算數 + ic 學
The boy is confident of his abilities with **arithmetic**.
▶ 男孩對自己的算術能力深具信心。

basics [`besɪks] 名 基本因素 同 rudiment ▶ 檢 5
解碼 **bas** 低的 + **ics** 學
If you want to be an architect, taking classes for **basics** of design is essential.
▶ 假如你想要成為建築師，必須修習基本設計學。

economics [ˌikə`nɑmɪks] 名 經濟學 關 finance ▶ 托 4
解碼 **econom** 經濟上的 + **ics** 學
The administrative assistant majored in **economics** in college.
▶ 這名行政助理大學時主修經濟學。

electronics [ɪˌlɛk`trɑnɪks] 名 電子工程學 關 electron ▶ 托 3
解碼 **electron** 電子 + **ics** 學
My brother is studying **electronics** at college.
▶ 我哥哥在大學裡研讀電子工程學。

ethics [`ɛθɪks] 名 倫理學；道德 同 morality ▶ 研 4
解碼 **eth** 社會習俗 + **ics** 學
The professor reminded us to keep medical **ethics** in mind.
▶ 教授提醒我們將醫療道德放在心上。

genetics [dʒə`nɛtɪks] 名 遺傳學 近 genealogy ▶ 托 3
解碼 **gene/genet** 基因 + **ics** 學
Lisa got good grades in **genetics**.
▶ 莉莎的遺傳學成績很好。

logic [`lɑdʒɪk] 名 邏輯 同 rationality ▶ 研 4
解碼 **log** 理性；想法 + **ic** 學
The interviewers were impressed by her refinement of **logic**.
▶ 面試官對於她的精確邏輯印象深刻。

mathematics [ˌmæθə`mætɪks] 名 數學 同 math ▶ 研 5
解碼 **mathemat** 數學；知識 + **ics** 學
We have a **mathematics** exam tomorrow morning.
▶ 我們明天早上有數學測驗。

mechanics [mə`kænɪks] 名 力學；機械學 同 kinetics ▶ 托 3
解碼 **mechan** 機械 + **ics** 學
Professor Lee will be our **mechanics** teacher next semester.
▶ 李教授會擔任我們下學期的力學課老師。

physics [`fɪzɪks] 名 物理學 關 science ▶ 托 4
解碼 **physic** 自然 + **ics** 學

As with her brother, Nora majors in **physics** in the college.
▶ 諾拉和她的哥哥一樣在大學主修物理學。

politics [`pɑlətɪks] 名 政治學 關 government ▶ 托 4
(解碼) **polis/polit** 城市 + **ics** 學
Chris is a newbie to **politics**.
▶ 克里斯是一位政治新手。

statistics [stə`tɪstɪks] 名 統計學；統計 同 census ▶ 托 4
(解碼) **status** 國家狀態 + **ics** 學
The **statistics** indicate that the rate of unemployment has dropped.
▶ 統計數字顯示失業率已下降。

tactic [`tæktɪk] 名 戰術；策略 關 battle ▶ 托 3
(解碼) **tact** 秩序 + **ic** 學
The general decided to change the **tactics**.
▶ 將軍決定改變戰略。

字尾 029 -ism, -asm 主義；學說；工作；事物 MP3 3-029

capitalism [`kæpətḷ,ɪzəm] 名 資本主義 同 mercantilism ▶ 研 4
(解碼) **capital** 資本 + **ism** 主義
Capitalism is an economic and political system basing on private ownership.
▶ 資本主義是基於私有制的一種經濟和政治制度。

criticism [`krɪtə,sɪzm] 名 批評 反 praise ▶ 托 3
(解碼) **critic** 評論家 + **ism** 工作
Have you read the **criticism** of the author's new book?
▶ 你讀過那位作者新書的評論了嗎？

enthusiasm [ɪn`θjuzɪ,æzəm] 名 熱情 同 zeal ▶ 益 3
(解碼) **en** 在裡面 + **theos/thus** 神 + **ism/iasm** 工作（提示：被神激勵）
Her **enthusiasm** for advertisement is the reason why she got the job.
▶ 她對廣告業的熱忱正是她得到這份工作的原因。

journalism [`dʒɜnḷ,ɪzm] 名 新聞業 關 news ▶ 雅 3
(解碼) **journal** 日報 + **ism** 工作
Sophia began a career in **journalism** last month.
▶ 蘇菲亞上個月開始在新聞界工作。

materialism [məˋtɪrɪəˌlɪzm̩] 名 唯物論 反 idealism ▶ 研 2
(解碼) **material** 物質 + **ism** 主義
The rising consumer **materialism** in society became apparent.
▶ 社會中興起的消費者唯物論變得明顯了。

mechanism [ˋmɛkəˌnɪzəm] 名 機械裝置 近 device ▶ 托 2
(解碼) **mechan** 機械 + **ism** 事物
The **mechanism** of the device can ensure the accuracy.
▶ 這項設備的機械裝置能夠確保精準度。

nationalism [ˋnæʃənḷɪzəm] 名 民族主義 關 patriotism ▶ 研 2
(解碼) **national** 民族的 + **ism** 主義
This kind of fierce **nationalism** could be dangerous.
▶ 這種狂熱的民族主義很危險。

optimism [ˋɑptəˌmɪzəm] 名 樂觀主義 反 pessimism ▶ 托 2
(解碼) **optim** 最好的 + **ism** 主義
The doctor expressed **optimism** about the patient's recovery.
▶ 醫師對病人的康復持樂觀態度。

organism [ˋɔrgənˌɪzəm] 名 生物；有機體 近 being ▶ 研 3
(解碼) **organ** 器官 + **ism** 事物
A study of environmental factors which may impact the diversity of **organisms** is underway.
▶ 一項關於環境因子對生物多樣性影響的研究正在進行中。

pessimism [ˋpɛsəˌmɪzəm] 名 悲觀主義 關 depression ▶ 檢 3
(解碼) **pessim** 最糟糕的 + **ism** 主義
Your **pessimism** towards life may lead to sickness.
▶ 你看待人生的悲觀態度可能會導致生病。

racism [ˋresɪzəm] 名 種族歧視 近 discrimination ▶ 托 2
(解碼) **race** 種族 + **ism** 主義
Do you think the level of **racism** nowadays is declining?
▶ 你認為現今種族歧視的程度正在降低嗎？

realism [ˋrɪəlˌɪzəm] 名 現實主義 同 verism ▶ 益 2
(解碼) **real** 真實的 + **ism** 主義
This painting is a great masterpiece of **realism** art.
▶ 這幅畫是現實主義藝術的傑出作品。

socialism [ˋsoʃəlˌɪzəm] 名 社會主義 近 communism ▶ 托 3

解碼 **social** 社會的 **+ ism** 主義
We should combine the best features of **socialism** and capitalism.
▶ 我們應該將社會主義和資本主義兩者最好的特點結合起來。

tourism [`turɪzm̩] 名 觀光業 關 travel agency 旅行社 ▶ 檢 4
解碼 **tour** 旅遊 **+ ism** 工作
The period of July to September is the peak of annual **tourism** in this region.
▶ 七月到九月是這個地區觀光業最活絡的時期。

UNIT 5
表地點的名詞字尾
Nominal Suffix: The Place

字尾 030 -age 地點 MP3 3-030

orphanage [`ɔrfənɪdʒ] 名 孤兒院 近 shelter ▶ 托 3
解碼 **orphan** 孤兒 **+ age** 地點
The volunteers at the **orphanage** bought every child a gift for Christmas.
▶ 孤兒院裡的志工為每一個孩子買耶誕禮物。

storage [`storɪdʒ] 名 倉庫 同 warehouse ▶ 益 4
解碼 **store** 貯存 **+ age** 地點
The farmer heaped many boxes in his **storage**.
▶ 那名農夫在倉庫裡堆積了許多箱子。

village [`vɪlɪdʒ] 名 村落 同 town ▶ 雅 4
解碼 **villa** 村落 **+ age** 地點
The guest house is located in a remote **village**.
▶ 這間民宿位於一個偏僻的村莊裡。

字尾 031 -ary, -ery, -ory, -ry 地點 MP3 3-031

bakery [`bekərɪ] 名 麵包店 關 bread ▶ 托 5
解碼 **bac/bak** 烘；烤 **+ ery** 地點
The **bakery** is famous for its chocolate cake and cheese cake.
▶ 這家麵包店以巧克力蛋糕和起士蛋糕聞名。

cemetery [`sɛmə͵tɛrɪ] 名 墓地 同 graveyard ▶ 托 2

解碼 **cemet** 長眠 + **ery** 地點

My grandparents were buried in a Catholic **cemetery**.
▶ 我的祖父母被葬在一個天主教墓園裡。

dormitory [`dɔrmə͵torɪ] 名 宿舍 同 dorm ▶ 托 4

解碼 **dormit** 睡覺 + **ory** 地點

The **dormitory** is available for every freshman.
▶ 每位新生都可以住宿舍。

factory [`fæktərɪ] 名 工廠 同 plant ▶ 益 5

解碼 **fac/fact** 製造 + **ory** 地點

A procedure diagram is hanging on the wall of the **factory**.
▶ 一張流程圖懸掛在工廠的牆上。

fishery [`fɪʃərɪ] 名 養魚場；漁業 關 fishing ▶ 檢 3

解碼 **fish** 捕魚 + **ery** 地點

They filed a complaint against the unlicensed **fishery** on the coast of Alaska.
▶ 他們對阿拉斯加海岸的無照漁場提出控訴。

gallery [`gælərɪ] 名 畫廊 同 salon ▶ 益 3

解碼 **gal/gall** 門廊 + **ery** 地點

Molly will have a solo exhibition in an art **gallery** on Sunday.
▶ 莫莉將於週日在藝廊舉辦個展。

grocery [`grosərɪ] 名 雜貨店 關 commodity ▶ 益 3

解碼 **gross/groc** 雜貨 + **ery** 地點

You can get fresh imported lettuce in this **grocery** store.
▶ 你可以在這間雜貨店找到新鮮的進口萵苣。

laboratory [`læbrə͵torɪ] 名 實驗室 同 lab ▶ 托 3

解碼 **laborat** 工作 + **ory** 地點

Smoking is not allowed in the **laboratory**.
▶ 實驗室裡不准吸菸。

laundry [`lɔndrɪ] 名 洗衣店 關 dry-clean ▶ 雅 4

解碼 **lav/laund** 洗 + **ry** 地點

Laura sent the dirty sheets to the **laundry**.
▶ 蘿拉將髒床單送到洗衣店。

library [`laɪ͵brɛrɪ] 名 圖書館 關 librarian ▶ 托 5

解碼 **libr** 書 + **ary** 地點

The newly-built **library** is quiet and spacious.
▶ 這間新落成的圖書館既安靜又寬敞。

nursery [`nɝsərɪ] 名 托兒所 關 childcare ▶ 檢 5
(解碼) **nurse** 看護 **+ ry** 地點
The **nursery** will be able to take care of twenty children.
▶ 這家托兒所能夠照顧二十名孩童。

字尾 032 -ium, -um 地點

aquarium [ə`kwɛrɪəm] 名 水族館 關 aquatic ▶ 托 4
(解碼) **aqua** 水 **+ ium/rium** 地點
There is a special exhibition of tropical fish at the **aquarium**.
▶ 水族館有個熱帶魚特展。

asylum [ə`saɪləm] 名 收容所；庇護所 同 refuge ▶ 檢 3
(解碼) **a** 否定；不 **+ syl** 扣押權 **+ um** 地點
German gave **asylum** to the refugees came from Poland.
▶ 德國給予來自波蘭的難民政治避難權。

auditorium [ˏɔdə`torɪəm] 名 禮堂 同 hall ▶ 托 4
(解碼) **audit** 聽見 **+ or** 人 **+ ium** 地點
The annual gathering of stockholders is in the company **auditorium**.
▶ 股東的年度聚會在公司禮堂舉行。

stadium [`stedɪəm] 名 室內運動場 同 gymnasium ▶ 托 5
(解碼) **stad** 站立 **+ ium** 地點
Can you show me the way to the **stadium**?
▶ 你可以指示我前往體育場的路嗎？

字尾 033 -y 地點

balcony [`bælkənɪ] 名 陽台 同 terrace ▶ 檢 4
(解碼) **balc/balcon** 梁木 **+ y** 地點
The room with only a partial view of the ocean from the **balcony** is cheaper.
▶ 這間房從陽台僅能看到一部份的海景，所以價格比較便宜。

county [`kaʊntɪ] 名 郡 同 province ▶ 檢 3

解碼 count 伯爵 + y 地點

An international concert is planned to be held in our **county**.

▶ 本縣計畫舉辦一場國際音樂會。

treasury [`trɛʒərɪ] 名 國庫；金庫 關 cache　　▶ 雅 3

解碼 thesaur/treasur 財富 + y 地點

The **treasury** is substantial enough to last over hundreds of years.

▶ 這座金庫很堅固，幾百年都不會壞。

UNIT 6　表狀態／情況／性質的名詞字尾
Nominal Suffix: The State and Quality

字尾 034　**-age** 狀態　　 MP3 3-034

bondage [`bɑndɪdʒ] 名 束縛；奴役 同 slavery　　▶ 托 3

解碼 bond 奴隸 + age 狀態

All people in the city lived in **bondage** to hunger and hopelessness.

▶ 這個城市裡的所有人生活在饑餓和絕望的束縛下。

courage [`kɜɪdʒ] 名 勇氣 反 timidity　　▶ 益 4

解碼 cour 內心 + age 狀態

That little girl lacks of confidence and **courage**.

▶ 那個小女孩缺乏自信與勇氣。

coverage [`kʌvərɪdʒ] 名 範圍 關 insurance　　▶ 益 4

解碼 cover 覆蓋 + age 狀態

The payment may vary depending on the percentage of **coverage** you select.

▶ 依據你所選擇承保的比例不同，付款額可能有所差異。

hostage [`hɑstɪdʒ] 名 人質；抵押品 同 captive　　▶ 檢 3

解碼 host 客人 + age 狀態（提示：為了自身安危扣押客人）

The businessperson's son was held as a **hostage**.

▶ 商人之子遭挾持作為人質。

mileage [`maɪlɪdʒ] 名 英里數；里程 關 distance　　▶ 雅 2

解碼 mile 英里 + age 狀態

The **mileage** limit and per-mile charge have been specified in the lease agreement.

▶ 租約上已載明里程限制和每英里的租費。

percentage [pə`sɛntɪdʒ] 名 百分比　同 ratio ▶ 益 4

(解碼) **percent** 百分之一 + **age** 狀態

The figures are expressed as **percentages**.

▶ 這些數字是用百分比表示的。

teenage [`tin‚edʒ] 名 青少年時期　形 十幾歲的　同 adolescence ▶ 益 3

(解碼) **teen** 十幾歲的 + **age** 狀態

Simon rarely communicated with his parents during his **teenage** years.

▶ 賽門的青少年時期幾乎不怎麼和父母溝通。

字尾 035 -ance, -ancy, -ence, -ency 狀態；性質 MP3 3-035

abundance [ə`bʌndəns] 名 充裕　反 shortage ▶ 托 4

(解碼) **abund** 充滿；溢出 + **ance** 狀態

This is a year of **abundance**.

▶ 今年是豐收的一年。

absence [`æbsns] 名 缺席　反 presence ▶ 檢 3

(解碼) **ab** 離開 + **es** 存在 + **ence** 狀態

What is the reason for Henry's **absence** to the meeting?

▶ 亨利為什麼沒有出席那場會議？

acquaintance [ə`kwentəns] 名 熟人　關 familiarity ▶ 雅 3

(解碼) **acquaint** 使熟悉 + **ance** 狀態

Danny met an old **acquaintance** in the waiting room.

▶ 丹尼在候車室巧遇一位老朋友。

alliance [ə`laɪəns] 名 同盟；聯盟　同 union ▶ 托 4

(解碼) **alli** 結盟 + **ance** 狀態

The two countries contracted to be an **alliance**.

▶ 這兩個國家締約成為盟國。

allowance [ə`lauəns] 名 允許；零用錢　同 grant ▶ 檢 4

(解碼) **allow** 准許 + **ance** 性質

Lily's parents give her an **allowance** of NT$400 a week.

▶ 莉莉的父母每個星期給她四百元台幣的零用錢。

assurance [əˋʃʊrəns] 名 保證 同 guarantee ▶ 益 3

解碼 **as** 前往 + **sur** 安全 + **ance** 性質

They proposed a synthesis of the measures for better quality **assurance**.
▶ 他們提出了一個綜合多項措施的方案，以期提升品保的質量。

confidence [ˋkɑnfədəns] 名 信心 同 faith ▶ 檢 3

解碼 **con** 表強調 + **fide/fid** 信任 + **ence** 狀態

Always have **confidence** in yourself.
▶ 無論何時，都要對自己有信心。

deficiency [dɪˋfɪʃənsɪ] 名 缺乏 同 shortage ▶ 研 4

解碼 **de** 分離 + **fac/fici** 製造 + **ency** 狀態

AIDS is an abbreviation for "acquired immune **deficiency** syndromes".
▶ AIDS 是「後天免疫不全症候群」的縮寫。

disturbance [dɪsˋtɝbəns] 名 擾亂 同 disorder ▶ 托 5

解碼 **disturb** 擾亂 + **ance** 狀態

The authorities suppressed the **disturbance** in this area immediately.
▶ 當局立即鎮壓了這一區的動亂。

efficiency [ɪˋfɪʃənsɪ] 名 效率 反 inefficiency ▶ 益 5

解碼 **effic/effici** 完成 + **ency** 性質

The reformation of the research team is expected to improve the **efficiency**.
▶ 研究團隊的改革預期能增加效率。

excellence [ˋɛksələns] 名 優秀；傑出 反 inferiority ▶ 檢 4

解碼 **excel** 優於 + **ence** 狀態

The pianist's performance is beyond **excellence**.
▶ 那名鋼琴家的表現超乎完美。

ignorance [ˋɪgnərəns] 名 無知 反 intellect ▶ 檢 4

解碼 **in** 否定；不 + **gnor** 知道 + **ance** 狀態

It was Tommy's **ignorance** that made the wrong invoice.
▶ 湯米的粗心導致發票出錯。

insurance [ɪnˋʃʊrəns] 名 保險 同 indemnity ▶ 益 3

解碼 **en/in** 使 + **sur** 安全 + **ance** 狀態

The company will pay for the employees' health **insurance**.
▶ 公司會給付員工的健保費用。

perseverance [ˏpɝsəˋvɪrəns] 名 毅力 近 endurance ▶ 檢 4

解碼 **per** 非常 + **sever** 嚴格的 + **ance** 狀態

Perseverance determines success.
▶ 成功取決於持續不懈的態度。

reliance [rɪ`laɪəns] 名 信賴；依賴 同 dependence ▶ 檢 4
解碼 reli 團結 + ance 狀態
Rick's reliance on his assistant might stress her out.
▶ 瑞克對助理的依賴可能會讓她備感壓力。

resemblance [rɪ`zɛmbləns] 名 類似 同 similarity ▶ 雅 3
解碼 re 表強調 + simul/sembl 模仿 + ance 性質
Louis's fiancée has a strong resemblance to his ex-wife.
▶ 路易斯的未婚妻和他前妻長得很像。

tendency [`tɛndənsɪ] 名 傾向；偏好 同 inclination ▶ 托 4
解碼 tend 傾向 + ency 狀態
These plants have a tendency to grow in the region.
▶ 這些植物傾向於在這塊區域生長。

correspondence [ˌkɔrə`spɑndəns] 名 通信；一致 同 accord ▶ 益 3
解碼 correspond 與⋯一致 + ence 狀態
Eric has been keeping up correspondence with Maggie.
▶ 艾瑞克一直有和瑪姬保持聯繫。

difference [`dɪfərəns] 名 差異 同 dissimilarity ▶ 檢 5
解碼 differ 不同 + ence 性質
The difference between standard rate and discount rate is NT$50.
▶ 標準票價和折扣票價間的差額為新台幣五十元。

eloquence [`ɛləkwəns] 名 雄辯；口才 反 dullness ▶ 雅 4
解碼 e 向外 + loqu 說話 + ence 性質
Clear facts often speak louder than the eloquence of a candidate.
▶ 事實通常比候選人的雄辯更具說服力。

emergency [ɪ`mɝdʒənsɪ] 名 緊急情況 近 crisis ▶ 托 4
解碼 emerg 出現 + ency 狀態
I need a tool kit for emergency wheel and tire changes.
▶ 我需要一個工具箱，以供緊急更換輪胎和輪圈使用。

existence [ɪg`zɪstəns] 名 存在 同 presence ▶ 托 5
解碼 ex 向外 + sist 站立 + ence 狀態
I believe in the existence of reincarnation.
▶ 我相信投胎轉世這一說法。

innocence [`ɪnəsn̩s] 名 清白 反 guilt ▶ 雅 4

解碼 **in** 否定；不 + **noc** 損害 + **ence** 狀態

The lawyer proved the defendant's **innocence** with an airtight alibi.

▶ 律師以無懈可擊的不在場證據證明被告的清白。

insistence [ɪn`sɪstəns] 名 堅持 同 persistence ▶ 益 4

解碼 **in** 在上面 + **sist** 站立 + **ence** 狀態

Neil's **insistence** on the issue annoyed some people.

▶ 尼爾對那件事的堅持惹惱了一些人。

occurrence [ə`kɝəns] 名 發生；事件 同 happening ▶ 檢 5

解碼 **oc** 朝向 + **curr** 跑 + **ence** 狀態

The **occurrence** of that car accident was related to the traffic condition.

▶ 那起車禍的發生和路況有關。

persistence [pɚ`sɪstəns] 名 堅持 同 tenacity ▶ 檢 4

解碼 **per** 完全地 + **sist** 站立 + **ence** 狀態

Mr. Watson's **persistence** won people's admiration.

▶ 華生先生的堅持贏得大家的推崇。

violence [`vaɪələns] 名 暴力 同 brutality ▶ 檢 3

解碼 **viol** 暴行 + **ence** 狀態

Any **violence** occurring in the office should be halted as soon as possible.

▶ 若辦公室內發生任何暴力衝突，應該立即制止。

字尾 036 -ary, -ery, -ry 狀態；性質 🎵 MP3 3-036

commentary [`kɑmən͵tɛrɪ] 名 注釋 同 annotation ▶ 益 5

解碼 **com** 表強調 + **mens/ment** 想法 + **ary** 性質

The **commentary** for this chemical term is on the end of the page.

▶ 這個化學術語的注釋在本頁頁尾。

rivalry [`raɪvəlrɪ] 名 競爭 同 competition ▶ 托 4

解碼 **rival** 競爭 + **ry** 狀態

Our business **rivalry** has launched new series of products.

▶ 我們商業上的競爭對手已經推出了新的系列產品。

robbery [`rɑbərɪ] 名 搶奪；強盜罪 同 heist ▶ 雅 5

解碼 **rob** 搶劫 + **ery** 狀態

Ms. Chen found her neighbor to be a fugitive from a bank **robbery**.

▶ 陳太太發現她的鄰居是銀行搶案的逃犯。

slavery [`slevərɪ] 名 奴隸身分 關 enslave　　▶ 雅 4
(解碼) **slav** 奴隸 + **ery** 性質（緣起：羅馬時期作為俘虜的斯拉夫人 **Slav**）
The yoke of **slavery** ought to be abolished.
▶ 奴隸制度的枷鎖應該被解除。

summary [`sʌmərɪ] 名 摘要；總結 同 recap　　▶ 益 5
(解碼) **summ** 要點 + **ary** 性質
A balance sheet is a **summary** of the financial balances of a company.
▶ 資產負債表是公司財務收支的概要說明。

字尾 037 -dom 1. 抽象狀態 2. 領域　　MP3 3-037

freedom [`fridəm] 名 自由 同 liberty　　▶ 托 4
(解碼) **free** 自由的 + **dom** 抽象狀態
Those people were fighting for their **freedom**.
▶ 那群人是為了爭取自由而努力。

kingdom [`kɪŋdəm] 名 王國；領域 同 domain　　▶ 雅 3
(解碼) **king** 國王 + **dom** 領域
The scone is a small quick bread, which is popular in the United **Kingdom**.
▶ 司康是一種速發麵包，在英國很流行。

wisdom [`wɪzdəm] 名 智慧 反 foolishness　　▶ 益 3
(解碼) **wis** 有智慧的 + **dom** 抽象狀態
Wisdom is accumulated through knowledge and experiences over years.
▶ 智慧是由知識和經驗長年累積而成的。

字尾 038 -ful 充滿的量　　MP3 3-038

handful [`hændfɪ] 名 一把；少量 同 fistful　　▶ 托 5
(解碼) **hand** 手 + **ful** 充滿的量
He scooped up a **handful** of soil into the flowerpot.
▶ 他舀起一把泥土放到花盆裡。

mouthful [`mauθfəl] 名 一口的量 同 bite　　▶ 檢 2
(解碼) **mouth** 嘴 + **ful** 充滿的量

I only took a **mouthful** of food because I was in a hurry.
▶ 我在趕時間，所以只吃了一口食物。

字尾 039 -hood 狀態；情況

boyhood [`bɔɪˌhʊd] 名 少年時期 同 juniority ▶ 檢 3
解碼 **boy** 男孩 + **hood** 狀態
Alex loves this village because he had a happy **boyhood** here.
▶ 艾力克斯在這個村子裡度過美好的童年，所以他喜愛這裡。

brotherhood [`brʌðɚˌhʊd] 名 手足之情 同 kinship ▶ 托 3
解碼 **brother** 兄弟 + **hood** 狀態
The crowd was much moved by their **brotherhood**.
▶ 群眾被他們的手足之情深深打動。

childhood [`tʃaɪldˌhʊd] 名 童年 反 adulthood ▶ 檢 4
解碼 **child** 孩童 + **hood** 狀態
The steam train whistle is a common memory of their early **childhood**.
▶ 蒸汽火車的鳴笛聲是他們共同的兒時記憶。

likelihood [`laɪklɪˌhʊd] 名 可能性 同 possibility ▶ 托 3
解碼 **likely/likeli** 很可能 + **hood** 情況
There is a great **likelihood** that the committee will pass the bill.
▶ 委員會很可能會通過議案。

motherhood [`mʌðɚˌhʊd] 名 母性 同 maternity ▶ 雅 3
解碼 **mother** 母親 + **hood** 狀態
Mrs. Hill showed her **motherhood** to those poor kids.
▶ 希爾太太對那些可憐的孩子表現出母性。

neighborhood [`nebɚˌhʊd] 名 鄰近 關 block ▶ 檢 5
解碼 **neah/neigh** 附近 + **bur/bor** 居住 + **hood** 情況
It is very peaceful in this **neighborhood**.
▶ 這附近相當寧靜。

字尾 040 -ing 狀態（動詞→名詞）

being [`biɪŋ] 名 存在；生命 同 existence ▶ 托 5

（解碼）**be** 存在 **+ ing** 狀態

There is an article about when the universe came into **being** in the magazine.
▶ 雜誌裡有一篇探討宇宙起源的文章。

drawing [`drɔɪŋ] 名 圖畫 同 painting ▶ 檢 4
（解碼）**draw** 拖；拉 **+ ing** 狀態（字義衍生：拖；拉 → 畫圖）

The local newspaper critics praised her **drawings**.
▶ 地方小報的評論家對她的畫作表示讚許。

ending [`ɛndɪŋ] 名 結局 反 start ▶ 益 4
（解碼）**end** 結束 **+ ing** 狀態

A comedy usually comes in the form of a happy **ending**.
▶ 喜劇通常會以皆大歡喜作收。

housing [`haʊzɪŋ] 名 住宅供給；房屋 關 lodgment ▶ 托 4
（解碼）**hus/hous** 給…房子住 **+ ing** 狀態

The company has invested more than two million dollars in employees' **housing**.
▶ 這間公司已在員工住宅上投資超過兩百萬元。

setting [`sɛtɪŋ] 名 安裝；背景 同 background ▶ 托 4
（解碼）**set** 設置 **+ ing** 狀態

The celebrities sometimes have to repress their feelings in a public **setting**.
▶ 名人在公開場合有時必須壓抑自己的感受。

shortcoming [`ʃɔrt.kʌmɪŋ] 名 缺點 同 weakness ▶ 托 4
（解碼）**shortcom** 不充分的 **+ ing** 狀態（從片語 **come short** 演變）

There are a lot of **shortcomings** in Mr. Wang.
▶ 王先生有很多缺點。

sightseeing [`saɪt.siɪŋ] 名 觀光 同 tourism ▶ 益 3
（解碼）**sightsee** 遊覽 **+ ing** 狀態

The boss scheduled a day trip for **sightseeing**.
▶ 老闆安排了一天的行程來觀光旅行。

surroundings [sə`raʊndɪŋz] 名 環境 同 environment ▶ 益 4
（解碼）**surround** 環繞 **+ ing** 狀態

The **surroundings** in this neighborhood is really nice.
▶ 這個區域的環境相當好。

wedding [`wɛdɪŋ] 名 婚禮 關 marriage ▶ 檢 5
（解碼）**wed** 結婚 **+ ing** 狀態

A golden **wedding** is the fiftieth anniversary of a marriage.
▶ 金婚是結婚五十週年。

字尾 041 -ion, -(a)tion 狀態；情況（動詞→名詞）

accumulation [əˌkjumjəˋleʃən] 名 累積 同 aggregation ▶
解碼 **ad/ac** 往上 + **cumul** 堆積 + **ation** 狀態
The **accumulation** of wealth will take a lot of time and efforts.
▶ 財富的累積要花費很多的時間和努力。

admiration [ˌædməˋreʃən] 名 欽佩 反 disdain ▶
解碼 **ad** 前往 + **mir** 驚嘆 + **ation** 狀態
Admiration can be earned with hard work or with determination.
▶ 人可透過努力或決心而贏得敬佩。

affection [əˋfɛkʃən] 名 情感；影響 同 emotion ▶
解碼 **affic/affec** 影響 + **tion** 狀態
These people are migratory and have a strong **affection** of railroad station.
▶ 這些人四海為家，對於車站有著濃烈的情感。

complexion [kəmˋplɛkʃən] 名 氣色 近 appearance ▶
解碼 **com** 共同 + **plex** 交織 + **ion** 狀態
Your **complexion** looks fabulous.
▶ 你的氣色看起來好極了。

conjunction [kənˋdʒʌŋkʃən] 名 連接 反 disunion ▶
解碼 **con** 共同 + **junc** 連結 + **tion** 狀態
In **conjunction** with air express, the package will arrive within two days.
▶ 結合空運快捷的方式，包裹將於兩天內送達。

connection [kəˋnɛkʃən] 名 連接 同 junction ▶
解碼 **con** 共同 + **nect** 捆；綁 + **ion** 狀態
The **connection** pipe serves to drain rain and waste water.
▶ 連接導管能夠排出雨水和廢水。

construction [kənˋstrʌkʃən] 名 建築；結構 同 erection ▶
解碼 **con** 共同 + **stru/struc** 累積 + **tion** 狀態
The public water supply facility is under **construction**.
▶ 公眾供水設施目前正在施工中。

edition [ɪ`dɪʃən] 名 版本 同 version ▶ 研 5

解碼 **e** 向外 + **di** 給予 + **tion** 狀態

The third **edition** of the dictionary will have more explanations and pictures.

▶ 字典的第三版將會有更多的解釋與圖片。

....

formation [fɔr`meʃən] 名 組織；構造 同 constitution ▶ 研 4

解碼 **form** 形成 + **ation** 情況

Euro was monetized since the **formation** of European Union.

▶ 自從歐盟設立，歐元就被定為貨幣。

....

implication [ˌɪmplɪ`keʃən] 名 暗示 同 connotation ▶ 檢 4

解碼 **im** 在裡面 + **plic** 摺疊 + **ation** 狀態

The data in this report has an **implication** of potential financial crisis.

▶ 這份資料暗示了潛在的財務危機。

....

institution [ˌɪnstə`tjuʃən] 名 機關 同 organization ▶ 益 5

解碼 **in** 在裡面 + **statu/stitu** 建立 + **tion** 狀態

This project is executed by other subdivisions of the **institution**.

▶ 這項計劃是由該機構的其他分部來執行的。

....

medication [ˌmɛdɪ`keʃən] 名 藥物治療 同 cure ▶ 檢 5

解碼 **medic** 治療 + **ation** 狀態

These patients with asthma need regular preventive **medication**.

▶ 這些氣喘病患需要定期用預防性藥物治療。

....

migration [maɪ`greʃən] 名 遷移；遷徙 同 move ▶ 托 4

解碼 **migr** 移動 + **ation** 名詞

The **migration** of those birds occurs every winter.

▶ 那些鳥每年冬天會遷徙。

....

perception [pɚ`sɛpʃən] 名 感受 同 feeling ▶ 托 4

解碼 **per** 完全地 + **cap/cep** 抓住 + **tion** 狀態

Luke didn't care about my **perception**. That's why we had a fight.

▶ 路克不在乎我的感受，所以我們吵了一架。

....

position [pə`zɪʃən] 名 位置 同 location ▶ 檢 5

解碼 **posit** 放置 + **ion** 狀態

You can push the button to return the seat to an upright **position**.

▶ 按下按鈕後，即可讓座椅回復到直立位置。

....

production [prə`dʌkʃən] 名 生產 同 manufacture ▶ 益 4

解碼 **pro** 向前地 + **duc** 產生 + **tion** 情況

The **production** of an opera requires huge efforts and large budgets.
▶ 製作一齣歌劇需要龐大的人力與預算。

profession [prə`fɛʃən] 名 職業 同 vocation ▶ 益 5
(解碼) **profess** 公開宣稱 + **ion** 情況（提示：宣稱自己擅長的工作）
Frank used to be a lawyer by **profession**.
▶ 法蘭克曾以律師為業。

precision [prɪ`sɪʒən] 名 精確 同 exactness ▶ 托 4
(解碼) **pre** 之前 + **cide/cise** 切割 + **ion** 狀態
It takes great **precision** to perform surgery.
▶ 動手術需要極大的精準度。

regulation [ˌrɛgjə`leʃən] 名 規則 同 rule ▶ 益 5
(解碼) **regul** 規則 + **ation** 狀態
The new **regulation** about duty hours will be in effect since May 10th.
▶ 關於執勤時間的新規定將自五月十日起生效。

sensation [sɛn`seʃən] 名 知覺 關 sense ▶ 檢 4
(解碼) **sens** 感覺 + **ation** 狀態
Human beings have five sensations.
▶ 人類擁有五種知覺。

situation [ˌsɪtʃʊ`eʃən] 名 情況 同 condition ▶ 檢 4
(解碼) **situa** 放置；使處於 + **tion** 情況
In which **situation** will the fire alarm beep?
▶ 這個火災警報器在什麼情況下會發出聲響呢？

tension [`tɛnʃən] 名 緊張 同 strain ▶ 研 4
(解碼) **tend/tens** 拉緊 + **ion** 狀態
You should take a deep breath to relax any **tension**.
▶ 你應該做個深呼吸來舒緩緊張的情緒。

variation [ˌvɛrɪ`eʃən] 名 變化 同 change ▶ 雅 3
(解碼) **vari** 改變 + **ation** 狀態
I like to see the **variation** of the seasons in the countryside.
▶ 我喜歡觀賞鄉間四季的變化。

字尾 042 -ity, -ty 狀態；情況；性質

MP3 3-042

ability [ə`bɪlətɪ] 名 能力 同 competence ▶ 研 5

(解碼) **able** 能夠的 + **ity** 性質

With the **ability** in computer, he has been fully competent in the job.

▶ 靠著電腦長才，他已經能夠完全勝任這份工作。

activity [æk`tɪvətɪ] 名 活動 反 idleness ▶ 益 4

(解碼) **activ** 活動的 + **ity** 狀態

This artistic **activity** was sponsored and organized by many patrons.

▶ 本次藝術活動由多位資助者共同贊助及籌辦。

authority [ə`θɔrətɪ] 名 權威 關 force ▶ 雅 3

(解碼) **author** 專家；作者 + **ity** 性質

The **authorities** have approved all our requests.

▶ 當局已核准我們的所有請求。

capability [ˌkepə`bɪlətɪ] 名 能力 同 competence ▶ 研 3

(解碼) **capabil** 能夠抓住的 + **ity** 性質

Mr. Lee has the **capability** of bringing the best out in his employees.

▶ 李先生擁有將員工潛能激發出來的能力。

captivity [kæp`tɪvətɪ] 名 囚禁 同 imprisonment ▶ 托 4

(解碼) **captiv** 被俘的 + **ity** 狀態

Six of our people were in **captivity** by the enemy.

▶ 我們有六個人遭敵軍監禁。

casualty [`kæʒʊəltɪ] 名 事故 同 mishap ▶ 雅 4

(解碼) **casual** 偶然 + **ty** 情況

The number of **casualties** in this age group has increased considerably.

▶ 這個年齡層內，出意外的人數明顯增加。

celebrity [sə`lɛbrətɪ] 名 名人 同 notable ▶ 益 4

(解碼) **celeber/celebr** 有名的 + **ity** 情況

The host invited some **celebrities** to his party.

▶ 男主人邀請了一些名人來參加派對。

commodity [kə`mɑdətɪ] 名 日用品 近 goods ▶ 托 4

(解碼) **commod** 方便的 + **ity** 性質

The prices of several basic **commodities** like flour and sugar have been raised.

▶ 像麵粉和糖等等的一些基本用品已漲價。

complexity [kəm`plɛksətɪ] 名 複雜性 反 simplicity ▶ 益 4
(解碼) complex 複雜的 + ity 性質
The prime minister dealt with several problems of great **complexity**.
▶ 總理處理了好幾件頗為棘手的問題。

continuity [ˌkɑntə`njuətɪ] 名 連續狀態 近 progression ▶ 雅 3
(解碼) continu 連續的 + ity 狀態
There's no **continuity** between the scenes of the movie.
▶ 這部電影的場景不連貫。

cruelty [`kruəltɪ] 名 殘酷 反 kindness ▶ 檢 2
(解碼) cruel 殘酷的 + ty 性質
Laws prohibit **cruelty** to animals, and any violators can be fined up to 10,000 dollars.
▶ 法律禁止虐待動物，違者最高可罰款一萬元。

curiosity [ˌkjurɪ`asətɪ] 名 好奇心 反 incuriosity ▶ 托 3
(解碼) curios 好奇的 + ity 性質
Many babies have so much **curiosity** toward new things.
▶ 很多寶寶對於新事物都會感到好奇。

density [`dɛnsətɪ] 名 濃度；密度 同 denseness ▶ 益 4
(解碼) dens 密集的 + ity 性質
The students use a hydrometer to measure the **density** of the water.
▶ 學生們使用比重計來測水的密度。

diversity [daɪ`vɜsətɪ] 名 多樣性 反 uniformity ▶ 研 4
(解碼) divers 不同的 + ity 性質
It is important to know the **diversities** in different cultures.
▶ 瞭解不同文化的差異十分重要。

equality [ɪ`kwɑlətɪ] 名 平等；相等 反 inequality ▶ 雅 3
(解碼) equal 平等的 + ity 性質
Professor Chou emphasized the **equality** of both genders.
▶ 周教授強調兩性平等。

fertility [fɜ`tɪlətɪ] 名 肥沃 反 infertility ▶ 托 4
(解碼) fertil 肥沃的 + ity 性質
The **fertility** of the soil can grow three crops of rice a year.
▶ 肥沃的土地一年可種三季稻米。

hospitality [ˌhɑspɪˋtælətɪ] 名 好客 反 aloofness ▶ 益 3
(解碼) **hospit** 招待者 + **al** 形容詞 + **ity** 性質
Everyone knows about Linda's **hospitality**.
▶ 大家都知道琳達很好客。

hostility [hɑsˋtɪlətɪ] 名 敵意 反 amity ▶ 雅 2
(解碼) **hostil** 敵意的 + **ity** 狀態
Do you know the reason why Roy shows **hostility** towards me?
▶ 你知道羅伊為什麼對我有敵意嗎？

humanity [hjuˋmænətɪ] 名 人道 關 mankind ▶ 托 3
(解碼) **human** 人類的 + **ity** 性質
The agenda of this meeting is about **humanity**.
▶ 這場會議的議程旨在討論人道問題。

humidity [hjuˋmɪdətɪ] 名 濕度 關 moisture ▶ 益 4
(解碼) **humid** 潮濕的 + **ity** 性質
I am getting used to the heat and **humidity** in this city.
▶ 我逐漸習慣這個城市的酷熱與潮濕。

ingenuity [ˌɪndʒəˋnuətɪ] 名 獨創性；足智多謀 同 wittiness ▶ 雅 4
(解碼) **ingenu** 坦率的 + **ity** 性質
The architect showed his **ingenuity** of redesigning the Baroque construction.
▶ 那位建築師展現他的創造力，重新設計巴洛克時期的建築。

integrity [ɪnˋtɛgrətɪ] 名 正直 同 honesty ▶ 研 3
(解碼) **integer/integr** 完整的 + **ity** 狀態
Mr. Watson is known to be a man of **integrity**.
▶ 華生先生以正直聞名。

intensity [ɪnˋtɛnsətɪ] 名 強烈；強度 近 strength ▶ 托 3
(解碼) **intens** 緊張的 + **ity** 性質
The **intensity** of earthquake horrified a lot of people.
▶ 這次地震的強度震驚許多人。

loyalty [ˋlɔɪəltɪ] 名 忠誠；忠心 反 disloyalty ▶ 益 4
(解碼) **loyal** 忠誠的 + **ty** 狀態
Loyalty is the reason why we value Ken as one of our best employees.
▶ 忠誠就是我們視肯為最佳員工之一的原因。

maturity [məˋtjʊrətɪ] 名 成熟 反 immaturity ▶ 檢 4
(解碼) **matur** 成熟的 + **ity** 狀態

Maturity is to know how to control your own behavior.
▶ 成熟是要懂得如何控制自己的行為。

mentality [mɛnˋtælətɪ] 名 精神；心理 反 physicality ▶ 研 2
(解碼) **mental** 精神的 **+ ity** 狀態
The psychologist followed the patient's **mentality** closely.
▶ 心理學家持續追蹤這名病人的心理狀態。

minority [maɪˋnɔrətɪ] 名 少數 反 majority ▶ 雅 4
(解碼) **minor** 少數的 **+ ity** 情況
The aboriginals are the **minority** in our society.
▶ 原住民是我們社會的少數族群。

morality [məˋrælətɪ] 名 道德 同 ethics ▶ 研 3
(解碼) **moral** 道德的 **+ ity** 性質
Generally speaking, **morality** is the distinction between right and wrong.
▶ 一般而言，道德能辨別對錯。

nationality [ˌnæʃənˋælətɪ] 名 國籍 同 citizenship ▶ 托 2
(解碼) **national** 國家的 **+ ity** 性質
What is the **nationality** of the foreign applicant?
▶ 那位外籍申請者的國籍為何？

necessity [nəˋsɛsətɪ] 名 必需品 同 requisite ▶ 益 3
(解碼) **necess** 必需的 **+ ity** 情況
A good book is a **necessity** when traveling.
▶ 旅行時，一本好書是必需品。

originality [əˌrɪdʒəˋnælətɪ] 名 創造力 同 creativity ▶ 雅 4
(解碼) **original** 原始的 **+ ity** 性質
The **originality** of Picasso's drawings inspired many artists.
▶ 畢卡索畫作的原創力帶給許多藝術家靈感。

personality [ˌpɝsn̩ˋælətɪ] 名 個性 同 disposition ▶ 研 4
(解碼) **personal** 個人的 **+ ity** 性質
Tony's pastime activity gave us some clues about his **personality**.
▶ 東尼的休閒活動讓我們更了解他的個性。

possibility [ˌpɑsəˋbɪlətɪ] 名 可能性 同 likelihood ▶ 益 3
(解碼) **possibil** 可能的 **+ ity** 情況
The doctor assessed the **possibility** of side effects before prescribing the drug.
▶ 這名醫師在開藥前，先行評估發生副作用的可能性。

poverty [`pɑvətɪ] 名 貧窮 同 penury ▶ 雅 2
(解碼) **pover** 窮困的 + **ty** 情況
Poverty is prevalent in the underdeveloped countries.
▶ 貧窮是落後國家普遍的現象。

priority [praɪˋɔrətɪ] 名 優先權 同 prerogative ▶ 研 4
(解碼) **prior** 優先的 + **ity** 狀態
A **priority** seat is provided for the elderly, pregnant women and children.
▶ 博愛座是為老弱婦孺所提供的設施。

productivity [ˌprodʌkˋtɪvətɪ] 名 生產力 關 yield ▶ 益 3
(解碼) **productiv** 能生產的 + **ity** 狀態
The **productivity** decreased due to the flaw in this approach.
▶ 由於這項策略有缺失，導致生產力下滑。

property [`prɑpətɪ] 名 財產 同 possession ▶ 益 3
(解碼) **propr/proper** 個人的 + **ty** 性質
The office furniture is company **property** and cannot be taken home in any cases.
▶ 辦公室內的傢俱屬於公司財產，任何情況下都不能帶回家。

prosperity [prɑsˋpɛrətɪ] 名 繁榮 同 affluence ▶ 雅 4
(解碼) **prosper** 繁榮的 + **ity** 狀態
The initiative **prosperity** cheered the whole sales team.
▶ 初步的成功讓整個銷售團隊十分開心。

publicity [pʌbˋlɪsətɪ] 名 宣傳 同 advertisement ▶ 益 4
(解碼) **public** 公然的 + **ity** 情況
The consulting agency launched a huge **publicity** campaign for the airline.
▶ 顧問機構替那家航空公司舉辦大型宣傳活動。

purity [`pjʊrətɪ] 名 純潔；純粹 同 pureness ▶ 檢 3
(解碼) **pur** 純潔的 + **ity** 狀態
We work hard to maintain the **purity** of the water resource in this town.
▶ 我們致力維護這個小鎮的水源純淨。

quality [`kwɑlətɪ] 名 品質 關 value ▶ 雅 3
(解碼) **qual** 某種類的 + **ity** 性質
We need to put down a baseline of products so that we can maintain good **quality**.
▶ 我們必須設置產品基準，以維持良好的品質。

quantity [`kwɑntətɪ] 名 數量 關 batch ▸ 研 4
(解碼) **quant** 多少量的 + **ity** 性質
The **quantity** on hand is not consistent to the inventory index.
▸ 目前的實際存貨量與庫存索引不一致。

reality [rɪ`ælətɪ] 名 現實 同 actuality ▸ 雅 4
(解碼) **real** 真實的 + **ity** 性質
I encouraged Lisa to face the **reality**.
▸ 我鼓勵莉莎好好面對現實。

responsibility [rɪ͵spɑnsə`bɪlɪtɪ] 名 責任 同 liability ▸ 研 3
(解碼) **respons** 反應 + **ible** 形容詞 + **ity** 情況
Mr. Hill's great sense of **responsibility** is why he got promoted.
▸ 希爾先生強烈的責任感就是他獲得升遷的原因。

royalty [`rɔɪəltɪ] 名 皇室 同 nobility ▸ 益 4
(解碼) **reg/roy** 國王 + **al** 形容詞 + **ty** 狀態
Royalty from all around the world is gathering in this wedding.
▸ 來自全世界的貴族都聚集於這場婚禮。

safety [`seftɪ] 名 安全；保險 反 danger ▸ 研 3
(解碼) **safe** 安全的 + **ty** 狀態
It is important to keep in mind that **safety** is first.
▸ 請務必謹記：安全第一。

security [sɪ`kjʊrətɪ] 名 安全；保護 同 protection ▸ 雅 4
(解碼) **secur** 安全的 + **ity** 情況
These **security** guards are requested to behave in a serious manner.
▸ 公司要求這些保全人員以嚴肅的態度做事。

serenity [sə`rɛnətɪ] 名 平靜；沉著 同 tranquility ▸ 托 3
(解碼) **seren** 寧靜的 + **ity** 狀態
There is nothing that can disturb the monk's **serenity** while he's sitting in meditation.
▸ 當和尚在靜坐時，任何事物都無法打擾他的入定狀態。

simplicity [sɪm`plɪsətɪ] 名 單純；簡單 反 complexity ▸ 研 4
(解碼) **simplic** 簡單的 + **ity** 狀態
Ann likes the **simplicity** and elegance of these silver pearls.
▸ 安喜歡這些銀色珍珠的簡約和高雅。

similarity [͵sɪmə`lærətɪ] 名 類似 反 divergence ▸ 雅 4

解碼 **similar** 相似的 + **ity** 狀態

There is no single **similarity** between Don and Mike.

▶ 唐和麥克沒有一點相似之處。

---

sincerity [sɪnˋsɛrətɪ] 名 誠實；真摯 同 veracity ▶ 研 ③

解碼 **sincer** 完整的 + **ity** 狀態

I can feel Wendy's **sincerity** from what she said.

▶ 從溫蒂的話中，我能感受到她的誠懇。

---

sovereignty [ˋsɑvrɪntɪ] 名 主權 反 submission ▶ 雅 ②

解碼 **sovereign** 具主權的 + **ty** 狀態

A country's **sovereignty** can't be infringed upon by another country.

▶ 國家主權不應受到其他國家侵犯。

---

specialty [ˋspɛʃəltɪ] 名 專長 反 generality ▶ 雅 ③

解碼 **special** 特別的 + **ty** 性質

We listed several **specialty** insurance companies on the table.

▶ 我們在表格內列出幾間專業保險公司。

---

stability [stəˋbɪlətɪ] 名 穩定；堅定 同 firmness ▶ 研 ④

解碼 **stabil** 堅定的 + **ity** 狀態

The elementary structure of a building is crucial to its **stability**.

▶ 一棟建築物的基礎結構攸關其穩定度是否良好。

---

superiority [sə͵pɪrɪˋɔrətɪ] 名 優越 同 preeminence ▶ 益 ④

解碼 **super** 超越 + **ior** 比較級 + **ity** 狀態

The scientist's **superiority** makes his parents proud.

▶ 那名科學家的優秀之處讓他的雙親感到驕傲。

---

utility [juˋtɪlətɪ] 名 效用；實用 同 usefulness ▶ 雅 ⑤

解碼 **util** 可用的 + **ity** 情況

The **utility** of this new machine impressed us.

▶ 這台新機器的效能讓我們印象深刻。

---

validity [vəˋlɪdətɪ] 名 正當；正確 同 legality ▶ 益 ④

解碼 **valid** 合法的 + **ity** 性質

As long as you can guarantee the **validity** of this document, I would sign it immediately.

▶ 只要你能證明這份文件的正當性，我就立刻簽署。

---

vanity [ˋvænətɪ] 名 虛榮心 反 modesty ▶ 雅 ④

解碼 **van** 愛慕虛榮的 + **ity** 性質

Bill lied out of his **vanity**. That was completely unwise.
▶ 比爾出於虛榮心而說謊，那真是太不明智了。

字尾 043 -itude, -titude 抽象名詞（形容詞→名詞）

altitude [`æltə.tjud] **名** 高度 **同** height ▶
(解碼) **alt** 高的 **+ itude** 抽象名詞
This hot air balloon can ascend to an **altitude** of 800 meters.
▶ 這個熱氣球可以升高到海拔八百公尺的高度。

---

attitude [`ætətjud] **名** 態度 **近** demeanor ▶
(解碼) **apt/att** 適合的 **+ itude** 抽象名詞
Then man's arrogant **attitude** repelled the interviewers.
▶ 那名男性的傲慢態度令面試官反感。

---

gratitude [`grætə.tjud] **名** 感謝 **同** thankfulness ▶
(解碼) **grat** 感謝的 **+ itude** 抽象名詞
The mother expressed her **gratitude** to the fireman who saved her son's life.
▶ 那位母親向救了自己兒子的消防隊員表達感激之情。

---

latitude [`lætə.tjud] **名** 緯度 **關** geography ▶
(解碼) **lat** 寬的 **+ itude** 抽象名詞
It is not a coincidence that the two Pyramids are at the same **latitude**.
▶ 這兩座金字塔落在相同的緯度上並非巧合。

---

longitude [`landʒə.tjud] **名** 經度；經線 **關** hemisphere ▶
(解碼) **long** 長的 **+ itude** 抽象名詞
The adventurer charted the latitude and **longitude** of the site on the map.
▶ 那名冒險家在地圖上標出這個地點的經緯度。

---

magnitude [`mægnə.tjud] **名** 重要性 **同** significance ▶
(解碼) **magn** 大的 **+ itude** 抽象名詞
Rick didn't understand the **magnitude** of this project.
▶ 瑞克不了解這個案子有多重要。

---

solitude [`salə.tjud] **名** 孤獨；獨居 **同** isolation ▶
(解碼) **sol** 單獨的 **+ itude** 抽象名詞
George is searching for a place where he can live in **solitude**.
▶ 喬治在尋找一個可以隱世獨居的地方。

MP3 3-044

accomplishment [əˋkɑmplɪʃmənt] 名 成就 同 achievement ▶ 檢 3
解碼 accomplish 完成 + ment 狀態
His **accomplishment** was accredited to the cooperation of the unit.
▶ 他的成就要歸功於小組的合作。

amusement [əˋmjuzmənt] 名 娛樂 同 entertainment ▶ 益 2
解碼 amuse 提供娛樂 + ment 狀態；工具
Our complex includes an **amusement** park, a zoo and two museums.
▶ 我們集團旗下的經營項目包括一座遊樂園、一座動物園以及兩間博物館。

apartment [əˋpɑrtmənt] 名 公寓 同 flat ▶ 研 2
解碼 appart/apart 分隔 + ment 狀態
The agency provides a variety of houses and **apartments** for sale.
▶ 這間仲介公司出售各式各樣的房屋及公寓。

astonishment [əˋstɑnɪʃmənt] 名 驚訝 同 amazement ▶ 托 3
解碼 astonish 使吃驚 + ment 狀態
To my **astonishment**, I saw a snake swallowing a mouse.
▶ 我看到一條蛇吞下一隻老鼠，這讓我嚇了一大跳。

attachment [əˋtætʃmənt] 名 附著；附件 同 annex ▶ 雅 3
解碼 attach 附上 + ment 狀態
Please see the **attachment** for the documents you've asked for.
▶ 請見附件，有您先前要求的文件。

contentment [kənˋtɛntmənt] 名 滿足 同 satisfaction ▶ 益 4
解碼 content 使滿足 + ment 狀態
Contentment flows from Ann's face after knowing her result of exam.
▶ 知道考試成績後，安的臉上散發出滿足的神情。

disagreement [ˌdɪsəˋgrimənt] 名 爭論 同 quarrel ▶ 雅 4
解碼 dis 否定 + agree 使滿意 + ment 狀態
Disagreement split the Board into two fractions.
▶ 意見不合將董事會分裂成兩個派系。

disappointment [ˌdɪsəˋpɔɪntmənt] 名 失望 同 letdown ▶ 益 2
解碼 dis 分離 + appoint 指派 + ment 狀態
It is difficult for Lisa to get over her **disappointment** with her husband.
▶ 要讓莉莎放下對丈夫的失望之情很困難。

discouragement [dɪs`kɜɪdʒmənt] 名 沮喪 反 cheer ▶ 研 3
(解碼) **dis** 使喪失 + **courage** 勇氣 + **ment** 狀態
Chad had the feeling of **discouragement** when he failed the exam.
▶ 因為考試不及格，所以查德感到很沮喪。

embarrassment [ɪm`bærəsmənt] 名 困窘 同 awkwardness ▶ 益 3
(解碼) **embarrass** 使窘 + **ment** 狀態
It was a total **embarrassment** when I fell down the stairs.
▶ 從樓梯摔下來的時候真是太糗了。

encouragement [ɪn`kɜɪdʒmənt] 名 鼓勵 同 incentive ▶ 托 2
(解碼) **en** 使 + **courage** 勇氣 + **ment** 狀態
The champion owed her success to her coach's constant **encouragement**.
▶ 那名冠軍將她的成功歸功於教練一直以來的鼓勵。

engagement [ɪn`gedʒmənt] 名 婚約 關 commitment ▶ 檢 4
(解碼) **en** 在裡面 + **gage** 許諾 + **ment** 狀態
Will you attend Robert's **engagement** party?
▶ 你會參加羅伯特的訂婚派對嗎？

enhancement [ɪn`hænsmənt] 名 增加 同 increase ▶ 雅 2
(解碼) **inalt/enhance** 升高 + **ment** 狀態
We used the comment cards to get ideas for **enhancements** of our service.
▶ 我們用意見卡來取得提升服務的建議。

enjoyment [ɪn`dʒɔɪmənt] 名 享受 同 delight ▶ 益 3
(解碼) **en** 使 + **joy** 欣喜 + **ment** 狀態
Our new product will bring you the **enjoyment** of home theater.
▶ 我們的新產品能為您帶來如家庭劇院般的享受。

entertainment [ˌɛntɚ`tenmənt] 名 娛樂 同 amusement ▶ 雅 4
(解碼) **inter/enter** 在…之中 + **ten/tain** 抓住 + **ment** 工具
This **entertainment** company also provides quality DJ services.
▶ 這間娛樂公司也提供高品質的 DJ 服務。

harassment [`hærəsmənt] 名 騷擾 關 bother ▶ 研 3
(解碼) **harass** 使煩擾 + **ment** 狀態
We need to give proper attention to the issue of sexual **harassment**.
▶ 我們必須適度關切性騷擾的議題。

implement [`ɪmpləmənt] 名 器具；裝備 同 tool ▶ 益 3
(解碼) **imple** 執行 + **ment** 工具

There is a variety of cooking **implements** in the kitchen.
▶ 廚房裡有各式各樣的烹飪器具。

imprisonment [ɪmˋprɪzn̩mənt] 名 關押 關 jail ▶ 雅 3
(解碼) im 在裡面 + **prison** 監獄 + **ment** 狀態
Drunk driving carries a maximum penalty of ten years' **imprisonment**.
▶ 酒醉駕車最高可判處十年徒刑。

instrument [ˋɪnstrəmənt] 名 樂器；儀器 同 apparatus ▶ 雅 2
(解碼) instru 裝備 + **ment** 工具
The man chose the sax as an **instrument** to play.
▶ 那名男性挑選了薩克斯風作為演奏樂器。

nourishment [ˋnɝɪʃmənt] 名 營養 同 nutrition ▶ 托 2
(解碼) nourish 滋養；培育 + **ment** 工具
To keep healthy, we should take **nourishment** from natural food.
▶ 為了維持健康，我們應該從天然食物中攝取營養。

postponement [postˋponmənt] 名 延緩 同 delay ▶ 研 3
(解碼) post 之後 + **pon/pone** 放置 + **ment** 狀態
The **postponement** of the basketball game was caused by the heavy rain.
▶ 那場暴雨造成籃球比賽延期。

resentment [rɪˋzɛntmənt] 名 憤慨 同 animosity ▶ 研 3
(解碼) resent 憤恨 + **ment** 狀態
Don't show your **resentment** to people easily.
▶ 別輕易在他人面前展現你憤慨不平的一面。

supplement [ˋsʌpləmənt] 名 補充 同 replenishment ▶ 托 3
(解碼) supple 填滿 + **ment** 工具
The **supplement** of stationery is made regularly by the secretary.
▶ 文具的定期補給由祕書負責。

temperament [ˋtɛmprəmənt] 名 性格 同 disposition ▶ 雅 2
(解碼) tempera 調和 + **ment** 狀態（提示：各種情緒調和在一起）
The lady with a mellow **temperament** has never lost her temper at the office.
▶ 那位女子脾氣溫和，從來不曾在辦公室發脾氣。

unemployment [͵ʌnɪmˋplɔɪmənt] 名 失業 同 joblessness ▶ 檢 3
(解碼) un 否定；不 + **employ** 雇用 + **ment** 狀態
Thousands of people would face **unemployment** if the company got bankrupt.
▶ 如果公司破產，會有數千人面臨失業。

字尾 045 -ness 狀態;性質(形容詞 / 動詞→名詞)

business [`bɪznɪs] 名 商業 關 corporation ▶ 雅 3
(解碼) **bisi/busi** 忙碌的 **+ ness** 狀態
Please get in touch with us if you don't receive the package in three **business** days.
▶ 若您在三個工作天內未收到包裹,請與我們聯絡。

wilderness [`wɪldənɪs] 名 荒野 同 wasteland ▶ 研 3
(解碼) **wild** 野生的 **+ deor/er** 動物 **+ ness** 狀態
The hunter sojourned in the **wilderness** for the past few days.
▶ 那名獵人過去幾天在荒郊野外中度過。

字尾 046 -or 狀態;性質

behavior [bɪ`hevjə] 名 行為;舉止 同 conduct ▶ 檢 3
(解碼) **be** 表強調 **+ hab/hav** 舉動 **+ or/ior** 狀態;性質
In customer service, any fraudulent **behaviors** are unbearable.
▶ 顧客服務裡,任何欺騙的行為都是不被允許的。

liquor [`lɪkə] 名 烈酒 關 whiskey ▶ 雅 3
(解碼) **liqu** 流動的 **+ or** 狀態;性質
I don't drink **liquors**, so I ordered a glass of soft drink.
▶ 我不喝烈酒,所以我點了一杯汽水。

字尾 047 -ship 狀態;關係;地位

championship [`tʃæmpɪənˌʃɪp] 名 優勝 同 victory ▶ 托 2
(解碼) **champion** 冠軍 **+ ship** 地位
The players embraced each other to celebrate the **championship**.
▶ 這些球員彼此擁抱以慶祝勝利。

companionship [kəm`pænjənˌʃɪp] 名 友誼 同 friendship ▶ 雅 3
(解碼) **companion** 同伴 **+ ship** 關係
I really enjoy the **companionship** of Anna.
▶ 我很高興與安娜為友。

friendship [`frɛndʃɪp] 名 友誼 同 rapport ▶ 益 4
(解碼) friend 朋友 + ship 關係
Few people found her **friendship** with the president credible.
▶ 很少人相信她和總統是朋友。

hardship [`hardʃɪp] 名 困苦；艱難 同 adversity ▶ 檢 4
(解碼) hard 困難的 + ship 狀態
I believe that we can conquer the **hardship** together.
▶ 我相信我們能一起克服難關。

leadership [`lidəʃɪp] 名 領導 同 headship ▶ 托 2
(解碼) leader 領袖 + ship 地位
The manager decided to take initiatives to strengthen his **leadership**.
▶ 這名經理打算採取一些行動來加強統御力。

membership [`mɛmbəʃɪp] 名 會員身分 關 apply for ▶ 研 4
(解碼) member 成員 + ship 狀態
The charitable organization has a large **membership** of volunteers.
▶ 該慈善機構擁有眾多志工會員。

ownership [`onəʃɪp] 名 所有權 同 possession ▶ 益 3
(解碼) owner 所有人 + ship 狀態
The **ownership** of the park belongs to the city government.
▶ 這座公園的所有權屬於市政府。

partnership [`partnəʃɪp] 名 合作關係 同 cooperation ▶ 雅 4
(解碼) partner 夥伴 + ship 關係
We are looking forward to a successful **partnership** with your company.
▶ 我們期待和貴公司建立成功的夥伴關係。

relationship [rɪ`leʃənʃɪp] 名 關係 同 relation ▶ 研 5
(解碼) relation 關聯 + ship 狀態
The **relationship** of characters in this play is truly complex.
▶ 這部戲劇裡各角色的關係非常複雜。

scholarship [`skaləʃɪp] 名 獎學金 同 grant ▶ 雅 3
(解碼) scholar 獲得獎學金的學生 + ship 狀態
Leo got a **scholarship** to the Massachusetts Institute of Technology.
▶ 里歐拿到去麻省理工學院唸書的獎學金。

sportsmanship [`sportsmənʃɪp] 名 運動家精神 關 virtue ▶ 益 2
(解碼) sports 運動 + man 人 + ship 狀態

Those soccer players accepted the result with **sportsmanship**.
▶ 那群足球選手發揮運動家精神，接受了比賽結果。

......

字尾 048 -t, -th 狀態；性質（形容詞／動詞→名詞）

MP3 3-048

breadth [brɛdθ] **名** 寬度 **同** width ▶ 益 3
(解碼) bred/bread 寬的 **+ th** 性質
The river is twelve feet in **breadth**.
▶ 那條河寬十二呎。

growth [groθ] **名** 成長；發展 **同** development ▶ 托 5
(解碼) grow 成長 **+ th** 狀態
Massaging the scalp may stimulate blood flow and promote hair **growth**.
▶ 對頭皮進行按摩有助於刺激血流和促進頭髮生長。

strength [strɛŋθ] **名** 力量；長處 **反** weakness ▶ 雅 3
(解碼) strenk/streng 拉緊的 **+ th** 性質
The girl felt very weak and had no **strength** to stand.
▶ 那個女孩感覺非常虛弱，甚至沒有力氣起身。

warmth [wɔrmθ] **名** 溫暖 **反** chill ▶ 益 3
(解碼) warm 溫暖的 **+ th** 狀態
The **warmth** in the room makes Olivia feel comfortable.
▶ 溫暖的房間讓奧莉薇亞覺得很舒服。

......

weight [wet] **名** 重量；體重 **同** heft ▶ 雅 3
(解碼) weigh 稱重 **+ t** 性質
The **weight** limit of regular package is 2 kilograms.
▶ 一般包裹的限重是兩公斤。

......

width [wɪdθ] **名** 寬度 **關** scope ▶ 益 4
(解碼) wid 寬的 **+ th** 性質
The box is 35 centimeters in **width** and will be charged an extra fee.
▶ 這個盒子有三十五公分寬，因此將被索取額外費用。

......

字尾 049 -y 狀態；情況；性質

MP3 3-049

honesty [`ɑnɪstɪ] **名** 誠實 **同** candor ▶ 檢 3

解碼 **honest** 誠實的 **+ y** 性質

Honesty is always the best policy.
▶ 不論何時，誠實都是上策。

injury [`ɪndʒərɪ] 名 傷害 同 harm ▶ 托 5

解碼 **injur** 不正當的 **+ y** 情況

A fracture or bone **injury** is a painful condition of bones.
▶ 骨折或骨骼損傷為骨骼出現問題的病況。

jealousy [`dʒɛləsɪ] 名 嫉妒 同 envy ▶ 檢 4

解碼 **zel/jeal** 狂熱 **+ ous** 形容詞 **+ y** 狀態

Typically, **jealousy** is resulted from insecurity and anxiety.
▶ 嫉妒的情緒一般都是由缺乏安全感及焦慮所引起的。

mastery [`mæstərɪ] 名 掌握；精通 同 proficiency ▶ 雅 5

解碼 **master** 大師 **+ y** 狀態

The soldier gained **mastery** of martial arts.
▶ 那名士兵精通武術。

misery [`mɪzərɪ] 名 不幸 同 agony ▶ 雅 5

解碼 **miser** 不幸 **+ y** 狀態

No man should bear the **misery** of living in fear.
▶ 沒有人應該忍受生活在恐懼中的痛若。

party [`pɑrtɪ] 名 政黨 關 political ▶ 雅 4

解碼 **part** 使分開 **+ y** 狀態

Mr. Brown has been adopted by the **party** as the candidate for President.
▶ 布朗先生已被該政黨挑選為總統候選人。

tyranny [`tɪrənɪ] 名 暴政 同 dictatorship ▶ 雅 3

解碼 **tyran** 暴君 **+ y** 狀態

Some people were determined to fight against the **tyranny**.
▶ 一部分人下定決心，要反抗暴政。

UNIT 7 表動作過程 / 結果的名詞字尾
Nominal Suffix: An Action or Result

字尾 050 -age 動作；過程

baggage [ˋbægɪdʒ] 名 行李 同 luggage
(解碼) **bag** 打包 + **age** 動作
You must file a **baggage** claim to the staff in charge.
▶ 你必須向負責人員出示托運行李的提領單。

bandage [ˋbændɪdʒ] 名 繃帶 近 gauze
(解碼) **band** 帶子 + **age** 動作
You should place a clean **bandage** on the wound to avoid infection.
▶ 你應該在傷口上使用乾淨的繃帶，以避免感染。

carriage [ˋkærɪdʒ] 名 馬車；運輸 同 delivery
(解碼) **carri** 搬運 + **age** 動作
A horse-drawn **carriage** used to be very popular in the United States.
▶ 馬力馬車過去在美國很普遍。

dosage [ˋdosɪdʒ] 名 劑量 關 prescription
(解碼) **dos** 分配藥 + **age** 動作
The **dosage** should be 100 mg once a day with meal.
▶ 這個藥每天飯後服用一次，劑量為一百毫克。

marriage [ˋmærɪdʒ] 名 結婚；婚姻 反 divorce
(解碼) **mari/marri** 結婚 + **age** 動作
Their **marriage** rites in the church were solemn and touching.
▶ 他們在教堂的結婚儀式既莊重又感人。

package [ˋpækɪdʒ] 名 包裹 同 parcel
(解碼) **pack** 包裝 + **age** 動作
There are more than twelve **packages** of instant noodles in the basket.
▶ 籃子裡有超過十二包的泡麵。

passage [ˋpæsɪdʒ] 名 通道 同 corridor
(解碼) **pass** 通行 + **age** 動作
This suspension bridge is the only **passage** from village A to village B.
▶ 這座吊橋是 A 村往 B 村唯一的通道。

postage [ˋpostɪdʒ] 名 郵資 關 fee ▶ 雅 [3]

解碼 **post** 郵政 + **age** 動作

What is the **postage** on this letter?
▶ 寄這封信要多少郵資？

usage [ˋjusɪdʒ] 名 用法；習慣 近 practice ▶ 益 [5]

解碼 **us** 使用 + **age** 動作

The **usage** of intellectual property rights has become pretty common nowadays.
▶ 現今，智慧財產權的使用已變得十分普遍。

字尾 051 **-al** 動作（動詞→名詞）

approval [əˋpruvl̩] 名 贊成 反 disapproval ▶ 益 [4]

解碼 **ap** 前往 + **prob/prov** 測試 + **al** 動作

The manager nodded to signify the **approval** of Betty's leave.
▶ 經理點頭同意貝蒂休假。

arrival [əˋraɪvl̩] 名 到達 反 departure ▶ 益 [5]

解碼 **arriv** 登陸 + **al** 動作

Thousands of fans were at the airport waiting for the **arrival** of the rock star.
▶ 數千名粉絲在機場等待那位搖滾巨星現身。

burial [ˋbɛrɪəl] 名 葬禮；墓地 同 funeral ▶ 檢 [3]

解碼 **bury** 埋葬 + **al/ial** 動作

Thousands of people attended the monk's **burial**.
▶ 好幾千人出席那位僧侶的葬禮。

denial [dɪˋnaɪəl] 名 否認 反 affirmation ▶ 雅 [4]

解碼 **de** 分離 + **neg** 拒絕 + **al/ial** 動作

Why did Mr. Watson shake his head in **denial**?
▶ 為什麼華生先生搖頭拒絕？

disposal [dɪˋspozl̩] 名 處理；配置 同 allocation ▶ 研 [3]

解碼 **dis** 分離 + **pos** 放置 + **al** 動作

How do you manage to improve the waste **disposal**?
▶ 你打算如何改善廢棄物處理的問題？

proposal [prəˋpozl̩] 名 提案 同 motion ▶ 益 [4]

解碼 **pro** 向前地 + **pos** 放置 + **al** 動作

If there is any adverse opinion about the **proposal**, please speak now.
▶ 如果有任何反對這個提案的意見，請現在提出。

refusal [rɪˋfjuzḷ] 名 拒絕 反 acceptance ▶ 研 3
(解碼) **refus** 拒絕 + **al** 動作
I don't think Patrick would take **refusal** for an answer.
▶ 我不認為派翠克會接受別人拒絕他。

rehearsal [rɪˋhɝsḷ] 名 排演 近 tryout ▶ 雅 4
(解碼) **re** 再一次 + **herc/hears** 耙鬆 + **al** 動作
We should schedule the **rehearsal** time and place in advance.
▶ 我們應預定排練的時間及地點。

removal [rɪˋmuvḷ] 名 移動；排除 同 expulsion ▶ 益 3
(解碼) **re** 離開 + **mov** 移動 + **al** 動作
The **removal** of Adam's name from the list is not my idea.
▶ 將亞當從名單上刪除並非我的主意。

rental [ˋrɛntḷ] 名 租金；出租 關 lease ▶ 檢 3
(解碼) **rend/rent** 提供；繳納 + **al** 動作
Mrs. Baker's main income is the **rental** from her husband's house.
▶ 貝克太太的主要收入是她丈夫房子的租金。

survival [sɚˋvaɪvḷ] 名 倖存 同 remnant ▶ 益 4
(解碼) **sur** 超越 + **viv** 活著 + **al** 動作
This newly-developed drug may prolong the **survival** time of patients.
▶ 這款新藥也許能延長病患的存活時間。

字尾 052 -ance, -ancy, -ence, -ency 動作；過程 (MP3 3-052)

acceptance [əkˋsɛptəns] 名 接受 反 refusal ▶ 益 4
(解碼) **accept** 接受 + **ance** 動作
The urban renewal plan has obtained **acceptance** with the public.
▶ 都市更新計畫已被大眾所接受。

accordance [əˋkɔrdəns] 名 一致 同 conformity ▶ 益 4
(解碼) **accord** 一致 + **ance** 動作
Sandy filled out the tax document in **accordance** with rules.
▶ 珊蒂按規定填寫報稅文件。

annoyance [əˋnɔɪəns] 名 煩惱 同 disturbance ▶ 檢 3
(解碼) **annoy** 使煩惱 + **ance** 動作
Pimples are my biggest **annoyance**.
▶ 青春痘是我最大的煩惱。

appliance [əˋplaɪəns] 名 器具 近 device ▶ 托 4
(解碼) **appli** 應用 + **ance** 動作
The couple bought some household **appliances** after moving to the new house.
▶ 搬進新家後，那對夫妻添購了一些家居用品。

assistance [əˋsɪstəns] 名 幫助 同 aid ▶ 益 3
(解碼) **assist** 幫助 + **ance** 動作
Will you provide 24-hour roadside **assistance**?
▶ 你們會提供二十四小時道路救援嗎？

attendance [əˋtɛndəns] 名 出席 反 absence ▶ 益 4
(解碼) **attend** 參加 + **ance** 動作
The speaker's **attendance** was very much welcomed.
▶ 演講者的到場受到熱烈歡迎。

clearance [ˋklɪrəns] 名 清除；打掃 近 removal ▶ 益 3
(解碼) **clear** 清除 + **ance** 動作
Maggie comes to my house to do some work of **clearance** once a week.
▶ 梅姬每週來我家打掃一次。

conference [ˋkɑnfərəns] 名 會議 同 meeting ▶ 益 5
(解碼) **confer** 協商 + **ence** 動作
The journalist made copious notes during the press **conference**.
▶ 這名記者在記者會時做了許多筆記。

guidance [ˋgaɪdn̩s] 名 指導 同 direction ▶ 益 4
(解碼) **guid** 引導 + **ance** 過程
With Oliver's **guidance**, we won the first prize in the contest.
▶ 因為有奧利佛的指導，我們在競賽中贏得首獎。

independence [͵ɪndɪˋpɛndəns] 名 獨立 反 dependence ▶ 托 4
(解碼) **in** 否定 + **depend** 依賴 + **ence** 動作
Singapore gained **independence** from Britain in 1965.
▶ 新加坡於 1965 年脫離英國獨立。

maintenance [ˋmentənəns] 名 維持；維修 同 upkeep ▶ 托 4

解碼 **mainten** 維持 + ance 動作
The **maintenance** cost of the machine is pretty high.
▶ 這台機器的維護成本非常高。

---

performance [pəˋfɔrməns] 名 表演 關 play

解碼 **perform** 表演 + ance 動作
Composition of songs is as important as the **performance** of them.
▶ 歌曲的創作和演出同等重要。

---

proficiency [prəˋfɪʃənsɪ] 名 精通 同 mastery

解碼 **pro** 向前地 + **fac/fici** 製造 + **ency** 過程
This position requires someone with great **proficiency** in communicative skills.
▶ 這個職位需要溝通技巧精熟者擔任。

---

resistance [rɪˋzɪstəns] 名 抵抗 反 obedience

解碼 **resist** 抵抗 + ance 動作
The cold **resistance** of this hat is relatively good.
▶ 這頂帽子的防寒效果相對較佳。

---

inference [ˋɪnfərəns] 名 推論 同 conjecture

解碼 **infer** 推論 + ence 動作
The investigator tried to draw some **inferences** from the evidence.
▶ 調查員試著依據這些證據來做推論。

---

preference [ˋprɛfərəns] 名 偏愛 同 favor

解碼 **prefer** 更喜愛 + ence 動作
A group of consumers were polled about merchandise **preferences**.
▶ 一群消費者接受有關產品喜好的調查訪問。

---

reference [ˋrɛfərəns] 名 參考 關 mention

解碼 **refer** 參考 + ence 動作
This email is with **reference** to Peter's resignation.
▶ 這封電子郵件與彼得的辭呈有關。

---

residence [ˋrɛzədəns] 名 住宅 同 dwelling

解碼 **resid** 居住 + ence 動作
There are many **residences** along the riverbank.
▶ 河堤沿岸有許多住宅。

---

urgency [ˋɝdʒənsɪ] 名 緊急 同 exigency

解碼 **urg** 用力壓；催促 + ency 動作
In an **urgency** like this, you have to make a prompt decision.

▶ 在這樣的緊急狀況下，你必須當機立斷。

字尾 053 -ing 動作；結果（動詞→名詞）

MP3 3-053

accounting [ə`kauntɪŋ] 名 會計學；會計 同 audit ▶ 托 5
(解碼) **account** 計算 + ing 動作
My sister has a bachelor degree in **accounting**.
▶ 我姐姐有會計學的學士學位。

belongings [bə`lɔŋɪŋz] 名 財產 同 property ▶ 益 4
(解碼) **belong** 屬於 + ing 結果
Do not forget your **belongings** while getting off the bus.
▶ 下車時別忘了你的隨身物品。

blessing [`blɛsɪŋ] 名 祝福 同 grace ▶ 檢 4
(解碼) **bless** 祝福 + ing 結果（緣起：宗教儀式中的禱告）
The affluence of its people is the nation's **blessing**.
▶ 人民富足乃國家之福。

bowling [`bolɪŋ] 名 保齡球 關 candlepin ▶ 檢 3
(解碼) **bowl** 投球（使滾地）+ ing 動作
Dave beat a superior **bowling** contestant in the match yesterday.
▶ 戴夫在昨天的比賽中擊敗一位資深的保齡球選手。

boxing [`baksɪŋ] 名 拳擊 同 pugilism ▶ 益 3
(解碼) **box** 用拳頭打 + ing 動作
My father watches **boxing** games on TV from time to time.
▶ 我父親有時候會看電視轉播的拳擊賽。

building [`bɪldɪŋ] 名 建築物 同 structure ▶ 研 5
(解碼) **build** 建造 + ing 結果
The **building** is the only existing historical site from Ming Dynasty.
▶ 這棟建築物是唯一現存的明朝遺跡。

clothing [`kloðɪŋ] 名 衣服 同 apparel ▶ 益 4
(解碼) **clothe** 給…穿衣 + ing 動作
My grandmother taught me how to hem **clothing** by hand.
▶ 祖母教我替衣服鑲邊的方法。

crossing [`krɔsɪŋ] 名 十字路口 同 crossroad ▶ 益 4

解碼 **cross** 越過 + **ing** 動作

You should be more cautious when passing the **crossing**.

▶ 你在穿越十字路口時應該更謹慎一點。

---

dressing [`drɛsɪŋ] 名 調料；包紮 同 stuffing ▶ 檢 5

解碼 **dress** 使端正 + **ing** 動作

The cook stirred the ingredients for the salad **dressing** in a bowl.

▶ 那名廚師在碗裡攪拌沙拉醬的料。

---

dwelling [`dwɛlɪŋ] 名 住處 同 residence ▶ 托 4

解碼 **dwell** 繼續逗留 + **ing** 結果

Over 1,000 new **dwellings** are planned for this land.

▶ 這塊土地規劃了超過一千戶的新住宅。

---

engineering [ˏɛndʒəˋnɪrɪŋ] 名 工程學 關 engineer ▶ 研 4

解碼 **engineer** 工程師 + **ing** 結果（提示：工程師做的工作）

Rick's achievements in **engineering** fields are highly admitted.

▶ 瑞克在工程方面的成就受到高度認可。

---

feeling [`filɪŋ] 名 感覺；心情 同 emotion ▶ 檢 5

解碼 **feel** 感覺 + **ing** 動作

Amy does not feel well and has a light-headed **feeling**.

▶ 艾咪不太舒服，而且有頭昏眼花的感覺。

---

gathering [`gæðərɪŋ] 名 聚集；集會 同 crowd ▶ 研 4

解碼 **gather** 使聚集 + **ing** 動作

This is just a routine family **gathering** we have every month.

▶ 這只是我們家每個月例行性的家族聚會。

---

greeting [`gritɪŋ] 名 問候 近 hail ▶ 檢 4

解碼 **greet** 問候 + **ing** 動作

The chairperson sent his **greetings** to all the visitors in his preliminary remarks.

▶ 主席在開場白中向所有來賓致上他的問候。

---

handwriting [`hændˏraɪtɪŋ] 名 書寫；筆跡 同 penmanship ▶ 研 4

解碼 **hand** 手 + **writ** 作記號於 + **ing** 結果

Henry's **handwriting** is terrible. I could barely recognize the words.

▶ 亨利的筆跡太難看了，他寫的字我幾乎都看不懂。

---

meaning [`minɪŋ] 名 意義 近 definition ▶ 檢 5

解碼 **mean** 意指 + **ing** 結果

You can use a dash to separate two clauses whose **meanings** are closely

connected.
▶ 你可以用破折號分隔兩個意思相關的子句。

offering [`ɔfərɪŋ] 名 提供 同 supply ▶ 益 5

(解碼) offer 提供 + ing 動作
With her **offering**, our supply will be enough to meet the needs for four months.
▶ 有了她的供給，我們的庫存將足以支應四個月的需求量。

outing [`aʊtɪŋ] 名 遠足；郊遊 同 jaunt ▶ 雅 4

(解碼) out 外出 + ing 動作
The **outing** was cancelled because of the heavy rain.
▶ 遠足活動因這場大雨而取消。

painting [`pentɪŋ] 名 繪畫 同 picture ▶ 檢 4

(解碼) paint 畫 + ing 結果
Knowledge may influence our understanding of **paintings**.
▶ 知識可能會影響我們對於畫作的理解度。

saving [`sevɪŋ] 名 存款；節儉 反 squander ▶ 益 4

(解碼) salv/sav 儲蓄 + ing 結果
What is the interest rate for the **savings** account?
▶ 儲蓄帳戶的利率是多少？

serving [`sɜvɪŋ] 名 一份；服務 同 portion ▶ 益 5

(解碼) serv 服務 + ing 動作
Each **serving** contains 1,500 calories.
▶ 每一份含有一千五百大卡。

shilling [`ʃɪlɪŋ] 名 先令 關 currency ▶ 雅 2

(解碼) skel/shill 切割 + ing 結果
A **shilling** is worth one twentieth of a pound.
▶ 一先令等於二十分之一英鎊。

spelling [`spɛlɪŋ] 名 拼字 關 alphabet ▶ 益 3

(解碼) spell 用字母拼寫 + ing 動作
The letter is addressed to you, but the **spelling** of your name is wrong.
▶ 這封信上的收件人地址是你沒錯，但卻拼錯了你的名字。

stocking [`stɑkɪŋ] 名 長襪 近 hosiery ▶ 檢 3

(解碼) stocc/stock 樹幹 + ing 結果（字義衍生：樹幹形狀 → 腿）
Jane bought some fancy **stockings** for her daughter.
▶ 珍買了幾雙花俏的長襪給她的女兒。

upbringing [`ʌp͵brɪŋɪŋ] 名 養育 同 cultivation ▶ 檢 4
解碼 **up** 向上 + **bring** 生育 + **ing** 動作
The scientist owed her success to nice **upbringing** she had in her childhood.
▶ 那位科學家將她的成功歸功於自己兒時所受的良好教育。

字尾 054 -ion, -tion, -ation 動作（動詞→名詞） MP3 3-054

abbreviation [ə͵brivɪ`eʃən] 名 縮寫 關 brief ▶ 托 3
解碼 **abbrevi** 使縮短 + **ation** 動作
UFO is the **abbreviation** of "unidentified flying object".
▶ UFO 是「unidentified flying object」的英文縮寫。

accommodation [ə͵kɑmə`deʃən] 名 適應 同 adjustment ▶ 益 4
解碼 **accommod** 使適合 + **ation** 動作
Your body is capable of **accommodation** when compelled to do so.
▶ 當受環境所迫時，身體自然會有調適的機制。

accusation [͵ækjə`zeʃən] 名 控告 同 charge ▶ 雅 3
解碼 **accus** 控告 + **ation** 動作
The judge dismissed the **accusation** against Leo as groundless.
▶ 法官認為對里歐的指控毫無根據而拒絕受理。

acquisition [͵ækwə`zɪʃən] 名 獲得 同 obtainment ▶ 研 4
解碼 **ac** 額外 + **qui/quisit** 獲得 + **ion** 動作
A group of farmers were protesting against land **acquisition**.
▶ 一群農人正在對土地徵收進行抗爭。

addition [ə`dɪʃən] 名 附加 同 attachment ▶ 托 5
解碼 **add** 增加 + **tion/ition** 動作
Richard can make fried rice in **addition** to scrambled eggs.
▶ 除了炒蛋外，理查還會做炒飯。

administration [əd͵mɪnə`streʃən] 名 管理 同 management ▶ 益 4
解碼 **ad** 前往 + **ministr** 服務 + **ation** 動作
I think Bill spent too much time on **administration**.
▶ 我覺得比爾在管理上花費太多時間。

anticipation [æn͵tɪsə`peʃən] 名 預期 同 expectation ▶ 托 4
解碼 **anticip** 事前留意 + **ation** 動作
What is your **anticipation** for salary?

▶ 您的預期薪資是多少？

application [ˌæpləˈkeʃən] 名 應用；申請 同 request
▶ 托 5
(解碼) **applic** 應用 + **ation** 動作
The deadline for making an **application** is next Thursday.
▶ 申請的截止期限是下個星期四。

appreciation [əˌpriʃɪˈeʃən] 名 感激；欣賞 同 gratitude
▶ 檢 4
(解碼) **appreti/appreci** 欣賞 + **ation** 動作
We made a dish for you as a token of our **appreciation**.
▶ 我們為你做了一道菜，以表達謝意。

association [əˌsosɪˈeʃən] 名 協會；聯盟 同 coalition
▶ 托 5
(解碼) **associ** 聯繫 + **ation** 動作
Ryan's new invention got recognized by world patent **association**.
▶ 萊恩的新發明得到了全球專利協會的認可。

assumption [əˈsʌmpʃən] 名 假定 同 presumption
▶ 托 4
(解碼) **assum/assump** 接受 + **tion** 動作
The professor's **assumption** might be wrong.
▶ 教授的假設可能是錯誤的。

attention [əˈtɛnʃən] 名 注意；關照 反 inattention
▶ 檢 5
(解碼) **attend** 注意；照料 + **tion** 動作
Andy whistled to attract the **attention** of the girl.
▶ 安迪吹口哨以引起那名女孩的注意。

attraction [əˈtrækʃən] 名 吸引力；魅力 反 repulsion
▶ 益 5
(解碼) **attract** 吸引 + **ion** 動作
Beer is one of the tourist **attractions** in Germany.
▶ 啤酒是德國當地吸引遊客的元素之一。

auction [ˈɔkʃən] 名 動 拍賣 同 sale
▶ 雅 4
(解碼) **aug/auc** 增加 + **tion** 動作
The artist's paintings were **auctioned** off last weekend.
▶ 上週末，那位藝術家的畫作被拍賣掉了。

calculation [ˌkælkjəˈleʃən] 名 計算 關 amount
▶ 托 4
(解碼) **calcul** 計算 + **ation** 動作
Larry's and my **calculations** are very approximate.
▶ 賴瑞和我的計算結果非常相近。

caption [`kæpʃən] 名 字幕；逮捕 同 subtitle ▶ 托 3
解碼 **cap** 抓住 + **tion** 動作
There is a wrong word in the **caption** on the back of the photo.
▶ 這張照片背面的簡短說明有一個錯字。

caution [`kɔʃən] 名 謹慎 同 alertness ▶ 雅 4
解碼 **cav/cau** 警戒 + **tion** 動作
This drug should be taken with **caution** by people with renal disorders.
▶ 有腎臟疾病的人使用這個藥物時要特別小心。

celebration [ˌsɛlə`breʃən] 名 慶祝 同 festivity ▶ 檢 5
解碼 **celebr** 實行宗教儀式 + **ation** 動作
The researchers marched in **celebration** of their new invention.
▶ 為了慶祝他們的新發明，研究員參加遊行。

circulation [ˌsɝkjə`leʃən] 名 循環；發行量 同 rotation ▶ 益 3
解碼 **circul** 循環 + **ation** 動作
The newspaper's **circulation** is growing fast.
▶ 這個報紙的發行量正迅速增加。

classification [ˌklæsəfə`keʃən] 名 分類 同 grouping ▶ 托 5
解碼 **classify** 分類 + **ation** 結果
These items should be categorized on the basis of hazardous **classification**.
▶ 這些物品應依危險物品等級分類。

collision [kə`lɪʒən] 名 碰撞；衝突 同 conflict ▶ 研 4
解碼 **collid** 碰撞 + **ion** 動作
The brand-new sensor has excellent anti-**collision** features.
▶ 這款新推出的感應器具備極佳的抗撞性能。

combination [ˌkɑmbə`neʃən] 名 結合 同 conjunction ▶ 研 4
解碼 **combin** 使結合 + **ation** 動作
The **combination** of drugs may cause adverse drug reactions.
▶ 併用藥物可能會造成藥物不良反應。

communication [kəˌmjunə`keʃən] 名 溝通 同 conveyance ▶ 益 5
解碼 **communic** 傳播 + **ation** 動作
There has been a lack of **communication** among the team members.
▶ 那個團隊的成員之間欠缺溝通。

compensation [ˌkɑmpən`seʃən] 名 賠償 同 remuneration ▶ 益 4
解碼 **compens** 賠償 + **ation** 動作

This agent is in charge of matters of damage **compensation**.
▶ 這名仲介人負責損害賠償的相關事宜。

competition [ˌkɑmpəˋtɪʃən] 名 競爭 同 match　　▶ 檢 4
(解碼) com 共同 + pet 攻擊 + tion/ition 動作
What's the prize for the marketing **competition**?
▶ 行銷競賽的獎品是什麼？

complication [ˌkɑmpləˋkeʃən] 名 複雜 反 simplification　　▶ 托 5
(解碼) com 共同 + plic 摺疊 + ation 動作
The **complication** makes me sick.
▶ 這種複雜的狀況令我厭惡。

composition [ˌkɑmpəˋzɪʃən] 名 作文；作品 同 writing　　▶ 研 4
(解碼) com 共同 + pos 放置 + tion/ition 動作
I need to hand in a **composition** about my summer vacation.
▶ 我必須交一篇關於暑假的作文。

comprehension [ˌkɑmprɪˋhɛnʃən] 名 理解 同 grasp　　▶ 托 4
(解碼) com 完全地 + prehend 抓住 + tion/sion 動作
It is out of my **comprehension** why I haven't got the invoice.
▶ 我不懂我為何還沒拿到發票。

concentration [ˌkɑnsɛnˋtreʃən] 名 專心 反 diversion　　▶ 研 4
(解碼) con 共同 + centr 中央 + ation 動作
Drinking coffee will help a person's **concentration**.
▶ 喝咖啡能幫助人集中精神。

conception [kənˋsɛpʃən] 名 概念 同 idea　　▶ 檢 4
(解碼) con 共同 + cept 拿 + ion 動作
We should try harder to realize the **conception**.
▶ 我們應該更努力實現這個構想。

conclusion [kənˋkluʒən] 名 結局 同 outcome　　▶ 托 5
(解碼) con 共同 + clud 關閉 + tion/sion 動作
After hours of debate, the Board finally came to **conclusion**.
▶ 在經過數小時的辯論後，董事會終於達成共識。

confession [kənˋfɛʃən] 名 坦白 反 repudiation　　▶ 檢 4
(解碼) con 共同 + fess 講 + ion 動作
Stacy's **confession** surprised everyone.
▶ 史黛西的自白讓大家吃了一驚。

confrontation [ˌkɑnfrən`teʃən] 名 對抗 同 opposition ▶ 檢 4

解碼 **confront** 面對 + **ation** 動作

The game was clearly a **confrontation** between the two star players.

▶ 那場比賽的重點顯然是兩位明星球員的對峙。

---

confusion [kən`fjuʒən] 名 困惑 同 perplexity ▶ 雅 5

解碼 **confound/confus** 使混亂 + **ion** 動作

The mailman suffered from great **confusion** at the sight of the blurred address.

▶ 郵差在看到模糊的地址時，十分困惑。

---

congratulation [kənˌɡrætʃə`leʃən] 名 恭喜 同 blessing ▶ 雅 5

解碼 **con** 共同 + **gratul** 恭賀 + **ation** 動作

Everyone kept clapping in **congratulation**.

▶ 每個人都鼓掌祝賀。

---

conservation [ˌkɑnsə`veʃən] 名 保存 同 preservation ▶ 研 4

解碼 **conserv** 保存 + **ation** 動作

Everyone should be devoted to the **conservation** of wildlife.

▶ 每個人都應致力保育野生動物。

---

consideration [kənsɪdə`reʃən] 名 考慮 同 deliberation ▶ 雅 5

解碼 **consider** 考慮 + **ation** 動作

We should take probability of the contingency into **consideration**.

▶ 我們應該將發生意外事故的可能性納入考量。

---

consolation [ˌkɑnsə`leʃən] 名 安慰 同 solace ▶ 雅 3

解碼 **con** 表強調 + **solat** 安慰 + **ion** 動作

My friends sent me a lot of letters of **consolation** for my sickness.

▶ 朋友在我生病時寄了很多封慰問信給我。

---

constitution [ˌkɑnstə`tjuʃən] 名 構造；憲法 同 composition ▶ 托 4

解碼 **constitu** 組成 + **tion** 動作

The **constitution** of our country states people's rights and duties.

▶ 我國憲法說明了人民的權利與義務。

---

consultation [ˌkɑnsəl`teʃən] 名 諮詢 近 discussion ▶ 益 4

解碼 **consult** 請教 + **ation** 動作

I am willing to offer you a free **consultation**.

▶ 我願意免費提供你諮詢服務。

---

consumption [kən`sʌmpʃən] 名 消耗 同 expenditure ▶ 益 4

解碼 **consump** 消耗 + **tion** 動作

What is the oil **consumption** of this minivan?
▶ 這台小卡車的耗油量如何？

contemplation [ˌkɑntɛmˈpleʃən] 名 沉思 同 rumination　▶ 托 4
(解碼) **con** 表強調 + **temple/templ** 寺院；神殿 + **ation** 動作
Contemplation helps me to clear my thoughts.
▶ 沉思能幫助我釐清思緒。

contradiction [ˌkɑntrəˈdɪkʃən] 名 矛盾 同 inconsistency　▶ 托 4
(解碼) **contra** 相反 + **dic** 說話 + **tion** 動作
There seems to be a **contraction** in the witness's testimony.
▶ 這名證人的證詞有矛盾之處。

cooperation [koˌɑpəˈreʃən] 名 合作 關 aid　▶ 益 5
(解碼) **com/co** 共同 + **opera** 工作 + **tion** 動作
The long-range **cooperation** with Ken's company is established on the mutual trust.
▶ 與肯公司的長期合作立基於互相信任。

corporation [ˌkɔrpəˈreʃən] 名 公司 同 company　▶ 益 5
(解碼) **corpor** 使具體化 + **ation** 動作
Microsoft is certainly one of the most successful **corporations** in the world.
▶ 微軟肯定是世界上最成功的公司之一。

conversation [ˌkɑnvəˈseʃən] 名 交談 同 dialogue　▶ 檢 5
(解碼) **con** 一起 + **vert/vers** 轉 + **ation** 動作（提示：你一言我一語）
A colloquial expression is informal and is used mainly in **conversation**.
▶ 口語表達較不正式且主要用於談話中。

creation [krɪˈeʃən] 名 創造；作品 同 work　▶ 檢 5
(解碼) **creat** 創造 + **ion** 動作
This play depicted the story about the **creation** of Adam and Eve.
▶ 這部戲劇描述有關亞當與夏娃誕生的故事。

declaration [ˌdɛkləˈreʃən] 名 宣告 同 proclamation　▶ 托 4
(解碼) **declar** 闡明 + **ation** 動作
Tax **declarations** can be made electronically via the Internet.
▶ 報稅可透過網路以電子化方式進行。

decoration [ˌdɛkəˈreʃən] 名 裝飾 同 adornment　▶ 托 5
(解碼) **decor** 裝飾 + **ation** 動作
The kids like the **decorations** in this toy store.

▶ 孩子們喜歡這家玩具店的裝飾。

decision [dɪˋsɪʒən] 名 決定；決心 同 resolution
▶ 益 5

解碼 **de** 分離 + **cide/cise** 切割 + **ion** 動作

As a supervisor, you should avoid making **decisions** subjectively.
▶ 身為主管，你要避免做出過於主觀的判斷。

dedication [ˌdɛdəˋkeʃən] 名 奉獻 同 devotion
▶ 托 4

解碼 **de** 分離 + **dic** 宣稱 + **ation** 動作

Mr. Lee's **dedication** to his duties wins him the compliments.
▶ 李先生對於工作的專心致力讓他贏得稱讚。

delegation [ˌdɛləˋgeʃən] 名 代表團 關 envoy
▶ 益 4

解碼 **de** 分離 + **leg** 委派 + **ation** 動作

The **delegation** from the U.S. will arrive tomorrow morning.
▶ 美國代表團將於明天早上抵達。

depression [dɪˋprɛʃən] 名 蕭條；沮喪 同 stagnation
▶ 雅 5

解碼 **de** 向下 + **prem/press** 壓 + **ion** 動作

How much longer is the **depression** expected to continue?
▶ 不景氣預期還要持續多久？

description [dɪˋskrɪpʃən] 名 描述 同 depiction
▶ 研 5

解碼 **de** 向下 + **scrib/scrip** 寫 + **tion** 動作

You should rephrase the **description** to facilitate readers' understanding.
▶ 為了方便讀者理解，你應該要修飾一下措辭。

devotion [dɪˋvoʃən] 名 奉獻 同 dedication
▶ 雅 5

解碼 **de** 向下 + **vov/vot** 發誓 + **ion** 動作

Ann's **devotion** to fashion business wins her the position of chief designer.
▶ 安在時尚界的努力，讓她贏得首席設計師的職位。

dictation [dɪkˋteʃən] 名 聽寫；命令 同 order
▶ 托 4

解碼 **dict** 說 + **ation** 動作

Our teacher asked us to write down the speaker's **dictation**.
▶ 老師要求我們寫下演講者的口述。

digestion [dəˋdʒɛstʃən] 名 消化；領會 同 absorption
▶ 研 4

解碼 **di** 分離 + **gest** 攜帶 + **ion** 動作

This kind of spicy food is bad for your **digestion**.
▶ 這種辣的食物對你的消化不好。

direction [dəˋrɛkʃən] 名 方向 同 orientation ▶ 檢 4
解碼 **direct** 指示 + **ion** 動作
Roy has no sense of **direction** and often gets lost.
▶ 羅伊缺乏方向感，經常會迷路。

discrimination [dɪˏskrɪməˋneʃən] 名 歧視 同 prejudice ▶ 托 4
解碼 **discrimin** 區別 + **ation** 動作
There is still **discrimination** against immigrants here.
▶ 這裡仍存在著對外來移民者的歧視。

discussion [dɪˋskʌʃən] 名 討論 近 debate ▶ 益 5
解碼 **discuss** 討論 + **ion** 動作
The **discussion** about the new marketing strategies is very fierce.
▶ 關於新行銷策略的討論十分激烈。

distinction [dɪˋstɪŋkʃən] 名 區別 同 difference ▶ 托 4
解碼 **disting/distinc** 區別 + **tion** 動作
Can you tell me the **distinctions** between the two filing status?
▶ 你可以跟我說明這兩種報稅身分有何不同嗎？

distraction [dɪˋstrækʃən] 名 分心 反 concentration ▶ 檢 5
解碼 **distract** 使分心 + **ion** 動作
Billy's **distraction** upset his tutor from time to time.
▶ 比利的分心時不時會令他的家庭教師感到苦惱。

distribution [ˏdɪstrəˋbjuʃən] 名 分配 同 allocation ▶ 益 4
解碼 **dis** 個別地 + **tribu** 分配 + **tion** 動作
The rescue squad made a food **distribution** to refugees.
▶ 這個救難隊分配食物給難民。

definition [ˏdɛfəˋnɪʃən] 名 定義 反 ambiguity ▶ 托 5
解碼 **de** 完全地 + **fini** 限定 + **tion** 動作
For the **definition** of terms, please refer to Appendix I.
▶ 有關詞彙的定義，請參閱附錄一。

destruction [dɪˋstrʌkʃən] 名 破壞 同 wreckage ▶ 檢 4
解碼 **de** 否定 + **strue/struc** 建築 + **tion** 動作
This plant is responsible for **destruction** of toxic materials.
▶ 這間工廠負責銷毀有毒物質。

education [ˏɛdʒəˋkeʃən] 名 教育 關 literacy ▶ 檢 5
解碼 **educ** 教育；養育 + **ation** 動作

Employees can apply for subsidy on their children's **education**.
▶ 員工可以申請子女教育補助金。

---

equation [ɪˋkweʃən] 名 平均；方程式 同 formula ▶ 研 4

解碼 equ 相等；均等 + ation 動作

"2X+3=15" is an **equation**.
▶ 「2X+3=15」是一個方程式。

---

evolution [ˏɛvəˋluʃən] 名 發展；演變 關 develop ▶ 益 5

解碼 evolv/evolu 展開 + tion 動作

Evolution has been processed for billions of years.
▶ 演化已進行了數十億年。

---

exaggeration [ɪgˏzædʒəˋreʃən] 名 誇張 同 boast ▶ 托 4

解碼 exagger 誇張 + ation 動作

It is no **exaggeration** to say that they were close friends.
▶ 說他們曾是密友這件事一點都不誇張。

---

examination [ɪgˏzæməˋneʃən] 名 考試；檢查 同 checkup ▶ 檢 5

解碼 examin 衡量；測驗 + ation 動作

A visual inspection is included in the physical **examination**.
▶ 體檢項目包含視力檢查。

---

exception [ɪkˋsɛpʃən] 名 例外 反 normality ▶ 檢 5

解碼 except 把⋯除外 + ion 動作

All the signed documents should go to the out-tray with no **exception**.
▶ 所有已簽名的文件都應放到送文盤內，沒有例外。

---

execution [ˏɛksɪˋkjuʃən] 名 實行 同 fulfillment ▶ 雅 4

解碼 exequi/execut 執行 + ion 動作

The **execution** of the plan might take some time.
▶ 執行計畫可能需要花費一些時間。

---

exhibition [ˏɛksəˋbɪʃən] 名 展覽 同 display ▶ 檢 5

解碼 exhib 展示 + tion/ition 動作

More than 100 thousand people visited this **exhibition**.
▶ 總計超過十萬人來參觀這次展覽。

---

expansion [ɪkˋspænʃən] 名 擴張 同 extention ▶ 托 5

解碼 expand 擴充 + tion/sion 動作

What's Mr. Hill's stance towards the **expansion** of business hours?
▶ 希爾先生對於延長營業時間的看法是什麼？

---

expectation [ˌɛkspɛkˋteʃən] 名 期望 同 anticipation ▶ 雅 4
解碼 **expect** 期待 + **ation** 動作
The sales in the second quarter failed to meet the **expectation**.
▶ 第二季的銷售額未達預期。

---

expiration [ˌɛkspəˋreʃən] 名 屆滿；呼氣 同 termination ▶ 雅 4
解碼 **expir** 屆滿；呼氣 + **ation** 動作
Next Thursday is the **expiration** of the contract.
▶ 下週四合約就期滿了。

---

exploration [ˌɛkspləˋreʃən] 名 勘查 同 survey ▶ 研 4
解碼 **explor** 探勘 + **ation** 動作
Did you find anything in the **exploration**?
▶ 你在查勘過程中有沒有發現什麼？

---

explanation [ˌɛkspləˋneʃən] 名 解釋 同 account ▶ 托 5
解碼 **ex** 向外 + **plan** 使變平 + **ation** 動作
Could you give me more **explanation** about the terms?
▶ 你能夠針對條款提供更多說明嗎？

---

expression [ɪkˋsprɛʃən] 名 表達 同 enunciation ▶ 檢 5
解碼 **ex** 向外 + **press** 壓 + **ion** 動作
By his **expression**, we can get some clues of Sam's reluctance to visit Mrs. Baker.
▶ 從山姆的表情能看出他不想去拜訪貝克太太。

---

extension [ɪkˋstɛnʃən] 名 延長 同 prolongation ▶ 檢 4
解碼 **extend** 延伸 + **tion/sion** 動作
Peter needs an **extension** cord to set up his computer.
▶ 彼得需要延長線來架設他的電腦。

---

faction [ˋfækʃən] 名 派別 同 group ▶ 雅 3
解碼 **fac** 製造 + **tion** 動作
The country has split into two different **factions**.
▶ 國家已經分裂成兩個不同派系。

---

fascination [ˌfæsəˋneʃən] 名 魅力；迷戀 同 charm ▶ 檢 4
解碼 **fascin** 使陶醉 + **ation** 動作
The fans found certain **fascination** in her songs.
▶ 粉絲們覺得她的歌曲有種特殊的魅力。

---

federation [ˌfɛdəˋreʃən] 名 聯盟；聯邦 同 union ▶ 檢 5

解碼 **feder** 結盟 + **ation** 動作

The Russian **Federation** is a country in northern Eurasia.
▶ 俄羅斯聯邦是位於歐亞大陸北方的一個國家。

foundation [faʊnˋdeʃən] 名 基礎；創立 同 base　▶ 益 4
解碼 **fund/found** 建立 + **ation** 動作

The government tax revenue is the **foundation** of national development.
▶ 政府稅收是國家發展的基礎。

frustration [ˌfrʌsˋtreʃən] 名 挫折；失敗 同 failure　▶ 檢 5
解碼 **frustra** 使挫折 + **tion** 動作

A little **frustration** won't beat Ivy. She will be alright soon.
▶ 一點點挫折打擊不了艾薇，她很快就會沒事的。

generation [ˌdʒɛnəˋreʃən] 名 世代 同 epoch　▶ 益 5
解碼 **gener** 產生 + **ation** 動作

The performance of the current series of products transcends that of last **generation**.
▶ 目前這系列產品的性能優於前一代的產品。

graduation [ˌgrædʒʊˋeʃən] 名 畢業 反 drop-out　▶ 檢 5
解碼 **gradua** 畢業 + **tion** 動作

Tina hopes to work overseas after **graduation**.
▶ 蒂娜希望畢業後能到國外工作。

hesitation [ˌhɛzəˋteʃən] 名 猶豫 反 determination　▶ 檢 3
解碼 **hesi/hesit** 黏貼 + **ation** 動作

The lawyer could feel the witness' **hesitation**.
▶ 律師能感受到那位目擊者的猶豫。

illustration [ɪˌlʌsˋtreʃən] 名 圖示 同 depiction　▶ 托 4
解碼 **in/il** 在裡面 + **lustr** 照亮 + **ation** 動作

Most children like story books full of **illustrations**.
▶ 大多數兒童喜歡富含插圖的故事書。

imagination [ɪˌmædʒəˋneʃən] 名 想像力 關 fantasy　▶ 檢 5
解碼 **imagin** 想像 + **ation** 動作

Justin's **imagination** for art is beyond limitation.
▶ 賈斯汀對藝術的想像力沒有極限。

imitation [ˌɪməˋteʃən] 名 模仿 同 copy　▶ 檢 5
解碼 **imit** 模仿 + **ation** 動作

Your poor **imitation** can not fool me.
▶ 你拙劣的模仿是騙不了我的。

indication [ˌɪndəˋkeʃən] 名 表示 同 expression ▶ 研 4
(解碼) **indic** 指出 + **ation** 動作
The unit manager made **indications** of a need for more staff.
▶ 小組經理暗示需要更多員工。

infection [ɪnˋfɛkʃən] 名 感染 同 contagion ▶ 托 4
(解碼) **in** 在裡面 + **fect** 製造 + **ion** 動作
In general, ear problems may be caused by an **infection**.
▶ 耳部疾病通常是由感染所引起。

inflation [ɪnˋfleʃən] 名 通貨膨脹 反 deflation ▶ 益 3
(解碼) **in** 進入 + **fla** 吹 + **tion** 動作
The **inflation** may influence the price of supplies.
▶ 通貨膨脹可能會影響供給品的價格。

injection [ɪnˋdʒɛkʃən] 名 注射 同 shot ▶ 托 4
(解碼) **inject** 注射 + **ion** 動作
My **injection** site was swollen along with inflammation.
▶ 我的注射部位出現腫脹和發炎的現象。

innovation [ˌɪnəˋveʃən] 名 創新 同 novelty ▶ 益 4
(解碼) **in** 進入 + **nov** 新的 + **ation** 動作
The television is one of the most important **innovations** in the 20th century.
▶ 電視是二十世紀最重要的發明之一。

inspection [ɪnˋspɛkʃən] 名 檢查;審查 同 scrutiny ▶ 益 5
(解碼) **inspect** 檢查 + **ion** 動作
Inspection of the restaurant showed that it was not clean.
▶ 審查結果顯示這間餐廳衛生不佳。

inspiration [ˌɪnspəˋreʃən] 名 靈感;激勵 同 stimulation ▶ 益 5
(解碼) **inspir** 吹進;賦予靈感 + **ation** 動作
Where did you get the **inspiration** for the new poster?
▶ 你從哪裡得到新海報的靈感?

installation [ˌɪnstəˋleʃən] 名 安裝 同 fitting ▶ 托 4
(解碼) **install** 安裝 + **ation** 動作
You should follow the procedures on **installation** of electrical devices.
▶ 你應該遵守安裝電子裝置的程序。

integration [ˌɪntəˈgreʃən] 名 整合 反 disunion ▶ 益 4
(解碼) **integr** 統合 **+ ation** 動作
They believe in the **integration** of technology and eco-friendly design.
▶ 他們相信科技需結合有益環境的設計。

instruction [ɪnˈstrʌkʃən] 名 講授；指示 同 tuition ▶ 托 4
(解碼) **instru/instruc** 教導 **+ tion** 動作
The CPU is the portion of a computer system that carries out the **instructions**.
▶ 中央處理器是電腦系統中負責執行指令的部分。

intention [ɪnˈtɛnʃən] 名 意圖；目的 同 purpose ▶ 檢 4
(解碼) **in** 朝向 **+ tend** 伸展 **+ tion** 動作
I don't have any **intention** toward your possessions.
▶ 我對你的財物沒有任何意圖。

interpretation [ɪnˌtɝprɪˈteʃən] 名 解釋 同 explanation ▶ 托 3
(解碼) **interpret** 說明 **+ ation** 動作
After listening to your **interpretation**, I totally understand the story.
▶ 聽過你的解釋後，我完全明白這個故事了。

intervention [ˌɪntɚˈvɛnʃən] 名 干預；調解 同 meddling ▶ 益 5
(解碼) **inter** 在…之間 **+ ven** 來 **+ tion** 動作
The government's **intervention** of the parade surprised everyone.
▶ 政府出面干預這場遊行的舉動令人驚訝。

intonation [ˌɪntoˈneʃən] 名 語調 同 tone ▶ 檢 4
(解碼) **in** 在裡面 **+ ton** 語調 **+ ation** 動作
The man's voice has a slight Taiwanese **intonation**.
▶ 這個男人說話時帶有輕微的台語腔調。

intuition [ˌɪntjuˈɪʃən] 名 直覺 同 instinct ▶ 檢 4
(解碼) **in** 在裡面 **+ tui** 看 **+ tion** 動作
Sometimes you have to trust your **intuition**.
▶ 有時候你必須相信自己的直覺。

invasion [ɪnˈveʒən] 名 侵略 同 aggression ▶ 檢 5
(解碼) **in** 進入 **+ vad** 走 **+ tion/sion** 動作
The **invasion** of Poland by Germany occurred in 1939.
▶ 德國侵略波蘭發生於西元一九三九年。

invention [ɪnˈvɛnʃən] 名 發明 同 creation ▶ 雅 5
(解碼) **in** 在裡面 **+ ven** 來 **+ tion** 動作

Edison and his **inventions** are so great that they will perpetuate.
▶ 愛迪生和他偉大的發明將會永垂不朽。

investigation [ɪnˌvɛstəˋgeʃən] 名 調查 同 look into ▶ 托 5
(解碼) **in** 在裡面 + **vestig** 追蹤 + **ation** 動作
A consignment of beef is kept in the customs for further **investigation**.
▶ 這件牛肉包裹被扣留在海關，以做進一步的調查。

irritation [ˌɪrəˋteʃən] 名 惱怒；刺激 同 anger ▶ 檢 4
(解碼) **irrit** 激怒 + **ation** 動作
The employee evaluation may cause some **irritation**.
人資評估可能會引發一些不悅。

isolation [ˌaɪsḷˋeʃən] 名 隔離；孤立 同 separation ▶ 雅 5
(解碼) **insul/isol** 島嶼 + **ate** 動詞 + **ion** 動作
A headphone is provided to help with noise **isolation**.
▶ 這裡有提供耳機以幫助你隔絕噪音。

liberation [ˌlɪbəˋreʃən] 名 解放 關 liberty ▶ 托 4
(解碼) **liber** 自由 + **ate** 動詞 + **ion** 動作
Professor Chang emphasizes the **liberation** of one's thoughts.
▶ 張教授強調思想的解放。

location [loˋkeʃən] 名 位置；場所 同 site ▶ 檢 5
(解碼) **loc** 位置 + **ate** 動詞 + **ion** 動作
The **location** of the train station is close to the city center.
▶ 這個車站的位置靠近市中心。

modernization [ˌmɑdənəˋzeʃən] 名 現代化 關 newness ▶ 研 3
(解碼) **modernize** 使現代化 + **ation** 動作
We enjoy the convenience brought by the **modernization**.
▶ 我們很享受現代化所帶來的便利。

motivation [ˌmotəˋveʃən] 名 動機 同 motive ▶ 檢 4
(解碼) **motiv** 推動的 + **ate** 動詞 + **ion** 動作
Amy's **motivation** to go on a diet is to become healthier.
▶ 艾咪減肥的動機是想變得更健康。

navigation [ˌnævəˋgeʃən] 名 航海；航空 同 sailing ▶ 檢 4
(解碼) **navig** 航行 + **ation** 動作
Navigation on the sea was the hardest part in this adventure.
▶ 在海上航行是這次冒險中最困難的部分。

negotiation [nɪ͵goʃɪˋeʃən] 名 談判 近 mediation ▶ 益 5
(解碼) **neg** 否定；不 + **oti** 容易 + **ate** 動詞 + **ion** 動作
We need someone skilled in **negotiation** for the position.
▶ 我們需要一位具備溝通技巧的人擔任這個職務。

nomination [͵naməˋneʃən] 名 任命；提名 同 designation ▶ 檢 5
(解碼) **nomin** 提名 + **ation** 動作
Tony's **nomination** for the director of the team was denied by the president.
▶ 東尼的團隊主管提名遭總裁否決。

nutrition [njuˋtrɪʃən] 名 營養；營養物 反 malnutrition ▶ 托 5
(解碼) **nutri** 滋養 + **tion** 動作
Lack of **nutrition** will stunt a child's growth.
▶ 營養不足會影響孩子的成長。

objection [əbˋdʒɛkʃən] 名 反對 同 protest ▶ 檢 5
(解碼) **object** 反對 + **ion** 動作
Surprisingly, Ryan had no **objection** to my proposal.
▶ 出乎我意料之外的是，萊恩並沒有反對我的提案。

obligation [͵abləˋgeʃən] 名 義務；責任 同 duty ▶ 檢 4
(解碼) **ob** 前往 + **lig** 綁 + **ation** 動作
Mike and Tina are under the **obligation** to finish the project.
▶ 麥克和蒂娜有完成這份專案的義務。

observation [͵abzəˋveʃən] 名 觀察 同 detection ▶ 雅 5
(解碼) **observ** 觀察 + **ation** 動作
The patient has recuperated after a 3-day **observation** period.
▶ 這名病患在三天的觀察期後恢復健康。

occupation [͵akjəˋpeʃən] 名 職業；占據 同 job ▶ 益 4
(解碼) **occup** 占據 + **ation** 動作
What do you do by **occupation**?
▶ 你的職業是什麼？

operation [͵apəˋreʃən] 名 操作；手術 同 utilization ▶ 益 5
(解碼) **opus/oper** 工作 + **ation** 動作
The budget for **operation** and maintenance of waterworks is in the red.
▶ 運作和維護供水系統所需的預算出現赤字。

opposition [͵apəˋzɪʃən] 名 反對 反 approval ▶ 檢 4
(解碼) **oppon/oppos** 反抗 + **tion/ition** 動作

Two of the leading **opposition** politicians have been arrested.
▶ 其中兩位領導反抗的政治家已遭逮捕。

possession [pə`zɛʃən] 名 擁有　同 ownership　　　▶ 雅 5
(解碼) **possess** 擁有 + **ion** 動作
The abandoned bicycles have come into **possession** of the police.
▶ 這些棄置的腳踏車已經成為警方的財產。

persuasion [pə`sweʒən] 名 說服　關 convince　　　▶ 檢 4
(解碼) **per** 完全地 + **suad** 說服 + **tion/sion** 動作
I decided to eat organic food by Emily's **persuasion**.
▶ 我被艾蜜莉說服，決定開始吃有機食品。

oppression [ə`prɛʃən] 名 壓迫　同 suppression　　▶ 托 3
(解碼) **oppress** 壓迫 + **ion** 動作
The man plans to fight the **oppression** from the top.
▶ 那個男人計畫反抗高層的壓迫。

organization [ˌɔrgənə`zeʃən] 名 組織　同 institution　▶ 檢 5
(解碼) **organ** 機構 + **ize** 動詞 + **ation** 動作
This **organization** tries to promote the establishment of a new national park.
▶ 這個組織試著要推動成立新的國家公園。

perfection [pə`fɛkʃən] 名 完美　同 refinement　　▶ 研 4
(解碼) **per** 完全地 + **fac/fec** 製造 + **tion** 動作
The magician pursues **perfection** and wonder.
▶ 那名魔術師追求完美與驚奇。

permission [pə`mɪʃən] 名 允許　同 consent　　　▶ 檢 4
(解碼) **permiss** 允許 + **ion** 動作
He cannot leave the country without the authorities' **permission**.
▶ 沒有官方允許，他不能出國。

pollution [pə`luʃən] 名 汙染　反 cleanliness　　　▶ 檢 5
(解碼) **por/pol** 之前 + **lu** 弄髒 + **tion** 動作
The project may help resolve the issue of air **pollution**.
▶ 這項專案可能有助於解決空氣汙染的問題。

prevention [prɪ`vɛnʃən] 名 預防　近 avoidance　　▶ 雅 4
(解碼) **pre** 之前 + **ven** 來 + **tion** 動作
The doctors intend to implement an intensive aftercare **prevention** program.
▶ 醫師打算施行密集的術後照護預防計畫。

prohibition [ˌproə`bɪʃən] 名 禁止 同 ban ▶ 檢 4

解碼 **pro** 向前地 + **hibit** 抓住 + **ion** 動作

A **prohibition** against smoking in public place was enacted.

▶ 公共場所禁菸的法律已經頒布。

projection [prə`dʒɛkʃən] 名 投射；計畫 近 cast ▶ 雅 4

解碼 **pro** 向前地 + **ject** 丟擲 + **ion** 動作

The studio has the newest **projection** equipment.

▶ 這間工作室有最先進的投影設備。

prosecution [ˌprɑsɪ`kjuʃən] 名 起訴 關 lawsuit ▶ 雅 4

解碼 **pro** 向前地 + **secu** 追隨 + **tion** 動作

The police brought a **prosecution** against the driver for speeding.

▶ 警方以超速的罪名起訴了這名駕駛。

prediction [prɪ`dɪkʃən] 名 預言；預報 同 forecast ▶ 雅 4

解碼 **pre** 之前 + **dic** 說 + **tion** 動作

No matter what you say, I wouldn't believe his **prediction**.

▶ 不管你怎麼說，我都不會相信他的預言。

preparation [ˌprɛpə`reʃən] 名 準備 同 arrangement ▶ 檢 5

解碼 **pre** 之前 + **par** 準備好 + **ation** 動作

A bulk of chalk was stocked in the **preparation** room in school.

▶ 大量的粉筆貯存在學校的準備室裡。

preposition [ˌprɛpə`zɪʃən] 名 介系詞；前置詞 關 grammar ▶ 研 5

解碼 **pre** 之前 + **posit** 放置 + **ion** 動作

Prepositions give information about location and time.

▶ 介系詞的作用在於提供位置或時間的資訊。

prescription [prɪ`skrɪpʃən] 名 處方 同 instruction ▶ 檢 4

解碼 **pre** 之前 + **scrib/scrip** 寫 + **tion** 動作

This ointment is available on **prescription** only.

▶ 這種藥膏憑處方才買得到。

preservation [ˌprɛzɚ`veʃən] 名 保存 同 conservation ▶ 托 5

解碼 **pre** 之前 + **serv** 使安全 + **ation** 動作

Don't worry; the documents are in good **preservation**.

▶ 別擔心，那些文件都保存良好。

procession [prə`sɛʃən] 名 行列；隊伍 同 parade ▶ 益 4

解碼 **pro** 向前地 + **ced/cess** 走 + **ion** 動作

There is a wedding **procession** in front of the church.
▶ 教堂前有一隊歡慶婚禮的行列。

publication [ˌpʌblɪˋkeʃən] 名 出版 同 issuance ▶ 檢 4
解碼 **public** 公眾的 + **ate** 動詞 + **ion** 動作
The **publication** of the novel has been postponed to next month.
▶ 這本小説已延期到下個月出版。

qualification [ˌkwɑləfəˋkeʃən] 名 資格 反 inability ▶ 檢 5
解碼 **qualific** 使具資格 + **ation** 動作
Diligence and responsibility are necessary **qualifications** for this job.
▶ 要能勝任這個工作，勤奮和責任感是必備的。

quotation [kwoˋteʃən] 名 引用；估價單 同 citation ▶ 托 4
解碼 **quot** 編號區別 + **ation** 動作
The manager illustrated her argument by **quotation**.
▶ 經理用引述來説明她的論點。

radiation [ˌredɪˋeʃən] 名 發光；輻射 同 emission ▶ 研 4
解碼 **radi** 光束 + **ate** 動詞 + **ion** 動作
You may be exposed to a tiny amount of **radiation** in an X-ray test.
▶ 接受 X 光檢查時，你可能會接觸到少量的放射線。

realization [ˌrɪələˋzeʃən] 名 實現 反 failure ▶ 雅 4
解碼 **real** 真實的 + **ize** 動詞 + **ation** 動作
This job can offer you a chance for self-**realization** and great sense of achievement.
▶ 這份工作可提供你自我實現的機會，以及強烈的成就感。

reception [rɪˋsɛpʃən] 名 接待 關 welcome ▶ 益 4
解碼 **re** 返回 + **cip/cep** 拿 + **tion** 動作
Please check in at our **reception**.
▶ 請到櫃台辦理住房登記。

recognition [ˌrɛkəgˋnɪʃən] 名 認出 同 indentification ▶ 雅 4
解碼 **re** 再一次 + **cogn** 知道 + **tion/ition** 動作
Angela's artwork received much **recognition**.
▶ 安琪拉的藝術作品大大地受到賞識。

recommendation [ˌrɛkəmɛnˋdeʃən] 名 推薦 近 advice ▶ 托 4
解碼 **recommend** 推薦 + **ation** 動作
Emma got the job with her teacher's **recommendation**.

▶ 透過老師的推薦，艾瑪得到了這份工作。

reduction [rɪˋdʌkʃən] 名 減少 同 cutback ▶ 益 4
(解碼) re 向後 + duc 引導 + tion 動作
In the facet of tax **reduction** legally, Mr. Brown is an expert.
▶ 在合法節稅方面，布朗先生是專家。

rejection [rɪˋdʒɛkʃən] 名 拒絕 同 denial ▶ 托 4
(解碼) re 向後 + ject 投擲 + ion 動作
A direct **rejection** was given to Kelly's salary expectancy.
▶ 凱莉的薪資要求被直接拒絕了。

relation [rɪˋleʃən] 名 關係 同 relationship ▶ 檢 5
(解碼) re 返回 + lat 運載 + ion 動作
Norma was transferred to the Department of Public **Relations**.
▶ 諾瑪被轉調到公共關係部門。

repetition [ˌrɛpɪˋtɪʃən] 名 重複 關 repeat ▶ 研 4
(解碼) re 再一次 + pet 要求 + tion/ition 動作
No **repetition** in the sales report is allowed.
▶ 銷售報告裡不可有重複之處。

reputation [ˌrɛpjəˋteʃən] 名 聲望 同 prestige ▶ 雅 4
(解碼) re 再一次 + put 認為 + ation 動作
Nicole has a fine **reputation** as an excellent company merger.
▶ 妮可以優秀的企業整併專家聞名。

reservation [ˌrɛzɚˋveʃən] 名 預約 同 booking ▶ 檢 5
(解碼) re 返回 + serv 保留 + ation 動作
Do I have to reconfirm my **reservation** tomorrow?
▶ 我明天還需要再確認我的訂房資料嗎？

restoration [ˌrɛstəˋreʃən] 名 恢復 同 rehabilitation ▶ 益 4
(解碼) re 再一次 + staur/stor 建造 + ation 動作
Women at that time demanded a **restoration** of their right to vote.
▶ 那時的婦女要求恢復她們的選舉權。

rotation [roˋteʃən] 名 旋轉 同 circulation ▶ 托 4
(解碼) rot 旋轉 + ation 動作
The **rotation** of the earth takes about one day.
▶ 地球自轉約需費時一天。

revelation [ˌrɛvəˈleʃən] 名 揭發 同 disclosure ▶ 益 4
(解碼) revel 揭露 + ation 動作
Bella was angry about the **revelation** of her secrets.
▶ 貝拉對於自己的祕密被洩漏感到生氣。

salvation [sælˈveʃən] 名 拯救 同 rescue ▶ 雅 5
(解碼) salv 拯救 + ation 動作
The discovery of oil has been the **salvation** of the country's economy.
▶ 發現原油成了該國經濟的救星。

satisfaction [ˌsætɪsˈfækʃən] 名 滿足 同 content ▶ 雅 4
(解碼) satis 足夠的 + fac 製造 + tion 動作
Diana has expressed complete **satisfaction** with a brilliant smile.
▶ 黛安娜已用燦爛的微笑表示她十分滿足。

section [ˈsɛkʃən] 名 部分 同 portion ▶ 益 5
(解碼) sec 切割 + tion 動作
During the training **section**, Mr. Hampton will be your supervisor.
▶ 訓練期間，漢普頓先生擔任你的監督者。

selection [səˈlɛkʃən] 名 選擇 同 choice ▶ 益 5
(解碼) select 選擇 + ion 動作
You can choose from the **selection** of our room packages.
▶ 您可從我們提供的精選套房專案中挑選。

separation [ˌsɛpəˈreʃən] 名 分開 同 division ▶ 雅 5
(解碼) separ 分隔 + ation 動作
After two years of **separation**, Jason and I finally got back together.
▶ 分開了兩年，傑森和我終於又相聚了。

solution [səˈluʃən] 名 解決 同 resolution ▶ 研 5
(解碼) solv/solu 解決 + tion 動作
Danny's proposal may be the best **solution** to our dilemma.
▶ 丹尼的提案或許是解決我們困境的最好方法。

starvation [starˈveʃən] 名 飢餓 同 hunger ▶ 檢 4
(解碼) sterb/starv 飢餓而死 + ation 動作
Many people died of **starvation** due to the drought.
▶ 許多人因乾旱而死於飢餓。

subscription [səbˈskrɪpʃən] 名 訂閱 關 magazine ▶ 益 4
(解碼) subscrib/subscrip 簽名 + tion 動作

I paid NT$2,000 for a one-year **subscription** to the newspaper.
▶ 我付了新臺幣兩千元訂閱一年份的報紙。

---

substitution [ˌsʌbstə`tjuʃən] 名 代替 同 replacement ▶ 托 5

(解碼) **sub** 下面 + **statu/stitu** 建立 + **tion** 動作

Substitution of a high-fat dish for a low-fat dish would surely be a healthier choice.
▶ 以低脂肪餐代替高脂肪餐當然比較健康。

---

succession [sək`sɛʃən] 名 連續 同 sequence ▶ 研 4

(解碼) **sub/suc** 之後 + **ced/cess** 走 + **ion** 動作

A **succession** of fine days makes Jolin happy.
▶ 連續的好天氣讓裘琳感到很快樂。

---

suggestion [sə`dʒɛstʃən] 名 建議 關 opinion ▶ 益 5

(解碼) **sub/sug** 下面 + **gest** 運載 + **ion** 動作

Every **suggestion** from our customers is always welcome.
▶ 我們一直都很歡迎客戶提出建議。

---

superstition [ˌsupɚ`stɪʃən] 名 迷信 反 reality ▶ 檢 3

(解碼) **super** 在…之上 + **sta/sti** 站立 + **tion** 動作（提示：超自然）

The magazine is all rubbish and **superstition**.
▶ 這本雜誌全是胡扯和迷信。

---

suspicion [sə`spɪʃən] 名 懷疑 同 doubtfulness ▶ 托 4

(解碼) **sub/sus** 下面 + **spec/spic** 看 + **ion** 動作

Don had a **suspicion** that someone has entered the room before he did.
▶ 唐懷疑有人在他之前先進了房間。

---

temptation [tɛmp`teʃən] 名 誘惑 同 allurement ▶ 益 4

(解碼) **tempt** 影響 + **ation** 動作

Can you withstand the **temptation**?
▶ 你能夠抵擋誘惑嗎？

---

transition [træn`zɪʃən] 名 過渡期；轉變 同 shift ▶ 托 4

(解碼) **trans** 跨越 + **it** 走 + **tion** 動作

This is just a period of **transition**.
▶ 這只是轉變的過渡期。

---

translation [træns`leʃən] 名 翻譯 同 rendering ▶ 托 5

(解碼) **translat** 把…帶過來 + **ion** 動作

She is working on a **translation** of the text from Spanish into Chinese.

1 字首篇／

2 字根篇／

3 字尾篇／

4 複合字篇／

▶ 她正著手進行一項將西班牙語翻譯成中文的文案。

transportation [ˌtrænspɚˋteʃən] 名 運輸 同 transport ▶ 益 4
(解碼) transport 運送 + ation 動作
The transportation company has three inland railroads of its own.
▶ 這間貨運公司有三條私有內陸鐵路。

tuition [tjuˋɪʃən] 名 學費；講授 關 fee ▶ 檢 4
(解碼) tuit 照顧 + ion 動作
Amy's monthly tuition in the kindergarten is $100.
▶ 艾咪在幼稚園每個月的學費是一百美元。

vibration [vaɪˋbreʃən] 名 震動 同 shake ▶ 研 3
(解碼) vibr 震動 + ation 動作
Can you feel the vibration of the floor?
▶ 你能感受到地板的震動嗎？

violation [ˌvaɪəˋleʃən] 名 違反；妨害 同 breach ▶ 益 4
(解碼) viol 惡行 + ate 動詞 + ion 動作
The factory was shut down due to the violation of environmental rules.
▶ 工廠因違反環境法規而遭關閉。

字尾 055 -ment 動作；結果 MP3 3-055

advertisement [ədˋvɚˋtaɪzmənt] 名 廣告 同 ad ▶ 益 4
(解碼) ad 朝向 + vert 轉移 + ize/ise 動詞 + ment 結果
What is the key factor of a successful advertisement?
▶ 成功廣告的重要元素是什麼？

agreement [əˋgrimənt] 名 同意 反 disagreement ▶ 雅 4
(解碼) agree 同意 + ment 動作；結果
The board had reached a unanimous agreement.
▶ 委員會已經達成全體一致的決議。

appointment [əˋpɔɪntmənt] 名 任命 同 assignation ▶ 益 4
(解碼) appoint 指派 + ment 動作
The appointment of the manager will be valid from now on.
▶ 新的經理任命即刻生效。

arrangement [əˋrendʒmənt] 名 安排；約定 反 disorder ▶ 益 4

解碼 **ar** 前往 ＋ **rang/range** 安排 ＋ **ment** 動作；結果

The **arrangement** of the posters can draw the consumers' attention to the product.

▶ 張貼海報能吸引消費者注意產品。

---

assessment [əˋsɛsmənt] 名 評估 同 evaluation ▶ 研 3

解碼 **as** 前往 ＋ **sess** 坐 ＋ **ment** 動作

The **assessment** report shows that the price has been underestimated.

▶ 估價報告顯示價格被低估了。

---

assignment [əˋsaɪnmənt] 名 任務 同 task ▶ 檢 4

解碼 **as** 前往 ＋ **sign** 做記號 ＋ **ment** 動作

Who should be given this **assignment** to?

▶ 該把這份工作交給誰呢？

---

basement [ˋbesmənt] 名 地下室 同 cellar ▶ 雅 2

解碼 **base** 置於基座上 ＋ **ment** 結果

My dad's workshop is in the **basement** of our house.

▶ 我父親的工作室在我們家的地下室。

---

complement [ˋkɑmpləmənt] 名 補充 同 supplement ▶ 研 2

解碼 **comple** 完成 ＋ **ment** 動作

Hard work is a great **complement** to persistence.

▶ 除了堅持之外，努力也是必要的。

---

compliment [ˋkɑmpləmənt] 名 恭維話 關 flatter ▶ 雅 5

解碼 **comple/compli** 完成 ＋ **ment** 動作（提示：完成禮貌上的動作）

Excessive **compliments** will make you an apple polisher instead.

▶ 過度的讚美反而會讓你變成馬屁精。

---

department [dɪˋpɑrtmənt] 名 部門 同 division ▶ 檢 4

解碼 **de** 從 ＋ **part** 分開 ＋ **ment** 結果

The manager of the sales **department** wore a beautiful dress last Friday.

▶ 銷售部的經理上週五穿著一件漂亮洋裝。

---

employment [ɪmˋplɔɪmənt] 名 雇用 反 unemployment ▶ 雅 4

解碼 **employ** 雇用 ＋ **ment** 動作

The government had tried every means to increase the rate of **employment**.

▶ 政府用盡一切方法以增加就業率。

---

enactment [ɪnˋæktmənt] 名 法令 同 legislation ▶ 托 2

解碼 **enact** 制定法令 ＋ **ment** 結果

The **enactment** states that one cannot smoke indoors.
▶ 法規規定不能在室內吸菸。

enlargement [ɪnˋlɑrdʒmənt] 名 擴展 同 expansion ▶ 研 4
(解碼) **enlarge** 擴展 + **ment** 動作
Oliver made an **enlargement** for his kitchen.
▶ 奧利佛擴建了他的廚房。

enlightenment [ɪnˋlaɪtn̩mənt] 名 啟蒙 同 edification ▶ 雅 3
(解碼) **enlighten** 啟發 + **ment** 動作
She provided me with **enlightenment** as to why I should never give up.
▶ 她開導我絕對不該放棄的原因。

enrichment [ɪnˋrɪtʃmənt] 名 富裕 同 betterment ▶ 益 2
(解碼) **enrich** 使豐富 + **ment** 結果
We are all in pursuit of health and wealth **enrichment**.
▶ 我們都追求健康與財富的豐富充實。

enrollment [ɪnˋrolmənt] 名 註冊 同 registration ▶ 研 3
(解碼) **enroll** 註冊 + **ment** 動作
Please accept my **enrollment** and send me the book list.
▶ 請接受我的登記並將書單寄給我。

establishment [ɪsˋtæblɪʃmənt] 名 設立 同 foundation ▶ 益 2
(解碼) **establish** 設立 + **ment** 結果
This organization tries to promote the **establishment** of a new national park.
▶ 這個組織試著要推動成立新的國家公園。

government [ˋgʌvɚnmənt] 名 政府 關 bureau ▶ 益 4
(解碼) **govern** 統治 + **ment** 動作
The ownership of the park belongs to the city **government**.
▶ 這座公園的所有權屬於市政府。

installment [ɪnˋstɔlmənt] 名 分期付款 關 payment ▶ 研 3
(解碼) **install** 安裝 + **ment** 動作
The purchase price is paid in **installments**.
▶ 購買金額將以分期付款的方式繳納。

investment [ɪnˋvɛstmənt] 名 投資 關 asset ▶ 益 4
(解碼) **invest** 投資 + **ment** 動作
The **investment** plan is proved to be profitable.
▶ 這個投資計畫證明是可獲利的。

judgment [`dʒʌdʒmənt] 名 判斷 關 prudence ▶ 檢 4
(解碼) **judg** 判決 + **ment** 動作
Dan's objective **judgment** towards the applicant helps him find a great staff.
▶ 丹對申請者的客觀判斷幫他找到一名好員工。

measurement [`mɛʒəmənt] 名 測量；尺寸 同 size ▶ 托 3
(解碼) **measure** 測量 + **ment** 動作
The maintenance staff is checking the **measurement** of the seat in inches.
▶ 維修人員正在測量座椅的尺寸。

movement [`muvmənt] 名 活動；動作 同 motion ▶ 研 4
(解碼) **move** 移動 + **ment** 動作
This machine can measure your eyeball **movement** during the sleep.
▶ 這個機器可在你睡覺時測量你的眼球活動。

pavement [`pevmənt] 名 人行道 同 sidewalk ▶ 雅 3
(解碼) **pave** 鋪設 + **ment** 結果
The **pavement** is too narrow for us to walk abreast.
▶ 這條人行道對我們而言太窄，無法並肩同行。

payment [`pemənt] 名 支付 近 fee ▶ 益 4
(解碼) **pay** 支付 + **ment** 動作
Payments will be made as a compensation for your loss.
▶ 作為您的損失賠償金，我們將會支付您一筆金額。

refinement [rɪ`faɪnmənt] 名 提煉；精確 同 purification ▶ 雅 3
(解碼) **re** 表強調 + **fine** 提煉 + **ment** 動作；狀態
We were impressed by the assistant's **refinement** of logic.
▶ 我們對於那名助理的精確邏輯印象深刻。

refreshment [rɪ`frɛʃmənt] 名 提神；茶點 同 snack ▶ 研 2
(解碼) **refresh** 重新打起精神 + **ment** 動作；狀態
The **refreshment** and meal costs have been included in the air ticket.
▶ 點心和餐點的費用已經包含在機票內。

retirement [rɪ`taɪrmənt] 名 退休 近 retreat ▶ 雅 2
(解碼) **retire** 退休 + **ment** 動作
A new package of **retirement** policy benefits many employees over fifty years old.
▶ 一系列的新式退休政策，使許多五十歲以上的員工受益。

settlement [`sɛt!mənt] 名 解決 同 resolution ▶ 研 3

解碼 setl/settle 安頓 + **ment** 動作

One of our clients is not happy with the **settlement**.

▶ 我們其中一位客戶不滿意這樣的安排。

---

statement [`stetmənt] 名 陳述 同 assertion ▶ 益 3

解碼 state 陳述 + **ment** 結果

An elaboration of Bill's **statement** is required for further investigation.

▶ 想要進一步調查，就需要比爾詳盡的闡述。

字尾 056 -ure 動作；結果（動詞→名詞） MP3 3-056

closure [`kloʒɚ] 名 關閉；結束 同 termination ▶ 托 5

解碼 claus/clos 關閉；結束 + **ure** 動作

The **closure** of the restaurant let many students down.

▶ 這間餐廳結束營業讓很多學生感到失望。

---

creature [`kritʃɚ] 名 生物 同 animal ▶ 研 5

解碼 creat 創造 + **ure** 結果

Many small **creatures** live in the garden.

▶ 許多小生物住在花園裡。

---

exposure [ɪk`spoʒɚ] 名 揭發；曝光 ▶ 雅 5

解碼 expon/expos 暴露 + **ure** 結果

The **exposure** to excessive sunlight may ruin the dress.

▶ 過度曝晒陽光可能會毀了這件洋裝。

---

failure [`feljɚ] 名 失敗 反 success ▶ 檢 4

解碼 fail 失敗 + **ure** 動作

The **failure** rate has been the lowest in ten years.

▶ 產品不良率已達十年來最低點。

---

feature [`fitʃɚ] 名 特徵；特色 同 characteristic ▶ 研 4

解碼 fac/feat 製造；執行 + **ure** 結果

Are you looking for a new cell phone with all the latest **features**?

▶ 你想購買一支具備所有最新功能的新手機嗎？

---

miniature [`mɪnɪətʃɚ] 名 縮圖；縮樣 同 model ▶ 托 4

解碼 mini 小的 + **ate** 動詞 + **ure** 結果

The **miniature** was drawn on a piece of ancient parchment.

▶ 這張小畫像繪製在一張古代的羊皮紙上。

nurture [`nɝtʃɚ] 名 養育；食物 同 nutriment ▶ 研 3
(解碼) **nutr/nurt** 養育 + **ure** 動作
The early **nurture** of an infant is very important.
▶ 嬰孩的早期養育很重要。

pleasure [`plɛʒɚ] 名 愉悅 同 enjoyment ▶ 雅 4
(解碼) **plac/pleas** 使高興 + **ure** 結果
It's always my **pleasure** to be at your service.
▶ 為您服務永遠是我的榮幸。

posture [`pɑstʃɚ] 名 姿勢 近 stance ▶ 研 5
(解碼) **pos/post** 放置 + **ure** 結果
Please keep steady of that **posture** while I am working on your portrait.
▶ 在我描繪你的肖像時，請保持那個姿勢不動。

pressure [`prɛʃɚ] 名 壓力 同 burden ▶ 檢 4
(解碼) **prem/press** 壓 + **ure** 動作
Teenagers may be more susceptible to peer **pressure**.
▶ 青少年可能較容易受到同儕的影響。

procedure [prə`sidʒɚ] 名 程序 同 process ▶ 托 5
(解碼) **proced** 向前走；繼續進行 + **ure** 結果
What is the **procedure** for appealing a damage charge?
▶ 損害賠償的申請程序為何？

signature [`sɪɡnətʃɚ] 名 簽名 同 endorsement ▶ 益 5
(解碼) **signat** 簽名 + **ure** 結果
Digital **signature** is required for the access to the website.
▶ 進入這個網站必須要有數位簽章。

stature [`stætʃɚ] 名 身材 關 height ▶ 雅 3
(解碼) **sta/statu** 站立 + **ure** 結果
Daniel is a young man of tall **stature**.
▶ 丹尼爾是位高個子的年輕人。

sculpture [`skʌlptʃɚ] 名 雕像 同 carving ▶ 研 5
(解碼) **scalp/sculp** 雕刻 + **ure** 結果
These **sculptures** have been adored for generations.
▶ 這些雕像世代以來為人所景仰。

texture [`tɛkstʃɚ] 名 質地；結構 關 fabric ▶ 托 4
(解碼) **tex/text** 編織；製造 + **ure** 結果

The natural stone with a fine **texture** is relatively rare.
▶ 結構紋理優美的天然岩石相對罕見。

表有／沒有的形容詞字尾
Adjectival Suffix: With / Without

字尾 057 **-able, -ible** 能夠；有…能力的

able [`ebl] 形 能；有能力的 同 capable ▶ 益 5

解碼 **habil** 善於 → **able** 能夠
Sue is **able** to type more than a hundred Chinese words in two minutes.
▶ 蘇能夠在兩分鐘內打超過一百個中文字。

acceptable [ək`sɛptəbl] 形 可接受的 反 intolerable ▶ 檢 4
解碼 **accept** 接受 + **able** 能夠
The number Mike had asked for is not **acceptable** at all.
▶ 麥克要求的數字完全無法被接受。

accessible [æk`sɛsəbl] 形 易接近的 同 reachable ▶ 托 4
解碼 **acced/access** 接近 + **ible** 能夠
This concert is **accessible** to coteries only, but not to general public.
▶ 這場音樂會只開放給圈內人，一般大眾無法入場。

admirable [`ædmərəbl] 形 值得讚揚的 同 laudable ▶ 雅 4
解碼 **admir** 讚賞 + **able** 能夠
Renaissance is an **admirable** achievement in the medieval times.
▶ 文藝復興是中古時期一項了不起的成就。

agreeable [ə`griəbl] 形 一致的 同 congenial ▶ 研 4
解碼 **agree** 同意 + **able** 能夠
We are **agreeable** to the proposal of cash transactions for the real estate deal.
▶ 針對這筆不動產買賣，我們都同意以現金交易。

amiable [`emɪəbl] 形 和藹可親的 同 friendly ▶ 檢 3
解碼 **am/ami** 喜歡；愛戴 + **able** 能夠
Katherine is one of my **amiable** neighbors and she helps me a lot.
▶ 凱薩琳是我的好鄰居之一，她幫我很多忙。

applicable [ˋæplɪkəbḷ] 形 合用的 反 unfitting ▶ 雅 4

解碼 **applic** 應用 + **able** 能夠

Clients should pay any amounts of money within ten days of receipt of an **applicable** invoice.

▶ 客戶應於收到付費通知發票十天內完成付款。

available [əˋveləbḷ] 形 可取得的 反 unhandy ▶ 檢 5

解碼 **a** 前往 + **vail** 有用於 + **able** 能夠

Invoices are **available** online as well as by email.

▶ 發票可從網路上下載，也可郵寄。

believable [bɪˋlivəbḷ] 形 可信任的 反 implausible ▶ 檢 3

解碼 **be** 表強調 + **liev** 關心；介意 + **able** 能夠

This storybook is full of **believable** characters.

▶ 這本故事書裡充滿可信的角色。

changeable [ˋtʃendʒəbḷ] 形 可變的 反 unvarying ▶ 雅 2

解碼 **change** 改變 + **able** 能夠

Jason was garbled with Tracy's **changeable** attitude.

▶ 傑森被崔西游移不定的態度搞糊塗了。

charitable [ˋtʃærətəbḷ] 形 慈善的 同 philanthropic ▶ 托 3

解碼 **carit/charit** 愛 + **able** 能夠

Mrs. Hill is a strong and **charitable** woman.

▶ 希爾太太是位堅強且樂於助人的人。

comfortable [ˋkʌmfətəbḷ] 形 舒適的 同 cozy ▶ 益 2

解碼 **com** 表強調 + **fort** 牢固的 + **able** 能夠

This rollaway bed looks **comfortable** and can save much space.

▶ 這張摺疊床看起來很舒適，也能節省許多空間。

comparable [ˋkɑmpərəbḷ] 形 可比較的 反 incomparable ▶ 研 4

解碼 **compar** 比較 + **able** 能夠

Nina's painting isn't bad, but it's hardly **comparable** with her father's.

▶ 妮娜的畫很不錯，但很難與她父親的畫相比。

considerable [kənˋsɪdərəbḷ] 形 大量的 同 substantial ▶ 檢 3

解碼 **con** 共同 + **sider** 群集 + **able** 能夠

The **considerable** heavy article requires more than three men to carry it.

▶ 這件物品相當重，需要三個人以上才扛得動。

countable [ˋkaʊntəbḷ] 形 可數的 反 uncountable ▶ 托 2

解碼 **count** 計算 **+ able** 能夠

"Pencil" is a **countable** noun.

▶ 「Pencil」是一個可數名詞。

---

credible [`krɛdəbḷ] 形 可信的 反 incredible ▶ 雅 4

解碼 **cred** 相信 **+ ible** 能夠

Stories on tabloids are barely **credible**.

▶ 八卦小報上的報導沒什麼可信度可言。

---

defensible [dɪ`fɛnsəbḷ] 形 可防禦的；可辯護的 同 tenable ▶ 托 3

解碼 **defens** 防禦 **+ ible** 能夠

Mr. Lin's offensive behavior toward that criminal is totally **defensible**.

▶ 林先生基於自衛而攻擊那名罪犯的行為完全是可以辯解的。

---

dependable [dɪ`pɛndəbḷ] 形 可靠的 同 trustworthy ▶ 益 4

解碼 **depend** 依賴 **+ able** 能夠

Rick is a **dependable** business partner; he can provide us volumes of assistance.

▶ 瑞克是位可靠的生意夥伴，他能提供我們大量協助。

---

desirable [dɪ`zaɪrəbḷ] 形 合意的 反 repulsive ▶ 研 3

解碼 **desir** 渴望；要求 **+ able** 能夠

There are several **desirable** houses in this district.

▶ 這一區裡面有好幾棟合意的房屋。

---

dispensable [dɪ`spɛnsəbḷ] 形 非必要的 反 needed ▶ 檢 2

解碼 **dis** 否定 **+ pend/pens** 衡量 **+ able** 能夠（提示：不必秤重）

Typewriters are **dispensable** if you have computers.

▶ 如果你有電腦的話，打字機就可有可無了。

---

disposable [dɪ`spozəbḷ] 形 用過即丟的 同 expendable ▶ 研 3

解碼 **dis** 分離 **+ pos** 放置 **+ able** 能夠

Parents nowadays usually use **disposable** diapers for their babies.

▶ 現在的父母通常讓他們的嬰兒使用免洗尿布。

---

edible [`ɛdəbḷ] 形 可食用的 同 eatable ▶ 托 2

解碼 **ed** 吃 **+ ible** 能夠

Don't worry. These wild berries are **edible**.

▶ 別擔心，這些野莓是可食用的。

---

eligible [`ɛlɪdʒəbḷ] 形 有資格的 同 qualified ▶ 益 3

解碼 **elig** 選擇 **+ ible** 能夠

With his stunning resume, Paul is the most **eligible** candidate for the job.
▶ 由於出色的履歷，保羅是最有資格得到這份工作的人。

fashionable [`fæʃənəbḷ] 形 流行的 同 chic ▶ 檢 ③

(解碼) **fashion** 時尚 + **able** 能夠
Jenny looks **fashionable** with big sunglasses.
▶ 戴上大型太陽眼鏡的珍妮看起來很時髦。

favorable [`fevərəbḷ] 形 順利的；贊同的 近 approving ▶ 益 ③

(解碼) **favor** 偏愛 + **able** 能夠
What kind of hamburger is your **favorable** one?
▶ 哪一種漢堡最合你的胃口？

feasible [`fizəbḷ] 形 可實行的 同 workable ▶ 雅 ②

(解碼) **fac/feas** 製造 + **ible** 能夠
We are trying to find a **feasible** way to cut down as much as possible.
▶ 我們正試著找出可行的方法，盡可能降低開支。

feeble [`fibḷ] 形 虛弱的 同 weak ▶ 托 ②

(解碼) **fl/fe** 悲嘆 + **able/eble** 能夠
Larry caught a bad cold and now he is still very **feeble**.
▶ 賴瑞染上重感冒，現在仍然很虛弱。

formidable [`fɔrmɪdəbḷ] 形 可怕的 同 daunting ▶ 雅 ③

(解碼) **formid** 害怕 + **able** 能夠
My husband and I saw a **formidable** movie last night.
▶ 我和我先生昨晚一起看了一部可怕的電影。

honorable [`ɑnərəbḷ] 形 可敬的；光榮的 同 reputable ▶ 托 ④

(解碼) **honor** 使增光 + **able** 能夠
Judy's father is an **honorable** scientist.
▶ 茱蒂的父親是一位可敬的科學家。

hospitable [`hɑspɪtəbḷ] 形 好客的 同 courteous ▶ 托 ④

(解碼) **hospit** 作客 + **able** 能夠
Grace is quite **hospitable**. She likes to invite friends to her place.
▶ 葛蕾絲相當好客，她喜歡邀請朋友到她家作客。

horrible [`hɔrəbḷ] 形 可怕的 同 frightful ▶ 檢 ③

(解碼) **horr** 恐懼 + **ible** 能夠
The lessee is so **horrible** that he never cleans the house.
▶ 這個房客很糟糕，他從來不打掃房子。

imaginable [ɪˋmædʒɪnəbḷ] 形 可想像的　同 conceivable　▶ 益 2

解碼 **imagin** 想像 + **able** 能夠

The champion's excitement is **imaginable**.
▶ 冠軍的興奮不難想像。

---

indispensable [ˌɪndɪsˋpɛnsəbḷ] 形 不可缺少的　同 vital　▶ 托 3

解碼 **in** 否定；不 + **dispens** 支付；支出 + **able** 能夠（提示：不能支付出去的）

My organizer has been an **indispensable** tool for my business.
▶ 在工作上，我的記事本是不可或缺的工具。

---

inevitable [ɪnˋɛvətəbḷ] 形 不可避免的　反 avoidable　▶ 益 3

解碼 **in** 否定；不 + **evit** 避免 + **able** 能夠

It is **inevitable** to reduce the percentage of cotton in our products under the pressure of the rising price of cotton.
▶ 在棉價上漲的壓力下，降低我們產品的棉占比例是不可避免的。

---

invaluable [ɪnˋvæljəbḷ] 形 無價的　反 valueless　▶ 益 4

解碼 **in** 否定；不 + **value** 估價 + **able** 能夠

Your friendship is **invaluable** to me.
▶ 你的友情對我來說是無價之寶。

---

irritable [ˋɪrətəbḷ] 形 易怒的　反 pleasant　▶ 雅 3

解碼 **irrit** 煽動；激怒 + **able** 能夠

Do you know why Jack is **irritable** these days?
▶ 你知道傑克這幾天為何變得這麼易怒嗎？

---

knowledgeable [ˋnɑlɪdʒəbḷ] 形 有知識的　同 learned　▶ 檢 4

解碼 **knowledge** 知識 + **able** 能夠

Mr. Watson is really **knowledgeable**. He is like a walking dictionary.
▶ 華生先生十分博學，他就像本活字典。

---

manageable [ˋmænɪdʒəbḷ] 形 可管理的　反 unfeasible　▶ 雅 4

解碼 **man** 手 + **age** 動作 + **able** 能夠

The boss will cut down the business to a **manageable** size.
▶ 老闆將縮減企業規模，以便管理。

---

measurable [ˋmɛʒərəbḷ] 形 可測量的　反 unmeasurable　▶ 托 3

解碼 **mensur/measur** 測量 + **able** 能夠

The **measurable** parameters will be calculated.
▶ 這些可測量的參數會經過計算。

---

miserable [ˋmɪzərəbḷ] 形 不幸的　近 destitute　▶ 益 4

解碼 **miser** 不幸的 + **able** 能夠
Darren had a **miserable** day today.
▶ 戴倫今天過得很糟。

---

movable [`muvəbḷ] 形 可移動的 反 fixed ▶ 研 4
解碼 **mov** 移動 + **able** 能夠
All the shelves in this room are **movable**.
▶ 這個房間裡所有的書架都是可移動的。

---

notable [`notəbḷ] 形 顯著的 同 remarkable ▶ 益 3
解碼 **not** 標示 + **able** 能夠
That restaurant is **notable**. Many celebrities love to go there for meals.
▶ 那家餐廳非常有名，許多名人喜歡到那裡用餐。

---

noticeable [`notɪsəbḷ] 形 顯眼的 反 unclear ▶ 研 4
解碼 **notice** 注意 + **able** 能夠
That building is **noticeable**. You are not going to miss it.
▶ 那棟建築物十分顯眼，你不可能看漏的。

---

permissible [pə`mɪsəbḷ] 形 可允許的 同 allowable ▶ 檢 3
解碼 **permiss** 准許 + **ible** 能夠
Smoking is not **permissible** here.
▶ 此處禁止吸菸。

---

possible [`pɑsəbḷ] 形 可能的 反 impossible ▶ 雅 4
解碼 **poss** 能 + **ible** 能夠
Make your presentation as crystal clear as **possible** for the audience.
▶ 盡量讓你的簡報清楚易懂，好讓聽眾明白。

---

preferable [`prɛfərəbḷ] 形 較好的 同 preferred ▶ 益 4
解碼 **prefer** 更喜歡 + **able** 能夠
Victor's market strategy is much more **preferable** to his boss's.
▶ 維克托的市場策略比他老闆的好。

---

profitable [`prɑfɪtəbḷ] 形 有利可圖的 同 beneficial ▶ 益 3
解碼 **profit** 有利 + **able** 能夠
This business is **profitable**. Do you want to join us?
▶ 這筆生意一定會賺錢，你要不要加入我們？

---

reasonable [`riznəbḷ] 形 合理的 反 irrational ▶ 雅 5
解碼 **reason** 推論 + **able** 能夠
It is **reasonable** to assume Amy's promotion comes from her great efforts.

▶ 可以合理假設艾咪的升職是因為她很努力。

remarkable [rɪ`mɑrkəbḷ] 形 出眾的 同 exceptional ▶ 托 4
解碼 re 表強調 + mark 標記 + able 能夠
There is a **remarkable** turnaround in the stock market.
▶ 股票市場有明顯的好轉。

reliable [rɪ`laɪəbḷ] 形 可靠的 反 unreliable ▶ 益 5
解碼 relig/reli 繫緊 + able 能夠
Anna is a **reliable** agent. Many of her customers recommend her to their friends.
▶ 安娜是位值得信賴的業務，她的許多客戶都向朋友推薦她。

respectable [rɪ`spɛktəbḷ] 形 值得尊敬的 關 decent ▶ 檢 4
解碼 respect 尊敬 + able 能夠
Roy is a **respectable** leader. We learned a lot from him.
▶ 羅伊是一位可敬的領導者，我們從他身上學到很多。

responsible [rɪ`spɑnsəbḷ] 形 負責任的 同 liable ▶ 檢 4
解碼 respons 承擔責任 + ible 能夠
A real man is always **responsible** for his family.
▶ 一個真正的男人會永遠對他的家庭負責。

sensible [`sɛnsəbḷ] 形 合理的；明智的 反 absurd ▶ 研 4
解碼 sens 察覺；理解 + ible 能夠
There is a **sensible** reason for the price of gasoline being this high right now.
▶ 現今油價如此高是有理由的。

sociable [`soʃəbḷ] 形 好交際的 反 introverted ▶ 檢 3
解碼 soci 加入 + able 能夠
Vicky is so **sociable** that she can do the job well.
▶ 薇琪十分好交際，因此能勝任這份工作。

suitable [`sutəbḷ] 形 合適的 反 improper ▶ 托 4
解碼 suit 合適 + able 能夠
These wonderful art works are **suitable** for collection.
▶ 這些藝術品很棒，適合拿來收藏。

understandable [ˌʌndə`stændəbḷ] 形 可理解的 同 lucid ▶ 益 4
解碼 understand 理解 + able 能夠
Carl's anger is **understandable**.
▶ 卡爾的憤怒是可以理解的。

valuable [`væljuəb!] 形 貴重的 反 valueless ▶ 益 5

解碼 valu 有價值 + able 能夠

The staff competency is the most **valuable** intangible assets for a company.

▶ 員工素質是公司最有價值的無形資產。

variable [`vɛrɪəb!] 形 易變的 同 fickle ▶ 檢 4

解碼 vari 改變 + able 能夠

A **variable** interest from 2% to 5% is available to every customer on contract.

▶ 每位契約客戶可以有從百分之二到百分之五的浮動利息。

vulnerable [`vʌlnərəb!] 形 脆弱的 同 fragile ▶ 托 3

解碼 vulner 傷害 + able 能夠

Repeated pressure on the foot may make it **vulnerable** to fracture.

▶ 對腳部反覆施加壓力可能會讓該處更容易骨折。

字尾 058 -ful 充滿…的 🎧 MP3 3-058

awful [`ɔful] 形 可怕的 同 hideous ▶ 研 3

解碼 awe/aw 畏怯 + ful 充滿…的

It was an **awful** mistake; Harry should have not cheated on his wife.

▶ 這是個可怕的錯誤，哈利不該對他老婆不忠。

beautiful [`bjutəfəl] 形 美麗的 同 pretty ▶ 益 4

解碼 beauty/beauti 美麗 + ful 充滿…的

The woven scarf hung on the coat rack is very **beautiful**.

▶ 吊在衣帽架上的那條編織圍巾很漂亮。

careful [`kɛrfəl] 形 小心的 同 mindful ▶ 托 5

解碼 care 小心 + ful 充滿…的

The accountant made a **careful** assessment of Mr. Chen's factory.

▶ 會計師謹慎地為陳先生的工廠估價。

cheerful [`tʃɪrfəl] 形 歡樂的 同 jaunty ▶ 雅 4

解碼 cheer 歡呼；高興 + ful 充滿…的

My teacher is a **cheerful** person and I love her class.

▶ 我的老師是位開朗的人，我喜歡上她的課。

colorful [`kʌləfəl] 形 鮮豔的 反 colorless ▶ 檢 4

解碼 color 顏色 + ful 充滿…的

The bottle is full of **colorful** glass balls.

▶ 這個瓶子裡裝滿各種顏色的玻璃珠。

delightful [dɪˋlaɪtfəl] 形 令人欣喜的 同 enjoyable ▶ 研 3
(解碼) delight 欣喜 + ful 充滿…的
It is delightful that we won the championship of the competition.
▶ 我們贏得冠軍，真是令人欣喜若狂。

disgraceful [dɪsˋgresfəl] 形 可恥的 同 shameful ▶ 益 5
(解碼) dis 使喪失 + grace 美德 + ful 充滿…的
It's disgraceful to cheat in the exams.
▶ 考試作弊是不名譽的。

doubtful [ˋdaʊtfəl] 形 可疑的 同 skeptical ▶ 雅 4
(解碼) doubt 懷疑 + ful 充滿…的
You should be more careful while dealing with a doubtful insurance company.
▶ 面對可疑的保險公司，你在處理時應更加小心。

dreadful [ˋdrɛdfəl] 形 可怕的 同 ghastly ▶ 托 4
(解碼) dread 懼怕 + ful 充滿…的
That movie was really a dreadful one.
▶ 那部電影真的相當嚇人。

faithful [ˋfeθfəl] 形 忠實的 同 loyal ▶ 檢 3
(解碼) faith 信任；誠實 + ful 充滿…的
Albert is always a faithful husband.
▶ 亞伯特一直是一位忠實的丈夫。

fearful [ˋfɪrfəl] 形 害怕的；擔心的 同 frightened ▶ 雅 5
(解碼) fear 害怕 + ful 充滿…的
Amy is fearful that her brother might embarrass her in the presence of her friends.
▶ 艾咪擔心她弟弟會讓她在朋友面前出糗。

forgetful [fɚˋgɛtfəl] 形 健忘的 關 memory ▶ 檢 3
(解碼) for 否定 + get 緊握 + ful 充滿…的
The forgetful worker forgot to bring the french fries with the man's order.
▶ 那位健忘的員工忘了拿男人點的薯條給他。

graceful [ˋgresfəl] 形 優美的 同 elegant ▶ 托 4
(解碼) grace 優美 + ful 充滿…的
The perennial trees in the garden make the house even more graceful.
▶ 花園裡的常青樹讓房子看起來更優雅了。

grateful [`ɡretfəl] 形 感激的 同 thankful ▶ 研 3

解碼 **grat/grate** 合意的 + **ful** 充滿…的

Remember to send a **grateful** letter to your clients after the deal.

▶ 交易完成後，記得寄封感謝信給你的客戶。

harmful [`hɑrmfəl] 形 有害的 近 unsafe ▶ 雅 2

解碼 **harm** 傷害 + **ful** 充滿…的

Inappropriate marketing strategies can be **harmful** to the sales.

▶ 不適當的行銷策略有礙銷售。

hateful [`hetfəl] 形 可恨的 反 lovable ▶ 益 3

解碼 **hate** 厭惡 + **ful** 充滿…的

The murderer is so **hateful**!

▶ 這名兇手實在太可惡了！

helpful [`hɛlpfəl] 形 有幫助的 同 beneficial ▶ 托 4

解碼 **help** 幫助 + **ful** 充滿…的

This mild sedative may be **helpful** in reducing menopausal symptoms.

▶ 這種藥效輕微的鎮靜劑可能有助於減緩更年期的症狀。

hopeful [`hopfəl] 形 有希望的 反 hopeless ▶ 研 5

解碼 **hope** 希望 + **ful** 充滿…的

Wendy feels **hopeful** that she will pass the exam this time.

▶ 溫蒂覺得她有希望可以通過這次的考試。

joyful [`dʒɔɪfəl] 形 快樂的 同 festive ▶ 雅 3

解碼 **joy** 歡樂 + **ful** 充滿…的

What a **joyful** atmosphere!

▶ 多麼歡樂的氣氛阿！

lawful [`lɔfəl] 形 合法的 同 legal ▶ 益 4

解碼 **law** 法律 + **ful** 充滿…的

Hunting is a **lawful** activity in this state.

▶ 狩獵在這個州是合法的活動。

meaningful [`minɪŋfəl] 形 有意義的 反 worthless ▶ 檢 3

解碼 **meaning** 意義 + **ful** 充滿…的

What you did was really **meaningful** to me.

▶ 你所做的事情對我來說意義重大。

mournful [`mornfəl] 形 哀痛的 同 sorrowful ▶ 托 4

解碼 **mourn** 哀痛 + **ful** 充滿…的

Have you ever heard a **mournful** story about this aircraft?
▶ 這架飛機有一個令人哀痛的故事，你聽過嗎？

painful [`penfəl] 形 疼痛的；痛苦的 同 hurtful ▶ 托 5
(解碼) **pain** 疼痛；痛苦 + ful 充滿…的
Is the blood collection a **painful** or painless procedure?
▶ 抽血的過程會痛還是不會痛？

peaceful [`pisfəl] 形 和平的 同 placid ▶ 檢 4
(解碼) **peace** 和平 + ful 充滿…的
Emma likes to enjoy the **peaceful** moment alone without any noise.
▶ 艾瑪喜歡獨自一個人享受寧靜，沒有任何雜音干擾。

playful [`plefəl] 形 嬉戲的；不當真的 反 serious ▶ 研 5
(解碼) **play** 玩耍 + ful 充滿…的
Danny is **playful** and he doesn't want to settle down.
▶ 丹尼很愛玩，他不想定下來。

plentiful [`plɛntıfəl] 形 豐富的 同 abundant ▶ 檢 4
(解碼) **plenti** 豐富 + ful 充滿…的
China is a country with **plentiful** natural resources.
▶ 中國是擁有豐富自然資源的國家。

powerful [`pauəfəl] 形 有力的；強大的 反 powerless ▶ 托 4
(解碼) **power** 力量 + ful 充滿…的
I really appreciate the **powerful** voice of the vocalist.
▶ 我很欣賞這位歌手充滿爆發力的歌聲。

respectful [rı`spɛktfəl] 形 尊重的 反 impolite ▶ 托 3
(解碼) **respect** 尊敬 + ful 充滿…的
You should be **respectful** to your teacher.
▶ 你應該要尊敬老師。

shameful [`ʃemfəl] 形 丟臉的 同 humiliating ▶ 雅 4
(解碼) **shame** 羞恥 + ful 充滿…的
It's a **shameful** experience that I would never forget.
▶ 這是一個令我永生難忘的丟臉經驗。

skillful [`skılfəl] 形 熟練的；靈巧的 同 adroit ▶ 托 4
(解碼) **skill** 技術 + ful 充滿…的
The manager is **skillful** in civil engineering.
▶ 那名經理善於土木工程。

sorrowful [`sɑrəfəl] 形 悲傷的　同 sad　▶ 檢 4

(解碼) **sorrow** 悲傷 + **ful** 充滿…的

This violin solo sounds **sorrowful** and poetic.

▶ 這段小提琴獨奏聽起來很悲傷，且帶有詩意。

- -

successful [sək`sɛsfəl] 形 成功的　反 unsuccessful　▶ 益 2

(解碼) **success** 成功 + **ful** 充滿…的

The **successful** commercial makes the camera a hit in the market.

▶ 那個成功的廣告讓這款相機成為市場上的暢銷商品。

- -

thankful [`θæŋkfəl] 形 感激的　反 unthankful　▶ 托 3

(解碼) **thank** 謝意 + **ful** 充滿…的

We are very **thankful** for Rick's help.

▶ 我們很感謝瑞克的幫忙。

- -

thoughtful [`θɔtfəl] 形 體貼的　同 considerate　▶ 檢 3

(解碼) **thought** 關心；思考 + **ful** 充滿…的

It's **thoughtful** of you to help the old lady.

▶ 你幫助那位老太太的舉動真是體貼。

- -

truthful [`truθfəl] 形 誠實的；真實的　反 untruthful　▶ 研 4

(解碼) **truth** 事實 + **ful** 充滿…的

Tommy is a **truthful** boy. He never tells lies.

▶ 湯米是個誠實的孩子，他從來不説謊。

- -

useful [`jusfəl] 形 有用的　反 useless　▶ 益 4

(解碼) **use** 效用 + **ful** 充滿…的

Tony has offered me some **useful** advice on my presentation.

▶ 東尼提供我一些關於簡報的實用建議。

- -

youthful [`juθfəl] 形 年輕的　同 young　▶ 研 3

(解碼) **youth** 年輕 + **ful** 充滿…的

Despite advanced years, my father still has **youthful** enthusiasm.

▶ 儘管年事已高，父親仍保有年輕時的熱情。

- -

wonderful [`wʌndəfəl] 形 極好的　同 amazing　▶ 托 2

(解碼) **wonder** 驚奇 + **ful** 充滿…的

We can enjoy a **wonderful** holiday in this bed and breakfast.

▶ 我們可以在這間提供早餐的民宿度過愉快的假期。

字尾 059 **-less** 沒有…的

priceless [`praɪslɪs] 形 無價的 同 invaluable ▶ 益 3
(解碼) **price** 價格 + **less** 沒有…的
Starry Night is one of Van Gogh's **priceless** works of art.
▶《星空》是梵谷無價的藝術作品之一。

reckless [`rɛklɪs] 形 魯莽的 同 careless ▶ 研 3
(解碼) **reck** 顧慮 + **less** 沒有…的
The **reckless** driver caused this car accident.
▶那名魯莽的司機造成這次的車禍。

regardless [rɪ`gɑrdlɪs] 形 不關心的 同 unconcerned ▶ 雅 4
(解碼) **regard** 注意；關心 + **less** 沒有…的
Mr. Watson decided to sell the old house **regardless** of the tax problems.
▶不管稅務問題，華生先生決定要賣掉那棟老房子。

UNIT 9 表性質的形容詞字尾
Adjectival Suffix: The Property

字尾 060 **-al, -ial** 關於…的

accidental [ˌæksə`dɛntl̩] 形 偶然的 反 deliberate ▶ 雅 5
(解碼) **accident** 意外 + **al** 關於…的
It was purely **accidental** that Bill broke the window.
▶比爾打破窗戶純屬意外。

additional [ə`dɪʃənl̩] 形 附加的 同 extra ▶ 檢 4
(解碼) **addition** 附加 + **al** 關於…的
The pianist played three **additional** songs in response to the encore.
▶這名鋼琴家為回應觀眾要求，額外彈奏了三首曲目。

chemical [`kɛmɪkl̩] 形 化學的 關 atom ▶ 托 4
(解碼) **chemic** 鍊金術 + **al** 關於…的
Each industry should dispose the **chemical** waste properly.
▶每個產業都應該妥善處理化學廢棄物。

classical [`klæsɪkḷ] 形 古典的；經典的 同 classic ▶ 研 3

(解碼) **classic** 典型的 + **al** 關於⋯的

Frank enjoys listening to **classical** music in his free time.
▶ 法蘭克閒暇之餘愛聽古典音樂。

clinical [`klɪnɪkḷ] 形 診所的；臨床的 關 scientific ▶ 益 4

(解碼) **clinic** 會診；臨床 + **al** 關於⋯的

The sample size of this **clinical** trial is large and its result is robust.
▶ 這項臨床試驗的樣本數夠大，而且取得了有力的試驗結果。

commercial [kə`mɜʃəl] 形 商業的 近 financial ▶ 托 4

(解碼) **commerc** 交易 + **ial** 關於⋯的

The union was accused of violating the **Commercial** Clause.
▶ 工會被控違反貿易條約。

constitutional [ˌkɑnstə`tjuʃənḷ] 形 憲法的 關 law ▶ 益 3

(解碼) **constitution** 憲法 + **al** 關於⋯的

Judges have **constitutional** rights to sentence crimes.
▶ 根據憲法，法官有下判決的權利。

conventional [kən`vɛnʃənḷ] 形 傳統的 反 abnormal ▶ 研 4

(解碼) **convention** 慣例 + **al** 關於⋯的

Do you know the **conventional** dietary habits of this country?
▶ 你知道這個國家的傳統飲食習慣嗎？

cordial [`kɔrdʒəl] 形 熱忱的 同 hearty ▶ 檢 3

(解碼) **cord** 心 + **ial** 關於⋯的

The workers gave the prime minister a **cordial** greeting when he visited the factory.
▶ 首相參訪工廠時，員工們都熱烈地歡迎他。

critical [`krɪtɪkḷ] 形 評論的；重大的 同 crucial ▶ 檢 4

(解碼) **critic** 評論家 + **al** 關於⋯的

Will the paralysis be included in the **critical** illness insurance?
▶ 癱瘓也會列入重大疾病保險嗎？

cultural [`kʌltʃərəl] 形 文化的 關 culture ▶ 檢 4

(解碼) **cultur** 耕作 + **al** 關於⋯的（提示：心的耕耘、培養）

As a foreigner, Ann has a very different **cultural** value from her colleagues.
▶ 身為外國人，安與同事有著不同的文化價值觀。

dental [`dɛntḷ] 形 牙齒的 同 orthodontic ▶ 檢 2

(解碼) **dent** 牙齒 + **al** 關於…的

The employer offered him a beneficial **dental** insurance plan.

▶ 這名雇主提供他一個有利的牙科保險計畫。

educational [ˌɛdʒʊˋkeʃən!] 形 教育的 關 academic ▶ 托 ⑤

(解碼) **education** 教育 + **al** 關於…的

These drums imported from Africa are duty-free for **educational** purposes.

▶ 這些從非洲進口的鼓，因作教育用途而免稅。

environmental [ɪnˌvaɪrənˋmɛnt!] 形 環境的 關 green ▶ 雅 ④

(解碼) **environment** 環境 + **al** 關於…的

A salient issue in this meeting is **environmental** protection.

▶ 環境保護是這個會議中最主要的議題。

ethical [ˋɛθɪk!] 形 倫理的 同 moral ▶ 檢 ⑤

(解碼) **ethic** 倫理的 + **al** 關於…的

Judges must have high **ethical** standards.

▶ 法官必須擁有高道德標準。

experimental [ɪkˌspɛrəˋmɛnt!] 形 實驗的 同 empirical ▶ 托 ⑤

(解碼) **experiment** 實驗 + **al** 關於…的

That famous director is working on an **experimental** movie.

▶ 那位知名導演正致力於一部實驗性的電影。

external [ɪkˋstɝn!] 形 外部的 反 internal ▶ 雅 ④

(解碼) **extern** 外部 + **al** 關於…的

Ms. Yang is responsible for the **external** affairs.

▶ 楊小姐負責對外聯繫事務。

financial [faɪˋnænʃəl] 形 財務的 關 monetary ▶ 益 ⑤

(解碼) **fin** 結款 + **ance** 名詞 + **ial** 關於…的

I think the accountant has overstated our **financial** problem.

▶ 我覺得會計師過分誇大了我們的財務問題。

formal [ˋfɔrm!] 形 正式的；形式上的 反 casual ▶ 研 ④

(解碼) **form** 形狀 + **al** 關於…的

They have signed a **formal** agreement with a management company.

▶ 他們和經紀公司簽訂正式合約。

functional [ˋfʌŋkʃən!] 形 機能的 同 operative ▶ 雅 ④

(解碼) **function** 功能 + **al** 關於…的

This drug is **functional** to treat the patients with various kinds of allergies.

▶ 這個藥物可用來治療各種不同症狀的過敏病患。

global [`globl] 形 全球的 同 universal ▶ 托 5
解碼 glob 球；天體 + al 關於⋯的
Global warming has been one of the most important environmental issues in recent years.
▶ 近幾年，全球暖化已成為最重要的環境議題之一。

historical [hɪs`tɔrɪkl] 形 歷史的 反 modern ▶ 益 3
解碼 historic 歷史的 + al 關於⋯的
The backpacker took a lot of pictures at the **historical** site.
▶ 背包客在那個歷史景點拍了很多照片。

horizontal [ˌhɑrə`zɑntl] 形 水平的 反 vertical ▶ 檢 4
解碼 horizont 平的 + al 關於⋯的
My supervisor needs her document to be **horizontal** printing.
▶ 我的主管要橫向列印她的文件。

incidental [ˌɪnsə`dɛntl] 形 偶然的 反 planned ▶ 托 4
解碼 incident 插曲 + al 關於⋯的
The bumper was damaged due to an **incidental** hit by a stone.
▶ 保險桿因為遭石頭意外擊中而受損。

industrial [ɪn`dʌstrɪəl] 形 工業的 同 manufacturing ▶ 雅 4
解碼 industr 勤奮 + ial 關於⋯的
The **industrial** report has to be submitted on a monthly basis.
▶ 產業報告必須每個月呈交一次。

logical [`lɑdʒɪkl] 形 邏輯的；合理的 反 illogical ▶ 托 4
解碼 logic 邏輯 + al 關於⋯的
The research is not **logical** enough, so Mr. Wang didin't accept it.
▶ 這個研究不夠符合邏輯，所以王先生沒有接受。

magical [`mædʒɪkl] 形 魔術的 同 miraculous ▶ 托 2
解碼 magic 魔術 + al 關於⋯的
All the guests enjoyed the **magical** show at the party.
▶ 所有賓客都很欣賞派對上的魔術表演。

marginal [`mɑrdʒɪnl] 形 邊緣的 關 borderline ▶ 雅 4
解碼 margin 邊緣 + al 關於⋯的
This is a movie about **marginal** people in the society.
▶ 這是一部關於社會邊緣人的影片。

mathematical [ˌmæθəˋmætɪkl̩] 形 數學的　同 arithmetical　▶ 研 3

解碼 **mathematic** 數學的 **+ al** 關於⋯的

The accountant is very interested in **mathematical** questions.

▶ 這位會計師對數學問題十分有興趣。

mineral [ˋmɪnərəl] 形 礦物的　關 ore　▶ 托 4

解碼 **miner** 礦物 **+ al** 有關

The man bought several bottles of **mineral** water at the convenience store.

▶ 男子在便利商店買了幾瓶礦泉水。

musical [ˋmjuzɪkl̩] 形 音樂的　同 melodious　▶ 雅 4

解碼 **music** 音樂 **+ al** 關於⋯的

The tune has caught every nuance of **musical** expression.

▶ 這首曲子掌握了在音樂表現上的每一絲細微變化。

mutual [ˋmjutʃʊəl] 形 相互的　同 reciprocal　▶ 益 4

解碼 **mutu** 交互的 **+ al** 關於⋯的

We need to have **mutual** understanding before working together on this project.

▶ 我們在合作這個專案之前應該要先互相了解。

occasional [əˋkeʒənl̩] 形 偶爾的　同 infrequent　▶ 雅 5

解碼 **occasion** 時刻 **+ al** 關於⋯的

My grandfather used to have **occasional** wine after dinner.

▶ 我祖父以前晚餐後偶爾會喝點酒。

official [əˋfɪʃəl] 形 官方的　同 authoritative　▶ 檢 4

解碼 **offic** 官職 **+ ial** 關於⋯的

The **official** sanction for the new factory has not yet been given.

▶ 新工廠尚未取得正式批准。

physical [ˋfɪzɪkl̩] 形 身體的；物質的　同 corporal　▶ 雅 4

解碼 **physic** 物理學 **+ al** 關於⋯的

The **physical** problem has been intricate and complicated for years.

▶ 這項物理問題是長久以來難以解決的難題。

presidential [ˋprɛzədɛnʃəl] 形 總統的　近 governing　▶ 益 5

解碼 **president** 總統 **+ ial** 關於⋯的

Do you know the room rates of a **presidential** suite?

▶ 你知道總統套房的房價嗎？

recreational [ˌrɛkrɪˋeʃənl̩] 形 娛樂的　關 leisure　▶ 檢 4

解碼 recreation 娛樂 + al 關於…的

Bill purchased a **recreational** vehicle after he received his annual bonus.

▶ 領到年終獎金之後，比爾便買了一台休旅車。

eventual [ɪˋvɛntʃuəl] 形 最後的 同 final ▶ 研 5

解碼 e 外面 + vent 來 + al/ual 關於…的

The **eventual** outcome determines the criminal's death penalty.

▶ 最終的結果判定了該名罪犯的死刑。

exceptional [ɪkˋsɛpʃən̩] 形 例外的；優秀的 近 unique ▶ 檢 4

解碼 exception 例外 + al 關於…的

The car features its swift acceleration and **exceptional** fuel efficiency.

▶ 這輛車標榜其快速的加速能力和優異的燃料效能。

mechanical [məˋkænɪk̩] 形 機械的 反 manual ▶ 益 3

解碼 mechanic 機械的 + al 關於…的

The maintenance crew found a major **mechanical** problem.

▶ 維修團隊發現一個重大的機械問題。

mortal [ˋmɔrt̩] 形 凡人的；致命的 反 immortal ▶ 檢 3

解碼 mort 死亡 + al 關於…的

The king was contaminated with a **mortal** disease.

▶ 那位國王染上致命的疾病。

national [ˋnæʃən̩] 形 國家的；國民的 同 federal ▶ 雅 4

解碼 nation 國家 + al 關於…的

The **national** revenue is a barometer of the prosperousness.

▶ 國家稅收是經濟繁榮的指標。

natural [ˋnætʃərəl] 形 自然的 反 artificial ▶ 托 4

解碼 natur 自然 + al 關於…的

This scarf is made of **natural** materials and should be treated properly.

▶ 這條圍巾用天然材質製成，應該妥善使用。

operational [ˌɑpəˋreʃən̩] 形 運轉的 同 working ▶ 雅 5

解碼 operation 運轉 + al 關於…的

The accident occurred mainly due to **operational** problems.

▶ 這個意外的起因主要來自於操作上的問題。

optional [ˋɑpʃən̩] 形 可選擇的 反 compulsory ▶ 托 4

解碼 option 選擇 + al 關於…的

It's an **optional** class. You can decide whether you take it or not.

1 字首篇／

2 字根篇／

3 字尾篇／

4 複合字篇／

▶ 這是選修科目，你可以決定要不要修。

oriental [ˌorɪˈɛntl̩] 形 東方的 同 eastern　▶ 研 3
(解碼) orient 東方 + al 關於…的
Nancy wants to visit the sites from **oriental** folklores during her trip to Asia.
▶ 南西於亞洲旅遊時想參觀源自東方民間故事裡的景點。

original [əˈrɪdʒənl̩] 形 原始的；最初的 同 initial　▶ 檢 4
(解碼) origin 起源 + al 關於…的
The **original** blueprint of the laptop is not extant anymore.
▶ 這台筆電的原始藍圖已經不存在了。

partial [ˈpɑrʃəl] 形 部分的；偏袒的 反 entire　▶ 益 3
(解碼) part 部分 + ial 關於…的
Partial payments can enable an invoice in most of the cases.
▶ 在大部分的案例中，部分款項都可作為開立發票的條件。

personal [ˈpɜsənl̩] 形 個人的 同 private　▶ 檢 4
(解碼) person 人 + al 關於…的
Mr. Baker has a **personal** vault in his office.
▶ 貝克先生的辦公室裡設有私人金庫。

practical [ˈpræktɪkl̩] 形 實際的；實用的 反 theoretical　▶ 雅 4
(解碼) practic 用法 + al 關於…的
There are several obvious **practical** applications of the experiment.
▶ 這項實驗有好幾個明顯可應用之處。

professional [prəˈfɛʃənl̩] 形 專業的 反 amateur　▶ 益 3
(解碼) profession 職業 + al 關於…的
All the contracts are to be revised by **professional** writers before sent to the clients.
▶ 在寄給客戶之前，所有合約都須經由專業寫手修改。

provincial [prəˈvɪnʃəl] 形 省的；州的 同 regional　▶ 檢 4
(解碼) provinc 省；州 + ial 關於…的
The office building of the **provincial** government is located on Park Street.
▶ 省政府辦公大樓位於公園街。

racial [ˈreʃəl] 形 種族的 同 ethnic　▶ 檢 4
(解碼) race 種族 + ial 關於…的
There is still **racial** discrimination in some countries.
▶ 在某些國家仍然存在著種族歧視。

regional [`ridʒənl̩] 形 地方的 同 local ▶ 托 3

(解碼) **region** 區域 **+ al** 關於…的

There are many **regional** famous products sold in the station.
▶ 車站販售許多各地名產。

residential [ˌrɛzəˈdɛnʃəl] 形 居住的 關 urban ▶ 雅 4

(解碼) **resident** 居民 **+ ial** 關於…的

The community center in the **residential** area provides many childcare services.
▶ 住宅區的社區中心提供許多兒童照護服務。

sentimental [ˌsɛntəˈmɛntl̩] 形 感情的 同 emotional ▶ 雅 3

(解碼) **sentiment** 感情；情緒 **+ al** 關於…的

We were touched by the old man's **sentimental** love story.
▶ 我們被那位老先生感傷的愛情故事感動。

sexual [`sɛkʃuəl] 形 性的；性別的 同 gender ▶ 檢 4

(解碼) **sex** 性；性別 **+ al/ual** 關於…的

This man is considered a pervert and charged with **sexual** assault.
▶ 這名男子被認為是個變態，而且被控性侵。

skeptical [`skɛptɪkl̩] 形 懷疑的 同 leery ▶ 益 3

(解碼) **skeptic** 懷疑論者 **+ al** 關於…的

Peter was **skeptical** about the proposal.
▶ 彼得對這個計畫存疑。

spiral [`spaɪrəl] 形 螺旋形的 反 straight ▶ 托 5

(解碼) **spir** 線圈 **+ al** 關於…的

My friends and I climbed the **spiral** staircase to the tower.
▶ 我和朋友們爬上通往塔樓的螺旋樓梯。

spiritual [`spɪrɪtʃuəl] 形 精神上的 反 material ▶ 雅 4

(解碼) **spirit** 精神；心靈 **+ al/ual** 關於…的

This book gives me **spiritual** satisfaction.
▶ 這本書滿足了我的心靈面。

statistical [stəˈtɪstɪkl̩] 形 統計的 關 data ▶ 檢 3

(解碼) **statistics** 統計 **+ al** 關於…的

We need to analyze the **statistical** data in this article.
▶ 我們必須分析這篇文章裡的統計資料。

structural [`strʌktʃərəl] 形 結構上的 同 constructional ▶ 雅 4

解碼 **structur** 結構 + **al** 關於…的

These compounds have **structural** similarities to antibodies.

▶ 這些化合物在結構上和抗體有相似之處。

substantial [səbˋstænʃəl] 形 實在的 同 solid ▶ 托 5

解碼 **substant** 物質 + **ial** 關於…的

There has been a **substantial** improvement in sales this month.

▶ 本月的業績已有實際成長。

technical [ˋtɛknɪkl̩] 形 技術的 關 mechanics ▶ 研 5

解碼 **technic** 技術 + **al** 關於…的

You should consult the local distributor for necessary **technical** support.

▶ 你應該聯絡當地的經銷商，以取得必要的技術支援。

traditional [trəˋdɪʃənl̩] 形 傳統的 同 conventional ▶ 檢 4

解碼 **tradition** 傳統 + **al** 關於…的

In general, a pantomime will be based on a **traditional** story which everyone knows.

▶ 一般來說，默劇會以大眾所熟悉的傳統故事為基礎進行演出。

tribal [ˋtraɪbl̩] 形 部落的 關 clan ▶ 益 4

解碼 **trib** 部落 + **al** 關於…的（緣起：羅馬以種族劃分的三個行政區）

The province was riven by **tribal** conflicts.

▶ 這個省因部落衝突而分裂。

tropical [ˋtrɑpɪkl̩] 形 熱帶的 近 equatorial ▶ 托 3

解碼 **tropic** 熱帶 + **al** 關於…的

The island is famous for **tropical** fruits, such as durians and rambutans.

▶ 這座島嶼以熱帶水果聞名，例如榴槤和紅毛丹。

typical [ˋtɪpɪkl̩] 形 典型的 反 atypical ▶ 雅 4

解碼 **typic** 某類型的 + **al** 關於…的

Stock business is a **typical** speculation.

▶ 股票事業是標準的投機事業。

universal [ˌjunəˋvɝsl̩] 形 普遍的 同 ubiquitous ▶ 益 3

解碼 **univers** 全部的 + **al** 關於…的

The embargo was lifted and caused **universal** concerns.

▶ 禁運的解除引起全球關注。

verbal [ˋvɝbl̩] 形 口頭的 同 spoken ▶ 研 4

解碼 **verb** 言辭 + **al** 關於…的

I made a **verbal** agreement to settle my account with the shopkeeper tomorrow.
▶ 我已向店主口頭承諾於明日結清帳款。

virtual [`vɜtʃuəl] 形 實際的 同 real

解碼 virt 效用 + al/ual 關於⋯的
Mr. Watson is the **virtual** leader in our team.
▶ 華生先生才是我們團隊中真正的領導者。

字尾 061 -ar, -ary, -ery 有關的

MP3
3-061

circular [`sɜkjələ] 形 圓形的 同 round

解碼 circul 環狀物 + ar 有關的
The carpenter used a **circular** saw to cut wood planks.
▶ 木匠使用圓鋸割木板。

polar [`polə] 形 極地的；電極的 關 glacial

解碼 pol 軸端 + ar 有關的
Polar bears are most active in regions near the **polar** ice cap.
▶ 北極熊最活躍於極地冰蓋附近的區域。

singular [`sɪŋjələ] 形 單獨的；單數的 反 plural

解碼 singul 稀有的 + ar 有關的
The kindergarten students were told to line up in **singular** file.
▶ 那群幼稚園的學生被告知要排隊成單獨的一縱列。

customary [`kʌstə,mɛrɪ] 形 通常的 同 usual

解碼 custom 慣例 + ary 有關的
On Chinese New Year's Eve, it is **customary** to serve a fish in the evening meal.
▶ 關於農曆新年的除夕夜晚餐，習俗上都會有一道魚。

disciplinary [`dɪsəplɪn,ɛrɪ] 形 紀律的 同 ordered

解碼 disciplin 紀律 + ary 有關的
Patrick is the chairman of the **disciplinary** committee.
▶ 派翠克是紀律委員會的主任委員。

elementary [,ɛlə`mɛntərɪ] 形 初等的；基本的 同 primary

解碼 element 基礎 + ary 有關的
The **elementary** structure of a building is crucial to its stability.
▶ 一棟建築物的基礎架構攸關其穩定度是否良好。

legendary [`lɛdʒənd͵ɛrɪ] 形 傳奇的 同 mythical ▶ 研 4

(解碼) **legend** 傳說 + **ary** 有關的

My niece is very interested in this **legendary** story.

▶ 我姪女對這則傳奇故事很有興趣。

honorary [`ɑnə͵rɛrɪ] 形 名譽的 同 glorious ▶ 托 3

(解碼) **honor** 名譽 + **ary** 有關的

He obtained an **honorary** degree in economics from Harvard University.

▶ 他獲得哈佛大學經濟學的榮譽學位。

imaginary [ɪ`mædʒə͵nɛrɪ] 形 想像的 反 real ▶ 檢 4

(解碼) **imagin** 想像 + **ary** 有關的

Little Sarah has an **imaginary** friend named Lulu.

▶ 小莎拉有一個假想的朋友叫露露。

military [`mɪlə͵tɛrɪ] 形 軍事的 近 combatant ▶ 托 4

(解碼) **milit** 士兵 + **ary** 有關的

This country has an absolute advantage in **military** procurement.

▶ 這個國家在軍購上占有絕對的優勢。

necessary [`nɛsə͵sɛrɪ] 形 必要的 同 essential ▶ 檢 3

(解碼) **necess** 必需的 + **ary** 有關的

A double check is **necessary** before each flight.

▶ 每次飛行前都要再次仔細檢查。

secondary [`sɛkən͵dɛrɪ] 形 次要的 同 inferior ▶ 益 2

(解碼) **secund/second** 下一個 + **ary** 有關的

Prime advice is important, but we also need **secondary** ones.

▶ 主流意見很重要，但我們也需要次要意見。

solitary [`sɑlə͵tɛrɪ] 形 單獨的 反 together ▶ 托 3

(解碼) **solit** 孤獨 + **ary** 有關的

The prisoner was sent to **solitary** confinement.

▶ 那名囚犯被送去單獨監禁。

slippery [`slɪpərɪ] 形 滑的 同 slick ▶ 研 4

(解碼) **slip** 滑行 + **ery** 有關的

I walked slowly because the wet floor was **slippery**.

▶ 因為地板濕濕的很容易滑倒，所以我走得很慢。

revolutionary [͵rɛvə`luʃən͵ɛrɪ] 形 革命的 同 insurgent ▶ 檢 2

(解碼) **revolution** 革命 + **ary** 有關的

The invention of cell phones was a **revolutionary** improvement.
▶ 手機的發明是一項革命性的進步。

stationary [`steʃənˌɛrɪ] 形 靜止的 反 moving ▶
解碼 **station** 站立處 + **ary** 有關的
My mother spends several hours a day pedaling a **stationary** bicycle.
▶ 母親每天花好幾個小時的時間踩健身腳踏車。

字尾 062 **-ate, -ete, -ute** 具備…性質

accurate [`ækjərɪt] 形 準確的 反 inaccurate ▶ 托 4
解碼 **accur** 留意 + **ate** 具備…性質
Please ensure **accurate** data entry for the order to be delivered.
▶ 為了便於訂單出貨，請確認輸入的資料正確無誤。

affectionate [əˋfɛkʃənɪt] 形 親切的 同 tender ▶ 檢 4
解碼 **affection** 情愛 + **ate** 具備…性質
Charlotte is an **affectionate** teacher who treats her students with patience.
▶ 夏洛特是一位和藹的老師，對學生很有耐心。

compassionate [kəmˋpæʃənɪt] 形 富同情心的 同 benevolent ▶
解碼 **compassion** 同情 + **ate** 具備…性質
The **compassionate** teacher dedicated herself to helping the students who were slow-learning.
▶ 那名慈悲的老師奉獻自己來幫助學習遲緩的學生。

considerate [kənˋsɪdərɪt] 形 體貼的 反 rude ▶
解碼 **consider** 細想 + **ate** 具備…性質
Anna is so **considerate** that she always makes sure everyone to the meeting has a cup of hot tea.
▶ 安娜非常體貼，總是確認每位與會者都有熱茶。

fortunate [`fɔrtʃənɪt] 形 幸運的 同 lucky ▶
解碼 **fortun** 使吉利 + **ate** 具備…性質
I believe this **fortunate** bracelet would bring me luck.
▶ 我相信這條幸運手環能為我帶來好運。

passionate [`pæʃənɪt] 形 熱烈的 同 enthusiastic ▶
解碼 **passion** 熱情 + **ate** 具備…性質
This exhibition prompted a **passionate** response by the public.

▶ 這次展覽引起大眾熱烈迴響。

absolute [`æbsə,lut] 形 絕對的 同 definite ▶ 雅 ③

(解碼) **ab** 離開 + **sol** 鬆開 + **ute** 具備⋯性質（字義衍生：自由 → 純粹）

Don't be so positive. There's nothing **absolute**.

▶ 別這麼篤定，沒有什麼是絕對的。

字尾 063 -ed 充滿⋯性質　MP3 3-063

advanced [əd`vænst] 形 先進的；高等的 同 forward ▶ 益 ④

(解碼) **advance** 向前移動 + **ed** 充滿⋯性質

They intend to purchase **advanced** equipment to improve the service quality.

▶ 他們打算購買先進的設備以提升服務品質。

crooked [`krʊkɪd] 形 彎曲的；欺詐的 反 straight ▶ 托 ②

(解碼) **crook** 彎曲 + **ed** 充滿⋯性質

The **crooked** cop took bribes from the owner of that gambling house.

▶ 這名不正派的警員收受那間賭場老闆的賄賂。

distinguished [dɪ`stɪŋgwɪʃt] 形 卓越的 同 outstanding ▶ 雅 ③

(解碼) **distinguish** 區分 + **ed** 充滿⋯性質

We are impressed by your **distinguished** career in the navy.

▶ 我們對您海軍時期的優秀經歷印象深刻。

gifted [`gɪftɪd] 形 有天賦的 同 talented ▶ 托 ④

(解碼) **gift** 賦予 + **ed** 充滿⋯性質

Sarah is a **gifted** pianist, but she still practices hard every day.

▶ 莎拉是個有天賦的鋼琴家，但她每天仍努力練習。

learned [`lɜnɪd] 形 博學的 反 ignorant ▶ 雅 ③

(解碼) **learn** 學習 + **ed** 充滿⋯性質

Professor Lee is genuinely a **learned** scientist.

▶ 李教授確實是位博學的科學家。

naked [`nekɪd] 形 赤裸的 同 nude ▶ 益 ④

(解碼) **nak** 裸的 + **ed** 充滿⋯性質

The **naked** man grabbed a towel and walked into the bathroom.

▶ 那名裸男拿了一條圍巾，走進浴室。

nearsighted [`nɪr`saɪtɪd] 形 近視的 關 sight ▶ 研 ④

解碼 **near** 近的 + **sight** 視力 + **ed** 充滿…性質
Remember to turn on the desk lamp, or you might get **nearsighted**.
▶ 記得要開檯燈，不然你可能會近視。

ragged [`rægɪd] 形 襤褸的 同 torn ▶ 托 3
解碼 **rag** 雜亂 + **ed** 充滿…性質
The poor old man is wearing a **ragged** shirt.
▶ 可憐的老人穿著一件破衣裳。

renowned [rɪ`naʊnd] 形 著名的 同 famous ▶ 益 4
解碼 **renown** 聲望 + **ed** 充滿…性質
Paris is one of the most **renowned** cities for fashion in the world.
▶ 巴黎是世界上最著名的時尚都市之一。

rugged [`rʌgɪd] 形 崎嶇的；粗糙的 同 craggy ▶ 托 4
解碼 **rug** 雜亂 + **ed** 充滿…性質
When I looked my mother's **rugged** hands, I can understand how hard she's working for the family.
▶ 當我看見母親粗糙的手時，就能理解她對我們家的付出。

字尾 064 -en 具…材料

golden [`goldn̩] 形 金色的；黃金的 關 shining ▶ 檢 3
解碼 **gold** 黃金 + **en** 具…材料
The solution will become **golden** after thirty minutes.
▶ 半小時之後，溶液將會變成金色的。

wooden [`wʊdn̩] 形 木製的 關 timber ▶ 檢 4
解碼 **wood** 木頭 + **en** 具…材料
There is a **wooden** pavilion in the park.
▶ 這座公園裡有一座木造的涼亭。

字尾 065 -ic, -ical 有關的

academic [ˌækə`dɛmɪk] 形 學院的 近 scholastic ▶ 托 3
解碼 **academ** 學院 + **ic** 有關的
The **academic** standards in modern science are getting higher and higher.
▶ 現代科學的學術標準越來越高。

alcoholic [ˌælkəˈhɔlɪk] 形 含酒精的 關 wine ▶ 雅 4
(解碼) **alcohol** 蒸餾物 + **ic** 有關的
It is illegal to sell **alcoholic** drinks to people under eighteen.
▶ 販賣酒品給未滿十八歲的人是違法的。

allergic [əˈlɝdʒɪk] 形 過敏症的 同 atopic ▶ 托 4
(解碼) **allerg** 過敏症 + **ic** 有關的
My daughter is **allergic** to all dairy products.
▶ 我女兒對所有的奶製品都過敏。

athletic [æθˈlɛtɪk] 形 運動的 關 sports ▶ 檢 2
(解碼) **athlet** 運動員 + **ic** 有關的
Bill has won many trophies in his **athletic** career.
▶ 比爾已在他的運動生涯中贏得許多獎盃。

atomic [əˈtɑmɪk] 形 原子的 關 diminutive ▶ 研 3
(解碼) **atom** 原子 + **ic** 有關的
The **atomic** weapons can cause great damage.
▶ 原子武器所造成的損害極大。

biological [ˌbaɪəˈlɑdʒɪk] 形 生物學的 關 living ▶ 托 3
(解碼) **biology** 生物學 + **ical** 有關的
This is just a normal **biological** response.
▶ 這只是一個正常的生物反應。

characteristic [ˌkærəktəˈrɪstɪk] 形 特有的 同 peculiar ▶ 雅 3
(解碼) **character** 特徵 + **ist** 名詞 + **ic** 有關的
The company is **characteristic** of excellent customer service.
▶ 那間公司以優良的客戶服務為特色。

classic [ˈklæsɪk] 形 古典的；典型的 反 irregular ▶ 托 5
(解碼) **class** 階級 + **ic** 有關的
The **classic** car is one of my treasures.
▶ 這輛古董車是我的珍藏品之一。

diplomatic [ˌdɪpləˈmætɪk] 形 外交的 關 politic ▶ 雅 4
(解碼) **diplomat** 外交官 + **ic** 有關的
The special envoy is good at handling **diplomatic** affairs.
▶ 這位特使擅長處理外交事務。

dramatic [drəˈmætɪk] 形 戲劇的 同 theatrical ▶ 檢 4
(解碼) **dramat** 戲劇 + **ic** 有關的

The crew made some adjustments to increase the **dramatic** effect.
▶ 工作人員進行一些調整，以增加戲劇效果。

electronic [ɪlɛk`trɑnɪk] 形 電子的 近 computerized   ▶ 益 2
解碼 **electron** 電子 + **ic** 有關的
Bluetooth technology allows **electronic** devices to communicate wirelessly.
▶ 藍芽科技可讓電子設備進行無線傳輸。

energetic [ɛnɚ`dʒɛtɪk] 形 精力旺盛的 同 lively   ▶ 托 3
解碼 **en** 在 + **erg/erget** 工作 + **ic** 有關的
This puppy is **energetic** and excited about the new family.
▶ 這隻小狗精力充沛，對於新的家庭感到很興奮。

enthusiastic [ɪn,θjuzɪ`æstɪk] 形 熱情的 反 cold   ▶ 雅 4
解碼 **enthusiast** 被神激勵 + **ic** 有關的
The champion received an **enthusiastic** welcome.
▶ 那名冠軍收到了熱烈的歡迎。

graphic [`græfɪk] 形 圖解的 同 pictorial   ▶ 研 4
解碼 **graph** 圖畫 + **ic** 有關的
The Sales Department is hiring a new **graphic** designer.
▶ 銷售部門正在招聘新的平面設計師。

heroic [hɪ`roɪk] 形 英雄的；英勇的 同 fearless   ▶ 托 2
解碼 **hero** 英雄 + **ic** 有關的
We read a **heroic** poem in class today.
▶ 我們今天在課堂上讀了一首英雄史詩。

ironic [aɪ`rɑnɪk] 形 諷刺的 同 sarcastic   ▶ 檢 4
解碼 **iron** 虛偽 + **ic** 有關的
It was **ironic** that the mayor who reduced crime in the city was caught breaking the law.
▶ 諷刺的是，那位減少城裡犯罪的市長因為違法而被抓了。

magnetic [mæg`nɛtɪk] 形 磁性的；有魅力的 同 attractive   ▶ 益 2
解碼 **magnet** 磁鐵礦 + **ic** 有關的
The **magnetic** needle on the compass points south.
▶ 這個指南針上的磁針指向南方。

organic [ɔr`gænɪk] 形 器官的；有機的 關 natural   ▶ 托 3
解碼 **organ** 器具 + **ic** 有關的
Organic dried apples are co-products of our apple farm.

有機蘋果乾是我們蘋果園的副產物。

patriotic [ˌpetrɪˋɑtɪk] 形 愛國的 近 nationalistic ▶ 雅 4
(解碼) **patriot** 愛國者 + **ic** 有關的
My neighbor is fiercely **patriotic**.
▶ 我鄰居是位激進的愛國人士。

pessimistic [ˌpɛsəˋmɪstɪk] 形 悲觀的 反 optimistic ▶ 研 4
(解碼) **pessimist** 悲觀主義者 + **ic** 有關的
Laura was very **pessimistic** about the result of her interview.
▶ 蘿拉對於面試的結果感到悲觀。

poetic [poˋɛtɪk] 形 有詩意的 同 poetical ▶ 益 3
(解碼) **poet** 詩人 + **ic** 有關的
I plan to make a collection of the poet's entire **poetic** output.
▶ 我打算收藏這位詩人的全部詩作。

psychological [ˌsaɪkəˋlɑdʒɪkḷ] 形 心理學的 近 mental ▶ 托 5
(解碼) **psychology** 心理學 + **ical** 有關的
Do you have any documented **psychological** disorders in the past?
▶ 你過去是否有任何心理疾病的紀錄？

rhythmic [ˋrɪðmɪk] 形 有節奏的 同 rhythmical ▶ 雅 4
(解碼) **rhythm** 節奏 + **ic** 有關的
I enjoyed the **rhythmic** beat of the drum.
▶ 我很欣賞打鼓的節奏感。

romantic [rəˋmæntɪk] 形 浪漫的 反 realistic ▶ 托 5
(解碼) **romant** 浪漫情調 + **ic** 有關的
They are discussing the irony found in a **romantic** comedy.
▶ 他們正在討論一部浪漫喜劇中的諷刺橋段。

scenic [ˋsinɪk] 形 風景優美的 近 breathtaking ▶ 雅 4
(解碼) **scen** 景色 + **ic** 有關的
The coastal highway in Eastern Taiwan is famous for its **scenic** views of the ocean and cliffs.
▶ 台灣東部的沿海高速公路以漂亮的海景峭壁聞名。

strategic [strəˋtidʒɪk] 形 策略的 同 tactical ▶ 益 4
(解碼) **strateg** 策略 + **ic** 有關的
The island is of **strategic** importance to our country.
▶ 這個島對我們國家而言具有戰略上的重要意義。

symbolic [sɪm`bɑlɪk] 形 象徵的 同 figurative　▶ 托 ③
解碼 **symbol** 象徵 + **ic** 有關的
This statue is **symbolic** for love and justice.
▶ 這座雕像象徵愛與正義。

systematic [ˌsɪstə`mætɪk] 形 有系統的 同 organized　▶ 雅 ④
解碼 **systemat** 系統 + **ic** 有關的
A **systematic** schedule helps you make use of your time efficiently.
▶ 有系統的行事曆能讓你更有效率的運用時間。

technological [ˌtɛknə`lɑdʒɪkḷ] 形 技術的 關 high-tech　▶ 檢 ②
解碼 **technology** 技術 + **ical** 有關的
We look forward to **technological** advances and set several goals.
▶ 我們對於技術上的進展充滿期待，並且設定了幾項目標。

toxic [`tɑksɪk] 形 有毒的 同 poisonous　▶ 研 ②
解碼 **tox** 毒藥 + **ic** 有關的
Many plastic products may release **toxic** substances.
▶ 許多塑膠產品可能會釋放有毒物質。

tragic [`trædʒɪk] 形 悲劇的 同 disastrous　▶ 益 ③
解碼 **trag** 悲劇 + **ic** 有關的
Peter identified with the **tragic** hero of the novel.
▶ 彼得與這部小說中的悲劇英雄有同感。

字尾 066　-ish 具備…性質　(MP3 3-066)

childish [`tʃaɪldɪʃ] 形 幼稚的 反 mature　▶ 托 ②
解碼 **child** 孩子 + **ish** 具備…性質
Bill cannot accept such a **childish** and ridiculous idea.
▶ 比爾無法認同這種幼稚又可笑的想法。

foolish [`fulɪʃ] 形 愚蠢的 同 unwise　▶ 研 ③
解碼 **fool** 傻瓜 + **ish** 具備…性質
How **foolish** I am to fall in love with someone like him?
▶ 我怎麼會蠢到愛上像他這樣的人？

selfish [`sɛlfɪʃ] 形 自私的 反 selfless　▶ 檢 ④
解碼 **self** 自己 + **ish** 具備…性質
Selfish people are always lack of a sense of helping others.

▶ 自私的人總是缺乏幫助別人的常識。

stylish [ˋstaɪlɪʃ] 形 時髦的 同 fashionable　▶ 雅 4
解碼 **stil/styl** 表達方式 **+ ish** 具備…性質（字義衍生：表達方式 → 生活方式 → 時尚）
The exterior design of the car is very **stylish**.
▶ 這輛車的外裝設計很具時尚感。

字尾 067 **-ive** 具備…性質　

active [ˋæktɪv] 形 活動的；活躍的 反 inactive　▶ 檢 4
解碼 **act** 活動 **+ ive** 具備…性質
After a one-week treatment, the patient has become more lively and **active**.
▶ 經過一週的治療後，病患變得更有活力了。

comparative [kəmˋpærətɪv] 形 比較的 同 relative　▶ 益 3
解碼 **comparat** 比較 **+ ive** 具備…性質
Comparative studies show that men typically are offered higher salaries for the same job.
▶ 比較研究顯示，同樣的工作崗位，男性的薪水通常比較高。

competitive [kəmˋpɛtətɪv] 形 競爭的 同 rival　▶ 雅 4
解碼 **competit** 競爭 **+ ive** 具備…性質
Without a **competitive** pricing, the sales of our new product is not as good as expected.
▶ 因為價格不具市場競爭力，所以新產品的銷售不如預期。

comprehensive [ˏkɑmprɪˋhɛnsɪv] 形 廣泛的 同 broad　▶ 托 4
解碼 **comprehens** 包括 **+ ive** 具備…性質
A **comprehensive** marketing plan can help the sales of the product.
▶ 詳盡的行銷計畫可幫助提升產品的銷售量。

conservative [kənˋsɝvətɪv] 形 保守的 同 traditional　▶ 雅 5
解碼 **conservat** 保存 **+ ive** 具備…性質
Don is a very **conservative** investor.
▶ 唐是個很謹慎的投資者。

constructive [kənˋstrʌktɪv] 形 建設性的 近 practical　▶ 益 3
解碼 **construct** 堆放 **+ ive** 具備…性質
Can you propose something more **constructive**?
▶ 你能不能提供一些更有建設性的意見？

cooperative [koˋɑpəˏretɪv] 形 合作的　同 united　▶ 雅 4
解碼 **cooperat** 合作 + **ive** 具備…性質
During the internship, Ms. Lee has been a very **cooperative** worker.
▶ 實習期間，李小姐一直是位很配合的員工。

- -

creative [krɪˋetɪv] 形 有創造力的　同 inventive　▶ 托 4
解碼 **creat** 創造 + **ive** 具備…性質
The company executes a variety of policies to reward **creative** engineers.
▶ 這間公司執行各種政策獎勵有創意的工程師。

- -

defensive [dɪˋfɛnsɪv] 形 防禦的　反 offensive　▶ 檢 4
解碼 **defens** 防禦 + **ive** 具備…性質
Rick and I enjoy playing **defensive** games.
▶ 瑞克和我喜愛打防守戰。

- -

descriptive [dɪˋskrɪptɪv] 形 描述的　同 expressive　▶ 益 3
解碼 **descript** 描述 + **ive** 具備…性質
The artist was hired to design the **descriptive** brochures.
▶ 那名藝術家被聘來設計說明書。

- -

distinctive [dɪˋstɪŋktɪv] 形 區別的　同 different　▶ 研 3
解碼 **distinct** 分開 + **ive** 具備…性質
The research team is trying to give apples a new **distinctive** flavor.
▶ 研究團隊正嘗試替蘋果加入新的特殊風味。

- -

decisive [dɪˋsaɪsɪv] 形 決定性的　反 hesitant　▶ 托 4
解碼 **decis** 決定 + **ive** 具備…性質
President Kennedy was known for being **decisive**.
▶ 甘迺迪總統以其果斷的做事風格聞名。

- -

destructive [dɪˋstrʌktɪv] 形 毀滅性的　反 constructive　▶ 檢 4
解碼 **destruct** 破壞 + **ive** 具備…性質
It was the most **destructive** typhoon in twenty years.
▶ 那是二十年來威力最驚人的颱風。

- -

excessive [ɪkˋsɛsɪv] 形 過多的；額外的　同 superfluous　▶ 雅 5
解碼 **excess** 超過 + **ive** 具備…性質
An **excessive** intake of fat may cause cardiovascular diseases.
▶ 攝取過多的脂肪可能造成心血管疾病。

- -

exclusive [ɪkˋsklusɪv] 形 除外的；獨佔的　反 inclusive　▶ 研 4
解碼 **exclus** 排除在外 + **ive** 具備…性質

Here are **exclusive** and tailored insurance services for you!
▶ 這裡為您提供許多專屬的、客製化的保險服務！

expressive [ɪk`sprɛsɪv] 形 表現的；表達的 同 articulate ▶ 托 3
解碼 **expres/express** 清楚的 + **ive** 具備…性質
I noticed that the newcomer is quite **expressive**.
▶ 我注意到那名新人相當善於表達。

impressive [ɪm`prɛsɪv] 形 令人印象深刻的 同 imposing ▶ 雅 4
解碼 **impress** 給…極深的印象 + **ive** 具備…性質
The overall effect of the training program is **impressive**.
▶ 訓練計畫的整體影響令人印象深刻。

effective [ɪ`fɛktɪv] 形 有效果的 同 potent ▶ 益 5
解碼 **effect** 效果 + **ive** 具備…性質
Window screens are **effective** in keeping out mosquitoes.
▶ 紗窗能有效地隔絕蚊子。

expensive [ɪk`spɛnsɪv] 形 昂貴的 同 costly ▶ 托 5
解碼 **expens** 支出 + **ive** 具備…性質
The microscope with large scan range is more **expensive**.
▶ 這台顯微鏡可提供寬廣的視線範圍，因此價格也比較昂貴。

imaginative [ɪ`mædʒəˌnetɪv] 形 有想像力的 同 fictional ▶ 研 4
解碼 **imaginat** 想像 + **ive** 具備…性質
The **imaginative** illustrator used vivid artistic elements in his artwork.
▶ 那位富想像力的插畫家在作品中使用生動的藝術元素。

inclusive [ɪn`klusɪv] 形 包括在內的 反 exclusive ▶ 益 3
解碼 **inclus** 圍住 + **ive** 具備…性質
I was given a trip to Paris, with hotel and airfare being **inclusive**.
▶ 我被招待去巴黎旅行，旅館和機票費用都全免。

initiative [ɪ`nɪʃətɪv] 形 初步的；創始的 同 original ▶ 雅 4
解碼 **initiat** 開始 + **ive** 具備…性質
What do you think of this **initiative** idea?
▶ 你覺得這個初步的想法如何？

innovative [`ɪnoˌvetɪv] 形 創新的 同 creative ▶ 托 4
解碼 **innovat** 更新 + **ive** 具備…性質
The **innovative** R&D technology is the core competitiveness of the company.
▶ 這間公司的核心競爭力是創新的研發技術。

intensive [ɪn`tɛnsɪv] 形 加強的；密集的 反 extensive ▶ 研 4
解碼 intens 拉緊 + ive 具備⋯性質
We intend to outsource the labor-**intensive** process to other factories.
▶ 我們打算把勞力密集的程序外包給其他工廠。

massive [`mæsɪv] 形 大量的；大規模的 同 enormous ▶ 檢 3
解碼 mass 大量 + ive 具備⋯性質
The quake led to a tsunami and **massive** flooding.
▶ 這場地震導致海嘯和大洪水。

objective [əb`dʒɛktɪv] 形 客觀的 同 detached ▶ 益 4
解碼 object 實物 + ive 具備⋯性質
A referee must give an **objective** opinion.
▶ 裁判必須給予客觀的意見。

offensive [ə`fɛnsɪv] 形 冒犯的；進攻的 反 defensive ▶ 托 3
解碼 offens 冒犯 + ive 具備⋯性質
Too aggressive promotion can sometimes be very **offensive**.
▶ 太過激進的推銷有時會令人十分不悅。

persuasive [pə`swesɪv] 形 有說服力的 反 dissuasive ▶ 研 4
解碼 persuas 說服 + ive 具備⋯性質
I'll take Ivy's proposal. Her argument is **persuasive**.
▶ 我會接受艾薇的提案，她的論點很有說服力。

positive [`pɑzətɪv] 形 積極的；肯定的 反 negative ▶ 益 3
解碼 pon/posit 放置 + ive 具備⋯性質（字義衍生：放置 → 肯定）
Blue spots on the test paper indicate a **positive** response.
▶ 試紙上的藍點代表陽性反應。

preventive [prɪ`vɛntɪv] 形 預防的 同 precautionary ▶ 檢 4
解碼 prevent 提前做 + ive 具備⋯性質
One **preventive** way to protect your health is to get periodic medical exams.
▶ 接受例行健康檢查是維護健康的預防措施。

primitive [`prɪmətɪv] 形 原始的 反 modern ▶ 托 2
解碼 primit 起初 + ive 具備⋯性質
The scholar has made great progress in the studies of **primitive** societies.
▶ 那位學者對原始社會的研究已有很大的進展。

productive [prə`dʌktɪv] 形 多產的 同 prolific ▶ 檢 4
解碼 product 生產 + ive 具備⋯性質

The woman is a **productive** writer who makes a fortune from royalties.
▶ 那位女性是位多產的作家，靠版稅賺了很多錢。

- -

progressive [prə`grɛsɪv] 形 進步的 同 ameliorative　　▶ 托 4
(解碼) progress 進行 + **ive** 具備…性質
A **progressive** tax is a tax by which the tax rate increases as the taxable base amount increases.
▶ 漸進式稅率是隨著基本稅階而增加的稅率。

- -

prospective [prə`spɛktɪv] 形 未來的；預期的 同 expected　　▶ 雅 3
(解碼) prospect 預期 + **ive** 具備…性質
An ultimate goal of this month is to identify more **prospective** customers.
▶ 本月份的最終目標為找出更多潛在客戶。

- -

protective [prə`tɛktɪv] 形 保護的 近 watchful　　▶ 益 2
(解碼) protect 保護 + **ive** 具備…性質
It's not right for the parents to be over-**protective**.
▶ 父母親過度保護子女是不對的。

- -

relative [`rɛlətɪv] 形 相對的；相關的 反 irrelevant　　▶ 檢 4
(解碼) relat 歸屬於 + **ive** 具備…性質
Relative to buying treasury bonds, stocks are a much riskier investment.
▶ 相對於購買國庫券，股票的投資風險要高得多。

- -

respective [rɪ`spɛktɪv] 形 個別的 同 individual　　▶ 益 3
(解碼) respect 看向某個人 + **ive** 具備…性質
They waved goodbye and got on their **respective** buses.
▶ 他們揮手道別，然後搭上各自的公車。

- -

selective [sə`lɛktɪv] 形 選擇的 關 pick out　　▶ 研 3
(解碼) select 選擇 + **ive** 具備…性質
My mother is always **selective** when purchasing scarves.
▶ 母親購買圍巾時總是精挑細選。

- -

sensitive [`sɛnsətɪv] 形 敏感的 反 insensitive　　▶ 益 4
(解碼) sensit 感知能力 + **ive** 具備…性質
It would be wiser to avoid **sensitive** issues during a political debate.
▶ 在討論政治時，避開敏感議題才是明智之舉。

- -

subjective [səb`dʒɛktɪv] 形 主觀的 反 objective　　▶ 研 5
(解碼) subject 主題；主觀意識 + **ive** 具備…性質
Any **subjective** judgment will have a negative impact on morale.

▶ 任何主觀判斷對於士氣都有負面影響。

successive [sək`sɛsɪv] 形 連續的 同 consecutive　▶ 檢 3
解碼 **success** 接續 + **ive** 具備…性質
It rained seven **successive** days last week.
▶ 上星期連續下了七天的雨。

talkative [`tɔkətɪv] 形 健談的 反 silent　▶ 雅 4
解碼 **talk** 說話 + **ive/ative** 具備…性質
This **talkative** baker is promoting their specialties.
▶ 這位健談的麵包師傅正在推銷他們的特色產品。

字尾 068 **-ly** 性質的　MP3 3-068

bodily [`bɑdɪlɪ] 形 身體的 反 spiritual　▶ 雅 4
解碼 **bodi** 身軀 + **ly** 性質的
Eating is more than just a **bodily** need.
▶ 吃不只是為了滿足身體上的需求而已。

costly [`kɔstlɪ] 形 昂貴的 同 expensive　▶ 益 4
解碼 **cost** 花費 + **ly** 性質的
Mrs. Baker possesses a lot of **costly** jewelry.
▶ 貝克太太擁有許多昂貴的珠寶。

cowardly [`kauɚdlɪ] 形 怯懦的 反 brave　▶ 檢 2
解碼 **coward** 膽小鬼 + **ly** 性質的
The bully is actually quite **cowardly** in his behavior.
▶ 那名惡霸的行為其實相當怯懦。

deadly [`dɛdlɪ] 形 致命的 同 fatal　▶ 雅 3
解碼 **dead** 死的 + **ly** 性質的
There are many **deadly** poisonous plants growing in Brazilian Amazons.
▶ 巴西的亞馬遜河流域長了很多致命的有毒植物。

elderly [`ɛldɚlɪ] 形 年長的 同 old　▶ 托 4
解碼 **elder** 較年長的 + **ly** 性質的
You should respect those who are **elderly**.
▶ 你應該要尊敬上了年紀的人。

friendly [`frɛndlɪ] 形 友善的 同 affable　▶ 托 5

(解碼) **friend** 朋友 + **ly** 性質的

The inhabitants in this village are very outgoing and **friendly**.
▶ 這個村落的居民非常直率及友善。

heavenly [`hɛvənlɪ] 形 神聖的；天國的 反 earthly ▶ 研 3

(解碼) **heaven** 天堂 + **ly** 性質的

The lady claimed that she saw the **heavenly** vision in her dream.
▶ 那名女士聲稱在夢裡看過天國美景。

hourly [`auəlɪ] 形 每小時的 關 recurrent ▶ 托 4

(解碼) **hour** 小時 + **ly** 性質的

We turned on the radio to get the **hourly** news broadcast.
▶ 我們打開收音機收聽每小時的新聞廣播。

leisurely [`liʒəlɪ] 形 休閒的 同 relaxed ▶ 檢 4

(解碼) **leisure** 閒暇 + **ly** 性質的

Mark and his wife took a **leisurely** walk through the park.
▶ 馬克和她的太太悠閒散步穿過公園。

likely [`laɪklɪ] 形 很可能的 反 unlikely ▶ 托 4

(解碼) **like** 相似的 + **ly** 性質的

These regulations are **likely** to be abolished by the end of the month.
▶ 這些規定可能會在月底前廢除。

lively [`laɪvlɪ] 形 活潑的；鮮明的 同 animated ▶ 雅 3

(解碼) **life/live** 生命 + **ly** 性質的

Both of Linda's kids are **lively**.
▶ 琳達的兩個孩子都相當活潑。

lonely [`lonlɪ] 形 寂寞的 同 lonesome ▶ 檢 4

(解碼) **lone** 孤單的 + **ly** 性質的

Amy feels **lonely** because her roommates are not in town.
▶ 艾咪覺得很孤單，因為她的室友全都出城去了。

lovely [`lʌvlɪ] 形 可愛的 同 charming ▶ 雅 3

(解碼) **love** 愛 + **ly** 性質的

Anna is a **lovely** girl who carries a big smile every day.
▶ 安娜是位可愛的女孩，每天都帶著大大的笑容。

monthly [`mʌnθlɪ] 形 每月的；按月的 關 regular ▶ 益 4

(解碼) **month** 月 + **ly** 性質的

Mrs. Jones put the **monthly** bills into the shredder.

▶ 瓊斯太太把月帳單放入碎紙機。

orderly [`ɔrdəlɪ] 形 有條理的；有秩序的 同 neat ▶ 研 3
(解碼) **order** 秩序 + **ly** 性質的
The fire chief ordered the residents of the building to have an **orderly** evacuation.
▶ 消防隊長要求大樓住戶有秩序地撤離。

weekly [`wiklɪ] 形 每週的 關 week days ▶ 檢 3
(解碼) **week** 星期 + **ly** 性質的
We have a **weekly** meeting every Thursday morning.
▶ 我們每週四早上都要開週會。

yearly [`jɪrlɪ] 形 每年的 同 annual ▶ 雅 3
(解碼) **year** 年 + **ly** 性質的
A **yearly** maintenance is very important for your car.
▶ 每年定期保養對於你的車來說非常重要。

字尾 069 -ory 具備…性質　MP3 3-069

obligatory [ə`blɪgəˌtorɪ] 形 有義務的 反 optional ▶ 益 3
(解碼) **ob** 朝向 + **lig** 綁 + **ate** 動詞 + **ory** 形容詞
The company is **obligatory** to every product they sold.
▶ 這間公司對賣出的每件商品都負有義務。

字尾 070 -ous 具備…性質　MP3 3-070

ambiguous [æm`bɪgjuəs] 形 含糊不清的 同 opaque ▶ 托 4
(解碼) **ambi** 在附近 + **ag/gu** 行動 + **ous** 具備…性質
Harry's **ambiguous** stance toward the issue is very confusing.
▶ 哈利在這個議題上的曖昧立場令人感到十分困惑。

ambitious [æm`bɪʃəs] 形 有抱負的 反 lethargic ▶ 益 3
(解碼) **amb** 在周圍 + **it** 行走 + **ous/ious** 具備…性質
We are hiring an **ambitious** sales manager.
▶ 我們想要聘請有野心的銷售經理。

cautious [`kɔʃəs] 形 小心的；謹慎的 反 reckless ▶ 研 4

解碼 **cauti** 小心；謹慎 **+ ous** 具備…性質

Be **cautious** of the dog guarding the entrance of the farm house.
▶ 小心看守農舍入口的那隻狗。

conscientious [ˌkɑnʃɪˋɛnʃəs] 形 認真的 同 diligent ▶ 雅 4

解碼 **con** 完全地 **+ sci** 知道 **+ ent** 形容詞 **+ ous/ious** 具備…性質

Ms. Huang has been **conscientious** about her research work.
▶ 黃小姐對於研究工作一向很認真。

conscious [ˋkɑnʃəs] 形 意識到的 反 unconscious ▶ 研 3

解碼 **con** 完全地 **+ sci** 知道 **+ ous** 具備…性質

The tenant was not **conscious** of the fact that the lease would expire in just one month.
▶ 房客沒有意識到租約再一個月就要到期了。

continuous [kənˋtɪnjuəs] 形 連續的 同 incessant ▶ 檢 4

解碼 **continu** 不間斷的 **+ ous** 具備…性質

Tax filing is a **continuous** duty as long as you are a legal citizen.
▶ 只要你是合法公民，報稅就是一份連續不斷的責任。

courageous [kəˋredʒəs] 形 勇敢的 反 timid ▶ 益 2

解碼 **courage** 勇氣 **+ ous** 具備…性質

Many great people have become **courageous** because of their desire to succeed.
▶ 基於對成功的渴望，許多偉人會因此變得勇敢。

courteous [ˋkɝtɪəs] 形 有禮貌的 同 polite ▶ 益 4

解碼 **courte** 殷勤 **+ ous** 具備…性質

My experience in Japan was great; most of the people were very **courteous**.
▶ 我對日本的印象很好，大部分的人都很有禮貌。

curious [ˋkjʊrɪəs] 形 好奇的 同 inquisitive ▶ 研 3

解碼 **curi** 留意；掛念 **+ ous** 具備…性質

He is **curious** about the fundamental structure of the Universe.
▶ 他對於宇宙的基礎構造充滿好奇。

dangerous [ˋdendʒərəs] 形 危險的 同 perilous ▶ 雅 4

解碼 **danger** 危險 **+ ous** 具備…性質

The cutting edge is sharp and may be **dangerous**.
▶ 切割的邊緣很銳利，可能帶來危險。

delicious [dɪˋlɪʃəs] 形 美味的 同 tasty ▶ 益 4

(解碼) **de** 分離 + **lac/lici** 引誘 + **ous** 具備…性質
There are many **delicious** snacks in night markets.
▶ 夜市有許多美味小吃。

disastrous [dɪz`æstrəs] 形 悲慘的 同 catastrophic ▶ 托 4
(解碼) **dis** 表貶義 + **astro** 星星 + **ous** 具備…性質
Bruno is **disastrous** after he lost his job.
▶ 布魯諾失業後過得相當悲慘。

dubious [`djubɪəs] 形 半信半疑的；含糊的 反 definite ▶ 托 3
(解碼) **dubi** 猶豫的 + **ous** 具備…性質
I am not satisfied with Colin's **dubious** answer.
▶ 我不滿意科林那個含糊不清的回答。

famous [`feməs] 形 有名的 同 noted ▶ 益 4
(解碼) **fam** 名聲 + **ous** 具備…性質
What is the most **famous** local food in your country?
▶ 你們國內最有名的地方美食是什麼？

furious [`fjʊərɪəs] 形 暴怒的；猛烈的 同 raging ▶ 托 3
(解碼) **furi** 盛怒；狂暴 + **ous** 具備…性質
The hut on the island was destroyed by a **furious** storm.
▶ 島上的小屋被暴雨摧毀。

generous [`dʒɛnərəs] 形 慷慨的 近 unselfish ▶ 檢 4
(解碼) **gener** 出生高貴 + **ous** 具備…性質
The company is famous for its **generous** bonus each year.
▶ 這間公司以每年慷慨的紅利獎金聞名。

glorious [`glorɪəs] 形 光榮的；壯麗的 同 magnificent ▶ 益 4
(解碼) **glori** 榮譽 + **ous** 具備…性質
This is a **glorious** moment to remember.
▶ 這是值得紀念的光榮時刻。

gorgeous [`gɔrdʒəs] 形 華麗的；極好的 反 crude ▶ 托 4
(解碼) **gorge** 使生色的東西 + **ous** 具備…性質
Where did you buy this **gorgeous** outfit?
▶ 你這一身華麗的服裝是在哪裡買的？

gracious [`greʃəs] 形 優美的；仁慈的 同 kindly ▶ 雅 4
(解碼) **grati/graci** 優美 + **ous** 具備…性質
Her **gracious** grandmother bakes cookies for her every morning.

▶ 她慈祥的奶奶每天早上替她烤餅乾。

humorous [`hjumərəs] 形 幽默的 同 jocular ▶ 檢 5

(解碼) **humor** 幽默 + **ous** 具備⋯性質
This book is extremely **humorous**.
▶ 這本書非常幽默。

infectious [ɪn`fɛkʃəs] 形 傳染的 同 contagious ▶ 雅 4

(解碼) **infic/infect** 汙染 + **ous/ious** 具備⋯性質
These patients with **infectious** diseases have been insulated from the public.
▶ 這些罹患感染疾病者已經進入隔離程序。

ingenious [ɪn`dʒinjəs] 形 巧妙的 同 clever ▶ 托 3

(解碼) **in** 在裡面 + **gen** 產生 + **ous/ious** 具備⋯性質
The worker thought of an **ingenious** way to improve the efficiency.
▶ 那名員工想到一個提升效率的好方法。

jealous [`dʒɛləs] 形 嫉妒的；猜疑的 同 envious ▶ 益 4

(解碼) **zeal/jeal** 想獲得某物的熱忱 + **ous** 具備⋯性質
Daniel is so **jealous** that he couldn't allow his wife talking to other men.
▶ 丹尼爾因嫉妒而不許太太和別的男人說話。

joyous [`dʒɔɪəs] 形 快樂的 同 cheerful ▶ 雅 3

(解碼) **joy** 歡樂 + **ous** 具備⋯性質
The Christmas holidays are the most **joyous** time of the year.
▶ 聖誕假期是一年中最快樂的時光。

luxurious [lʌg`ʒʊrɪəs] 形 奢侈的 同 extravagant ▶ 托 3

(解碼) **luxuri** 奢華 + **ous** 具備⋯性質
This boutique type hotel is with **luxurious** decoration and furniture.
▶ 這個精品級酒店備有豪華的裝飾和傢俱。

marvelous [`mɑrvələs] 形 令人驚訝的 同 incredible ▶ 檢 4

(解碼) **marvel** 令人驚奇的事物 + **ous** 具備⋯性質
The night scene of the grand waterfall is **marvelous**.
▶ 這個大瀑布在夜晚的景色令人嘆為觀止。

miraculous [mə`rækjələs] 形 奇蹟般的 同 wondrous ▶ 檢 4

(解碼) **miracul** 奇蹟 + **ous** 具備⋯性質
Her recovery from unconsciousness was regarded as a **miraculous** healing caused by God.
▶ 她恢復意識被視為是來自上帝的奇蹟。

mischievous [`mɪstʃɪvəs] 形 頑皮的 同 naughty　▶ 托 2

解碼 **mis** 壞 + **chev/chiev** 發生 + **ous** 具備⋯性質

The little boy gave me a **mischievous** look and then ran away.
▶ 那個小男孩對我做了一個淘氣的表情，然後就跑開了。

monotonous [mə`natənəs] 形 單調的；無聊的 同 boring　▶ 托 3

解碼 **mono** 單一的 + **ton** 聲調 + **ous** 具備⋯性質

My math teacher's voice was so **monotonous** that I fell asleep.
▶ 我數學老師的聲音實在太單調，所以我睡著了。

monstrous [`manstrəs] 形 巨大的；可怕的 同 dreadful　▶ 托 3

解碼 **mon** 警告 + **ster/str** 名詞 + **ous** 具備⋯性質

My sister and I were shocked by that **monstrous** mouse.
▶ 我姐姐和我都被那隻巨鼠嚇到。

mountainous [`mauntənəs] 形 多山的 關 highlands　▶ 檢 3

解碼 **mountain** 山 + **ous** 具備⋯性質

Bhutan is a **mountainous** country.
▶ 不丹是個多山的國家。

notorious [no`torɪəs] 形 惡名昭彰的 同 infamous　▶ 檢 4

解碼 **not** 知名的 + **or** 人；物 + **ous/ious** 具備⋯性質

Edwin is a **notorious** playboy.
▶ 艾德溫是個聲名狼藉的花花公子。

numerous [`njumərəs] 形 許多的 反 little　▶ 益 4

解碼 **numer** 數字 + **ous** 具備⋯性質

The hot spring hotels in Beitou is now promoting **numerous** packages for stays.
▶ 北投的溫泉旅館推出許多住宿的套裝方案。

outrageous [aut`redʒəs] 形 粗暴的 反 mild　▶ 檢 4

解碼 **outrage** 暴行 + **ous** 具備⋯性質

Phil's **outrageous** behavior was blamed by us all.
▶ 菲爾的暴力行為遭到我們同聲譴責。

pious [`paɪəs] 形 虔誠的 同 devout　▶ 托 3

解碼 **pi** 虔誠的 + **ous** 具備⋯性質

The president often consults with his spiritual leader, who is a **pious** Buddhist monk.
▶ 總統時常向他的精神導師（一名虔誠的佛教僧侶）請益。

poisonous [`pɔɪznəs] 形 有毒的 同 toxic ▶ 雅 ③
(解碼) **poison** 毒 + **ous** 具備…性質
The leakage formed a large cloud of **poisonous** gas.
▶ 外洩造成了一大片有毒的氣體雲。

populous [`pɑpjələs] 形 人口稠密的 關 populate ▶ 檢 ①
(解碼) **popul** 人民 + **ous** 具備…性質
Taipei is the most **populous** city of northern Taiwan.
▶ 台北市北台灣區人口最稠密的城市。

previous [`priviəs] 形 以前的 同 former ▶ 托 ⑤
(解碼) **pre** 之前 + **vi** 道路 + **ous** 具備…性質
Let's talk about your **previous** complaint about working hours.
▶ 我們來談談你先前對工作時間的抱怨吧。

prosperous [`prɑspərəs] 形 繁榮的 同 thriving ▶ 托 ④
(解碼) **prosper** 富足的 + **ous** 具備…性質
Taipei is one of the most **prosperous** cities in Asia.
▶ 台北是亞洲最繁榮的城市之一。

religious [rɪ`lɪdʒəs] 形 虔誠的；宗教的 關 sacred ▶ 檢 ⑤
(解碼) **relig** 人與神的連結 + **ous/ious** 具備…性質
The chaplain conducted the **religious** service.
▶ 這位牧師主持這場宗教儀式。

ridiculous [rɪ`dɪkjələs] 形 荒謬的 同 bizarre ▶ 益 ④
(解碼) **rid/ridi** 笑 + **cul** 小尺寸 + **ous** 具備…性質
This story is totally **ridiculous**. I don't believe a word in it!
▶ 這個故事太荒謬了，我一個字都不信！

rigorous [`rɪgərəs] 形 嚴格的；苛刻的 同 rigid ▶ 托 ④
(解碼) **rigor** 嚴格 + **ous** 具備…性質
A **rigorous** control on the stock price can protect its investors.
▶ 對股價的嚴密控管可以保護投資者。

serious [`sɪrɪəs] 形 嚴肅的；認真的 反 insincere ▶ 益 ⑤
(解碼) **seri** 沉重的 + **ous** 具備…性質
An overheated engine may lead to **serious** damage.
▶ 引擎過熱可能會導致嚴重的損壞。

simultaneous [ˌsaɪml̩`tenɪəs] 形 同時發生的 同 concurrent ▶ 托 ④
(解碼) **simul** 同時 + **tane** 時間；時代 + **ous** 具備…性質

The report has to be under **simultaneous** review with the Review Board.
▶ 這項報告必須同時經過審查委員會的審查。

spacious [ˋspeʃəs] 形 寬敞的 同 roomy

解碼 **spaci** 空間 **+ ous** 具備⋯性質
The newly-built library is quiet and **spacious**.
▶ 這間新落成的圖書館既安靜又寬敞。

spontaneous [spɑnˋtenɪəs] 形 本能的 同 instinctive

解碼 **spont/spontane** 願意的 **+ ous** 具備⋯性質
My affection toward you when we first met is **spontaneous**.
▶ 我們初次見面時，對你的情感是發自內心的。

superstitious [ˌsupɚˋstɪʃəs] 形 迷信的 關 credulous

解碼 **superstiti** 占卜；預言 **+ ous** 具備⋯性質
The lady is very **superstitious** and believes that black cats bring bad luck.
▶ 這位女性非常迷信，她相信黑貓會帶來不幸。

suspicious [səˋspɪʃəs] 形 可疑的 同 fishy

解碼 **suspic** 抬頭看 **+ ous/ious** 具備⋯性質
The police had marked the account on alert since there were **suspicious** dealings.
▶ 由於發現有可疑交易，警方已經將該帳戶列為警戒戶。

tedious [ˋtidɪəs] 形 冗長乏味的 同 dull

解碼 **tedi** 無聊；單調 **+ ous** 具備⋯性質
That movie is really **tedious**.
▶ 那部電影真是太沉悶了。

tremendous [trɪˋmɛndəs] 形 極大的 同 huge

解碼 **trem/tremend** 發抖；震顫 **+ ous** 具備⋯性質
We need a **tremendous** volume of water for cooling.
▶ 我們需要大量的水來冷卻。

vicious [ˋvɪʃəs] 形 邪惡的；惡毒的 同 evil

解碼 **vici** 缺陷；錯誤 **+ ous** 具備⋯性質
With the program, **vicious** flames will be blocked out of our website.
▶ 有了這個程式，惡意的網路攻擊都會被擋在我們的網站之外。

victorious [vɪkˋtorɪəs] 形 勝利的 同 triumphant

解碼 **victori** 勝利 **+ ous** 具備⋯性質
The king was wearing a **victorious** smile.

▶ 國王臉上掛著勝利的笑容。

bloody [`blʌdɪ] 形 流血的 同 bleeding ▶ 雅 4

解碼 **blood** 血 + **y** 充滿

The man had a **bloody** stool and went to see the doctor.
▶ 那名男性因為排血便而去看醫生。

bulky [`bʌlkɪ] 形 笨重的；龐大的 反 light ▶ 托 3

解碼 **bulk** 巨大的東西 + **y** 充滿

Mrs. Huang wanted to take a **bulky** order for leopard printed fabric.
▶ 黃太太要下豹紋布料的大單。

chilly [`tʃɪlɪ] 形 寒冷的 反 warm ▶ 雅 5

解碼 **chill** 寒冷 + **y** 充滿

The priest gave an emotional sermon in the **chilly** courtyard on Christmas Eve.
▶ 神父在聖誕夜於冷冽的庭院中舉行一場感人的布道。

cloudy [`klaʊdɪ] 形 多雲的 近 hazy ▶ 雅 5

解碼 **cloud** 雲 + **y** 充滿

The forecast calls for **cloudy** weather throughout the weekend.
▶ 天氣預報指出，整個週末都將是多雲的陰天。

clumsy [`klʌmzɪ] 形 笨拙的 反 agile ▶ 托 4

解碼 **clums** 不會說話 + **y** 充滿

Henry is a **clumsy** guy who cannot express his feelings clearly.
▶ 亨利生性笨拙，無法清楚地表達自己的感受。

crazy [`krezɪ] 形 瘋狂的 同 insane ▶ 檢 5

解碼 **craze** 瘋狂 + **y** 充滿

If I had to finish the project in one day, I would go **crazy**.
▶ 如果我必須在一天之內完成這個專案，我會瘋掉。

crunchy [`krʌntʃɪ] 形 鬆脆的；嘎吱作響的 同 crispy ▶ 檢 4

解碼 **crunch** 嘎吱的聲音 + **y** 充滿

The cookies Mrs. Lee gave us are really **crunchy**.
▶ 李太太給我們的餅乾真的很鬆脆。

dirty [`dɜtɪ] 形 骯髒的；卑鄙的 反 clean ▶ 檢 5

解碼 **dirt** 爛泥 **+ y** 充滿
The pillow which stuffed with cotton on the bed is too **dirty** to be used.
▶ 床上這個充填棉花的枕頭太髒了，應該換一換。

dusty [`dʌstɪ] 形 滿是灰塵的 同 dirty   ▶ 雅 4
解碼 **dust** 灰塵 **+ y** 充滿
Thank you for cleaning up the **dusty** attic for me.
▶ 謝謝你幫我清理滿布灰塵的閣樓。

fairy [`fɛrɪ] 形 幻想中的；仙女的 關 magic   ▶ 檢 3
解碼 **fair** 魔法；魅力 **+ y** 充滿
A hero always wins at the end of a **fairy** tale.
▶ 在童話故事的最後，英雄總會獲勝。

foggy [`fɑgɪ] 形 多霧的；朦朧的 同 misty   ▶ 托 4
解碼 **fog** 霧 **+ y** 充滿
Noah lives in a **foggy** city near the mountains.
▶ 諾亞住在靠近山區的一個多霧城市。

funny [`fʌnɪ] 形 好笑的 同 entertaining   ▶ 檢 5
解碼 **fun** 樂趣；玩笑 **+ y** 充滿
I saw a very **funny** movie with my sister yesterday evening.
▶ 我昨晚和我姐姐看了一部十分有趣的電影。

gloomy [`glumɪ] 形 幽暗的；令人沮喪的 反 joyful   ▶ 雅 4
解碼 **gloom** 陰暗 **+ y** 充滿
There is a **gloomy** atmosphere around this castle.
▶ 這座城堡四周圍繞著陰鬱的氣氛。

grassy [`græsɪ] 形 多草的 同 lush   ▶ 檢 3
解碼 **grass** 草；草地 **+ y** 充滿
We went on a picnic on the **grassy** meadow.
▶ 我們到草地上野餐。

greasy [`grizɪ] 形 油膩的 同 oily   ▶ 托 3
解碼 **grease** 油脂 **+ y** 充滿
To lose weight, Ms. Liu decided to stay away from all kinds of **greasy** food.
▶ 為了減重，劉小姐決定遠離各種油膩的食物。

greedy [`gridɪ] 形 貪婪的 同 avid   ▶ 雅 4
解碼 **greed** 貪婪 **+ y** 充滿
Greedy people are usually not welcome.

▶ 貪婪的人通常不受歡迎。

---

guilty [`ɡɪltɪ] 形 有罪的 反 innocent ▶ 檢 5

解碼 **guilt** 有罪；犯罪 **+ y** 充滿

The politician was found **guilty** of bribery.

▶ 那名政客的賄賂罪名成立。

---

handy [`hændɪ] 形 便利的；靈巧的 同 convenient ▶ 托 5

解碼 **hand** 手 **+ y** 充滿

The little LED flashlight on my keychain is quite **handy**.

▶ 我鑰匙圈上的 LED 手電筒相當便利。

---

hearty [`hɑrtɪ] 形 由衷的 同 sincere ▶ 雅 4

解碼 **heart** 心；內心 **+ y** 充滿

This is my **hearty** wishes for you.

▶ 這是我對你由衷的祝福。

---

irony [`aɪrənɪ] 名 反諷 同 sarcasm ▶ 益 2

解碼 **iron** 虛偽 **+ y** 充滿

There is much **irony** in the playwright's works.

▶ 這位劇作家的作品有很多反諷。

---

juicy [`dʒusɪ] 形 多汁的 同 succulent ▶ 檢 5

解碼 **jus/juice** 汁 **+ y** 充滿

The watermelon is **juicy** and delicious.

▶ 這個西瓜汁多又甜。

---

messy [`mɛsɪ] 形 髒亂的 同 untidy ▶ 雅 4

解碼 **mess** 凌亂的狀態 **+ y** 充滿

Your room is really **messy**. When will you clean it up?

▶ 你的房間真的很髒亂，你何時才要打掃乾淨？

---

muddy [`mʌdɪ] 形 泥濘的 同 miry ▶ 檢 4

解碼 **mud** 泥 **+ y** 充滿

The track was very **muddy** after the heavy rain.

▶ 這條小徑在大雨過後變得泥濘不堪。

---

nasty [`næstɪ] 形 令人作嘔的；下流的 同 revolting ▶ 檢 4

解碼 **nast** 恍惚 **+ y** 充滿

That **nasty** boy is Tony's brother.

▶ 那個髒兮兮的男孩是東尼的弟弟。

---

needy [ˋnidɪ] 形 貧困的 同 poor　▶ 托 4

解碼 **need** 需要 + **y** 充滿

What did they do to make themselves as **needy** as a mouse in the church?
▶ 他們做了什麼才變得這般窮困潦倒？

---

noisy [ˋnɔɪzɪ] 形 嘈雜的；吵鬧的 反 quiet　▶ 檢 4

解碼 **noise** 喧鬧聲 + **y** 充滿

My roommate hates rock'n'roll music because it is too **noisy** for her.
▶ 我室友不喜歡搖滾樂，她覺得太吵了。

---

rocky [ˋrɑkɪ] 形 岩石的；困難的 同 stony　▶ 研 5

解碼 **rock** 岩石 + **y** 充滿

The east coastline of Taiwan is rugged and **rocky**.
▶ 台灣的東海岸線崎嶇不平且多岩石。

---

rusty [ˋrʌstɪ] 形 生鏽的；褪色的 同 eroded　▶ 益 4

解碼 **rust** 鐵鏽 + **y** 充滿

Don't use that **rusty** knife to cut the fruit.
▶ 不要用那把生鏽的刀子切水果。

---

salty [ˋsɔltɪ] 形 鹹的 反 bland　▶ 檢 4

解碼 **salt** 鹽 + **y** 充滿

The beefsteak he bought at the night market tasted too **salty**.
▶ 他在夜市買的牛排太鹹了。

---

scary [ˋskɛrɪ] 形 可怕的 同 spooky　▶ 檢 5

解碼 **sker/scare** 驚嚇 + **y** 充滿

On Halloween night, children would wear **scary** costumes going door-to-door for candy.
▶ 在萬聖節的夜晚，孩子們會穿著嚇人的服裝挨家挨戶地要糖果。

---

skinny [ˋskɪnɪ] 形 皮包骨的 同 bony　▶ 托 5

解碼 **skin** 皮膚 + **y** 充滿

Look at those poor kids. How **skinny** they are!
▶ 看看那些可憐的孩子們，他們都瘦成皮包骨了！

---

sleepy [ˋslipɪ] 形 想睡的 同 drowsy　▶ 檢 4

解碼 **sleep** 睡眠 + **y** 充滿

I felt lazy, **sleepy** and drowsy all the morning.
▶ 我整個上午都感到懶懶地不想動，而且昏昏欲睡。

---

sloppy [ˋslɑpɪ] 形 草率的；邋遢的 反 neat　▶ 檢 4

(解碼) **slop** 泥漿；爛泥 + **y** 充滿
Who is the **sloppy** boy standing over there?
▶ 站在那邊的邋遢男孩是誰？

sneaky [`snikɪ] 形 鬼鬼祟祟的 同 furtive ▶ 檢 4
(解碼) **sneak** 偷偷地走 + **y** 充滿
Did you see a **sneaky** guy peeping from the front yard?
▶ 你有沒有看見一個在前院偷窺的鬼祟男子？

snowy [`snoɪ] 形 雪白的；多雪的 同 nival ▶ 檢 5
(解碼) **snow** 雪 + **y** 充滿
Unusually **snowy** weather cancelled hundreds of flights this year.
▶ 今年因為不尋常的多雪天氣而取消數百架次的航班。

sticky [`stɪkɪ] 形 黏的；悶熱的 同 adhesive ▶ 檢 4
(解碼) **stick** 黏貼 + **y** 充滿
The adhesive is **sticky** enough to hold this article onto the wall.
▶ 膠黏劑的黏性夠強，可以把這件物品固定在牆上。

steady [`stɛdɪ] 形 穩固的；堅定的 同 stable ▶ 益 5
(解碼) **stead** 穩定性 + **y** 充滿
The system can keep your vehicle at a **steady** speed of 60 mph.
▶ 這個系統能讓你的車輛保持在時速六十英哩。

stingy [`stɪndʒɪ] 形 吝嗇的；有刺的 同 penurious ▶ 雅 4
(解碼) **sting** 刺 + **y** 充滿
"A Christmas Carol" tells a story about a **stingy** businessman named Scrooge.
▶ 《小氣財神》敘述的是關於一名吝嗇商人，史古基的故事。

stormy [`stɔrmɪ] 形 暴風雨的 同 tempestuous ▶ 雅 5
(解碼) **storm** 暴風雨 + **y** 充滿
Fortunately, our ship went through the **stormy** seas safely.
▶ 幸運的是，我們的船平安通過了暴風雨海面。

sunny [`sʌnɪ] 形 和煦的 近 sunlit ▶ 檢 5
(解碼) **sun** 太陽 + **y** 充滿
The dog stretched out on the ground in a **sunny** day.
▶ 某個天氣晴朗的日子裡，這隻小狗躺在地上伸展四肢。

tasty [`testɪ] 形 美味的 反 unsavory ▶ 檢 5
(解碼) **taste** 味道；滋味 + **y** 充滿
To my surprise, this steamed fish is very **tasty**.

▶ 這道蒸魚非常美味，讓我很驚喜。

---

thirsty [`θɝstɪ] 形 口渴的 同 parched
▶ 檢 5

解碼 thirst 口渴 + y 充滿

I am **thirsty**. Can you give me some water, please?
▶ 我很渴，能不能請你給我一些水喝？

---

thrifty [`θrɪftɪ] 形 節儉的；節約的 同 economical
▶ 托 3

解碼 thrift 節儉 + y 充滿

Nowadays, you don't find many young people who are **thrifty** with their money.
▶ 這年頭你很難找到節約用錢的年輕人。

---

tiny [`taɪnɪ] 形 極小的 同 teeny
▶ 托 5

解碼 tine 長而尖的東西 + y 充滿

I didn't know why my tire was flat until I found a **tiny** hole caused by a nail.
▶ 一直到發現一個被鐵釘戳破的小洞，我才知道輪胎漏氣的原因。

---

tricky [`trɪkɪ] 形 狡猾的；機智的 同 slick
▶ 雅 5

解碼 trick 詭計 + y 充滿

These questions are very **tricky**. You have to be very careful when answering them.
▶ 這些問題很微妙，你回答的時候必須謹慎。

---

wealthy [`wɛlθɪ] 形 富裕的 同 rich
▶ 益 5

解碼 wealth 財富 + y 充滿

The old man is very **wealthy** and owns a lot of houses.
▶ 那位老人非常富有，擁有好幾棟房子。

---

windy [`wɪndɪ] 形 有風的；風大的 近 breezy
▶ 雅 5

解碼 wind 風 + y 充滿

On a **windy** day, you can take the kids to the riverbank to fly kites.
▶ 在起風的日子，你可以帶孩子到河堤放風箏。

---

witty [`wɪtɪ] 形 機智的；詼諧的 反 serious
▶ 雅 4

解碼 wit 機智；風趣 + y 充滿

My brother told a **witty** joke and won Helena's heart.
▶ 我哥哥講了一則機智的笑話，因而贏得海倫娜的心。

---

worthy [`wɝðɪ] 形 有價值的 同 deserving
▶ 檢 5

解碼 worth 價值 + y 充滿

Your proposal is **worthy** of being discussed by the school board.
▶ 你的提案值得在學校董事會提出來討論。

---

yummy [`jʌmɪ] 形 美味的 同 tasty　▶ 雅 4

(解碼) **yum** 好吃 **+ y** 充滿（從兒語演化而來）

Tainan is famous for its **yummy** local delicacies.

▶ 台南以美味的地方料理聞名。

 UNIT 10 表如同／像的形容詞字尾 Adjectival Suffix: Likeness

字尾 072 -id, -ine 像⋯的　 MP3 3-072

splendid [`splɛndɪd] 形 輝煌的；傑出的 同 excellent　▶ 雅 3

(解碼) **splend** 閃耀 **+ id** 像⋯的

Warren's home is as **splendid** as a palace.

▶ 華倫的家像皇宮一樣華麗輝煌。

masculine [`mæskjəlɪn] 形 雄壯的；陽性的 反 feminine　▶ 益 4

(解碼) **mascul** 男性 **+ ine** 像⋯的

Not all men are **masculine**.

▶ 不是所有男人都具備男子氣概。

字尾 073 -ique, -esque 具⋯風貌；如⋯的　 MP3 3-073

antique [æn`tik] 形 古代的；古風的 同 ancient　▶ 研 4

(解碼) **ante/anti** 以前 **+ ique** 具⋯風貌

The **antique** architecture often has a high iron door.

▶ 古式建築通常會有高聳的鐵門。

picturesque [ˌpɪktʃə`rɛsk] 形 圖畫般的；生動的 同 vivid　▶ 雅 4

(解碼) **picture** 圖畫 **+ esque** 如⋯的

This is not a **picturesque** landscape in Photoshop, but a real scenery.

▶ 這不是照相編輯軟體中如畫般的景緻，而是真實的景色。

-like 像…樣的（性質）

childlike [`tʃaɪld‚laɪk] 形 純真的 近 guileless ▶ 益 2

(解碼) **child** 小孩 **+ like** 像…樣的

Angela's **childlike** innocence won everyone's friendship.
▶ 安琪拉的純真無邪贏得每個人的友誼。

- -

UNIT 11 表方向 / 傾向的形容詞字尾
Adjectival Suffix: Direction & Tendency

 -ern 表方向

eastern [`istən] 形 東方的 反 western ▶ 雅 3

(解碼) **east** 東方 **+ ern** 表方向

Nowadays, more and more westerners are curious about **Eastern** philosophy.
▶ 如今有愈來愈多的西方人對東方哲學感到好奇。

- -

modern [`mɑdən] 形 現代的 反 ancient ▶ 益 4

(解碼) **mod** 現在 **+ ern** 表方向

Frank Lloyd Wright is known as the father of **modern** architecture.
▶ 法蘭克・洛伊・萊特被公認為現代建築之父。

- -

northern [`nɔrðən] 形 北方的 反 southern ▶ 研 3

(解碼) **north** 北方 **+ ern** 表方向

My aunt and uncle live in **northern** Switzerland.
▶ 我阿姨和姨丈住在瑞士北部。

- -

southern [`sʌðən] 形 南方的；朝南的 反 northern ▶ 雅 4

(解碼) **south** 南方 **+ ern** 表方向

Nicky's house is near the **southern** end of the bridge.
▶ 妮琪的房子靠近這座橋的南端。

- -

western [`wɛstən] 形 西方的；向西的 反 eastern ▶ 托 5

(解碼) **west** 西方 **+ ern** 表方向

Mongolians swapped paper for **western** spice on the way of **Western** Conquering.

▶ 蒙古人在西征途中，以紙交換西方香料。

awesome [`ɔsəm] 形 有威嚴的；極好的 同 spectacular 檢 4
解碼 awe 敬畏 + some 有…傾向
The tourists looked at the **awesome** sight of the Grand Canyon.
▶ 觀光客們看著大峽谷壯麗的景致。

lonesome [`lonsəm] 形 孤獨的 同 lonely 雅 4
解碼 lone 孤單的 + some 有…傾向
The engineer was **lonesome** when he transferred to the United States.
▶ 那名工程師被調到美國時，感到很寂寞。

quarrelsome [`kwɔrəlsəm] 形 愛爭吵的 同 litigious 檢 1
解碼 quarrel 爭吵 + some 有…傾向
Danny feels upset because his kids are **quarrelsome**.
▶ 丹尼的孩子們愛爭吵，這讓他感到心煩。

tiresome [`taɪrsəm] 形 沉悶的 同 weary 益 4
解碼 tire 使疲倦 + some 有…傾向
The speaker's speech was so **tiresome** that most of the audience fell asleep.
▶ 那名講者的演說太過無聊，以致於大部分的聽眾都睡著了。

troublesome [`trʌbl̩səm] 形 麻煩的；棘手的 同 annoying 益 5
解碼 trouble 麻煩 + some 有…傾向
The traffic jam and stop-and-go condition is **troublesome**.
▶ 塞車和走走停停的路況很惱人。

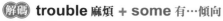

wholesome [`holsəm] 形 有益健康的 反 harmful 托 3
解碼 whole 健全的 + some 有…傾向
Oatmeal is **wholesome** for you.
▶ 燕麥粥有益健康。

awkward [`ɔkwəd] 形 笨拙的 反 dexterous 雅 4
解碼 awk 不靈巧的 + ward 表方向

Jack is so **awkward** that no one wants to hire him.
▶ 傑克非常笨拙，所以沒有人想雇用他。

backward [`bækwəd] 形 向後的 反 forward　　▶ 托 4
(解碼) **back** 向後 + **ward** 表方向
I heard a little voice and took a **backward** look, but I didn't find anyone.
▶ 我聽到窸窣的人聲，所以向後看，卻沒有發現任何人。

downward [`daʊnwəd] 形 向下的；下跌的 反 upward　　▶ 益 3
(解碼) **down** 向下 + **ward** 表方向
The chart showed a **downward** movement of prices for wheat and corn.
▶ 圖表顯示小麥和玉米的價格下降了。

forward [`fɔrwəd] 形 前面的；提前的 反 backward　　▶ 托 5
(解碼) **fore** 在前面 + **ward** 表方向
The car has three **forward** gears and one reverse gear.
▶ 這輛車有三個前進檔和一個倒車檔。

outward [`aʊtwəd] 形 外面的；向外的 同 exterior　　▶ 研 4
(解碼) **out** 外部的 + **ward** 表方向
Larry and I colored the **outward** wall of the house into green.
▶ 賴瑞和我把房子的外牆漆成綠色。

upward [`ʌpwəd] 形 向上的 反 downward　　▶ 托 4
(解碼) **up** 向上 + **ward** 表方向
The kids gave an **upward** look to their teacher when she instructed.
▶ 當老師在指揮秩序時，這群孩童抬頭看向她。

UNIT 12 功能性的形容詞字尾
Adjectival Suffix: For Certain Functions

字尾 078 -ant, -ent 改變詞性（動詞 / 名詞→形容詞） MP3 3-078

apparent [ə`pærənt] 形 明顯的 同 obvious　　▶ 雅 4
(解碼) **ap** 前往 + **par** 看得見 + **ent** 改變詞性
It is an **apparent** anomaly that over fifty pieces are ruined.
▶ 超過五十件毀損是很明顯的異常。

1 字首篇／ 2 字根篇／ 3 字尾篇／ 4 複合字篇／

brilliant [`brɪljənt] 形 明亮的;出色的 同 superb ▶ 檢 3
(解碼) **brill** 閃耀 + **ant/iant** 改變詞性
As a **brilliant** salesperson, Ken has been promoted twice.
▶ 身為一名傑出的銷售員,肯已被升職兩次了。

decent [`disn̩t] 形 合宜的;體面的 同 proper ▶ 托 4
(解碼) **dec** 使合適 + **ent** 改變詞性
The single mother works hard to make a **decent** life for her children.
▶ 為了給孩子一個良好的生活,那位單親媽媽努力地工作。

different [`dɪfərənt] 形 不同的 反 similar ▶ 研 5
(解碼) **differ** 使不同 + **ent** 改變詞性
Under GATT, companies of **different** countries are protected.
▶ 在關貿總協的保護下,不同國家的公司都獲得保障。

excellent [`ɛkslənt] 形 優秀的 同 first-rate ▶ 托 4
(解碼) **excell** 勝過;優於 + **ent** 改變詞性
An **excellent** speaker knows how to make the very best of the body language.
▶ 一名優秀的演講者知道如何善用肢體語言。

fluent [`fluənt] 形 流暢的;流利的 同 smooth ▶ 檢 3
(解碼) **flu** 流動 + **ent** 改變詞性
This taxi driver is **fluent** in both English and Spanish.
▶ 這名計程車司機會說流利的英文和西班牙文。

frequent [`frikwənt] 形 經常的 反 rare ▶ 益 4
(解碼) **frequ** 塞在一起 + **ent** 改變詞性(字義衍生:圈住 → 常見)
A special offer is now available for those **frequent** flyers.
▶ 對於經常搭飛機的旅客,現有一套特惠方案可選。

obedient [ə`bidjənt] 形 服從的 同 submissive ▶ 托 2
(解碼) **ob** 前往 + **aud/edi** 聽 + **ent** 改變詞性
Mandy is **obedient** to her family rules. She never comes home later than 10 p.m.
▶ 曼蒂很遵守家規,從不超過晚上十點回家。

resistant [rɪ`zɪstənt] 形 抵抗的;耐久的 同 durable ▶ 益 4
(解碼) **re** 逆;對著 + **sist** 站立 + **ant** 改變詞性
Bella purchased a water-**resistant** watch.
▶ 貝拉買了一隻防水的手錶。

absent [`æbsn̩t] 形 缺席的 反 present ▶ 研 3

解碼 **ab** 離開；不在 + **ess/s** 存在 + **ent** 改變詞性
Jenny overslept this morning and thus was **absent** in the annual conference.
▶ 珍妮今天早上睡過頭，因此缺席了年度會議。

consistent [kən`sɪstənt] 形 一致的 同 coherent ▶ 托 4

解碼 **con** 共同 + **sist** 站立 + **ent** 改變詞性
There must be something wrong with the invoice. It is not **consistent** to my order.
▶ 這張付費通知發票一定是哪裡出錯了，和我的訂單不一致。

dependent [dɪ`pɛndənt] 形 依靠的 同 reliant ▶ 檢 4

解碼 **de** 向下 + **pend** 懸掛 + **ent** 改變詞性
Whether we can profit from the product is **dependent** on if it can meet the customers' needs.
▶ 我們的產品能否獲利，端看它能否滿足客戶的需求。

efficient [ɪ`fɪʃənt] 形 有效率的 反 inefficient ▶ 益 3

解碼 **effici** 解決；完成 + **ent** 改變詞性
CD burning allows a more rapid and **efficient** way to share information.
▶ 光碟燒錄使資訊的分享更加方便、有效率。

innocent [`ɪnəsn̩t] 形 清白的 反 guilty ▶ 雅 4

解碼 **in** 否定；不 + **noc** 傷害 + **ent** 改變詞性
The new evidence proves the man **innocent** of manslaughter.
▶ 新的證據證明那個男人沒有犯下殺人罪。

persistent [pɚ`sɪstənt] 形 持續的 同 continual ▶ 托 4

解碼 **per** 徹底地 + **sist** 站立 + **ent** 改變詞性
Dan's **persistent** efforts had won him the Invention Award this year.
▶ 丹不懈的努力讓他贏得今年的發明獎。

sufficient [sə`fɪʃənt] 形 足夠的 同 enough ▶ 檢 3

解碼 **sub/suf** 忙於 + **fac/fici** 製作 + **ent** 改變詞性
Do we still have **sufficient** salt and pepper?
▶ 我們還有足夠的鹽和胡椒嗎？

urgent [`ɝdʒənt] 形 緊急的 同 pressing ▶ 研 4
解碼 **urg** 用力壓 + **ent** 改變詞性
The survivors of the tornado were in **urgent** need of food and shelter.
▶ 那場颶風的生還者最急需的東西是食物和避難所。

字尾 079 -ing 改變詞性（動詞→形容詞）

imposing [ɪmˋpozɪŋ] 形 壯觀的 同 grandiose　▶ 檢 3

(解碼) in/im 在裡面 + pos 放置 + ing 改變詞性

The castle by the cape is an **imposing** building.

▶ 海角上的城堡十分雄偉。

missing [ˋmɪsɪŋ] 形 失去的；失蹤的 同 lost　▶ 雅 3

(解碼) miss 失去 + ing 改變詞性

We were helping the little girl to find her **missing** cat.

▶ 我們在幫那個小女孩尋找她走失的貓咪。

outstanding [autˋstændɪŋ] 形 傑出的 同 superior　▶ 研 4

(解碼) out 向外 + stand 站立 + ing 改變詞性

The hospital leads in its market with **outstanding** hospitality management.

▶ 比起同行，這間飯店擁有更為出色的餐飲管理能力。

promising [ˋprɑmɪsɪŋ] 形 有前途的 反 dull　▶ 益 5

(解碼) pro 之前 + mitt/mis 發送 + ing 改變詞性

With his great devotion to work, Tony is definitely a **promising** star.

▶ 憑著對工作的努力付出，東尼絕對是一顆明日之星。

willing [ˋwɪlɪŋ] 形 樂意的；自願的 反 unwilling　▶ 雅 3

(解碼) will 意欲 + ing 改變詞性

We are **willing** to pay an extra five thousand dollars in exchange for a new air conditioner.

▶ 我們願意多付五千元換新的冷氣機。

字尾 080 -ior 比較級

inferior [ɪnˋfɪrɪɚ] 形 低等的 近 mediocre　▶ 托 4

(解碼) infer 在下面的 + ior 比較級

Jews were thought of as the **inferior** group in Hitler's eye.

▶ 猶太人被希特勒視為次等族群。

superior [səˋpɪrɪɚ] 形 上級的；高級的 近 better　▶ 雅 4

(解碼) super 在⋯之上 + ior 比較級

Eric felt his communication skills were **superior** to that of his boss.

▶ 艾瑞克覺得他的溝通技巧優於他的老闆。

081 -most 最高級（形容詞）

utmost [`ʌt͵most] 形 極度的；最大的 同 uttermost ▶ 研 4
(解碼) **ut** 向外 + **most** 最高級（形容詞）
The little boy makes his **utmost** effort to be in confrontation of his illness.
▶ 這名小男孩竭盡心力對抗病魔。

 **UNIT 13** 表動詞的字尾
Verbal Suffix: Denoting a Verb

 082 -ate 動詞字尾

accommodate [ə`kɑmə͵det] 動 使適應；容納 同 adapt ▶ 托 4
(解碼) **ac** 前往 + **commod** 使合適 + **ate** 動詞字尾
The lift can **accommodate** up to twelve people.
▶ 這台電梯最多可容納十二人。

deteriorate [dɪ`tɪrɪə͵ret] 動 使惡化 同 worsen ▶ 托 2
(解碼) **deterior** 更差的 + **ate** 動詞字尾
The quality of Mr. Wang's dairy product **deteriorates** after the typhoon.
▶ 颱風過後，王先生的乳製品品質下降。

assassinate [ə`sæsn͵et] 動 行刺 近 kill ▶ 檢 4
(解碼) **assassin** 刺客 + **ate** 動詞字尾
Former US President John F. Kennedy was **assassinated** during the march.
▶ 前美國總統甘迺迪在遊行時被刺殺。

differentiate [dɪfə`rɛnʃɪ͵et] 動 區別 同 distinguish ▶ 益 4
(解碼) **differ** 使不同 + **ent/enti** 形容詞 + **ate** 動詞字尾
The girl learned to **differentiate** various herbs in the backyard.
▶ 女孩學會分辨後院的各類草藥。

motivate [`motə͵vet] 動 給予動機；刺激 同 drive ▶ 益 5
(解碼) **motiv** 動機 + **ate** 動詞字尾
Jay was primarily **motivated** by the desire to get promoted.
▶ 杰主要是被升職欲所驅動。

originate [ə`rɪdʒə,net] 動 起源於… 同 emanate ▶ 研 5

(解碼) **origin** 起源 + **ate** 動詞字尾

The pine **originates** from the mountains of Central Europe.

▶ 這棵松樹原產於中歐山區。

regulate [`rɛgjə,let] 動 規定；調節 近 standardize ▶ 益 5

(解碼) **regul** 規則 + **ate** 動詞字尾

There is no exemption of the responsibilities **regulated** by the contract.

▶ 合約中無明文規定責任免除條款。

vibrate [`vaɪbret] 動 震動 近 fluctuate ▶ 研 4

(解碼) **vibr** 震動 + **ate** 動詞字尾

The water surface **vibrates** slightly due to surrounding stereo sound.

▶ 立體環繞音響的聲波讓水面微微震動。

字尾 083 -en, -er 使

MP3 3-083

awaken [ə`wek] 動 使覺醒 同 arouse ▶ 托 5

(解碼) **a** 在上面 + **wak** 醒來 + **en** 使

I was **awakened** at 4 o'clock this morning because of the noise outside.

▶ 我今天早上四點鐘被屋外的喧鬧聲吵醒了。

broaden [`brɔdn̩] 動 加寬；拓寬 同 widen ▶ 托 5

(解碼) **broad** 寬的 + **en** 使

I believe that reading and traveling can **broaden** our imagination.

▶ 我相信閱讀和旅遊能拓展我們的想像力。

deafen [`dɛfn̩] 動 使耳聾；使聽不見 關 deafness ▶ 雅 4

(解碼) **deaf** 聾的 + **en** 使

The noise of the blender **deafened** me.

▶ 攪拌機的噪音導致我聽不見其他聲音。

deepen [`dipən] 動 使加深 關 dig ▶ 研 3

(解碼) **deep** 深的 + **en** 使

Large ships will be able to navigate the river after the main channel **deepens**.

▶ 主要水道加深後，大船便可以在河中航行。

fasten [`fæsn̩] 動 使固定；繫緊 反 unfasten ▶ 托 4

(解碼) **fast** 堅固的 + **en** 使

You should **fasten** the strap to the front surface using two screws.

▶ 你應該使用兩顆螺絲釘來將帶子固定在前側表面。

frighten [`fraɪtn̩] 動 使驚嚇 同 appall ▶ 雅 5
(解碼) **fright** 驚嚇 + **en** 使
The bad news **frightened** us all.
▶ 那則壞消息嚇壞我們所有人。

harden [`hɑrdn̩] 動 使硬化 同 coagulate ▶ 雅 4
(解碼) **hard** 硬的 + **en** 使
Although the inspector felt sorry for the murderer, he still had to **harden** his heart.
▶ 儘管那名警官替殺人犯感到遺憾，他還是必須狠下心來。

heighten [`haɪtn̩] 動 提高；加強 同 raise ▶ 益 5
(解碼) **height** 高度 + **en** 使
The research found that the pill **heighten** the side effect on respiratory system.
▶ 研究發現這種藥會加深對呼吸器官的副作用。

lengthen [`lɛŋθən] 動 延伸；加長 同 elongate ▶ 托 4
(解碼) **length** 長度 + **en** 使
The nights **lengthened** as winter approached.
▶ 隨著冬季來臨，夜晚的時間延長了。

lessen [`lɛsn̩] 動 減少；減輕 同 shrink ▶ 益 5
(解碼) **less** 較少的 + **en** 使
Will this pill **lessen** the damage caused to joints and bones?
▶ 這顆藥丸能夠減輕對關節和骨骼造成的損傷嗎？

lighten [`laɪtn̩] 動 照亮；減輕 同 brighten ▶ 檢 4
(解碼) **light** 光亮；輕的 + **en** 使
The man offered to carry Jennifer's backpack to **lighten** her load.
▶ 那名男子自告奮勇地幫珍妮佛拿背包，以減輕她的負擔。

loosen [`lusn̩] 動 放鬆；鬆弛 同 unbind ▶ 益 3
(解碼) **loos** 鬆開 + **en** 使
William **loosened** his belt after dinner.
▶ 威廉在用完晚餐後鬆開了皮帶。

sharpen [`ʃɑrpn̩] 動 使銳利 反 blunt ▶ 益 3
(解碼) **sharp** 銳利的 + **en** 使
Could you **sharpen** this pencil for me?
▶ 能不能請你幫我把這隻鉛筆削尖？

shorten [ˋʃɔrtn̩] 動 縮短 同 curtail ▶ 托 4
(解碼) **short** 短的 + **en** 使
Please **shorten** your address since there isn't enough space in the invoice.
▶ 請縮短您的地址，因為發票上的空間不夠。

soften [ˋsɔfən] 動 使柔軟 近 soothe ▶ 研 5
(解碼) **soft** 柔軟的 + **en** 使
This conditioner can **soften** and moisturize the hair.
▶ 這個潤絲精可以讓頭髮更加柔軟、保濕。

strengthen [ˋstrɛŋθən] 動 鞏固；使強壯 同 intensify ▶ 托 4
(解碼) **strength** 力量 + **en** 使
The conclusion of the meeting can **strengthen** the coalition between these two companies.
▶ 會議的結論能鞏固這兩家公司的合作關係。

tighten [ˋtaɪtn̩] 動 繃緊 同 stiffen ▶ 托 4
(解碼) **tight** 緊的 + **en** 使
Mr. and Mrs. Lin have been **tightened** their belts to try to pay off the debts.
▶ 為了還清貸款，林氏夫婦節儉度日。

waken [ˋwekn̩] 動 喚醒 反 sleep ▶ 雅 3
(解碼) **wak** 醒來 + **en** 使
I was **wakened** up by my niece's singing this morning.
▶ 我今天早上被姪女的歌聲喚醒。

weaken [ˋwikən] 動 使變弱；使衰減 同 abate ▶ 益 4
(解碼) **weak** 弱的 + **en** 使
The typhoon **weakened** in the afternoon.
▶ 颱風到了下午就減弱了。

widen [ˋwaɪdn̩] 動 拓寬 反 narrow ▶ 托 4
(解碼) **wid** 寬的 + **en** 使
All of us must **widen** our mind and broaden our horizons in the infinity of the universe.
▶ 在這無垠的宇宙，我們都該放寬心胸、拓展視野。

better [ˋbɛtɚ] 動 改善；使更好 反 worsen ▶ 檢 5
(解碼) **bett** 好的 + **er** 使
Technology does not necessarily **better** our lives.
▶ 科技不一定能使我們的生活變得更好。

lower [`loɚ] 動 降低 同 drop ▶ 托 5

(解碼) **low** 低的 **+ er** 使

Danny has to **lower** his expenses so that he can afford the newest iPhone.
▶ 丹尼得減少支出才買得起最新款的 iPhone。

字尾 084 **-er, -le** 反覆動作

batter [`bætɚ] 動 連續猛擊 近 bash ▶ 檢 3

(解碼) **bat** 擊；打 **+ er** 反覆動作

The man **battered** the door down and escaped from the burning house.
▶ 那名男性猛力將門推倒，逃離那棟著火的房子。

chatter [`tʃætɚ] 動 嘮叨 同 gabble ▶ 雅 3

(解碼) **chat** 聊天 **+ er** 反覆動作

My mom **chattered** about my younger brother's bad behavior.
▶ 我媽媽嘮叨著我弟弟的不良行為。

flicker [`flɪkɚ] 動 閃爍；擺動 同 glimmer ▶ 托 4

(解碼) **flick** 輕彈 **+ er** 反覆動作

The candles **flickered** in my room during the power outage.
▶ 停電期間，蠟燭在我房裡閃爍搖曳。

flutter [`flʌtɚ] 動 拍翅；震動 同 flap ▶ 托 3

(解碼) **flut** 飄動 **+ er** 反覆動作

Birds **flutter** their wings to keep balance.
▶ 鳥兒拍動翅膀以保持平衡。

glitter [`glɪtɚ] 動 閃耀 同 sparkle ▶ 雅 5

(解碼) **glit** 閃閃發光 **+ er** 反覆動作

My sister's diamond ring **glitters** on her finger.
▶ 我姐姐的鑽戒在她的手指上閃閃發光。

quiver [`kwɪvɚ] 動 顫抖 同 shudder ▶ 雅 4

(解碼) **quiv** 抖動 **+ er** 反覆動作

Nina **quivered** when she saw her ex-husband walking towards her.
▶ 妮娜看見她前夫朝自己走來，不禁全身顫抖。

shiver [`ʃɪvɚ] 動 發抖；顫抖 同 tremble ▶ 托 4

(解碼) **shiv** 下巴 **+ er** 反覆動作（提示：牙齒打顫）

The homeless man **shivered** in the cold rain.

▶ 那名無家可歸的男子在寒冷的雨中發抖。

dazzle [`dæz!] 動 使目眩;使眼花繚亂 同 flash ▶ 雅 3

(解碼) **daz** 使目眩 + **le** 反覆動作

Sunshine **dazzled** my eyes, so I put on my sunglasses.

▶ 陽光使我目眩,所以我戴上太陽眼鏡。

sparkle [`spɑrk!] 動 閃爍 同 gleam ▶ 雅 4

(解碼) **spark** 發出火花 + **le** 反覆動作

Jenny's eyes **sparkled** with joy when she was informed that she would get a raise.

▶ 得知加薪的消息時,珍妮的眼中閃耀著愉悅的光芒。

startle [`stɑrt!] 動 使嚇一跳 同 shock ▶ 益 4

(解碼) **stert/start** 跳起來 + **le** 反覆動作(提示:嚇到而跳起來)

I was **startled** by the sound of approaching footsteps in the forest.

▶ 我被森林裡逼近的腳步聲嚇一跳。

twinkle [`twɪŋk!] 動 閃爍 同 glisten ▶ 檢 5

(解碼) **twink** 閃爍 + **le** 反覆動作

The stars are **twinkling** in the dark night.

▶ 星星在暗夜中閃爍。

字尾 085 **-fy, -ify** 使成…化 (MP3 3-085)

beautify [`bjutə,faɪ] 動 美化 同 embellish ▶ 研 3

(解碼) **beauty/beauti** 美麗 + **fy** 使成…化

Several residents attempted to **beautify** their yards with tropical vegetation.

▶ 幾位住戶想要用熱帶植物美化他們的庭院。

classify [`klæsə,faɪ] 動 把…分類 同 categorize ▶ 益 5

(解碼) **class** 種類 + **ify** 使成…化

If you don't know how to **classify** these items, you can ask Bill.

▶ 如果你不知道如何分類這些物品,可以去問比爾。

diversify [daɪ`vɜsə,faɪ] 動 使多樣化 同 vary ▶ 托 4

(解碼) **divers** 多種多樣的 + **ify** 使成…化

The factory has been encouraged to **diversify** its markets.

▶ 這家工廠已受鼓勵從事多樣化市場經營。

horrify [`hɔrə͵faɪ] 動 使毛骨悚然 同 terrify ▶ 雅 4

(解碼) **horr** 毛骨悚然 **+ ify** 使成…化

The smell of durian really **horrifies** me.
▶ 我對榴槤的氣味感到恐懼。

identify [aɪ`dɛntə͵faɪ] 動 認出；鑑定 同 recognize ▶ 益 5

(解碼) **indent** 身分 **+ ify** 使成…化

The system **identifies** each employee with their fingerprints.
▶ 系統以指紋辨識每位員工。

intensify [ɪn`tɛnsə͵faɪ] 動 加強 同 reinforce ▶ 托 5

(解碼) **intens** 拉緊 **+ ify** 使成…化

The additives can **intensify** the strength of joints between steel beams.
▶ 這些添加物能夠增強鋼樑接合處的強度。

justify [`dʒʌstə͵faɪ] 動 證明合法 同 legitimate ▶ 托 5

(解碼) **just** 合理的 **+ ify** 使成…化

The man tried to **justify** his rude behavior but in vain.
▶ 那個男人試圖為他的粗魯行為辯護，但徒勞無功。

magnify [`mægnə͵faɪ] 動 擴大；放大 同 enlarge ▶ 托 4

(解碼) **magn** 大的 **+ ify** 使成…化

My boss wanted to **magnify** the business field into transportation.
▶ 我的老闆想把商業領域擴展至運輸業。

modify [`mɑdə͵faɪ] 動 修改；調整 同 revise ▶ 益 5

(解碼) **mod** 措施；手段 **+ ify** 使成…化

We want to **modify** several articles before signing the contract.
▶ 在簽約之前，我們想要修改幾項條款。

notify [`notə͵faɪ] 動 通知 同 inform ▶ 托 4

(解碼) **not** 知道的 **+ ify** 使成…化

My best friend just **notified** me that she's getting married.
▶ 我最好的朋友剛才通知我她即將要結婚了。

purify [`pjʊrə͵faɪ] 動 淨化 同 cleanse ▶ 研 4

(解碼) **pur** 純淨的 **+ ify** 使成…化

They thought they were **purified** in the religious ceremony.
▶ 他們認為他們在這個宗教儀式中被淨化了。

qualify [`kwɑlə͵faɪ] 動 使具有資格 反 disqualify ▶ 益 5

(解碼) **qual** 某一種類的 **+ ify** 使成…化

Linda was not entirely **qualified** for the promotion.
▶ 琳達沒有足夠的資格升職。

satisfy [`sætɪs͵faɪ] 動 使滿足；符合 同 content　▶ 托 5
(解碼) **satis** 足夠的 + **fy** 使成…化
I will do everything in my power to **satisfy** all my clients.
▶ 我會竭盡所能地去滿足所有客戶。

signify [`sɪgnə͵faɪ] 動 象徵；表示 同 symbolize　▶ 托 4
(解碼) **sign** 符號 + **ify** 使成…化
What does that symbol **signify**?
▶ 那個符號代表什麼意思？

simplify [`sɪmplə͵faɪ] 動 簡化 反 complicate　▶ 托 3
(解碼) **simpl** 簡單的 + **ify** 使成…化
Mr. Whitman intended to **simplify** the equation.
▶ 惠特曼先生試著簡化公式。

specify [`spɛsə͵faɪ] 動 詳細說明 同 list　▶ 托 5
(解碼) **speci** 種類；類別 + **fy** 使成…化
An invoice should **specify** the price and terms of sale.
▶ 付費通知發票應標示價格與銷售方式。

terrify [`tɛrə͵faɪ] 動 使恐懼 反 comfort　▶ 雅 4
(解碼) **terr** 充滿恐懼 + **ify** 使成…化
Scary movies **terrify** Jill all the time.
▶ 恐怖片總是嚇破吉兒的膽。

字尾 086 -ish 做…動作　(MP3 3-086)

blush [blʌʃ] 動 臉紅 同 redden　▶ 雅 5
(解碼) **blu** 燃燒 + **ish/sh** 做…動作
Amy **blushed** again when she saw the cute boy.
▶ 艾咪看到那個可愛的男孩時又臉紅了。

cherish [`tʃɛrɪʃ] 動 珍惜 同 treasure　▶ 檢 5
(解碼) **cher** 親愛的 + **ish** 做…動作
I would like to **cherish** every moment I spend with my family.
▶ 我願珍惜與家人相處的每一刻。

flourish [flɝɪʃ] **動** 繁盛；活躍 **同** thrive ▶ 托 5

解碼 **flour** 生長茂盛 **+ ish** 做…動作

Many flowering plants **flourish** in the spring.

▶ 春天有許多種開花植物會盛開。

furnish [`fɝnɪʃ] **動** 布置；裝修 **同** equip ▶ 益 5

解碼 **furn** 傢俱 **+ ish** 做…動作

I would like to rent a suite **furnished** with an air-conditioner.

▶ 我想要租一間有裝冷氣的套房。

字尾 087 **-ize** 使…化 MP3 3-087

apologize [ə`pɑlə͵dʒaɪz] **動** 道歉 **反** defy ▶ 檢 4

解碼 **apolog** 解釋；說明 **+ ize** 使…化

Mr. Watson **apologized** for his lateness.

▶ 華生先生為他的遲到道歉。

characterize [`kærɪktə͵raɪz] **動** 具有…特徵 **同** typify ▶ 托 4

解碼 **character** 特徵 **+ ize** 使…化

Mozart's music is **characterized** as magnificence.

▶ 莫札特的音樂具有華麗的特質。

civilize [`sɪvə͵laɪz] **動** 使文明 **同** educate ▶ 檢 4

解碼 **civil** 文明的 **+ ize** 使…化

The Romans **civilized** a number of the tribes of northern Europe.

▶ 羅馬人教化許多北歐的部落。

computerize [kəm`pjutə͵raɪz] **動** 電腦化 **同** cybernate ▶ 研 3

解碼 **computer** 電腦 **+ ize** 使…化

Chris is trying to **computerize** all the collected data.

▶ 克里斯正試著用電腦處理所有蒐集來的資料。

criticize [`krɪtɪ͵saɪz] **動** 批評 **同** castigate ▶ 雅 5

解碼 **critic** 評論 **+ ize** 使…化

Suzy's project was **criticized** by the manager.

▶ 蘇西的專案遭經理批評。

fertilize [`fɝtḷ͵aɪzɚ] **動** 使肥沃 **近** compost ▶ 托 4

解碼 **fertil** 肥沃的 **+ ize** 使…化

More and more farmers use organic materials to **fertilize** soil.

▶ 愈來愈多的農夫使用有機物來替土壤施肥。

finalize [`faɪnḷˌaɪz] 動 完成；結束 同 wrap up ▶ 益 2
(解碼) fin 結束 + al 形容詞 + ize 使…化
In order to **finalize** her presentation, Sarah concluded herself with an allegoric story.
▶ 莎拉以一則別具寓意的故事結束簡報。

generalize [`dʒɛnərəˌlaɪz] 動 概括 反 specialize ▶ 托 3
(解碼) general 一般的 + ize 使…化
The investigator **generalized** a conclusion from the clues.
▶ 調查員從線索歸納出一個結論。

hospitalize [`hɑspɪtəˌlaɪz] 動 使住院治療 關 heal ▶ 檢 3
(解碼) hospital 醫院 + ize 使…化
The patient has been **hospitalized** for a week.
▶ 那名病患已經住院一週了。

industrialize [ɪn`dʌstrɪəˌlaɪz] 動 工業化 近 motorize ▶ 益 4
(解碼) industr 勤奮 + ial 形容詞 + ize 使…化
This project aims to **industrialize** the process to improve the efficiency.
▶ 這項計畫旨在讓製程工業化，以提升效能。

memorize [`mɛməˌraɪz] 動 記憶 同 remember ▶ 雅 5
(解碼) memor 記憶 + ize 使…化
Judy tries to **memorize** all the names of the characters in that book.
▶ 茱蒂試著記住那本書裡每個角色的名字。

minimize [`mɪnəˌmaɪz] 動 減到最小 反 maximize ▶ 研 4
(解碼) minim 最小的 + ize 使…化
The new software can **minimize** the storage space of such files.
▶ 這個新軟體可以將此類檔案的儲存空間減到最小。

mobilize [`mobḷˌaɪz] 動 發動；動員 反 demobilize ▶ 托 4
(解碼) mobil 可移動的 + ize 使…化
We **mobilized** our armed forces in response to the ultimatum.
▶ 作為對最後通牒的回應，我們動員了軍隊。

modernize [`mɑdənˌaɪz] 動 現代化 反 regress ▶ 益 4
(解碼) modern 現代的 + ize 使…化
The CEO decided to **modernize** the factory by installing the high-tech equipment.

▶ 執行長決定裝設高科技設備，以使工廠現代化。

organize [`ɔrgə͵naɪz] 動 組織 同 formulate ▶ 檢 5
解碼 organ 機構 + ize 使…化
They **organized** the work force into a union.
▶ 他們將工人組織成工會。

paralyze [`pærə͵laɪz] 動 麻痺；癱瘓 近 disable ▶ 研 4
解碼 para 旁邊 + ly 鬆開 + ize 使…化（提示：使鬆開 → 無力）
The stroke **paralyzed** the left side of the man's body.
▶ 中風使男子的左半邊身體癱瘓了。

publicize [`pʌblɪ͵saɪz] 動 發表；宣傳 同 advertise ▶ 益 4
解碼 public 公眾的 + ize 使…化
The singer is invited to **publicize** the latest digital camera.
▶ 那名歌手受邀替最新款的數位相機宣傳。

realize [`rɪə͵laɪz] 動 實現 同 carry out ▶ 檢 5
解碼 real 實際的 + ize 使…化
To **realize** your idea, you should try to build a prototype for your products.
▶ 為了實現你的想法，你應該試著為你的產品建立一個標準原型。

socialize [`soʃə͵laɪz] 動 使社會化 近 mingle ▶ 益 4
解碼 social 社會的 + ize 使…化
Immigrants who have been fully **socialized** could help the newcomers.
▶ 已完全社會化的移民可以幫助新來的移民者。

specialize [`spɛʃə͵laɪz] 動 專長於 反 generalize ▶ 托 4
解碼 special 特別的 + ize 使…化
The MD doctor is **specialized** in respiratory disorders.
▶ 這名內科醫師的專長是呼吸系統疾病。

stabilize [`stebə͵laɪz] 動 使穩定 關 balance ▶ 研 4
解碼 stabil 固定不動的 + ize 使…化
The Central Bank has been **stabilizing** the currency for fear of fluctuations.
▶ 中央銀行一直以來都穩定幣值，以免產生波動。

summarize [`sʌmə͵raɪz] 動 總結；做…的摘要 同 sum up ▶ 托 4
解碼 summ 要點 + ar 形容詞 + ize 使…化
To **summarize**, Lesley will be responsible for customer service.
▶ 結論是，蕾思麗將會負責顧客服務。

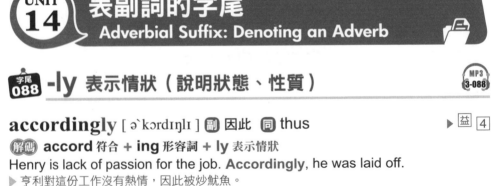

symbolize [`sɪmbəˌlaɪz] 動 象徵 同 epitomize ▶ 研 4
解碼 **symbol** 象徵 + **ize** 使…化
Pigeons are often used to **symbolize** peace.
▶ 鴿子常被用來作為和平的象徵。

sympathize [`sɪmpəˌθaɪz] 動 同情 同 commiserate ▶ 檢 4
解碼 **syn/sym** 共同 + **path** 感受 + **ize** 使…化
How can I not **sympathize** with the victim's mother?
▶ 我怎能不同情那位罹難者的母親呢？

utilize [`jutlˌaɪz] 動 利用 同 use ▶ 研 4
解碼 **util** 可用的 + **ize** 使…化
Airway is the most often **utilized** transportation in perishable goods.
▶ 空運是易腐敗貨物最常利用的運輸方式。

visualize [`vɪʒuəlˌaɪz] 動 具體化 同 conjure up ▶ 檢 4
解碼 **visual** 形象化的 + **ize** 使…化
I remembered meeting the suspect somewhere, but I couldn't **visualize** him.
▶ 我記得曾經在哪裡見過嫌犯，但我想不起他的模樣。

victimize [`vɪktɪˌmaɪz] 動 使犧牲；使受害 同 persecute ▶ 雅 3
解碼 **victim** 犧牲者 + **ize** 使…化
The celebrity felt that he was being **victimized** by the media.
▶ 那位名人感覺自己受到媒體的迫害。

UNIT 14 表副詞的字尾
Adverbial Suffix: Denoting an Adverb

字尾 088 -ly 表示情狀（說明狀態、性質）
MP3 3-088

accordingly [ə`kɔrdɪŋlɪ] 副 因此 同 thus ▶ 益 4
解碼 **accord** 符合 + **ing** 形容詞 + **ly** 表示情狀
Henry is lack of passion for the job. **Accordingly**, he was laid off.
▶ 亨利對這份工作沒有熱情，因此被炒魷魚。

badly [`bædlɪ] 副 非常地；惡劣地 反 well ▶ 檢 4

(解碼) **bad** 壞的；嚴重的 **+ ly** 表示情狀

His lips became **badly** burned in an explosion.
▶ 他的嘴唇在一場爆炸中被嚴重燒傷。

---

barely [`bɛrlɪ] 副 幾乎不能 同 hardly ▶ 托 4

(解碼) **bare** 裸的；勉強的 **+ ly** 表示情狀

Nicole spent all her money last month. She could **barely** pay her rent this month.
▶ 妮可上個月把錢花光，這個月她幾乎付不出房租。

---

especially [əs`pɛʃəlɪ] 副 特別；尤其 同 particularly ▶ 檢 4

(解碼) **especial** 特別的 **+ ly** 表示情狀

This costume is very cute, **especially** the vest and the hat.
▶ 這套服裝很可愛，特別是背心和帽子。

---

fairly [`fɛrlɪ] 副 公平地；公正地 同 impartially ▶ 雅 5

(解碼) **fair** 公平的 **+ ly** 表示情狀

We like being with the manager because he treats us **fairly**.
▶ 我們喜歡和經理相處，因為他公平對待所有人。

---

highly [`haɪlɪ] 副 高度地；非常 同 greatly ▶ 雅 4

(解碼) **high** 高的 **+ ly** 表示情狀

Don's achievements in engineering fields are **highly** admitted.
▶ 唐在工程方面的成就受到高度認可。

---

largely [`lɑrdʒlɪ] 副 大部分；大量地 同 chiefly ▶ 托 4

(解碼) **large** 大的 **+ ly** 表示情狀

The feasibility of the project depends **largely** on the budget.
▶ 這項方案的可行性大部分取決於預算。

---

lately [`letlɪ] 副 近來 同 recently ▶ 檢 4

(解碼) **late** 最近的 **+ ly** 表示情狀

Ben has not been looking well **lately** since his promotion was rejected.
▶ 班最近看起來不太好，因為他的升職申請遭到駁回。

---

mostly [`mostlɪ] 副 大部分；通常 反 seldom ▶ 檢 4

(解碼) **most** 大部分的 **+ ly** 表示情狀

Cactus lives **mostly** in desert.
▶ 仙人掌大多生長在沙漠。

---

partly [`pɑrtlɪ] 副 部分地 反 entirely ▶ 托 4

(解碼) **part** 部分 **+ ly** 表示情狀

We are all **partly** to blame. Let's discuss the project again.
▶ 我們都負有一部分責任。讓我們重新討論這個案子吧。

roughly [`rʌflɪ] 副 粗糙地；粗略地 同 approximately ▶ 檢 4
(解碼) **rough** 粗略的 + **ly** 表示情狀
There were **roughly** 200,000 people in the city fifteen years ago.
▶ 這座城市十五年前大約有二十萬人。

simply [`sɪmplɪ] 副 僅僅；簡單地 同 merely ▶ 益 4
(解碼) **simpl** 簡單的 + **ly** 表示情狀
You can adjust the brightness of the screen by **simply** pressing the button.
▶ 只要按下這個按鈕就能調整螢幕亮度。

字尾 089 -most 最高級（副詞）

almost [`ɔl.most] 副 幾乎 同 nearly ▶ 益 5
(解碼) **all** 全部的 + **most** 最高級（副詞）
The peddler is selling **almost** all sorts of things.
▶ 這名小販所販售的東西可謂無所不包。

字尾 090 -S 副詞字尾

besides [bɪ`saɪdz] 副 還有；而且 同 moreover ▶ 檢 5
(解碼) **beside** 在旁邊 + **s** 副詞字尾
She is a well-known editor; **besides**, she is also good at photographing.
▶ 她除了是一名知名編輯之外，對攝影也很擅長。

hence [hɛns] 副 因此 同 therefore ▶ 檢 5
(解碼) **hen** 因此 + **s/ce** 副詞字尾
He failed to pay the tax by the deadline, and **hence** would be fined up to five thousand dollars.
▶ 他沒有在期限前報稅，因此最高要被罰五千元。

indoors [`ɪn`dorz] 副 在室內 關 inner ▶ 雅 4
(解碼) **indoor** 室內的 + **s** 副詞字尾
People prefer staying **indoors** in rainy days.
▶ 下雨天時，人們喜歡待在室內。

nowadays [`nauə.dez] 副 現今 同 presently ▶ 檢 4

解碼 **now** 現在 **+ aday** 每一天 **+ s** 副詞字尾
There are more and more people killed by cancer **nowadays**.
▶ 現今有愈來愈多人死於癌症。

outdoors [`aut`dorz] 副 在戶外 關 open-air ▶ 檢 4
解碼 **outdoor** 戶外的 **+ s** 副詞字尾
It is warm enough to be **outdoors** all night.
▶ 天氣夠暖和，可以整晚待在戶外。

overseas [ˏovəˋsiz] 副 在海外 同 abroad ▶ 托 4
解碼 **over** 越過 **+ sea** 海洋 **+ s** 副詞字尾
Ivy wants to work **overseas**, so she applied for the job.
▶ 艾薇想要去國外工作，所以她申請了這份工作。

sometimes [`sʌmˏtaɪmz] 副 有時 同 occasionally ▶ 檢 5
解碼 **sometime** 偶爾的 **+ s** 副詞字尾
The apartment is just next to the highway, so **sometimes** you can hear cars horning all the way.
▶ 這間公寓剛好在高速公路旁，所以你有時能聽見沿路的喇叭聲。

字尾 091 -ward, -wards 表方向
(MP3 3-091)

afterwards [`æftəwədz] 副 以後 同 subsequently ▶ 托 4
解碼 **after** 之後 **+ wards** 表方向
We went to the department store; **afterwards**, we took some drinks at a café.
▶ 我們逛完百貨公司後，就到咖啡廳喝飲料。

backwards [`bækwədz] 副 向後地 同 rearwards ▶ 托 5
解碼 **back** 後面 **+ wards** 表方向
I looked **backwards** when I heard the dog barking at my car.
▶ 當我聽見有狗對著我的車吠叫時，我向後看了看。

inwards [`ɪnwədz] 副 向內地 反 outwards ▶ 研 4
解碼 **in** 內部 **+ wards** 表方向
Keep the door open **inwards** so that other people can go inside.
▶ 讓這扇門保持向內敞開，這樣其他人才進得去。

outwards [`autwədz] 副 向外地 同 outwardly ▶ 托 4
解碼 **out** 外部 **+ wards** 表方向
Nancy opened the window **outwards** to get some fresh air.

▶ 南西推開窗，讓新鮮空氣進來。

upwards [ˋʌpwɚdz] 副 在上面 同 above ▶ 益 5
解碼 **up** 向上 + **wards** 表方向
The eagle flew **upwards**, passing the roof of my house.
▶ 這隻老鷹從我家屋頂飛過。

字尾 092 **-wise** 方式 MP3 3-092

clockwise [ˋklɑkˏwaɪz] 副 順時針方向地 關 revolve ▶ 雅 3
解碼 **clock** 時鐘 + **wise** 方式
The astronomical telescope moves **clockwise** at regular intervals.
▶ 那台天文望遠鏡每隔一段時間就會朝順時針方向轉動。

cornerwise [ˋkɔrnɚˏwaɪz] 副 對角地 同 diagonally ▶ 研 2
解碼 **corner** 角 + **wise** 方式
This toy can run **cornerwise** and also jump high from the table safely.
▶ 這個玩具可沿對角線跑，也可安全地從桌上跳起。

counterclockwise [ˏkaʊntɚˋklɑkˏwaɪz] 副 逆時針地 ▶ 托 2
解碼 **counter** 相反的 + **clock** 時鐘 + **wise** 方式
Your watch is going **counterclockwise**. It's out of order.
▶ 你的手錶逆時針行走，它壞掉了。

crosswise [ˋkrɔsˏwaɪz] 副 交叉地；斜地 同 crossways ▶ 雅 1
解碼 **cross** 交叉 + **wise** 方式
The man put these two sticks **crosswise** and tied them with a rope.
▶ 那名男性將這兩支棍子交叉，並用繩子綁起來。

endwise [ˋɛndˏwaɪz] 副 豎直地 同 endways ▶ 研 1
解碼 **end** 末端 + **wise** 方式
The mouse ran **endwise** and was caught by the cat.
▶ 這隻老鼠朝尾端跑，然後就被大貓捉住了。

likewise [ˋlaɪkˏwaɪz] 副 同樣地 同 similarly ▶ 雅 4
解碼 **like** 類似的 + **wise** 方式
Adam doesn't like Lynn. **Likewise**, Lynn doesn't like him either.
▶ 亞當不喜歡琳，同樣地，琳也不喜歡他。

再努力一點點

Part 4

COMPOUND

複合字篇

～共58組複合字～

掃碼即聽

MP3
4-001
~
MP3
4-058

　　複合字是由兩個以上具有不同字義的獨立單字組合而成的。由於拆解之後是兩個能獨立存在的英文字（例如：over + eat = overeat），所以對大部分人來說，複合字的字義其實是最容易聯想、學習的，這些好搶分的單字，請務必多加熟悉。

◎ 考試範圍：益 新多益 / 托 托福 / 檢 全民英檢 / 研 GRE / 雅 IELTS

出現頻率：1（最少見）～ 5（最常見）

動 動詞　名 名詞　形 形容詞　副 副詞
介 介系詞　代 代名詞　連 連接詞　縮 縮寫

複合字 001 由 air 引導的複合字

MP3
4-001

air-conditioner [`ɛrkən͵dıʃənɚ] 名 空調 關 heater ▶ 檢 3
解碼 air 空氣 + conditioner 調節器
Sarah needs a new **air-conditioner**.
▶ 莎拉需要一台新的空調設備。

aircraft [`ɛr͵kræft] 名 飛機 關 helicopter ▶ 雅 3
解碼 air 天空 + craft 飛機
The passengers are disembarking after the **aircraft** arrived.
▶ 班機抵達後，乘客們紛紛下機。

airline [`ɛr͵laın] 名 航線；航空公司 同 airway ▶ 檢 3
解碼 air 天空 + line 線路
In the condition of any delay, the **airlines** will provide a stay in the nearby hotel.
▶ 若有延誤，航空公司將提供旅客夜宿鄰近飯店。

airmail [`ɛr͵mel] 名 航空郵件 關 express ▶ 雅 4
解碼 air 天空 + mail 信件
I received a parcel sent by **airmail** from my sister who lives abroad.
▶ 我收到住在國外的姐姐用航空郵件寄的一個包裹。

airplane [`ɛr͵plen] 名 飛機 同 aeroplane ▶ 檢 4
解碼 air 天空 + plane 平面；機翼
The **airplane** stewardess asked the passengers to fasten the seat belt.
▶ 女空服員要求乘客繫緊安全帶。

airport [`ɛr͵port] 名 機場 同 airfield ▶ 托 4
解碼 air 天空 + port 港口
There will be a shuttle bus to pick you up at the **airport**.
▶ 會有一台接駁巴士到機場接你們。

airtight [`ɛr͵taıt] 形 密閉的；不透氣的 同 sealed ▶ 檢 3
解碼 air 空氣 + tight 緊密的
The crackers should be stored in an **airtight** jug.
▶ 這些脆餅應該被保存在密封罐裡。

airway [`ɛr‚we] 名 航空公司 同 airline ▶ 雅 3

解碼 **air** 天空 + **way** 道路

First **Airway** offers an array of freight services, including live animals.
▶ 第一航空提供各式貨運服務，包括運送動物。

 複合字 002 由 **any** 引導的複合字 （MP3 4-002）

anyway [`ɛnɪ‚we] 副 無論如何 同 anyhow ▶ 檢 4

解碼 **any** 任一 + **way** 方法

David is always late for meeting, but he will show up **anyway**.
▶ 大衛開會總是遲到，但無論如何，他終究會出現的。

anybody [`ɛnɪ‚bɑdɪ] 代 任何人 同 anyone ▶ 檢 5

解碼 **any** 任一 + **body** 身軀（指人）

Nora is a newcomer here, so she isn't familiar with **anybody**.
▶ 諾拉是新來的人，所以她跟大家都不熟。

anything [`ɛnɪ‚θɪŋ] 代 任何事物 反 nothing ▶ 益 5

解碼 **any** 任一 + **thing** 東西

Once signed, **anything** against the contract will be fined.
▶ 一經簽署，任何違背契約的行為皆會遭受罰款。

anytime [`ɛnɪ‚taɪm] 副 任何時候 同 whenever ▶ 研 5

解碼 **any** 任一 + **time** 時間

You can contact us **anytime** if you decide to take up the insurance.
▶ 如果您決定購買保險，可隨時與我們聯絡。

anywhere [`ɛnɪ‚hwɛr] 副 任何地方 同 anyplace ▶ 檢 4

解碼 **any** 任一 + **where** 何處

We couldn't get in touch with you last night. Did you go **anywhere** alone?
▶ 昨晚我們聯絡不上你，你一個人去了哪裡？

 複合字 003 由 **break** 引導的複合字 （MP3 4-003）

breakdown [`brek‚daun] 名 故障；崩潰 同 collapse ▶ 益 4

解碼 **break** 毀壞 + **down** 向下

It is annoying when you have a car **breakdown** on the highway.
▶ 汽車在高速公路上拋錨是件惱人的事。

breakfast [`brɛkfəst] 名 早餐 關 brunch ▶ 檢 3

(解碼) break 打破 + fast 禁食

We enjoyed fruit in season as part of our **breakfast**.

▶ 我們早餐享用了當令水果。

breakthrough [`brek,θru] 名 突破 近 progress ▶ 托 4

(解碼) break 打破 + through 穿過

It is definitely the most important **breakthrough** for the company in decades.

▶ 這絕對是公司數十年來最重要的突破。

breakup [`brek,ʌp] 名 分手；瓦解 同 split ▶ 益 4

(解碼) break 毀壞 + up 完全地

Our **breakup** doesn't mean the end of our friendship.

▶ 我們雖然分手了，卻不代表連友誼也跟著結束。

複合字 004 由 care 引導的複合字 MP3 4-004

carefree [`kɛr,fri] 形 無憂無慮的 同 jaunty ▶ 檢 3

(解碼) care 憂慮 + free 無…的

Walking out of the conference room, Lisa felt **carefree** after the job interview.

▶ 走出面試的會議室時，莉莎感到很快活。

caretaker [`kɛr,tekɚ] 名 管理人；工友 同 curator ▶ 益 3

(解碼) care 照料；管理 + take 負責 + er 人

The **caretaker** of the school is honest.

▶ 這間學校的工友很誠實。

複合字 005 由 check 引導的複合字 MP3 4-005

checkbook [`tʃɛk,buk] 名 支票簿 關 check ▶ 益 3

(解碼) check 支票 + book 書本

Mr. Watson always keeps his **checkbook** in the pocket of his jacket.

▶ 華生先生總是將他的支票簿放在外套口袋內。

check-in [`tʃɛk,ɪn] 名 報到；登記 反 check-out ▶ 檢 4

(解碼) check 核對 + in 在裡面；進

Tom saw his colleague when he was at the **check-in** counter.

▶ 湯姆在登記櫃台時，看到他的同事。

check-out [`tʃɛk͵aut] 名 結帳離開　反 check-in ▶ 托 4

(解碼) **check** 核對 **+ out** 向外

Do you know the exact **check-out** time?

▶ 你知道確切的退房時間是幾點嗎？

checkup [`tʃɛk͵ʌp] 名 核對；健康檢查　同 examination ▶ 雅 4

(解碼) **check** 檢查 **+ up** 完全地

Kevin had a medical **checkup** before going on a trip.

▶ 凱文在旅行前做了一次身體健康檢查。

(複合字 006) 由 **door** 引導的複合字　🎧 MP3 4-006

doorstep [`dor͵stɛp] 名 門階　同 perron ▶ 檢 2

(解碼) **door** 門 **+ step** 階梯

Sophie looked up and saw her ex-boyfriend standing on the **doorstep**.

▶ 蘇菲抬起頭，看見她的前男友站在門階上。

doorway [`dor͵we] 名 門口；出入口　同 entrance ▶ 檢 3

(解碼) **door** 門 **+ way** 通路

David will wait for us in the **doorway**.

▶ 大衛會在門口等我們。

(複合字 007) 由 **eye** 引導的複合字　🎧 MP3 4-007

eyebrow [`aɪ͵brau] 名 眉毛　關 brow pencil ▶ 檢 2

(解碼) **eye** 眼睛 **+ brow** 額頭；眉頭

Raising his **eyebrows**, the old man read the telegram from his only son in Canada.

▶ 老先生在閱讀他在加拿大的獨子寄來的電報時抬起了眉毛。

eyelash [`aɪ͵læʃ] 名 睫毛　關 mascara ▶ 檢 2

(解碼) **eye** 眼睛 **+ lash** 吹動；突然的一擊

My sister is used to wearing false **eyelashes**.

▶ 我姐姐習慣戴假睫毛。

eyelid [`aɪ͵lɪd] 名 眼皮　關 eye shadow ▶ 檢 1

(解碼) **eye** 眼睛 **+ lid** 蓋子

Matt's **eyelids** began to swell.

▶ 麥特的眼皮開始腫起來了。

eyesight [`aɪˌsaɪt] 名 視力 同 vision ▶ 益 4
解碼 eye 眼睛 + sight 視覺；眼界
My elder brother has good **eyesight**.
▶ 我哥哥的視力很好。

複合字 008 由 **fire** 引導的複合字 MP3 4-008

fireman [`faɪrmən] 名 消防員 同 firefighter ▶ 益 4
解碼 fire 火 + man 人
The **fireman** climbed the ladder to reach the top floor of the burning building.
▶ 消防員爬上階梯，到達燃燒中的大樓頂樓。

fireplace [`faɪrˌples] 名 壁爐 關 grate ▶ 益 3
解碼 fire 火 + place 地方
The architect designed a marble **fireplace** in the living room.
▶ 建築師在客廳設計了一座大理石壁爐。

fireproof [`faɪrˌpruf] 形 耐火的；防火的 關 resistant ▶ 研 3
解碼 fire 火 + proof 檢驗；防…的
The walls in this building are **fireproof**.
▶ 這棟建築物的牆都是防火的。

firework [`faɪrˌwɜk] 名 煙火 同 firecracker ▶ 托 2
解碼 fire 火 + work 產品
The colorful **firework** is really amazing.
▶ 五顏六色的煙火令人驚艷不已。

複合字 009 由 **grand** 引導的複合字 MP3 4-009

grandchild [`græn(d)ˌtʃaɪld] 名 孫子；孫女 關 children ▶ 檢 2
解碼 grand 一代的 + child 小孩
Mrs. White only has a **grandchild**.
▶ 懷特太太只有一個孫子。

granddaughter [`græn(d)ˌdɔtɚ] 名 孫女 關 girlish ▶ 檢 2
解碼 grand 一代的 + daughter 女兒

The old man's **granddaughter** visits him every other week.
▶ 那位老先生的孫女每隔一週會來探望他。

. . . .

grandfather [`græn(d)ˌfɑðɚ] 名 祖父 同 grandpa ▶ 檢 ③
解碼 **grand** 一代的 **+ father** 父親
Daisy's **grandfather** was the only barber in the village.
▶ 黛西的祖父是村裡唯一的理髮師。

. . . .

grandmother [`græn(d)ˌmʌðɚ] 名 祖母 同 grandma ▶ 益 ③
解碼 **grand** 一代的 **+ mother** 母親
Steven's **grandmother** was from France.
▶ 史蒂芬的祖母來自法國。

. . . .

grandson [`græn(d)ˌsʌn] 名 孫子 關 boyish ▶ 托 ②
解碼 **grand** 一代的 **+ son** 兒子
Mr. Martin left all his money to his **grandson**.
▶ 馬丁先生將他所有的錢留給孫子。

. . . .

複合字 010 由 **hair** 引導的複合字　MP3 4-010

haircut [`hɛrˌkʌt] 名 理髮 近 trim ▶ 益 ④
解碼 **hair** 頭髮 **+ cut** 剪
Due to school regulations, students are required to get **haircuts** every three months.
▶ 由於學校規定，學生每三個月必須剪一次頭髮。

. . . .

hairdresser [`hɛrˌdrɛsɚ] 名 理髮師 同 hairstylist ▶ 托 ②
解碼 **hair** 頭髮 **+ dresser** 加工者
The girl from a single-parent family has become a successful **hairdresser**.
▶ 那個來自單親家庭的女孩成為一名成功的理髮師。

. . . .

hairstyle [`hɛrˌstaɪl] 名 髮型 關 ponytail ▶ 檢 ③
解碼 **hair** 頭髮 **+ style** 型式
Molly's new curly **hairstyle** looks cute.
▶ 莫莉新的捲髮造型看起來很可愛。

. . . .

hairdo [`hɛrˌdu] 名 髮型 關 fashion ▶ 益 ③
解碼 **hair** 頭髮 **+ do** 處置
Will I look good with a shoulder-length **hairdo**?
▶ 我頭髮留到肩膀會好看嗎？

複合字 011 由 **head** 引導的複合字

headline [`hɛd,laɪn] 名 標題 同 title ▶ 益 4

(解碼) **head** 主要的 + **line** 一排；一列

Mr. Watson's takeover of the Board hit the **headline** today.

▶ 華生先生接管董事會的消息登上今日頭條。

headphone [`hɛd,fon] 名 頭戴式耳機 近 earphone ▶ 托 2

(解碼) **head** 頭 + **phone** 聲音

The latest laptop with a wireless **headphone** is in vogue among teenagers.

▶ 配有無線耳機的最新款筆記型電腦在青少年間蔚為風潮。

headquarters [`hɛd`kwɔrtəz] 名 總部 同 head office ▶ 研 3

(解碼) **head** 主要的 + **quarter** （城市中的）區 + **s** 字尾

The **headquarters** had Mr. Brown overlook the branches in five cities.

▶ 總部要求布朗先生監督五座城市的分公司。

複合字 012 由 **high** 引導的複合字

hi-fi [`haɪ`faɪ] 名 高傳真（性） 反 lo-fi ▶ 托 3

(解碼) **high** 高等的 + **fidelity** 傳真度

This program is being broadcast in **hi-fi**.

▶ 這個節目正用高傳真音響播放。

highlight [`haɪ,laɪt] 動 強調 同 emphasize ▶ 益 4

(解碼) **high** 主要的 + **light** 燈光

I had **highlighted** all the important clauses of this contract before it was sent to the client.

▶ 寄發合約給客戶之前，我已經把約裡的重要條款標記出來了。

highway [`haɪ,we] 名 高速公路 同 freeway ▶ 檢 2

(解碼) **high** 主要的 + **way** 道路

Each car will be tolled 4.5 dollars on the entry to the **highway**.

▶ 每輛開上高速公路的車，都要支付四元五角的稅金。

複合字 013　由 **home** 引導的複合字　(MP3 4-013)

homeland [`hom,lænd] 名 祖國；故鄉　同 motherland ▶
(解碼) **home** 故鄉 + **land** 土地
Lambert has lived in Taiwan for twelve years, but Germany is his **homeland**.
▶ 蘭伯特已經在台灣住了十二年，但德國才是他的祖國。

homesick [`hom,sɪk] 形 想家的　同 nostalgic ▶
(解碼) **home** 故鄉 + **sick** 不適的
The exchange student had strong **homesick** when he first got here.
▶ 剛到這裡的時候，那名交換學生非常想家。

hometown [`hom`taʊn] 名 家鄉　同 birthplace ▶
(解碼) **home** 故鄉 + **town** 城鎮
Megan's **hometown** is in a peaceful countryside.
▶ 梅根的家鄉位於平和靜謐的鄉村。

homework [`hom,wɝk] 名 家庭作業　同 assignment ▶
(解碼) **home** 住處 + **work** 作業
I am glad that I don't have any **homework** this week.
▶ 我很高興這週沒有家庭作業。

複合字 014　由 **house** 引導的複合字　(MP3 4-014)

household [`haʊs,hold] 形 家庭的　同 domestic ▶
(解碼) **house** 房屋 + **hold** 掌握
Mrs. Lin tries everything to keep within the **household** budget.
▶ 林太太嘗試各種方法來控制家庭預算。

housekeeper [`haʊs,kipɚ] 名 管家　同 homemaker ▶
(解碼) **house** 房屋 + **keeper** 管理人
The head **housekeeper** is responsible for supervising hotel cleaning personnel.
▶ 總管負責監督所有的清潔人員。

housewife [`haʊs,waɪf] 名 家庭主婦　同 housemaker ▶
(解碼) **house** 房屋 + **wife** 女人
The **housewife** has a home office and makes some allowance for herself.
▶ 那名家庭主婦在家上班，為自己賺些零用錢。

housework [`haʊs͵wɜk] 名 家事 同 chores ▶ 檢 3
(解碼) house 房屋 + work 工作
Can you help me with the **housework**, please?
▶ 能不能請你幫忙我做家事？

複合字 015 由 in 引導的複合字

income [`ɪnkʌm] 名 收入；所得 反 expense ▶ 托 4
(解碼) in 朝向 + come 來
The tax payers should also report additional **income** beside their wages.
▶ 除了薪資外，納稅人也應申報額外收入。

indeed [ɪn`did] 副 確實 同 certainly ▶ 益 5
(解碼) in 在裡面 + deed 行為
This insurance plan is **indeed** considered as solace for those patients.
▶ 這項保險計畫確實可作為提供給病患的慰藉。

indoor [`ɪn͵dor] 形 室內的 反 outdoor ▶ 托 4
(解碼) in 在裡面 + door 門
I bought two tickets of an **indoor** concert for my parents.
▶ 我替父母親買了兩張室內音樂會的票。

inland [`ɪnlənd] 形 內陸的 反 coastal ▶ 檢 3
(解碼) in 在裡面 + land 土地
The biologist headed to the **inland** forest to search for some endangered species.
▶ 那名生物學家前往內陸的森林，以尋找瀕臨絕種的物種。

input [`ɪn͵pʊt] 名 動 輸入 反 output ▶ 托 4
(解碼) in 在裡面 + put 放置
You could **input** your real name or alias on this page.
▶ 你可以在頁面上輸入你的真實姓名或代稱。

複合字 016 由 land 引導的複合字

landlady [`lænd͵ledɪ] 名 女房東 同 proprietress ▶ 檢 1
(解碼) land 土地 + lady 女士
Why did the **landlady** importune the tenant for the maintenance fee?

▶ 為什麼房東太太要向房客強索維修費用？

landlord [ˋlænd,lɔrd] 名 房東 同 lessor ▶ 檢 1
(解碼) land 土地 + lord 主人
During the period of refurbishing, the **landlord** will pay for your hotel bills.
▶ 重新裝潢期間，房東會負擔你的住宿費用。

landmark [ˋlænd,mɑrk] 名 地標 同 marker ▶ 益 3
(解碼) land 土地 + mark 標誌
Taipei 101 is the best- known **landmark** in Taipei City.
▶ 台北 101 是台北市最著名的地標。

landscape [ˋlænd,skep] 名 風景 同 scenery ▶ 雅 4
(解碼) land 土地 + scape 情況
You can read more about the **landscape** in various areas of Switzerland in this website.
▶ 你可以在這個網站中找到更多有關瑞士當地的景觀資訊。

landslide [ˋlænd,slaɪd] 名 土石流 同 avalanche ▶ 益 2
(解碼) land 土地 + slide 滑下
The typhoon caused serious **landslides** in the mountains.
▶ 這場颱風引起嚴重的山崩。

複合字 017 由 life 引導的複合字 MP3 4-017

lifeboat [ˋlaɪf,bot] 名 救生艇 同 raft ▶ 托 2
(解碼) life 生命 + boat 小船
Some refugees were saved by **lifeboats**.
▶ 救生艇救起一部分難民。

lifeguard [ˋlaɪf,gɑrd] 名 救生員 同 lifesaver ▶ 托 3
(解碼) life 生命 + guard 保護
There is always a **lifeguard** here to ensure that everyone is safe.
▶ 這裡常備有救生員以確保人人平安。

lifelong [ˋlaɪflɔŋ] 名 終生的 近 lasting ▶ 益 3
(解碼) life 生命 + long 長的
It would be wonderful to have a few **lifelong** friends.
▶ 能擁有幾個一輩子的朋友，真的很美好。

lifetime [ˋlaɪf͵taɪm] 名 人生 同 lifespan ▶ 3

(解碼) life 生命 + time 時間

Mother Teresa dedicated her **lifetime** to helping the poor.

▶ 德蕾莎修女奉獻她的一生幫助窮人。

複合字 018 由 main 引導的複合字

mainland [ˋmenlənd] 名 大陸；本土 同 continent ▶ 研 3

(解碼) main 龐大的 + land 土地

The yacht left the islet and headed for the **mainland** twenty miles away.

▶ 快艇離開了小島，前往二十英里外的大陸。

mainstream [ˋmen͵strim] 名 主流 近 current ▶ 益 4

(解碼) main 多數的 + stream 溪流

Environmental concepts have become the **mainstream** nowadays.

▶ 環保概念如今已成為主流意識。

複合字 019 由 mean 引導的複合字

meantime [ˋmin͵taɪm] 名 期間 副 同時 同 interim ▶ 雅 4

(解碼) mean 中間的 + time 時間

The computer can't be fixed until next Friday. In the **meantime**, you can use mine.

▶ 電腦要到下週五才能修好，這段期間你可以用我的。

meanwhile [ˋmin͵hwaɪl] 副 同時 同 meantime ▶ 研 4

(解碼) mean 中間的 + while 時間

Sophia is playing the piano; **meanwhile**, her sister is singing along.

▶ 蘇菲亞在彈鋼琴的同時，她的妹妹也跟著琴聲唱歌。

複合字 020 由 neck 引導的複合字

necklace [ˋnɛklɪs] 名 項鍊 同 necklet ▶ 檢 3

(解碼) neck 脖子 + lace 細繩

Kevin gave her girlfriend a pearl **necklace** on her birthday.

▶ 凱文在他女朋友生日那天送了一條珍珠項鍊給她。

necktie [`nɛk‚taɪ] 名 領帶 同 tie ▶ 托 3

解碼 **neck** 脖子 + **tie** 繩索

The blue silk **necktie** goes well with your white shirt.

▶ 這條藍色的絲質領帶和你的白襯衫很搭。

複合字 021 由 new/news 引導的複合字 ⏵ MP3 4-021

newlywed [`njulɪ‚wɛd] 名 新婚夫妻 關 spouse ▶ 雅 2

解碼 **new** 新的 + **ly** 副詞 + **wed** 結婚

The **newlyweds** decided to buy a house in the suburb.

▶ 那對新婚夫婦決定要在郊區買房子。

newscast [`njuz‚kæst] 名 新聞報導 關 broadcast ▶ 益 3

解碼 **news** 新聞 + **cast** 丟擲

I usually watch the 6:00 **newscast** as I eat dinner.

▶ 我通常會一邊吃晚餐，一邊看六點的新聞。

newspaper [`njuz‚pepɚ] 名 報紙 同 journal ▶ 托 4

解碼 **news** 新聞 + **paper** 紙

Here are various international **newspapers** for you to read.

▶ 這裡有各種的國際新聞報紙供你閱讀。

複合字 022 由 out 引導的複合字 ⏵ MP3 4-022

outbreak [`aut‚brek] 名 爆發 同 eruption ▶ 托 3

解碼 **out** 向外 + **break** 破裂

Will the **outbreak** of influenza be totally prevented by vaccination?

▶ 疫苗接種能夠完全預防流感的爆發嗎？

outcome [`aut‚kʌm] 名 結果 同 result ▶ 益 4

解碼 **out** 出現 + **come** 來

Most spectators were shocked by the final **outcome**.

▶ 多數觀眾對於最後的結果感到震驚。

outdo [aut`du] 動 超越；勝過 同 surpass ▶ 益 3

解碼 **out** 向外；延伸 + **do** 做

Peter **outdoes** all the other students in math.

▶ 彼得在數學的表現上勝過其他同學。

outdoor [`aʊt,dor] 形 戶外的 同 open-air ▶ 檢 4

(解碼) out 向外 + door 門

He prefers **outdoor** activities to a video or computer games.

▶ 比起電影和電腦遊戲，他更喜歡到戶外走走。

----

outfit [`aʊt,fɪt] 名 全套服裝 同 suit ▶ 研 2

(解碼) out 外部 + fit 裝備

He was wearing a fence **outfit** he had bought the previous day.

▶ 他穿著他前一天買的全套擊劍服。

----

outgoing [`aʊt,goɪŋ] 形 外向的 反 shy ▶ 托 3

(解碼) out 向外 + going 移動

The **outgoing** girl impressed the interviewers with her great speech.

▶ 這位外向的女孩以精采的演說讓面試官印象深刻。

----

outlaw [`aʊt,lɔ] 名 逃犯 動 放逐 近 criminal ▶ 雅 3

(解碼) out 在外 + law 法律

The servant accused his master of sheltering an **outlaw**.

▶ 那名佣人指控他的主人窩藏了一名逃犯。

----

outlet [`aʊt,lɛt] 名 出口；批發商店 反 inlet ▶ 益 3

(解碼) out 向外 + let 留下

Nina and Wendy went shopping in the factory **outlet** last weekend.

▶ 妮娜和溫蒂上週末去工廠附設的商店購物。

----

outlook [`aʊt,lʊk] 名 觀點；景色 同 perspective ▶ 檢 4

(解碼) out 向外 + look 看

Most people support the manager's **outlook**.

▶ 大部分的人支持經理的觀點。

----

outnumber [aʊt`nʌmbɚ] 動 數量上勝過 同 exceed ▶ 托 4

(解碼) out 向外；延伸 + number 數目

Our troops **outnumbered** the enemy.

▶ 我軍的人數勝過敵軍。

----

output [`aʊt,pʊt] 名 動 產量；生產 同 production ▶ 檢 4

(解碼) out 向外 + put 放置

The average **output** of the factory is 100 fans a day.

▶ 這間工廠的平均產量是每天一百台風扇。

----

outright [`aʊt,raɪt] 形 副 毫無保留 同 unmitigated ▶ 研 3

(解碼) out 向外 + right 直接的

Thank you for being **outright** to me. Your secrets are safe with me.
▶ 謝謝你對我這麼開誠布公，我會保守你的祕密。

outset [`aut͵sɛt] 名 開端；開始 同 beginning　▶ 益 4
解碼 out 向外 + set 設立
Eric knows at the **outset** that the task is not easy.
▶ 艾瑞克從一開始就知道這不是一件簡單的任務。

outside [`aut`saɪd] 介 在…外面 副 在外面 反 inside　▶ 雅 3
解碼 out 在外 + side 邊
A 70-seat double-decker parked **outside** the bar.
▶ 酒吧外停放了一台七十人座的雙層巴士。

outskirts [`aut͵skɝts] 名 郊區 同 suburbs　▶ 檢 4
解碼 out 外部 + skirt 邊緣 + s 字尾
My uncle has two houses in the **outskirts**.
▶ 我叔叔在郊區有兩棟房子。

複合字 023 由 over 引導的複合字　MP3 4-023

overall [`ovɚ͵ɔl] 形 副 全部 同 entire　▶ 益 4
解碼 over 全面地 + all 全部
The frame was painted dark green to match the **overall** design.
▶ 這個外框被漆成深綠色，以配合整體的設計風格。

overcoat [`ovɚ͵kot] 名 大衣 同 topcoat　▶ 托 3
解碼 over 在外的 + coat 外套
Ms. Lee took off her **overcoat** and handed it to her secretary.
▶ 李小姐脫下她的大衣並交給助理。

overcome [͵ovɚ`kʌm] 動 克服；戰勝 同 conquer　▶ 檢 4
解碼 over 通過 + come 來
You need to **overcome** your fear.
▶ 你必須克服你的恐懼。

overdo [͵ovɚ`du] 動 做得過分 近 overplay　▶ 研 3
解碼 over 太多 + do 做
The steak was **overdone** and salad was disappointing.
▶ 牛排煮過頭了，沙拉也很令人失望。

overeat [`ovə`it] 動 吃得過多 反 diet ▶ 托 2
(解碼) over 太多 + eat 吃
The doctor warned the expectant mother not to **overeat**.
▶ 醫生告誡這名孕婦不要吃太多。

overflow [,ovə`flo] 動 溢出 同 spill ▶ 檢 3
(解碼) over 太多 + flow 流出
The bucket is **overflowing**.
▶ 水桶裡的水溢出來了。

overhead [`ovə`hɛd] 形 副 在頭頂上 近 above ▶ 益 3
(解碼) over 在…之上 + head 頭
May I put the fragile object in the **overhead** rack?
▶ 我可以把易碎物品放在置物架上嗎？

overhear [,ovə`hɪr] 動 無意中聽到 關 hear ▶ 托 2
(解碼) over 在…之上 + hear 聽（提示：在意圖之外聽到）
Sandy **overheard** Jack's secret and felt uneasy.
▶ 珊蒂無意中聽見傑克的祕密，這讓她感到不自在。

overlap [,ovə`læp] 名 動 重疊 同 overlay ▶ 益 3
(解碼) over 在…之上 + lap 層疊
Our jobs **overlap** so much that it is not easy to tell whose fault it is.
▶ 我們的工作嚴重重疊，以致不易歸責。

overlook [,ovə`luk] 動 俯瞰；忽略 同 neglect ▶ 托 4
(解碼) over 在…之上 + look 看
Mr. Hill was very angry about being **overlooked** by the waitress.
▶ 希爾先生被那位女服務生忽視，因而感到非常生氣。

overnight [`ovə`naɪt] 形 徹夜的 副 徹夜 關 night ▶ 益 3
(解碼) over 穿過 + night 夜晚
You will receive the updated insurance policy through an **overnight** delivery.
▶ 我們將會透過隔夜快遞寄送最新的保險單給您。

overpass [`ovə,pæs] 名 天橋 同 footbridge ▶ 托 2
(解碼) over 穿過 + pass 通過
They walked across the highway through an **overpass**.
▶ 他們走天橋穿越高速公路。

oversleep [`ovə`slip] 動 睡過頭 同 outsleep ▶ 檢 3
(解碼) over 超過 + sleep 睡覺

Tina couldn't catch the first train to Taipei because she **overslept**.
▶ 蒂娜睡過頭，因此趕不上往台北的第一班火車。

overtake [ˌovɚ`tek] 動 趕上 同 catch up with ▶ 研 3
解碼 over 超過 + take 抓住
Harry pulled the car over to the outside lane when he **overtook** the last coach.
▶ 哈利一追上最後一輛巴士，就將車子開到外側車道。

overthrow [ˌovɚ`θro] 動 推翻 近 depose ▶ 檢 3
解碼 over 在…之上 + throw 翻轉
The president was **overthrown** in a military coup.
▶ 這位總統在一場軍事政變中被推翻了。

overturn [ˌovɚ`tɝn] 名 動 推翻 同 overthrow ▶ 雅 2
解碼 over 在…之上 + turn 翻轉
An officer accused the general of plotting to **overturn** the government.
▶ 一名軍官指控這位將軍策畫推翻政府。

overwhelm [ˌovɚ`hwɛlm] 動 壓倒；淹沒 同 deluge ▶ 檢 3
解碼 over 全面地 + whelm 壓倒；覆蓋
She was **overwhelmed** with the joy of getting the dream job.
▶ 她因得到這份夢想的工作而欣喜若狂。

overwork [`ovɚ`wɝk] 名 動 工作過度 近 exhaust ▶ 檢 3
解碼 over 超過；太多 + work 工作
You mustn't **overwork**; think of your family.
▶ 你千萬別工作過度，想想你的家人。

複合字 024 由 **pass** 引導的複合字 (MP3 4-024)

passport [`pæsˌpɔrt] 名 護照 關 permission ▶ 托 4
解碼 pass 通過 + port 港口
A headshot is specifically used for your **passport** or ID card.
▶ 證件照特別用在你的護照或身分證上。

password [`pæsˌwɝd] 名 密碼 同 code ▶ 益 4
解碼 pass 通過 + word 詞
Did you turn off the case sensitivity when you entered the **password**?
▶ 你輸入密碼時，有關掉大小寫辨識功能嗎？

複合字 025 由 **play** 引導的複合字

MP3 4-025

playground [ˋpleˏɡraʊnd] 名 運動場 同 field ▶ 檢 2
(解碼) **play** 運動 + **ground** 地面
The garden is built as a **playground** for children.
▶ 這座花園是為了作為兒童活動場所而打造的。

playwright [ˋpleˏraɪt] 名 劇作家 同 dramatist ▶ 研 3
(解碼) **play** 戲劇 + **wright** 工作者
Shakespeare is known as the greatest English poet and **playwright**.
▶ 莎士比亞被稱為最偉大的英國詩人和劇作家。

複合字 026 由 **rain** 引導的複合字

MP3 4-026

rainbow [ˋrenˏbo] 名 彩虹 關 variegation ▶ 研 5
(解碼) **rain** 雨 + **bow** 弓
I saw a **rainbow** over the fields after the rain.
▶ 我在雨停之後看見原野上的一道彩虹。

rainfall [ˋrenˏfɔl] 名 降雨量 關 raindrops ▶ 托 4
(解碼) **rain** 雨 + **fall** 降落
There has been two years of below average **rainfall**.
▶ 降雨量低於平均值的現象已經有兩年了。

複合字 027 由 **short** 引導的複合字

MP3 4-027

shortcoming [ˋʃɔrtˏkʌmɪŋ] 名 缺點 同 weakness ▶ 托 5
(解碼) **short** 不足的 + **coming** 到達
Parker has several **shortcomings**, and the worst one is being too talkative.
▶ 派克有一些缺點，其中最糟的一點就是太愛講話了。

shortsighted [ˋʃɔrtˋsaɪtɪd] 形 眼光短淺的 反 visionary ▶ 研 4
(解碼) **short** 短的 + **sight** 景象 + **ed** 形容詞
The **shortsighted** candidate didn't discuss the important issues.
▶ 那位目光短淺的候選人並沒有談到重要的議題。

複合字 028 由 **some** 引導的複合字

somebody [`sʌm͵bɑdɪ] 代 某人 同 someone ▶ 益 5
解碼 some 某一 + body 身軀
Somebody has disclosed the details of the contract to the press.
▶ 有人向媒體洩漏合約細節。

someday [`sʌm͵de] 副 將來有一天 關 future ▶ 檢 5
解碼 some 某一 + day 天
Anna believes her dreams will come true **someday**.
▶ 安娜相信她的夢想總有一天會實現。

somehow [`sʌm͵haʊ] 副 以某種方式；不知何故 同 someway ▶ 檢 5
解碼 some 某一 + how 方法
Somehow, my dog keeps barking at the door.
▶ 不知為何，我的狗一直對著門吠叫。

something [`sʌmθɪŋ] 代 某事 關 object ▶ 托 5
解碼 some 某一 + thing 東西
Cut off the trivial complaints. Let's talk about **something** of real importance.
▶ 別再抱怨小事了，來談些真正重要的事吧。

sometime [`sʌm͵taɪm] 副 在某一時候 反 never ▶ 益 5
解碼 some 某一 + time 時間
Sue promised that she would take us to the museum **sometime** next week.
▶ 蘇向我們保證下週會帶我們去博物館。

somewhat [`sʌm͵hwɑt] 副 稍微；有點 同 sort of ▶ 益 5
解碼 some 某數量 + what 什麼
The dress is **somewhat** cheaper than I expected.
▶ 那件洋裝比我預期的要來得便宜些。

somewhere [`sʌm͵hwɛr] 副 在某處 同 someplace ▶ 檢 5
解碼 some 某一 + where 地點
I am pretty sure that I put my wallet **somewhere** in this room.
▶ 我很確定我把錢包放在這房間的某處。

複合字 029 由 **step** 引導的複合字

stepchild [`stɛp͵tʃaɪld] 名 繼子；繼女 關 adopted ▶ 托 2
(解碼) step 失去親人的 + child 小孩
Helena is very strict with her **stepchild**.
▶ 海倫娜對她的繼子非常嚴格。

stepfather [`stɛp͵faðɚ] 名 繼父 關 kinship ▶ 檢 3
(解碼) step 失去親人的 + father 父親
The twins like their **stepfather** because he tells great stories.
▶ 那對雙胞胎喜歡他們的繼父，因為他很會説故事。

stepmother [`stɛp͵mʌðɚ] 名 繼母 同 stepmom ▶ 雅 3
(解碼) step 失去親人的 + mother 母親
My **stepmother** is very kind and patient to me.
▶ 我繼母對我很好又有耐心。

複合字 030 由 **there** 引導的複合字

thereafter [ðɛr`æftɚ] 副 此後 同 afterwards ▶ 檢 5
(解碼) there 那裡 + after 之後
Andy was an outgoing boy. After he broke his leg, he didn't smile **thereafter**.
▶ 安迪原本是位開朗的男孩；自從他摔斷腿後，就失去了笑容。

thereby [ðɛr`baɪ] 副 因此；藉此 同 thus ▶ 托 4
(解碼) there 那裡 + by 經由
Daisy is sick; **thereby**, she's not able to come to the party today.
▶ 黛西生病了，因此今天無法參加派對。

therefore [`ðɛr͵for] 副 因此；所以 同 hence ▶ 檢 5
(解碼) there 那裡 + fore 前面
It is a convertible bond and **therefore** can be sold.
▶ 這是可轉換債券，因此可以買賣。

複合字 031 由 **under** 引導的複合字

under [`ʌndɚ] 介 在…之下；在…裡面 副 在下面 同 below ▶ 研 5

解碼 under 在…之下

The witness made an alibi for Mr. Chen **under** oath.
▶ 目擊證人已發誓，並為陳先生做了不在場證明。

underestimate [`ʌndɚˋɛstə͵met] 名 動 低估 同 undervalue ▶ 益 4
解碼 under 在…之下 + estimate 評估

The press had been **underestimated** the potential of Frank's company.
▶ 媒體低估了法蘭克公司的潛力。

undergo [͵ʌndɚˋgo] 動 經歷 同 experience ▶ 托 5
解碼 under 在…裡面 + go 行走

He refused to **undergo** a MRI exam due to a fear of narrow space.
▶ 他對狹窄空間有恐懼，因此不願接受核磁共振檢查。

undergraduate [͵ʌndɚˋgrædʒʊɪt] 名 大學生 關 sophomore ▶ 托 5
解碼 under 在…之下 + graduate 畢業

My sister and I will become the **undergraduates** in September.
▶ 我和我妹妹九月時會成為大學生。

underline [͵ʌndɚˋlaɪn] 動 畫底線；強調 同 underscore ▶ 檢 4
解碼 under 在…之下 + line 畫線於

All the payment clauses are **underlined** with a highlighter.
▶ 所有的付款條款都用螢光筆標示出來了。

undermine [͵ʌndɚˋmaɪn] 動 挖掘；削弱 同 weaken ▶ 研 5
解碼 under 在…之下 + mine 開採

Ken always **undermines** his colleagues, which makes him very unpopular.
▶ 肯總是詆毀他的同事，這讓他很不受歡迎。

underneath [͵ʌndɚˋniθ] 介 副 在…下面 同 beneath ▶ 雅 5
解碼 under 在…之下 + neath 在下面

Underneath her cheerful appearance, Erin is actually afraid of people.
▶ 在艾琳開朗的外表下，她其實是害怕人群的。

underpass [`ʌndɚ͵pæs] 名 地下道 反 overpass ▶ 雅 4
解碼 under 在…之下 + pass 通道

The **underpass** has been closed for three days due to flooding.
▶ 由於淹水，這個地下道已封閉了三天。

understand [͵ʌndɚˋstænd] 動 了解 同 comprehend ▶ 檢 5
解碼 under 在…裡面 + stand 站立

We hope you can **understand** why we are doing this.

▶ 希望你能了解我們這麼做的原因。

undertake [ˌʌndɚˋtek] 動 從事;保證 同 guarantee　▶ 研 4
(解碼) under 在…之下 **+ take** 抓住
Could you please explain the task you **undertake** and your ideas?
▶ 能否請你說明一下你所執行的工作以及你的想法?

underwear [ˋʌndɚˌwɛr] 名 內衣 關 underpants　▶ 檢 4
(解碼) under 在…之下 **+ wear** 衣服
She asked her husband to wash the **underwear** thoroughly.
▶ 她要求丈夫清洗內衣,而且要洗得仔細一點。

複合字 032 由 **up** 引導的複合字　MP3 4-032

update [ʌpˋdet] 動 更新 同 renew　▶ 檢 5
(解碼) up 向上 **+ date** 註明日期
Hardware in the office will be **updated** every five years.
▶ 辦公室內的硬體設備每五年更新一次。

upgrade [ʌpˋgred] 動 改進;提高 反 downgrade　▶ 益 5
(解碼) up 向上 **+ grade** 行走
Peter has spent about twelve thousand dollars **upgrading** his computer.
▶ 彼得已經花了約一萬兩千元升級他的電腦。

uphold [ʌpˋhold] 動 支援;批准 同 side with　▶ 檢 4
(解碼) up 向上 **+ hold** 握著;托住
Do your parents **uphold** your decision?
▶ 你父母支持你的決定嗎?

upload [ʌpˋlod] 動 上傳(檔案) 反 download　▶ 托 4
(解碼) up 全部 **+ load** 裝載
Can you show me how to **upload** my personal videos to this website?
▶ 你可以教我如何上傳我的個人影片到這個網站上嗎?

upright [ˋʌpˌraɪt] 形 筆直的;正直的 同 vertical　▶ 研 5
(解碼) up 向上 **+ right** 直的
Bill stood **upright** waiting for the important guest.
▶ 比爾筆直地站著等待重要貴賓。

upset [ʌpˋsɛt] 動 使心煩 形 不適的 同 bothered　▶ 檢 5

解碼 **up** 在上面 **+ set** 設置

Tommy always gets **upset** when he sees spam in his email box.

▶ 每當湯米看到郵箱裡的垃圾郵件，他總會感到煩躁。

---

upstairs [`ʌp`stɛrz] 副 在樓上 關 upper ▶ 檢 4

解碼 **up** 向上 **+ stairs** 樓梯

Be quiet. Carl is studying **upstairs**.

▶ 安靜一點，卡爾正在樓上唸書。

複合字 033 由 **water** 引導的複合字 〔MP3 4-033〕

waterfall [`wɔtɚ,fɔl] 名 瀑布 近 cascade ▶ 托 4

解碼 **water** 水 **+ fall** 落下

The night scene of the grand **waterfall** is marvelous.

▶ 這個大瀑布在夜晚的景色令人嘆為觀止。

---

watermelon [`wɔtɚ,mɛlən] 名 西瓜 關 melon ▶ 檢 4

解碼 **water** 水 **+ melon** 甜瓜

Would you like another slice of **watermelon**?

▶ 你想再吃一片西瓜嗎？

---

waterproof [`wɔtɚ,pruf] 形 防水的 同 watertight ▶ 托 4

解碼 **water** 水 **+ proof** 檢驗；防…的

The innovative **waterproof** product is under a QA test.

▶ 這個創新的防水產品目前正在進行品保測試。

複合字 034 由 **week** 引導的複合字 〔MP3 4-034〕

weekday [`wik,de] 名 平日；工作日 反 holiday ▶ 檢 5

解碼 **week** 星期 **+ day** 天

The ticket price is reduced by 25% on **weekdays**.

▶ 平日票價調降百分之二十五。

---

weekend [`wik`ɛnd] 名 週末 關 leisure ▶ 益 5

解碼 **week** 星期 **+ end** 末端

There will be a premiere at Vieshow Cinemas this **weekend**.

▶ 本週末在威秀影城有一場首映會。

複合字 035 由 **what** 引導的複合字

whatever [hwɑt`ɛvɚ] 代 任何事物 形 任何的 同 anything ▶ 檢 5
(解碼) what 什麼 + ever 究竟（加強語氣）
We shall defend our country, **whatever** the cost is.
▶ 無論代價是什麼，我們都應捍衛我們的國家。

whatsoever [ˌhwɑtso`ɛvɚ] 代 任何事物 同 whatever ▶ 益 4
(解碼) what 什麼 + so 所以 + ever 究竟（加強語氣）
Whatsoever you did to me, I don't care.
▶ 不管你對我怎樣，我都不在乎。

複合字 036 由 **where** 引導的複合字

whereabouts [`hwɛrə`bauts] 名 下落 副 在哪裡 同 location ▶ 研 4
(解碼) where 地方 + about 周圍 + s 副詞
Mrs. Lin's son is missing in the department store. She asked everyone about his **whereabouts**.
▶ 林太太的兒子在百貨公司走失了，她問了每個人他的下落。

whereas [hwɛr`æz] 連 然而；卻 同 as ▶ 雅 4
(解碼) where 地方 + as 雖然
Tina wants to buy this necklace so much, **whereas** she doesn't have enough money.
▶ 蒂娜非常想買這條項鍊，但她的錢不夠。

wherever [hwɛr`ɛvɚ] 連 副 無論何處 同 anywhere ▶ 檢 5
(解碼) where 地方 + ever 究竟（加強語氣）
Your iPhone can serve as a modem and provide Internet access to your laptop **wherever** you are.
▶ 你的 iPhone 可以充當數據機，無論你在哪裡，都能提供筆電網路連線。

複合字 037 由 **with** 引導的複合字

withdraw [wɪð`drɔ] 動 撤回；收回 同 extract ▶ 托 4
(解碼) with 離開 + draw 拔出
The company decided to **withdraw** its investment in India.

▶ 這間公司決定從印度撤資。

within [wɪˋðɪn] 介 副 在⋯之內 關 inside
▶ 檢 5
解碼 with 有⋯的 + in 在裡面
Warrants for the products will be issued **within** a week after the purchase.
▶ 產品保固將於購買後一週內核發。

without [wɪˋðaʊt] 介 副 沒有 反 with
▶ 托 5
解碼 with 有⋯的 + out 在外
Nothing will be pulled off **without** your help.
▶ 沒有你的幫忙，什麼事都辦不成。

withstand [wɪðˋstænd] 動 抵擋；耐得住 同 endure
▶ 研 3
解碼 with 反對；逆 + stand 站立
The submarines are designed to **withstand** the pressure of deep sea submergence.
▶ 潛水艇能夠承受潛入深海的壓力。

 UNIT 2　複合字：以字母分
Compound: Categorized by Alphabets

複合字 038　a 開頭的複合字
MP3 4-038

absent-minded [ˋæbsn̩tˏmaɪndɪd] 形 心不在焉的 同 abstracted
▶ 檢 4
解碼 absent 缺席的 + minded 有心的
Lynn was mad because her son was **absent-minded**.
▶ 琳很生氣，因為她的兒子心不在焉。

armchair [ˋɑrmˏtʃɛr] 名 手扶椅 近 recliner
▶ 雅 3
解碼 arm 手臂 + chair 椅子
There are more than thirty **armchairs** in the conference room.
▶ 會議室裡有超過三十張扶手椅。

ATM 縮 自動提款機 同 cashpoint
▶ 檢 3
解碼 automatic 自動的 + teller 出納員 + machine 機器
I withdrew money through an **ATM** on my way home.
▶ 我在回家的路上到自動提款機領錢。

barbershop [`bɑrbə,ʃɑp] 名 理髮廳 同 barber's ▶ 托 3
(解碼) **barber** 理髮師 + **shop** 商店
Sean is used to having his hair cut at the **barbershop**.
▶ 尚恩習慣去那間理髮廳剪頭髮。

barefoot [`bɛr,fʊt] 副 赤腳地 關 shoes ▶ 檢 2
(解碼) **bare** 裸的 + **foot** 腳
My father used to walk **barefoot** to school every day when he was little.
▶ 父親小的時候，每天都赤腳走路上學。

baseball [`bes,bɔl] 名 棒球 關 home base ▶ 托 3
(解碼) **base** 壘包 + **ball** 球
My boyfriend and I stayed up late to watch the **baseball** game.
▶ 我和我男友為了收看棒球比賽而熬夜到很晚。

basketball [`bæskɪt,bɔl] 名 籃球 關 court ▶ 托 3
(解碼) **basket** 籃子 + **ball** 球
We are going to a **basketball** game between Chinese, Taipei and Japan.
▶ 我們要去看中華台北對戰日本的籃球賽。

bathroom [`bæθ,rum] 名 浴室 關 bathtub ▶ 檢 4
(解碼) **bath** 沐浴 + **room** 空間
Instead of a tub, there is a new jacuzzi in the **bathroom**.
▶ 浴室裡有新的按摩浴缸代替澡盆。

bedroom [`bɛd,rum] 名 臥室 關 mattress ▶ 檢 3
(解碼) **bed** 床 + **room** 空間
How many **bedrooms** are there in this apartment?
▶ 這間公寓有幾個房間？

beforehand [bɪ`for,hænd] 副 事先 反 afterward ▶ 托 4
(解碼) **before** 之前 + **hand** 手
Mr. Lin asked his assistant to inform him of the meeting agenda **beforehand**.
▶ 林先生要求他的助理事先告訴他開會議程。

bodyguard [`bɑdɪ,gɑrd] 名 保鑣 同 lifeguard ▶ 檢 3
(解碼) **body** 身軀 + **guard** 守衛
The prime minister was surrounded by several **bodyguards**.
▶ 那位總理身邊圍繞著好幾位保鑣。

bookcase [`buk͵kes] 名 書櫃 同 bookshelf ▶ 檢 3
(解碼) **book** 書籍 + **case** 容器
There is a brown **bookcase** behind the manager's desk.
▶ 在經理的書桌後方有一個棕色的書櫃。

bridegroom [`braɪd͵grum] 名 新郎 同 groom ▶ 雅 2
(解碼) **bride** 新娘 + **groom** 男人
The **bridegroom** gave his bride a kiss after the priest announced them as husband and wife.
▶ 在神父宣佈他們為夫妻後,新郎親了新娘一下。

briefcase [`brif͵kes] 名 公事包 同 suitcase ▶ 檢 2
(解碼) **brief** 簡報 + **case** 箱子
The businessperson left his **briefcase** in the taxi.
▶ 那名商人把他的公事包掉在計程車上。

broadcast [`brɔd͵kæst] 名 廣播 關 media ▶ 雅 3
(解碼) **broad** 寬闊的 + **cast** 投擲
Where can I find recordings of some of the most popular **broadcasts**?
▶ 哪裡可以取得一些知名廣播節目的錄音存檔呢?

butterfly [`bʌtə͵flaɪ] 名 蝴蝶 關 insect ▶ 檢 3
(解碼) **butter** 奶油 + **fly** 蒼蠅
A **butterfly** came into our classroom this afternoon.
▶ 今天下午有一隻蝴蝶飛進我們的教室裡。

(複合字 040) **C 開頭的複合字** (MP3 4-040)

cardboard [`kɑrd͵bɔrd] 名 硬紙板 關 thick ▶ 檢 2
(解碼) **card** 卡片 + **board** 厚板
The boy stored his baseball cards in a **cardboard** box.
▶ 男孩將他的棒球卡存放在一個硬紙盒裡。

CD 縮 雷射唱片 關 album ▶ 檢 2
(解碼) **compact** 壓縮的 + **disk** 唱片
The top songs of the hit parade will be issued on **CD**.
▶ 排行榜上的歌曲將製成 CD 發行。

cell phone [`sɛl͵fon] 名 行動電話 同 mobile phone ▶ 托 4
(解碼) **cell** 細胞的 + **phone** 聲音(**cell** 為 **cellular** 的簡化)

Please mute your **cell phone** to avoid disturbing other audience.
▶ 請將手機調成靜音，以免干擾其他觀眾。

---

chairperson [ˋtʃɛrˌpɜsn̩] 名 主席 關 conference　　▶ 益 4
解碼 **chair** 椅子 + **person** 人
Most participants elected Jason as our **chairperson**.
▶ 大部分的人推選傑森為我們的主席。

---

chestnut [ˋtʃɛsnət] 名 栗子 形 栗色的 關 nut　　▶ 檢 2
解碼 **chest** 栗子樹 + **nut** 果核
The woman with **chestnut** hair is my mother.
▶ 栗色頭髮的女人是我母親。

---

chopstick [ˋtʃɑpˌstɪk] 名 筷子 關 tableware　　▶ 檢 2
解碼 **chop** 削 + **stick** 棍子
Please use **chopsticks** to scramble the egg and add some water.
▶ 請先用筷子攪勻蛋，再加入一些水。

---

coastline [ˋkostˌlaɪn] 名 海岸線 同 shoreline　　▶ 雅 3
解碼 **coast** 海岸 + **line** 線
The **coastline** around Taiwan is a total of 1,240 kilometers long.
▶ 台灣海岸線總長一千兩百四十公里。

---

cocktail [ˋkɑkˌtel] 名 雞尾酒 關 drink　　▶ 益 3
解碼 **cock** 公雞 + **tail** 尾巴
May I buy you a glass of **cocktail**?
▶ 我可以請你喝一杯雞尾酒嗎？

---

commonplace [ˋkɑmənˌples] 形 平凡的 反 abnormal　　▶ 托 2
解碼 **common** 普通的 + **place** 地點
Road trip movies are fairly **commonplace** nowadays.
▶ 旅行電影在現今很普遍。

---

congressman [ˋkɑŋgrəsmən] 名 國會議員 同 legislator　　▶ 托 3
解碼 **congress** 國會 + **man** 人
The **congressman** of our district is trustworthy.
▶ 代表我們這個行政區的眾議員值得信賴。

---

copyright [ˋkɑpɪˌraɪt] 名 版權 關 property　　▶ 益 4
解碼 **copy** 抄寫 + **right** 權利
The publisher sold the **copyright** of the novel to a movie producer.
▶ 出版社把小說版權賣給一家電影公司。

counterpart [`kaʊntɚ͵pɑrt] 名 對應的人或物 近 analogue　▶ 益 ③

(解碼) **counter** 相對的 + **part** 部分

They tried their best to emulate their **counterpart's** success.

▶ 他們盡全力趕上同業的成就。

---

countryside [`kʌntrɪ͵saɪd] 名 鄉下；農村 關 rural　▶ 檢 ②

(解碼) **country** 鄉下 + **side** 地區

She often travels to **countryside** in pursuit of tranquility and peace.

▶ 她經常到農村旅行，以尋求寧靜和安詳的感受。

---

courtyard [`kɔrt͵jɑrd] 名 庭院 關 lawn　▶ 托 ③

(解碼) **court** 庭院 + **yard** 房屋周圍的土地

Mrs. Wang raises some domestic animals in the **courtyard**.

▶ 王太太在庭院裡養了一些家畜。

---

cowboy [`kaʊ͵bɔɪ] 名 牛仔 同 cowpoke　▶ 檢 ②

(解碼) **cow** 牛 + **boy** 男孩

Alan will dress up as a **cowboy** for the costume party.

▶ 亞倫將為了變裝派對而打扮成牛仔。

---

cupboard [`kʌbɚd] 名 碗櫃；小廚櫃 同 sideboard　▶ 檢 ①

(解碼) **cup** 杯子 + **board** 厚板

The clean plates are put in the **cupboard**.

▶ 乾淨的盤子放在碗櫥裡。

複合字 041 **d** 開頭的複合字　(MP3 4-041)

daybreak [`de͵brek] 名 黎明 同 dawn　▶ 托 ②

(解碼) **day** 白晝；白天 + **break** 破裂

My grandfather gets up at **daybreak** every morning.

▶ 我的祖父每天在破曉時分起床。

---

deadline [`dɛd͵laɪn] 名 截止時間 同 due date　▶ 益 ④

(解碼) **dead** 失效的 + **line** 線

What is the **deadline** for the payment?

▶ 付款截止日期是哪一天？

---

doughnut [`do͵nʌt] 名 甜甜圈 同 donut　▶ 托 ②

(解碼) **dough** 麵團 + **nut** 果核（提示：以前的甜甜圈為球狀）

There are many **doughnuts** on the shelf.

▶ 架上有很多甜甜圈。

downtown [ˌdaʊnˈtaʊn] 名 商業區 反 uptown ▶ 托 4
(解碼) **down** 往 + **town** 市中心
There are many edifices in the **downtown**.
▶ 在市區有很多大廈。

dragonfly [ˈdrɑɡənˌflaɪ] 名 蜻蜓 關 wing ▶ 檢 1
(解碼) **dragon** 龍 + **fly** 蒼蠅
The children enjoy playing with the Taiwanese bamboo **dragonflies**.
▶ 那群小朋友很喜歡玩竹蜻蜓。

drawback [ˈdrɔˌbæk] 名 缺點 同 defect ▶ 益 4
(解碼) **draw** 抽出 + **back** 往回
The **drawback** of this medication is its slow onset.
▶ 這個藥物的缺點在於效果較慢。

driveway [ˈdraɪvˌwe] 名 私人車道 近 roadway ▶ 益 2
(解碼) **drive** 開車 + **way** 道路
Please remove your car from my **driveway** as soon as possible.
▶ 請儘快把你的車子從我的車道上移開。

drugstore [ˈdrʌɡˌstor] 名 藥妝店 同 pharmacy ▶ 托 3
(解碼) **drug** 藥 + **store** 商店
You can buy medicine and cosmetics in a **drugstore**.
▶ 你可以在藥妝店買藥品和化妝品。

DVD 縮 數位影碟 關 Blu-ray ▶ 益 2
(解碼) **digital** 數位的 + **video** 錄影 + **disc** 光碟
I bought a new **DVD** player at the computer exhibition.
▶ 我在電腦展買了一台新的影音光碟機。

複合字 042 e 開頭的複合字 (MP3 4-042)

earphone [ˈɪrˌfon] 名 耳機 近 headphone ▶ 托 2
(解碼) **ear** 耳朵 + **phone** 聲音
Please put on your **earphones** now.
▶ 現在請戴上您的耳機。

elsewhere [ˈɛlsˌhwɛr] 副 在別處；向別處 近 somewhere ▶ 研 4

解碼 else 其他的 **+ where** 哪裡

Kyle is studying **elsewhere** but I'm not sure where he is.

▶ 凱爾在別處念書，但我不確定是在哪個地方。

EQ 縮 情感商數 關 IQ ▶ 研 ③

解碼 emotional 情緒的 **+ quotient** 商數

As far as I'm concerned, **EQ** plays a more important role than IQ.

▶ 就我而言，情感商數的重要性比智力商數更高。

evergreen [`ɛvɚˌɡrin] 形 常綠的 反 deciduous ▶ 托 ②

解碼 ever 永遠 **+ green** 綠色的

Pine, like fir and holly, is an **evergreen** tree.

▶ 松樹就像杉樹和冬青一樣是常綠樹。

extracurricular [ˌɛkstrəkəˈrɪkjələ] 形 課外的 關 class ▶ 檢 ②

解碼 extra 額外的 **+ curricular** 課程的

Teenagers should be encouraged to participate in **extracurricular** activities.

▶ 應該鼓勵青少年多參加課外活動。

extraordinary [ɪkˈstrɔrdnˌɛrɪ] 形 特別的 反 common ▶ 益 ④

解碼 extra 外面 **+ ordinary** 普通的

The material we have recently developed has **extraordinary** flexibility.

▶ 我們新開發的材料具備極佳的彈性。

複合字 043 f 開頭的複合字 　　　　MP3 4-043

feedback [`fidˌbæk] 名 回饋；意見 同 advice ▶ 托 ⑤

解碼 feed 餵養；提供 **+ back** 往回

Customers' **feedback** is of vital importance to quality control.

▶ 顧客的回饋對於品質控管極為重要。

fisherman [`fɪʃəmən] 名 漁夫 近 angler ▶ 檢 ②

解碼 fisher 漁夫 **+ man** 人

The biggest fish is caught by an amateur **fisherman**.

▶ 最大的魚是一位業餘漁夫抓到的。

flashlight [`flæʃˌlaɪt] 名 手電筒 關 light ▶ 托 ④

解碼 flash 使閃爍 **+ light** 燈光

The **flashlight** didn't work because I forgot to change the batteries.

▶ 因為我忘了換電池，所以手電筒不能用。

folklore [`fok,lor] 名 民間傳說 同 myth ▶ 托 3

解碼 **folk** 大眾 + **lore** 學問；傳說

In Chinese **folklore**, the butterfly is an emblem of good fortune.

▶ 中國民間傳說中，蝴蝶是福氣的象徵。

football [`fut,bɔl] 名 美式足球；橄欖球 同 rugby ▶ 益 4

解碼 **foot** 腳 + **ball** 球

Football is one of the most popular sports in the U.S.

▶ 橄欖球在美國是最受歡迎的運動之一。

forthcoming [,forθ`kʌmɪŋ] 形 即將到來的 同 upcoming ▶ 研 5

解碼 **forth** 向前地 + **coming** 來的

Everybody is excited about the **forthcoming** singing contest.

▶ 大家對於即將到來的歌唱比賽感到興奮。

fourteen [`for`tin] 名 十四 關 number ▶ 托 4

解碼 **four** 四 + **teen** 十幾的

Fourteen war criminals will be extradited to their own countries.

▶ 十四名戰犯將被引渡回自己的國家。

framework [`frem,wɝk] 名 架構；框架 同 structure ▶ 益 4

解碼 **frame** 結構 + **work** 產品

The **framework** of this bridge is robust enough to withstand daily use.

▶ 這座橋的構造相當堅固，足以承受日復一日的使用。

freeway [`fri,we] 名 高速公路 同 expressway ▶ 托 4

解碼 **free** 暢通的 + **way** 道路

The speed limit on the **freeway** is 100 km/hr.

▶ 高速公路上的速限是時速一百公里。

freshman [`frɛʃmən] 名 新生 反 senior ▶ 雅 3

解碼 **fresh** 新到的 + **man** 人

My younger sister will be a **freshman** this fall.

▶ 今年秋天，我妹妹將成為一名新生。

furthermore [`fɝðɚ`mor] 副 此外 同 moreover ▶ 益 5

解碼 **further** 進一步地 + **more** 更多

Furthermore, I would like to buy some postcards and souvenirs.

▶ 除此之外，我還想購買一些明信片和紀念品。

gentleman [`dʒɛntḷmən] 名 紳士 關 lady ▶ 托 4
(解碼) **gentle** 有教養的 + **man** 人
Mr. Brown is a **gentleman**; he always treats people with good manner.
▶ 布朗先生是位紳士，他待人接物總是十分有禮。

glassware [`glæs͵wɛr] 名 玻璃器皿 關 silverware ▶ 研 3
(解碼) **glass** 玻璃的 + **ware** 器皿
Well-designed **glassware** can make wine-tasting experience more pleasant.
▶ 設計優良的玻璃器皿可使品酒經驗更愉悅。

GMO 縮 基因改造食品 反 organic food ▶ 托 2
(解碼) **genetically** 從基因方面 + **modified** 改造 + **organism** 有機體
The acronym **GMO** stands for "genetically modified organism".
▶ 縮寫 GMO 是指「基因改造食品」。

grapefruit [`grep͵frut] 名 葡萄柚 關 fruit ▶ 益 2
(解碼) **grape** 葡萄 + **fruit** 水果
Do you like a glass of **grapefruit** juice?
▶ 你想喝一杯葡萄柚汁嗎？

grasshopper [`græs͵hɑpɚ] 名 蚱蜢 關 hexapod ▶ 雅 2
(解碼) **grass** 草 + **hopper** 單腳跳的人或物
There are many **grasshoppers** near the pond.
▶ 池塘附近有很多蚱蜢。

greenhouse [`grin͵haʊs] 名 溫室 同 conservatory ▶ 托 4
(解碼) **green** 綠色 + **house** 房屋
The farmer planted various kinds of orchids in the **greenhouse**.
▶ 那名農夫在溫室裡種植各種蘭花。

guideline [`gaɪd͵laɪn] 名 指導方針 同 principle ▶ 研 4
(解碼) **guide** 引導 + **line** 路線
I think we should follow the teacher's **guidelines**.
▶ 我覺得我們應該遵循老師的指導方針。

1 字首篇／ 2 字根篇／ 3 字尾篇／ 4 複合字篇／

複合字 045 **h** 開頭的複合字

hallway [`hɔl,we] 名 走廊；玄關 同 corridor ▶ 托 2
解碼 **hall** 大廳 + **way** 道路
All the interviewees are waiting in the **hallway**.
▶ 所有面試者都在走廊上等待。

hardware [`hɑrd,wɛr] 名 五金器具；硬體 關 appliance ▶ 研 3
解碼 **hard** 硬的 + **ware** 製品
The janitor bought a hammer and a pack of nails in the **hardware** store.
▶ 工友在五金行買了一個鐵鎚和一包鐵釘。

hereafter [,hɪr`æftɚ] 名 來世 副 往後 同 afterlife ▶ 益 4
解碼 **here** 這裡 + **after** 之後
More and more Westerners believe in the **hereafter** and reincarnation.
▶ 愈來愈多的西方人相信來世與輪迴了。

honeymoon [`hʌnɪ,mun] 名 蜜月旅行 關 newlyweds ▶ 托 3
解碼 **honey** 蜂蜜 + **moon** 月（此處的 **moon** 指「待的時間」）
Our **honeymoon** in Europe was really unforgettable.
▶ 我們的歐洲蜜月旅行真令人難忘。

however [hau`ɛvɚ] 副 然而 同 nevertheless ▶ 托 5
解碼 **how** 怎麼 + **ever** 究竟
Mr. Jones has called. **However**, you were away for the conference.
▶ 瓊斯先生打過電話來，不過你當時去開會了。

複合字 046 **i** 開頭的複合字

iceberg [`aɪs,bɝg] 名 冰山 關 glacier ▶ 研 3
解碼 **ice** 冰 + **berg** 山
Titanic crashed into **iceberg** and sunk.
▶ 鐵達尼號撞上冰山沉沒了。

IQ 縮 智力商數 關 EQ ▶ 研 3
解碼 **intelligence** 智力 + **quotient** 商數
Albert is obviously a student of exceptional **IQ**.
▶ 很顯然地，亞伯特是名智商優異的學生。

複合字 047 j 開頭的複合字

jaywalk [ˋdʒeˌwɔk] **動** 任意穿越馬路 **關** jaywalker ▸ 檢 2
解碼 **jay** 鄉巴佬 + **walk** 走路（字義衍生：鄉巴佬 → 冒失）
It is very dangerous to **jaywalk**. Don't ever do that again.
▸ 任意穿越馬路很危險，千萬不要再這麼做。

複合字 048 k 開頭的複合字

keyboard [ˋkiˌbord] **名** 鍵盤；鍵盤樂器 **關** key in ▸ 托 3
解碼 **key** 鍵 + **board** 厚板
A wireless **keyboard** might be a good gift for Mom.
▸ 無線鍵盤或許是給母親的一份好禮物。

複合字 049 l 開頭的複合字

ladybug [ˋledɪˌbʌg] **名** 瓢蟲 **同** beetle ▸ 托 2
解碼 **lady** 女士 + **bug** 昆蟲
There are more than 5,000 different kinds of **ladybugs** in the world.
▸ 在這個世界上有超過五千種不同的瓢蟲存在。

lawmaker [ˋlɔˌmekɚ] **名** 立法者 **同** legislator ▸ 托 3
解碼 **law** 法律 + **maker** 製造者
The **lawmakers** voted to pass a new criminal law.
▸ 立法者投票通過了一項新的犯罪法。

layman [ˋlemən] **名** 外行；門外漢 **反** professional ▸ 研 2
解碼 **lay** 門外漢的 + **man** 人
This job requires prior experience in the trade, and no **layman** will be hired.
▸ 這份工作需要有貿易的工作經驗，不會聘用門外漢。

lighthouse [ˋlaɪtˌhaʊs] **名** 燈塔 **關** watchtower ▸ 檢 2
解碼 **light** 燈光 + **house** 房屋
The **lighthouse** beam was quite distinct at night.
▸ 燈塔的光線在夜間很明顯。

lipstick [ˋlɪpstɪk] **名** 口紅 **關** lip gloss ▸ 益 2

1 字首篇／

2 字根篇／

3 字尾篇／

4 複合字篇／

解碼 lip 嘴唇 + **stick** 棒狀物
I saw a young lady putting on **lipstick** in her car.
▶ 我看到一位年輕小姐在她的車裡塗口紅。

livestock [`laɪvˌstɑk] 名 家畜 同 cattle ▶ 檢 1
解碼 live 活的 + **stock** 存貨
Widespread flooding killed scores of **livestock**.
▶ 洪水氾濫淹死了很多家畜。

loudspeaker [`laud`spikɚ] 名 擴音器 同 amplifier ▶ 托 2
解碼 loud 大聲的 + **speaker** 喇叭
You can use the **loudspeaker** to address the crowd.
▶ 你可以使用擴音器對人群講話。

複合字 050 m 開頭的複合字 MP3 4-050

makeup [`mekˌʌp] 名 化妝品 同 cosmetics ▶ 托 3
解碼 make 製作 + **up** 完全地
The actors on the stage wore a lot of **makeup**.
▶ 舞台上的演員們化著濃妝。

masterpiece [`mæstɚˌpis] 名 傑作 同 masterwork ▶ 研 3
解碼 master 大師 + **piece** 作品
"Mona Lisa" is one of the greatest **masterpieces** of da Vinci.
▶ 《蒙娜麗莎》是達文西最棒的傑作之一。

milestone [`maɪlˌston] 名 里程碑 同 milepost ▶ 益 3
解碼 mile 英里 + **stone** 碑
This invention is a **milestone** in the human's history.
▶ 這項發明是人類歷史上的里程碑。

moreover [mor`ovɚ] 副 況且；此外 同 furthermore ▶ 托 4
解碼 more 另外 + **over** 更多
William got fired yesterday. **Moreover**, his girlfriend dumped him.
▶ 威廉昨天失業了，除此之外，他女友也甩了他。

motorcycle [`motɚˌsaɪk] 名 機車 同 scooter ▶ 檢 3
解碼 motor 馬達的 + **cycle** 單車
Many foreigners had never driven a **motorcycle** before they came to Taiwan.
▶ 許多外國人在來台灣之前，從來沒有騎過機車。

mouthpiece [`mauθˏpis] 名 樂器吹口 關 instrument ▶ 托 2
解碼 **mouth** 嘴巴 + **piece** 部位
The teacher showed us how to blow into the ivory **mouthpiece**.
▶ 老師向我們示範如何吹奏象牙吹口。

MRT 縮 捷運 同 metro ▶ 檢 2
解碼 **mass** 大眾 + **rapid** 迅速的 + **transit** 運輸
You are not allowed to chew a gum in the **MRT**.
▶ 你不能在捷運站內嚼口香糖。

MTV 縮 音樂電視 關 music video ▶ 益 2
解碼 **music** 音樂 + **television** 電視
The **MTV** channel is one of his favorite television channels.
▶ MTV 音樂台是他最喜愛的電視頻道之一。

複合字 051 **n** 開頭的複合字 MP3 4-051

nearby [`nɪrˏbaɪ] 副 在附近 反 far away ▶ 托 4
解碼 **near** 附近 + **by** 經由
We formed a baseball league with schools **nearby**.
▶ 我們和附近的學校成立了棒球聯盟。

network [`nɛtˏwɜk] 名 網路 同 web ▶ 益 4
解碼 **net** 網絡 + **work** 工作
A game of tennis was broadcast on a national radio **network**.
▶ 一場網球比賽在全國廣播網上聯播。

nevertheless [ˏnɛvəðə`lɛs] 副 儘管如此 同 however ▶ 托 4
解碼 **never** 一點都不 + **the** 定冠詞 + **less** 更少
Dan felt ill yesterday; **nevertheless**, he still went to school.
▶ 丹昨天身體不舒服，儘管如此，他還是去上學了。

nickname [`nɪkˏnem] 名 綽號 同 sobriquet ▶ 檢 3
解碼 **nick** 增加 + **name** 名字（提示：額外的名字）
The naughty boy shouted at me, calling me by my **nickname** "shorty".
▶ 那個調皮的男孩對著我大喊，大叫著我的綽號「小矮子」。

nobody [`noˏbɑdɪ] 代 沒有人 反 somebody ▶ 檢 5
解碼 **no** 沒有 + **body** 身軀
Nobody was empowered to sign the contract on his behalf.

▶ 沒有人被授權代表他簽署這份合約。

nonetheless [ˌnʌnðəˋlɛs] 副 儘管如此 同 however ▶ 托 4
解碼 none 沒有 + the 定冠詞 + less 更少
Victoria was extremely mad at her brother, **nonetheless**, she forgave him.
▶ 薇多莉亞很生她弟弟的氣，儘管如此，她還是原諒了他。

notebook [ˋnotˌbuk] 名 筆記本 近 workbook ▶ 益 3
解碼 note 筆記 + book 書
I bought a **notebook** and some pencils in the stationary store.
▶ 我在文具店買了一本筆記本和幾隻鉛筆。

nothing [ˋnʌθɪŋ] 代 沒有什麼 反 something ▶ 檢 5
解碼 no 沒有 + thing 東西
Nothing can change my love to my deceased wife.
▶ 沒有什麼能改變我對亡妻的愛。

nowhere [ˋnoˌhwɛr] 代 副 任何地方都不 反 somewhere ▶ 托 4
解碼 no 沒有 + where 哪裡
I would love to spend the weekend at home and go **nowhere**.
▶ 我週末想待在家裡，哪兒都不去。

複合字 052 O 開頭的複合字

offspring [ˋɔfˌsprɪŋ] 名 子孫；後裔 同 descendant ▶ 托 3
解碼 off 脫離 + spring 生長
It is said that all humankinds are the **offspring** of Eastern Africans.
▶ 據說所有人類都是東非人的後代。

otherwise [ˋʌðɚˌwaɪz] 副 否則 同 if not ▶ 雅 5
解碼 other 其他的 + wise 方法
The order should be paid within three business days. **Otherwise**, it will be cancelled automatically.
▶ 這份訂單應於三個工作天內付款，否則將會自動取消。

複合字 053 p 開頭的複合字

pancake [ˋpænˌkek] 名 薄煎餅 同 crepe ▶ 托 2

解碼 pan 平底鍋 + cake 蛋糕

Can I have another helping of **pancakes**?
▶ 我可以再來一份薄煎餅嗎？

peanut [ˋpiˌnʌt] 名 花生 同 groundnut ▶ 益 3

解碼 pea 豌豆莢 + nut 果核

Please butter my bread with **peanut** butter.
▶ 請幫我的麵包塗上花生醬。

pickpocket [ˋpɪkˌpɑkɪt] 名 扒手 同 cutpurse ▶ 雅 2

解碼 pick 刺；戳 + pocket 口袋

There are several posters warning about **pickpockets** on the wall.
▶ 牆上有幾則關於慎防扒手的佈告。

pineapple [ˋpaɪnˌæpl̩] 名 鳳梨 關 fruit ▶ 檢 2

解碼 pine 松樹 + apple 果（緣起：本來用以指松果）

He mixed apples, bananas and **pineapples** to make juice.
▶ 他打了一杯混有蘋果、香蕉和鳳梨等材料的果汁。

pipeline [ˋpaɪpˌlaɪn] 名 管線 同 conduit ▶ 研 3

解碼 pipe 管狀物 + line 線路

They are building an underground oil **pipeline** to the other side of the city.
▶ 他們正在建造一條地下油管連接到城市的另一端。

pocketbook [ˋpɑkɪtˌbuk] 名 錢包；口袋書 同 wallet ▶ 益 2

解碼 pocket 口袋 + book 書

I left my **pocketbook** behind. Can you lend me two hundred dollars?
▶ 我忘了帶錢包，你可以借我兩百元嗎？

popcorn [ˋpɑpˌkɔrn] 名 爆米花 關 snack ▶ 檢 3

解碼 pop 爆裂 + corn 玉米

I'd like to order two bags of **popcorns** and one large coke, please.
▶ 請給我兩包爆米花還有一杯大可樂。

postcard [ˋpostˌkɑrd] 名 明信片 關 postal ▶ 雅 5

解碼 post 郵政 + card 卡片

You can send a free **postcard** to your friends with this service.
▶ 透過這項服務，你可以免費將明信片寄給你的朋友。

railroad [`rel,rod] 名 鐵路 同 railway ▶ 5

解碼 **rail** 鐵軌 + **road** 道路

The **railroad** company has cooperated with a florist for sales promotion.
▶ 鐵路公司和花商合作，以達成推廣業務的目標。

restroom [`rɛst,rum] 名 盥洗室 同 toilet ▶ 檢 4

解碼 **rest** 休息 + **room** 空間

Would you tell me where the **restroom** is?
▶ 請問洗手間在哪裡？

safeguard [`sef,gɑrd] 動 保護 同 protect ▶ 托 4

解碼 **safe** 安全的 + **guard** 護衛

Eddie will **safeguard** the ring from the thieves.
▶ 艾迪將會保護這枚戒指，不讓小偷偷走。

salesperson [`selz,pɝsn] 名 業務員 同 sales ▶ 4

解碼 **sale/sales** 銷售 + **person** 人

I can see your potential of being a remarkable **salesperson**.
▶ 我看得出來你擁有成為傑出業務的潛能。

scarecrow [`skɛr,kro] 名 稻草人 近 bogeyman ▶ 檢 4

解碼 **scare** 使驚嚇 + **crow** 烏鴉

We put a **scarecrow** in the field in order to frighten birds away.
▶ 我們在田裡放了一個稻草人以嚇走小鳥。

screwdriver [`skru,draɪvɚ] 名 螺絲起子 關 tool ▶ 托 4

解碼 **screw** 螺絲 + **driver** 把（釘）打入者

The **screwdriver** belongs in the tool box.
▶ 這把螺絲起子應該放在工具箱裡。

seagull [`si,gʌl] 名 海鷗 同 shearwater ▶ 雅 3

解碼 **sea** 海洋 + **gull** 鷗

Several **seagulls** flew across the blue sky.
▶ 幾隻海鷗飛越天際。

setback [`sɛt,bæk] 名 挫折；逆境 同 frustration ▶ 檢 5

解碼 set 使處於…狀態 **+ back** 向後

My cousin does not take **setbacks** well.
▶ 我的堂弟不太能接受挫折。

shoplift [`ʃɑp,lɪft] 動 順手牽羊 同 steal ▶ 檢 4
解碼 shop 商店 **+ lift** 偷竊

The girl who **shoplifted** was reported to the police.
▶ 在店裡偷竊的那個女孩已被通報給警察了。

sidewalk [`saɪd,wɔk] 名 人行道 同 pavement ▶ 檢 5
解碼 side 旁邊的 **+ walk** 步行

The man winked his eyes at a woman on the **sidewalk**.
▶ 男子對人行道上的一名女性使了眼色。

sightseeing [`saɪt,siɪŋ] 名 觀光 同 tourism ▶ 托 4
解碼 sight 景象 **+ seeing** 觀看

The boss scheduled a day trip for **sightseeing** purposes.
▶ 老闆安排了一天的行程來觀光旅遊。

silkworm [`sɪlk,wɝm] 名 蠶 關 worm ▶ 托 2
解碼 silk 蠶絲 **+ worm** 蟲

Silkworms make their cocoons with silk produced by themselves.
▶ 蠶用牠們自己吐的絲來結繭。

skyscraper [`skaɪ,skrepɚ] 名 摩天大樓 同 high-rise ▶ 檢 4
解碼 sky 天空 **+ scrap** 刮；擦 **+ er** 物

Taipei 101 was once the tallest **skyscraper** in the world.
▶ 台北 101 曾經是全世界最高的摩天大樓。

smallpox [`smɔlpɑks] 名 天花 同 cowpox ▶ 雅 3
解碼 small 小的 **+ pox** 痘疤

Has your infant had a **smallpox** vaccine yet?
▶ 你的嬰兒注射過天花疫苗了嗎?

software [`sɔft,wɛr] 名 軟體 反 hardware ▶ 檢 5
解碼 soft 軟的 **+ ware** 物品

Movie-maker is one of the most popular movie-making **softwares**.
▶ Movie-maker 是最受歡迎的影片製作軟體之一。

soybean [`sɔɪbin] 名 黃豆 同 soya bean ▶ 檢 3
解碼 soy 黃豆 **+ bean** 豆類

Soybeans are very nutritious.

▶ 黃豆非常營養。

spacecraft [`spes,kræft] 名 太空船 同 spaceship ▶ 托 4
(解碼) space 太空 + craft 飛機
The development of **spacecraft** has made it possible for man to travel in outer space.
▶ 太空船的發展讓人類可能到外太空去旅行。

spokesperson [`spoks,pɜsn̩] 名 發言人 同 spokesman ▶ 托 4
(解碼) spoke/spokes 陳述意見 + person 人
The **spokesperson** asserted the president's affairs was nothing but a rumor.
▶ 發言人堅稱，總裁的緋聞不過是謠傳罷了。

sportsman [`sportsmən] 名 運動員 同 athlete ▶ 檢 5
(解碼) sports 運動 + man 人
A cheer arose when the **sportsman** appeared.
▶ 那名運動員露面時，響起了歡呼聲。

spotlight [`spɑt,laɪt] 名 聚光燈 動 聚焦於… 同 highlight ▶ 托 4
(解碼) spot 斑點 + light 燈光
Can you adjust the **spotlight** to the right?
▶ 你能不能將聚光燈向右調整一點？

statesman [`stetsmən] 名 政治家 同 politician ▶ 檢 4
(解碼) states 國家事務 + man 人
Mahatma Ghandi was a great **statesman**.
▶ 印度聖人甘地是一位非常偉大的政治家。

straightforward [,stret`fɔrwəd] 形 副 直接 同 direct ▶ 檢 4
(解碼) straight 直接的 + forward 朝向
The professor's explanation was **straightforward**.
▶ 教授的解說簡單易懂。

strawberry [`strɔbɛrɪ] 名 草莓 關 berry ▶ 檢 4
(解碼) straw 稻草 + berry 草莓類
My neighbor gave me a jar of homemade **strawberry** jam.
▶ 我鄰居給了我一罐自製的草莓果醬。

suitcase [`sut,kes] 名 手提箱 同 luggage ▶ 托 4
(解碼) suit 套；組 + case 箱子
Alan packed his clothes into a **suitcase**.
▶ 艾倫把他的衣服裝進一個手提箱內。

supermarket [`supɚ͵mɑrkɪt] 名 超級市場 同 mart　▶ 托 5

(解碼) **super** 超過；大的 **+ market** 市場

Free catalogues are available in all the **supermarkets** in this area.

▶ 在這區的所有超市都能拿到免費的產品型錄。

複合字 056 t 開頭的複合字

table tennis 片 桌球 同 ping-pong　▶ 托 4

(解碼) **table** 桌子 **+ tennis** 網球

The little boy has an aptitude for playing **table tennis**.

▶ 這個小男孩具有打桌球的才能。

---

taxicab [`tæksɪ͵kæb] 名 計程車 同 taxi　▶ 托 4

(解碼) **taximeter** 車費指示器 **+ cab** 計程車（提示：**taxi** 為 **taximeter** 的簡化字）

Alexander has sideswiped a **taxicab** yesterday.

▶ 亞歷山大昨天開車時擦撞了一輛計程車。

---

textbook [`tɛkst͵bʊk] 名 教科書 同 schoolbook　▶ 檢 5

(解碼) **text** 文字 **+ book** 書（**text** 在古拉丁文有「聖經」之意）

Besides **textbooks**, students should be encouraged to read classic novels.

▶ 除了教科書以外，也應該鼓勵學生閱讀經典小說。

---

throughout [θru`aʊt] 介 副 徹頭徹尾 同 all over　▶ 研 5

(解碼) **through** 遍及 **+ out** 徹底地

We enjoy a relaxing indulgence at the beach **throughout** the afternoon.

▶ 我們在海灘享受了一整個下午的美好時光。

---

tiptoe [`tɪp͵to] 動 踮腳尖走 名 腳尖 關 fingertip　▶ 檢 4

(解碼) **tip** 尖端 **+ toe** 腳趾

The mother **tiptoed** in the room because the baby was sleeping.

▶ 因為小嬰兒在睡覺，那名母親便在房間裡踮腳走。

---

trademark [`tred͵mɑrk] 名 商標 同 label　▶ 益 4

(解碼) **trade** 商業 **+ mark** 標記

They have registered their **trademark** of a colorful hot balloon.

▶ 他們已註冊彩色熱氣球作為商標。

---

typewriter [`taɪp͵raɪtɚ] 名 打字機 同 typing machine　▶ 檢 4

(解碼) **type** 打字 **+ writer** 抄寫員

My sister has a **typewriter** at home, but she never uses it.

▶ 我姐姐家裡有一台打字機，但她從來沒有用過。

複合字 057 V 開頭的複合字

videotape [`vɪdɪo,tep] 名 錄影帶 關 cartridge ▶ 檢 5
解碼 video 錄影 + tape 膠帶
Some viewers illegally record the films on **videotape**.
▶ 有些觀眾非法將影片錄在錄影帶上。

vineyard [`vɪnjəd] 名 葡萄園 同 grapery ▶ 托 4
解碼 vine 葡萄藤 + yard 房屋周圍的土地
Matt supervises the **vineyard** and makes the wines.
▶ 麥特管理葡萄園並釀造葡萄酒。

volleyball [`vɑlɪ,bɔl] 名 排球 關 spiker ▶ 檢 4
解碼 volley 齊發；迸發 + ball 球
Those girls in sandals on the beach are playing **volleyball**.
▶ 沙灘上那些穿著涼鞋的女孩正在打排球。

複合字 058 W 開頭的複合字

wardrobe [`wɔrd,rob] 名 衣櫥 同 closet ▶ 檢 4
解碼 ward 保存 + robe 服裝
I need one more **wardrobe** to hang my clothes.
▶ 我還需要一個衣櫃來掛我的衣服。

warehouse [`wɛr,haʊs] 名 倉庫 同 storehouse ▶ 益 4
解碼 ware 物品 + house 房屋
The hurricane ruined everything in the **warehouse**.
▶ 那場颶風毀壞了倉庫內的所有物品。

website [`wɛb,saɪt] 名 網站 同 web page ▶ 研 5
解碼 web 網路 + site 位置
With the program, vicious flames will be blocked out of our **website**.
▶ 有了這個程式，惡意的網路攻擊都會被擋在我們的網站之外。

wheelchair [`hwil`tʃɛr] 名 輪椅 關 disabled ▶ 研 4
解碼 wheel 輪子 + chair 椅子
A **wheelchair** access has been provided specifically for disabled passengers.

▶ 這裡提供輪椅通道，專供行動不便人士使用。

whenever [hwɛnˋɛvɚ] 連 副 無論何時 同 anytime
▶ 研 5

(解碼) when 何時 + ever 究竟（加強語氣）

Whenever Judy leaves, her husband will always follow her.

▶ 無論茱蒂何時要離開，她的先生都會跟著她一起。

wholesale [ˋhol͵sel] 名 批發 形 批發的 反 retail
▶ 益 4

(解碼) whole 全部的 + sale 銷售

The tea exporters only deal with wholesale business only.

▶ 那名茶品出口商只和批發商交易。

widespread [ˋwaɪd͵sprɛd] 形 普遍的 同 pervasive
▶ 檢 5

(解碼) wide 寬廣的 + spread 散播

The lady's good deeds have been widespread.

▶ 那位女士的善行已廣為流傳。

wildlife [ˋwaɪld͵laɪf] 名 野生動植物 關 being
▶ 托 4

(解碼) wild 野生的 + life 生命

The pesticides can affect not only pests but also wildlife.

▶ 殺蟲劑不僅會影響害蟲，也會影響野生動植物。

windshield [ˋwɪnd͵ʃild] 名 擋風玻璃 同 windscreen
▶ 檢 5

(解碼) wind 風 + shield 防護物

The windshield is so dirty that I can hardly see the view.

▶ 這個擋風玻璃髒到我幾乎看不到前方的路況。

woodpecker [ˋwud͵pɛkɚ] 名 啄木鳥 關 peck
▶ 檢 3

(解碼) wood 樹木 + pecker 鳥喙

A woodpecker uses its beak to make holes in tree trunks.

▶ 啄木鳥用牠的鳥嘴在樹幹上鑿洞。

workshop [ˋwɝkʃɑp] 名 工作坊 同 atelier
▶ 益 5

(解碼) work 工作 + shop （工作用的）小屋

All the employees must attend the workshop this afternoon.

▶ 所有員工都必須參加今天下午的工作坊。

worthwhile [ˋwɝθ͵hwaɪl] 形 值得的 同 valuable
▶ 益 5

(解碼) worth 有價值的 + while 期間

It takes efforts to find out the truth but always worthwhile.

▶ 發掘真相需耗費力氣，但終究是值得的。

NOTE

Pass

國家圖書館出版品預行編目資料

字根好記！無痛拆解7000英單 / 張翔 編著. -- 初版. --
新北市：知識工場出版 采舍國際有限公司發行,
2017.2　面；　公分. --（Master；01）
ISBN 978-986-271-735-6（平裝）

1.英語　　2.詞彙

805.12　　　　　　　　　　　　105022518

Cracking Codes for English:
Prefix, Root, and Suffix

字根好記

無痛拆解 7000 英單

知識工場 · Master 01

字根好記!
無痛拆解7000英單

出 版 者／全球華文聯合出版平台 · 知識工場
作　　者／張翔　　　　　　　印 行 者／知識工場
出版總監／王寶玲　　　　　　英文編輯／何牧蓉
總 編 輯／歐綾纖　　　　　　美術設計／蔡億盈

台灣出版中心／新北市中和區中山路2段366巷10號10樓
電話／（02）2248-7896
傳真／（02）2248-7758
ISBN-13／978-986-271-735-6
出版日期／2024年4月九版十八刷

全球華文市場總代理／采舍國際
地址／新北市中和區中山路2段366巷10號3樓
電話／（02）8245-8786
傳真／（02）8245-8718

港澳地區總經銷／和平圖書
地址／香港柴灣嘉業街12號百樂門大廈17樓
電話／（852）2804-6687
傳真／（852）2804-6409

全系列書系特約展示
新絲路網路書店
地址／新北市中和區中山路2段366巷10號10樓
電話／（02）8245-9896
傳真／（02）8245-8819
網址／www.silkbook.com

※ 本書部分內容係參考本社《破解字根字首，7000單字不必背！》一書改編而成，特此聲明。
本書為名師張翔等及出版社編輯小組精心編著覆核，如仍有疏漏，請各位先進不吝指正。來函請寄
mujung@mail.book4u.com.tw，若經查證無誤，我們將有精美小禮物贈送！

字首 an-, anci-, anti-
之前；先

ancestor = an + cest + or 名 祖先
ancient = anci + ent 形 古代的
anticipate = anti + cip + ate 動 預期

字首 pre- 之前

precaution = pre + caution 名 預防措施
prejudice = pre + judice 名 偏見
presence = pre + sence 名 出席
prestige = pre + stige 名 聲望
preview = pre + view 名 預告

字首 cat-, cata- 往下

catalog/catalogue = cata + log(ue) 名 目錄
catastrophe = cata + strophe 名 災變
category = cat + egory 名 類型

字首 de- 往下；分離；完全的；來自

decay = de + cay 名 腐爛
degrade = de + grade 動 降級
detail = de + tail 名 細節
devote = de + vote 動 獻身於

字首 il-, in-, ir- 朝向

index = in + dex 名 指南
investigate = in + vestig + ate 動 調查

字首 pa-, par-, para-
旁邊；抵抗

parachute = para + chute 名 降落傘

paragraph = para + graph 名 段落
parallel = para + llel 形 平行的
paralyze = para + lyze 動 使麻痺

字首 inter-, enter-, intel-
在…之間

intelligence = intel + lig + ence 名 智力
international = inter + nation + al 形 國際的
internet = inter + net 名 網際網路
interpret = inter + pret 動 口譯
interview = inter + view 名 動 面試

字首 ep-, epi- 在…之中；在…之上

epidemic = epi + dem + ic 名 傳染病

字首 im-, in- 在上面；在裡面

incentive = in + cent + ive 名 誘因
incident = in + cid + ent 名 事件
inside = in + side 名 內部
insight = in + sight 名 見識

字首 sub-, suf-, sum- 下面

substance = sub + stan + ance/ce 名 物質
substitute = sub + stitute 名 替代品
subway = sub + way 名 地下鐵
sufficient = suf + fici + ent 形 足夠的

字首 super-, sove-, sur-
在…之上；超越

sovereign = sove + reign 形 具獨立主權的

superior = super + ior 形 優秀的
surrender = sur + render 動 投降

字首 a- 處於

aboard = a + board 介 副 在車（船、飛機）上
abroad = a + broad 副 去國外
across = a + cross 介 橫越
alive = a + live 形 活著的
among = a + mong 介 在…之中

字首 be- 存在於

because = be + cause 連 因為
become = be + come 動 成為
before = be + fore 介 在…之前
behalf = be + half 名 利益
behind = be + hind 介 在…後面
below = be + low 介 在…下面
beneath = be + neath 介 在…之下
beside = be + side 介 在旁邊
betray = be + tray 動 背叛
beyond = be + yond 介 超出

字首 ob-, oc- 處於

obscure = ob + scure 形 隱藏的
occupy = oc + cupy 動 占據

字首 circu-, circul-, circum- 環繞；周圍

circuit = circu + it 名 周邊一圈
circulate = circul + ate 動 循環
circumstance = circum + stan + ance/ce 名 環境

字首 tele- 遠方的

telephone = tele + phone 名 電話
television = tele + vision 名 電視

字首 a-, ac-, ad-, al-, as-, at- 前往

abandon = a + bandon 動 遺棄
accumulate = ac + cumulate 動 累積
accustom = ac + custom 動 使習慣
acknowledge = ac + know + ledge 動 承認
address = ad + dress 動 演說
allow = al + low 動 允許
asset = as + set 名 資產
attach = at + tach 動 附上
attack = at + tack 名 動 攻擊

字首 ab-, adv- 離開

abortion = ab + ori + tion 名 墮胎
absorb = ab + sorb 動 吸收
abundant = ab + und + ant 形 豐富的
advance = adv + ance 動 前進
advantage = ad + vant + age 名 優勢

字首 dia- 穿越；兩者之間

diagram = dia + gram 名 圖表
dialogue = dia + logue 名 對話
diameter = dia + meter 名 直徑

字首 di-, dis- 分離；使喪失

digest = di + gest 動 消化
disability = dis + ability 名 殘疾
disease = dis + ease 名 疾病

distribute = dis + tribute 動 分配

字首 **pro-, pur-** 向前地；之前；代替

problem = pro + blem 名 問題
profile = pro + file 名 人物簡介
prominent = pro + min + ent 形 著名的
purchase = pur + chase 動 購買

字首 **re-** 返回；再一次

recent = re + ken/cent 形 近來的
refuge = re + fuge 名 庇護所
regard = re + gard 名 問候
regret = re + gret 名 動 後悔
reinforce = re + en/in + fore 動 增強
remain = re + main 動 保持
repay = re + pay 動 償還
reproduce = re + produce 動 再生產
rescue = re + scue 動 救援
research = re + search 名 研究
return = re + turn 動 返回
reveal = re + veal 動 揭發
reward = re + ward 名 報酬

字首 **tra-, trans-, tres-** 跨越；經由

transfer = trans + fer 動 調職
transform = trans + form 動 變形
transmit = trans + mit 動 傳送
transparent = trans + parent 形 透明的
transplant = trans + plant 名 移植
transport = trans + port 動 運輸
tranquil = trans/tran + quil 形 安靜的

字首 **e-, ex-, extra-, s-** 向外；排除；外面

edit = e + dit 動 編輯
editorial = e + dit + or + ial 名 社論
eliminate = e + limin + ate 動 淘汰
escape = ex/es + cape 動 逃脫
example = ex + ample 名 範例
exercise = ex + ercise 名 運動
exotic = ex/exo + tic 形 外來的
expand = ex + pand 動 擴張
explain = ex + plain 動 說明
exterior = ex/exter + ior 名 外部
sample = s + ample 名 標本
spend = s + pend 動 花費

字首 **al-** 全部

almost = al + most 副 幾乎
alone = al + one 副 單獨地
already = al + ready 副 已經
also = al + so 副 並且
although = al + though 連 雖然
altogether = al + together 副 總之
always = al + way + s 副 永遠

字首 **amb-, ambi-** 兩者；周圍

ambiguity = amb + igu + ity 名 模稜兩可

字首 **bi-** 兩個；雙

bilateral = bi + lateral 形 雙邊的

字首 **deca-, decem-** 十

decade = dec + ade 名 十年
December = decem + ber 名 十二月

di-, dou-, du- 兩倍；兩個

diploma = di + plo + ma 名 文憑
diplomacy = di + plo + macy 名 外交手腕
doubt = dou + bt 名 疑問
dozen = do + decem/zen 名 一打

字首 **extra-** 額外的；超出

extra = extra 形 額外的
extraordinary = extra + ordinary 形 非凡的

字首 **un-, uni-** 單一

uniform = uni + form 名 制服 形 相同的
unify = uni + fy 動 使統一
union = uni + on 名 聯合

字首 **co-, col-, com-, con-, coun-** 共同

coincide = co + in + cide 動 相符
colleague = col + league 名 同事
collide = col + lide 動 碰撞
combine = com + bine 動 結合
commuter = com + mut + er 名 通勤族
complain = com + plain 動 抱怨
complaint = com + plaint 名 控訴
conflict = con + flict 名 衝突
consonant = con + son + ant 名 子音
counsel = coun + sel 動 勸告
counselor = coun + sel + or 名 顧問

字首 **syn-, syl-, sym-** 一起

symbol = sym + bol 名 象徵

sympathetic = sym + path+ etic 形 有同情心的
sympathy = sym+ path + y 名 同情
symptom = sym + ptom 名 症狀
system = syn/sys + ste + m 名 系統

字首 **a-, am-, an-** 否定

atom = a + tom 名 原子
anarchy = an + arch + y 名 無秩序

字首 **ant-, anti-** 相反；反抗；反對

Antarctic = ant + arctic 名 南極
antibody = anti + body 名 抗體

字首 **contra-** 反對；逆向

contradict = contra + dict 動 反駁
contrary = contra + ry 形 相反的
contrast = contra + stet/st 名 對照
counter = contra → counter 動 反駁

字首 **di-, dis-, s-** 否定；相反

disadvantage = dis + advantage 名 不利
disagree = dis + agree 動 不同意
disappear = dis + appear 動 消失
disappoint = dis + appoint 動 使失望
disapprove = dis + ap + prove 動 不贊成
discharge = dis + charge 動 使免除
discomfort = dis + com + fort 名 不適
dishonest = dis + honest 形 不誠實的
disconnect = dis + connect 動 分離
dismay = dis + may 名 灰心

disregard = dis + re + gard 動 不顧

dissuade = dis + suade 動 勸阻

字首 **in-** 否定

inanimate = in + anim + ate 形 無精打采的

字首 **n-, ne-, non-** 否定

neither = n + either 形 兩者都不

neutral = ne + utr + al 形 中立的

never = n + ever 副 絕不

none = n + one 代 無一

字首 **ob-, op-** 反對

obstacle = ob + stet/sta + cle 名 障礙物

opposite = op + pos + ite 形 相反的

字首 **un-** 相反; 否定

undoubtedly = un + doubt + ed + ly 副 無疑地

字首 **a-** 強調

alike = a + like 形 相似的

arise = a + rise 動 發生

await = a + wait 動 等候

aware = a + ware 形 知道的

awhile = a + while 副 一會兒

字首 **arch-, arche-, archi-** 首領；主要的

arch = arch 名 拱廊

architect = archi + tect 名 建築師

architecture = archi + tect + ure 名 建築

字首 **auth-, auto-** 自己

autobiography = auto + bio + graphy 名 自傳

autograph = auto + graph 動 親筆簽名

automobile = auto + mob + ile 名 汽車

autonomy = auto + nomy 名 自主

字首 **bene-, beni-, bon-** 有益的

beneficial = bene + fic + ial 形 有益的

benefit = bene + fit 動 受益

bonus = bon + us 名 紅利

字首 **di-** 日

dial = di + al 動 撥 名 撥號盤

diet = di + et 名 日常飲食

字首 **em-, en-** 使

endanger = en + danger 動 危及

endeavor = en + deavor 名 動 努力

energy = en + erg + y 名 活力

engage = en + gage 動 從事

enhance = en + hance 動 提升

enjoy = en + joy 動 享受

enlarge = en + large 動 放大

enrich = en + rich 動 使富裕

enroll = en + roll 動 註冊

字首 **ex-** 完全地

exact = ex + act 形 精確的

exchange = ex + change 動 交換

execute = ex + ecute 動 執行

exert = ex + ert 動 運用

exhaust = ex + haust 動 使筋疲力竭
exist = ex + sist 動 存在

字首 **mis-** 錯誤

misfortune = mis + fortune 名 不幸
mistake = mis + take 名 錯誤
misunderstand = mis + under + stand 動 誤會

字根 **cap** 頭；抓取

capacity = cap + ity/acity 名 容量
capital = cap/capit + al 名 首都

字根 **chief** 頭

achieve = a + chief/chieve 動 完成

字根 **cord, cour** 心臟

accord = ac + cord 名 動 一致
core = cord + e 名 果核
discourage = dis + cour + age 動 勸阻
cordial = cord + ial 形 誠懇的

字根 **corp, corpor** 身體

corporate = corpor + ate 形 公司的
corps = corp + s 名 軍團

字根 **dent** 牙齒

dentist = dent + ist 名 牙醫師

字根 **fac, front** 臉；額頭

confront = con + front 動 面對
face = fac + e 名 臉部

front = front 名 前面
surface = sur + fac/face 名 表面
linguist = lingu + ist 名 語言學家

字根 **man, manu** 手

manage = man + age 動 處理
manipulate = manu/mani + pul + ate 動 操縱
manuscript = manu + script 名 原稿

字根 **muscle** 肌肉

muscle = muscle 名 肌肉

字根 **nerv, neur, neuro** 神經

nerve = nerv + e 名 神經
nervous = nerv + ous 形 緊張的

字根 **aud, audi, edi** 聽

obedient = ob + edi + ent 形 服從的

字根 **clam, claim** 大叫

claim = claim 動 聲稱

字根 **dic** 宣稱；指出

dedicate = de + dic + ate 動 致力
indicate = in + dic + ate 動 顯示

字根 **dict** 說

dictation = dict + ate + ion 名 口述

字根 **fa, fabl, fabul** 說

fabulous = fabul + ous 形 極好的
preface = pre + fa + ence/ce 名 序言

字根 **fam** 說話

fate = fam/fat + e 名 宿命

字根 **fess** 講

professor = pro + fess + or 名 教授

字根 **log, loqu** 說

colloquial = col + loqu + ial 形 口語的
logic = log + ic 名 邏輯

字根 **spec** 看

despite = de + spec/spite 介 不顧
expect = ex + spec 動 期待
inspect = in + spec/spect 動 調查
respect = re + spec/spect 名 動 尊敬
special = spec + ial 形 特別的
suspect = sub/sus + spec/spect 名 嫌疑犯

字根 **vis, vise** 看見

advice = ad + vise/vice 名 忠告
advise = ad + vise 動 勸告
device = de + vise/vice 名 設計
envy = in/en + vis/vy 名 動 羨慕
evidence = e + vis/vid + ence 名 證據
evident = e + vis/vid +ent 形 明顯的
provide = pro + vise/vide 動 提供
review = re + vise/view 名 動 評論

revise = re + vise 動 校訂
vision = vis + ion 名 視力
visit = vis + it 名 動 拜訪
visual = vis + ual 形 視覺的

字根 **voc, voke** 喊叫；聲音

advocate = ad + voc + ate 動 主張
vocabulary = voc/voca + bul + ary 名 字彙
vocation = voc + ation 名 職業

字根 **bat, batt** 打

bat = bat 動 揮打 名 球棒
battle = batt + le 名 戰役

字根 **ceive, cept, cip** 拿

except = ex + cept 介 除外
receive = re + ceive 動 收到

字根 **cuss** 搖晃；打擊

discuss = dis + cuss 動 討論

字根 **ample, empt** 拿；買

example = ex + ample 名 樣本

字根 **fend, fest** 打擊

defend = de+ fend 動 防禦
offense = ob/of + fend/fense 名 冒犯

字根 **ger, gest** 攜帶

exaggerate = ex + ag + ger + ate 動 誇張

suggest = sub/sug + gest 動 建議

字根 gram, graph 寫

calligraphy = calli + graph + y 名 書法
geography = geo + graph + y 名 地理學
grammar = gram + ar 名 文法
photograph = photo + graph 名 照片
program = pro + gram 名 節目單

字根 jac, ject 投擲

inject = in + ject 動 注入
project = pro + ject 名 計畫
subject = sub + ject 名 主題

字根 late 攜帶

relate = re + late 動 關聯
translate = trans + late 動 翻譯

字根 lev 提高；輕的

relevant = re + lev + ant 形 相關的
relieve = re + lev/lieve 動 減緩

字根 pon, pos, pose, post 放置

compose = com + pose 動 組成
expose = ex + pose 動 使暴露
impose = im + pose 動 課稅
opponent = op + pon + ent 名 對手
oppose = op + pose 動 反對
opposite = op + pos + ite 名 對立物 形 相對的
pose = pose 名 姿勢
post = post 名 職位 動 張貼

propose = pro + pose 動 提議
purpose = pur + pose 名 目的
suppose = sub/sup + pose 動 推測
pause = pose → pause 名 動 中止

字根 prehend, pris 抓取

comprehend = com + prehend 動 理解
enterprise = enter + pris/prise 名 事業
prize = pris → prize 名 獎品
surprise = sur + pris/prise 名 驚奇

字根 press 壓

depress = de + press 動 壓下
express = ex + press 動 表達
impress = im + press 動 使印象深刻
oppress = op + press 動 壓迫
press = press 名 新聞界 動 壓

字根 punct 刺

disappoint = dis + ap + punct/point 動 使失望
point = punct → point 動 指向

字根 scal, scan, scend 攀爬

descend = de + scend 動 下降
scan = scan 名 動 掃描

字根 scribe 寫下

describe = de + scribe 動 描寫

字根 sume, sumpt 拿

assume = as + sume 動 假定

consume = con + sume 動 消費

result = re + sult 名 結果

字根 **cede, ceed** 前去；讓步

concession = con + cede/cess + ion
名 讓步

proceed = pro + ceed 動 繼續

succeed = sub/suc + ceed 動 成功

success = sub/suc + cede/cess 名 成功

successor = sub/suc + cede/cess +
or 名 繼承者

字根 **cours, cur** 跑

course = cours + e 名 路線

occur = ob/oc + cur 動 發生

recur = re + cur 動 重現

字根 **fare** 去

warfare = war + fare 名 戰爭

字根 **grad, gress** 走

aggression = ag + gress + ion 名 攻擊

congress = con + gress 名 國會

gradual = grad + ual 形 逐漸的

progress = pro + gress 名 前進

字根 **it** 行走；去

exit = ex + it 名 出口

initial = in + it/iti + al 形 最初的

字根 **sal, sult** 跳

consult = con + sult 動 商量

consultation = con + sult + ation 名
商量

字根 **secu, sequ, su** 跟隨

consequence = con + sequ + ence
名 結果

execute = ex + secu + ate 動 實施

pursue = pur + su/sue 動 追求

pursuit = pur + su + it 名 追求

sequence = sequ + ence 名 連續

suit = su + it 動 適合

字根 **sed, sid, sess** 坐

assess = as + sess 動 評價

possess = pos + sess 動 擁有

presidency = pre + sid + ency 名 總
統任期

residence = re + sid + ence 名 居住

字根 **sist, sta, stitute** 站立

consist = con + sist 動 存在

distance = di + sta/st + ance 名 距離

distant = di + sta/st + ant 形 遠方的

insist = in + sist 動 堅持

install = in + sta/stall 動 安裝

instance = in + sta/st + ance 名 例子

persist = per + sist 動 堅持

resist = re + sist 動 抵抗

stage = sta/st + age 名 講臺

steady = sta/stead + y 形 穩定的

字根 **ven, vent** 來

convenience = con + ven/veni + ence
名 便利

convenient = con + ven/veni + ent
形 方便的

event = e + vent 名 事件
invent = in + vent 動 發明
prevent = pre + vent 動 阻止
revenue = re + ven/venue 名 收入

字根 **am, em** 喜愛

amateur = am + ator/ateur 形 業餘的

字根 **cogn, gnos** 知曉

ignorant = in/i + gnos/gnor + ant 形 愚昧的

ignore = in/i + gnos/gnore 動 忽視
know = gnos → know 動 知道
recognize = re + cogn + ize 動 辨認

字根 **cred** 相信

credit = cred + it 名 功勞
credibility = cred + able + ity 名 可信度

字根 **fid, fides** 信任

fidelity = fides/fidel + ity 名 忠實

字根 **grat, gratul** 使高興

agree = a + grat/gree 動 同意
congratulate = con + gratul + ate 動 祝賀
grace = grat → grace 名 優雅

字根 **memor** 記得

commemorate = com + memor + ate 動 記念
memorial = memor + ial 形 紀念的
remember = re + memor/mem+ ber

動 記起

字根 **ment** 心智

commentary = com + ment + ary 名 注解
mind = ment → mind 名 精神

字根 **mir** 驚訝；看

miracle = mir + acle 名 奇蹟
mirror = mir + or 名 鏡子

字根 **not** 標示

note = not + e 名 筆記
notice = not + ice 名 動 注意

字根 **opt** 選擇；希望

adopt = ad + opt 動 採用
optimism = opt + im+ ism 名 樂觀主義
optimistic = opt + im+ istic 形 樂觀的
option = opt + ion 名 選擇

字根 **passi, pati, path** 受苦；感覺

compatible = com + pati + able 形 相容的
passion = passi + ion 名 激情
passive = passi + ive 形 被動的
patience = pati + ence 名 忍耐
patient = pati + ent 名 病人 形 有耐心的

字根 **phil, philo** 愛

philosophy = philo+ soph + y 名 哲學

字根 plac, pleas 取悅

pleasant = pleas + ant 形 愉快的
please = pleas + e 動 使高興

字根 pute 思考

deputy = de + pute/put + y 名 代理人
dispute = dis + pute 名 動 爭論

字根 sci 知道

science = sci + ence 名 科學
scientific = sci + ence/enti + fic 形 科學的

字根 sens, sent 感覺

scent = sent → scent 名 氣味
sense = sens + e 名 感覺
sentence = sent + ence 名 句子 動 判決

字根 spair, sper 希望

despair = de + spair 名 動 絕望
desperate = de + sper + ate 形 拼命的
prosper = pro + sper 動 興盛

字根 theo 沉思

theory = theo + ry 名 理論

字根 cure 注意；小心

accurate = ac + cure/cur + ate 形 準確的
cure = cure 名 療法

字根 mod 模式；態度

manner = mod → manner 名 方法
modern = mod + ern 形 現代的

字根 neg 否認；否定

negative = neg + ative 形 否定的
neglect = neg + lect 名 動 忽略
negotiate = neg + oti + ate 動 談判

字根 pact 同意；繫

impact = im + pact 名 衝擊

字根 spond 保證

sponsor = spond/spons + or 名 贊助人

字根 tempt 嘗試

attempt = ad/at + tempt 動 嘗試
tempt = tempt 動 誘惑

字根 toler 容忍

tolerable = toler + able 形 可容忍的
tolerance = toler + ance 名 忍受
tolerant = toler + ant 形 容忍的
tolerate = toler + ate 動 忍受

字根 vol, volunt 意志

voluntary = volunt + ary 形 自願的
volunteer = volunt + eer 名 義工 動 自願

字根 al, ol, ul 滋養

adolescence = ad + ol + esce + ence 名 青春期

字根 ang 窒息

angry = ang + ry 形 生氣的
anxiety = ang/anxie + ty 名 憂慮

字根 anim 呼吸

animal = anim + al 名 動物

字根 bi, bio 生命

biochemistry = bio + chemistry 名 生物化學

字根 chron 時間

chronic = chron + ic 形 長期的

字根 cre, cresc 生長；製作

create = cre + ate 動 創造
concrete = con + cresc/crete 形 具體的
decrease = de + cresc/crease 名 減退
increase = in + cresc/crease 動 增加

字根 gen 產生；種類

gene = gen + e 名 基因
genuine = gen/genu + ine 形 真正的
pregnant = pre + gen/gnant 形 懷孕的

字根 nat 出生；天生

nation = nat + ion 名 國家
native = nat + ive 形 本國的
nature = nat + ure 名 自然

字根 sen 老的

senior = sen + ior 形 年長的

字根 spir 呼吸

spirit = spir + it 名 精神

字根 veg, vig 充滿活力的

vegetable = veg + et + able 名 蔬菜
vigor = vig + or 名 精力

字根 viv 生存

survive = sur + viv/vive 動 倖存
vital = viv/vit + al 形 生命的

字根 anni , annu, enni 年

annual = annu + al 形 一年一次的

字根 et, ev 時代

medieval = medi + ev + al 形 中世紀的

字根 journ 一天

journal = journ + al 名 期刊
journey = journ + ey 名 動 旅行

字根 car, carr 車；跑

career = car + eer 名 職業
cargo = car + go 名 貨物
charge = car/char + ge 名 動 索價

字根 cult, col 耕種；培養

cultivate = cul/cultiv + ate 動 耕種
cultural = cult + ure + al 形 文化的

culture = cult + ure 名 文化
colony = col/colon + y 名 殖民地

字根 **custom** 習慣

accustom = ac + custom 動 使習慣
customs = custom + s 名 海關

字根 **electr** 電的

electric = electr + ic 形 電的

字根 **hab, hibit** 擁有；居住

habit = hab + it 名 習慣
inhabit = in + hab + it 動 居住

字根 **heal** 健全

heal = heal 動 痊癒
healthful = heal + th + ful 形 有益健康的
healthy = heal + th + y 形 健康的

字根 **med** 治療

medicine = med + ic + ine 名 醫藥

字根 **merc** 貿易

market = merc/mark + et 名 市場
mercy = merc + y 名 慈悲

字根 **mun** 服務

communication = com + mun + ic + ation 名 溝通
communicative = com+ mun + ic + ative 形 愛說話的
municipal = mun/muni + cip + al 形

都市的

字根 **nau, nav** 船

navigate = nav + ig + ate 名 駕駛

字根 **oper** 工作

operate = oper + ate 動 操作

字根 **pan** 麵包

company = com + pan/pany 名 公司

字根 **serv** 保存；服務

conserve = con + serv/serve 動 保存
deserve =de + serv/serve 動 應得
dessert = dis/des + serv/sert 名 甜點
observe = ob + serv/serve 動 觀察
preserve = pre + serv/serve 動 保存
reserve = re + serv/serve 名 動 保留
serve = serv + e 動 服務
service = serv + ice 名 服務

字根 **text** 編織

text = text 名 本文

字根 **theater** 戲院

theater = theater 名 劇場
theatrical = theater/theatr + ical 形
戲劇的

字根 **vest** 穿著

invest = in + vest 動 投資

字根 vi, voy 道路

obvious = ob + vi + ous 形 明顯的
previous = pre + vi + ous 形 先前的

字根 base 基礎

basis = base → basis 名 基礎
bass = base → bass 形 低音的 名 低音樂器

字根 calc 石灰

calculate = calc + ul + ate 動 計算

字根 cell 小房間；隱藏

cellar = cell + ar 名 地窖

字根 fer 承載

differ = dis/dif + fer 動 不同
indifferent = in + dis/dif + fer + ent 形 漠不關心的
offer = ob/of + fer 名 動 提供
suffer = sub/suf + fer 動 遭受

字根 found 基礎

profound = pro + found 形 深奧的

字根 medi 中間的

immediate = im+ medi + ate 形 立即的
mediate = medi + ate 動 調解
medium = medi + um 名 媒介物

字根 ple, plic, ply 摺疊

apply = ap + ply 動 申請
complex = com + plic/plex 形 複雜的
complicate = com + plic + ate 動 使複雜
display = dis + ply/play 名 動 展示
employ = in/em+ ply/ploy 動 雇用
implicit = im + plic + it 形 含蓄的
imply = im + ply 動 暗示
reply = re + ply 名 動 答覆
simple = sym/sim + ple 形 簡單的

字根 port 大門；運送

export = ex + port 動 輸出
import = im + port 動 輸入
importance = im+ port + ance 名 重要性
important = im + port + ant 形 重要的
opportunity = ob/op + port/portun + ity 名 機會
report = re + port 名 動 報告
sport = s + port 名 運動
support = sub/sup + port 名 動 支持

字根 stru, struct 建造

destroy = de + stru/stroy 動 破壞

字根 techn, techno 技巧

technical = techn + ical 形 技術的
technique = techn + ique 名 技術

字根 vac, van, void 空的

avoid = ex/a + void 動 避免
vacation = vac + ation 名 假期
vain = van → vain 形 徒然的
vanish = van + ish 動 消失

字根 **ali, alter** 其他的

alternative = alter/altern + ative 名 選擇 形 替代的

字根 **sert** 結合

desert = de + sert 名 沙漠
series = sert/ser + ies 名 系列

字根 **commun** 共同

communicate = commun + ic + ate 動 溝通
communicative = commun + ic + ate + ive 形 善於溝通的
communism = commun + ism 名 共產主義

字根 **famil** 親密的

familiar = famil + iar 形 熟悉的
familiarity = famil + iar + ity 名 親密

字根 **join, junct** 加入

conjunction = con + junct + ion 名 聯合
join = join 動 參加

字根 **leg, lig** 綁

ally = al + lig/ly 名 盟友 動 結盟
league = leg/leag + ue 名 聯盟 動 同盟
liable = lig/li + able 形 有義務的
oblige = ob + lig/lige 動 強迫
rally = re + al + lig/ly 動 召集

字根 **nect** 綁

connect = con + nect 動 連接
disconnect = dis + con + nect 動 掛斷電話

字根 **pater, patr, patri** 父親

pattern = patr/patt + ern 名 模型

字根 **proach, proxim** 接近

approximate = ap + proxim + ate 形 近似的

字根 **soci** 同伴

sociable = soci + able 形 好交際的
social = soci + al 形 社會的
society = soci/socie + ty 名 社會

字根 **sol, sole** 單獨的

solid = sol + id 形 固體的
solo = sole → solo 名 單獨表演

字根 **agri** 田野

agriculture = agri + cult + ure 名 農業

字根 **aster, astro** 星星

astronaut = astro + naut 名 太空人

字根 **camp** 田野

campaign = camp + aign 名 活動

字根 **cand** 白色；亮光

candle = cand + le 名 蠟燭

字根 cosm 秩序

cosmetics = cosm + et + ics 名 化妝品

字根 cosm 秩序

fluency = flu + ency 名 流暢
influence = in + flu + ence 名 動 影響

字根 hydr 水

hydrogen = hydr/hydro + gen 名 氫

字根 loc 地方；閂

allocate = al + loc + ate 動 分派
local = loc + al 形 當地的
locate = loc + ate 動 設於

字根 mount 上升；山

amount = a + mount 名 總和

字根 radi 光線；根部

radical = radi + cal 形 根本的
radio = radi + o 名 收音機
radius = radi + us 名 半徑

字根 terr 土地；驚嚇

terrific = terr/terri + fic 形 可怕的

字根 argu 使清楚

argue = argu + e 動 爭論

字根 art 技巧

art = art 名 藝術

字根 disc, doc 教導

disciple = disc/disci + ple 名 門徒
discipline = disc/disci + ple + ine 名 紀律
doctrine = doc/doct + (o)r + ine 名 教義
document = doc/docu + ment 名 文件

字根 dox 意見

paradox = para + dox 名 自相矛盾的言論

字根 duce, duct 引導

conduct = con + duct 動 指揮
educate = e+ duce/duc + ate 動 教育
induce = in + duce 動 引起
introduce = intro + duce 動 介紹
produce = pro + duce 動 生產
seduce = se + duce 動 誘惑

字根 liber 自由

liberate = liber + ate 動 釋放
liberty = liber + ty 名 自由權

字根 liter 文字

literature = liter + ate + ure 名 文學

字根 logy, ology 學說

technology = techno + logy 名 科技

字根 **myst** 神祕

mysterious = myst + ery + ous 形 神祕的

mystery = myst + ery 名 祕密

字根 **nov** 新的

news = nov/new → news 名 新聞

renew = re + new 動 更新

字根 **rat, ratio** 理由

ratio = ratio 名 比率

字根 **rect** 正確的；直的

correct = cor + rect 動 改正 形 正確的

字根 **sign** 記號

assign = as + sign 動 指派

design = de + sign 名 動 設計

designate = de + sign + ate 動 指定

resignation = re + sign + ation 名 辭職

sign = sign 名 符號

signal = sign + al 名 信號

significant = sign + fic/ific + ant 形 有意義的

字根 **angl** 角度

rectangle = rect + angl/angle 名 長方形

字根 **center, centr** 中心

center = center 名 中心

字根 **count** 計算

account = ac + count 名 帳戶

count = count 名 動 計算

discount = dis + count 名 折扣

字根 **equ, equi** 相等的

adequate = ad + equ + ate 形 適當的

equate = equ + ate 動 使相等

equivalent = equi + val + ent 名 相等物

字根 **mens, meter** 測量

geometry = geo + meter/metry 名 幾何學

meter = meter 名 公尺

字根 **mult, multi** 許多

multiply = multi + ply 動 相乘

字根 **ple, plen, pli** 充滿

accomplish = ac + com + ple + ish 動 完成

complete = com + ple/plete 動 完成

plenty = plen + ty 名 豐富

supply = sub/sup + ple/ply 動 供給 名 供給品

字根 **preci** 價錢

appreciate = ap + preci + ate 動 感謝

praise = preci → praise 名 動 稱讚

precious = preci + ous 形 珍貴的

price = preci → price 名 價錢 動 定價

字根 prem, prim, prin 第一的

premier = prem + ier 形 首要的 名 首相
primary = prim + ary 形 主要的

字根 sat, satis, satur 足夠；充滿

satisfactory = satis + fact + ory 形 令人滿意的

字根 ident 相同的

identical = ident + ical 形 相同的

字根 par 相等的

compare = com + par/pare 動 比較
comparison = com + par/pari + son 名 比較
pair = par → pair 名 一對
peer = par → peer 名 同儕

字根 sembl, simil 相似

resemble = re + sembl/semble 動 相像
similar = simil + ar 形 相似的

字根 var, vari 不同的

variety = vari/varie + ty 名 多樣化
various = vari + ous 形 不同的
vary = var → vary 動 使不同

字根 ampl 大；寬大

amplify = ampl + ify 動 擴大

字根 bar 橫梁；障礙

barrier = bar + ier 名 障礙

字根 cli, clin 傾斜；彎曲

climax = cli + max 名 頂點
decline = de + clin/cline 名 動 下降
incline = in + clin/cline 動 傾向

字根 cru, cruc 交叉

crucial = cruc + ial 形 關鍵的

字根 flect, flex 彎曲

reflect = re + flect 動 反射
reflection = re + flect + ion 名 倒影
reflective = re + flect + ive 形 反射的

字根 form 形式

formulate = form + ula + ate 動 明確陳述
information = in + form + ation 名 資訊
performer = per + form + er 名 表演者

字根 long 長的

along = a + long 副 一起
longevity = long + ev + ity 名 長壽

字根 min 小的；突出

administer = ad + min/mini + ster 動 管理
minimal = min/minim + al 形 最小的
minor = min + or 形 次要的
minute = min + ute 名 分鐘

字根 **norm** 標準

norm = norm 名 規範
normal = norm + al 形 正常的

字根 **stereo** 立體的；堅固的

stereotype = stereo + type 名 刻板印象

字根 **civ, civi** 城市；公民

city = civ/cit + y 名 城市
civic = civ + ic 形 公民的
civilian = civi/civil + ian 名 平民

字根 **dem, demo** 人民

democracy = demo + cracy 名 民主
democrat = demo + cracy/crat 名 民主主義者
epidemic = epi + dem + ic 名 傳染病

字根 **dom** 家；支配

dome = dom + e 名 圓屋頂

字根 **domin** 統治；馴服

dominant = domin + ant 形 支配的
dominate = domin + ate 動 支配

字根 **leg** 法律

law = leg → law 名 法律
legislation = leg/legis + lat + ion 名 立法
legislator = leg/legis + lat + or 名 議員
legislature = leg/legis + lat + ure 名 立法機關

privilege = privi + leg/lege 名 特權

字根 **order, ordin** 秩序

order = order 名 順序 動 命令
ordinary = ordin + ary 形 普通的

字根 **polis, polit** 城市；國家

political = polit + ical 形 政治的
politician = polit + ic + ian 名 政治家
politics = polit + ics 名 政治學

字根 **popul, publ** 人民

popular = popul + ar 形 流行的
popularity = popul + ar + ity 名 流行
populate = popul + ate 動 居住於
population = popul + ation 名 人口
public = publ + ic 名 群眾 形 公開的
publish = publ + ish 動 出版

字根 **reg, regul** 統治

regular = regul + ar 形 規律的
rigid = reg/rig + id 形 嚴格的

字根 **urb** 城市

urban = urb + an 形 都市的

字根 **cause, cuse** 理由；訴訟

accuse = ac + cuse 動 控告

字根 **cert** 確定的

certify = cert + ify 動 證明

字根 crim 罪

crime = crim + e 名 罪行
criminal = crim/crimin + al 名 罪犯

字根 deb, du 負債

due = du + e 形 欠款的

字根 fall, fals 欺騙

fault = fall/faul → fault 名 過失

字根 jud 判斷

prejudice = pre + jud + ice 名 偏見

字根 just, juris 正當的；法律

adjust = ad + just 動 調整
adjustment = ad + just + ment 名 調整
injure = in + juris/jure 動 傷害
jury = juris → jury 名 陪審團
just = just 形 公正的
justice = just + ice 名 公平

字根 mand, mend 命令

command = com + mand 名 動 命令
commander = com + mand + er 名 指揮官
recommend = re + com + mend 動 推薦

字根 mon 警告

summon = sub/sum + mon 動 召喚

字根 pen, pun 處罰

penalty = pen + al + ty 名 刑罰
punish = pun + ish 動 處罰
punishment = pun + ish + ment 名 處罰

字根 priv 私人的；剝奪

privacy = priv + ate + cy 名 隱私
private = priv + ate 形 私人的

字根 sur 安全的；確定的

insure = en/in + sur/sure 動 投保
sure = sur + e 形 確信的

字根 test, testi 證明

contest = con + test 名 競賽
test = test 動 檢驗

字根 arm 武器；裝備

arm = arm 名 手臂
arms = arm → arms 名 武器
army = arm + y 名 軍隊

字根 bel, bell 戰爭

rebel = re + bel 動 造反
rebellion = re + bell + ion 名 叛亂

字根 vict, vinc 征服

convince = con + vinc/vince 動 說服
victor = vict + or 名 勝利者

字根 damn, demn 損害

condemn = con + demn 動 譴責

字根 fract, frag 使碎裂；毀壞

fracture = fract + ure 名 裂痕
fraction = fract + ion 名 碎片
fragment = frag + ment 名 碎片

字根 fuse, fund 傾倒

fuse = fuse 名 保險絲 動 熔合
refund = re + fund 動 退還

字根 rupt 破壞

bankrupt = bank + rupt 形 破產的
corruption = cor + rupt + ion 名 腐敗
eruption = e + rupt + ion 名 爆發
interrupt = inter + rupt 動 妨礙
interruption = inter + rupt + ion 名 打斷

字根 aug, auth 增加

authorize = auth + or + ize 動 批准

字根 lax, lyse 放鬆

analyze = ana + lyse/lyze 動 分析
relax = re + lax 動 放鬆
relaxation = re + lax + ation 名 放鬆
release = re + lax/lease 名 動 釋放

字根 migr 移動

emigrant = e + migr + ant 名 移民者
emigration = e + migr + ation 名 移民

immigrant = in/im + migr + ant 名 （外來）移民者
immigrate = in/im+ migr + ate 動 自國外移入
immigration = in/im + migr + ation 名 移居入境
migrate = migr + ate 動 遷移

字根 mis, miss, mit 傳送；釋放

admission = ad + miss + ion 名 允許進入
dismiss = dis + miss 動 解散
message = miss/mess + age 名 訊息
promise = pro + mis/mise 名 動 承諾
transmission = trans + miss + ion 名 傳播

字根 mix 混合

mix = mix 動 混合

字根 mov, mob, mot 移動

emotional = e + mot + ion + al 形 情緒的
mobile = mob + ile 形 活動的
moment = mov/mo + ment 名 片刻
motion = mot + ion 名 動作
motive = mot + ive 形 推動的 名 動機
move = mov + e 動 移動
promotion = pro + mot + ion 名 宣傳
remote = re + mot/mote 形 遙遠的
remove = re + mov/move 動 移動

字根 mut 改變

commuter = com + mut + er 名 通勤者
mutual = mut + ual 形 相互的

字根 par 準備；出現；生下

apparent = ap + par + ent 形 明顯的
appear = ap + par/pear 動 出現
appearance = ap + par/pear + ance 名 出現
parent = par + ent 名 家長
prepare = pre + par/pare 動 準備
repair = re + par/pair 名 動 修理

字根 pass 通過；步伐

passenger = pass + ing/eng + er 名 乘客
pastime = pass/pas + time 名 消遣

字根 pel 驅動

appeal = ap + pel/peal 動 懇求
propel = pro + pel 動 推進

字根 peri 試驗

experience = ex + peri + ence 名 動 經驗
experiment = ex + peri + ment 名 動 實驗
expertise = ex + peri/pert + ise 名 專門技能
expert = ex + peri/pert 名 專家

字根 solut, solv 鬆開

absolute = ab + solut/solute 形 絕對的
resolute = re + solut/solute 形 堅決的
resolution = re + solut + ion 名 決心
resolve = re + solv/solve 名 動 解決
solve = solv + e 動 解決

字根 tort 扭曲

distort = dis + tort 動 扭曲

字根 vers, vert 轉移

conversation = con + vers + ation 名 交談
diversion = di + vers + ion 名 轉移
divorce = di + vert/vorce 名 動 離婚
vertical = vert + ical 形 垂直的

字根 volve, volu 滾動

evolve = e + volve 動 進展
revolve = re + volve 動 旋轉

字根 apt 適合的

apt = apt 形 適當的
adaptation = ad + apt + ation 名 適應

字根 clar 清楚的

declare = de + clar/clare 動 宣布

字根 claus, clos, clud 關閉

close = clos + e 動 關閉
disclose = dis + clos/close 動 顯露
disclosure = dis + clos + ure 名 揭發
exclude = ex + clud/clude 動 排除

including = in + clud + ing 介 包括

字根 **grav** 重的

grave = grav + e 名 墳墓
grieve = grav → grieve 動 使悲傷

字根 **magn, maj, max** 大的

majesty = maj/majest + y 名 威嚴
major = maj + or 形 主要的 名 主修

字根 **monstr** 顯示

demonstrate = de + monstr + ate 動 證明

demonstration = de + monstr + ation 名 證明

字根 **phan, fan** 顯出；出現

emphasis = in/em + phan/pha + sis 名 強調

emphasize = in/em+ phan/pha + sis + ize 動 強調

emphatic = in/em+ phan/phat + ic 形 強調的

fancy = fan + cy 名 愛好
fantasy = fan/fantas + y 名 幻想
phase = phan → phase 名 階段
phenomenon = phan/phenomen + on 名 現象

字根 **proper, propri** 適當

proper = proper 形 適當的

字根 **pur** 單純的

pure = pur + e 形 單純的

字根 **temper** 適度的

temperament = temper/tempera + ment 名 氣質
temperature = temper + ate + ure 名 溫度
temper = temper 名 脾氣

字根 **term, termin** 限制

determination = de + termin + ation 名 決心
determine = de + termin/termine 動 決定
term = term 名 條款

字根 **val, vail** 有價值的；強壯

evaluate = e + val/valu + ate 動 估價
evaluation = e + val/valu + ation 名 評估
prevail = pre + vail 動 戰勝
value = val + ue 名 價值 動 評價

字根 **dur** 持久的；堅固的

durable = dur + able 形 耐用的
endure = in/en + dur/dure 動 忍受

字根 **dyn, dynam** 力量

dynasty = dyn/dynast + y 名 王朝

字根 **ess, est** 存在

interest = inter + est 名 利息

字根 fin, finis 結束

definite = de + fin + ite 形 明確的
definition = de + fin + ite + ion 名 定義
finish = fin + ish 名 動 結束

字根 firm 堅定的；堅固的

firm = firm 形 穩固的

字根 fort 強壯的

effort = ex/ef + fort 名 努力
force = fort → force 動 強制 名 力量

字根 here, hes 黏著

coherent = co + here/her + ent 形 一致的
hesitate = hes + it + ate 動 猶豫
inherent = in + here/her + ent 形 與生俱來的

字根 tain, ten, tin 保持

contain = con + tain 動 包含
content = con + ten/tent 形 滿足的
continue = con + tin/tinue 動 繼續
entertain = inter/enter + tain 動 招待

字根 cern, cret 區別；分開

concern = con + cern 名 動 擔心

字根 cide, cise 切割

suicide = sui + cide 名 動 自殺

字根 divid, divis 分割

division = divis + ion 名 除法

字根 part 分開；部份

apart = ad/a + part 動 分散地
depart = de + part 動 離開
departure = de + part + ure 名 離開
participate = part/parti + cip + ate 動 參與
participation = part/parti + cip + ation 名 參與
particular = part/parti + cule + ar 形 特別的
partner = part + ner 名 合夥人
part = part 名 部分

字根 sect, seg 切割

sector = sect + or 名 部門

字根 act, ag 行為；行動

act = act 動 扮演
action = act + ion 名 行動
actual = act + ual 形 實際的
agony = agon + y 名 痛苦
interact = inter + act 動 互動
interaction = inter + act + ion 名 互動
react = re + act 動 反應
reaction = re + act + ion 名 反應

字根 band, bond 綑綁

band = band 名 樂團
bond = bond 名 債券
boundary = bond/bound + ary 名 邊界

字根 cover 掩蓋

cover = cover 動 覆蓋
discovery = dis + cover + y 名 發現
recover = re + cover 動 痊癒
recovery = re + cover + y 名 恢復

字根 dress 指正；矯正

address = ad + dress 名 地址

字根 fact, fect, fic 製造

affair = af + fact/fair 名 事件
difficulty = dis/dif + fic + ulter/ult + y 名 困難
effect = ex/ef + fect 名 作用
facilitate = facilit + ate 動 使容易
fact = fact 名 事實
infect = in + fect 動 使感染
perfect = per + fect 形 完美的
profit = pro + fic/fit 名 利潤

字根 lect, leg, lig 選擇；聚集

analects = ana + lect + s 名 文選
collect = col + lect 動 收集
collection = col + lect + ion 名 收集
diligence = dis/di + lig + ence 名 勤勉
election = e + lect + ion 名 選舉
elegant = e + leg + ant 形 優雅的
intellectual = inter/intel + lect + ual 形 智力的
intelligent = inter/intel + lig + ent 形 聰明的
legend = leg + end 名 傳說
neglect = neg + lect 動 忽略

select = se + lect 動 選擇

字根 nounce, nunci 報告

announcement = ad/an + nounce + ment 名 宣告

字根 pend, pens 懸掛；衡量

depend = de + pend 動 取決於
dispense = dis + pens/pense 動 分配
pension = pens + ion 名 退休金
ponder = pend/pond + er 動 仔細考慮
spend = s + pend 動 花費

字根 pet 尋求

compete = com + pet/pete 動 競爭
repeat = re + pet/peat 名 動 重複

字根 prob, prov 檢測

approve = ap + prov/prove 動 批准
improve = im + prov/prove 動 改善
probable = prob + able 形 可能的
proof = prov → proof 名 證據

字根 quest, quire, quisit 尋找

acquire = ac + quire 動 獲得
inquire = in + quire 動 調查
inquiry = in + quire/quir + y 名 詢問
question = quest + ion 名 問題
request = re + quest 名 動 請求
requirement = re + quire + ment 名 要求

字根 stimul, stinct, sting 刺

distinct = di + stinct 形 獨特的
instinct = in + stinct 名 本能
stimulate = stimul + ate 動 激勵
stimulation = stimul + ation 名 刺激

字根 tact, tang 接觸

attain = ad/at + tang/tain 動 達到
contact = con + tact 動 接觸

字根 tect, teg 覆蓋

detect = de + tect 動 發覺
protect = pro + tect 動 保護
protection = pro + tect + ion 名 保護

字根 tend, tense, tent 伸展

attend = ad/at + tend 動 出席
extend = ex + tend 動 伸展
extent = ex + tent 名 程度
intend = in + tend 動 打算
pretend = pre + tend 動 假裝
tend = tend 動 傾向
tender = tend → tender 形 溫柔的
tense = tense 形 緊張的

字根 us, uti 使用

use = us + e 動 使用
usual = us + ual 形 平常的

字根 cad, cas, cid 落下

accident = ac + cid + ent 名 意外事件
coincide = co + in + cid/cide 動 一致

coincidence = co + in + cid + ence 名 巧合
occasion = oc + cas + ion 名 場合

字根 don, dos, dot 給予

anecdote = an + ec + dot/dote 名 趣聞
donate = don + ate 動 捐贈
donation = don + ation 名 捐贈
donor = don + or 名 捐贈者
pardon = per/par + don 名 動 寬恕

字根 draw 拉

draw = draw 動 拉
drawer = draw + er 名 抽屜

字根 merge, mers 浸泡；下沉

emergency = e + merge + ency 名 緊急情況

字根 ori 開始；上升

origin = ori → origin 名 起源

字根 stress, strict, string 拉緊

district = dis/di + strict 名 地區
restrict = re + strict 動 限制
restriction = re + strict + ion 名 限制
straight = stress → straight 形 直接的
straighten = stress/straight + en 動 弄直
stress = stress 名 壓力
strict = strict 形 嚴格的

字根 surge 上升

resource = re + surge/source 名 資源
source = surge → source 名 來源

字根 torn, tour 轉

tour = tour 名 動 旅行
tournament = torn/tourna + ment 名 比賽

字根 tract, treat 拉

contract = con + tract 名 契約
distraction = dis + tract + ion 名 分心
subtract = sub + tract 動 減去
train = tract → train 動 訓練 名 火車
trait = tract→ trait 名 特色
treat = treat 動 對待
treatment = treat + ment 名 待遇

字根 tribute 給予；贈與

contribution = con + tribute + ion 名 貢獻
distribute = dis + tribute 動 分配
distribution = dis + tribute + ion 名 分配
tribute = tribute 名 貢物

字根 trud, thrust 推

threat = trud → threat 名 恐嚇
threaten = trud/threat + en 動 威脅

字尾 -an, -ain, -aire, -ian 人

captain = cap/capt + ain 名 船長

humanitarian = human + unitar/itar + ian 名 人道主義者
technician = technic + ian 名 技師
vegetarian = veg + et + ian/arian 名 素食者
veterinarian = veterinar + ian 名 獸醫

字尾 -ant 做某事的人

accountant = ac + cont/count + ant 名 會計師
applicant = applic + ant 名 申請人
assistant = assist + ant 名 助理
consultant = consult + ant 名 顧問
contestant = contest + ant 名 競爭者
descendant = descend + ant 名 後裔
inhabitant = inhabit + ant 名 居民
migrant = migr + ant 名 候鳥

字尾 -ar, -er 做某事的人

baby-sitter = baby-sit + er 名 褓姆
beginner = begin + er 名 初學者
carrier = carr/carri + er 名 運送人
carpenter = carpent + er 名 木匠
composer = com + pos + er 名 作曲家
consumer = con + sum + er 名 消費者
customer = com/cu + stom + er 名 顧客
designer = design + er 名 設計師
employer = employ + er 名 雇主
examiner = examin + er 名 主考官
farmer = farm+ er 名 農夫
fighter = fight + er 名 戰士
founder = fund/found + er 名 創立者
foreigner = foreign + er 名 外國人
hunter = hunt + er 名 獵人
interpreter = interpret + er 名 口譯者

intruder = in+ trud + er 名 侵入者

leader = lead + er 名 領導者

lecturer = lectur + er 名 講師

liar = lie + ar 名 說謊的人

listener = listen + er 名 聽者

loser = los + er 名 失敗者

lover = luf/love + er 名 愛人

manufacturer = manu + factur + er 名 製造商

messenger = message + er 名 郵差

murderer = murder + er 名 兇手

observer = observ + er 名 觀察者

officer = offic + er 名 官員

organizer = organiz + er 名 組織者

outsider = outside + er 名 局外人

owner = own + er 名 物主

painter = paint + er 名 畫家

photographer = photograph + er 名 攝影師

pitcher = pitch + er 名 投手

player = play + er 名 選手

porter = port + er 名 搬運工人

prisoner = prison + er 名 囚犯

producer = produc + er 名 生產者

publisher = publish + er 名 出版社

receiver = receiv + er 名 接受者

reporter = report + er 名 記者

researcher = re + search + er 名 研究員

settler = settle + er 名 移居者

singer = sing + er 名 歌手

speaker = speak + er 名 演說者

stranger = strange + er 名 陌生人

teacher = teach + er 名 老師

teenager = teen + age + er 名 青少年

traveler = travel + er 名 旅行者

user = us + er 名 使用者

viewer = view + er 名 參觀者

worker = work + er 名 工人

writer = writ + er 名 作者

字尾 -ary, -ery, -ry 人

secretary = secret + ary 名 祕書

字尾 -ee 受…的人

committee = committ + ee 名 委員會

employee = employ + ee 名 受雇者

nominee = nominat/nomin + ee 名 被提名者

referee = refer + ee 名 裁判

字尾 -eer 從事某工作的人

engineer = engin + eer 名 工程師

pioneer = pion + eer 名 拓荒者

字尾 -ent …的人

correspondent = com/cor + respond + ent 名 特派員

president = praesid/presid + ent 名 總統

recipient = re + cip + ent/ient 名 接受者

resident = resid + ent 名 居民

student = stud + ent 名 學生

字尾 -ess 女性工作者

actress = ag/act + ess 名 女演員

字尾 -eon, -eur, or 做某事的人

amateur = amat + eur 名 業餘愛好者

commentator = com + ment + ate + or 名 注釋者

counselor =consil/counsel + or 名 顧問

creator = creat + or 名 創造者

editor = edit + or 名 編輯

governor = gubern/govern + or 名 統治者

instructor = instru/instruct + or 名 教練

janitor = jani + or/tor 名 守門人

narrator = narrat + or 名 敘述者

operator = operat + or 名 操作者

spectator = spect + ate + or 名 觀眾

translator = trans + lat + or 名 譯者

字尾 -ic, -ier, -ist, -ive 人

artist = art + ist 名 藝術家

chemist = alchim/alchem + ist 名 化學家

dentist = dent + ist 名 牙醫

economist = eco + nom + ist 名 經濟學家

executive = execut + ive 名 行政官

naturalist = natural + ist 名 自然主義者

pharmacist = pharmac + ist 名 藥劑師

physicist = physic + ist 名 物理學家

psychologist = psycho + logy + ist 名 心理學家

representative = re + presenta + ive/tive 名 代表

scientist = scient + ist 名 科學家

socialist = social + ist 名 社會主義者

soldier = solidus/sold + ier 名 軍人

specialist = special + ist 名 專家

therapist = therap + ist 名 治療學家

tourist = tour + ist 名 觀光客

typist = typ + ist 名 打字員

字尾 -ster, -yer 人

lawyer = law + yer 名 律師

youngster = young + ster 名 年輕人

字尾 -y 人

lady = lad + y 名 女士

字尾 -ant 物

pollutant = pollut + ant 名 汙染物

字尾 -ary, -ery, -ry 物

documentary = document + ary 名 紀錄片

luxury = luxu + ry 名 奢侈品

machinery = machin + ery 名 機械

poetry = poet + ry 名 （總稱）詩

theory = theo + ry 名 理論

vocabulary = vocabul + ary 名 字彙

字尾 -ent 物

component = com + pon + ent 名 成分

nutrient = nutri + ent 名 營養物

precedent = pre + cede/ced + ent 名 前例

字尾 -er, -or （具備某功能的） 物

computer = comput + er 名 電腦

container = contain + er 名 容器

controller = control + er 名 控制器

cooker = cook + er 名 炊具

counter = count + er 名 櫃台

dryer = dry + er 名 烘乾機

escalator = e + scal + or/ator 名 電扶梯
hanger = hang + er 名 衣架
heater = heat + er 名 暖氣機
holder = hold + er 名 支架
locker = lock + er 名 置物櫃
monitor = mon + or/itor 名 螢幕
poster = post + er 名 海報
prayer = pray + er 名 禱告
printer = print + er 名 印表機
propeller = propel + er 名 螺旋槳
quarter = quart + er 名 四分之一
razor = rase/raze + or 名 刮鬍刀
recorder = record + er 名 錄音機
reminder = remind + er 名 提醒物
server = serv + er 名 伺服器
shutter = shut + er 名 百葉窗
sweater = sweat + er 名 毛衣
thriller = thrill + er 名 恐怖片

字尾 -ier 物

frontier = front + ier 名 國境

字尾 -ium, -um 金屬；狀態

aluminum = alum/alumin + um 名 鋁

字尾 -y 物

delivery = de + liber/liver + y 名 運送
history = histor + y 名 歷史
therapy = therap + y 名 療法
treaty = treat + y 名 條約

字尾 -cle, -el, -le 小尺寸

article = arti + cle 名 物品

bottle = butt/bott + le 名 瓶子
bundle = bind/bund + le 名 捆
juvenile = juveni + le 名 青少年
model = mod + el 名 模型
parcel = part/parc + el 名 小包裹
particle = part/parti + cle 名 顆粒
vehicle = vehi + cle 名 車輛

字尾 -en 小

chicken = chick + en 名 小雞
kitten = kitt + en 名 小貓

字尾 -et, -ette, -let 小

banquet = banqu + et 名 宴會
blanket = blanc/blank + et 名 毛毯
cabinet = cabin + et 名 櫥櫃
cigarette = cigar + ette 名 香菸
tablet = tab + let 名 藥片
ticket = etiqu/tick + et 名 入場券

字尾 -in 小

bulletin = bullet + in 名 公告

字尾 -kin 小

napkin = nape/nap + kin 名 餐巾紙

字尾 -ling 小（特別指年幼的動物）

darling = deor/dar + ling 名 親愛的人

字尾 -ic, -ics 學術用語

basics = bas + ics 名 基本因素
economics = econom + ics 名 經濟學

ethics = eth + ics 名 倫理學

logic = log + ic 名 邏輯

mathematics = mathemat + ics 名 數學

physics = physic + ics 名 物理學

politics = polis/polit + ics 名 政治學

statistics = status + ics 名 統計學

字尾 -ism, -asm 主義；學說；工作；事物

capitalism = capital + ism 名 資本主義

tourism = tour + ism 名 觀光業

字尾 -age 地點

storage = sotre + age 名 倉庫

village = villa + age 名 村落

字尾 -ary, -ery, -ory, -ry 地點

bakery = bac/bak + ery 名 麵包店

dormitory = dormit + ory 名 宿舍

factory = fac/fact + ory 名 工廠

laundry = lav/laund + ry 名 洗衣店

library = libr + ary 名 圖書館

nursery = nurse + ry 名 托兒所

字尾 -ium, -um 地點

aquarium = aqua + ium/rium 名 水族館

auditorium = audit + or + ium 名 禮堂

stadium = stad + ium 名 室內運動場

字尾 -y 地點

balcony = balc/balcon + y 名 陽台

字尾 -age 狀態

courage = cour + age 名 勇氣

coverage = cover + age 名 範圍

percentage = percent + age 名 百分比

字尾 -ance, -ancy, -ence, -ency 狀態；性質

abundance = abund + ance 名 充裕

alliance = alli + ance 名 同盟

allowance = allow + ance 名 允許

deficiency = de + fac/fici + ency 名 缺乏

disturbance = disturb + ance 名 擾亂

efficiency = effic/effici + ency 名 效率

excellence = excel + ence 名 優秀

ignorance = in + gnor + ance 名 無知

perseverance = per + sever + ance 名 毅力

reliance = reli + ance 名 信賴

tendency = tend + ency 名 傾向

difference = differ + ence 名 差異

eloquence = e + loqu + ence 名 雄辯

emergency = emerg + ency 名 緊急情況

existence = ex + sist + ence 名 存在

innocence = in + noc + ence 名 清白

insistence = in + sist + ence 名 堅持

occurrence = oc + curr + ence 名 發生

persistence = per + sist + ence 名 堅持

字尾 -ary, -ery, -ry 狀態；性質

commentary = com + mens/ment + ary 名 注釋

rivalry = rival + ry 名 競爭

robbery = rob + ery 名 搶奪

slavery = slav + ery 名 奴役身分
summary = summ + ary 名 摘要

字尾 -dom 1. 抽象狀態 2. 領域

freedom = free + dom 名 自由

字尾 -ful 充滿的量

handful = hand + ful 名 一把

字尾 -hood 狀態；情況

childhood = child + hood 名 童年
neighborhood = neah/neigh + bur/bor + hood 名 鄰近

字尾 -ing 狀態（動詞→名詞）

being = be + ing 名 存在
drawing = draw + ing 名 圖畫
ending = end + ing 名 結局
housing = hus/hous + ing 名 住宅供給
setting = set + ing 名 安裝
shortcoming = shortcom+ ing 名 缺點
surroundings = surround + ing 名 環境
wedding = wed + ing 名 婚禮

字尾 -ion, -(a)tion 狀態；情況（動詞→名詞）

accumulation = ad/ac + cumul + ation 名 累積
admiration = ad + mir + ation 名 欽佩
affection = affic/affec + tion 名 情感
complexion = com + plex + ion 名 氣色
conjunction = con + junc + tion 名 連接
connection = con + nect + ion 名 連接

construction = con + stru/struc + tion 名 建築
edition = e + di + tion 名 版本
formation = form + ation 名 組織；構造
implication = im + plic + ation 名 暗示
institution = in + statu/stitu + tion 名 機關
medication = medic + ation 名 藥物治療
migration = migr + ation 名 遷移
perception = per + cap/cep + tion 名 感受
position = posit + ion 名 位置
production = pro + duc + tion 名 生產
profession = profess + ion 名 職業
precision = pre + cide/cise + ion 名 精確
regulation = regul + ation 名 規則
sensation = sens + ation 名 知覺
situation = situa + tion 名 情況
tension = tend/tens + ion 名 緊張

字尾 -ity, -ty 狀態；情況；性質

ability = able + ity 名 能力
activity = activ + ity 名 活動
captivity = captiv + ity 名 囚禁
casualty = casual + ty 名 事故
celebrity = celeber/celebr + ity 名 名人
commodity = commod + ity 名 日用品
complexity = complex + ity 名 複雜性
density = dens + ity 名 濃度
diversity = divers + ity 名 多樣性
fertility = fertil + ity 名 肥沃
humidity = humid + ity 名 濕度
ingenuity = ingenu + ity 名 獨創性
loyalty = loyal + ty 名 忠誠

maturity = matur + ity 名 成熟

minority = minor + ity 名 少數

originality = original + ity 名 創造力

personality = personal + ity 名 個性

priority = prior + ity 名 優先權

prosperity = prosper + ity 名 繁榮

publicity = public + ity 名 宣傳

quantity = quant + ity 名 數量

reality = real + ity 名 現實

royalty = reg/roy + al + ty 名 皇室

security = secur + ity 名 安全

simplicity = simplic + ity 名 單純

similarity = similar + ity 名 類似

stability = stabil + ity 名 穩定

superiority = super + ior + ity 名 優越

utility = util + ity 名 效用

validity = valid + ity 名 正當

vanity = van + ity 名 虛榮心

字尾 **-itude, -titude** 抽象名詞（形容詞→名詞）

attitude = apt/att + itude 名 態度

longitude = long + itude 名 經度

solitude = sol + itude 名 孤獨

字尾 **-ment** 狀態；工具

contentment = content + ment 名 滿足

disagreement = dis + agree + ment 名 爭論

engagement = en + gage + ment 名 婚約

entertainment = inter/enter + ten/tain + ment 名 娛樂

字尾 **-ship** 狀態；關係；地位

friendship = friend + ship 名 友誼

hardship = hard + ship 名 困苦

membership = member + ship 名 會員身分

partnership = partner + ship 名 合作關係

relationship = relation + ship 名 關係

字尾 **-t, -th** 狀態；性質（形容詞／動詞→名詞）

growth = grow + th 名 成長

width = wid + th 名 寬度

字尾 **-y** 狀態；情況；性質

injury = injur + y 名 傷害

jealousy = zel/jeal + ous + y 名 嫉妒

mastery = master + y 名 掌握

misery = miser + y 名 不幸

party = part + y 名 政黨

字尾 **-age** 動作；過程

baggage = bag + age 名 行李

carriage = carri + age 名 馬車

marriage = mari/marri + age 名 結婚

package = pack + age 名 包裹

passage = pass + age 名 通道

usage = us + age 名 用法

字尾 **-al** 動作（動詞→名詞）

approval = ap + prob/prov + al 名 贊成

arrival = arriv + al 名 到達

denial = de + neg + al/ial 名 否認

proposal = pro + pos + al 名 提案

rehearsal = re + herc/hears + al 名 排演

survival = sur + viv + al 名 倖存

字尾 -ance, -ancy, -ence, -ency 動作；過程

acceptance = accept + ance 名 接受

accordance = accord + ance 名 一致

appliance = appli + ance 名 器具

attendance = attend + ance 名 出席

conference = confer + ence 名 會議

guidance = guide + ance 名 指導

independence = in + depend + ence 名 獨立

maintenance = mainten + ance 名 維持

performance = perform + ance 名 表演

proficiency = pro + fac/fici + ency 名 精通

resistance = resist + ance 名 抵抗

inference = infer + ence 名 推論

preference = prefer + ence 名 偏愛

reference = refer + ence 名 參考

urgency = urg + ency 名 緊急

字尾 -ing 動作；結果（動詞→名詞）

accounting = account + ing 名 會計學

belongings = belong + ing 名 財產

blessing = bless + ing 名 祝福

building = build + ing 名 建築物

clothing = clothe + ing 名 衣服

crossing = cross + ing 名 十字路口

dressing = dress + ing 名 調料

dwelling = dwell + ing 名 住處

engineering = engineer + ing 名 工程學

feeling = feel + ing 名 感覺

gathering = gather + ing 名 聚集

greeting = greet + ing 名 問候

handwriting = hand + writ + ing 名 書寫

meaning = mean + ing 名 意義

offering = offer + ing 名 提供

outing = out + ing 名 遠足

painting = paint + ing 名 繪畫

saving = salv/sav + ing 名 存款

serving = serv + ing 名 一份

upbringing = up + bring + ing 名 養育

字尾 -ion, -tion, -ation 動作（動詞→名詞）

accommodation = accommod + ation 名 適應

acquisition = ac + qui/quisit + ion 名 獲得

addition = add + tion/ition 名 附加

administration = ad + ministr + ation 名 管理

anticipation = anticip + ation 名 預期

application = applic + ation 名 應用

appreciation = appreti/appreci + ation 名 感激

association = associ + ation 名 協會

assumption = assum/assump + tion 名 假定

attention = attend + tion 名 注意

attraction = attract + ion 名 吸引力

auction = aug/auc + tion 名 動 拍賣

calculation = calcul + ation 名 計算

caution = cav/cau + tion 名 謹慎

celebration = celebr + ation 名 慶祝

classification = classify + ation 名 分類

collision = collid + ion 名 碰撞

combination = combin + ation 名 結合

communication = communic + ation 名 溝通

compensation = compens + ation 名 賠償

competition = com+ pet + tion/ition 名 競爭

complication = com+ plic + ation 名 複雜

composition = com + pos + tion/ition 名 作文

comprehension = com + prehend + tion/sion 名 理解

concentration = con + centr + ation 名 專心

conception = con + cept + ion 名 概念

conclusion = con + clud + tion/sion 名 結局

confession = con + fess + ion 名 坦白

confrontation = confront + ation 名 對抗

confusion = confound/confus + ion 名 困惑

congratulation = con + gratul + ation 名 恭喜

conservation = conserv + ation 名 保存

consideration = consider + ation 名 考慮

constitution = constitu + tion 名 構造

consultation = consult + ation 名 諮詢

consumption = consump + tion 名 消耗

contemplation = con + temple/templ + ation 名 沉思

contradiction = contra + dic + tion 名 矛盾

cooperation = com/co + opera + tion 名 合作

corporation = corpor + ation 名 公司

conversation = con + vert/vers + ation 名 交談

creation = creat + ion 名 創造

declaration = declar + ation 名 宣告

decoration = decor + ation 名 裝飾

decision = de + cide/cise + ion 名 決定

dedication = de + dic + ation 名 奉獻

delegation = de + leg + ation 名 代表團

depression = de + prem/press + ion 名 蕭條

description = de + scrib/scrip + tion 名 描述

devotion = de + vov/vot + ion 名 奉獻

dictation = dict + ation 名 聽寫

digestion = di + gest + ion 名 消化

direction = direct + ion 名 方向

discrimination = discrimin + ation 名 歧視

discussion = discuss + ion 名 討論

distinction = disting/distinc + tion 名 區別

distraction = distract + ion 名 分心

distribution = dis + tribu + tion 名 分配

definition = de + fini + tion 名 定義

destruction = de + strue/struc + tion 名 破壞

education = educ + ation 名 教育

equation = equ + ation 名 平均

evolution = evolv/evolu + tion 名 發展

exaggeration = exagger + ation 名 誇張

examination = examin + ation 名 考試

exception = except + ion 名 例外

execution = exequi/execut + ion 名 實行

exhibition = exhib + tion/ition 名 展覽

expansion = expand + tion/sion 名 擴張

expectation = expect + ation 名 期望

expiration = expir + ation 名 屆滿

exploration = explor + ation 名 勘查

explanation = ex + plan + ation 名 解釋

expression = ex + press + ion 名 表達

extension = extend + tion/sion 名 延長

fascination = fascin + ation 名 魅力

federation = feder + ation 名 聯盟

foundation = fund/found + ation 名 基礎

frustration = frustra + tion 名 挫折

generation = gener + ation 名 世代

graduation = gradua + tion 名 畢業

illustration = in/il + lustr + ation 名 圖示

imagination = imagin + ation 名 想像力

imitation = imit + ation 名 模仿

indication = indic + ation 名 表示

infection = in + fect + ion 名 感染

injection = inject + ion 名 注射

innovation = in + nov + aion 名 創新

inspection = inspect + ion 名 檢查

inspiration = inspir + ation 名 靈感

installation = install + ation 名 安裝

integration = integr + ation 名 整合

instruction = instru/instruc + tion 名 講授

intention = in + tend + tion 名 意圖

intervention = inter + ven + tion 名 干預

intonation = in + ton + ation 名 語調

intuition = in + tui + tion 名 直覺

invasion = in + vad + tion/sion 名 侵略

invention = in + ven + tion 名 發明

investigation = in + vestig + ation 名 調查

irritation = irrit + ation 名 惱怒

isolation = insul/isol + ate + ion 名 隔離

liberation = liber + ate + ion 名 解放

location = loc + ate + ion 名 位置

motivation = motiv + ate + ion 名 動機

navigation = navig + ation 名 航海

negotiation = neg + oti + ate + ion 名 談判

nomination = nomin + ation 名 任命

nutrition = nutri + tion 名 營養

objection = object + ion 名 反對

obligation = ob + lig + ation 名 義務

observation = observ + ation 名 觀察

occupation = occup + ation 名 職業

operation = opus/oper + ation 名 操作

opposition = oppon/oppos + tion/ition 名 反對

possession = possess + ion 名 擁有

persuasion = per + suad + tion/sion 名 說服

organization = organ + ize + ation 名 組織

perfection = per + fac/fec + tion 名 完美

permission = permiss + ion 名 允許

pollution = por/pol + lu + tion 名 汙染

prevention = pre + ven + tion 名 預防

prohibition = pro + hibit + ion 名 禁止

projection = pro + ject + ion 名 投射

prosecution = pro + secu + tion 名 起訴

prediction = pre + dic + tion 名 預言

preparation = pre + par + ation 名 準備

preposition = pre + posit + ion 名 介系詞

prescription = pre + scrib/scrip + tion 名 處方

preservation = pre + serv + ation 名 保存

procession = pro + ced/cess + ion 名 行列

publication = public + ate + ion 名 出版

qualification = qualific + ation 名 資格

quotation = quot + ation 名 引用

radiation = radi + ate + ion 名 發光

realization = real + ize + ation 名 實現

reception = re + cip/cep + tion 名 接待

recognition = re + cogn + tion/ition 名 認出

recommendation = recommend + ation 名 推薦

reduction = re + duc + tion 名 減少

rejection = re + ject + ion 名 拒絕

relation = re + lat + ion 名 關係

repetition= re + pet + tion/ition 名 重複

reputation = re + put + ation 名 聲望

reservation= re + serv + ation 名 預約

restoration= re + staur/stor + ation 名 恢復

rotation= rot + ation 名 旋轉

revelation= revel + ation 名 揭發

salvation = salv + ation 名 拯救

satisfaction = satis + fac + tion 名 滿足

section = sec + tion 名 部分

selection = select + ion 名 選擇

separation = separ + ation 名 分開

solution = solv/solu + tion 名 解決

starvation = sterb/starv + ation 名 飢餓

subscription= subscrib/subscrip + tion 名 訂閱

substitution = sub + statu/stitu + tion 名 代替

succession = sub/suc + ced/cess 走 + ion 名 連續

suggestion = sub/sug + gest + ion

名 建議

suspicious= sub/sus + spec/spic + ion 名 懷疑

temptation = tempt + ation 名 誘惑

transition = trans + it + tion 名 過渡期

translation = translat + ion 名 翻譯

transportation = transport + ation 名 運輸

tuition = tuit + ion 名 講授

violation = viol + ate + ion 名 違反

字尾 **-ment** 動作；結果

advertisement = ad + vert + ize/ise + ment 名 廣告

agreement = agree + ment 名 同意

appointment = appoint + ment 名 任命

arrangement = ar + rang/range + ment 名 安排

assignment = as + sign + ment 名 任務

compliment = comple/compli + ment 名 恭維話

department = de + part + ment 名 部門

employment = employ + ment 名 雇用

enlargement = enlarge + ment 名 擴展

government = govern + ment 名 政府

investment = invest + ment 名 投資

judgment = judg + ment 名 判斷

movement = move + ment 名 活動

payment = pay + ment 名 支付

字尾 **-ure** 動作；結果（動詞→名詞）

closure = claus/clos + ure 名 關閉

creature = creat + ure 名 生物

exposure = expon/expos + ure 名 揭發

failure = fail + ure 名 失敗

feature = fac/feat + ure 名 特徵

miniature = mini + ate + ure 名 縮圖

pleasure = plac/pleas + ure 名 愉悅

posture = pos/post + ure 名 姿勢

pressure = prem/press + ure 名 壓力

procedure = proced + ure 名 程序

signature = signat + ure 名 簽名

sculpture = scalp/sculp + ure 名 雕像

texture = tex/text + ure 名 質地

字尾 -able, -ible 能夠；有…能力的

able = habil → able 形 能

acceptable = accept + able 形 可接受的

accessible = acced/access + ible 形 易接近的

admirable = admir + able 形 值得讚揚的

agreeable = agree + able 形 一致的

applicable = applic + able 形 合用的

available = a + vail + able 形 可取得的

comparable = compar + able 形 可比較的

credible = cred + ible 形 可信的

dependable = depend + able 形 可靠的

honorable = honor + able 形 可敬的

hospitable = hospit + able 形 好客的

invaluable = in + value + able 形 無價的

knowledgeable = knowledge + able 形 有知識的

manageable = man + age + able 形 可管理的

miserable = miser + able 形 不幸的

movable = mov + able 形 可移動的

noticeable = notice + able 形 顯眼的

possible = poss + ible 形 可能的

preferable = prefer + able 形 較好的

reasonable = reason + able 形 合理的

remarkable = re + mark + able 形 出眾的

reliable = relig/reli + able 形 可靠的

respectable = respect + able 形 值得尊敬的

responsible = respons + ible 形 負責任的

sensible = sens + ible 形 合理的

suitable = suit + able 形 合適的

understandable = understand + able 形 可理解的

valuable = value + able 形 貴重的

variable = vari + able 形 易變的

字尾 -ful 充滿…的

beautiful = beauty/beauti + ful 形 美麗的

careful = care + ful 形 小心的

cheerful = cheer + ful 形 歡樂的

colorful = color + ful 形 鮮豔的

disgraceful = dis + grace + ful 形 可恥的

doubtful = doubt + ful 形 可疑的

dreadful = dread + ful 形 可怕的

fearful = fear + ful 形 害怕的

graceful = grace + ful 形 優美的

helpful = help + ful 形 有幫助的

hopeful = hope + ful 形 有希望的

lawful = law + ful 形 合法的

mournful = mourn + ful 形 哀痛的

painful = pain + ful 形 疼痛的

peaceful = peace + ful 形 和平的

playful = play + ful 形 嬉戲的

plentiful = plenti + ful 形 豐富的

powerful = power + ful 形 有力的

shameful = shame + ful 形 丟臉的

skillful = skill + ful 形 熟練的

sorrowful = sorrow + ful 形 悲傷的

truthful = truth + ful 形 誠實的

useful = use + ful 形 有用的

字尾 **-less** 沒有…的

regardless = regard + less 形 不關心的

字尾 **-al, -ial** 關於…的

accidental = accident + al 形 偶然的

additional = addition + al 形 附加的

chemical = chemic + al 形 化學的

clinical = clinic + al 形 診所的

commercial = commerc + ial 形 商業的

conventional = convention + al 形 傳統的

critical = critic + al 形 評論的

cultural = cultur + al 形 文化的

educational = education + al 形 教育的

environmental = environmental + al 形 環境的

ethical = ethic + al 形 倫理的

experimental = experiment + al 形 實驗的

external = extern + al 形 外部的

financial = fin + ance + ial 形 財務的

formal = form + al 形 正式的

functional = function + al 形 機能的

global = glob + al 形 全球的

horizontal = horizont + al 形 水平的

incidental = incident + al 形 偶然的

industrial = industr + ial 形 工業的

logical = logic + al 形 邏輯的

marginal = margin + al 形 邊緣的

mineral = miner + al 形 礦物的

musical = music + al 形 音樂的

mutual = mutu + al 形 相互的

occasional = occasion + al 形 偶爾的

official = offic + ial 形 官方的

physical = physic + al 形 身體的

presidential = president + ial 形 總統的

recreational = recreation + al 形 娛樂的

eventual = e + vent + al/ual 形 最後的

exceptional = exception + al 形 例外的

national = nation + al 形 國家的

natural = natur + al 形 自然的

operational = operation + al 形 運轉的

optional = option + al 形 可選擇的

original = origin + al 形 原始的

personal = person + al 形 個人的

practical = practic + al 形 實際的

provincial = provinc + ial 形 省的

racial = race + ial 形 種族的

residential = resident + ial 形 居住的

sexual = sex + al/ual 形 性的

spiral = spir + al 形 螺旋形的

spiritual = spirit + al/ual 形 精神上的

structural = structur + al 形 結構上的

substantial = substant + ial 形 實在的

technical = technic + al 形 技術的

traditional = tradition + al 形 傳統的

tribal = trib + al 形 部落的

typical = typic + al 形 典型的

verbal = verb + al 形 口頭的

字尾 **-ar, -ary, -ery** 有關的

singular = singul + ar 形 單獨的

customary = custom + ary 形 通常的

disciplinary = disciplin + ary 形 紀律的

legendary = legend + ary 形 傳奇的

imaginary = imagin + ary 形 想像的

military = milit + ary 形 軍事的

slippery = slip + ery 形 滑的

字尾 -ate, -ete, -ute 具備…性質

accurate = accur + ate 形 準確的
affectionate = affection + ate 形 親切的
considerate = consider + ate 形 體貼的
passionate = passion + ate 形 熱烈的

字尾 -ed 充滿…性質

advanced = advance + ed 形 先進的
gifted = gift + ed 形 有天賦的
naked = nak + ed 形 赤裸的
nearsighted = near + sight + ed 形 近視的
renowned = renown + ed 形 著名的
rugged = rug + ed 形 崎嶇的

字尾 -en 具…材料

wooden = 形 木製的 wood + en

字尾 -ic, -ical 有關的

alcoholic = alcohol + ic 形 含酒精的
allergic = allerg + ic 形 過敏症的
classic = class + ic 形 古典的
diplomatic = diplomat + ic 形 外交的
dramatic = dramat + ic 形 戲劇的
enthusiastic = enthusiast + ic 形 熱情的
graphic = graph + ic 形 圖解的
ironic = iron + ic 形 諷刺的
patriotic = patriot + ic 形 愛國的
pessimistic = pessimist + ic 形 悲觀的
psychological = psychology + ical 形 心理學的

rhythmic = rhythm + ic 形 有節奏的
romantic = romant + ic 形 浪漫的
scenic = scen + ic 形 風景優美的
strategic = strateg + ic 形 策略的
systematic = systemat + ic 形 有系統的

字尾 -ish 具備…性質

selfish = self + ish 形 自私的
stylish = stil/styl + ish 形 時髦的

字尾 -ive 具備…性質

active = act + ive 形 活動的
competitive = competit + ive 形 競爭的
comprehensive = comprehens + ive 形 廣泛的
conservative = conservat + ive 形 保守的
cooperative = cooperat + ive 形 合作的
creative = creat + ive 形 有創造力的
defensive = defens + ive 形 防禦的
decisive = decis + ive 形 決定性的
destructive = destruct + ive 形 毀滅性的
excessive = excess + ive 形 過多的
exclusive = exclus + ive 形 除外的
impressive = impress + ive 形 令人深刻印象的
effective = effect + ive 形 有效果的
expensive = expens + ive 形 昂貴的
imaginative = imaginat + ive 形 有想像力的
initiative = initiat + ive 形 初步的
innovative = innovat + ive 形 創新的
intensive = intens + ive 形 加強的

objective = object + ive 形 客觀的

persuasive = persuas + ive 形 有說服力的

preventive = prevent + ive 形 預防的

productive = product + ive 形 多產的

progressive = progress + ive 形 進步的

relative = relat + ive 形 相對的

sensitive = sensit + ive 形 敏感的

subjective = subject + ive 形 主觀的

talkative = talk + ive/ative 形 健談的

字尾 -ly 性質的

bodily = bodi+ ly 形 身體的

costly = cost + ly 形 昂貴的

elderly = elder + ly 形 年長的

friendly = friend + ly 形 友善的

hourly = hour + ly 形 每小時的

leisurely = leisure + ly 形 休閒的

likely = like + ly 形 很可能的

lonely = lone + ly 形 寂寞的

monthly = month + ly 形 每月的

字尾 -ous 具備…性質

ambiguous = ambi + ag/gu + ous 形 含糊不清的

cautious = cauti + ous 形 小心的

conscientious = con + sci + ent + ous/ious 形 認真的

continuous = continu + ous 形 連續的

courteous = courte + ous 形 有禮貌的

dangerous = danger + ous 形 危險的

delicious = de + lac/lici + ous 形 美味的

disastrous = dis + astro + ou 形 悲慘的

famous = fam+ ous 形 有名的

generous = gener + ous 形 慷慨的

glorious = glori + ous 形 光榮的

gorgeous = gorge + ous 形 華麗的

gracious = grati/graci + ous 形 優美的

humorous = humor + ous 形 幽默的

infectious = infic/infect + ous/ious 形 傳染的

jealous = zeal/jeal + ous 形 嫉妒的

marvelous = marvel + ous 形 令人驚訝的

miraculous = miracul + ous 形 奇蹟般的

notorious = not + or + ous/ious 形 惡名昭彰的

numerous = numer + ous 形 許多的

outrageous = outrage + ous 形 粗暴的

previous = pre + vi + ous 形 以前的

prosperous = prosper + ous 形 繁榮的

religious = relig + ous/ious 形 虔誠的

ridiculous = rid/ridi + cul + ous 形 荒謬的

rigorous = rigor + ous 形 嚴格的

serious = seri + ous 形 嚴肅的

simultaneous = simul + tane + ous 形 同時發生的

spacious = spaci + ous 形 寬敞的

spontaneous = spont/spontane + ous 形 本能的

superstitious = superstiti + ous 形 迷信的

suspicious = suspic + ous/ious 形 可疑的

tedious = tedi + ous 形 冗長乏味的

tremendous = trem/tremend + ous 形 極大的

vicious = vici + ous 形 邪惡的

victorious = victori + ous 形 勝利的

字尾 -y 充滿

bloody = blood + y 形 流血的
chilly = chill + y 形 寒冷的
cloudy = cloud + y 形 多雲的
clumsy = clums + y 形 笨拙的
crazy = craze + y 形 瘋狂的
crunchy = crunch + y 形 鬆脆的
dirty = dirt + y 形 骯髒的
dusty = dust + y 形 滿是灰塵的
foggy = fog + y 形 多霧的
funny = fun + y 形 好笑的
gloomy = gloom + y 形 幽暗的
greedy = greed + y 形 貪婪的
guilty = guilt + y 形 有罪的
handy = hand + y 形 便利的
hearty = heart + y 形 由衷的
juicy = jus/juice + y 形 多汁的
messy = mess + y 形 髒亂的
muddy = mud + y 形 泥濘的
nasty = nast + y 形 令人作嘔的
needy = need + y 形 貧困的
noisy = noise + y 形 嘈雜的
rocky = rock + y 形 岩石的
rusty = rust + y 形 生鏽的
salty = salt + y 形 鹹的
scary = sker/scare + y 形 可怕的
skinny = skin + y 形 皮包骨的
sleepy = sleep + y 形 想睡的
sloppy = slop + y 形 草率的
sneaky = sneak + y 形 鬼鬼祟祟的
snowy = snow + y 形 雪白的
sticky = stick + y 形 黏的
steady = stead + y 形 穩固的
stingy = sting + y 形 吝嗇的

stormy = storm+ y 形 暴風雨的
sunny = sun + y 形 和煦的
tasty = taste + y 形 美味的
thirsty = thirst + y 形 口渴的
tiny = tine + y 形 極小的
tricky = trick + y 形 狡猾的
wealthy = wealth + y 形 富裕的
windy = wind + y 形 有風的
witty = wit + y 形 機智的
worthy = worth + y 形 有價值的
yummy = yum + y 形 美味的

字尾 -id, -ine 像…的

masculine = mascul + ine 形 雄壯的

字尾 -ique, -esque 具…風貌；如…的

antique = ante/anti + ique 形 古代的
picturesque = picture + esque 形 圖畫般的

字尾 -ern 表方向

modern = mod + ern 形 現代的
southern = south + ern 形 南方的
western = west + ern 形 西方的

字尾 -some 有…傾向

awesome = awe + some 形 有威嚴的
lonesome = lone + some 形 孤獨的
tiresome = tire + some 形 沉悶的
troublesome = trouble + some 形 麻煩的

字尾 -ward 表方向

awkward = awk + ward 形 笨拙的
backward = back + ward 形 向後的
forward = fore + ward 形 前面的
outward = out + ward 形 外面的
upward = up + ward 形 向上的

字尾 -ant, -ent 改變詞性（動詞/名詞→形容詞）

apparent = ap + par + ent 形 明顯的
decent = dec + ent 形 合宜的
different = differ + ent 形 不同的
excellent = excell + ent 形 優秀的
frequent = frequ + ent 形 經常的
resistant = re + sist + ant 形 抵抗的
consistent = con + sist + ent 形 一致的
dependent = de + pend + ent 形 依靠的
innocent = in + noc + ent 形 清白的
persistent = per + sist + ent 形 持續的
urgent = urg + ent 形 緊急的

字尾 -ing 改變詞性（動詞→形容詞）

outstanding = out + stand + ing 形 傑出的
promising = pro + mitt/mis + ing 形 有前途的

字尾 -ior 比較級

inferior = infer + ior 形 低等的
superior = super + ior 形 上級的

字尾 -most 最高級（形容詞）

utmost = ut + most 形 極度的

字尾 -ate 動詞字尾

accommodate = ac + commod + ate 動 使適應
assassinate = assassin + ate 動 行刺
differentiate = differ + ent/enti + ate 動 區別
motivate = motiv + ate 動 給予動機
originate = origin + ate 動 起源於⋯
regulate = regul + ate 動 規定
vibrate = vibr + ate 動 震動

字尾 -en, -er 使

awaken = a + wak + en 動 使覺醒
broaden = broad + en 動 加寬
deafen = deaf + en 動 使耳聾
fasten = fast + en 動 使固定
frighten = fright + en 動 使驚嚇
harden = hard + en 動 使硬化
heighten = height + en 動 提高
lengthen = length + en 動 延伸
lessen = less + en 動 減少
lighten = light + en 動 照亮
shorten = short + en 動 縮短
soften = soft + en 動 使柔軟
strengthen = strength + en 動 鞏固
tighten = tight + en 動 繃緊
weaken = weak + en 動 使變弱
widen = wid + en 動 拓寬
better = bett + er 動 改善
lower = low + er 動 降低

字尾 -er, -le 反覆動作

flicker = flick + er 動 閃爍
glitter = glit + er 動 閃耀

quiver = quiv + er 動 顫抖

shiver = shiv + er 動 發抖

sparkle = spark + le 動 閃爍

startle = stert/start + le 動 使嚇一跳

twinkle = twink + le 動 閃爍

字尾 -fy, -ify 使成…化

classify = class + ify 動 把…分類

diversify = divers + ify 動 使多樣化

horrify = horr + ify 動 使毛骨悚然

identify = indent + ify 動 認出

intensify = intens + ify 動 加強

justify = just + ify 動 證明合法

magnify = magn + ify 動 擴大

modify = mod + ify 動 修改

notify = not + ify 動 通知

purify = pur + ify 動 淨化

qualify = qual + ify 動 使具有資格

satisfy = satis + fy 動 使滿足

signify = sign + ify 動 象徵

specify = speci + fy 動 詳細說明

terrify = terr + ify 動 使恐懼

字尾 -ish 做…動作

blush = blu + ish/sh 動 臉紅

cherish = cher + ish 動 珍惜

flourish = flour + ish 動 繁盛

furnish = furn + ish 動 布置

字尾 -ize 使…化

apologize = apolog + ize 動 道歉

characterize = character + ize 動 具有…特徵

civilize = civil + ize 動 使文明

criticize = critic + ize 動 批評

fertilize = fertil + ize 動 使肥沃

industrialize = industr + ial + ize 動 工業化

memorize = memor + ize 動 記憶

minimize = minim + ize 動 減到最小

mobilize = mobil + ize 動 發動

modernize = modern + ize 動 現代化

organize = organ + ize 動 組織

paralyze = para + ly + ize 動 麻痺

publicize = public + ize 動 發表

realize = real + ize 動 實現

socialize = social + ize 動 使社會化

specialize = special + ize 動 專長於

stabilize = stabil + ize 動 使穩定

summarize = summ + ar + ize 動 總結

symbolize = symbol + ize 動 象徵

sympathize = syn/sym + path + ize 動 同情

utilize = util + ize 動 利用

visualize = visual + ize 動 具體化

字尾 -ly 表示情狀（說明狀態、性質）

accordingly = accord + ing + ly 副 因此

badly = bad + ly 副 非常地

barely = bare + ly 副 幾乎不能

especially = especial + ly 副 特別

fairly = fair + ly 副 公平地

highly = high + ly 副 高度地

largely = large + ly 副 大部分

lately = late + ly 副 近來

mostly = most + ly 副 大部分

partly = part + ly 副 部分的

roughly = rough + ly 副 粗糙地

simply = simpl + ly 副 僅僅

字尾 -most 最高級（副詞）

almost = all + most 副 幾乎

字尾 -s 副詞字尾

besides = beside + s 副 還有
hence = hen + s/ce 副 因此
indoors = indoor + s 副 在室內
nowadays = now + aday + s 副 現今
outdoors = outdoor + s 副 在戶外
overseas = over + sea + s 副 在海外
sometimes = sometime + s 副 有時

字尾 -ward, -wards 表方向

afterwards = after + wards 副 以後
backwards = back + wards 副 向後地
inwards = in + wards 副 向內地
outwards = out + wards 副 向外地
upwards = up + wards 副 在上面

字尾 -wise 方式

likewise = like + wise 副 同樣地

複合字 由「特定單字」引導的複合字

airmail = air + mail 名 航空郵件
airplane = air + plane 名 飛機
airport = air + port 名 機場
anyway = any + way 副 無論如何
anybody = any + body 代 任何人
anything = any + thing 代 任何事物
anytime = any + time 副 任何時候
anywhere = any + where 副 任何地方
breakdown = break + down 名 故障

breakthrough = break + through 名 突破
breakup = break + up 名 分手
check-in = check + in 名 報到
check-out = check + out 名 結帳離開
checkup = check + up 名 核對
eyesight = eye + sight 名 視力
fireman = fire + man 名 消防員
haircut = hair + cut 名 理髮
headline = head + line 名 標題
highlight = high + light 動 強調
hometown = home + town 名 家鄉
homework = home + work 名 家庭作業
household = house + hold 形 家庭的
income = in + come 名 收入
indeed = in + deed 副 確實
indoor = in + door 形 室內的
input = in + put 名 動 輸入
landscape = land + scape 名 風景
mainstream = main + stream 名 主流
meantime = mean + time 名 期間 副 同時
meanwhile = mean + while 副 同時
newspaper = news + paper 名 報紙
outdoor = out + door 形 戶外的
outlook = out + look 名 觀點
outnumber = out + number 動 數量上勝過
output = out + put 名 動 產量；生產
outset = out + set 名 開端
outskirts = out + skirt + s 名 郊區
overall = over + all 形 副 全部
overcome = over + come 動 克服
overlook = over + look 動 俯瞰
passport = pass + port 名 護照
password = pass + word 名 密碼

rainbow = rain + bow 名 彩虹

rainfall = rain + fall 名 降雨量

shortcoming = short + coming 名 缺點

shortsighted = short + sight + ed 形 眼光短淺的

somebody = some + body 代 某人

someday = some + day 副 將來有一天

somehow = some + how 副 以某種方式

something = some + thing 代 某事

sometime = some + time 副 在某一時候

somewhat = some + what 副 稍微

somewhere = some + where 副 在某處

thereafter = there + after 副 此後

thereby = there + by 副 因此

therefore = there + fore 副 因此

under = under 介 在⋯之下 副 在下面

underestimate = under + estimate 名 動 低估

undergo = under + go 動 經歷

undergraduate = under + graduate 名 大學生

underline = under + line 動 畫底線

undermine = under + mine 動 挖掘

underneath = under + neath 介 副 在⋯下面

underpass = under + pass 名 地下道

undertake = under + take 動 從事

underwear = under + wear 名 內衣

update = up + date 動 更新

upgrade = up + grade 動 改進

uphold = up + hold 動 支援

upload = up + load 動 上傳（檔案）

upright = up + right 形 筆直的

upset = up + set 動 使心煩 形 不適的

upstairs = up + stairs 副 在樓上

waterfall = water + fall 名 瀑布

watermelon = water + melon 名 西瓜

waterproof = water + proof 形 防水的

weekday = week + day 名 平日

weekend = week + end 名 週末

whatever = what + ever 代 任何事物 形 任何的

whatsoever = what + so + ever 代 任何事物

whereabouts = where + about + s 名 下落 副 在哪裡

whereas = where + as 連 然而

wherever = where + ever 連 副 無論何處

withdraw = with + draw 動 撤回

within = with + in 介 副 在⋯之內

without = with + out 介 副 沒有

複合字 **以「字母分」的複合字**

absent-minded = absent + minded 形 心不在焉的

bathroom = bath + room 名 浴室

beforehand = before + hand 副 事先

cell phone = cell + phone 名 行動電話

chairperson = chair + person 名 主席

copyright = copy + right 名 版權

deadline = dead + line 名 截止時間

downtown = down + town 名 商業區

drawback = draw + back 名 缺點

elsewhere = else + where 副 在別處

extraordinary = extra + ordinary 形 特別的

feedback = feed + back 名 回饋

flashlight = flash + light 名 手電筒

football = foot + ball 名 美式足球

forthcoming = forth + coming 形 即將到來的

fourteen = four + teen 名 十四

framework = frame + work 名 架構

reeway = free + way 名 高速公路

urthermore = further + more 副 此外

gentleman = gentle + man 名 紳士

greenhouse = green + house 名 溫室

guideline = guide + line 名 指導方針

hereafter = here + after 名 來世 副 往後

however = how + ever 副 然而

moreover = more + over 副 況且

nearby = near + by 副 在附近

network = net + work 名 網路

nevertheless = never + the + less 副 盡管如此

nobody = no + body 代 沒有人

nonetheless = none + the + less 副 盡管如此

nothing = no + thing 代 沒有什麼

nowhere = no + where 代 副 任何地方都不

otherwise = other + wise 副 否則

postcard = post + card 名 明信片

railroad = rail + road 名 鐵路

restroom = rest + room 名 盥洗室

safeguard = safe + guard 動 保護

salesperson = sale/sales + person 名 業務員

scarecrow = scare + crow 名 稻草人

screwdriver = screw + driver 名 螺絲起子

setback = set + back 名 挫折

shoplift = shop + lift 動 順手牽羊

sidewalk = side + walk 名 人行道

sightseeing = sight + seeing 名 觀光

skyscraper = sky + scrap + er 名 摩天大樓

software = soft + ware 名 軟體

spacecraft = space + craft 名 太空船

spokesperson = spoke/spokes + person 名 發言人

sportsman = sports + man 名 運動員

spotlight = spot + light 名 聚光燈 動 聚焦於…

statesman = states + man 名 政治家

straightforward = straight + forward 形 副 直接

strawberry = straw + berry 名 草莓

suitcase = suit + case 名 手提箱

supermarket = super + market 名 超級市場

table tennis = table + tennis 片 桌球

taxicab = taximeter + cab 名 計程車

textbook = text + book 名 教科書

throughout = through + out 介 副 徹頭徹尾

tiptoe = tip + toe 動 踮腳尖走 名 腳尖

trademark = trade + mark 名 商標

typewriter = type + writer 名 打字機

videotape = video + tape 名 錄影帶

vineyard = vine + yard 名 葡萄園

volleyball = volley + ball 名 排球

wardrobe = ward + robe 名 衣櫥

warehouse = ware + house 名 倉庫

website = web + site 名 網站

wheelchair = wheel + chair 名 輪椅

whenever = when + ever 連 副 無論何時

wholesale = whole + sale 名 批發 形 批發的

widespread = wide + spread 形 普遍的

wildlife = wild + life 名 野生動植物

windshield = wind + shield 名 擋風玻璃

workshop = work + shop 名 工作坊

worthwhile = worth + while 形 值得的

NOTE